Birthe zur Nieden
ALMA MATER

Birthe zur Nieden

Alma Mater

Über die Autorin:
Birthe zur Nieden hat in Marburg Geschichte studiert, weil sie die Geschichten hinter den Jahreszahlen faszinieren. Danach blieb sie einfach dort und lebt und arbeitet bis heute in ihrer Wahlheimat. Ihre Freizeit verbringt sie am liebsten mit Schreiben, Lesen, Träumen oder im Pferdestall.

Bibliografische Information der Deutschen Nationalbibliothek
Die Deutsche Nationalbibliothek verzeichnet diese Publikation in der Deutschen Nationalbibliografie; detaillierte bibliografische Daten sind im Internet über https://dnb.dnb.de abrufbar.

2. Auflage 2021
ISBN 978-3-96362-157-4
Alle Rechte vorbehalten
© 2020 by Francke-Buch GmbH
35037 Marburg an der Lahn
Umschlagbilder: © stock.adobe.com / Sodel Vladyslav; dule964; lms_lms; grasyco; riebevonsehl
Umschlaggestaltung: Francke-Buch GmbH
Satz: Francke-Buch GmbH
Printed in Czech Republic

www.francke-buch.de

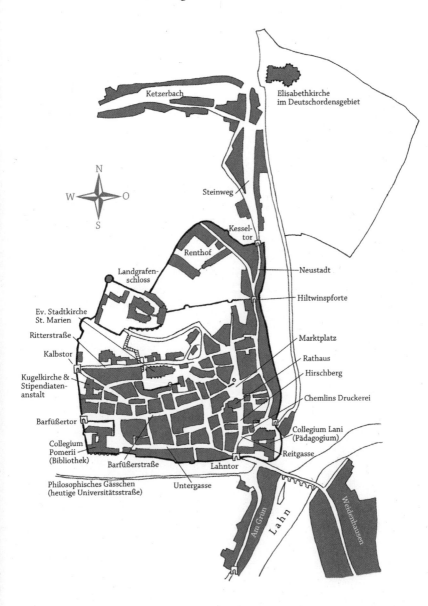

1. Teil

Das Versprechen

1. Kapitel

1641

»... und darum kehrt um von euren schlechten Wegen, kehrt euch ab von Unzucht und Habgier, von Aufbegehren und Zorn, und tragt das Kreuz willig, das uns unser Herr auferlegt hat durch diese verderblichen Zeiten.«

Georg schob sich eine braune Strähne aus den Augen und unterdrückte zum fünften Mal an diesem Sonntagmorgen ein Gähnen. Die Predigten des Pfarrers ähnelten einander in letzter Zeit wie ein Ei dem anderen.

»Macht euch nichts vor – es ist eine Prüfung, aus der wir geläutert hervorgehen sollen oder aber in ihr vergehen. Darum sage ich es noch einmal: Tut Buße, weint und fleht unseren Herrn Jesus Christus an, dass er sich unser erbarme und Krieg, Gewalt und Hunger von uns nehme.« Pfarrer Eysold hob beide Hände, woraufhin die weiten Ärmel seines Talares daran hinabrutschten und die Löcher in seinem verschlissenen Hemd sichtbar wurden, und rief mit Nachdruck sein übliches »Amen, amen – amen« in den Günsendorfer Kirchenraum hinaus, bevor er mit wenig Stimmgewalt einen Choral anstimmte. Sein Atem stand dabei in kleinen Wölkchen vor ihm in der kalten Luft.

Georg setzte nur zögerlich ein und sang ohne große Lust. Vor ihm steckten zwei der anderen Jungen des Dorfes, Hans Rüppell und Friedrich Werner, die Köpfe zusammen. Sie taten es leise, aber er konnte an ihren zuckenden Rücken sehen, dass sie kicherten. Wie albern und kindisch – dabei waren beide schon fast sechzehn und damit sogar mehrere Monate älter als er selbst.

Der Gemeindegesang war dünn und nach dem Segen endete der Gottesdienst. Vor der Kirche empfing Georg heller Sonnenschein, der nach dem Dämmerlicht in der Kirche in den Augen stach. Der Schnee unter seinen Füßen knirschte noch vor Kälte, aber das Licht begann langsam, nach Frühling auszusehen. Trotz der eisigen Temperaturen blieben die meisten Gottesdienstbesucher noch einen Augenblick lang vor der Kirche stehen. Es fanden nicht viele Unterhaltungen statt, man schwieg mehr miteinander. Wie es den anderen ging, wusste man so oder so längst und brauchte nicht danach zu fragen. Gut ging es niemandem, schließlich war die Ernte im Herbst spärlich ausgefallen, nachdem sich vorbeiziehende Heere immer wieder an den Feldern bedient hatten. Aber man kam durch.

»Na, Georg, büßest du schon oder verschiebst du das auf nachmittags?« Friedrich grinste breit und hatte die Arme in die Hüften gestemmt. Hans neben ihm tat es ihm gleich.

Georg wunderte sich wieder einmal, dass sein schlaksiger Körper in letzter Zeit derart in die Höhe gewachsen war, dass er auf die beiden stämmigeren Jungen hinunterschauen konnte, und schüttelte den Kopf. »Ihr nehmt aber auch wirklich gar nichts ernst, oder? Gekicher in der Kirche! Ihr benehmt euch kindischer als meine kleinen Geschwister.«

»Ach, der wohlgelehrte Herr Kammann weilt mal wieder unter uns«, sagte Hans in geziertem Tonfall. »Du bist wahrscheinlich der Einzige im Dorf, der den Herrn Pfarrer noch mit Ehrfurcht anschaut. Na, du wirst bestimmt sowieso selbst mal Pfarrer und predigst dann auch, dass wir selber schuld sind am Krieg und allem, weil wir so schlechte Menschen sind.«

Georg zog es vor, nicht darauf zu antworten, obwohl er ganz bestimmt niemals Pfarrer werden wollte. Schon gar nicht in diesen Zeiten. Dass Pfarrer Eysold viel von seinem ehrwürdigen Ansehen verloren hatte, lag nur zum Teil daran, dass er früher noch breite Schultern und einen runden Bauch gehabt hatte, während ihm jetzt sein Talar um die mageren Glieder schlackerte. Das Hauptproblem war, dass es einfach lächerlich wirkte, wie er versuchte, den Anschein seiner früheren Stellung aufrechtzuerhalten, während seine Frau sich in mehrere Lagen ihrer inzwischen fadenscheinigen Kleider hüllte, weil sie ebenfalls ganz knochig geworden war und seitdem ständig fror. Und man konnte nicht anders, als sich zu fragen, ob er mit all dem Gerede von der Schlechtigkeit seiner Gemeinde nicht auf die spärlicher werdenden Zahlungen an ihn abzielte und ihren zunehmenden Unwillen, ihm den unterwürfigen Respekt zu zollen, der ihm seiner Meinung nach gebührte. Ja, es war schwer, ihn noch ernst zu nehmen. Aber das würde er vor Friedrich und Hans niemals zugeben.

»Aha. Kein Kommentar ist auch ein Kommentar.« Friedrich grinste wieder und wechselte dann das Thema. »Was ist – kommst du mit zum Eislaufen?«

Georg schüttelte den Kopf. Die Kufen, die er sich vor einem Jahr aus den Fußknochen des letzten Schweines der Familie gebastelt hatte, waren bisher kaum zum Einsatz gekommen, aber es zog ihn auch heute nichts aufs Eis des Dorfteiches.

Hans knuffte Friedrich in die Seite. »Warum fragst du überhaupt noch? Los, gehen wir. Soll er sich doch in seinen Büchern vergraben, bis seine Schielaugen ihm wieder Kopfschmerzen machen.«

Genau das hatte Georg vor, allerdings hoffentlich abzüglich der Kopfschmerzen. Diesmal würde er aufpassen, dass er nicht wieder zu lange las. Während die Jungen des Dorfes nach Hause liefen, um sich ihre Kufen unter die Schuhe zu schnallen, kehrte er vor dem Rest seiner Familie in das schmale Fachwerkhaus mit dem Strohdach zurück. Im Flur zögerte Georg kurz, zog seinen alten, fleckigen Mantel dann aber doch von den Schultern. Das lockere Kleidungsstück aus verblichenem dunkelbraunen Wollstoff, das ihn eigentlich bis zu den Oberschenkeln hinab wärmen sollte, reichte ihm inzwischen gerade einmal bis über den Po. Er war viel zu sehr gewachsen in den letzten anderthalb Jahren. »Zwei Bohnenstangen«, sagte seine Mutter oftmals kopfschüttelnd und meinte damit Georg und seinen Vater, dessen Körpergröße er schon fast erreicht hatte.

Er legte den Mantel ab und beeilte sich, die hölzerne Stiege zum ungeheizten Obergeschoss hinaufzukommen. Von dem Bett, das er sich mit seinem kleinen Bruder Christoph teilte, griff er sich als Ersatz für den Mantel eine Decke und betrat dann die Kammer im hinteren Teil des Hauses. Sein Vater, der Schulmeister, Küster und Glöckner des Dorfes, hatte sich diesen Rückzugsraum eingerichtet, um sich ungestört seinen Studien widmen zu können und um die wertvollen Bücher vor den frechen Fingern seiner Schüler zu schützen. Als Georg vor dem Regal stand und über die teilweise in feste Pappe, teilweise aber auch in Leder gebundenen Rücken der Bücher strich, floss ihm ein warmes Gefühl durch den Körper. Wieso sollte er sinnloses Herumrutschen auf dem Eis all dem Wissen vorziehen, das hinter diesen Rücken schlummerte?

Vorsichtig, ja, zärtlich zog er einen Band über antike Redekunst heraus. Als er sich in die Decke gehüllt am Pult seines Vaters niederließ und das Buch aufschlug, war das leise Rascheln der Seiten beim Umblättern wie die Begrüßung eines Freundes.

☙

Georg schaute nur kurz von seinem Buch auf, als er unter sich seine Familie aus der Kirche zurückkommen hörte. Der sechsjährige Christoph war wie immer am lautesten und erzählte von einer Schneeballschlacht und seinem liebsten Holzpferd. Der kleine Martin ließ sich anstecken und krähte unverständliche Worte. Nur von Georgs einziger Schwester Klara hörte man gar nichts.

Das Geplapper verklang in der Küche, die gleichzeitig der hauptsächliche Wohnraum der Familie war, und Georg wollte sich gerade weiter Cicero und der Rhetorik widmen, als er durch die Dielen die Stimme seiner Mutter hörte: »Sie wird immer stiller, Friedrich. Und sie ist kaum größer als Christoph, dabei wird sie doch bald acht. Ich weiß einfach nicht, was ich noch tun soll – sie bekommt doch schon den größten Teil des bisschen Fettes, das wir haben.«

»Ich weiß. Es ist, als ob das wenige, was sie in den Magen bekommt, einfach durch sie hindurchfließt und kaum Kraft und Fett hinterlässt.« Georg hörte seinen Vater tief durchatmen. »Ich wünschte, ich könnte meine Familie besser ernähren. Ich bin kein guter Hausvater.«

»Unsinn! Der Krieg ist schuld, nicht Ihr.«

»Ich könnte aber nachdrücklicher sein und meinen vollen Lohn verlangen. Aber das bringe ich einfach nicht fertig. Die anderen haben doch auch nichts. Sie würden dann wohl nur ihre Kinder nicht mehr zur Schule schicken.«

»Ja.«

Einen Augenblick herrschte Stille und Georg dachte schon, seine Eltern wären in die Küche gegangen, aber dann hörte er noch einmal die Stimme seines Vaters, leise und zaghaft: »Ich hätte mich Gundlach anschließen sollen, als der sich vor drei Wochen den Marodeuren entgegenstellen wollte, anstatt dafür zu stimmen, in den Wald zu flüchten. Dann hätten wir den Käse noch und die gefrorene Butter in dem Fass auf dem Hof, die sie mitgenommen haben. Ich bin ein Feigling.«

»Ihr seid, wie Ihr seid. Und diese Bande von entlaufenen Soldaten hätte Euch doch nur niedergemacht und wir stünden jetzt allein da. Was hättet Ihr damit gewonnen?«

»Meine Söhne bräuchten sich wenigstens nicht für mich zu schämen.«

»Ach, Friedrich.« Georgs Mutter seufzte und Georg begriff, dass sie keine Kraft mehr hatte, ihren Mann zu ermutigen. »Ich muss die Eicheln für das Brot vorbereiten, damit wir wenigstens etwas zwischen die Zähne bekommen.«

Die Tür klappte und kurz darauf hörte Georg ein leises Plätschern, als sie im Hof das braun verfärbte Wasser aus der Schale abgoss, in der die Eicheln mehrere Tage einweichen mussten, bevor sie zu Mehl verarbeitet werden konnten, weil Brot und Brei sonst ungenießbar bitter wurden.

Gleichzeitig knarrte die Stiege. Georg senkte den Kopf und tat, als hielte er sich die Ohren zu, damit sein Vater dachte, er habe das Gespräch nicht mit angehört. Aber der Vater kam gar nicht in die Kammer, sondern ließ sich schwer auf eines der Betten fallen, Georg hörte es am Knistern des Strohsacks. Einen Augenblick lang überlegte er, ob er hinausgehen und versuchen sollte, seinen Vater zu trösten, ihm zu sagen, dass er sich keineswegs für ihn schämte – aber dann presste er die Hände richtig auf seine Ohren und verkroch sich lieber in der Welt der gedrechselten Sprache. Was würden seine armseligen Worte schon ändern?

ᘓ

Am nächsten Tag prasselte Regen an die Sprossenfenster, ab und zu durchsetzt mit einigen Graupelkörnern. Von der Bank aus, auf der Georg saß, konnte er nur den grauen Nachmittagshimmel sehen, aber es war nicht schwer, sich auszumalen, was der Regen aus dem gestern noch knietiefen Schnee machte. Die anderen Jungen hatten also womöglich die letzte Gelegenheit zum Schlittschuhlaufen genutzt. Bald würde das Eis nicht mehr tragen. Der Frühling kündigte sein Kommen auf die unfreundlichste Art und Weise an, aber immerhin kam er endlich. Vielleicht würde es dann auch wieder mehr zu essen geben, bald, im Sommer. Falls es dieses Jahr möglich sein würde, eine Ernte einzubringen, ohne dass eine Armee vorbeikam und alles mitnahm oder niedertrampelte.

Georg sah zum anderthalbjährigen Martin hinüber, der in der Ecke vor dem Herd mit Holzklötzen spielte. Er war zwar noch pausbäckig, aber Georg wusste, dass das nichts heißen musste. Schließlich war Martin ein Kleinkind, die wirkten immer rundlich. Klara hingegen sah längst ganz anders aus – mit den Worten seiner Eltern im Ohr hatte er zum ersten Mal bewusst wahrgenommen, wie blass und durchscheinend seine Schwester geworden war …

Georg starrte auf das Stück Holz, an dem er gerade herumschnitzte, und wünschte sich von der Arbeit und den bedrückenden Gedanken weg in Vaters Kammer hinauf, auch wenn er längst alle Bücher gelesen hatte, die dort standen. Er wollte mehr. Wenn er doch nur studieren könnte – aber das würde nie geschehen, so viel hatte er längst begriffen. Selbst sein Vater hatte nicht studiert, obwohl damals noch kein Krieg gewesen war. Und jetzt, wo man sich glücklich schätzen konnte, wenn man den Winter überlebt hatte, war es erst recht unmöglich, das Geld für die Universität aufzubringen. Trotzdem träumte er davon, genauso wie von einem Festmahl mit Fleisch, und zwar nicht von toten Mardern oder Eichhörnchen, sondern von Schweinen oder Kühen, und echtem Brot ohne Eichel- oder Wickenmehl, von dem man richtig satt werden konnte. Er stellte sich vor, wie es sein musste, lernen zu dürfen, nachdenken und nachforschen zu können in einer richtigen Bibliothek mit ganzen Wänden voller Bücher – satt zu werden vom Wissen und dann mit diesem Wissen die Welt zu verändern, ein wenig besser zu machen, die Gedanken der Menschen in eine neue Richtung zu lenken …

»Georg Nicolaus Kammann! Hörst du schlecht?«

Georg schreckte hoch. »Nein, Mutter. Ich habe nur nachgedacht.«

Seine Mutter seufzte tief. »Und zwar nicht über den Hackenstiel in deinem Schoß. Dadurch, dass du das Messer nur in der Hand hältst, werden wir im Frühjahr keine Rüben säen können.«

»Tut mir leid«, murmelte Georg und begann lustlos, weiter an dem Stück Holz herumzuschnitzen.

Seine Mutter ließ die Stricknadeln sinken. »Wenn du ja über deine Zukunft nachdenken würdest, anstatt in Philosophie, Mathematik und all dem anderen Bücherwissen herumzuträumen! Es wird wirklich Zeit, dass du dir eine Lehrstelle suchst, Georg. Du kannst nicht sehr viel länger zur Schule gehen, du bist fast erwachsen und musst dein eigenes Brot verdienen!«

Georg erstarrte. Eine Lehrstelle? Darüber wollte er nicht einmal nachdenken! Er wollte nicht weg von zu Hause, von der

Schule und von Vaters Büchern. Wenn er ehrlich mit sich war, nicht einmal, um auf eine Universität zu gehen.

»Deine Mutter hat recht«, mischte sich sein Vater in das Gespräch ein. »Ich wünschte, ich könnte dir ein Studium ermöglichen, du hast den Verstand und den Wissensdrang dafür, aber das geht nun einmal nicht. Selbst ein einfacher Dorfschulmeister wie ich zu werden, ist keine gute Idee. Wissen sollte eigentlich kein Luxus sein, aber in diesen Zeiten ist es leider so.«

Georgs Mutter nickte traurig. »Solange dieser Krieg wütet, gilt vieles nicht, was sonst richtig und gut ist. Was sein sollte, hat keine Bedeutung mehr. Wir müssen mit dem leben, was ist. Und ich glaube langsam nicht mehr, dass es jemals wieder anders wird. Wenn sich unser gnädiger Landgraf Georg von Hessen-Darmstadt irgendwann nicht mehr mit seinen Vettern in Kassel streitet, fallen gewiss trotzdem die Schweden über uns her, und wenn die nicht kommen, sind es die Kaiserlichen, die Bayern, die Sachsen oder die Franzosen. Wer auch immer davon mit wem oder gegen wen kämpft, für uns bleibt sich das doch gleich. Du kannst froh und dankbar sein, dass du einen Schulmeister zum Vater hast, Georg, und bisher mehr lernen konntest als die meisten Knaben in deinem Alter. Aber jetzt wird es Zeit, dass du etwas lernst, womit du dich ernähren kannst.«

Georg schluckte und schnitzte mit einem kräftigen Druck auf das Messer einen viel zu dicken Span von dem zukünftigen Hackenstiel ab. Er wusste, dass seine Eltern recht hatten. Sie konnten ihn nicht ewig durchfüttern. Aber die Vorstellung, irgendwo anders zu leben und im besten Fall Kleider zu nähen oder Möbel zu schreinern, im schlimmsten Fall Häute in stinkenden Gruben zu gerben oder sich als Knecht auf einem Hof zu verdingen, fühlte sich einfach fremd und falsch an.

»Georg macht den Stiel ganz krumm!«, krähte Christoph in diesem Moment.

Georg hielt inne und schaute auf die Delle hinunter, die er auf der einen Seite in das Holz geschnitzt hatte.

Mutter seufzte wieder tief. »Junge!«

»Da seht Ihr's doch, Mutter, ich bin viel zu ungeschickt! Was für ein Handwerksmeister wird mich denn nehmen wollen?«

»Du bist nicht ungeschickt, du bist unaufmerksam, Georg, das ist ein entscheidender Unterschied. Du bemühst dich nicht. Außerdem sagt ja auch keiner, dass du Handwerker werden sollst. Vielleicht nimmt dich der Thomasmüller als Lehrling an. Müller ist ein guter Beruf, die werden immer gebraucht und du bist nah dran an den Lebensmitteln. Und falls doch noch einmal Frieden kommen sollte, Gott gebe es, hättest du sogar die besten Möglichkeiten, es zu einem bescheidenen Reichtum zu bringen.«

»Müller betrügen ja auch immer. Das will ich aber nicht.«

»Wer sagt das denn? Der Thomasmüller ist ein guter Mann, der betrügt niemanden. Du solltest nicht auf das Dorfgeschwätz hören.«

Georg spürte, wie er rot wurde. Es war tatsächlich nur Geschwätz und normalerweise glaubte er niemals, was die Dorfkinder sagten, ohne es nachzuprüfen. Er presste die Lippen aufeinander und nickte. Es hatte sowieso keinen Zweck, Mutter auseinanderzusetzen, wie sehr er die Vorstellung hasste, in einer Tag und Nacht lärmenden Mühle wohnen zu müssen und ständig im Mehlstaub zu stehen. Vielleicht verwarfen seine Eltern die Idee ja auch wieder, wenn er nicht darauf einging. Er beugte sich über seine Arbeit und versuchte, die Delle durch Abschnitzen an den anderen Seiten auszugleichen. Als er fertig war, war der Stiel viel zu dünn für die Hacke. Er würde noch einmal von vorn anfangen müssen.

Es klopfte. Erleichtert über die Ablenkung sprang Georg auf und warf den verunglückten Stiel im Vorbeigehen in den Kamin.

Vor der Tür stand die Löberin. Das wollene Tuch, das sie sich gegen den eisigen Regen um den Kopf gelegt hatte, war löchrig und triefte vor Nässe, obwohl der Löberhof direkt gegenüber dem Schulhaus lag und sie nur die Dorfstraße hatte überqueren müssen. Ihr Gruß war so leise, dass Georg ihn kaum verstehen konnte.

»Kommt rein«, sagte er schnell und trat beiseite, damit sie den schmalen Flur betreten konnte, der im hinteren Teil als Verschlag für die Ziegen diente. Es war eiskalt hier. Die Löberin schlug mit zitternden Händen das Tuch zurück und in dem gedämpften Licht, das durch die angelehnte Stubentür fiel, sah Georg ihre Augen feucht aufglänzen.

Seine Mutter trat aus der Stube. »Löberin! Ihr seid ja völlig durchnässt! Kommt doch herein und wärmt Euch für einen Moment.«

Die Frau folgte ohne ein Wort. Vor dem Kamin blieb sie stehen. Im flackernden Licht des Feuers waren tiefe Schatten in ihrem Gesicht zu sehen. Georg erschrak. Sie waren alle dünn geworden, selbst Pfarrer Eysold und der reiche Gundlach, der längst nur noch so genannt wurde, weil Beinamen sich länger an einem Menschen hielten als Kletten, aber jetzt erst erkannte Georg, dass es ihm und seiner Familie immer noch viel besser ging als manchem anderen im Dorf. Warum hatte er das nicht früher bemerkt?

»Ich …«, begann die Nachbarin und stockte wieder.

Georgs Mutter hatte sich wieder gesetzt und das Strickzeug aufgenommen, ohne das schnelle, fast schon mechanisch wirkende Spiel der Stricknadeln in Gang zu setzen. »Was fehlt Euch?«

Die Löberin senkte den Kopf und ihre Augen glänzten noch mehr. »Ich wollte eigentlich nicht betteln, es hat doch sonst auch keiner was übrig. Es ist auch nicht das Essen, wir kommen schon zurecht. Unsere Ziege ist letzte Nacht gestorben, also haben wir Fleisch. Sie war schon alt und krank, darum war es wohl gut so – aber jetzt fehlt uns das bisschen Milch, was sie noch gegeben hat. Was soll ich der Kleinen geben, ich selber kann sie doch auch nicht mehr stillen, ich habe schon seit zwei Monaten keine Milch mehr …« Hilflos brach sie ab und zog einen kleinen tönernen Topf unter ihrer Joppe hervor.

Einen Augenblick lang war es still im Raum, dann atmete Mutter tief durch. »Es wird schon reichen. Georg, geh und melk die Ziegen für den Abend und füll als Erstes den Topf. Kommt auch in Zukunft morgens und abends zur Melkzeit und holt Euch die Milch, Löberin.«

Jetzt lief der Nachbarin eine Träne über die Wange. »Danke«, sagte sie heiser. Mehr nicht, aber mehr war auch nicht nötig.

Georg verließ das Zimmer mit einem Kloß im Hals. Auf dem Flur nahm er den Milcheimer und ging zum Verschlag der beiden übrig gebliebenen Ziegen, die in letzter Zeit dort viel Platz zur Verfügung hatten. Sie meckerten ihm bereits entgegen und sprangen von selbst auf das kleine Podest mit dem Futtertrog. Georg warf ihnen eine Handvoll Heu hinein und ließ sich von der Löberin ihr Gefäß geben, um direkt hineinzumelken. Während der dünne Strahl der Milch mit einem hellen Klingen in den Topf traf, dachte er an den schrumpfenden Heuvorrat auf dem Boden über ihm. Hoffentlich kam der Frühling wirklich bald. Letztes Jahr hatten sie gerade zur sowieso schon verregneten Heuernte vor einer der vielen durchziehenden Armeen fliehen müssen und das meiste Heu war auf den Wiesen verfault. Wenn der Vorrat nicht reichte, bis die Tiere draußen genug Futter finden konnten, würden Martin und Christoph am Ende keine Milch mehr bekommen und sie alle keinen Käse, keine Sauermilch, Butter und Sahne – und was würden sie dann essen, solange man noch nicht wieder aussäen und Brennnesseln und andere Kräuter sammeln konnte?

Schweigend reichte er der Löberbäuerin den gefüllten Topf und sah ihr nach, wie sie mit gesenktem Kopf die paar Schritte bis zur Haustür ging und wieder in den prasselnden Regen hinaustrat. Als sie die Tür hinter sich geschlossen hatte, nahm er den Eimer und beeilte sich, den Rest Ziegenmilch hineinzumelken. Ihm war eiskalt hier im ungeheizten Teil des Hauses, aber wenn er in die Stube zurückkam, würde ein warmes Feuer auf ihn warten sowie etwas dünne, mit Milch versetzte Suppe – und mit einem Mal wurde ihm bewusst, was für ein Geschenk Gottes das in diesen Zeiten war.

2. Kapitel

Die Milch war zu spät gekommen.

Jedes Mal, wenn Georgs Blick während der Predigt am Grab auf den noch offenen Sarg fiel und den winzigen, mageren Körper mit dem aufgedunsenen Bauch, hatte er das Bedürfnis, sich nach seinem kleinen Bruder Martin umzusehen, sich zu vergewissern, dass es ihm noch besser ging, dass er wirklich noch nicht derart ausgehungert war wie die kleine Maria Löber.

»Gott schenke uns allen wie diesem Kinde die selige Auferstehung am Jüngsten Tage und unserem Land den Frieden. Lasst uns beten.«

Georg schloss gern die Augen. Das ausgemergelte, tote Gesicht des Kindes machte ihm mit erschreckender Klarheit bewusst, wie blind er in der letzten Zeit gewesen war. Er wusste, dass Menschen an Hunger starben, aber er hatte nie wirklich darüber nachgedacht, dass das auch hier bei ihnen in Günsendorf passieren könnte. Im Winter waren drei alte Leute im Dorf gestorben, aber alte Menschen starben schließlich immer, so hatte er gedacht. Doch die kleine Maria hätte noch nicht sterben dürfen mit ihren nicht einmal zwei Jahren. Nicht am Hunger.

Als Georg nach dem Amen die Augen öffnete, stand plötzlich ein Fremder neben dem Pastor. »Mein Beileid, Löberin«, sagte er und holte tief Luft. Seine Kleidung war mit Schlammspritzern übersät, das Haar klebte ihm am Kopf und der ungepflegte Bart gab ihm ein verwildertes Aussehen. Erst auf den zweiten Blick erkannte Georg den ältesten Sohn des reichen Gundlach.

»Ich störe ungern eine Beisetzung, aber ihr müsst euch beeilen. Sie kommen und sie sind schneller als ich. Sie sind schneller als die Höllenteufel, von denen sie abstammen. Ihr dürft nicht hierbleiben, in drei oder vier Stunden sind sie hier. Im Feldatal haben sie niemanden verschont. Nicht einmal die Kinder, wenn sie ihnen im Weg waren.« Der junge Gundlach sprach völlig ausdruckslos, aber seine Hände zitterten und in seinen Augen stand das Entsetzen.

»Welche Partei ist es, wovon sprecht Ihr, Gundlach?«, rief jemand.

»Die Schweden, unter Königsmarck. Es ist eine ganze Armee. Ihr müsst nach Grünberg, sofort.«

Einen Augenblick lang war es so still, dass man die Krähen in den Bäumen überlaut hören konnte.

»Die Schweden«, hörte Georg seinen Vater neben sich flüstern.

Diese kurzen Worte, die in der Stille für jedermann deutlich zu verstehen waren, rissen die Trauerversammlung aus ihrer Schockstarre. Plötzlich ging alles ganz schnell. Der Sarg wurde hastig geschlossen, in die Öffnung versenkt und das Grab zugeschaufelt. Nicht einmal die Mutter des verstorbenen Kindes blieb dabei noch stehen. Das Leben ihrer beiden älteren Kinder und ihr eigenes waren nun wichtiger als die Beerdigung ihrer toten Tochter. Georgs Vater brauchte die Glocke nicht zur Warnung zu läuten, es waren fast alle Dorfbewohner auf dem Friedhof gewesen.

In fliegender Eile packte das ganze Dorf zusammen, was mitgenommen werden konnte. Georg half seiner Mutter und Klara, alles an Lebensmitteln, was sie noch besaßen, zusammen mit ein paar Kleidern in den Kiepen und ihrem kleinen Leiterwagen zu verstauen. Mehr würden sie nicht mitnehmen können, nachdem sie zu Anfang des Winters die letzte Kuh hatten schlachten müssen, die ansonsten als Zugtier hätte dienen können.

»Georg!«, rief Vater aus seiner Kammer und Georg lief hinauf. »Hilf mir mit den Büchern.«

Georg zog drei der ledergebundenen Werke aus dem Regal. Vater hatte schon einmal versucht, sie zu verkaufen, aber in diesen Zeiten wollte zumindest hier auf dem Land niemand Bücher haben und so standen sie immer noch hier, wunderbare Dinge aus einer anderen, besseren Welt, in der man lernen und lesen konnte und niemand vor irgendetwas fliehen musste, der sich nichts hatte zuschulden kommen lassen. »Wohin?«

»In den Keller. Am besten stecken wir sie hinter den Schrank, in dem deine Mutter früher das Eingemachte aufbewahrt hat. Wir schlagen sie in alte Tücher ein. Vielleicht findet sie dort niemand. Vielleicht suchen sie da nicht.«

Nachdem sie den letzten Stapel hinuntergebracht hatten, lehnten sie ein paar alte Bretter an die Seite des Schrankes, um den Spalt zu verdecken. Bevor er die Kellerklappe herunterließ, warf Vater einen letzten Blick hinunter. Sein Gesicht war blass und Georg sah, dass Tränen in seinen Augen schimmerten. Die Bücher waren nicht nur in materieller Hinsicht das Wertvollste, was sie besaßen. Aber sie konnten sie nicht mitnehmen, diesmal nicht. Es war bei Weitem nicht das erste Mal, dass sie in den Schutz der Stadt fliehen mussten, aber es war sehr wohl das erste Mal, dass sie nicht einmal mehr eine Kuh besaßen und nur das Allernötigste mitnehmen konnten.

Sie packten so viel Heu ein, wie sie nur konnten, selbst den Ziegen schnallte Mutter jeweils ein verschnürtes Bündel Futter auf den Rücken, dann band sie ihnen die Mäuler zu, damit sie sich nicht unterwegs vom Rücken der jeweils anderen bedienten. Die beiden Tiere protestierten laut meckernd, solange sie noch konnten, aber es half ihnen nichts.

Und dann, schließlich, verließen sie alle das Dorf in einer einzigen langen Reihe. Nur ein paar alte Leute blieben zurück, zu schwach, um den anstrengenden Weg auf sich zu nehmen, oder zu halsstarrig, um ihre Häuser zu verlassen. Soweit sie es konnten, standen sie auf der Dorfstraße und winkten. Viele weinten, während sie zurückwinkten. Nach allem, was man von den wild hausenden Schweden gehört hatte, würden sie die Alten nicht wiedersehen. Georg sah die gebeugte Gestalt der alten Wernerin hinter der Biegung des Weges verschwinden und wünschte sich mit aller Kraft, dass die schwedischen Soldaten besser waren als ihr Ruf.

Grünberg präsentierte sich im fahlen Vorfrühlingslicht hübsch wie eine Festtagsdekoration. Auf einem von Bäumen und Buschwerk umsäumten Plateau gruppierten sich die Häuser anmutig um die beiden Kirchen, davor führte der vor gut vierzig Jahren angelegte Damm über das Tal des Äschersbaches, der sich zwischen kahlen Sträuchern und Bäumen durch sein enges Bett wand. Und doch war das Schönste, was sich den müden Günsendorfern darbot, die feste Mauer mit den vielen Türmen, die die Stadt wie ein Kranz von wehrhaften Stacheln umgab.

Erleichterung machte sich unter den Flüchtlingen breit. Georg wechselte den Strick, an dem er eine der Ziegen hielt, in die linke Hand und rieb sich die schmerzende Rechte, an der das Tier die ganze Zeit gezerrt hatte. Wenn die Stadt nur nicht überfüllt war, wenn sie nur eingelassen wurden! Christoph neben ihm war sehr still geworden, die anderthalb Stunden Weg waren weit gewesen für seine kurzen, hungrigen Beine.

Die Wachen am Brückeneingang beobachteten sie mit steinernen Gesichtern und kassierten schweigend die zwei Pfennige Wegegeld für jeden ihrer Karren. Dann betraten die Günsendorfer durch die mit einem runden Turm bewehrte Neupforte die Stadt. Über den dreieckig geformten Platz mit dem seltsamen Namen Krool und die daran anschließende Straße erreichten sie kurz darauf den Marktplatz. Georg war nicht zum ersten Mal hier, aber der weitläufige, gepflasterte Platz beeindruckte ihn immer wieder. Heute, wo kein einziger Marktstand zu sehen war, wirkte er noch größer.

Überhaupt war die Stadt zwar voller Menschen, wirkte aber doch seltsam leer. Bei vielen Häusern waren die Fensterläden geschlossen, die Leute liefen mit gesenkten Köpfen, und wenn sie miteinander sprachen, dann nur in gedämpftem Tonfall. Die Neuankömmlinge schienen sie gar nicht wahrzunehmen. Bevor die Günsendorfer das Rathaus mit seinem Türmchen und dem reich verzierten Fachwerk an der Stirnseite des Platzes ganz erreicht hatten und eintreten konnten, öffnete sich die wie ein Portal von Pilastern und einem dreieckigen Giebel umrahmte Tür im steinernen Erdgeschoss und ein Mann trat heraus. Er trug ein feines, gelb gefärbtes Lederwams und hielt einen Hut mit breiter Krempe und ausladender weißer Feder in der Hand, den er sich auf den Kopf stülpte, bevor er sie ansprach. »Wo kommt ihr her?«

Georg schaute auf Pfarrer Eysold, der nun in gebückter Haltung vortrat. Seinen Hut knetete er dabei in den Händen. »Wir sind aus Günsendorf und vor den heranrückenden Schweden geflohen. Wir bitten um Obdach und Schutz, Herr Ratsherr.«

Der Mann lächelte, sah aber alles andere als fröhlich aus. »Wie immer und wie alle also. Dabei weiß keiner, ob ihr hier sicherer seid als in euren Dörfern, schließlich werden die Schweden mit Sicherheit auch hierherkommen. Und jeder verdammte Bauer aus jedem verdammten Dorf im Umkreis von Meilen flüchtet hinter unsere Mauern und züchtet die Pest, die Blattern, die Rote Ruhr und weiß Gott was für andere Seuchen heran. Ihr werdet zu all den anderen in die Zehntscheuern an der Stadtmauer gehen müssen. Willkommen und viel Freude wünsche ich, auch die Scheunen sind nämlich längst überfüllt. Und nur, dass das klar ist: Nahrung haben wir keine übrig, schon gar nicht für eure Tiere.«

»Wir sind nicht die Schweden, wir hatten nicht vor, die Stadt auszuplündern!« Der reiche Gundlach hatte den Rücken gestrafft und sprach mit hörbar unterdrückter Wut. »Und der Herr Ratsherr hat keinen Grund, sich über uns zu erheben. Weiß Er überhaupt, wie es ist, hinter nichts als einer Lehmwand als Schutz auf die Soldaten zu warten? Zuzusehen, wie sie alles nehmen, wofür man Jahre hart gearbeitet hat, wie sie Frauen Gewalt antun, Kinder quälen und Männer foltern, um auch noch den letzten möglicherweise verborgenen Heller aus ihnen herauszupressen? Man kann sich nicht wehren, man kann nur alles über sich ergehen lassen. Wir haben so manche Marodeure überstanden, aber bei einer ganzen Armee bleibt uns nichts anderes übrig, als zu fliehen hinter die armseligen Mauern Seiner Stadt. Dass wir hier nicht ins Paradies kommen, wissen wir. Lasse Er uns wenigstens einen Rest unserer Würde und behandele Er uns nicht, als verlangten wir Ungebührliches!«

Der Ratsherr hob die Hände. »Ja, schon gut, schon gut. Nehmt es mir nicht übel. Wir sind alle überreizt. Wenn sie herkommen, die verfluchten Schweden, werden wir wieder bluten und bald gibt es nichts mehr, was wir noch herausschwitzen könnten aus Geldsäcken und Vorratskammern.« Er zeigte mit dem Arm in die Gasse zu seiner Linken. »Dort durchgehen, dann stoßt ihr auf das ehemalige Kloster der Franziskaner. Eigentlich dienen uns die Gebäude, die noch stehen, als Scheunen für die landgräflichen Zehntabgaben, aber in diesen Zeiten lagern wir dort nur mehr Flüchtlinge.«

Ohne ein weiteres Wort oder auch nur einen Blick des Abschieds drehte er sich um und verschwand wieder im Rathaus. Schweigend, wenn auch mit seinem finstersten Gesichtsausdruck, drehte sich Gundlach um und ging den Günsendorfern voran durch die schmale Gasse, die schon kurz nach dem Marktplatz das Pflaster zugunsten eines regenfeuchten Erdbodens aufgab. Misthaufen vor den Türen verbreiteten vertraute Gerüche, die sich hier zwischen den Häusern unangenehm stauten. Jemand goss einen Schwall Flüssigkeit aus einem Fenster und verfehlte Georgs Mutter nur knapp. Sie blieben nicht stehen, um nachzusehen, ob es Schmutzwasser oder der Inhalt eines Nachttopfes gewesen war.

Das Gelände des ehemaligen Klosters war umzäunt, recht groß und nur wenig bebaut. Gärten boten sich ihnen dar, in denen verstreute Obstbäume mit ihren winterlich kahlen Ästen ein trostloses Bild abgaben, und dazwischen die Gebäude, teilweise aus Stein, teilweise das übliche Fachwerk. Davor spielten Kinder im Dreck. Als sie näher kamen, hörten sie aus den Scheunen eine Vielzahl von Geräuschen: Das Meckern von Ziegen, eine laut muhende Kuh, Menschen, die wild durcheinandersprachen, riefen und sich auf raschelndem Stroh bewegten. Der Geruch nach Exkrementen von Mensch und Tier, Schweiß und Essen drang Georg schon in die Nase, bevor sie die erste Scheune ganz erreicht hatten. Als der reiche Gundlach die Tür öffnete, wurde der Gestank überwältigend. Georg stand dicht hinter dem Mann, aber in der Scheune war es so dunkel, dass er zunächst nichts erkennen konnte.

»Tür zu, verdammt, es ist kalt!«, rief jemand von irgendwo.

Direkt vor ihnen erhob sich jemand und trat in die offene Tür. Sein dunkler Bart war ebenso zottig wie sein Haar, seine Kleider starrten vor Dreck. »Neue? Mein Gott. Auch noch ein ganzes Dorf, was? Versucht es in einer der anderen Scheunen, hier gibt es keinen Zoll mehr, auf dem noch einer Platz fände zum Liegen.«

Georg sah den entsetzten Blick, den sich sein Vater und Gundlach zuwarfen. Das war anders als die letzten Male, als sie hierher geflohen waren. Es war im Sommer gewesen und alle hatten genügend Platz gehabt.

In der dritten Scheune blieben sie, auch wenn dort ebenfalls kaum freier Raum war. Es war tatsächlich extrem eng: In der Nacht lagen sie dicht an dicht, und wenn einer aufstand, um sich zu erleichtern, konnte er nicht umhin, andere zu treten oder über ihre Gliedmaßen zu stolpern. Georg schlief nur wenig. Der Raum war so voller Menschen, dass immer irgendjemand schnarchte, hustete, sich umdrehte, pisste, leise fluchte, weinte, jammerte, sich flüsternd stritt, ächzte, schwer atmete oder schniefte. Schafe blökten, Hunde fiepten im Schlaf, Kühe stöhnten oder entleerten ihren Darm mit lautem Platschen. Der durchdringende Geruch nach Urin und Kot von Mensch und Tier biss scharf in der Nase und machte Georg das Atmen schwer. Er lag stundenlang wach und starrte in die fensterlose Dunkelheit.

Wenigstens waren sie hinter den Mauern zunächst in Sicherheit. Was werden würde, wenn die Schweden tatsächlich vor Grünberg kämen, darüber wollte er lieber gar nicht erst nachdenken.

»Jetzt ist es fast alle.« Klara pickte ein paar Heuhalme auf, die beim Hinübertragen hinuntergefallen waren, und hielt sie den beiden Ziegen hin.

Georg nickte. Das letzte Heu für die Tiere. Zu Hause lagerte noch genug, aber nicht hier. Drei Tage waren sie nun schon in Grünberg und niemand hatte die Stadt angegriffen. Die Nachrichten von draußen waren spärlich, aber wie es schien, war Königsmarck mit seiner Armee nach Süden weitergezogen. Er musste längst an Günsendorf vorbeigezogen sein. Oder durch Günsendorf hindurch. Georg wartete jeden Tag darauf, dass sein Vater sie dazu aufforderte, alles zusammenzupacken und heimzugehen.

Klara streichelte mit ihren dünnen Fingern zärtlich das Gesicht der jüngeren Ziege. Georg drehte sich zu seiner Mutter um, die auf den wenigen verfügbaren Resten alten Strohs hockte und Christophs im Spiel mit den anderen Kindern zerrissene Hose flickte. »Mutter?«, sagte er. Sie schaute hoch. »Habt Ihr gehört? Das war jetzt fast der letzte Rest Heu. Es reicht gerade noch für morgen, dann haben wir nichts mehr für die Ziegen.«

Sie ließ die Nadel sinken und seufzte tief. Ihr sorgenvoller Blick wanderte zu Georgs Vater hinüber, der neben ihr schlief und immer wieder hustete. »Wir können noch nicht zurück, es ist zu unsicher. Und dein Vater kann mit seiner Erkältung auf keinen Fall nach Günsendorf gehen und Heu holen. Also wirst du wohl gehen müssen, mein Junge. Mir gefällt der Gedanke zwar nicht, dich allein loszuschicken, aber es hat niemand mehr Futter und die beiden Tiere sind doch alles, was wir noch besitzen!«

Um sie herum lagerten ihre Nachbarn und der Raum war voller Menschen aus anderen Dörfern, aber jedem war klar, dass dies ein Problem war, das nur die Familie Kammann anging. Keiner von ihnen hatte etwas abzugeben, solange nicht wirklich Not herrschte, also taten alle, als würden sie nichts mitbekommen.

28

Schließlich waren schon andere in ihre Dörfer aufgebrochen, um Vorräte aufzustocken, und unversehrt zurückgekehrt.

Mutter stand auf und nahm Georg ohne Umstände in die Arme. Erst wollte ihn Scham überkommen, schließlich war er kein Kind mehr und längst einen Kopf größer als sie, aber dann genoss er die Geborgenheit doch. Er presste sein Gesicht fest an ihre Schulter und atmete den Geruch nach Rauch, Schweiß und Wolle ein, der ihrer braunen Jacke anhaftete. Als sie ihn losließ, sah er Tränen in ihren Augen glitzern. Er selbst fühlte sich merkwürdig ruhig, während er hinausging, seinen Mantel zuknöpfte und die Kiepe auf seinen Rücken hob. Er wusste, dass er Angst haben sollte, aber es war, als beobachtete er sich selbst nur, als wäre das, was er tat, nur ein Traum.

Er ging durch die Gasse zum Marktplatz, über den Krool zur Neupforte und lief zügig über den Damm. Er schaute sich nicht um, nicht ein einziges Mal, bis die Stadt längst hinter den nächsten Hügeln verschwunden war.

Dann erst kam die Angst. Er war allein, hatte keine Waffe – aber er wusste ohnehin, dass ihm keine Waffe der Welt gegen einen Trupp gewaltbereiter Soldaten genützt hätte. Schließlich hätte er sie nicht einmal führen können. Mit einem würgenden Gefühl im Hals und heftig gegen seinen Brustkorb hämmerndem Herzen hastete er weiter. Hinter jedem Busch sah er einen Mann und jede Windung der Straße, die die Sicht versperrte, brachte er nur mit großer Willensanstrengung hinter sich. Noch nie war ihm ein Weg so lang vorgekommen.

Schließlich erreichte er die ersten Felder, die zu Günsendorf gehörten. Nun war es nicht mehr weit. Am besten würde er sich dem Dorf von der Seite nähern, vorsichtig Ausschau halten, ob sich irgendwo etwas rührte – es konnte ja sein, dass noch Soldaten dort waren oder dass anderes Gesindel in die leer stehenden Häuser eingezogen war. Die alten Leute hätten das nicht verhindern können …

»Ha!«

Wie aus dem Boden gewachsen standen plötzlich Soldaten vor ihm, noch bevor das Dorf in Sicht kam. Sie trugen zerfetzte Kleider, Waffen und teilweise Helme, vor allem aber trugen sie einen Ausdruck in den bärtigen, schmutzigen Gesichtern, der nichts Menschliches mehr hatte.

Georg blieb stocksteif stehen und spürte, wie ihm das Blut in den Kopf schoss, bis ihm die Ohren dröhnten. Seine Arme und Beine fühlten sich taub an und sein Herz schlug beinahe schon schmerzhaft heftig. Es war geschehen. Das, wovor er sich gefürchtet und was seine Mutter vor Angst um ihn zum Weinen gebracht hatte, war eingetreten. Er versuchte zu beten, aber es war ihm nicht möglich, einen klaren Gedanken zu fassen, und Gott fühlte sich weit weg an, noch weiter als gewöhnlich. Irgendwie war ihm, als könne auch Gott das, was ihm nun bevorstand, nicht mehr verhindern.

»Na, wen haben wir denn da? Einen Grünschnabel mit einer Kiepe – wo der wohl hin will?«

Georg wollte antworten, aber er bekam keinen Ton heraus.

»Vielleicht nach Günsendorf? Vielleicht will er da etwas holen, was in die Kiepe soll?«

Speichel sammelte sich in Georgs Mund an, aber er wagte nicht einmal, ihn hinunterzuschlucken. Sollte er etwas sagen? Und wenn ja, was? Sollte er leugnen, nach Günsendorf unterwegs zu sein, sollte er betteln, sollte er so tun, als fürchte er sich nicht?

Einer der Männer trat dicht an ihn heran. »Antworte, kleine Ratte! Bist du aus Günsendorf oder nicht?« Georg roch Schweiß, Schmutz und etwas Süßliches, das er nicht einordnen konnte. Die drohenden Brauen des Mannes waren direkt vor ihm. Ohne weiter zu zögern, nickte er so heftig, dass ihm fast schwindlig wurde. Er wagte einfach nicht zu lügen.

»Dann zeig uns mal, was du holen wolltest.« Der Landsknecht trat hinter ihn und stieß ihm so kräftig in den Rücken, dass er vorwärtsstolperte.

Endlich gehorchte ihm seine Stimme wieder. »Heu«, krächzte er, »nur Heu!«

»Mag sein. Aber es gibt dort garantiert noch mehr als nur Heu, und wo das liegt, wirst du uns verraten.«

Sie warteten nicht auf eine Antwort, sondern stießen Georg vor sich her, bis sie die Dorfstraße erreicht hatten. Noch nie hatte Georg sich von seinem Zuhause weggewünscht, doch jetzt tat er es. Die vom Regen aufgeweichte, schlammige Straße, die kleinen Häuser, die strohgedeckten Dächer – sie bedeuteten auf einmal nicht mehr Geborgenheit, sondern den Endpunkt des Weges, auf dem er dem, was die Männer mit ihm anstellen würden, nicht mehr ausweichen konnte. Er hatte die Geschichten gehört. Er wusste, was ihm bevorstand. »Gott«, flüsterte er tonlos, »hilf mir!« Mehr war ihm nicht möglich.

Das erste Gebäude, das sie erreichten, war die windschiefe Kate der Löbers. Einer der Männer ging ins Haus, die anderen stießen Georg hinter ihm her. Jemand drückte die Fensterläden mit so viel Schwung auf, dass sie außen gegen die Wand stießen und drinnen der Lehm aus den Gefachen rieselte. Georg stand in der Mitte des Raumes und fürchtete, jeden Moment vor Angst das Wasser nicht mehr halten zu können. Er wollte mutig sein, stark, ein wahrer Mann – aber das war ihm unmöglich angesichts der fünf oder sechs Soldaten, die sich im Kreis um ihn herum aufbauten und deren Mienen keinen Zweifel daran ließen, dass sie zu allem bereit waren. Gewalt war alles, was er darin lesen konnte. Keine Spur von Mitleid oder Erbarmen.

»Also: Wo finden wir die Schätze? Münzen, Geschirr, was auch immer von Wert ist. Wo ist das Versteck eures Dorfes?«

»Ich weiß nicht«, brachte Georg mit Mühe hervor.

»So, das weißt du nicht? Dann wollen wir dir mal auf die Sprünge helfen.« Der Mann trat vor. Unter seinem blonden Schnurrbart und den Bartstoppeln lächelte er breit. Dann schnellte sein Arm vor. Georg spürte, wie die Faust seinen Bauch traf, dann verschwamm die Welt in Schmerz und Übelkeit. Vor seinen Augen tanzten Funken und er sank würgend zu Boden.

»Na, fällt es dir ein?«

Georg schluckte heftig, um die Übelkeit niederzukämpfen, und schnappte nach Luft. »Weiß … nicht«, stieß er hervor und hörte sich selbst wie ein jammerndes Kleinkind.

Wieder ein Schmerz, diesmal in der Seite, ein Tritt in die Rippen. Georg schrie auf, es war ihm egal, was die Männer von ihm dachten, es war ihm egal, dass er eigentlich tapfer sein sollte, er wollte nur, dass sie aufhörten und ihn in Ruhe ließen.

»Na gut, fangen wir einfacher an. Wo sind die Wertgegenstände deiner eigenen Familie? Das wirst du doch wohl wissen!«

Ein Schlag gegen die Wange, sodass sein Kopf zur Seite flog. Georgs Kiefer tat höllisch weh. Er versuchte zu denken. Die Bücher waren alles, was an Wert im Haus geblieben war. Vaters Bücher …

»Na?« Ein weiterer Tritt in die Seite.

»Keller … Schulhaus«, sagte er. Das Sprechen tat weh. Wenn sie nur endlich von ihm abließen!

»Wo da?«

Georgs Mund war trocken. Er wollte antworten, aber bevor er den schmerzenden Mund öffnen konnte, kam einer der Männer näher. »Seht, was ich gefunden«, sagte er mit fremdländischem Akzent. Sein Gesicht war eine verschwommene Masse.

»Oh, das wird lustig«, sagte ein anderer, und bevor Georg auch nur zurückweichen konnte, fühlte er, wie ihm etwas um den Hals gelegt wurde. Wolle. Zwei dicke Stränge grober, gesponnener Wolle aus dem Strickkorb der Löberin. Er verstand nicht, was sie damit vorhatten. Die Wolle kratzte an seinem Hals und er schaute flehend zu den Männern auf. »Hinter dem Schrank!«, sagte er. Seine Stimme klang dünn vor Angst.

»Frieder, Rothahn, geht ihr rüber. Wir wollen sehen, ob wir nicht noch ein bisschen mehr aus unserem Vögelchen rauskriegen.«

Nein. Nein! Er hätte Vaters Bücher nicht ausliefern müssen, sie würden ihn doch nicht verschonen, das begriff er nun. Ein kräftiger Ruck an der Wolle warf ihn zu Boden.

Wieder ein Tritt. Er spürte ihn schon kaum noch. »Aufstehen! Hier wird nicht geschlafen! Wo ist das Geld des Dorfes? Erinnerst du dich jetzt?«

Georg schwieg. Es war egal, was er sagte, sie würden ihm doch nicht glauben, dass es keine Schätze gab. Einer der Soldaten zerrte ihn am Arm hoch und stieß ihn weg. Georg taumelte rückwärts und prallte gegen den Tisch. Jeder Zoll seines Körpers schmerzte. Ein Ruck an der Wolle um seinen Hals riss ihn zur Seite, bevor er wieder Halt finden konnte, und schleuderte ihn auf eine Bank.

»Na?«

Er schwieg. Die Welt war Schmerz und Hilflosigkeit und es würde niemals enden. Hin und her zerrten und stießen sie ihn, lachten dabei. Ihre Hände waren rau und ihre Gesichter wie die Bilder von höllischen Mächten in einem von Vaters Büchern. Georg spürte, wie Blut an seinem Bein hinablief, aber der Schmerz war überall und vor allem in seinem Nacken. Jeder neue Ruck sandte ihn in Wellen durch seinen Körper.

Dann hielten sie plötzlich inne. »Bücher!«, rief eine Stimme. »Da war nichts als beschissene Bücher!«

Ein erneuter Ruck. Georg fiel auf die Knie. »Wo ist das Geld?!«

»Es gibt keins«, flüsterte er, aber sie hörten nicht auf das, was er sagte.

Ein Dröhnen ertönte, als jemand gegen die Wand der Stube schlug. Mehrfaches Hämmern, alles war hinter Georgs Rücken und er drehte sich nicht um. »Guter Haken«, hörte er, dann wurde er wieder hochgezerrt und rückwärts gestoßen. Erneut traf er auf eine Bank und sank darauf nieder. Einer der Männer machte sich an den Wollsträngen zu schaffen. Georg schaute nicht hin. Er versuchte zu weinen, aber er konnte nicht. Es war sowieso sinnlos.

»Rauf mit dir! Auf die Bank, los!«

Er gehorchte. Wenn er es nicht tat, würde es nur neue Schläge setzen und am Ende bekämen sie doch ihren Willen. Erst als der Mann neben ihm auf die schmale Bank stieg und die Wolle plötzlich an Georgs Kehle drückte, begriff er, dass sie ihn aufhängen wollten. Er schrie, ohne Worte, denn es gab keine mehr.

»Halt den Rand!«, sagte einer und dann zogen sie die Bank weg.

Georgs Füße suchten nach Halt, seine Kehle wurde zugedrückt und die Welt war erneut Schmerz und das verzweifelte Ringen nach Atem. Jemand packte seine Füße und der Strang lockerte sich. Luft! Georg sog sie ein, stoßweise und unter Schmerzen.

Sie riefen etwas, wollten etwas wissen, aber Georg konnte nicht einmal mehr verstehen, was sie sagten. Er würde sterben, aber er wollte nicht. Nicht jetzt! *Gott!*, rief er, in Gedanken, denn sein Mund konnte keine Worte mehr formen, *Gott!*

Und dann geschah das Wunder. Krach ertönte, Worte, eine fremde, zornige Stimme, und plötzlich fand sich Georg auf einer Bank liegend wieder, die Wolle fort von seinem Hals, und Luft, frische, süße Luft strömte durch die schmerzende Kehle in seine Lunge.

»Raus hier, ihr Untiere, ihr Taugenichtse! Solange ich euer Leutnant bin, werden keine Kinder gefoltert, verstanden? Sucht euch die Beute selber, und wenn ihr zu dumm seid, sie zu finden, dann ist das euer Pech, aber ihr werdet keine Jungen aufhängen! Und jetzt verschwindet und durchsucht die Häuser selber, vor allem nach Essen und Viehfutter!«

Georg schaute an die rauchgeschwärzte Decke und atmete. Er atmete – er lebte! Ein Kopf mit einem speckigen, breitkrempigen Hut schob sich in sein Gesichtsfeld. »Lebst du noch?«

»Ja«, krächzte Georg.

»Gut. Sobald du dich wieder einigermaßen auf den Beinen halten kannst, solltest du von hier verschwinden. Noch mal werde ich dich nicht retten. Und ob das Dorf so stehen bleibt, kann ich auch nicht garantieren, also besser, du gehst bald.« Mit diesen Worten wandte sich der Offizier um und verließ das Haus.

Einen Augenblick lang blieb Georg noch liegen und sog durch seine schmerzende Kehle hindurch einen Atemzug nach dem anderen in seine Lunge. Irgendwann merkte er, dass es leichter ging und ihm nicht mehr ganz so übel war. Vorsichtig setzte er sich auf, stand dann auf und stolperte zur Tür. Während er auf der Schwelle stand, sah er einen der Soldaten eine Fackel in das Haus des reichen Gundlach werfen. Auf ihn achtete niemand. Er wandte sich nach rechts und machte sich auf den langen Weg nach Grünberg, immer einen Fuß vor den anderen setzend.

Nur wie von weither hörte er das Prasseln der Flammen und das unverständliche Geschrei der Soldaten. Rechter Fuß, linker Fuß. Sein ganzer Körper schmerzte, aber alles war gedämpft wie unter einer Federdecke. Solange er ging, war alles gut. Solange er wegkam von den Soldaten. Links und wieder rechts.

3. Kapitel

Mutters Kuss auf Georgs Stirn war kühl und feucht und tröstlich. »Schlaf gut, mein Junge, und denk nicht mehr daran. Hier kann dir nichts passieren. Und du weißt ja: Wir sind allein in Gottes Hand.«

Gehorsam schloss er die Augen. Bei jeder kleinen Bewegung tat ihm alles weh und der ungepolsterte Boden, auf dem er lag, machte es nicht besser. Sein ganzer Körper war blau und rot und nach wie vor schmerzte das Atmen in der Kehle – aber sonst war ihm nichts geschehen. Und natürlich hatte Mutter recht, er war jetzt hier und es war alles gut. Er hatte es bis zu ihrer Unterkunft geschafft und war erst dann zusammengebrochen.

Er war in Sicherheit und er sollte schlafen …

Jemand ruckte am Garn und schrie: »Wo ist das Geld?!« Georg fuhr hoch. Schweiß klebte an seinem ganzen Körper und für einen Moment wusste er nicht, wo er war. Der Geruch, die Geräusche … draußen schlug die Kirchturmuhr: Grünberg. Er war in Sicherheit! Die Soldaten waren weit weg und um seinen Hals lag keine Wolle. Schwer atmend sank Georg auf den harten Boden zurück. Jetzt erst protestierte sein zerschundener Körper gegen die plötzliche Bewegung.

Mit weit geöffneten Augen starrte er in die Dunkelheit und lauschte auf die Atemzüge seiner Familie. Würde er jemals glauben können, dass er in Sicherheit war? Wie sollte er die Angst vergessen, vergessen, wie nahe er dem Tod gewesen war? In diesem Augenblick konnte er sich nicht vorstellen, dass er je wieder gut würde schlafen können. Immer wieder würden die Soldaten in seine Träume kommen und immer wieder würde er die Schmerzen und die Verzweiflung erneut spüren. Seine Kehle zog sich schmerzhaft zusammen, diesmal ganz von selbst. Er versuchte, den Krampf wegzuschlucken, aber stattdessen lief ihm eine Träne über die Wange und hinterließ eine brennende Spur auf der gereizten Haut. Eine weitere folgte ihr, dann noch eine und noch eine. Es war, als wäre ein Damm gebrochen, und das tat gut.

Dann kam auf einmal der Gedanke: Er hätte sterben können. Er hätte sogar sterben sollen. Die Soldaten hätten ihn sicher nicht verschont, wenn der Leutnant nicht gekommen wäre. Er war ganz kurz davor gewesen zu sterben – und doch lebte er. Kurz bevor der Offizier aufgetaucht war, hatte er doch noch nach Gott geschrien! Und Gott hatte ihn gerettet, aber mehr als ein kurzes Dankgebet seiner Mutter, als er in die Scheune getaumelt war und sie sich nach dem ersten Schrecken davon überzeugt hatte, dass seine Verletzungen nicht lebensgefährlich waren, war daraufhin nicht geschehen.

Er war gerettet worden! Es gab gar keinen Grund, Angst zu haben, wenn doch Gott in dem rauen Leutnant einen zugegebenermaßen recht ungewöhnlichen Engel geschickt hatte, nur um ihn zu retten!

Wieder flossen Tränen, aber es waren andere Tränen, keine, die die Verzweiflung herausspülten, sondern solche, die Erleichterung bedeuteten – Erleichterung und Dankbarkeit.

»Danke«, flüsterte Georg so leise er konnte und schloss die Augen. Es war nicht richtig, das im Liegen zu tun, am liebsten wäre er aufgestanden und hätte sich wenigstens hingekniet, aber dazu war sein Körper zu zerschlagen und außerdem hätte er die anderen aufgeweckt. »Ich danke dir, Herr und Gott, dass du mich errettet hast. Ich habe mein Leben neu von dir geschenkt bekommen. Es gehört dir. Ich weihe es dir. Wenn es dein Wille ist, dann werde ich dir und deiner Kirche dienen.«

Erst, als er die Augen wieder öffnete, wurde Georg bewusst, dass er soeben versprochen hatte, Pfarrer zu werden. Der geistliche war nie ein Stand gewesen, den er bewundert oder angestrebt hatte, und das hatte sich ganz und gar nicht geändert, seit Pfarrer Eysold für die Dorfjugend zu einer Lachnummer verkommen war. Wenn überhaupt, dann hatte er Jurist werden wollen, Beamter oder Richter, aber kein Geistlicher. Doch es war ihm ernst damit. Er hatte ein zweites Leben geschenkt bekommen und er hatte nichts anderes als dieses Leben, was er Gott als Dankesgabe darreichen konnte.

Ja, er würde Pfarrer werden. Er würde … Theologie studieren. Jetzt erst fiel ihm auf, was das bedeutete, und sein Herz begann dabei schneller zu schlagen: ein Studium! Doch ein Studium! Lernen! Er würde Theologe werden, die Bibel und die Schriften anderer Theologen studieren, Neues über Gott herausfinden und selbst Schriften verfassen und veröffentlichen.

Mit offenen Augen träumte Georg zum ersten Mal konkret von seiner Zukunft, während sein Körper immer noch überall schmerzte. Aber die Träume waren gut und die Schmerzen spürte er kaum noch, solange er sie träumte.

൙

Ein eigenartiger Geruch lag in der Luft, als die Dorfgemeinschaft sich zwei Tage später geschlossen Günsendorf näherte. Es war ihnen nichts anderes übrig geblieben, als sich auf den Heimweg zu machen. Die Schweden waren vorbeigezogen, so hieß es wenigstens, und die Vorräte waren aufgebraucht. Nicht nur das Heu für die Tiere, das Georg nicht hatte auffüllen können, sodass die beiden Ziegen hungrig meckerten und keine Milch mehr gaben, sondern auch die Nahrung für die Menschen. Und draußen waren nun die ersten Pflanzen zu sehen – vielleicht konnte man sich mit dem, was die Natur hergab, über Wasser halten. In der Stadt jedenfalls konnten sie nicht länger bleiben.

»Was stinkt hier so?« Christoph rümpfte die Nase.

Georg antwortete nicht. Der scharfe, rauchige Geruch erinnerte ihn an etwas. Er sah sich den Weg in entgegengesetzter Richtung gehen, nur halb bei Bewusstsein – und dann erinnerte er sich an die Fackel und das Geräusch der prasselnden Flammen, das ihn ein Stück des Weges begleitet hatte. Wie hatte er das vergessen können?

»Feuer«, sagte er tonlos. »Sie haben ein Haus angezündet. Ich hab's gesehen, aber nicht richtig begriffen, ich war so benommen.«

Sein Vater blieb stehen. »Ein Haus? Dann haben alle gebrannt.«

»Nein. Nein, das kann nicht sein. Es wird nicht alles zerstört sein. Die Häuser stehen doch nicht so dicht nebeneinander …«
Der Satz blieb in der Schwebe hängen, als der reiche Gundlach ein paar Schritte nach vorne lief und über die Kuppe blickte, die ihnen bis jetzt den Blick auf das Dorf versperrt hatte.

Es waren nur die Kirche und vier Häuser übrig geblieben, eines davon das Schulhaus. Von allen anderen waren nur noch schwarze Ruinen zu sehen, teilweise gar nur noch Grundmauern.

Einige Frauen begannen zu weinen.

Nicht so Georgs Mutter. Ihr Gesicht war blass, aber sie hielt den Kopf erhoben. »Wir werden zusammenrücken müssen, bis die Häuser wieder stehen. Gemeinsam schaffen wir es. Wir haben schon so vieles geschafft. Wir haben die Pest überlebt vor zwei Jahren, oder nicht? Es sind nur Häuser. Wir werden sie schöner wiederaufbauen. Löberin, Ihr und die Kinder, ihr kommt zu uns. Wir rücken eben zusammen.«

So wurde es gemacht. Außer der Löberwitwe kam noch eine weitere Familie in die Stube und der alten Singermannin und ihrer Schwester wurde in der Kammer mit den nun teilweise leeren Bücherregalen ein Bett eingerichtet.

Abends saßen sie vor dem Herd. Holz war noch da, auch die Möbel. Lediglich das Geschirr war zertrümmert und von dreien von Vaters Büchern fanden sich nur noch verkohlte Einbandreste in der Feuerstelle. Die anderen lagen verknickt und aus ihrer Bindung gerissen im Keller verstreut, aber das ließ sich notdürftig reparieren.

Von den alten Leuten, die im Dorf geblieben waren, fehlte jede Spur. In einer Woche sollte eine Trauerfeier für sie abgehalten werden, hatte Pfarrer Eysold gesagt. Aber vielleicht würden sie ja zurückkommen? Vielleicht waren sie nur in den Wald geflüchtet? Georg glaubte zwar selbst nicht daran, aber trotzdem klammerte er sich an den Gedanken wie an jede andere kleine Hoffnung.

»Morgen werden wir in den Wald gehen. Vielleicht finden wir ein paar Eicheln vom letzten Jahr.« Mutters Stimme klang auf einmal verzagt und das war beunruhigend. Mutter durfte nicht verzagen. Vater verlor schnell den Mut, aber nicht Mutter.

Vater legte eine Hand auf ihren Arm. »Wir werden es schaffen.« Vater tröstete Mutter? Es war eine verkehrte Welt. Auch Klara und Christoph verzogen ängstlich die Gesichter. Nichts war mehr so, wie es sein sollte.

»Für alle?« Mutters Geste umfasste den ganzen Raum: neun Kinder, fünf Eltern, zwei alte Frauen, und danach vergrub sie das Gesicht in den Händen.

»Wir werden es schaffen«, wiederholte Vater flüsternd wie eine Beschwörung. »Wenn wir alle mit anpacken und zusammenhalten, schaffen wir es. Der Frühling kommt und wir können aus beiden Ziegen und Gundlachs Bock Zicklein ziehen. Schlimmstenfalls gehen wir in Weickartshain oder Lardenbach betteln, da waren die Schweden angeblich nicht. So einfach geben wir uns doch nicht geschlagen! Oder?« In dem letzten Wort schwang wieder die gewohnte Unsicherheit mit und Georgs Mutter hob den Kopf, legte ihm die Hand auf den Arm und lächelte unter Tränen.

»Nein, mein Lieber, das tun wir nicht. Du hast recht. Wir werden nach Weickartshain gehen und dort um Essen bitten. Vielleicht haben sie auch ein wenig Saatgut für uns übrig.«

Betteln? Georg biss die Zähne zusammen. Der Gedanke war scheußlich, sich so weit herabwürdigen zu müssen, aber dass es ums Überleben ging und sie sich Stolz wahrhaftig nicht leisten konnten, hatte er inzwischen auf die harte Art gelernt.

Tief drinnen war das Versprechen, das er Gott gegeben hatte, wie ein warmer Sonnenfleck in seinem Herzen. Er hatte seinen Eltern nichts davon gesagt. Ihm war bewusst, dass die Erfüllung dieses Versprechens in weiter Ferne lag. Aber eines Tages würde er es einlösen, und wenn er dann schon alt und grau oder zumindest über zwanzig wäre. Es würden bessere Zeiten kommen, es musste so sein. Und wenn Gott ihn in seinem Dienst haben wollte, dann würde er ihm einen Weg eröffnen, daran klammerte Georg sich fest. Bis dahin hatte es keinen Zweck, seine Eltern damit zu belasten.

☙

Das Betteln war weniger schwierig, als Georg gedacht hatte – sein knurrender Magen und noch mehr die hungrigen Augen von Klara, Christoph und Martin ließen ihn seinen Stolz schnell vergessen. Schwer war es nur dann, wenn man ihnen mit den Worten »Wir haben selbst nichts« die Tür eilig vor der Nase zuschlug. Vor allem, weil oftmals gerade die Leute, die wirklich selbst kaum in der Lage waren, sich und ihre Familien zu ernähren, immer noch wenigstens ein gutes Wort für die Günsendorfer übrig hatten.

Sie bekamen einige Handvoll Saatgut, das sie hüteten wie einen Goldschatz, bis der Frühling weit genug fortgeschritten sein würde, um die Gemüse- und Getreidesamen in die Erde zu bringen. In der Zwischenzeit bauten sie, so gut es eben ging, ihr Dorf wieder auf. Georg half den ganzen Tag über, wo er gebraucht wurde. Schulunterricht wurde wie in der Erntezeit keiner mehr abgehalten, auch die Hände der Kinder und die von Georgs Vater wurden für den Aufbau benötigt.

Dennoch suchte sich Georg in jeder freien Minute irgendwo ein Plätzchen, wo er Lateinvokabeln lernen und in seinem Katechismus lesen konnte. Das Versprechen war immer vor seinem inneren Auge und er wollte zumindest alles dafür getan haben, um bereit zu sein, wenn sich eine Gelegenheit ergab, es einzulösen. Als es wärmer wurde, war der Heuboden der beste Rückzugsort für ihn. Es war, als würde die Zeit stehen bleiben, wenn er ihn betrat.

Georg saß auf den von der Frühlingssonne beschienenen Holzbrettern vor der offenen Luke, aus der man das Heu hinunterlassen konnte. Im Abendlicht tanzte feiner Staub durch die Luft und das wenige, was sich noch an Heu in den Ecken des großen Raumes befand, duftete beruhigend nach Heimat und Sicherheit. Ab und zu hob er den Blick von seinem Buch und rieb sich über die Augen. Durch sein leichtes Schielen taten sie ihm weh, wenn er sie zu lange anstrengte. Ob ihn das zu sehr einschränken würde, wenn er studierte? Wenn er an der Universität wäre und womöglich sogar eine Professur bekäme und Vorlesungen hielte, würde er viel über Büchern sitzen – so wunderbar viel … Und dann würde er seinen Studenten und den Menschen seiner Pfarrgemeinde mitteilen, was er herausgefunden hatte, ihnen helfen, Gott besser zu verstehen …

»Hier bist du!«

Georg schreckte hoch. Sein Vater stand auf der Leiter, nur der Oberkörper tauchte aus der Luke auf, und stützte sich mit den Händen auf dem Boden ab. »Du kannst es nicht lassen, oder, mein Junge? Das Lesen und Lernen?«

Georg biss sich auf die Lippen und schüttelte dann den Kopf.

Sein Vater nickte leicht. »Erklär mir, warum es dir so wichtig ist!«

Einen Augenblick zögerte Georg. Sollte er nun doch von seinem Gelübde erzählen? Aber letztlich war das ja auch nur einer von mehreren Gründen. »Ich möchte die Welt verstehen, Vater. Zu lernen ist ein bisschen wie … wie eine warme Suppe mit Fleisch drin. Es macht satt.«

Ein Lächeln überzog das schmale Gesicht seines Vaters. Georg hatte die feinen Runzeln um die blauen Augen schon lange nicht mehr gesehen. »Ja, das Gefühl kenne ich gut. Leider macht es nicht den Bauch satt, sondern nur den Geist … Komm jetzt runter, es gibt ein wenig für den Magen.«

Georg folgte ihm die Leiter hinunter. Während des Abendessens, das zwar nicht ausreichte, um richtig satt zu machen, aber doch wenigstens den schlimmsten Hunger stillte, spürte er immer wieder den Blick seines Vaters auf sich ruhen.

Als er nach dem Essen aufstehen wollte, hielt sein Vater ihn zurück. »Setz dich noch mal hin. Wir sollten endlich über deine Zukunft sprechen.«

Georg gehorchte mit einer dunklen Wolke in seinen Gedanken, während sich die anderen Hausmitbewohner taktvoll zurückzogen. Müller, Weber, womöglich Gerber – die Zukunft, die realistisch war, ähnelte für Georg einer Reihe von Albträumen. Einige davon waren schlimmer als andere, aber erfreulich war nichts davon und sein Versprechen an Gott kam in keinem dieser Berufe vor.

»Na, du machst ja ein Gesicht wie ein Verurteilter auf dem Weg zum Schafott! Es ist nun einmal so, wie es ist, Georg, es hilft nichts. Träume sind Träume und die Wirklichkeit ist, dass wir dir nicht einmal die Lateinschule bezahlen könnten, geschweige denn ein Studium. Ich würde es dir ja so sehr gönnen, mein Junge, aber wir können es nicht.«

»Ich weiß«, sagte Georg und schaute vor sich auf die Tischplatte.

»Es geht nicht, also müssen wir vielleicht …«, hörte er seinen Vater jetzt so langsam sagen, als forme sich während des Sprechens ein neuer Gedanke in seinem Kopf. Er schaute auf. Vater rieb sich die Stirn und schaute irgendwo vor sich in die Luft. Dann hörte er auf zu reiben, holte einmal scharf Luft und schaute Georg wieder an. »Auf Lateinschulwissen kann ich dich bringen und dann könntest du vielleicht …«

»Doch studieren?«, fragte Georg atemlos und bemerkte selbst noch während er sprach, dass er Unsinn redete.

»Nein. Aber vielleicht kannst du Schulmeister werden wie ich. Besser als Müller ist es allemal, auch wenn deine Mutter mir da nicht im Geringsten zustimmt. Ein Müller hat es nämlich immer leichter im Leben. Aber ich denke, es nutzt nichts, einfach nur irgendwie zu überleben und dabei zu hassen, was man tut.«

»Ein Schulmeister, Gott verhüte das.« Georgs Mutter trat zurück an den Tisch. »Nicht in diesen Zeiten. Friedrich, seid doch vernünftig und setzt ihm nicht solche Flausen in den Kopf! Ihr wisst, wie schwer es für uns ist und wie wenig man Eure Arbeit im Dorf anerkennt – wollt Ihr wirklich, dass Euer Sohn sich ebenso durchs Leben kämpfen muss?«

»In diesen Zeiten ist allerdings überhaupt nichts sicher, Katharina. Einem Müller wird gerade so oft wie allen anderen seine ganze Habe von plündernden Soldaten gestohlen. Sollte er dann nicht lieber das tun, wofür er sich berufen fühlt?«

Berufen – es war wie ein Stichwort. Während seine Mutter den Kopf schüttelte und die Löffel zusammensammelte, arbeitete Georgs Gehirn fieberhaft. Wenn sein Vater ihm helfen könnte, dass er genauso viel wusste wie ein Lateinschüler … »Ich könnte doch für mein Brot arbeiten, während ich studiere«, sagte er und verhaspelte sich dabei fast, weil es so schnell aus ihm herausbrach. Er musste es sagen, wenigstens versuchen musste er es. »Ich könnte viel ertragen, wenn ich nur lernen dürfte. Ich würde irgendwelchen Herren den Abtritt putzen, wenn es sein müsste. Ich könnte es doch wenigstens versuchen! Und wenn es nicht reicht, dann kann ich in der Stadt doch sicher besser eine Lehrstelle finden als hier. Bitte!«

Seine Mutter stellte mit einer heftigen Bewegung die Steingutschüssel mit den Löffeln darin auf den Tisch zurück, sodass es laut knallte. »Da habt Ihr es, Friedrich! Ihr habt ihm den kleinen Finger gereicht, jetzt greift er mit beiden Händen nach dem ganzen Arm und sieht sich schon wieder als großen Gelehrten.«

»Deine Mutter hat recht, Georg. Deine Träume fliegen gerade davon.«

»Aber warum … es könnte doch gehen, oder? Ich brauche doch nicht viel, wenn ich für meinen Schlafplatz arbeite und eine Kelle Brei am Tag …«

»Du vergisst das Schulgeld, Georg. Lernen kostet Geld und das kannst du dir nicht durch Hilfsarbeiten verdienen.« Wie um die

Endgültigkeit ihrer Aussage zu unterstreichen, nahm Mutter die Schüssel wieder auf und trug sie zum Spülstein.

Georg schaute zu seinem Vater, aber der schüttelte nur leicht den Kopf. »Es ist so, wie sie sagt. Jemand muss dein Schulgeld bezahlen und das können wir nun einmal nicht.«

Die Hoffnung zerstob wie Staub im Wind. Georg biss die Zähne aufeinander, um zu verhindern, dass ihm die Tränen in die Augen traten.

Sein Vater strich ihm über den Oberarm. »Wir reden morgen weiter«, sagte er leise und stand auf.

Kurze Zeit später lag Georg auf dem Rücken und starrte in die Dunkelheit. Neben ihm atmete Christoph tief und auf der anderen Seite des Raumes schmatzte Klara manchmal leise im Schlaf. Auch die anderen Kinder schliefen friedlich – nur Georg kam nicht zur Ruhe. Immer wieder ging er das Gespräch in Gedanken durch, überlegte, was er vielleicht hätte sagen können, und dann dachte er an die Nacht in Grünberg und an sein Versprechen. Hätte er es vielleicht doch erwähnen sollen? Aber das hätte ja nichts geändert. Wie dumm war er gewesen, Gott ein solches Versprechen zu machen – eines, auf dessen Einlösung er keinen Einfluss hatte! Er würde nie Theologe werden und vermutlich nicht einmal ein Schulmeister, der den Dorfkindern den Katechismus einbläute – es war vermessen gewesen, dem Herrn etwas schenken zu wollen, was ihm gar nicht gehörte. Und doch sehnte er sich mit aller Kraft danach. Konnte es nicht doch ein Schlupfloch geben, irgendeinen Weg, wie er das Schulgeld auftreiben konnte, um das Gymnasium und die Universität zu besuchen?

»Herr Gott«, flüsterte er, bewegte dabei aber nur die Lippen, um seine Familie nicht aufzuwecken, »wenn du mich in deiner Kirche haben willst, dann tu doch bitte ein Wunder!« Aber er glaubte tief drinnen nicht daran, dass es ein solches Wunder geben konnte – denn wenn plötzlich Geld da wäre, dann müsste es für Vorräte und Saatgut ausgegeben werden, nicht für seine hochfliegenden Träume.

Der nächste Tag verging so zäh fließend wie Honig. Es gab nichts mehr, wovon Georg träumen konnte und was ihm die harte körperliche Arbeit leichter machte. Nicht einmal die Aussicht auf ein gestohlenes Stündchen mit einem von Vaters Büchern war noch erstrebenswert – er würde sein ganzes Leben Zeit haben, diese wenigen Bücher hundertmal zu lesen, bis er ihren Inhalt auswendig konnte. Viel mehr würde er nie bekommen.

Wieder spürte er beim Abendessen den Blick seines Vaters auf sich ruhen, aber er reagierte nicht darauf. Irgendwann würde er die Tatsachen akzeptieren können und Müller oder Schreiner werden, oder aber als Schulmeister unwillige Dorfkinder unterrichten, was ihm im Augenblick kaum besser vorkam. Aber jetzt konnte er noch nicht darüber nachdenken und das wollte er seinem Vater auch zeigen. Einen Tag konnten sie ihm doch sicher gönnen, um mit seiner Enttäuschung fertig zu werden, oder?

Sie aßen schweigend ihre Suppe auf. Als die Löberin danach begann, den Tisch abzuräumen, und Mutter sich ebenfalls wieder der Hausarbeit widmen wollte, legte Vater ihr die Hand auf den Arm und hinderte sie am Aufstehen. »Ich habe nachgedacht, Katharina, und ich frage mich, ob Georg nicht doch studieren sollte.«

Georg glaubte, nicht richtig zu hören. Seiner Mutter schien es ähnlich zu gehen. »Studieren? Was ist denn in Euch gefahren? Zum hundertsten Mal: Wovon denn?«

»Ich weiß es nicht. Aber ich denke, wir sollten alles versuchen, dass es möglich wird. Nicht sofort, aber vielleicht in ein paar Monaten. Es gibt Stipendien in Marburg, vielleicht bekommt er eins. Und wenn nicht, dann findet er dort vielleicht eine andere Möglichkeit, sich über Wasser zu halten. Manche Leute suchen Privatlehrer für ihre Kinder. Und wenn das nicht klappt, kann er in Marburg doch sicher wirklich eher eine Lehrstelle finden oder wenigstens irgendeine noch so niedrige Arbeit, da hat er schon recht. Schlechter als hier wird es ihm dort bestimmt nicht gehen und Gott hat ihm einen solchen Hunger nach Wissen eingepflanzt, den dürfen wir nicht einfach unterdrücken.«

Mutter schüttelte den Kopf, während die Löberin ihre Kinder nach draußen scheuchte und die beiden alten Frauen ihr langsam folgten. »Glaubt Ihr, ich würde mich nicht freuen, wenn er studieren könnte? Glaubt Ihr, ich wünschte unserem Sohn nicht ein besseres Leben? Aber das kann er nur bekommen, wenn er sein Studium auch bezahlen kann. In diesen Zeiten! Und was glaubt Ihr, wie viele Jungen ihr Brot in Marburg verdienen wollen, deren Eltern genauso wenig haben wie wir und die ihre Söhne zur Schule schicken, damit sie einen Esser weniger zu Hause haben? Das will ich nicht. Ich schicke mein Kind nicht ins Elend.«

»Ich würde es aber ertragen«, hörte sich Georg sagen, »wenn ich es nur versuchen könnte. Ich möchte Theologie studieren.«

»Theologie? Bisher war es doch immer die Juristerei?« Seine Mutter schaute ihn mit gerunzelter Stirn an und auch der Blick seines Vaters wurde skeptisch.

Georg richtete sich auf seinem Stuhl auf. Sein Herz klopfte heftig, aber der Wunsch und das Versprechen in seinem Inneren waren stärker als seine Nervosität. »Ich habe mein Leben in Gottes Dienst gestellt, nachdem er mich gerettet hat. Ich habe ihm gesagt, dass ich es ihm weihe, wenn er mich in seiner Kirche haben will. Er hat es mir neu geschenkt und ich will es ihm zurückgeben.«

»Ach, Junge«, sagte sein Vater. »Du musst dem Herrn nichts zurückgeben, was er dir geschenkt hat.«

»Ich weiß. Aber ich möchte es tun.«

Einen Augenblick lang war es still am Tisch bis auf das Klappern des Löffels, mit dem der kleine Martin spielend auf dem Tisch herumrührte. Dann atmete seine Mutter hörbar durch. »Vielleicht ist es Gottes Wille, vielleicht auch nur deiner, Georg. Aber wenn es der des Herrn ist, habt Ihr wohl recht, Friedrich, dann sollten wir dem Wissensdurst unseres Sohnes nicht im Wege stehen. Nur wie wir das bewerkstelligen sollen, ist mir immer noch nicht klar.

Es mag ja sein, dass er sich irgendwie ernähren kann, wenn er nach Marburg geht, aber das Schulgeld, das muss doch irgendwo herkommen. Und wir haben es nun mal wirklich nicht.«

»Nein«, sagte Vater. »Aber Georgs Patin hat es vielleicht.«

Mutter zuckte zusammen. »Du willst – Ihr wollt die gnädige Frau anbetteln?«

Georg musste erst einen Augenblick überlegen, um dem Gedankengang folgen zu können. Richtig, Frau Sophia Elisabeth von Sassen war offiziell seine Patin. Doch der örtliche Adel wurde bei vielen Taufen zu Gevatter gebeten, das gehörte sich so, führte aber in der Regel kaum dazu, dass die Patin sich ihrem Patenkind sonderlich stark verpflichtet oder verbunden fühlte. Meist waren die Adligen nicht einmal bei der Taufe anwesend. Und seit Frau von Sassen Witwe war und die Besitzungen der Familie bis zur Volljährigkeit ihres Sohnes vormundschaftlich verwaltet wurden, war die Familie sowieso gänzlich aus dem Leben der Günsendorfer verschwunden. Georg wusste nicht einmal, wo seine Patin nun lebte.

»Ich habe heute den ganzen Tag darüber nachgedacht. Wir werden ihr einen Brief schreiben«, sagte Vater, als sei es das Selbstverständlichste von der Welt. »Einen Versuch ist es wert. Und ich werde in der Zwischenzeit alles tun, um Georg auf das Pädagogium vorzubereiten. Du sollst nicht zurückstehen hinter denen, die eine Lateinschule besuchen konnten, mein Sohn. Ich bin zwar nur ein kleiner Dorflehrer, aber ich denke und hoffe, dass mein Wissen reicht. Einen Versuch ist es wert«, wiederholte er.

Georg schaute ins Gesicht seiner Mutter und hielt den Atem an.

Schließlich nickte sie langsam. »Ihr seid der Hausvater, Friedrich. Wenn Ihr es für möglich haltet und Georg es unbedingt will, dann soll es wohl so sein. Wenn es Gottes Wille ist, wird Frau von Sassen sich bereit erklären, das Schulgeld zu zahlen. Ansonsten versprichst du mir aber, ohne Murren eine Lehre zu beginnen, Georg!«

»Natürlich«, sagte er und versuchte zu begreifen, was gerade geschehen war. Ein Wunder – es war der erste Schritt des Wunders, um das er Gott gestern gebeten hatte.

Der nächste Schritt vollzog sich in den nächsten Wochen und Monaten, in denen Georg nicht mehr allein auf dem Heuboden saß, sondern zusammen mit seinem Vater. Es war der beste Ort zum Lernen, solange das Haus derart voll war, dass sich dort kein ruhiges Plätzchen finden ließ. Georg hatte seinen Vater noch nie so voller Energie und Leben gesehen wie jetzt. Es war, als würden auch ihm die Unterrichtsstunden neue Kraft geben für den harten Alltag, in dem die Arbeit mit den Händen alles war und der Kopf kaum gefragt. Die Stunden auf dem Heuboden waren eine Zeit, in der all das keine Rolle spielte, in der sie beide versanken in der Welt des Lateinischen, in Rhetorik, Mathematik und ersten griechischen Vokabeln, damit er auf dem Pädagogium, der Vorstufe der Universität, bestehen konnte.

Im Spätherbst schrieben sie den Brief an die Witwe von Sassen, die inzwischen ein Stadthaus in Grünberg bewohnte. »Mach dir nicht zu große Hoffnungen, mein Junge«, riet ihm sein Vater, aber Georg konnte sehen, dass er sich selbst nicht an seine Worte hielt.

Die Antwort Sophia Elisabeth von Sassens erreichte sie am Dienstag nach dem ersten Advent. Georg kam gerade vom Bau des Gundlach'schen Hofes, dem letzten, an dem noch gearbeitet wurde, als ihm Christoph entgegengelaufen kam und außer Atem »Georg, komm schnell, ein Brief!« zurief. Gemeinsam rannten sie nach Hause und stürmten in die Küche. Ihre Eltern saßen am Tisch und schauten von dem vor ihnen liegenden Papierbogen auf, als Georg die Tür aufstieß. Vaters Augen leuchteten, Mutters dagegen standen voller Tränen.

»Sie schreibt, es sei ihre Überzeugung, dass gute Pfarrer dem Land nötiger täten als jemals zuvor.«

Wer da schrieb, war Georg sofort klar, und auch, was dieser eine kurze Satz bedeuten musste. Als Vater fortfuhr, hielten sich Jubel und Angst in seiner Stimme ebenso die Waage wie in Georgs Herzen: »Und dass sie sich freue, dass eines ihrer

Patenkinder sich so gut entwickelt habe und in diesen Dienst berufen fühle. Sie zahlt dir das Schulgeld, Georg. Sie zahlt dir das Schulgeld!«

4. Kapitel

1642

Der März war erst wenige Tage alt und schmeckte mehr nach Winter als nach Frühling. Fröstelnd setzte Georg sein Bündel ab, um den Mantel enger um sich zu wickeln. Es war noch so früh am Morgen, dass ein bläuliches Licht über der Landschaft lag und die Konturen der immer noch kahlen Bäume am Wegesrand ineinanderzufließen schienen. Kälte lag auf dem Land und das Gras unter Georgs Füßen knisterte vom Raureif, aber die Straßen waren nun endlich frei von Schnee und trocken genug, um nach dreimonatiger Wartezeit nach Marburg aufbrechen zu können. Ab Grünberg würde er nicht mehr allein wandern müssen, dort hatte er sich mit drei Handwerksgesellen verabredet, die ebenfalls nach Marburg reisen wollten. Je mehr Reisende gemeinsam unterwegs waren, desto sicherer war jeder einzelne.

Wieder einmal knurrte Georgs Magen laut auf, aber er hatte ihm nichts zu bieten. Seine Mutter hatte ihm zwar etwas von den spärlichen Vorratsresten mitgeben wollen, aber er hatte abgewehrt. Er wusste gut, dass ihm vorerst nichts anderes übrig bleiben würde, als zu betteln, und ob er einen Tag früher oder später damit anfing, fiel nicht ins Gewicht. Das, was er mitnahm, würde seiner Familie in den nächsten Tagen fehlen. Dort, wo sie waren, gab es niemanden mehr, den sie noch um ein Stück Brot hätten bitten können – dort, wo Georg hinging, hoffentlich schon.

Er nahm das Bündel wieder auf, schob es auf der anderen Schulter zurecht und setzte sich in Bewegung. Es war zu kalt, um hier stehen zu bleiben, außerdem hatte er eine weite Strecke vor sich. Zurück schaute er nicht. Womöglich wäre er dann umgekehrt. Er hatte sich rasch von seiner Familie verabschiedet und nur noch einmal gewinkt, bevor er Günsendorf den Rücken zugewandt und so schnell wie möglich davonmarschiert war. Trotzdem verspürte er bei dem Gedanken an sein Zuhause einen schmerzenden Klumpen in seiner Brust.

Georg versuchte das Gefühl zu ignorieren und stattdessen kräftiger auszuschreiten. Bald wurde es heller, wenn auch nicht allzu sehr, denn die Sonne blieb hinter einer dichten Wolkenschicht verborgen. Zu Georgs Linken lagen Felder, die von Unkraut überwuchert waren. Zu viele Bauern waren im letzten Jahr nicht dazu gekommen, ihre Äcker zu bearbeiten. Zu viele Bauern waren gar nicht mehr da, nachdem Pest und Krieg ganze Dörfer ausgerottet hatten. Im Stillen sandte Georg ein kurzes Gebet gen Himmel, dass seiner eigenen Heimat ein solches Schicksal erspart bleiben möge, dabei setzte er weiterhin einen Fuß vor den anderen. Marburg war noch weit.

Schließlich erreichte er Grünberg. Die drei Gesellen warteten bereits vor der Schenke auf ihn, vor der sie sich verabredet hatten. Sie sprachen nicht viel, ja, grüßten Georg nicht einmal wirklich, bevor sie losgingen, aber das war in Ordnung. Sie waren nur aus Notwendigkeit miteinander unterwegs und würden nach diesen sieben oder acht Stunden gemeinsamen Weges vermutlich kaum noch einmal miteinander zu tun haben. Seine drei Reisebegleiter waren auf der von ihren jeweiligen Zünften vorgeschriebenen Wanderschaft und blieben nirgends lange.

Nachdem sie die Stadt verlassen hatten, begannen die Wandergesellen Lieder zu singen, die meisten davon nicht gerade fromm, und Georg trottete ihnen schweigend hinterher. Sein Geist war sowieso längst in Marburg. Ob er die Aufnahmeprüfung auch wirklich bestehen würde? Was, wenn nicht? Und wovon würde er sein tägliches Brot bezahlen? Vor allem der letzte Gedanke saß nicht nur in Georgs Kopf, sondern auch in seinem leeren Magen und wurde dort immer drängender.

Irgendwann gegen Mittag konnte er nicht mehr weitergehen.

Seine Beine fühlten sich so wackelig an, als ginge er durch tiefen Sand, und jeder Schritt brachte ihn zum Keuchen.

»Was denn, macht Ihr schon schlapp?«, spottete Dörr, der Wortführer, als er seinen Zustand bemerkte.

Georg zögerte, aber dann sagte er es doch: »Ich habe heute noch nichts gegessen.« Es half nichts, es zu verschweigen, er musste endlich etwas in den Magen bekommen.

»Erwartet Ihr etwa, von uns verpflegt zu werden?«

»Nein. Da vorne ist ein Dorf, ich werde dort um ein Stück Brot bitten.«

»Aber nicht in unserem Beisein, wir sind kein Bettelvolk!« Dörr machte ein angewidertes Gesicht. »Wir warten am Ortsausgang auf Euch.«

Georg nickte, drehte sich um und hielt mit zusammengebissenen Zähnen auf das Dorf zu. Wenn doch nur Sommer wäre, dann könnte er im Wald ein paar Brennnesseln oder Beeren finden und bräuchte nicht fremde Leute anzubetteln, die vermutlich selbst wenig zu beißen hatten. Aber es half nichts.

Das Dorf sah nicht sehr mitgenommen aus und Georgs Skrupel schwanden weiter, als er die kleine Herde Gänse und die Hühner sah, die zwischen den Häusern nach Körnern und Würmern suchten. Gerade, als er das erste Haus passierte, trat eine Frau aus einem Schuppen daneben, im Arm einen kleinen Korb.

Georg holte tief Luft und trat auf sie zu. »Verzeiht meine Dreistigkeit, aber hättet Ihr vielleicht etwas zu essen für mich? Ich bin auf dem Weg nach Marburg, mein Dorf wurde im letzten Jahr niedergebrannt und meine Eltern konnten mir nichts mitgeben.«

Die Frau betrachtete ihn mit misstrauisch zusammengezogenen Brauen. »Na schön«, sagte sie schließlich. In ihrem Korb lagen sechs oder sieben Eier. Georg konnte den Blick kaum davon abwenden. »Einen Kanten Brot kannst du kriegen.« Sie verschwand im Haus und kam mit einem durchaus großzügigen Stück Brot zurück. Georg nahm es und bedankte sich überschwänglich, bevor er seinen Weg fortsetzte. Sobald er aus dem

Dorf heraus war, kaute er an dem Brot. Es war altbacken und fast schon steinhart, aber nahrhaft und nicht einmal verschimmelt, mehr hatte er beim besten Willen nicht verlangen können. Zu seiner Überraschung bekam er keine dummen Bemerkungen, sondern nur ein »Wohl bekomm's!« zu hören, als er seine Reisegefährten einholte.

Die Sonne stand schon recht tief, als sie wieder einmal ein Dorf durchquerten und auf Anfrage erfuhren, dass sie in Leidenhofen waren. Bis Marburg sei es nicht mehr weit. Eigentlich hatten sie vorgehabt, in einem der nächsten Dörfer endlich zu rasten und die Nacht zu verbringen, aber auf diese Neuigkeit hin entschlossen sich die drei Gesellen, doch weiterzugehen. Georg widersprach nicht. Als sie der Weg durch den Wald führte, bereute er jedoch fast, dass er geschwiegen hatte. Es war dunkel, unheimlich und kalt.

Doch schließlich öffnete sich der Wald und im Licht der Abendsonne, die Georg von halb links ins Gesicht schien, bot sich ihm ein atemberaubender Ausblick. Sogar seine drei Gefährten blieben für einen kurzen Augenblick stehen, bevor sie den Berg hinabgingen, mit dem lautstarken Wunsch nach einem guten Bier und einem Mädchen auf den Lippen. Georg ließ sie ziehen und betrachtete die Stadt, die seine Zukunft barg.

Auf einem steil aufragenden Berg lag das Marburger Schloss, trutzig hinter den starken Mauern und Befestigungen und gleichzeitig schön und zierlich mit seinen Türmchen und Fensterfronten. Zu seinen Füßen zogen sich Häuser den Berg hinab, wie Schwalbennester klebten sie am Hang und liefen bis zur Lahn hin aus. Links unterhalb des Schlosses stand eine Kirche zwischen den Häusern, deren Turm seltsam schief aussah, und rechts am Fuß des Abhanges erhoben sich die ehrwürdigen, vierhundert Jahre alten Türme der Elisabethkirche. Hier also hatte man früher, zu papistischen Zeiten, wie die Heiden die Knochen der heiligen Elisabeth von Thüringen angebetet, bevor Landgraf Philipp der Großmütige von Hessen der Reformation in seinem Land zum Durchbruch verholfen und die Gebeine seiner Vorfahrin aus der Kirche genommen hatte.

Vor all den anderen Gebäuden lag ein eng bebautes Vorstädtchen. Die träge dahinfließende Lahn machte eine Schleife darum und glitzerte, wo die Sonne noch auf sie traf. Die Fachwerkhäuser und Steingebäude warfen tiefe Schatten auf die steinerne Brücke, die in das Dorf hineinführte. Weidenhausen hieß es, erinnerte Georg sich an die Erzählungen seines Vaters.

Er atmete tief ein. Die Stadt lag großartig wie ein ausgebreiteter Schatz vor ihm und er hatte das Gefühl, als hieße sie ihn willkommen: ›Sei gegrüßt, Georg Nicolaus Kammann, willkommen in deinem neuen Leben. Sei fleißig und lerne, Wissen gibt es hier im Überfluss, und solange du dich bemühst, wirst du am Ende deiner Zeit hier alles haben, was du brauchst, um deiner Kirche zu dienen.‹

Er wusste immer noch nicht, wovon er leben würde, falls er im Pädagogium aufgenommen werden sollte – aber er war bereit, vieles zu erdulden, wenn er hier sein Versprechen erfüllen und seinen Traum leben konnte. Mit neuem Mut und ohne seine Müdigkeit noch zu bemerken, machte Georg sich auf den Weg den Berg hinunter und lief auf die Brücke zu.

☙

Die Straße war belebt. Etliche von Bauern und ihren Frauen gezogene Karren kamen Georg über die Brücke entgegen. Ihre Ladeflächen waren so gut wie leer. Ein Markttag ging zu Ende und es schien, als sei der Krieg hier weit weg. Gespräche, Rufe und Gelächter waren zu hören und die Menschen wirkten aufgeräumt. Von den drei Gesellen, die Georg noch eine Weile vor sich her hatte gehen sehen, war im Gedränge keine Spur mehr zu entdecken.

»Achtung! Aus dem Weg da!«, ertönte es zusammen mit dem dumpfen Klopfen von Hufen auf der unbefestigten Straße hinter

Georg und er trat hastig zur Seite. Ein junger Mann trabte mit wehendem Mantel auf einem kräftigen Braunen vorbei, den Degen an der Seite und einen Hut mit einer leuchtend roten Feder auf dem Kopf. Ob er einer der adligen Studenten war? Ein mulmiges Gefühl begann sich in Georg auszubreiten. Daran hatte er noch gar nicht gedacht: Selbst wenn er es schaffen würde, wenn er wirklich studieren könnte, würde er in die Gemeinschaft der Studenten vermutlich doch nie hineinpassen. Er, der Sohn eines kleinen Dorfschulmeisters, zusammen mit den adligen Herren? Wie viel hatte man wohl mit ihnen zu tun? Und wie sollte man ihnen begegnen?

Aber zuerst einmal müsste er in das Pädagogium aufgenommen werden, rief Georg sich zur Ordnung. Das Studieren lag noch in weiter Ferne. Der Gedanke beruhigte und störte ihn gleichermaßen. Zunächst würde es hauptsächlich heißen, sein Latein zu perfektionieren und Rhetorik zu üben, den Katechismus und das Gesangbuch durchzunehmen. Vieles davon hatte er längst gelernt – vielleicht, vielleicht würden sie ihn in eine höhere Klasse einstufen, wenn er in der Prüfung sehr gut abschnitt? Das würde die Zeit verkürzen und damit das Problem seines Lebensunterhaltes. Er hatte zwar die Zusage seiner Patin, sein Schul- und später das Studiengeld zu zahlen, aber wie lange sie ihn unterstützen wollte, hatte sie nicht geschrieben. Er musste einfach gut abschneiden, das war er ihr und auch seinem Vater schuldig. Aber jetzt sollte er lieber nicht weiter darüber nachdenken, sonst würde er noch so nervös, dass er nichts mehr wissen würde, wenn es so weit war.

Beginnen konnte all das sowieso erst morgen. Heute Abend war er lediglich ein Besucher. Zögerlich überquerte er die Brücke ganz am Rand, um nur ja niemandem im Weg zu sein, und betrat schließlich das eigentliche Marburg durch das hohe Stadttor. Die Straße stieg gleich danach an und führte rechts an einem beeindruckend großen Gebäude vorbei. Georg schaute an den trutzigen Mauern mit den kleinen Fenstern hinauf und fühlte eine leichte Gänsehaut über seinen Rücken laufen. Das konnte nur das ehemalige Dominikanerkloster sein, in dem das Pädagogium untergebracht war – hier würde er mit Gottes Hilfe bald lernen. Die südliche Außenseite des Klosters bildete gleichzeitig ein Stück der Stadtmauer, daran angeschlossen befand sich eine Kirche, die mit ihren hohen Spitzbogenfenstern auch ohne Turm für Georgs Begriffe schon prächtig genug war. Irgendwo in diesem riesigen Gebäudekomplex würde es hoffentlich wenigstens für diese Nacht ein Plätzchen für ihn geben?

Mit heftig pochendem Herzen ließ er den schweren eisernen Türklopfer an das Eingangstor niederfallen und wartete. Nach einer Weile näherten sich Schritte und die Tür wurde geöffnet. Ein junger Mann schaute ihn mit gerunzelter Stirn an. Georg machte eine Verbeugung, die ihm sehr linkisch vorkam. »Verzeiht die Störung. Mein Name ist Georg Nicolaus Kammann und ich möchte mich zur Aufnahme ins Pädagogium bewerben.«

»So.« Sein Gegenüber strich sich über den modischen dunklen Spitzbart und betrachtete Georg von Kopf bis Fuß. »Wo kommt Ihr her, Kammann?«

»Aus Günsendorf bei Grünberg. Mein Vater ist dort der Lehrer.«

Die Augenbrauen seines Gegenübers hoben sich verächtlich. »Ein Dorflehrer. Aha. Hast du eine Empfehlung, einen Fürsprecher in der Stadt?«

Beklommen schüttelte Georg den Kopf. Er hatte nicht gewusst, dass das nötig war. Würden sie ihn ohne womöglich gar nicht erst prüfen?

»Hm. Hast du denn überhaupt das Schulgeld, wenn du hier wie ein Landstreicher anklopfst?«

»Ich habe einen Brief von meiner Patin in der Tasche, der edlen Frau Sophia Elisabeth von Sassen. Sie wird das Schulgeld zahlen.«

»Na schön. Dann kannst du morgen früh kommen. Ich werde dem Pädagogiarchen Bescheid geben. Wenn du Glück hast, wird er dich dann prüfen. Sei mit dem Glockenschlag sieben hier.« Damit trat er einen Schritt zurück, und bevor Georg auch nur

Luft holen konnte, um nach einem Platz zum Schlafen zu fragen, fiel die Tür vor seiner Nase ins Schloss.

Einen Augenblick stand er wie betäubt da und starrte auf das alte Holz und die eisernen Beschläge. Prüfung morgen um sieben, vielleicht auch noch beim Rektor des Pädagogiums, und er wusste nicht, ob er überhaupt ein Auge würde zutun können in dieser Nacht. Wenn er draußen übernachten musste, würde er sein Bündel bewachen müssen wie ein Hofhund das Haus seines Herrn.

Nur – wo konnte er sich überhaupt hinlegen? Wo schlief man hier, wenn man kein Geld und keinen Fürsprecher hatte? Für einen kurzen Augenblick wünschte sich Georg, er wäre nie auf diese Reise gegangen.

Aber es half ihm nicht, wenn er hier in Heimweh und Traurigkeit versank, im Gegenteil. Energisch schluckte er den Knoten hinunter, der sich in seiner Kehle gebildet hatte, und machte sich auf die Suche nach einem Schlafplatz.

Der war nicht einmal so schwer zu finden, wie er gedacht hatte. Direkt unter dem stadtseitigen Ende der steinernen Weidenhäuser Brücke war es trocken und ein Gestrüpp schützte vor direkten Blicken. Seinen vor Hunger schmerzenden Magen ignorierte Georg und sein Bündel legte er sich kurzerhand unter den Kopf.

Langsam wurde es Nacht. Gut, dass er wenigstens seinen Mantel hatte, auch wenn der im letzten Jahr noch kürzer geworden war, denn es wurde immer kälter. Nach einer Weile holte Georg alle Kleider, die er besaß, aus dem Bündel und zog sie übereinander. Dann rollte er sich wie ein Igel zusammen, hielt das deutlich geleerte Bündel zwischen Knien und Armen und schloss die Augen. Wenige Schritte von ihm entfernt gluckerte das Wasser der Lahn an ihm vorbei und sang ihn schließlich sanft in den Schlaf.

Noch bevor die Sonne aufgegangen war, erwachte er von einer feuchten Kälte. Fahles Dämmerlicht sickerte durch seine Augenlider, und als er sie öffnete, sah er nur graue Schatten. Wo war er? Sein Herz begann unkontrolliert zu rasen, bevor er sich erinnerte: Marburg, das Pädagogium, die Brücke, die Lahn. Jetzt erkannte er auch seine Umgebung wieder, obwohl sie völlig verändert aussah. Nebel war über Nacht aufgezogen, er lag über dem Fluss und hüllte alles in seiner Nähe in eine weißgraue Glocke aus Wasserstaub. Georgs Kleider fühlten sich klamm an und er war völlig durchgefroren. Mit steifen Gliedern kämpfte er sich auf die Füße. Ein neuer Schrecken durchfuhr ihn: Wie viel Uhr mochte es sein? Hoffentlich hatte es nicht schon längst sieben geschlagen!

Hastig packte er sein Bündel und kletterte den Abhang hinauf. An der ehemaligen Klosterkirche war keine Uhr zu sehen. Aber noch während er an den müde dreinschauenden beiden Wachen vorbei durch das Lahntor die Gasse zum Pädagogium hinaufhastete, hörte er die Glocken der Kirche mit dem schiefen Turm läuten. Vier, fünf, sechs. Erleichtert blieb Georg stehen und atmete durch. Es war erst sechs Uhr, er hatte noch eine Stunde Zeit.

Jetzt erst fiel ihm auf, dass er immer noch mehrere Hemden und Strümpfe übereinander trug. Er sah sich um, aber es rührte sich nichts um ihn her und der Nebel ließ die umliegenden Häuser sowieso zu verblassten Bildern verschwimmen, also würde ihn auch von dort aus niemand allzu genau sehen können. Rasch zog er die überflüssigen Kleiderschichten aus und verstaute sie wieder in seinem Bündel. Mit den Fingern fuhr er sich durch die kurzen braunen Haare, dann fiel ihm ein, dass er einen Kamm dabeihatte. Er wühlte ihn hervor und kämmte sich ordentlich. Als ›Landstreicher‹ brauchte er sich ja nicht unbedingt noch einmal betiteln zu lassen.

Wieder einmal fühlten sich seine Knie wacklig an. Er hatte seit gestern Mittag nichts mehr gegessen. Aber wo sollte er hier etwas herbekommen, noch dazu um diese Uhrzeit? Sicher schlief man in der Stadt länger als auf dem Land, wo man vor dem Morgengrauen mit der Arbeit begann.

Langsam ging er weiter die Straße bergan, die ihn an den ehemaligen Klostergebäuden vorbei in die Oberstadt führte. Mehrere Stockwerke hoch ragten die nüchternen alten Gemäuer auf der rechten Seite neben ihm auf, so hoch, dass die Dächer komplett im Nebel verschwanden und es aussah, als reichten sie bis in die Unendlichkeit. Er fühlte sich sehr klein und unbedeutend daneben. Zu seiner Linken waren in einigen Häusern Fenster erleuchtet, aber er wagte es nicht, einfach anzuklopfen und nach Brot zu fragen. Im dörflichen Umfeld kannte er sich aus, aber hier … die Stadt war eine fremde Welt und er kannte ihre Regeln noch nicht.

Verzagt und immer noch hungrig machte er sich schließlich auf den Weg zurück, um nur ja nicht zu spät zu kommen. Wieder klopfte er an die Pforte. Derselbe junge Mann wie gestern öffnete ihm. »Ja?«

»Ich sollte um sieben zur Prüfung kommen, sagtet Ihr gestern«, erklärte Georg.

Der andere hob die Augenbrauen. »Ach ja, ich erinnere mich. Du bist zu früh. Aber meinetwegen komm trotzdem schon herein, du kannst im Kreuzgang warten.«

Er ließ Georg herein und schloss die Tür hinter ihm. An seiner Seite hing ein Degen, wahrscheinlich war er also ein Student. Wer außer einem Studenten trug schließlich in der Stadt, ja, in einem Universitätsgebäude, eine Waffe? Die ›studentische Libertät‹ nannten sie das, hatte Vater erzählt. Eine eigene Gerichtsbarkeit und Rechte, die sonst nur Adligen zustanden. Was für Rechte das außer dem Tragen eines Degens waren, würde Georg hoffentlich bald selbst herausfinden.

Er folgte dem jungen Mann in den dunklen Gang hinein, der hinter dem Tor lag. Noch kältere Luft als die draußen wehte ihm aus dem alten Gemäuer entgegen. Einige Schritte weiter wurde es heller. Spitze Bögen, die sich auf schlanken Doppelsäulen in die Höhe schwangen, öffneten sich zu einem länglichen Hof hin.

»Setz dich da hin und warte, bis du abgeholt wirst.« Der Student wies auf eine steinerne Bank. Georg gehorchte. Die Bank war kalt wie Eis, darum blieb er nur so lange sitzen, bis der junge Mann hinter einer Tür verschwunden war. Aber er wagte weder in den Hof hinauszutreten noch allzu viel in dem langen Gang auf und ab zu gehen, da trotz der niedrigen Absätze seiner abgelaufenen Schuhe jeder Schritt laut von der gewölbten Decke widerhallte und er niemanden stören wollte. Wahrscheinlich fand bereits Unterricht im Gebäude statt und wohnten nicht auch die Stipendiaten hier? Die juristische Fakultät befand sich ebenfalls in diesem Gebäude, fiel ihm ein. Der junge Mann von eben war also sicherlich ein Student der Rechte. Und wo saß die Theologie? Seine Fakultät – so Gott wollte? Er würde es sicher bald erfahren, so oder so.

Die Zeit verging, aber niemand kam. Georg begann zu frieren und wickelte sich enger in seinen Mantel. Das Warten machte ihn immer nervöser und ungebetene Zweifel drängten sich in seinen Kopf. Was, wenn er nicht genug wusste? Was, wenn das, was sein Vater ihm beigebracht hatte, nicht ausreichte, um hier aufgenommen zu werden? Was, wenn sie den Brief seiner Patin nicht gelten lassen würden, wenn sie ihm nicht glaubten, weil er keinen Bürgen in der Stadt hatte? Er versuchte, die Fragen beiseitezuschieben, aber sie kamen hartnäckig immer wieder.

Dann, endlich, klappte irgendwo am anderen Ende des Ganges eine Tür und das laute Knallen von Absätzen zeigte an, dass jemand sich mit energischem Schritt näherte. Als derjenige um die Ecke des Kreuzganges bog, ließ Georg seinen Mantel schnell wieder locker um den Körper fallen und stellte sich gerade neben die Bank.

Der Herankommende entpuppte sich als Junge, nicht älter als er selbst, eher sogar jünger. Er trug Wams und Hose aus feinem, glänzendem Stoff und der ausladende Kragen seines Hemdes bestand fast ausschließlich aus Spitze. »So«, sagte er und musterte Georg mit hochgezogenen Brauen. »Ihr seid also der Neue. Falls Ihr die Prüfung besteht, jedenfalls. Die Aufnahmeprüfung ist hart, und für solche wie Euch macht der Pädagogiarch sie immer noch härter. Wie heißt Ihr?«

Georg stellte sich noch aufrechter hin. *Solche wie Euch?* Jetzt erst recht. »Georg Nicolaus Kammann.«

»Dann kommt, Georg Nicolaus Kammann. Der ehrwürdige Herr Pädagogiarch wartet nicht gern.« Der Junge drehte sich um und marschierte mit locker pendelnden Armen den Weg zurück, den er gekommen war. Nach Georg drehte er sich nicht noch einmal um.

Georg nahm sein Bündel auf und lief ihm nach.

Es dauerte nicht lange, bis der Junge an einer Tür stehen blieb und klopfte, um sie gleich danach zu öffnen und sich ruckartig zu verbeugen. »Hier ist der Kandidat, Herr Tonsor.« Während er sich zurückzog, murmelte er Georg ins Ohr: »Viel Glück. Er wird Euch rösten.«

Dann war er verschwunden.

»Nun komm schon herein!«, forderte ungeduldig eine durchdringende, für einen Mann recht hohe Stimme aus dem Inneren des Raumes. Georg gehorchte. Der Rektor saß an einem Schreibtisch und schaute Georg entgegen. Er hatte einen größeren Körperumfang, als Georg es in diesen Zeiten für möglich gehalten hätte, und trug unter einer spitzen Nase einen schmalen Schnurrbart und ein Stück tiefer einen dichten Vollbart, unter dem Georg unwillkürlich ein gewaltiges Doppelkinn vermutete. Sein kurz geschnittenes dunkles Haar war dagegen schon recht schütter. Auch auf seinem schwarzen Rock lag ein breiter, weißer, ausladender Spitzenkragen. Georg verbeugte sich tief.

»Tritt näher! Und lass das Bündel da vorn bei der Tür liegen, ich will deine Läuse nicht begrüßen.«

Georg schluckte den Protest herunter und legte seine Habseligkeiten auf den Holzdielen ab.

»Wie ist dein Name?«

»Georg Nicolaus Kammann, Herr Pädagogiarch.«

Bei der höflichen Anrede huschte zum ersten Mal für einen winzigen Moment wenigstens der Hauch eines freundlichen Ausdrucks über das Gesicht des Mannes. »Wo kommst du her?«

»Aus Günsendorf bei Grünberg.«

»Du siehst nicht so aus, als könntest du dir die Schule leisten. Weißt du überhaupt, dass du Schulgeld bezahlen musst?«

»Ja, das weiß ich. Meine Patin wird es übernehmen.« Georg öffnete seine Jacke, zog den Brief aus der Innentasche und legte ihn auf den Schreibtisch.

Der Pädagogiarch nahm ihn mit spitzen Fingern und überflog die Zeilen. Georg konnte ihm dabei zusehen, wie seine Augen hin- und herflogen.

»Hm«, machte er schließlich und faltete den Brief wieder zusammen. »Und wie alt bist du?«

»Sechzehn, Herr Pädagogiarch.«

Herr Tonsor kratzte sich am Kinn. »Schon ziemlich alt für unsere Schule. Aber in diesen Zeiten auch wieder kein Wunder. Und du glaubst, du kannst hier mitkommen? Warst du in der Grünberger Lateinschule, hm? Oder Lauterbach?«

Georg schluckte. Jetzt wurde es schwierig. »Nein, Herr Pädagogiarch. Mein Vater hat mich unterrichtet.«

»Dein Vater?« Jetzt klang Tonsors Stimme geradezu schrill und so etwas wie Abscheu schwang darin mit. »Aber du weißt schon, dass du hier im Pädagogium bist, ja? Das Pädagogium gehört zur Universität, es liegt nur wenig darunter und seine Schüler werden auf das Studium vorbereitet. Nur damit die Artistenfakultät einen gleichmäßigen Wissensstand vorfindet und nicht erst noch einigen Studenten richtiges Latein beibringen muss. Wir fangen aber auch nicht an, jedem dahergelaufenen Bauernjungen sein Laudo-laudas-laudat einzubläuen. Am besten gehst du also gleich wieder. Und vergiss dein Bündel nicht.« Er machte eine Geste, als wolle er eine lästige Fliege verscheuchen.

Georg blieb aufrecht stehen. »Mein Vater ist Lehrer, Herr Pädagogiarch. Und er ist sehr klug. Er war auf der Lateinschule und hat sich danach noch viel mehr Wissen angelesen. Er könnte auch in einer Lateinschule unterrichten, vielleicht sogar auf einem Gymnasium, aber er ist einfach lieber Dorfschullehrer und hat sich deshalb nie auf eine solche Stelle beworben.«

»So. Ist er das. Nun, dass du ihm das glaubst, ehrt dich als Sohn, aber es zwingt mich nicht, es ebenfalls für bare Münze zu nehmen. Und jetzt verschwinde.«

Georg spürte, wie ihm der Schweiß auf die Stirn trat. Am liebsten hätte er seine nassen Handflächen an seinem Mantel abgewischt, aber er tat es nicht. Er würde sich nicht so einfach wegschicken lassen. »Warum prüft Ihr mich nicht wenigstens?«

Der Pädagogiarch schlug mit der flachen Hand auf den Tisch, dass Georg zusammenzuckte. »Ihrzt du mich? Tölpel vom Lande! Du hast mich gefälligst mit Er anzureden!«

»Verzeihe Er mir, Herr Pädagogiarch! Ich bitte darum, dass Er mich trotzdem prüft«, brachte Georg mühsam durch seine enge Kehle.

»Schon besser.« Dann runzelte Tonsor die Stirn. »Du bist hartnäckig. Gut, du sollst deine Prüfung haben. Übersetze mir folgenden Satz: Wäre mein Vater ein guter Schüler gewesen, so wäre er mehr geworden als der Lehrer einiger dummer Bauern.«

Georg schluckte. Die Beleidigung war so unverblümt, dass sie sich damit selbst verstärkte, indem sie andeutete, dass er etwas Subtileres gar nicht verstehen würde. Trotzdem, oder gerade deswegen, hob er den Kopf und übersetzte den Satz, ohne zu stocken.

Der Pädagogiarch hob sichtlich überrascht die Augenbrauen und beugte sich vor. »Nächster Satz: Ich zweifle nicht, dass mein Vater mich besser hätte lehren können, wenn er sich an der Universität eingeschrieben hätte.«

»Non dubito, quin …«, übersetzte Georg und hielt kurz inne – der Satz war eine Falle, das *quin* forderte in diesem Fall eine spezielle Wortform, aber die fiel ihm gleich ein. Flüssig brachte er den Satz zu Ende. Er sprach gern Latein.

Tonsor kniff die Augen zusammen. War die Antwort doch falsch gewesen? Aber der Pädagogiarch unterbrach die Prüfung nicht, sondern stellte die nächste Aufgabe. Weitere Fragen folgten, Schlag auf Schlag, und Georg wusste: Wenn er auch nur einen Moment zu lange zögern würde, wäre die Gelegenheit vertan und er müsste sich eine Lehrstelle suchen oder betteln gehen. Aber er zögerte nicht. Die Fragen wurden schwerer und immer schwerer. Längst ging es nicht mehr nur ums Übersetzen. Wissen war gefragt, natürlich auf Latein, Rhetorik, einfache griechische Phrasen, der Katechismus, Bibelwissen. Georg schwitzte nun am ganzen Körper. Er wusste nicht, wie viel Zeit vergangen war, als der Pädagogiarch sich endlich zurücklehnte.

»Nun. Nun. Dein Vater fängt an, mich zu interessieren. Ein etwas merkwürdiger Mensch, was? Oder kein Geld für weitere Studien gehabt?«

»Ich … Ich weiß nicht«, stammelte Georg. Tatsächlich, er wusste nicht, ob Geldmangel der Grund für die bescheidene Berufswahl seines Vaters gewesen war, so wie Georg es immer angenommen hatte, oder ob es nicht einfach nur seine Schüchternheit und sein Unwille gewesen waren, im Mittelpunkt zu stehen – oder womöglich etwas ganz anderes. Er hatte nie mit Georg darüber gesprochen, auch nicht, als er seinen Sohn auf die Universität vorzubereiten versucht hatte.

War er dabei erfolgreich gewesen? Der Pädagogiarch schwieg endlose Augenblicke lang und musterte ihn noch einmal ausgiebig. Georg wusste nicht, was er denken sollte. War er durchgefallen? War er aufgenommen?

»Nun«, wiederholte Tonsor schließlich. »Nun gut. In diesem Fall ist wohl nichts zu machen.«

Wieder eine Pause, in der Georg das Herz in die Hosen rutschte. Nichts zu machen. Die Enttäuschung tat fast schon körperlich weh. Tränen wollten in seine Augen schießen, aber er schluckte sie weg.

»Du kannst gleich mitkommen, ich habe sowieso in der Prima Unterricht.« Der Pädagogiarch erhob sich mit heftigem Schnaufen von seinem Stuhl und Georg stand wie angewachsen da und versuchte zu begreifen, was er gerade gesagt hatte. Nur langsam sickerte die Wahrheit, die wunderbare Wahrheit zu ihm durch: Er war angenommen, und nicht nur das – hatte Tonsor gerade wirklich von der Prima gesprochen?

»Prima?«, stieß er ungläubig hervor.

Der Pädagogiarch verzog angewidert das Gesicht. »Hat man dich dressiert, Worte zu wiederholen, wie einen dieser Vögel auf dem Jahrmarkt? Wenn du eine Frage stellen willst, dann stelle auch eine Frage mit Subiectus, Obiectus und Verbum, wie es sich gehört. Sonst überlege ich mir doch noch einmal, ob ich dich aufnehme oder nicht, Bauerntölpel.«

Georg spürte, wie ihm das Blut ins Gesicht schoss. »Der Herr Pädagogiarch will mich wirklich gleich in die Oberklasse aufnehmen?«

»Ja, allerdings will ich das. Ich könnte dich natürlich auch gleich an die Artistenfakultät schicken, mir scheint, du kannst mehr als die meisten unfähigen Burschen, die dort angenommen werden, aber ein, zwei Jahre lang möchte ich dich wenigstens noch hier vorbereiten. Damit meine Mitprofessoren an der Universität nicht vom Stuhl fallen, wenn sie dich sprechen und Wörter sinnlos wiederholen hören. Wir werden sehen, wann du so weit bist.«

Damit drehte er sich um und ging mit wiegenden Schritten aus dem Zimmer. Georg nahm sein Bündel und folgte ihm wie im Traum.

Er war aufgenommen.

5. Kapitel

Als Georg den Raum mit seiner hohen steinernen Decke hinter Professor Tonsor betrat, verwandelte sich das laute Geschrei augenblicklich in absolute Stille. Etwa dreißig Schüler verschiedener Altersstufen sprangen von den Bänken auf, auf denen sie eben noch gehockt hatten, oder teilweise mangels Sitzgelegenheiten auch vom Boden. Die jüngsten waren sicher nicht älter als dreizehn oder vierzehn Jahre.

»Nun, das ist also der klägliche Rest der Sekunda und Prima des Marburger Pädagogiums. Siehst du, warum ich jeden Schüler gern aufnehme, wenn er einigermaßen Grips im Kopf hat? Sogar jemanden wie dich?«

Die Schüler schauten Georg mit größtenteils ausdruckslosen, teils sichtbar abweisenden Gesichtern entgegen. Georg merkte, wie das Hochgefühl in ihm verflog wie ein Nebelstreif in der Sonne. Er biss die Zähne zusammen und bemühte sich wieder, gerade zu stehen.

»Georg Irgendwas Kammann, euer neuer Kamerad. Nach dem zweiten Namen könnt ihr ihn selbst fragen.«

»Wann war die Prüfung?«, rief einer der Jungen laut. Georg zuckte zusammen. Einfach zu rufen, ohne aufgerufen zu sein?

»Ich habe dich nicht um deine Meinung gebeten, junger Herr. Aber bitte – die Prüfung war soeben und er hat sie glänzend bestanden.«

»Die Prüfung war aber nicht öffentlich!«

Tonsors Brauen zogen sich zusammen. »Bin ich noch Pädagogiarch oder bin ich es nicht? Wenn ich eine Prüfung abhalte, gilt sie als abgelegt, egal ob öffentlich oder nicht! Und nun fahren wir mit unseren Übungen zu Plutarch fort, also will ich ab jetzt kein deutsches Wort mehr von euch hören.«

Der Unterricht begann. Georg musste sich nach all den Stunden des Lateinsprechens mit seinem Vater wenig anstrengen, um folgen zu können. Wenn der Lehrer zwischendurch Fehler korrigierte und grammatikalische Besonderheiten erläuterte, hörte sich die deutsche Sprache fast merkwürdig an.

Als Professor Tonsor das Buch zuschlug, aus dem er vorgelesen und Fragen zum Text gestellt hatte, war Georg überrascht, dass die Stunde bereits vorbei war. Er hatte nicht das Gefühl, dass viel Zeit vergangen war.

Die Schüler erhoben sich, der Pädagogiarch sprach ein kurzes lateinisches Gebet, dann verließ er den Raum. Die Jungen scharten sich um Georg und die eigentliche Prüfung begann.

Die Fragen prasselten auf ihn herab: wo er herkam, was er werden wolle, wo er vorher zur Schule gegangen sei, warum er erst jetzt das Pädagogium besuche …

Georg antwortete so ruhig er konnte. Es war klar, dass er keine Angst oder Schwäche zeigen durfte, auch wenn ein großer Teil der Jungen jünger war als er – aber er war der Außenseiter, das Landei, der seltsame Vogel, der Neue. Es schien zu wirken. Nach und nach tröpfelten die Jungen enttäuscht ob seiner Gewöhnlichkeit davon. Als die letzten drei das Schulzimmer verließen, nahm Georg sein Bündel und folgte ihnen. »He!«, rief er.

Nur einer drehte sich um. »Was willst du?« Seine Stimme überschlug sich und hallte in dem Kreuzgang nach.

Georg ballte die freie Hand so fest zusammen, dass die Handfläche schmerzte, und wurde schließlich die Frage los, die er irgendjemandem einfach stellen musste. »Wo finde ich eine Unterkunft?«

Der Junge hob verächtlich die Augenbrauen. »Was fragst du mich das? Die musst du dir schon selber suchen, genauso wie einen Mittagstisch! Kannst du einen bezahlen, kriegst du auch einen. Und jetzt lass mich in Ruhe, mein eigener Mittagstisch wartet nämlich schon auf mich. Wenn ich noch später komme, kriege ich nichts mehr und Prügel noch obendrein.« Damit ließ er Georg stehen.

Im verbleibenden Rest der Mittagspause wagte Georg nicht, sich weit vom Collegium Lani, wie das ehemalige Dominikanerkloster auch genannt wurde, zu entfernen. Er wusste nicht, wann der Unterricht wieder begann, und wollte auf keinen Fall riskieren, zu spät zu kommen. Er eilte nur schnell einmal in die Oberstadt hinauf, um am öffentlichen Brunnen etwas zu trinken. Neben dem abgedeckten Becken bemerkte er dabei die hölzerne Wasserleitung – der Brunnen war gar keiner, sondern ein sogenannter Kump, in den Wasser von einer Quelle etwas außerhalb der Stadt eingeleitet wurde. Weil die Stadt zum größten Teil am Berghang lag, hätte man sehr tief bohren müssen, um bis zum Grundwasser zu gelangen. Und aus der Lahn konnte man natürlich kein Trinkwasser schöpfen, dort flossen schließlich alle Abwässer hinein. Georgs Magen knurrte und riss ihn aus seinen Überlegungen. Er trank noch ein paar Schlucke, um das Gefühl zu dämpfen, und machte sich dann auf den Rückweg. Er musste eben am Abend sehen, dass er etwas in den Magen bekam.

Als am Spätnachmittag der Unterricht endete und die Jungen aufbrachen, kümmerte sich keiner von ihnen mehr um Georg. Er war aufgenommen, nicht mehr der Neue, sondern nur noch Georg, der seltsame, langweilige Kammann. So war es schon im Dorf gewesen, daran war er gewöhnt.

Als Letzter nahm er sein Bündel auf und verließ das Collegium. Langsam ging er über den Kornmarkt, der sich vor der Kirche erstreckte. Er war müde und sein Magen hatte längst aufgegeben, sich über die fehlende Nahrung zu beschweren, stattdessen war nun einfach nur jeder Schritt mühsam. Trotzdem konnte er nicht umhin, zum ersten Mal zu bemerken, dass die Kirche keineswegs mehr eine Kirche war – Männer trugen Kornsäcke hinaus, die auf dem kleinen Markt verkauft wurden. Ein Lager war aus dem ehemals päpstischen Gotteshaus geworden, das war irgendwie traurig. Andererseits erinnerte ihn das goldene Getreide, das die Verkäufer durch die Hände rieseln ließen, während sie es lautstark anpriesen, wieder an seinen leeren

Magen. Korn war immerhin das, was den Menschen ernährte, und Gott ließ es dafür wachsen.

Leider konnte er sich keines kaufen. Georg seufzte leise. Wenn er heute noch etwas zu essen bekommen wollte, blieb ihm nichts anderes übrig, als zu betteln. Am besten war es wohl, er versuchte, wenn er schon dabei war, gleich eine Unterkunft zu finden. Irgendjemand würde doch sicher noch eine Hilfe irgendwo im Haus oder in der Werkstatt brauchen.

Das erste Haus gleich links war ein beeindruckendes Fachwerkgebäude. Es hatte ein vorkragendes Obergeschoss und seine Balken waren dunkelrot gestrichen. Georg stand einen Augenblick vor der großen, mit Schnitzereien verzierten Tür und versuchte, Mut zu fassen. Er schwitzte. Schließlich hob er die Hand und klopfte.

Es dauerte eine Weile, bis die Tür sich öffnete. Eine Frau stand im Türrahmen und schaute ihm mit gerunzelter Stirn entgegen. Plötzlich hatte Georg einen trockenen Mund. »Ich bin heute in Marburg angekommen und bin auf dem Pädagogium angenommen. Aber ich habe noch keine Bleibe. Habt Ihr vielleicht einen Schlafplatz, den …«

Die Frau unterbrach ihn. »Wir haben einen, der ist aber besetzt.«

»Vielleicht irgendwo im Stall oder so?«, versuchte Georg es vorsichtig.

»Na ja, da wäre schon noch Platz … Aber denkt nicht, dass Ihr's dann umsonst bekämet!«

»Und wenn ich dafür arbeite …?«

Statt einer Antwort trat die Frau zurück und schloss energisch die Tür. Das fing ja nicht sehr gut an. Aber vielleicht würde er gegenüber mehr Glück haben.

Er holte tief Luft und klopfte an die schlichtere Tür. Diesmal öffnete ein Mann.

»Ich bin heute erst in Marburg angekommen und gehe nun hier aufs Pädagogium. Hättet Ihr vielleicht einen Schlafplatz? Ich habe kein Geld, aber ich mache wirklich jede Arbeit, die Ihr getan haben möchtet …«

Der Mann schaute ihn an wie ein Kuriosum. »Du willst umsonst wohnen? Womöglich auch noch essen? Wir haben nichts zu verschenken und du bist schon zu groß, um noch Mitleid zu erregen. Verschwinde.«

Wieder schlug eine Tür vor Georgs Nase zu. Verzagt ging er zur Straße zurück und starrte auf das Pflaster zu seinen Füßen. In der Mitte der Gasse waren größere Steine eingelassen, die vermutlich das Gehen bei schlechtem Wetter ermöglichten, ohne sich die Kleider durch den Mist und Unrat aus den Häusern zu verderben, der sich dann sicherlich wie ein Strom an den Seiten entlangwälzte. Georg machte einen Schritt vorwärts und dann noch einen. Es half nichts, er musste es weiterversuchen.

Die nächste Frau schaute ihn wenigstens mitleidig an. »Zu essen hattet Ihr wohl auch noch nicht viel heute, was?«

Georg schüttelte den Kopf.

»Wartet, ich hole Euch was. Aber einen Schlafplatz könnt Ihr bei uns auch nicht bekommen – mein Mann würde das nicht wollen.«

Georg nahm das Brot wie einen Schatz entgegen, bedankte sich und steckte es in sein Bündel. Er wollte es nach einem Tag ohne jede Nahrung lieber nicht in Eile hinunterschlingen. Eine Weile würde es jetzt auch noch ohne gehen.

Vielleicht wäre es einfacher, wenn er es nicht an den zentraleren Straßen versuchte? Kurzentschlossen bog er in eines der schmalen, gerade doppelte Menschenbreite bietenden Gässchen ein und klopfte erst an dessen Ende an eine Tür.

Aber auch hier erntete er nichts als empörte und abweisende Blicke. Nach der zehnten Tür war Georg zu müde und hungrig und zu gedemütigt, um noch weiterzusuchen. Stattdessen kehrte er wieder zu seinem Platz unter der Brücke zurück. Eine Weile saß er dort und starrte auf das schmutzige Wasser der Lahn. Morgen würde er es weiterversuchen. Und wenn er nichts finden würde? Müsste er dann zurückgehen, obwohl er am Pädagogium angenommen worden war?

Auf einmal fühlte er sich schwach und hilflos. Er legte sich zurück und starrte auf den steinernen Brückenbogen über sich. Als er diesmal spürte, wie sich seine Kehle verkrampfte, schluckte er die Tränen nicht weg, sondern ließ sie über seine Schläfen laufen.

Warum war er hier? Zu Hause hatte er wenigstens ein Bett gehabt, freundliche Gesichter und Worte …

Warum? Weil er es Gott schuldig war. Weil er ohne Gott gar nicht mehr auf der Welt wäre. Weil er für den Herrn sein Studium aufnehmen wollte.

Weil Gott für ihn gesorgt hatte.

Der Gedanke blieb hängen. Wenn er das einmal getan hatte, nein, mehrmals, dann würde er es vielleicht auch weiterhin tun, oder? Georg setzte sich auf, kniete auf dem feuchten Boden nieder und versuchte zu beten, aber ihm fiel kein passendes Gebet ein. Schließlich betete er das Vaterunser. »… Unser täglich Brot gib uns heute …«

Als er das Gebet beendet hatte, fühlte er sich ruhiger. Brot hatte Gott ihm immerhin schon beschert! Er holte den Kanten aus dem Bündel und biss langsam hinein. Es war besser als das, was er unterwegs bekommen hatte, fast noch frisch, und es schmeckte so gut, wie ihm schon lange nichts mehr geschmeckt hatte.

Gott sorgte für ihn und er würde es auch in Zukunft tun. Und wenn er keinen Platz in der Stadt fand – der Sommer würde kommen, und was sprach dagegen, weiter im Freien zu schlafen? Vor dem Winter würde der Herr ihm eine Unterkunft schenken, darauf wollte er vertrauen.

 C3

Der nächste Tag begann wie jeder Tag am Pädagogium mit einer Andacht. Georg genoss die Wärme in der Schulstube – er war noch vor der Dämmerung aufgewacht, weil ihm die Zähne klapperten. Aber auch die Andacht selbst tat ihm gut. Es war gut, Gottes Wort zu hören, und noch besser, Lieder zu singen, die von und mit ihm sprachen. Den ganzen Vormittag ging Georg immer wieder eine Strophe des letzten Liedes durch den Kopf, sobald sich eine kurze Pause im Unterricht ergab. Sie lenkte ihn nicht ab, sie machte ihm stattdessen Mut durchzuhalten, wenn der Hunger zu sehr bohrte: *O Jesu, Trost der Armen, mein Herz heb ich zu dir; du wirst dich mein erbarmen, dein Gnade schenken mir, das trau ich gänzlich dir.*

Obwohl die Schülerzahl so gering war, gab es neben dem Pädagogiarchen immer noch vier Lehrer am Pädagogium. Professor Tonsor war der Präzeptor der obersten Klasse, aber als Pädagogiarch und gleichzeitig Universitätsprofessor überließ er auch einige Stunden in der Prima seinen Kollegen. Georg merkte bald, dass nicht jeder Unterricht nach so strenger Zucht ablief wie der, den er gestern miterlebt hatte. Gerhard Heilmann schien seinen Arithmetikunterricht hauptsächlich abzuspulen, ohne sich daran zu stören, dass einige Schüler sich wegduckten, wenn er ihnen eine Rechenaufgabe stellte. Er zuckte dann nur mit den Schultern und nahm einen anderen Jungen dran.

Nach der Mittagspause, in der Georg sich bei einer Frau einen schrumpeligen Apfel vom letzten Jahr und einen Kanten altes Brot erbettelt hatte, betrat zusammen mit den Schülern der unteren Klassen der Quartus, der vierte Lehrer, den Klassenraum: Johann Philipp Schmidtborn, der gleichzeitig Kantor war, also den Musikunterricht übernahm und die Kirchenmusik in der Pfarrkirche leitete. So viel hatte Georg von seinen Mitschülern erfahren. Der Kantor war ein kleiner, rundlicher Mann mit rotblonden Haaren und die Lachfältchen um seine Augen zeugten gleich auf den ersten Blick von einem freundlichen Gemüt.

»Pax Domini vobiscum, discipuli!« Das breite Lächeln, das bei dem Gruß sein Gesicht überzog, machte klar, woher die Fältchen kamen.

»Et tecum, Cantor Schmidtborni!«, antworteten die Schüler im Chor.

Schmidtborn winkte ihnen, sich zu setzen, dann fiel sein Blick auf Georg. Mit der gleichen Hand bedeutete er ihm, wieder aufzustehen.

»Der neue Schüler«, sagte er, weiterhin auf Latein. »Kannst du singen, Kammann?«

Georg nickte.

»Sing einen Vers.«

Georg brauchte nicht zu überlegen, was er singen sollte, das Lied steckte ja sowieso noch in seinem Kopf fest. Er stimmte den ersten Vers an: »O Christe, Morgensterne …« Bei der ersten Zeile war er noch unsicher, weil er die Blicke der ganzen Klasse auf sich ruhen fühlte, aber dann gewannen das Lied und die Freude am Singen die Oberhand und er brachte den Vers mit ruhiger Stimme zu Ende.

Kantor Schmidtborn strahlte wieder. »Wundervoll. Einen solchen sicheren Tenor brauche ich für den Chor. Wenn du willst, kannst du auch in der Kurrende mitsingen. Heute Abend nach dem Unterricht geht sie durch die Straßen. Faber leitet sie als Präzeptor an.«

Einer der älteren Jungen trat aus der Bank.

Der Kantor nickte ihnen beiden zu. »Nun wollen wir aber mit dem musikalischen Unterricht beginnen.«

Wie betäubt ließ sich Georg auf seine Bank fallen. Er sollte im Chor mitsingen? Werke großer Meister mehrstimmig in der Kirche zum Lob Gottes darbieten? Und was war diese Kurrende genau? Er hatte das Wort schon einmal gehört, aber was bedeutete es, in den Straßen zu singen? Konnte er das überhaupt?

Schmidtborn dozierte vorn und Georg merkte, dass er gar nicht wusste, worüber. Er setzte sich gerader hin und bemühte sich, den musiktheoretischen Ausführungen zu folgen – hier wurden ihm schließlich gerade die Grundlagen beigebracht, die er brauchen würde!

Nach dem Unterricht beeilte er sich, zu Faber zu kommen.

»Du singst wirklich gut«, sagte der. »Willst du in die Kurrende eintreten?«

»Ja, sehr gern.«

»Dann komm, wir gehen gleich los, solange es noch hell ist. Du kennst hoffentlich nicht nur den einen Choral, oder?«

Georg schüttelte den Kopf.

»Dann singst du einfach mit, und wenn du Probleme mit dem Text bekommst, schaust du hier hinein.« Er reichte Georg ein zerlesen aussehendes schmales Buch. »Das will ich aber hinterher zurückhaben! Die Bücher sind Schuleigentum, die werden nicht mit nach Hause genommen.«

Georg nickte. Faber drehte sich um und trat aus dem Collegium auf die Gasse hinaus. Eine Handvoll anderer Schüler erwartete ihn dort bereits. Einer trug einen Korb auf dem Rücken, über dessen Funktion sich Georg nicht im Klaren war.

Schweigend gingen sie an den alten Klostermauern entlang bis zum Lahntor und an der Stadtmauer entlang nach rechts. Von der Mauer war hier allerdings wenig zu sehen, Häuser waren dicht an dicht davorgebaut. Einige Schritte weiter ergab sich durch eine von oben her einmündende Straße ein kleiner Platz. Dort blieb Faber stehen und stimmte den Choral an, der Georg nun schon den ganzen Tag begleitet hatte. Die Kurrendesänger stimmten ein, während die Menschen auf der Gasse rund herum in ihren Geschäften innehielten und etliche aus den Häusern heraustraten, um zuzuhören. Georg sang mit Freude alle Verse, ohne in das Buch schauen zu müssen. Am Ende angelangt, begann Faber sofort mit dem nächsten Lied. Nach drei Versen setzte er sich in Bewegung, den Hang hinauf in Richtung der Barfüßergasse, die sich längs vom westlichen Stadtrand bis zum Marktplatz hinzog. Singend zogen sie weiter – nur der Junge mit der Kiepe blieb zurück und rief mehrfach hintereinander: »Date pauperibus! Date panem propter Deum!«

Für einen Moment blieb Georg das Lied im Halse stecken. Das

war also das Ziel der Kurrende – nicht den Menschen Freude zu machen und Gott in Liedern näherzubringen, sondern Geld und Lebensmittel zu erbetteln? Was der Junge da rief, war schließlich: *Gebt den Armen! Gebt um Gottes willen Brot!*

Als Faber sich zu ihm umdrehte und irritiert die Brauen zusammenzog, begann Georg hastig wieder mitzusingen. Hinter ihm schloss der Junge zur Gruppe auf und grinste Georg an. In dem Korb auf seinem Rücken klingelten nun einige Münzen. Außerdem aber duftete es, als er neben Georg herging, betörend nach frischem Brot. Georgs Magen fing wieder an zu rumoren und er begann sich mit dem Gedanken anzufreunden, mit Liedern um Brot zu betteln. Besser als ohne Lieder, so wie er es in den letzten Tagen hatte tun müssen, war das doch allemal – immerhin bekamen die Menschen Musik für ihre Gaben. Während die Melodie durch seine Kehle drang und seinen ganzen Körper zum Instrument machte, gewann die Freude erneut die Oberhand. Musik war eine herrliche Gabe Gottes, die ihn ernähren würde, für die Zuhörer aber auf jeden Fall ein Segen war, und damit ein guter Tausch für ein paar Münzen, ein Stück Brot oder Gemüse!

ℭℬ

»Christ ist erstanden von der Marter alle; des solln wir alle froh sein, Christ will unser Trost sein. Kyrieleis.«

Georg sang laut mit. Die lutherische Pfarrkirche St. Marien war voll an diesem Ostersonntag und ihn erfüllte Osterfreude, trotz aller Schwierigkeiten. Zwar hatte sich die Frage nach der Ernährung durch die Kurrende deutlich entspannt, aber er lebte nach mehr als drei Wochen in Marburg immer noch im Freien. Den Platz unter der Brücke hatte er allerdings bald aufgeben müssen, die Lahn führte inzwischen Hochwasser und die Stelle, an der er gelegen hatte, war überschwemmt. Aber es gab in Marburg genügend Winkel, in denen man unterkriechen konnte, Kir-

chenportale zum Beispiel, und in einigen der engen Gassen der
Oberstadt kam durch die sich einander zuneigenden Häuser auch
bei Regen kaum ein Tropfen auf dem Boden an. Wenn man sich
dann auf einer Stufe vor einen Hauseingang niederlegte, blieb
man einigermaßen trocken.

»Wär er nicht erstanden, so wär die Welt vergangen …«

Der Gesang brauste lautstark durch den Kirchenraum. Auf allen Emporen saßen und standen die Männer – in den schlichteren
an der Westseite der Kirche waren es die einfachen Leute, Knech-
te, Diener und Handwerker, die höheren Herrschaften in ihren
abgetrennten Ständen mit den Fensterbögen konnte man nur
schemenhaft erkennen. Unten im Schiff saßen die Frauen. Ihre
hellen Stimmen mischten sich von dort in die tiefen der Männer
und alles zusammen ergab einen Klang, der beeindruckend war.
Georg selbst stand zwischen den anderen Sängern des Chores,
der sich aus Schülern des Pädagogiums zusammensetzte, auf der
separaten Musikerempore nahe der Orgel und er freute sich auch
darüber. Das Singen auf Beerdigungsfeiern und zweimal in der
Woche vor den Türen der Stadt war zwar gut und vor allem das,
was ihm das Geld für Brot und ab und zu eine warme Suppe ein-
brachte – der mehrstimmige Gesang im Gottesdienst aber war
reines Glück. Viele der anderen Schüler sahen das nicht so, sie
nörgelten oft über die häufigen Proben und die lange Zeit, die sie
in der kalten Kirche verbringen mussten, aber Georg brachte das
Singen hier unter dem Gewölbe weit weg von allen Problemen.
Die Musik machte sein Herz leicht und seine Seele sicher in Gott
und er fühlte sich froh und glücklich, mit seiner Stimme, die sich
nach dem Stimmbruch zu einem brauchbaren Tenor gemausert
hatte, dazu beitragen zu können.

Jetzt drehte der Kantor sich um. Sein Blick wanderte suchend
über den Chor, bis er Georg direkt anschaute und dort einen Augenblick verweilte. Erschrocken hörte Georg auf zu singen, aber
der Kantor nickte ihm nur zu und zeigte auf den Boden, um an-
zudeuten, dass er nach dem Gottesdienst noch bleiben sollte.

Der Rest des Gottesdienstes ging einigermaßen an Georg vorbei. Was wollte Herr Schmidtborn von ihm? Er hatte gelächelt, etwas Schlimmes konnte es also kaum sein. Trotzdem war Georg etwas mulmig zumute, als er nach dem Segen stehen blieb und wartete, bis der Kantor auf ihn zutrat.

»Du singst wirklich gern, Kammann, oder?«

Georg nickte.

»Es ist mir nämlich schon lange nicht mehr passiert, dass ich einen meiner Chorknaben beim Gemeindegesang heraushören konnte. Die meisten murmeln, wenn sie überhaupt den Mund aufmachen, solange sie nicht müssen, nur ein wenig vor sich hin. Da ist es eine Freude, wenn ein so schöner, klarer Tenor wie deiner aus dem Haufen hervorklingt.«

»Danke, Herr Kantor!«

Schmidtborn rieb sich übers Kinn. »Wo wohnst du eigentlich, Kammann?«

»Ich … Nirgends, Herr Kantor.«

Der Kantor nickte. »Also doch. Mir war so, als hätte ich dich irgendwann die Tage mal morgens auf dem Kirchhof schlafen sehen …«

»Es tut mir leid, ich suche mir gleich einen anderen Platz.«

Rund um Schmidtborns Augen bildete sich ein Netz von Fältchen, als er lächelte und gleichzeitig den Kopf schüttelte. »So war das nicht gemeint. Aber ich fürchte um deine Stimme. Ein Wunder, dass du überhaupt noch singen kannst und nicht längst pausenlos hustest. Es geht nicht an, dass du draußen schläfst. Schließlich brauche ich dich für meinen Tenor, ohne dich ist er erbärmlich wacklig. Börner ist immer noch nicht ganz aus dem Stimmbruch heraus, der Goebel singt so leise, dass man ihn kaum hört, und die anderen sind unaufmerksam, können sich die Texte nicht merken oder die Töne nicht halten.«

Georg schaute auf den abgetretenen Holzfußboden der Empore hinunter. »Ich habe es ja versucht, aber ich habe kein Geld für eine Unterkunft und gegen Arbeit wollte mich keiner aufnehmen.«

»Ja, solche Stellen sind rar gesät in diesen Zeiten … Aber ich hätte da eine Idee, die dir wenigstens ein Dach über dem Kopf verschaffen würde. Komm mal mit.«

Ein Schlafplatz? Wie im Traum folgte Georg dem Kantor von der Empore hinunter, aus der Kirche hinaus, über den Kirchhof und die Wendeltreppe hinunter zu dessen Haus direkt darunter. Es war ein winziges Gebäude und drei kleinere Kinder spielten auf der Gasse davor mit einem Reifen.

»Die beiden älteren sind drinnen«, bemerkte Schmidtborn und öffnete eine hölzerne Pforte neben dem Haus. Dahinter befand sich der schmale Gang zwischen Schmidtborns Haus und dem der Nachbarn. Ein paar Hühner scharrten hier im Boden und stoben empört gackernd zur Seite, als jemand ihr Reich betrat. Am Ende des Ganges stand ein kleiner hölzerner Schuppen.

»Darin bewahren wir das Heu für die beiden Ziegen auf«, erklärte der Kantor. »Es ist auf jeden Fall trockener und wärmer als auf dem Kirchhof. Im Haus ist leider kein Platz, das siehst du ja.«

»Danke«, stieß Georg hervor und konnte sein Glück kaum fassen. »Danke!« Ein Platz im Heu, Verdienst und Essen durch das Singen und dazu noch eine solche Freundlichkeit! Es war fast zu viel. Und der Mann wollte nicht einmal etwas dafür? Aber er wollte sich gern erkenntlich zeigen! »Was kann ich dafür tun?«

»Weiterhin meinen Tenor retten!« Der Kantor lachte.

»Soll ich Eure Kinder unterrichten? Oder wenigstens den Ziegenstall ausmisten und im Garten helfen?«

»Nun, helfen kannst du gern, wenn es sich ergibt. Aber meine Kinder brauchst du nicht zu unterrichten, das tue ich schon selbst.« Dann zog so etwas wie Besorgnis oder Unbehagen über sein Gesicht. »Nur, also … ich weiß jetzt nicht …«

Georg wusste sofort, was den Kantor bedrückte. »Ihr denkt doch nicht, ich würde erwarten, dass Ihr mir auch noch Essen zusteckt, oder? Das tue ich ganz sicher nicht.«

Schmidtborn stieß einen erleichterten Seufzer aus. »Ich möchte ja wirklich nicht eigensüchtig handeln, aber …«

Ungläubig schüttelte Georg den Kopf. »Eigensüchtig? Ich kann mir gut vorstellen, dass Ihr mit Euren fünf Kindern genug zu tun habt, Eure eigene Familie satt zu bekommen. Natürlich gehen die Kinder vor, das ist doch nicht eigensüchtig! Und ich bin mit Gottes Hilfe die ganze Zeit zurechtgekommen, sogar bevor ich in die Kurrende kam. Es reicht zum Leben, und wenn ich jetzt auch noch eine Übernachtungsmöglichkeit habe, komme ich ganz bestimmt durch!«

Der Kantor nickte bedächtig. »Ja, das kommst du. Ich denke, du wirst deinen Weg machen, mein Junge.«

Georg wurde ganz warm bei diesen Worten. Rasch verbeugte er sich, um sein Gesicht zu verbergen, aber auch, weil ihm danach war. »Ich wünsche Euch einen gesegneten Ostertag, Herr Kantor.«

»Den wünsche ich dir auch«, erwiderte Schmidtborn den Gruß.

6. Kapitel

1642/1643

Auf einen heißen, trockenen Sommer folgte ein kühler, nasser Herbst. Jeden Abend kroch Georg mit dem unangenehmen Wissen ins duftende Heu, dass sein herrlicher Schlafplatz nicht mehr lange ausreichen würde, um ihn vor der beginnenden Kälte zu schützen. Trotzdem schob er den Bittgang durch die Straßen von Tag zu Tag auf. Noch ging es ja im Kantorsschuppen, noch war genug Heu da, um sich hineinzuwühlen, und noch war auch die Kälte nicht so groß, dass man sie nicht ertragen konnte.

Er nutzte jede Möglichkeit, außerhalb des Unterrichtes Zeit in der Bibliothek zu verbringen, die im Collegium Pomerii untergebracht war, das den westlichen Eckpunkt der Stadtmauer bildete. An zwei Tagen in der Woche öffnete der als Bibliothekar wirkende Universitätsprofessor den großen Raum im ehemaligen Franziskanerkloster für Studenten und auch die wenigen Schüler des Pädagogiums, die darum baten. Man musste ihn durch dessen Wohnung betreten und er wachte mit Argusaugen darüber, wer hinein- und wer herausging. Als Georg zum ersten Mal etwas verschüchtert den eigentlichen Bibliotheksraum betreten hatte, war er für einen Augenblick überwältigt stehen geblieben. Es war genauso wie in seinen Träumen: Ein Raum voller Bücher, die in Regalen dicht an dicht an allen Wänden standen. Im Grunde war der Raum nicht ideal, es war fast zu dunkel, um in dieser Jahreszeit dort zu arbeiten, aber für Georg war er das Paradies. Es war trocken und warm und er konnte lernen und vertiefen, was er im Unterricht gehört hatte. Jedenfalls, solange seine Augen mitmachten und nicht mit Kopfschmerzen auf allzu langes konzentriertes Starren auf Buchseiten reagierten.

So wie heute. Wieder einmal wünschte sich Georg Augen, die nicht schielten, um noch ein Stündchen hierbleiben und lesen zu können. Seufzend klappte er das Buch zu und rieb sich über die schmerzenden Augen. Sein Magen war ebenfalls ein dumpf ziehendes Loch, aber das war er gewöhnt und achtete meistens einfach nicht darauf. Ein kleines Stück Brot würde er sich von dem Geld, das er für sein Mitsingen bei der letzten Beerdigung bekommen hatte, allerdings noch kaufen können.

Mit dem Kanten Brot in der Hand machte er sich auf zum Schuppen. Draußen herumlaufen wollte er nicht mehr, dazu war der Nieselregen zu ungemütlich.

»Georg!«

Der Kantor winkte ihm von einem der unteren Fenster aus zu. Georg trat heran. »Gut, dass ich dich abfangen konnte. Es ist ein Brief für dich im Pädagogium abgegeben worden und ich habe mir erlaubt, ihn gleich mit hierherzunehmen. Ich dachte mir, dass du ihn sicher nicht unter den neugierigen Blicken der anderen Jungs lesen wolltest. Hier!«

Georg nahm das mehrfach gefaltete Schreiben wie einen Schatz entgegen. Nachrichten von zu Hause! »Danke!«, brachte er heraus, dann beeilte er sich, in den Schuppen zu kommen und, eingegraben in den letzten größeren Haufen Heu, der dort noch lag, den Brief zu öffnen.

Mein lieber Sohn, las er und ein dicker Kloß bildete sich in seinem Hals, weil er in seinem Kopf die Stimme seines Vaters hören konnte. *Es ergibt sich eine Gelegenheit, einen Brief nach Marburg mitzugeben, und die wollen wir nicht ungenutzt verstreichen lassen. Ich bin sehr froh und stolz, dass Du die Aufnahme ins Pädagogium so gut gemeistert hast und sicher derzeit fleißig lernst. Ich weiß, dass Du die segensreiche Möglichkeit, die Du bekommen hast, nutzen wirst und zur Ehre Gottes studieren. Wir werden alles tun, was wir können, um Dich nicht doch noch zurückholen zu müssen.*

Uns geht es so weit gut. Wir konnten ein wenig aussäen und sind derzeit dabei, die Ernte einzubringen. So Gott will, werden wir damit über den Winter kommen.

Georg schaute auf, weil die schmalen, steilen Buchstaben vor seinen Augen verschwammen. Das sowieso schon gedämpfte Licht des Regentages sickerte nur spärlich durch die Tür, die er zu diesem Zweck offen stehen gelassen hatte, und seine sowieso schon angestrengten Augen schmerzten noch mehr. Trotzdem wischte er sich rasch die Tränen weg und las weiter. Sein Vater schrieb von Georgs Geschwistern, davon, dass ein weiteres Kind unterwegs war, vom nunmehr ganz abgeschlossenen Wiederaufbau des Dorfes. *Wir beten jeden Tag für Dich, dass Du genug zu essen hast, das Lernen Dir Freude macht und Du Dein Leben mit Gottes Führung meisterst. Was für eine Unterkunft hast Du gefunden? Wenn Du kannst, schreibe uns doch bitte bald wieder. Dein Dich liebender Vater.*

Georg las den Brief zweimal und ließ ihn dann sinken. Sein Vater war stolz auf ihn, das half über das Heimweh hinweg. Er würde es schaffen, schon für seinen Vater.

Und der erste Schritt dazu war, dass er sich endlich darum bemühte, eine winterfeste Unterkunft zu finden. Am besten sofort. Er atmete noch einmal tief durch, dann steckte er den Brief zu seinen wenigen Habseligkeiten, die er an der hinteren Wand des Schuppens aufbewahrte, sprang vom niedrigen Boden hinunter, der das Heu trocken hielt, und klopfte sich gründlich Halme und Samen von der Kleidung. Dann machte er sich auf, um noch einmal durch die Gassen von Marburg zu gehen und um ein Obdach zu bitten. Diesmal würde er keine Tür auslassen und erst dann aufgeben, wenn wirklich jeder Nein gesagt hatte, den er fragen konnte.

Er klopfte an viele Türen und wurde an vielen Türen abgewiesen. Entmutigt, aber entschlossen, es wirklich überall zu versuchen, stand er schließlich wieder vor einer Tür. Sie gehörte zu einem heruntergekommen wirkenden Haus am Steinweg, außerhalb der Stadtmauer. Allenthalben war der Putz von den Gefachen abgefallen und ließ Flechtwerk und Lehm sehen und von den Balken blätterte die Farbe ab. Ein vierschrötiger Mann in einer ledernen Schürze öffnete ihm schließlich. Die Ahle in seiner Hand bestätigte das Schild über der Tür, das ihn als Schuster auswies. »Was willst du?«

»Ich bin Schüler des Pädagogiums und suche nach einer Unterkunft. Ich kann nichts zahlen, aber ich kann arbeiten.«

Der Mann musterte ihn von Kopf bis Fuß. »Hm«, machte er mit zusammengekniffenen Augen und das klang schon einmal besser als die direkten Ablehnungen, die Georg bisher gehört hatte. Er hielt die Luft an und bat in Gedanken Gott um Hilfe.

Schließlich nickte der Schuster mit dem Kopf einigermaßen einladend ins Haus hinein. »Gut. Kannst bei den Jungs in der Kammer schlafen. Ernähren musst du dich aber selber, denk nicht, dass du unser sauer verdientes Brot schnorren kannst! Kriegst höchstens ein bisschen Zugemüse ab und zu und dafür bringst du meinen Bälgern was bei. Dann kann ich mir die Schule sparen. Außerdem hilfst du im Haus und in der Werkstatt, wenn ich dich da brauche. Verstanden?«

»Ja«, sagte Georg und lächelte erleichtert. Die Bedingungen erschienen ihm fair. »Wann kann ich kommen?«

»Na, gleich! Kannst sofort mit anpacken!«

»Ich hole nur eben meine Sachen.«

Der Schuster rümpfte die Nase. »Was wirst du schon besitzen? Mach wenigstens schnell.«

Georg nickte und beeilte sich, zum Heuschuppen zurückzukommen, sein Bündel zu holen und dem Kantor und seiner Frau zu sagen, dass er ein winterfestes Quartier gefunden hatte. Freude und ein mulmiges Gefühl angesichts der offenbar mehr als rauen Umgangsformen seines zukünftigen Gastgebers hielten sich dabei die Waage. Aber wenigstens würde er nicht erfrieren.

☙

Wilhelm Hermann war ein harter Mann. Er war hart zu sich selbst und ebenso hart zu seiner Familie und jedem anderen Menschen, von dem er nicht direkt abhängig war. Georg brauchte nicht lange, um das herauszufinden. Als er am ersten Abend zurückkam, ließ ihm der Schuster gerade einmal die Zeit, seine wenigen Habseligkeiten in der ungeheizten Dachkammer abzulegen, in der er zusammen mit den drei Söhnen Hermanns schlafen sollte, dann musste er sofort mit anpacken, die Werkstatt und gleich auch noch den Hof fegen. Danach wurde er zum Wasserholen an den Mönchbrunnen geschickt, der sich am Fuß des Steinwegs befand. Als er sich später auf dem durchgelegenen Strohsack unter die fadenscheinige Decke zu kuscheln versuchte, taten ihm die Schultern und Arme weh und sein Magen knurrte. Aber er hatte ein Dach über dem Kopf – der Winter mochte nun kommen.

Die Tage im Haushalt des Schusters begannen früh und endeten spät und es gab immer irgendetwas zu tun. Georg lernte bald, selbst Ausschau nach Arbeit zu halten, schon, um der drückenden Atmosphäre im Haus zu entgehen, die sich schwerer als ein Sack Mehl oder zwei Eimer Wasser auf ihn zu legen schienen, sobald er Zeit genug hatte, sie in den Blicken, im Atmen, in den verkrampften Schultern und vorsichtigen Bewegungen der Familie wahrzunehmen.

Ganz abgesehen davon, dass er immer Gefahr lief, selbst eine Ohrfeige zu kassieren, wenn Hermann ihn beim Müßiggang erwischte – oder auch nur dabei, nicht schnell oder hart genug zu arbeiten.

Beim ersten Mal war er noch entsetzt gewesen, hatte sich die schmerzende Wange gehalten und den Schuster so ungläubig angestarrt, dass der sich gereizt fühlte und noch einmal ausholte. Der Mann hatte kein Recht, ihn zu schlagen – aber Georg war auf sein Wohlwollen angewiesen und schluckte den Zorn und die Demütigung hinunter. Inzwischen zuckte er kaum noch zusammen, wenn der Schlag ihn traf, senkte nur den Kopf und machte weiter mit seiner Arbeit, genauso wie die drei Söhne des Schusters, die selbstverständlich auch schon mithelfen mussten. Wenn sie ihren Vater sahen, wurde ihr Blick stumpf und sie duckten sich weg, um nur ja nicht bemerkt zu werden.

Georg hatte sich eigentlich darauf gefreut, die drei Hermann'schen Jungen zu unterrichten. Sie waren zehn, neun und sieben Jahre alt und nur der älteste konnte schon ein wenig schreiben und rechnen. Aber es blieb nicht viel Zeit für den Unterricht und die drei waren so anders, als Georg es von seinen Geschwistern und auch von den anderen Kindern des Dorfes kannte, dass er sich schon bald nicht mehr mit voller Kraft einsetzte. Die beiden kleineren Jungen saßen wie leblose Puppen auf ihren Stühlen, wenn er versuchte, ihnen Buchstaben und Zahlen nahezubringen, und ließen alles nur über sich ergehen. Der zehnjährige Fritz dagegen schien sich zu einer zweiten Ausgabe seines Vaters zu entwickeln und tyrannisierte seine jüngeren Geschwister. Wenn Georg versuchte einzuschreiten, wandte Fritz sich an seinen Vater, der daraufhin Georg das Leben zur Hölle machte. Nach dem dritten Mal schaute Georg genauso weg wie die Mutter der drei und schluckte die ohnmächtige Wut und die Scham, nichts gegen die Ungerechtigkeit tun zu können, herunter.

Außer für den Unterricht und diverse Arbeiten rund um das Haus wie Fegen oder Holzhacken war Georg auch noch für die beiden Schweine zuständig, die der Schuster in einem Verschlag im Hof hielt und mit Abfällen mästete. Der Geruch der Jauche, die er in regelmäßigen Abständen aus dem Koben holen musste, blieb jeweils die ganze Nacht durch an ihm hängen und führte dazu, dass sich seine Mitschüler naserümpfend von ihm abwandten, wenn er am Morgen ins Pädagogium kam.

Er hatte kaum Zeit zu lernen, aber sein Vater hatte ihn so gut vorbereitet, dass er trotzdem immer noch problemlos mitkam. Nur die Freude am Lernen kam ihm in dieser Zeit abhanden. Manchmal ertappte er sich dabei, dass er die Unterrichtsstunden im Pädagogium ähnlich absaß wie die beiden jüngeren Söhne des Schusters die seinen und währenddessen mit einem dumpfen

Furchtgefühl an die Arbeit dachte, die ihn nach dem Unterricht erwartete. Es gab immer wieder Augenblicke, in denen er sich fragte, ob es das alles wirklich wert war, ob er nicht einfach gehen und sich eine Lehrstelle suchen sollte. Aber dann erinnerte er sich an das Leuchten in den Augen seines Vaters, während er ihn auf die Schule vorbereitet hatte, biss die Zähne zusammen und machte weiter.

Die einzigen Momente, in denen er sich geborgen und wohlfühlte, waren die Stunden, die er mit Singen in der Kirche verbrachte. Die Musik und die Worte, die er sang, waren wie eine zärtliche, tröstliche Berührung Gottes, die ihn gestärkt und mit dem Bewusstsein wieder in den schrecklichen Alltag zurückkehren ließ, dass er nicht allein war.

Die Gottesdienste in der Pfarrkirche waren überhaupt die Momente, in denen er sich immer wieder neu erinnerte, warum er zur Schule ging: Eines Tages würde er selbst auf der Kanzel stehen und Gottes Wort weitersagen. Er hatte es Gott versprochen und Gott würde ihm durch alle Schwierigkeiten hindurch beistehen.

Wenn der Segen gesprochen war, die letzten Töne des Orgelnachspiels wie ein Duft noch in der Luft hingen und die Marburger die Kirche verließen, blieb Georg oft noch dort, solange er konnte. Am liebsten wäre er gar nicht zurückgegangen in den Hermann'schen Haushalt, der auch am Sonntag nichts von dem hatte, was Gottes Wille für diesen Tag der Woche war. Arbeit, ängstliches Ducken und Gewalt bewohnten das Haus auch am geheiligten siebten Tag von der Werkstatt bis zur Dachkammer.

Aber es war nicht nur ein Mangel an Alternativen, der Georg auch an diesem dritten Sonntag im Januar in der Kirche hielt – es war das Gefühl, Gott hier ein wenig näher zu sein, in seinem Haus zu bleiben, weil er hier so etwas wie das Zuhause fand, das er gerade so heftig vermisste. Das Wissen, dass an diesem Tag, im gleichen Moment, auch seine Familie in Günsendorf in der Kirche war und sie so über die Entfernung hinweg gemeinsam vor Gott standen, war etwas so Tröstliches, dass er das Gefühl so lange wie möglich beibehalten wollte.

Trotz des heftigen Frostes, der draußen wie ein böses Tier in die Nase und die Haut biss und auch in der Kirche in Wänden und Boden lauerte, an den Beinen hochstieg und von allen Seiten auf ihn eindrang, lehnte sich Georg unten im Kirchenschiff an eine der eisigen Säulen und versuchte, die Kälte mit ineinander verschränkten Armen von sich abzuwehren, um noch ein paar Minuten bleiben zu können.

Er war nicht der Letzte. Ein paar Kirchenbesucher standen noch beisammen und sprachen gedämpft miteinander. Eine ärmlich gekleidete Frau hielt sich auf der anderen Seite des Kirchenschiffs zwischen den Säulen auf und schien mit gesenktem Kopf zu beten. Ganz in Georgs Nähe blätterte Kantor Schmidtborn in einigen Notenblättern, bis jemand ihn mit einem Räuspern aufblicken ließ, das auch Georgs Aufmerksamkeit auf sich zog. Einer der Kirchenältesten stand vor dem Kantor, ein großer, dünner Mann mit grauem, schulterlangem Haar, einem spitzen Kinnbart und einem scharf geschnittenen Gesicht, das Georg bisher nie anders als finster umwölkt gesehen hatte. Er versuchte sich zu erinnern, welcher der Ältesten das war – Henckel? Chemlin? Christiani?

»Herr Kantor, auf ein Wort«, sagte der Älteste jetzt. Der dunkle, kratzige Klang seiner Stimme passte wie maßgeschneidert zu seinem Gesichtsausdruck.

Schmidtborn lächelte höflich und legte die Noten beiseite.

»Es geht um Eure Schüler. Den sogenannten Chor. Ich will Euch keineswegs zu nahetreten, aber es ist mir unerträglich, das länger mit anzusehen. Diese Bengel singen mit einer so offensichtlichen Gleichgültigkeit, schauen dabei im ganzen Kirchenschiff herum, zwinkern Mädchen zu und bemühen sich nicht einmal, den Mund richtig aufzumachen. Genauso wenig halten es die meisten für nötig, sich für den Gottesdienst das Gesicht zu waschen oder ihre Jacken ordentlich zu knöpfen. Das zeugt für mich von einer derart mangelnden Ehrfurcht vor Gottes Haus und seinem Lob, dass es mich schüttelt, wenn ich sie sehe.«

Der Kantor machte ein bekümmertes Gesicht und hob in einer hilflosen Geste die Hände, sagte aber nichts.

Der Älteste war noch nicht fertig. »Ihr seid zu freundlich zu ihnen, Schmidtborn. Das sind kleine Kakerlaken, die sich jetzt schon für etwas Besseres halten. Sie bräuchten viel stärkere Erziehung, Disziplin und Strafen. Stattdessen sind sie jetzt schon kleine Studenten.« Aus dem Mund des Mannes klang das Wort ›Student‹ wie ein Schimpfname. »In Kürze werden sie sich ihre Degen besorgen und völlig außer Rand und Band geraten. Ihr solltet sie wenigstens etwas strenger in die Zucht nehmen, Schmidtborn.«

Der Kantor schüttelte leicht den Kopf. »Ihr habt wohl recht, Herr Chemlin – aber Ihr wisst auch sehr gut, dass ich das nicht kann. Zum einen bin ich nicht der Mann dafür, zum anderen aber können wir alle im Pädagogium nicht mehr das nachholen, was die Eltern versäumt haben mögen. Es sind Pädagogienschüler und zukünftige Studenten, so wie Ihr schon sagtet. Und das heißt, dass wir von ihnen abhängig sind, die ganze Stadt. Wenn sie die Universität wechseln, stehen wir im Regen. Die Universität ist seit dem Ende Marburgs als Residenzstadt das, was uns noch eine gewisse Stellung verleiht. Das, weshalb wir in diesem Krieg bisher von Schlimmerem verschont worden sind, möge Gott geben, dass es dabei bleibt. Wir können die Studenten nicht verprellen.«

Georg schaute ihn aus dem Schatten seiner Säule heraus an und begriff, dass Schmidtborn recht hatte. Ohne die Universität wäre Marburg nichts als eine kleine Stadt in der Provinz mit einem nur noch selten von der landgräflichen Familie besuchten Schloss.

Der Älteste schien das ebenso zu wissen und es machte ihn sichtlich noch wütender. Sein Blick flog in der Kirche herum wie ein fehlgeleitetes Geschoss, traf schließlich auf Georg und blieb auch dort, während er weiter zu Kantor Schmidtborn sprach. »Trotzdem geht es nicht an, dass diese unverschämten, schmutzigen Schüler sich im Gotteshaus danebenbenehmen und dann auch noch nach dem Gottesdienst unnötig lange in der Kirche herumdrücken, als wäre dies eine Art Gasthaus oder sonstiger Aufenthaltsort und nicht der Ort, an dem Gott die Ehre gegeben werden soll. – Einen gesegneten Sonntag Euch noch, Schmidtborn.« Damit drehte er sich um und verließ die Kirche, nicht ohne noch einmal einen bösen Blick auf Georg zu schleudern, als er an ihm vorbeiging.

Georg atmete tief durch und schaute ins Gewölbe hinauf. Vielleicht war er schmutzig, ja. Es war nicht möglich, seine Kleider so oft zu waschen, wie sie es wegen der harten Arbeit im Schusterhaushalt nötig hätten, und der Geruch nach Jauche hielt sich trotz Auslüftens erschreckend lange in ihnen fest. Aber er war nicht unverschämt und es war nicht die Ehrfurcht vor Gott, an der es ihm mangelte. Innere Wärme war es, Freundlichkeit, das Gefühl, irgendwo zu Hause und geliebt zu sein, was ihn in der Kirche hielt. Er wusste das und Gott wusste es auch, egal, was dieser verbitterte alte Mann sagte.

☙

Georg wartete nicht länger als bis zu dem Tag, als er die ersten Narzissen aus der engen, dunklen Erde hervorkommen sah, um sich selbst aus dem engen, dunklen Haus des Schusters zu befreien. Sobald er die dolchartigen grünen Blätter entdeckte, die sich wie im Triumph gegen den Winter dem Licht entgegenreckten, änderte er sofort seinen Weg in Richtung Oberstadt, um den Kantor zu bitten, wieder in dessen Schuppen schlafen zu dürfen. Die Herzlichkeit, mit der Georg dort empfangen wurde, wärmte ihn mehr als die Frühlingssonne.

Er musste nicht ein einziges Mal auf das Angebot von Schmidtborns Frau zurückgreifen, in der Küche zu schlafen, falls es noch einmal kalt werden sollte, denn der Frühling ließ sich vom Tag des Umzugs an nicht wieder vertreiben, sondern arbeitete mit aller Kraft daran, zum Sommer zu werden. Georg lernte fleißig, wobei er sich im Unterricht oft eher langweilte, sang in der Kurrende und blieb ansonsten für sich. Die anderen Pädagogienschüler hatten sich längst damit abgefunden, dass er ein seltsamer Vogel war, der sich nicht für ihre Streiche und Spiele interessierte, und kümmerten sich nicht weiter um ihn.

Der Sommer verging schnell, schon kündigte sich der Herbst an und brachte wieder kühlere Nächte, in denen sich Georg tiefer in das neu aufgefüllte Heu in des Kantors Schuppen wühlte, um warm zu bleiben. Als der September sich mit Nebel und Regen von seiner unfreundlichsten Seite zeigte, verbrachte er an den Dienstagen und Donnerstagen wieder jede Minute, die nicht durch Unterricht ausgefüllt war, in der Bibliothek im Collegium Pomerii. Im Sommer war er stattdessen oft gelaufen, manchmal auch außerhalb der Stadt über die sogenannte »Philosophie«, einen Weg, der sich durch schöne Natur bis zur Kreuzkapelle hin erstreckte. Aber nun, da das Wetter diese Ausflüge nicht länger erstrebenswert erscheinen ließ, hielt ihn nichts mehr davon ab, jede freie Stunde zum Lernen zu nutzen.

Er vertiefte sich in Werke, die längst noch nicht zum Lehrplan gehörten, las römische Dichter und scheiterte an griechischen Philosophen, schmökerte in Chroniken und versuchte sich an theologischen, medizinischen und juristischen Disputationen, las Leichenpredigten und andere Predigten und verschlang sämtliche Schriften Luthers, die er finden konnte. Ehrfurchtsvoll blätterte er durch einen Erstdruck der »Freiheit eines Christenmenschen« und las zum ersten Mal in seinem Leben die Bibel wirklich vom Anfang bis zum Ende durch.

Er war gerade in die ersten Kapitel der Offenbarung des Johannes vertieft, als jemand vor seinen Tisch trat. Georg schaute auf und erkannte Johann Heinrich Tonsor. Hastig sprang er von seinem Stuhl auf.

Der Pädagogiarch knetete den langen Bart an seinem fleischigen Kinn. »Nun, du bist ja schon wieder hier. Willst wohl möglichst schnell fertig werden, arm wie du bist, was? Aber lass dir eins gesagt sein: Ein Studium ist nicht in zwei Jahren getan, da wirst du schon mehr Geduld haben müssen. Und Geld. Wo auch immer du das hernehmen willst. Und es nutzt gar nichts, sich jetzt schon den Kopf mit zu viel Wissen vollzustopfen, das du gar nicht alles behalten kannst, bis du es brauchst. Du bist kein dummer Bursche, aber auch kein Wunderwesen. Halte dich bloß nicht für den nächsten Salomo.« Einen Augenblick lang musterte er Georg mit einem nicht zu deutenden Gesichtsausdruck, dann fügte er wie beiläufig hinzu: »Am nächsten Dienstag ist deine Aufnahmeprüfung an der Artistenfakultät. Nachmittags, Schlag vier Uhr.«

Damit drehte er sich um und ging. Georg stand vor seinem Tisch und konnte nicht glauben, was er gehört hatte. Am Dienstag würde er auf die Universität wechseln? Nach weniger als anderthalb Jahren würde er Student werden? Beflissener der freien Künste zunächst und dann irgendwann der Theologie. Sein Vater wäre so stolz, wenn er das wüsste. Er musste unbedingt versuchen, so schnell wie möglich einen Brief nach Günsendorf zu senden, auf welchen Umwegen auch immer er dort ankommen würde.

Die Apokalypse hatte ihren Reiz für heute verloren. Georg starrte auf die Buchstaben nieder und konnte doch nur eine Reihe von Wörtern vor seinem inneren Auge sehen, die nicht dort geschrieben stand:

Georg Nicolaus Kammann, Studiosus artium liberalium an der Alma Mater Marburgensis.

2. Teil

Alma Mater

7. Kapitel

Als Georg am Dienstag, dem 26. September 1643 in der kleinen ehemaligen Kirche der Kugelherren vor die wichtigsten Männer der Universität trat, um sich zur Prüfung zu stellen, klopfte ihm das Herz bis zum Hals und ihm war ganz schlecht vor Angst, nicht zu bestehen. Der Raum mit seinem schönen Kreuzgewölbe diente schon seit Gründung der Universität vor über hundert Jahren vor allem der theologischen Fakultät als Raum für Disputationen. An der Stelle, an der sich normalerweise ein Altar befunden hätte, standen nun drei wuchtige Tische in U-Form und dahinter breite Stühle mit hohen Lehnen. Darauf saßen sie erhöht wie ein Tribunal: in der Mitte der derzeitige Rektor der Universität, der dreizehnjährige Erbprinz Ludwig von Hessen-Darmstadt, der das Amt ehrenhalber ausführte. Er war ein schmächtiger dunkelblonder Junge, aber es war wahrhaftig der künftige Landgraf, vor dem Georg nun stand, und das schnürte ihm zusätzlich die Kehle zu. Daneben saßen der Prorektor, der die eigentlichen Aufgaben des Rektors ausführte, und auf der anderen Seite des Landgrafensohnes der Dekan der Artistenfakultät, die Georg zunächst besuchen würde, um die sogenannten ›Freien Künste‹ zu lernen – Rhetorik, Mathematik, Geschichte und Astronomie –, bevor er sich der Theologie widmen konnte. Etliche Professoren füllten die Tische zu beiden Seiten an.

Georg schluckte noch einmal und verbeugte sich schwitzend. Nachdem allerdings der Dekan die erste Frage gestellt hatte und Georg sie beantworten konnte, ohne auch nur nachdenken zu müssen, entspannte er sich etwas. Und mit jeder Frage wurde er selbstsicherer. Am Ende war er fast schon enttäuscht, weil er sich ganz unnötig aufgeregt hatte. Die Prüfung war so leicht, dass er den Verdacht hatte, sie sei mehr eine Formsache. Er konnte sich nicht vorstellen, dass irgendjemand, der zumindest eine Latein-schule besucht hatte, hier durchfallen könnte.

Danach erwartete ihn die Deposition, eine offizielle Veranstaltung der Universität, bei der die hohen Herren weiterhin anwesend waren und mit Vergnügen zuschauten. Es war ein gleichzeitig feierliches und unglaublich kindisches Spektakel. Ihm wurde von mehreren grinsenden Studenten eine Kappe mit Hörnern aufgesetzt, das Gesicht mit Ruß geschwärzt, und zu guter Letzt schoben sie ihm noch zwei Eberzähne in den Mund. Dann wurde er mit Schimpfreden bedacht, die ihm seine Unwürdigkeit als halbes Tier, das noch kein rechter Student war, deutlich machen sollten, und anschließend wurden ihm mit riesigen Gerätschaften die Hauer gezogen, der Ruß vom Gesicht gekratzt und die Hörner abgeschliffen. Georg ertrug die Demütigung mit zusammengebissenen Zähnen und dem Wissen, dass dieses Ritual nun einmal dazugehörte. Schließlich ließen sie von ihm ab und der Dekan der Universität trat vor, um Georg mit gesetzten Worten und einer Art Weihe zum rechten Studenten zu erklären, indem er ihm Salz in den Mund gab, das für Weisheit stand, und ein paar Tropfen Wein auf den Kopf goss, der die Freude symbolisieren sollte. Danach musste er eine Gebühr für die Deposition zahlen, der Rektor schrieb ihn in das Matrikelbuch ein und Georg schwor den Eid auf die Rechtsordnung der Universität. Damit war er offiziell ein Student.

Den Rest seines mühsam vom Mund abgesparten Geldes hatte Georg in einige Krüge Wein investieren müssen – normalerweise gehörte ein regelrechter Schmaus dazu, ein Festessen, das vom neu immatrikulierten Studenten ausgerichtet werden musste, aber der Pädagogiarch hatte ihm im Vorfeld gesagt, dass in seinem Fall darauf verzichtet werden könne. Georg hätte es sich auch wirklich nicht leisten können. So verließ er nach einem kleinen Umtrunk die Kirche und fühlte sich so leicht wie lange nicht mehr. Stolz und glücklich lief er durch die Kugelgasse zum Kirchhof der Pfarrkirche hinüber. In die Bibliothek wollte er jetzt nicht gehen, obwohl es Dienstag und damit einer der Öffnungstage war, aber heute würde er sich sicher nicht auf seine Lektüre konzentrieren können.

Die Sonne schaute gerade für einen kurzen Moment zwischen den Wolken hervor, als wolle sie Georg zu seinem neuen Status als Student gratulieren. Er genoss ihre Strahlen, die noch immer Kraft hatten, blieb einen Moment lang stehen und schaute zu dem verkrümmten Kirchturm hinauf. Seltsam, dass er sich im letzten Jahr noch darüber gewundert hatte. Nun war diese schiefe Spitze so etwas Ähnliches wie Heimat für ihn geworden. Die Kirche bedeutete Zuflucht und Sicherheit, hier wirkten der Kantor, der so viel für ihn getan hatte, sowie Meno Hanneken, der Stadtprediger, und auch der Theologieprofessor Justus Feuerborn predigte hier. Georg liebte seine Predigten und bewunderte seine kraftvolle Art. Allein die Vorstellung, dass er bald Vorlesungen bei ihm besuchen würde, machte ihn ganz kribbelig vor Freude.

Langsam ging er zur Kirchhofmauer hinüber und schaute auf die feucht glänzenden Dächer der Stadt, die sich wie ein willkürlich, aber geschickt zusammengesetzter Berg aus Holzscheiten den Hang hinab erstreckten, und lächelte. Dies war die Stadt seiner Träume, in der sich seine Berufung erfüllte. Es war ein Wunder und am liebsten hätte er ganz Marburg umarmt.

Über ihm schlug die Turmuhr und erinnerte Georg daran, dass er in Kürze die erste Vorlesung seiner Universitätslaufbahn besuchen wollte. Mit klopfendem Herzen machte er sich auf den Weg zur Wohnung von Magister Conrad Matthias, der dort seine öffentliche philologische Vorlesung abhielt. Es war ein seltsames Gefühl, statt in einem Klassenraum zu sitzen, an die Tür eines Lehrers zu klopfen und mit anderen Studenten in dessen großzügig geschnittener Stube auf dem Boden zu sitzen. Die Stühle und Bänke reichten nicht für alle und natürlich standen diese wenigen Sitzgelegenheiten den adligen und sonstigen höherrangigen Studenten zu. Dass Magister Matthias hier lehrte, lag einerseits schlicht am Mangel an universitärem Raum, andererseits aber war es auch ein Zeichen für den Unterschied zur Schule: Hier wohnte das Wissen bei dem Lehrenden und er teilte es mit den jungen Männern, die sich dazu berufen fühlten.

Die Lesung war gut und das Latein bereitete Georg anders als offensichtlich einigen anderen im Raum keine Probleme. Aber das Thema war völliges Neuland für ihn, sodass er sich zum ersten Mal seit seiner Ankunft in Marburg wirklich anstrengen musste, um dem Magister folgen zu können. Und das war ein wirklich gutes Gefühl. Endlich lernte er etwas! Er liebte es einfach, dieses Hineintauchen in Dinge, von denen er noch nie gehört hatte, das Kennenlernen, Begreifen und Verstehen, den Kampf darum, den Anschluss nicht zu verlieren, die Beharrlichkeit, sich mit einem Thema von A bis Z, von Alpha bis Omega auseinanderzusetzen und nicht nachzulassen, auch wenn man das manchmal gerne wollte. Dies war seine Welt, er war endlich angekommen!

Georg hätte niemals gedacht, dass es jemandem gelingen könnte, dieses Glücksgefühl zu dämpfen, doch die Schwierigkeiten kamen schneller als gedacht. Kaum hatte er nach der Vorlesung ein paar Schritte auf der Straße gemacht, sprach ihn jemand von der Seite an. »Ihr seid doch der Pennal, der heute Nachmittag aufgenommen wurde, oder?«

»Pennal? Ich bin vorhin immatrikuliert worden, wenn Ihr das meint.«

Sein Gegenüber grinste breit unter seinem modischen Hut mit der langen Feder hervor. Unter seinem Mantel schaute ein leuchtend grünes Wams hervor und eine feine Hose mit Spitzenbesatz über den hohen Stiefeln. An seiner Seite hing der obligatorische Degen. »Also seid Ihr ein Pennal. Aus dem Darmstädtischen, richtig?«

»Ja, aus der Nähe von Grünberg – wieso?« Das Grinsen, das sich auf dem Gesicht des anderen breitmachte, ließ Georgs Herz beunruhigt schneller schlagen. Mit einem Mal erinnerte er sich an unschöne Szenen auf den Straßen der Stadt, Demütigungen, die neue Studenten von den älteren ertragen mussten. Diesen Teil des studentischen Lebens hatte er völlig verdrängt.

»Heda, Landsmänner! Er ist es!«

Plötzlich war Georg umringt von Studenten, die ihn in eine der Seitengassen drängten. Was würden sie ihm antun? Aber die jungen Männer schienen ihn zunächst nur freundlich willkommen heißen zu wollen. Sie lachten und schlugen ihm freundschaftlich auf die Schultern, während der Student von eben wieder das Wort ergriff: »Dann wollt Ihr Euch doch sicher in Eure, die Darmstädtische Nation einschreiben, oder nicht? Wir stehen füreinander ein, wisst Ihr – mit Geld, mit Gefälligkeiten, mit Hilfe und mit Fäusten oder Degen, wenn nötig. Also?«

»Ich, äh …«, sagte Georg unsicher. Natürlich wusste er von dem Brauch der sogenannten Nationen, in denen sich die Studenten zusammenfanden. Was er bisher davon mitbekommen hatte, war allerdings nur, dass sie gemeinsam auf Sauftouren gingen und sich Prügeleien auf der Straße lieferten. Ob er sich davon ausnehmen konnte, wenn er Mitglied wurde? Eigentlich wollte er für sich bleiben und lernen, sonst nichts.

»Nun, Ihr müsst natürlich nicht. Andererseits seid Ihr dann eben ohne Schutz, wenn jemand Euch Böses will. Man hat schon von so manchem armen kleinen Pennal gehört, der sich nachts voller blauer Flecken auf einer Gasse wiederfand …«

Die Drohung war deutlich genug. Georg schluckte hart und sagte: »Ja, schon gut, schreibt mich ein. Ich habe aber kein Geld, um mich an irgendeiner Kasse zu beteiligen!«

Jemand klopfte ihm freundschaftlich auf die Schulter. »Das lässt sich auch anders regeln. Wir sind ja nicht geldgierig. Jeder gibt eben, was er kann.«

»Genau!«, rief ein anderer und sie lachten auf eine Weise, die Georg zweifelhaft erschien. Aber was blieb ihm schon anderes übrig, als mitzumachen?

Die Meldung beim sogenannten Senior, dem gewählten Vorsteher, und das Einschreiben ins Stammbuch der Darmstädtischen Nation war schnell geschehen, und als man ihm erklärte, dass arme Studenten sich tatsächlich Geld leihen oder gar kleine Summen einfach so erhalten konnten, wie man für Kranke sorgte und für eine würdige Beisetzung im Todesfall, dachte er, dass es vielleicht wirklich keine schlechte Sache war, dazuzugehören. Danach wurde er einem der älteren Studenten namens Philipp Cramer zugeteilt, der aber nicht bei der Gruppe war, die ihn abgepasst und hergebracht hatte. Cramer sei nun sein Patron und er diesem zu Dienst verpflichtet, sagten sie – er werde es schon überleben.

Wieder draußen auf der Straße schlug ihm erneut einer auf den Rücken. »Heute Abend ladet Ihr uns natürlich zum Schmaus ein, das ist ja klar.«

Georg rutschte das Herz in die Hose. Es wäre ja auch zu schön gewesen, um wahr zu sein. »Ich habe doch schon gesagt, dass ich kein Geld habe. Wirklich nicht!«

»Oho! Ja, wie gesagt, da gibt es andere Wege … Jetzt wollen wir dich erst mal gleich über deine Pflichten aufklären, kleiner Pennal.« Der plötzliche Wechsel zum Du war sicher nicht freundschaftlich gemeint, aber Georg schluckte die Beleidigung herunter. Was blieb ihm in dieser Situation auch anderes übrig? Um ihn drängten sich schließlich mindestens fünfzehn kräftige junge Kerle, alle mit dem Degen an der Seite!

»Ein Jahr lang bist du noch kein vollständiger Student für uns. Du bist ein Pennal und du bist jedem, der länger studiert als du, zu Gehorsam und Ehrfurcht verpflichtet. Und zwar ganz besonders uns, deiner darmstädtischen Nation.«

Sagt wer, hätte Georg am liebsten aufmüpfig gefragt, aber auch das wagte er nicht. Widerspruch war wohl das Letzte, was jetzt angebracht war, wenn er mit heiler Haut in seine nächste Vorlesung kommen wollte.

»Du wirst uns mit ›Ihr‹ und ›Herr Studiosus‹ anreden, und wenn du einem richtigen Studenten begegnest, hast du deinen Hut abzunehmen, dich zu verbeugen und einen ehrfürchtigen

Gruß zu sagen. Außerdem ist es dir nicht gestattet, einen Degen, einen langen Mantel und eine Feder am Hut zu tragen.« Der Student betrachtete Georg kritisch und grinste wieder breit. »Na ja, an dem Ding, was du vermutlich als Hut bezeichnest. Wenn du auf die Idee kämest, daran eine Feder zu befestigen, würde dich vermutlich sowieso jedes Kind auf der Straße auslachen. Und der Mantel ist auch schon ganz perfekt so, der reicht ja kaum über den Po – hast du den schon als Sechsjähriger getragen?«

Gelächter hallte von den Wänden der Häuser wider. Georg biss die Zähne zusammen, doch bislang war das nicht mehr, als er sowieso erwartet hatte. Seine Kleider waren schlecht, das brauchte ihm niemand zu sagen, aber er hatte nun einmal nichts Besseres und konnte sich auch nichts Besseres leisten. Der Hut hielt immerhin warm und hatte ihn nur ein paar Groschen gekostet.

»So, und jetzt komm mit!« Unter lautem Johlen und Gelächter schoben, schubsten und zerrten sie ihn mit sich durch die Gassen. Zwischendurch verschwanden Einzelne in den Seitengassen und kamen mit noch breiterem Grinsen zurück, ohne dass Georg sich erklären konnte, warum.

Schließlich erreichten sie den Marktplatz. Unterhalb des Marktbrunnens führte ein erhöhter Gang über den halben Platz. Der Stadtpranger ragte drohend darauf in die Höhe und bei seinem Anblick kroch doch so etwas wie Angst in Georg hoch. Hoffentlich würden seine Quäler davor zurückschrecken, ein Gerät der obrigkeitlichen Gerichtsbarkeit für ihre Spielchen zu benutzen …

Sie stellten sich im Kreis um ihn auf. Georg war heiß und in seinen Ohren rauschte das Blut. »Und jetzt runter mit dir auf die Knie«, befahl einer. Georg schaute auf den schmutzigen, von feuchten Mistresten bedeckten Boden hinunter und zögerte einen Augenblick. Lange genug, um mit einem »Los, du Hundsfott!« von hinten so heftig gestoßen zu werden, dass er nach vorn fiel und schmerzhaft auf Knien und Händen aufschlug. Zwischen den Beinen der anderen hindurch sah er die Leute auf dem Markt zusehen. Niemand griff ein oder zeigte auch nur Abscheu. Die Studenten unterstanden nicht nur der eigenen Gerichtsbarkeit der Universität, sie brachten auch Geld in die Stadt und gaben ihr Bedeutung, das wusste Georg, trotzdem tat es weh, sich so hilflos und allein zu fühlen.

»Du wirst jetzt jedem von uns die Stiefel küssen, jeden Stiefel, und dabei ausrufen: ›Ich bin ein unwürdiges Stück Straßendreck und werde Euch dienen, solange ich Pennal bin. Sprecht, Herr, und ich gehorche.‹ Und wehe, wir hören dich nicht laut und deutlich!«

Georg schaute auf die teilweise bis zum Knöchel verdreckten Stiefel und schluckte. Jetzt verstand er, was seine Peiniger in den Seitengassen gewollt hatten: Dort befanden sich viele Misthaufen.

Jemand trat ihm kräftig in den Hintern. »Los, fang an! Kriech!«

Es half nichts. Georg atmete einmal tief durch und schob sich dann auf Händen und Knien durch den Schlamm zum ersten Paar Stiefel durch. Er schloss die Augen und drückte die Lippen zuerst auf den einen, dann auf den anderen. Mist klebte ihm am Mund, er spuckte und wischte sich darüber, aber da bekam er schon einen Tritt in die Seite. »Wo bleibt dein Spruch?«

»Ich …«, begann Georg, musste husten und fuhr dann fort, jedes Wort mühsam aus seinem widerstrebenden Mund pressend: »Ich bin ein unwürdiges Stück Straßendreck und werde Euch dienen, solange ich Pennal bin. Sprecht, Herr, und ich gehorche.«

»Wisch mir die Stiefel ab!«

Georg schaute auf und sah glitzernde Augen unter dem Hutrand und ein genießerisches Grinsen. »Na los, du wolltest doch gehorchen!«

Lachen und Gejohle folgten. Georg biss die Zähne zusammen und wischte mit seinem Ärmel den Mist von den Stiefeln.

»Und jetzt der Nächste! Los doch, oder willst du Schläge?«

Wieder küsste Georg Schuhspitzen und hörte sich wie von Weitem den demütigenden Spruch sagen. Dreißig Stiefel, dreißig Mal Unrat an Mund und Ärmel, fünfzehn Mal Spucken und Würgen und fünfzehn Mal erzwungene Demut.

»Und jetzt verschwinde«, befahl einer danach. »Denk immer an dein heutiges Gelöbnis, wenn du uns siehst. Und wehe, du kaufst dir neue Kleider oder trägst Borten am Rock und Spitzenkragen am Hemd, das steht dir nicht zu!«

Wie versickerndes Wasser löste sich der Kreis um Georg auf, die Studenten zerstreuten sich und ließen ihn stehen. Er kämpfte sich auf die Füße, spuckte erneut aus und wischte sich den Mund am Oberarm ab.

Einen Augenblick lang blieb er noch auf dem Marktplatz stehen und wusste nicht, ob er sich nach Hause wünschen oder jetzt erst recht durchhalten und es allen zeigen wollte. Dann dachte er an die Vorlesung zurück und das wunderbare Gefühl dabei und entschloss sich zu Letzterem.

౪

»He, du, Pennal!«

Georg blieb stehen und drehte sich zögernd nach der Stimme um. Schon spürte er, wie die kribbelige Vorfreude auf seinen zweiten Tag als Student, mit der er aufgewacht war, sich verflüchtigte. Was wollten sie denn schon wieder?

Es war nur einer, ein kräftiger junger Mann mit breiten Schultern. Unter dem Hut mit der langen Straußenfeder fielen graue Augen, eine gerade Nase und ein eher rundes Kinn ins Auge. Sein Wams war aus feinem, graublauem Tuch genäht und ließ aus modischen Schlitzen gelbes Unterzeug hervorblitzen. Den langen Mantel trug er lässig über einer Schulter zurückgeschlagen und die linke Hand lag auf dem Knauf seines Degens.

Georg erinnerte sich an die Befehle seiner Quälgeister vom Tag zuvor, also zog er seinen Hut und verneigte sich tief.

»Na?«, machte der andere. »Bist du stumm oder höre ich noch einen angemessenen Gruß?«

»Guten Morgen, Herr Studiosus«, quetschte Georg hervor und richtete sich langsam wieder auf.

Der Student schnalzte mit der Zunge. »Daran arbeiten wir noch. Du bist doch Georg Kammann, oder?«

»Ja.« Als sich das runde Kinn drohend vorstreckte, setzte Georg rasch noch ein »Herr« dazu.

»Glück gehabt.« Der junge Mann schob sich den Hut aus dem Gesicht, woraufhin kurz geschnittene dunkelblonde Haare zum Vorschein kamen. »Gut, Kammann. Mein Name ist Philipp Cramer, Studiosus der Rechte, und ich bin dein Patron, das hat man dir ja gestern schon gesagt. Du wirst mir zu Diensten sein, wann immer ich das will. Wenn ich rufe, hast du zu springen und zu tun, was ich dir sage, egal um welche Uhrzeit. Klar?«

Georg nickte beklommen und fragte sich, wie weit das gehen würde. Nun, das würde er vermutlich schneller erfahren, als ihm lieb war.

Cramer hieß ihn mit einem Winken der Hand zu folgen und Georg ging ihm schweigend hinterher. Als sie zu einem großen Haus in der Barfüßerstraße kamen, dessen Fachwerk graublau gestrichen war, scheuchte Cramer ihn durch den schmalen Spalt zwischen dem Haus und dem benachbarten Gebäude. Dahinter befand sich ein kleiner Innenhof.

»Da rauf!«, sagte der Ältere und wies auf eine schmale Treppe, wenig mehr als eine Leiter, die über einem angebauten Schuppen und dessen Dach zu einer Tür im Obergeschoss führte. »Das ist meine Kammer, und wenn ich dich rufen lasse, kommst du immer hier rauf. Es gibt auch eine Leiter von der Amtsstube aus, aber da hast du nichts verloren. Außerdem braucht mein Vater nicht alles zu wissen.«

Das Holz der Stiege war glitschig vom morgendlichen Nebel, der erst langsam verschwand. Vorsichtig hangelte sich Georg hinauf. »Amtsstube« – vermutlich war Cramers Vater ein Advokat oder etwas Ähnliches … dann hatte sein Sohn allen Grund, sich für etwas Besseres zu halten. Die Tür am oberen Ende der Stiege war nur angelehnt. Hinter sich hörte er Cramer hinaufsteigen. »Rein«, sagte er und Georg gehorchte.

Das Zimmer dahinter war recht geräumig. Es hatte einen schönen Dielenfußboden, neben der Tür befand sich noch ein Fenster mit grünlichen Butzenscheiben darin und es war mit einem Bett, einem Tisch, zwei Stühlen, einer wuchtigen Truhe und einem Ständer mit Waschutensilien eingerichtet. Über dem Bett waren mehrere Flugblätter an der verputzten Wand festgenagelt worden; wovon sie handelten, konnte Georg nicht erkennen und er wagte natürlich nicht, näher heranzugehen. Es ging ihn ja auch nichts an. An der Wand mit dem Tisch hing ein zweiter Degen, unter dem Tisch standen Schuhe.

Cramer warf den Hut mit einer schwungvollen Bewegung über die leere Waschschüssel und fuhr sich mit der Hand durch das kurz geschnittene Haar. Dann ließ er sich auf das Bett fallen und streckte die Füße von sich. »Zieh mir die Stiefel aus!«, forderte er.

Georg biss die Zähne zusammen und zog erst einen, dann den anderen schmutzigen Stiefel von den Füßen des Älteren.

»Und jetzt kannst du sie gleich putzen. Eine Bürste liegt neben den anderen Schuhen.«

»Ich habe um neun Uhr die Aristoteles-Vorlesung«, wagte Georg anzumerken.

»Na, bis neun wirst du ja wohl zwei Stiefel geputzt haben, oder? Beeil dich halt. Aber wehe, du machst es nicht ordentlich!«

Georg hockte sich auf den Boden und begann zu bürsten. Wo war der Student nur mit diesen Stiefeln gewesen? Die Sohlen und auch das Oberleder des Fußteils waren voller Lehmspuren. Entsprechend viele kleine Dreckklümpchen fielen auf die Dielen. Eigentlich hätte man so verdreckte Schuhe vor der Tür putzen müssen.

Cramer fläzte sich auf seinem Bett und schaute ihm zu. Wann immer Georg einen kurzen Blick zu ihm hinüberwarf, sah er das zufriedene Grinsen seines Patrons und ihm wurde fast übel vor

Wut – gar nicht einmal so sehr auf Cramer selbst, mehr auf diesen ganzen Brauch, neue Studenten auszunutzen und zu quälen.

»Wie alt bist du, Kammann?«, fragte Cramer irgendwann.

»Bald achtzehn.«

»Dabei siehst du noch aus wie ein Säugling.« Er lachte.

Georg schrubbte schneller und schaute nicht auf. Das war nicht einmal besonders kränkend, so unkreativ war der Versuch.

»Was denn – beleidigt? Du bist ein Pennal, das ist so gut wie dasselbe wie ein Säugling.«

Georg entschloss sich zu einer Reaktion, sonst würde sein Quälgeist wohl nie Ruhe geben. »Ich bin nicht beleidigt.«

»Schade. Sondern?«

»Ich versuche, es noch zu meiner Vorlesung zu schaffen.«

»Nimm dich bloß nicht so wichtig, Pennal.«

Schweigend bürstete Georg weiter. Noch einmal ging er über die Stiefelschäfte, dann war er fertig und stellte die Stiefel ab.

»Polieren nicht vergessen!«

Georg schaute auf. »Habt Ihr einen Lappen?«

»Nimm deine Ärmel.«

Georg hielt die Luft an. Nachdem er gestern ein Hemd mit Mist verschmutzt hatte und erst noch zusehen musste, wie er es gewaschen bekam, sollte er nun das zweite ruinieren?

»Na los doch, oder willst du Ärger?« Drohend erhob sich Cramer von seinem Bett.

Seufzend rieb Georg mit dem Ärmel über die Stiefel, bis das Leder glänzte. »Kann ich jetzt gehen?«

Cramer nickte. »Aber den Dreck nimmst du mit nach draußen. Und bevor du fragst: Einen Besen habe ich nicht hier, das musst du schon mit den Händen aufsammeln.« Wieder grinste er breit und Georg verspürte den selten da gewesenen Wunsch, auszuholen und ihm das Grinsen aus dem Gesicht zu schlagen. Aber natürlich wusste er, wohin das führen würde: dazu, dass er von Cramer und seinen Freunden nach allen Regeln der Kunst verprügelt würde.

Er begann, die Lehmklümpchen aufzulesen, dann hielt er inne und schaute Cramer direkt ins Gesicht. »Wisst Ihr, was ich wirklich nicht begreife? Wie es sein kann, dass ein Studiosus wie Ihr Freude an den gleichen gemeinen Spielchen hat, mit denen auch zehnjährige Kinder schwächere quälen, und sich dabei nicht einmal schämt.«

Cramer fuhr hoch. »Benimm dich oder du kannst den Dreck auch gleich noch fressen!«

»Getroffene Hunde bellen«, murmelte Georg trotzig. Während er weiter Dreck aufsammelte, wartete er auf eine Reaktion, aber es kam keine. Ohne den Kopf anzuheben, warf Georg einen Blick auf seinen Quälgeist. Dessen Gesicht war finster und er kaute auf seiner Unterlippe herum. Sollte er ihn tatsächlich zum Nachdenken gebracht haben?

Als er die Krümel so weit aufgesammelt hatte, wie das mit den Händen möglich war, stand er vorsichtig auf.

»Verschwinde«, sagte Cramer und wedelte mit der Hand. Der nachdenkliche Gesichtsausdruck war längst der vorherigen überheblich-genüsslichen Miene gewichen. »Aber denk dran: Wenn ich rufe, bist du da!«

Georg zog es vor, darauf nur leicht zu nicken, und kletterte mit dem Dreck in der Hand die Stiege hinunter. Erst unten ließ er ihn fallen und klopfte sich die Hände ab. Die Glocke der Pfarrkirche schlug neun Uhr und er begann zu laufen. Glücklicherweise lag das Haus des Professors ganz in der Nähe – wenn er sich beeilte, würde er nicht allzu spät kommen.

Ob das nun die Regel werden würde, ob Cramer seine Machtposition weiter ausnutzen würde? Was mochte er noch von ihm verlangen? Georg schaute auf seinen schmutzigen rechten Hemdsärmel und zog den zu kurzen des alten Wamses ein Stück nach unten, um die Flecken wenigstens für den Moment zu verdecken, in dem er das Haus des Professors betrat. Saubere Weißwäsche war schließlich ein Zeichen von Reinlichkeit und Kultur – was sollte der Professor denken, dass er so zu ihm kam? Noch während er sich setzte, hielt Georg die linke Hand über den rechten Unterarm. Aber als die Vorlesung begann, war das nicht mehr möglich, wenn er mitschreiben wollte. Widerstrebend griff er zu seinem Schreibzeug, wobei der Schmutz in seiner ganzen Pracht sichtbar wurde. In ihm stieg Trotz auf. Sollten sie doch alle denken, was sie wollten! Außerdem war er ja nicht der erste und einzige Pennal, vermutlich war man an solche Dinge hier längst gewöhnt.

Dann nahm ihn die Lesung so gefangen, dass er alles andere vergaß.

☙

Georg stand in der Kirche und konnte das Zittern nicht unterdrücken. Es war kalt, sogar hier drinnen. Auch die Wärme der Menschen um ihn herum konnte heute nicht zu ihm durchdringen, dazu war er viel zu ausgekühlt. Heute war der erste Advent, immer noch November, und der Winter hatte gerade erst angefangen. Noch vor einigen Wochen war sein Bett im Heu durchaus ausreichend gewesen, aber jetzt nahm die Heumenge langsam ab und vor allem drang die Kälte durch alle Ritzen – und davon gab es viel zu viele. Langsam musste etwas passieren, aber Georg hatte keine Ahnung, was. Das Angebot der Schmidtbornin, in der Küche zu schlafen, wollte er nur im allergrößten Notfall annehmen. Noch einmal an die Türen zu klopfen, hatte wohl kaum Sinn, die Leute hatten schließlich nach wie vor nichts zu verschenken, und ob es ein Schüler oder ein Student war, der da bettelte, war ihnen garantiert gleich. An jemanden wie Hermann wollte er außerdem nicht noch einmal geraten.

Heute war es ihm sogar unmöglich, einer Predigt von Professor Feuerborn zuzuhören. Viel zu sehr beschäftigten ihn sein frierender Körper und der Gedanke an eine heiße Suppe. Heute früh hatte er nichts gegessen, aber ob sein Geld für einen Teller Suppe reichen würde, war eher fraglich. Zwar durfte er weiterhin in der Kurrende mitsingen, aber das letzte Geld, das er dabei bekommen hatte, hatte er für ein wärmeres, gebrauchtes Wams ausgegeben. Der braune Oberstoff des wattierten Kleidungsstückes war abgewetzt und der Schnitt mit den spitz zulaufenden Schößen altmodisch genug, dass es mit den älteren Studenten garantiert keinen Ärger geben würde, aber trotzdem hatte er jetzt nicht mehr in der Tasche als ein paar Groschen. Er würde nachher sehen müssen, was er dafür bekam.

Als Georg nach dem Gottesdienst die Treppen neben der Kirche hinaufstieg, um sich durch Bewegung etwas aufzuwärmen, rief jemand seinen Namen. Georg zuckte zusammen. Nicht schon wieder ein Auftrag von Cramer! Das Abschreiben und Exzerpieren von Büchern nahm inzwischen fast die Hälfte der Zeit ein, die er in der Bibliothek verbringen konnte, sodass sein eigenes Lernen langsamer voranging, als er sich das erhofft hatte. Aber an sich war das eine Arbeit, die wenigstens angenehm war, anders als sinnlos hinter dem Älteren herzulaufen und seine Tasche zu tragen oder seine Kammer oder seine Schuhe zu putzen. Noch schlimmer war der Abend gewesen, als von ihm verlangt worden war, Cramer und drei seiner Kommilitonen zu bedienen, während sie sich in Cramers Kammer mit Wein und Bier bis zum Lallen betrunken hatten. Hoffentlich kam das nicht so bald wieder vor.

Sollte er den Ruf einfach ignorieren? Aber da ertönte das »Kammann!« noch einmal und diesmal erkannte Georg die Stimme des Kantors. Erleichtert drehte er sich um. Sein Gönner winkte ihm vom Vorplatz der Kirche aus und Georg beeilte sich, die Treppen wieder hinunterzusteigen.

Schmidtborn empfing ihn mit einem strahlenden Lächeln. »Es gibt gute Nachrichten: Ich habe soeben ein Hospitium für dich gefunden. Eine Kammer für dich allein und eine warme Mahlzeit am Tag. Na, was sagst du dazu?«

Georg verschlug es für einen Moment die Sprache. *Ihr Kleingläubigen,* huschte ihm ein Ausdruck Jesu aus der Bibel durch den Kopf, und … *denn er sorgt für euch.* Wie hatte er nur daran zweifeln können?

Der Kantor lachte. »Na, du siehst ja geradezu überwältigt aus. Oder denkst du über den Haken nach? Da kann ich dich beruhigen: Es gibt keinen. Jedenfalls soweit ich das beurteilen kann. Du musst nur Chemlins siebenjährigen Sohn unterrichten.«

»Chemlin?«, brachte Georg heraus. Kaspar Chemlin war Universitätsbuchdrucker und einer der Kirchenältesten. Er versuchte, sich an sein Gesicht zu erinnern – und dann fiel es ihm ein: Es war ausgerechnet der alte Mann, der im Winter so unfreundlich über Schüler geschimpft hatte, die zu lange in der Kirche herumlungerten! Nun, ein zweiter Schuster Hermann war er sicher nicht, und wenn Georg seinen Sohn gut unterrichtete, würde er schon einigermaßen höflich sein. In jedem Fall bot er Georg ein Dach über dem Kopf an und das war ein großes Geschenk von oben.

Schmidtborn nickte. »Ja, tatsächlich. Normalerweise nimmt er keine Studenten auf, aber jetzt braucht er dringend einen Informator für seinen Johannes und da habe ich ihm dich empfohlen. Der Kleine ist sehr schüchtern und empfindlich, darum wollte er nicht irgendjemanden haben, aber ich denke, dass du gerade der Richtige bist mit deiner ruhigen Art, und der Herr Chemlin hat sich von mir recht schnell überzeugen lassen. Wir kennen uns ganz gut. Und außerdem schuldet er mir noch einen Gefallen.« Beim letzten Satz zog ein so jungenhaftes, schelmisches Lächeln über sein Gesicht, dass Georg ihn am liebsten umarmt hätte.

Stattdessen erlaubte er sich, so zu strahlen, wie es ihn überkam, ohne sich wie sonst zurückzuhalten, und sagte fast atemlos: »Dass Ihr so gut zu mir seid … das habe ich doch gar nicht verdient. Wie kann ich Euch das je vergelten, Herr Kantor?«

»Gar nicht, mein Junge. Ich denke, du willst Theologie studieren? Genauso ist das doch auch mit der Gnade, sagt der selige Doktor Lutherus. Wir haben sie nicht verdient, aber Gott gibt sie uns trotzdem, ohne dass wir sie vergelten müssen. Du kannst gleich morgen hingehen zur Druckerei.«

Georg nickte nur.

»Ich muss jetzt gehen, meine Frau wartet sicher schon auf mich. Ich wünsche dir einen guten Tag und eine nicht gar so kalte letzte Nacht in unserem Heuschuppen!«

»Euch auch – also, den guten Tag meine ich … und nochmals Danke für alles!«

»Ich habe es gern getan, Georg. Du bist ein ungewöhnlicher junger Mann und ich mag dich. Lass dich bloß nicht zu sehr vom Studentendasein verbiegen, hörst du? Wir sehen uns in der Kirche!«

☙

Kaspar Chemlins Haus lag an der Reitgasse, direkt gegenüber der schmucklosen Rückseite der ehemaligen Dominikanerkirche, die heute Teil der Universität war. Noch vor Kurzem hatte Georg viel Zeit hier im Pädagogium verbracht, nun würde er also in die Nachbarschaft einziehen. Die Druckerei war ein deutlich größeres Gebäude als das des Kantors und hatte zur Straße hin eine seltsame Form: Die Fassade mit ihrem dunkel gestrichenen Fachwerk ragte leicht dreieckig in die Gasse hinein. Die rechte Längsseite des Hauses stand frei. Schaute man daran entlang, schien es kleiner zu werden, weil es wie fast alle Häuser in der Oberstadt in Hanglage gebaut worden war. Gleich vorn auf dieser Seite befanden sich eine Tür und ein Fenster, die durch ihre Bogenform und Größe hervorgehoben waren. Das Fenster war durch zwei Läden geschützt, die man nach oben und nach unten aufklappen konnte. Bei wärmerem Wetter würden auf dem unteren die Waren ausgelegt werden, Bücher und aktuelle Flugschriften, während der obere sie vor der Witterung schützte. Im Augenblick waren aber beide geschlossen.

Georg rückte sein Bündel auf der Schulter zurecht, zögerte dann aber doch. Sein Herz schlug ihm heftig bis in den Hals hinauf. Dabei gab es dafür doch eigentlich gar keinen Grund. Kaspar Chemlin hatte schließlich einen guten Ruf in der Stadt, war Kirchenältester und ein frommer Mann – auch wenn er unhöflich war, so schlimm würde es schon nicht werden.

Nun, wenn er noch länger hier herumstand, würde er das wohl nie erfahren. Georg holte noch einmal tief Luft und klopfte dann an die Tür. Von drinnen ertönten Stimmen und Arbeitsgeräusche aus der Druckerwerkstatt. Es dauerte eine Weile, dann öffnete sich die Tür. Eine mittelgroße, grobknochige Frau stand im geschnitzten Türrahmen. Sie mochte etwa in den Vierzigern sein, hatte helle, blaue Augen und einen vollen Mund und unter dem Tuch um ihren Kopf stahlen sich einzelne dunkelblonde Strähnen hervor. Um die Hüfte trug sie eine Schürze, die mit schwarzen Flecken übersät war.

»Ich … Mein Name ist Georg Nicolaus Kammann und …«, stotterte er wieder einmal, während seine Augen immer wieder zu der Schürze zurückkehrten und sein Kopf sinnloserweise ausgerechnet jetzt zu ergründen versuchte, wie der Druckprozess ablief und wie dabei Druckerschwärze an die Kleidung kommen mochte.

»Ursula Chemlinin. Ihr seid sicher der Studiosus, der unserem Johannes etwas beibringen soll, was? Na, wir werden Euch schon satt bekommen. Starrt nicht so auf meine Schürze, ich musste eben in der Druckerei aushelfen, mein Schwager, der Setzer, ist krank geworden. Ich tue das nicht jeden Tag, aber wenn Not am Mann ist, ist nun mal Not am Mann, und wenn kein Mann da ist, muss eben auch eine Frau mal in der Druckerei arbeiten. Der Eingang ist auf der Rückseite, kommt.«

Sie trat aus der Tür und ging ihm voran am Haus entlang. Direkt vor ihnen, wie eingeklemmt zwischen zwei größere Gebäude, lag ein etwas schiefes, wenig ansehnliches Häuschen, dessen gemaltes Schild über der Tür es als Schneiderei auswies. Die anderen Häuser boten keinen Hinweis auf Georgs künftige Nachbarn.

Der eigentliche Hauseingang lag tatsächlich auf der Rückseite der Druckerei, in einem mehr als schmalen Gässchen, das sich zum Hirschberg hin öffnete. Durch die Hanglage führte der Eingang direkt in den ersten Stock. Frau Chemlinin öffnete die Tür weit und ließ Georg in einen schmalen Flur eintreten. Eine ebenso schmale Treppe führte nach oben und nach unten in die Druckerei, links stand eine Tür offen und ließ Georg einen Blick in die Küche werfen. Ein schwerer Holztisch nahm einen gro-ßen Teil des Raumes ein, Regale mit Tellern, Krügen, kupfernem Kochgeschirr und Vorräten standen an der Wand und links war die Kochstelle zu sehen, in der ein munteres Feuer brannte. Eine junge Frau stand davor und rührte in einem Topf, der an einer Kette darüber hing – wahrscheinlich die Magd des Hauses. Die Chemlinin war inzwischen an den Treppen vorbeigegangen und hatte die Tür geöffnet, die sich dort befand.

Ein verhältnismäßig großer Raum öffnete sich vor Georg. »Die Stube«, sagte sie. »Hier werdet Ihr unseren Johannes unterrichten und Euch wie wir alle aufhalten, vor allem im Winter.« Georg trat einen Schritt hinein. Ein mit Kacheln verkleideter Ofen domi-nierte den Raum. Hier war es wohl immer warm, im Geschoss darüber, wo er vermutlich sein Lager finden würde, konnte dage-gen sicherlich nicht geheizt werden.

Die Stube war durch die vielen Fenster, die teils zur Straße, teils zur rechten Seite hin zeigten, sehr hell. Links führte eine Tür in einen weiteren Raum. Der Boden war mit Dielen aus-gelegt und die Wände trugen bis auf Hüfthöhe eine schlichte, aber glänzend polierte Verkleidung aus hölzernen Kassetten. Auf dem Putz darüber hingen zahlreiche gerahmte Kupfersti-che. Am Ofen und nahe der Fenster gruppierten sich mehrere Stühle, an den Wänden standen eine Truhe und ein Tisch, auf dem sich Bücher und Papier stapelten, und daneben ein hoher, verschlossener Schrank.

Offenbar war sein neugieriger Blick nicht zu übersehen. »Da-rin bewahrt mein Mann seine privaten Bücher auf. Kommt nicht auf die Idee, ohne seine Erlaubnis dem Schrank zu nahe zu kommen, da ist er sehr eigen. – Die Tür dort links führt in unsere Schlafkammer, die braucht Euch nicht zu interessieren.«

Er folgte der Chemlinin zurück ins Treppenhaus. Gerade, als sie den Fuß auf die erste schmale Stufe zum nächsten Geschoss setzte, trat jemand aus der Küchentür. »Mutter! Anna fängt jetzt mit der Wäsche an. Soll ich Erbsen einweichen fürs – oh! Wer ist das denn?«

Es war ebenfalls eine junge Frau, aber nicht die Magd, die er gerade schon gesehen hatte, sondern ganz offensichtlich eine Tochter des Hauses. Sie war eher stämmig gebaut wie ihre Mutter und hatte hellbraunes Haar, das sie größtenteils straff geflochten und am Hinterkopf hochgesteckt trug, während es an den Schläfen offen ihr Gesicht umrahmte. Während sie Georg von Kopf bis Fuß musterte, drehte sie diese Strähnen unablässig um ihren rechten Zeigefinger.

Die Chemlinin nahm den Fuß wieder von der Stufe und drehte sich zu dem Mädchen um. »Das ist Georg Nicolaus Kammann, der Student, den dein Vater ins Hospitium genommen hat, damit er Johannes unterrichtet. Und das ist unsere Tochter Elisabeth.«

Georg verbeugte sich höflich und kam sich dabei schrecklich unbeholfen vor.

»Und ja, du sollst die Erbsen wässern, das hatte ich dir vorhin schon einmal gesagt.«

»Ja, Mutter«, sagte Elisabeth und neigte gehorsam den Kopf, aber Georg meinte, sie etwas wie »Man hat ja auch noch anderes im Kopf als Erbsen« murmeln zu hören, während sie die Küchentür hinter sich verschloss. Frau Chemlinin war schon fast im nächsten Stockwerk, als er sich wieder zu ihr umdrehte.

Rasch folgte Georg seiner Wirtin die steile Stiege hinauf. Sie mündete in einen Flur, der genauso aussah wie der im Stockwerk darunter. Frau Chemlinin deutete auf die Tür zu ihrer Linken. »Hier schlafen unsere Töchter – nein, unsere Tochter. Margarethe, meine Stieftochter, hat vor drei Wochen geheiratet, daran

114

muss ich mich erst noch gewöhnen. Diese Tür geht Euch entsprechend ganz und gar nichts an – ich hoffe, wir verstehen uns!« Sie runzelte drohend die Stirn und Georg nickte. Mädchen interessierten ihn sowieso nicht sonderlich.

Der Raum, der sich geradeaus, hinter der zweiten Tür, befand, enthielt mehrere Betten und Truhen und sah recht unordentlich aus. Kleidungsstücke waren auf den Boden und über Truhendeckel geworfen worden und die Wolldecken lagen teilweise zerknüllt auf den Strohsäcken. In der linken Wand befanden sich zwei weitere Türen. Die Buchdruckerin seufzte. »Hier schlafen unser Sohn Jakob, die Gesellen Hans Bißmann und Johann Fehling und der Lehrling Peter. Ich muss gleich noch einmal Anna zum Aufräumen heraufschicken. Diese Türen führen in zwei weitere Kammern. In der linken hat Euer zukünftiger Schüler, unser Jüngster, sein Bett und diese hier, zur Straße hin, ist die Kammer, die wir Euch zur Verfügung stellen können.«

Sie öffnete die Tür und Georg betrat einen kleinen Raum, der durch die hervorgewölbte Fassade des Hauses eine merkwürdige Form aufwies. Durch zwei mit Butzenscheiben verglaste Fenster fiel Licht ins Zimmer. An der Innenwand stand ein Bett, neben der Tür eine Truhe und an der Giebelwand befanden sich ein Tisch und ein Stuhl direkt unter den Fenstern, dank derer es ausreichend hell war, um am Tisch schreiben und lesen zu können. Auf dem Bett lagen ein mit einem weißen Laken bespannter Strohsack und eine dicke Wolldecke und die grauen Dielen waren sauber gefegt. Es war ein kleines Paradies.

Georg setzte sein Bündel vorsichtig auf der Truhe ab. Ihm war regelrecht feierlich zumute. Dies sollte sein Reich sein? Sogar lernen konnte man hier, jedenfalls im Sommer, und er könnte endlich das Bündel auspacken und seine Siebensachen liegen lassen, wenn er irgendwo hinging!

»Ich danke Euch«, sagte er leise. »Ich habe noch nie ein so wunderbares Zimmer bewohnt.«

Ein Lächeln huschte über ihr Gesicht. »Wenn ich es richtig

verstanden habe, habt Ihr überhaupt noch nicht viele Zimmer bewohnt, oder?«

Georg schüttelte den Kopf.

»Na, aber schön, dass es Euch gefällt. So, und jetzt sollt Ihr Euren Schüler kennenlernen. – Johannes!« Sie trat in die größere Kammer zurück und Georg folgte ihr.

»Ja, Mutter!«, ertönte eine leise Kinderstimme aus dem anderen Raum. Die Tür öffnete sich und ein kleiner Junge trat heraus. Als er Georg sah, zuckte er zusammen und wich einen Schritt zurück. Seine Augen waren groß und ängstlich, sein Haar hellblond und die ganze Figur so zart, dass man meinte, ein Antippen mit dem Finger müsse ihn bereits umwerfen.

»Komm schon, du kleiner Angsthase. Das ist dein neuer Lehrer, er wird dir alles Mögliche beibringen, mehr als dein Vater das kann.«

»Ja, Mutter«, flüsterte Johannes. Sein Gesicht nahm dabei einen Ausdruck von Panik an. Georg fragte sich, was der Junge erlebt haben mochte, um auf Fremde so zu reagieren. Er blieb, wo er war, um seinen kleinen Schüler nicht noch mehr zu verschrecken, lächelte ihn an und sagte: »Ich bin Georg Nicolaus Kammann und ich freue mich schon auf den Unterricht. Ich glaube, wir werden uns gut verstehen.«

Johannes schwieg, die Augen immer noch weit aufgerissen. Hätte er lieber nicht mit dem Jungen sprechen sollen? Unsicher schaute Georg zu Frau Chemlinin hinüber, aber deren Augen ruhten ganz auf ihrem Sohn. Als er wieder zu dem Jungen zurücksah, bemerkte er erleichtert, dass dessen Gesichtszüge sich ein wenig entspannt hatten.

»Du darfst wieder gehen« sagte die Chemlinin und das Kind verschwand so schnell und leise wie ein Lufthauch. Seine Mutter schaute Georg nachdenklich an. »Vielleicht hatte Kantor Schmidtborn recht und Ihr werdet Johannes guttun. Er macht uns Sorgen, er ist so schüchtern und hat vor allem Angst. Seht Ihr, wir sind beide anders veranlagt, auch mein Mann kann nicht gut mit ihm umgehen. Wir sind zu direkt, fürchte ich. Egal, was man sagt, der Junge bricht sofort in Tränen aus und das geht doch nicht!« Sie seufzte. »Na gut, aber davon später mehr. Mit der Besichtigung des Hauses sind wir damit am Ende – die Küche habt Ihr vorhin schon gesehen und im Dachgeschoss lagern nur die Papiervorräte und sonstiger Kram. Wir werfen also noch rasch einen Blick in die Druckerei, in der Zwischenzeit sollte auch mein Mann wieder da sein.«

Georg zog die Tür seiner neuen Kammer hinter sich zu, wobei ihm wieder dieses warme Glücksgefühl durch den Bauch zog. Dann folgte er der Chemlinin zwei Stockwerke tiefer. Noch auf der Treppe wurde klar, dass der Hausherr tatsächlich zurückgekehrt war.

»Was soll denn das, Ursel, das Ding ist ja noch nicht gedruckt? Wo bist du überhaupt?« Die Stimme klang tief, etwas kratzig und verärgert und Georg fühlte sich peinlich berührt, weil er das vertraute Du mit angehört hatte.

»Hier, Kaspar«, sagte die Chemlinin ruhig und ging die letzte Stufe in die Druckerei hinunter. Georg erhaschte an ihr vorbei einen Blick auf mehrere große Druckerpressen, Regale und etliche Leinen, an denen Druckbögen trockneten. »Der Student ist gekommen, was sollte ich machen, ihn draußen stehen lassen, bis ich mit der Seite fertig war?«

Die Stimme knurrte etwas Unverständliches und dann sah Georg auch ihren Besitzer. Kaspar Chemlin war groß und hager. Graues Haar fiel ihm auf die Schultern und unter seinem schmalen Mund und der scharf geschnittenen Nase saß ein spitzer Kinnbart. »So«, sagte er und musterte Georg mit finster zusammengezogenen Brauen von Kopf bis Fuß. »Der Herr Kantor meinte, du seist genau der Richtige für unseren Johannes und du bräuchtest dringend eine Unterkunft. Hoffentlich wollte er dich nicht bloß aus seinem Heuschuppen loswerden. Wie heißt du überhaupt?«

»Georg Nicolaus Kammann«, sagte Georg fest und ignorierte

die beleidigende Anrede mit Du, die in diesem Zusammenhang ganz und gar nicht vertraulich gemeint war.

»Gut. Wir werden sehen, wie du dich machst. Aber lass dir eins gesagt sein: Wenn ich von meinem Sohn auch nur eine winzige Klage über dich höre, bist du raus hier, verstanden?«

Georg nickte stumm und dachte daran, wie verschüchtert der kleine Junge gewirkt hatte. Die Wahrscheinlichkeit, dass sich Johannes Chemlin selbst bei absoluter Faulheit von Georgs Seite bei seinem Vater über ihn beschweren würde, war außerordentlich gering, soviel war ihm schon jetzt klar.

Chemlin wandte sich an seine Frau. »Und jetzt lass uns endlich dieses Programma Academicum fertigstellen, Ursel, der Rektor reißt mir sonst den Kopf ab, wenn das nicht bis heute Nachmittag bei ihm ist. Schließlich taugt eine Einladung zur Akademischen Trauerfeier wenig, wenn diese Einladung erst aushängt, während die Feier schon im Gange ist. – Und du such dir irgendwas zu tun, Herr Kammann, vielleicht fängst du gleich mit dem Unterricht an oder gehst studieren, Hauptsache, du kommst nicht auf die Idee, die Druckerei zu betreten und im Weg herumzustehen. Meine Werkstatt ist für dich verbotenes Gebiet, klar?«

»Ich habe sowieso gleich …«, setzte Georg an, aber Chemlin hatte sich bereits umgedreht und war nach vorn gegangen, wo mehrere Menschen emsig arbeiteten. »… eine Vorlesung«, ergänzte Georg leise.

Ursula Chemlin nickte ihm noch einmal zu. »Zur Abendmahlzeit seid Ihr aber hier, ja? Wir essen gegen fünf.«

Georg stieg die dämmrige Treppe wieder hoch. Oben blieb er einen Augenblick stehen und rieb sich die Stirn. Davor, mit diesem Mann an einem Tisch zu sitzen und zu essen, graute ihm jetzt schon. Trotzdem – das Zimmer war die Schwierigkeiten allemal wert. Dafür, nicht mehr im Heu frieren zu müssen, würde er es mit Kaspar Chemlin schon aushalten.

8. Kapitel

1643/1644

Er hielt es aus mit Kaspar Chemlin. Besonders angenehm war es allerdings nicht, wenn auch kein Vergleich zu seiner Zeit bei Schuster Hermann. Meister Chemlin war kein grober, brutaler Mann wie der Schuster und er behandelte Georg einigermaßen höflich, aber sein Misstrauen war deutlich zu spüren. Wenn er Georg sah, zogen sich seine Augen und sein Mund zusammen und die dichten Brauen bildeten das drohende Dach über dieser unfreundlichen Miene. Dazu kamen immer wieder stichelnde Bemerkungen, die zeigten, dass er nur darauf wartete, dass Georg sich als Schurke herausstellte oder zumindest danebenbenahm. Zu Anfang hatte Georg das verstanden und abgewartet. Früher oder später musste sein Gastgeber ja bemerken, dass er keiner jener Studenten war, die sich im Wirtshaus betranken, Frauen nachstellten und sich auf den Straßen prügelten. Aber die Wochen verstrichen und nichts änderte sich an Chemlins ablehnender Haltung.

Das Unterrichten von Johannes bereitete Georg allerdings wirklich Freude. Es war schön, Wissen nicht nur aufzunehmen, sondern auch weitergeben zu können, und der Kleine sprach zwar wenig und schaute Georg auch nach Wochen noch kaum ins Gesicht, aber er war keineswegs unwillig, sondern eben nur sehr schüchtern. Georg hatte den Jungen gerade deshalb schnell ins Herz geschlossen.

Auch der dreizehnjährige Jakob war ihm trotz seines aufmüpfigen Gehabes nicht gänzlich unsympathisch. Mit seinem Vater kam der Junge nicht allzu gut aus, vielleicht fühlte sich Georg ihm auch deshalb irgendwie verbunden. Anders als sein kleiner Bruder fing er nicht an zu weinen, wenn Chemlin ihn wieder einmal scharf für die Unordnung rügte, die er überall hinterließ, oder für seine vorlauten Äußerungen. Stattdessen rollte Jakob unter den ihm ins Gesicht fallenden hellen Haaren mit den Augen, sobald sein Vater wegschaute, und vergaß die harten Worte offenbar sofort.

Nicht, dass er Georg gegenüber irgendwelche Freundlichkeit oder Interesse zeigte. Die ersten paar Tage hatte Georg bemerkt, dass der Junge ihn beobachtete und einzuschätzen versuchte, dann hatte er sich offenbar seine Meinung gebildet und ihn als merkwürdigen Kauz abgehakt, mit dem sich eine nähere Bekanntschaft nicht lohnen würde. Aber das war Georg nur recht. Damit war alles so, wie es schon immer gewesen war, und auf einen halbstarken Bewunderer konnte er sowieso verzichten.

Ähnlich wie Jakob schien Elisabeth zu empfinden, die sich ihre Meinung über den Neuzugang noch schneller gebildet hatte und sie ihn noch deutlicher spüren ließ. Aber da sie neben Chemlin die Einzige im Haus war, die Georg seinerseits unsympathisch fand, störte ihn das erst recht nicht – zumal er sich laut Anweisung von Frau Ursula ohnehin von ihr fernhalten sollte.

Die beiden Gesellen Bißmann und Fehling waren mehr nominell Teil des Hauses, sie waren sich ganz offensichtlich selbst genug und beteiligten sich kaum an Gesprächen bei Tisch oder sonstwo. Aber sie waren gute Arbeiter und taten auch die anfallenden Hausarbeiten, ohne zu murren, das reichte für Chemlin aus.

Peter, der Lehrling, ein schmächtiges Bürschlein im gleichen Alter wie Jakob, hielt sich ebenso aus allem heraus, befand sich aber sowieso nicht nur vom Alter, sondern auch von den Lebensumständen her in einer anderen Welt, sodass Georg auch nicht versuchte, näher mit dem Jungen bekannt zu werden. Genausowenig natürlich mit der Magd Anna.

Neben Johannes war es darum Frau Ursula Chemlinin, deren Gesellschaft Georg am liebsten war. In ihrer resoluten Art war sie doch gleichzeitig herzlich und bemühte sich, auch Georg das Gefühl zu geben, zur Hausgemeinschaft dazuzugehören – egal, was ihr Mann darüber dachte.

Drei Tage vor Weihnachten kam Georg von einer Disputation nach Hause, bei der er zugehört hatte. Eine feuchte Kälte lag in der Luft, sodass er froh war, die Tür hinter sich zuziehen zu können. Im gleichen Moment kam Chemlin die Treppe herauf und trat ihm in den Weg. »So, der Herr Studiosus ist schon wieder da!«, sagte er und das Wort klang aus seinem Mund wie ein Schimpfname. »Hast du dich genug wichtig gefühlt beim Herumsitzen und Lauschen und musst dich nun ausruhen von der Anstrengung? Da, es ist ein Brief für dich abgegeben worden.«

Georg griff nach dem Papier, das Chemlin ihm entgegenstreckte, und merkte, wie seine Hand dabei zitterte. Ein Brief von zu Hause, endlich! Die vertrauten Schriftzüge seines Vaters verschwammen ihm vor den Augen, als er die Adresse betrachtete.

»Lass dir gesagt sein, dass ich nicht bereit bin, in diesem Hause irgendwelche Liebschaften zu dulden. Und wenn du eine Magd schwängerst und ich davon erfahre, kannst du sofort deine Sachen packen.«

»Das ist kein …«, setzte Georg an und schaute im selben Moment hoch, in dem Chemlins Kopf unter dem Fußboden verschwand. Georg schluckte. Warum nur dachte der Drucker so schlecht von ihm, obwohl er doch so gut wie nichts über ihn wusste?

Aber gerade jetzt war das nicht so wichtig. Mit dem Brief in der Hand rannte Georg fast die Treppen hinauf, stürzte in seine eiskalte Kammer und verkroch sich unter der Decke. Den Brief von zu Hause konnte er einfach nicht in der Stube lesen, wo man niemals allein war.

Sein Vater dankte ihm für seinen letzten Brief, der also Gott sei Dank angekommen war, und schrieb ansonsten nicht viel außer einigen guten Worten zum bevorstehenden Weihnachtsfest und dem neuen Jahr, das bald beginnen würde. Erst danach kam ein

kurzer Abschnitt zu dem, was die Familie bewegte: *Deine klei-*
ne Schwester Anna ist vor zwei Wochen von unserem Herrn in ihr
himmlisches Zuhause gerufen worden. Ein Jahr ist sie nur auf die-
ser Welt gewesen und du hast sie nicht einmal kennengelernt. Vor
allem Martin fehlt sie – er will gar nicht begreifen, dass sie nicht
mehr da ist. Er wird nächste Woche vier Jahre alt. Seine Gebete
sagt er weiter artig auf und lernt schon die ersten Psalmen auswen-
dig. Christoph zeigt Geschick in handwerklichen Dingen und will
derzeit am liebsten Schreiner werden. Klara war lange krank und
hustet immer noch. Bitte bete auch du für ihre Gesundheit. Wir tun
es jeden Tag.

Einige gute Wünsche folgten, damit endete der Brief. Georg
wischte sich mit dem Handballen die Tränen aus den Augen und
las die wenigen Zeilen wieder und wieder. Das Heimweh überfiel
ihn mit aller Macht und er wünschte, er hätte da sein können,
um seine Eltern zu trösten, als sie ihr Kind verloren hatten. Dazu
quälte ihn der Gedanke an die bevorstehenden Feiertage, vor denen er sich eher fürchtete, statt sich darauf zu freuen. Sie würden
sicher nicht so schrecklich werden wie im Jahr zuvor bei Schuster
Hermann, aber dank des Misstrauens des Hausherrn fühlte sich
Georg nach wie vor eher wie ein Fremdkörper und es graute ihn
davor, es nicht einmal für die Vorlesungen verlassen zu können.

Nur widerstrebend erhob sich Georg schließlich von seinem
Bett und legte den Brief in die Truhe zu den anderen. Wenn er
sich noch länger hier verkroch, würde es wieder böse Worte von
Chemlin geben.

☙

Georg war froh, als nach einer Woche Weihnachtsferien nicht
nur die Vorlesungen wieder begannen, sondern auch der Unterricht mit Johannes, der bei aller Freude weiterhin eine Herausforderung darstellte. Er versuchte immer wieder, sich mit dem
Jungen anzufreunden, ihm nicht nur Wissen, sondern auch mehr

Selbstvertrauen einzuflößen – aber der Kleine zog sich nach wie vor mit deutlich sichtbarer Furcht im Gesicht in sich zurück, sobald etwas über seinen Horizont hinausging, ihn überforderte oder ihm auch nur fremd war. Immerhin war er, anders als in Gegenwart seines Vaters, nicht steif wie ein Brett und manchmal lächelte er sogar. Er dachte sehr langsam und war im Wissen weit zurück für sein Alter, aber Georg war sich nicht sicher, ob das an einer mangelnden Intelligenz lag oder nicht eher daran, dass die Ideen immer erst die Mauer aus Angst davor überwinden mussten, etwas falsch zu machen.

Wenn er dann aber einmal etwas begriffen hatte, so wie an diesem Dienstag im Januar, dann war es wie ein plötzlicher Sonnenstrahl in einer dunklen Kammer. »Oh, ich hab's! Ich hab's! Das ist ein Ablativ! ›Nostro saeculo‹, das heißt ›in unserem Jahrhundert‹! – Oder?«

»Ja, genau. Ich sage doch, eigentlich ist es ganz leicht. Pass auf, in einem halben Jahr frage ich dich nach Vokabeln, die ich in einer Vorlesung nicht verstanden habe.«

Johannes entfuhr ein kleines glucksendes Geräusch und Georg bemühte sich, nicht zu begeistert darauf zu reagieren. Ein Lachen! Er hatte langsam schon befürchtet, der Junge könne gar nicht lachen. Aber es war auch schnell wieder vorbei, der übliche ernste Ausdruck kehrte in sein Gesicht zurück. Im flackernden Schein der Öllampe wirkten seine Augen noch größer, als er sich über das Blatt Papier beugte, auf dem Georg die Übungssätze notiert hatte. Es wurde in dieser Jahreszeit so früh dunkel, dass es nicht möglich war, nur bei Tageslicht zu arbeiten.

Georg stellte die blakende Flamme niedriger. Sie waren allein in der Stube. Von unten drangen die Geräusche der Druckerei herauf und von der Küche her war manchmal Frau Ursulas Stimme zu hören, die Elisabeth und Anna Anweisungen gab. Es waren heimelige Geräusche.

Gerade wollte Georg seinem Schüler eine weitere Frage stellen, da erhob sich unter ihnen auf der Gasse lautes Geschrei. Trunkenes Lachen und ein unangenehmes, kreischendes Geräusch mischten sich darunter, eine Kakophonie, die das glatte Gegenteil der friedlichen Stimmung darstellte, die gerade eben noch geherrscht hatte. Johannes stieß einen kleinen erschrockenen Quietscher aus und verbarg dann das Gesicht in den Händen. »Was ist das denn?«, fragte Georg laut.

»Die Studenten«, wimmerte Johannes. »Das sind wieder die Studenten mit ihren Degen und ich hab so Angst, dass sie reinkommen!«

»Sie kommen nicht rein, Johannes. Und wieso denn überhaupt die Studenten?«

»Die machen das immer«, flüsterte Johannes und dann war nichts mehr aus ihm herauszubekommen. Er hockte auf seinem Stuhl, die Arme um die Knie geschlungen und das Gesicht an die Oberschenkel gedrückt, und rührte sich nicht mehr. Georg sprach ihn an, strich ihm sanft über Kopf und Rücken, aber auch das half nicht.

Währenddessen kam der Lärm immer näher. Georg wusste nicht, was er tun sollte – die Mutter rufen? Den Jungen in den Arm nehmen?

»Licht weg!«, brüllten unten die Studenten, teilweise kaum verständlich vom Alkohol, der ihre Zungen lähmte. Licht weg? Was sollte das denn heißen?

Plötzlich flog die Tür zur Stube auf und Chemlin stürzte herein, ein tönernes Gefäß im Arm. »Hab ich's mir doch gedacht! Du Hundsfott!« Mit wütendem Gesicht hastete er zum Tisch und stülpte den Topf über die Öllampe. Im selben Moment prallte etwas Hartes gegen das Fenster. Johannes wimmerte leise und Georg streichelte noch einmal über seinen blonden Schopf. Es war jetzt stockdunkel. Er konnte Kaspar Chemlin im Licht des halben Mondes, das spärlich durch das Fenster einsickerte, nur als noch schwärzeren Schemen auf der anderen Seite des Tisches stehen sehen.

Von der Gasse schallten die betrunkenen Laute der jungen

Männer herauf, aber sie wurden leiser und immer leiser. Als sie sich ganz entfernt hatten, hob Chemlin die Abdeckung von der Öllampe und zündete sie wieder an. Im ersten Moment musste Georg die Augen vor der plötzlichen Helligkeit zusammenkneifen. Als er sie langsam wieder öffnen konnte, schaute er direkt in das wutverzerrte Gesicht des Buchdruckers.

»Habe ich euch jetzt den Spaß vereitelt, was, dir und deinen Kameraden? War das verabredet?«

Georg verstand überhaupt nichts mehr. »Was? Nein! Mit den Kerlen da habe ich doch gar nichts zu schaffen!«

»Ach was? Das sind ja auch nicht etwa deine Kommilitonen, nein …«

»Ja, aber …«, setzte Georg hilflos an, aber Chemlin ließ ihn gar nicht zu Wort kommen.

»Wenn du nichts mit ihnen zu tun hast, warum hast du dann das Licht nicht gelöscht? Wie?«

Langsam wurde Georg die Sache zu dumm. »Weil ich nicht wusste, dass man hier verrückten Befehlen gehorcht, die von einer Bande Besoffener auf der Straße herumgebrüllt werden!«

»Man gehorcht ihnen, wenn man seine Fensterscheiben behalten will. Man gehorcht ihnen nicht, wenn man es lustig findet, wenn seinem Gastgeber die Fenster eingeworfen werden. Egal, ob du mit ihnen unter einer Decke steckst oder nicht, du hast es provoziert.«

»Woher sollte ich denn bitte ahnen, dass sie mit Steinen werfen?«, fragte Georg entgeistert.

Chemlin wurde immer lauter. »Weil sie das immer tun, wenn man das Licht in den Räumen nicht löscht, an denen sie vorbeikommen. Tu nicht so dumm, du weißt das ganz genau, schließlich gehörst du dazu!«

»Ich gehöre eben nicht dazu!«

»Ja, richtig, du bist ja noch Pennal, erst nächstes Jahr kannst du deinen Degen an den Steinen wetzen! Erlaube mir, dass ich dich nicht bedaure.« Er schaute zu seinem Sohn hinüber. »Johannes, geh schlafen, der Unterricht ist für heute beendet. Es ist jetzt alles gut, sie kommen nicht wieder. Kein Grund, sich so zu fürchten.«

Leise weinend schlich der Junge hinaus.

Chemlin schaute seinem Sohn nach und wartete, bis die Tür sich hinter ihm schloss, dann wandte er sich wieder Georg zu. »Eins sage ich dir: Du kannst froh sein, wenn du hierbleiben darfst. Sollte so etwas noch einmal passieren oder du diese Kerle auch nur in die Nähe meines Hauses und meiner Familie bringen, war's das mit deinem Hospitium bei uns. Und jetzt raus hier. Geh meinetwegen auch schlafen oder verzieh dich zu deinen Kumpanen und sauf dich voll, das ist mir egal, aber ich will dein Gesicht heute Abend nicht weiter ansehen müssen.«

Georg verließ die Stube mit geradem Rücken und Chemlin knallte die Tür hinter ihm zu. Mit zusammengebissenen Zähnen stieg Georg zu seiner Kammer hinauf. Was war denn das für eine Verurteilung ohne eine Möglichkeit, sich zu verteidigen? Wie konnte der Mann nur so ungerecht sein? Natürlich würde er beim nächsten Mal die Lampe sofort löschen – aber woher sollte er von dieser Tradition wissen? Im Steinweg und auch beim Kantor hatte er jedenfalls nie etwas davon mitbekommen und zu seinen Kommilitonen hatte er kaum Kontakt.

Wütend warf sich Georg auf sein Bett. Bisher hatte er Chemlins Ablehnung geduldig hingenommen und auf eine Besserung des Verhältnisses gehofft, aber nach diesem Erlebnis glaubte er nicht mehr daran. Der Mann war viel zu verbohrt und ungerecht und Georg konnte sich nicht mehr vorstellen, ihn seinerseits auch nur ein wenig zu mögen.

☙

»Nam cum sint duo genera decertandi, unum per disceptationem, alterum per vim, cumque illud proprium sit hominis, hoc beluarum ...«, flüsterte Georg. *Denn weil es zwei Arten gibt, eine Entscheidung herbeizuführen, die eine durch Verhandlung, die an-*

*dere durch Gewalt, und weil jene dem Menschen eigen ist, diese
den Tieren …*

Es war ein sonniger, wenn auch noch kalter Tag im März und
er stand in der Nähe des Kalbstores und beobachtete, wie in un-
mittelbarer Nähe die Hessen-Darmstädtische Stadtwache para-
dierte. Ciceros Satz über Gewalt schien ihm dafür am besten zu
passen. Die Worte waren wie ein Schutzschild, sodass der Anblick der Soldaten mit ihren Spießwaffen, Musketen, Degen und
Messern nicht die Angst und Hilflosigkeit wieder hochkommen
lassen konnte, die Schmerzen und das Gefühl des Wollstranges
um seinen Hals. Der Krieg, die Gewalt waren etwas Tierisches,
das wusste Georg spätestens seit jenem Tag, aber es tat gut, das
von einem der großen Redner der Antike bestätigt zu bekommen.

Worte und Wissen waren mächtig und er tauchte jeden Tag
mit neuer Begeisterung hinein in dieses Meer aus Worten. Jede
Vorlesung, jede Disputation, jedes Buch bildete einen Mauerstein
in dem Wall, mit dem er sich gegen jede Unbill schützen konnte.

Johannes fiel ihm ein, der oftmals in ähnlich ferne Welten zu
entfliehen schien wie er selbst. Einmal hatte der Junge im Unterricht eine Andeutung gemacht, aus der Georg schloss, dass diese
Welten nicht aus Worten, sondern aus fantastischen Träumen bestanden, so bunt, dass sie nicht im Geringsten mit der wirklichen
Welt verglichen werden konnten.

Manchmal fragte sich Georg, ob der Junge damit nicht die
bessere Wahl traf. Die wirkliche Welt bestand aus so viel Leid,
Trauer, Hass und Gewalt. Er versuchte, nicht daran zu denken,
dass er seit Weihnachten keinen Brief seiner Eltern mehr erhalten hatte …

Die aus einer doppelschneidigen Klinge mit zwei gebogenen
Seitenspitzen bestehenden Partisanen, die auf ihren langen Spie-
ßen an ihm vorbeigetragen wurden, glänzten im Licht des Vor-
frühlingstages auf und täuschten eine Schönheit vor, die ihnen als
Mordwerkzeugen nicht zustand. Georg atmete tief durch, wandte

sich bewusst ab und drehte sich um, um zur nächsten Vorlesung aufzubrechen.

Er sah die drei Studenten mit ihren wallenden Federn am Hut, bevor sie ihn wahrnahmen, aber die Gnadenfrist währte nur wenige Wimpernschläge. »Sieh an, der Kammann, unser liebster Pennal!«

Georg dachte an Cicero, zog den Hut und verbeugte sich fast bis zum Boden. »Meinen ehrwürdigsten Gruß, gelehrte Herren, derer Gesellschaft ich nicht würdig bin«, leierte er einen der Sprüche herunter, die er sich inzwischen zurechtgelegt hatte. In gewisser Weise machte es ihm regelrecht Spaß, sich diese Grußformeln auszudenken, deren Unterwürfigkeit so übertrieben war, dass sie sich im Grunde selbst karikierten – aber eben doch nicht so sehr, dass die Angesprochenen etwas dagegen hätten sagen können.

»Das war zu leise! Los, stell dich hier auf und rufe: Ich bin nicht würdig, die Scheiße dieser ehrenwerten Studiosi wegzuwischen!«, forderte einer.

Die anderen kicherten. Nicht zu fassen, dass diese drei allesamt mehrere Jahre älter waren als er selbst.

»Na los, mach schon, oder willst du Prügel?«

… und weil jene dem Menschen eigen ist, diese den Tieren …

Mit den Gedanken weit fort im Text aus Ciceros »De officiis« holte Georg Luft und rief den albernen Fäkalspruch aus. Nur ein paar der Bürger, die sich mit kaum verhohlener Feindseligkeit die Machtdemonstration der Soldaten angesehen hatten, drehten sich missbilligend um, der Rest kannte diese Spielchen inzwischen und ignorierte sie wie beinahe alles, was die Studenten taten.

»Natürlich ist er nicht würdig dazu«, sagte eine Stimme von hinten und Georg seufzte innerlich auf, weil er diese Stimme inzwischen nur zu gut kannte. »Vor allem brauche ich ihn noch für andere Dinge und da soll er ja nicht eure Scheiße an seinen Fingern haben.« Breit grinsend schlug Cramer dem ihm am nächsten Stehenden mit Wucht auf die Schulter. Der junge Mann zuckte unter dem Schlag zusammen und verzog das sowieso schon unzufrieden wirkende Gesicht.

»Na, was guckt ihr so schlecht gelaunt? Weil ich euch den Kammann jetzt entführe?« Die drei murmelten etwas Unverständliches und verabschiedeten sich. Georg vermutete, dass ihre Unzufriedenheit mehr an seiner Art lag, ihre dämlichen Wünsche zu erfüllen. Wahrscheinlich merkte man ihm an, dass er mit den Gedanken nicht dabei war und dass es ihn weit weniger traf als beabsichtigt. Vielleicht sollte er in Zukunft versuchen, betroffener auszusehen, damit sie sich nicht noch irgendeine fiesere Gemeinheit ausdachten.

»Also, was ist?«, machte sich Cramer bemerkbar. »Trag mir meine Tasche!«

»Wohin? Ich wollte zur Vorlesung bei Professor Bachmann ...«

Cramer schnaubte spöttisch durch die Nase. »Was willst du denn mit der Poesie? Sowieso nutzlos, das Zeug. Aber du willst ja eh ein schwafelnder Pfaffe werden, da passt das vermutlich.«

»Bitte?«, versuchte es Georg mit einem unterwürfigen Augenaufschlag.

Cramer wedelte mit der Hand. »Na, verschwinde eben.«

»Danke!« Georg verbeugte sich noch einmal fast schon übertrieben und machte, dass er davonkam.

Für jetzt hatte er es dank Cicero wieder einmal hinter sich gebracht. Hungrig nach mehr von dem Wortzauber anderer Welten machte er sich auf den Weg zum Haus Conrad Bachmanns, Professor Poëta.

Nein, er hatte wirklich keinen Grund, über die Demütigungen seines Pennaljahres zu klagen. Er durfte studieren, immer noch traf regelmäßig das Geld seiner Patentante ein und er hatte ein Dach über dem Kopf, in dem vielleicht die Atmosphäre nicht die angenehmste war, aber es war doch kein Vergleich mit dem Haus des Schusters Hermann. Nein, wahrhaftig, er hatte allen Grund, Gott dankbar zu sein.

Ende April brach der Frühling für ein paar Tage mit Macht über die Stadt herein. Es wurde so warm, dass sich Georg zumindest tagsüber in seine ungeheizte Kammer zurückziehen konnte und nicht mehr mit der restlichen Hausgemeinschaft in der Stube sitzen musste, wo die Stimmung immer noch nicht besser geworden war.

Als er am Donnerstag nach der letzten Vorlesung zur Druckerei zurückging, drehten sich Georgs Gedanken wieder einmal um Chemlins ablehnende Art und seine Vorurteile gegenüber allen Studenten. Noch war es hell genug, um für eine kleine Zeit in seiner Kammer zu lesen, wenn er sich beeilte. Sobald es dunkel wurde, blieb ihm nichts anderes übrig, als sich wieder in die Stube zu begeben, falls er nicht gleich schlafen gehen wollte – Talgkerzen waren zu teuer, selbst die billigeren, in denen sich noch Fleischreste und Hornteile fanden, und er hatte sich von dem wenigen Geld, das von dem Wechsel seiner Patin übrig blieb, wenn er die Studiengebühren bezahlt hatte, ein Buch über Exegese gekauft.

Er war schon fast bei Chemlins Haus angekommen, als er die Schritte hörte. Viele Füße waren es, die hinter ihm herliefen – folgten sie ihm? Unwillkürlich begann er zu laufen. »Kammann!«, rief es da hinter ihm und er wusste, was die Stunde geschlagen hatte. Weglaufen half hier gar nichts. Er blieb stehen, schaute der Gruppe von vier, nein, fünf Studenten entgegen und überlegte, ob er etwas von Tertullian oder Melanchthons ›Examen ordinandorum‹ durchgehen sollte. Cramer war diesmal nicht dabei. Georg entschied sich für Melanchthon, zog den Hut und verbeugte sich – aber er kam nicht mehr dazu, einen seiner unterwürfigen Sprüche loszuwerden.

»Wir waren gerade auf dem Weg zu dir, Kammann. Heute darfst du uns zum Pennalschmaus einladen. Deine Kammer ist doch sicher groß genug für uns alle, oder?«

Melanchthon, Tertullian, Cicero und all die anderen verflüchtigten sich wie Raureif in der Sonne. Das hier erforderte mehr als einfach nur durchzuhalten. Georg hatte Chemlins Worte noch gut im Ohr: *Wenn du einen von diesen Kerlen auch nur in die Nähe meines Hauses bringst …*

Panik durchflutete ihn. Entweder er brachte sie ins Haus, dann hätte er endgültig seine Kammer verspielt. Oder er weigerte sich, dann würden die jungen Männer ihn grün und blau schlagen. So oder so stand er auf der Verliererseite. »Bitte …«, sagte er. »Bitte nicht. Ich verliere mein Hospitium!«

»Was denn? Der Chemlin ist wohl nicht dankbar genug für die Arbeit, die er durch die Universität bekommt? Na, das wollen wir doch mal sehen!« Sie gingen am Druckereieingang vorbei auf die Haustür an der Rückseite zu. Georg überholte sie und stellte sich davor. »Nein! Bitte geht!« Sollten sie ihn verprügeln. Alles war besser als das, was ihn erwartete, wenn er nachgab.

Einer von ihnen trat dicht vor ihn, so dicht, dass er seinen Atem spürte. »Lass uns rein, Pennal.« Es klang leise und bedrohlich. Gleich würde seine Faust vorschnellen.

Trotzdem schüttelte Georg den Kopf, auch wenn sich ihm der Schweiß im Nacken sammelte und seine Hände zu zittern begannen. »Nein«, flüsterte er.

Der andere sagte nichts, sondern trat einen Schritt zurück und fasste mit der Rechten nach seiner linken Hüfte. Das schabende Geräusch des Degens, der seine Scheide verließ, hallte überlaut in Georgs Ohren wider. Entsetzen überrollte ihn. Das konnte nicht sein Ernst sein – oder? Die Klinge blitzte kurz auf, dann spürte er sie an der Kehle. »Oh doch.«

Georg drückte sich an die Tür, weg von der Degenspitze, und holte schluchzend Luft, während er die Klinke herunterdrückte. Aus der Druckerei drangen Arbeitsgeräusche herauf und Chemlins Stimme, der den Lehrjungen Peter ausschimpfte. Der Degen kitzelte Georgs Rücken, die ganze Zeit, während sie die Treppe hinaufstiegen. Die Stufen knarrten überlaut und verrieten seine Ankunft, auch wenn die Studenten schwiegen. Ob er vielleicht doch unbemerkt davonkommen würde? Vielleicht würde Chemlin gar nicht mitbekommen, dass er »Besuch« hatte?

Oben war alles dunkel. Links aus dem Mädchenzimmer ertönten Lautengeklimper und leiser weiblicher Gesang.

»Hmmm!«, machte einer der Studenten leise und machte eine anzügliche Geste. Die anderen grinsten und Georg sank das Herz in die Hose. Aber sie näherten sich dem Zimmer nicht, sondern folgten ihm durch die größere Kammer. ›Hoffentlich kommt Johannes nicht aus seinem Zimmer‹, dachte Georg. ›Bitte, Herr, lass ihn nicht herauskommen!‹

Alles war ruhig. Sie drängten sich in seine Kammer, legten ihre Mäntel und Hüte ab und warfen sich auf Stuhl und Bett, als gehöre alles ihnen. Für Georg blieb kein Platz, aber er wollte auch keinen. Er wollte nichts anderes, als dass sie gingen.

»Na, was ist? Willst du uns nicht bewirten? Bring Wein her!«

Georg war kurz davor, in Tränen auszubrechen. »Wein?«, stieß er hervor.

»Ja sicher, und was zu essen, wenn du was bekommst. Aber Hauptsache Wein, und zwar nicht zu knapp! Wolltest du uns hier auf dem Trockenen sitzen lassen?« Der junge Mann schnalzte missbilligend mit der Zunge. »Das ist aber keine gute Gastfreundschaft, wenn du uns doch schon einlädst …«

»Ich habe euch nicht eingeladen und ich habe keinen Wein! Wo soll ich den denn hernehmen?« Georg spürte, wie seine Stimme wegschnappte.

»Dann besorg welchen, du Hundsfott!« Drohend sauste der Degen mit einem scharfen Geräusch durch die Luft.

»Aber ich habe doch keinen Heller Geld!« Georg schrie es fast, es war schon beinahe egal, ob jemand im Haus ihn hörte, das hier war noch schlimmer, als nur das Zimmer zu verlieren.

»Dann borg dir was, Studenten bekommen auf Pump, wusstest du das nicht? Handelt nicht der Chemlin auch nebenbei mit Wein?«

»Aber wovon soll ich das zurückzahlen?«

Der Degen näherte sich ihm, als sein Besitzer aufstand. »Das ist uns vollkommen gleichgültig. Du bist Pennal und du hast zu gehorchen. Hol uns Wein oder ...«

Georg wurde übel. Ein Wollstrang zog sich um seinen Hals zusammen und er schnappte nach Luft. Luft! Raue Stimmen, Schläge und das Wissen, dass es keinen Ausweg gab.

In diesem Augenblick sprang hinter ihm die Kammertür auf und prallte mit einem Knall gegen die Wand. Der Degen vor Georg senkte sich, als der Student erschrocken zurückstolperte. Georg fuhr herum. In der Tür stand Kaspar Chemlin, das Gesicht finsterer als je zuvor. »Habe ich doch richtig gehört!« Die Worte schossen aus seinem Mund wie Musketenkugeln, schnell und hart vor Wut. »Ihr Studenten glaubt, Ihr könnt euch alles erlauben. Aber nicht bei mir. Raus! Sofort verlasst Ihr das Haus! Ich habe Euch nicht eingeladen und es ist immer noch mein Haus, in dem Kammann nicht der Hausherr ist und darüber bestimmen kann, wer hineindarf. Ihr dürft es nicht. Verschwindet augenblicklich!«

Der Degen vor Georg hob sich wieder und sauste mit einem Zischen durch die Luft. »Seid Ihr sicher, Druckermeister?«

Die anderen vier jungen Männer erhoben sich von Stuhl und Bett und griffen ebenfalls drohend nach ihren Waffen. Georg wollte am liebsten die Augen schließen, aber stattdessen konnte er seinen Blick nicht einmal von den blitzenden Klingen abwenden, die sich nun dem unbewaffneten Chemlin entgegenreckten. Würden sie ihn wirklich angreifen?

Chemlin wich keinen Fingerbreit zurück, sondern verschränkte nur die Arme. »Ihr vergesst Euch. Schlimm genug, dass Ihr meint, mit jedem Verbrechen davonzukommen, wenn Ihr Euch an gewöhnlichen Bürgern oder Euren eigenen Kommilitonen vergreift. Aber ich bin wie Ihr ein Teil der Universität und stehe unter der gleichen Gerichtsbarkeit wie Ihr. Wenn Ihr mich tötet oder auch nur verletzt, werdet Ihr Euch schneller auf dem Schafott wiederfinden, als Euch lieb ist, und selbst wenn Ihr billiger davonkommt – die Relegation ist Euch auf jeden Fall gewiss. Ihr werdet unehrenhaft der Universität verwiesen und Eure Zukunft ist dahin.«

Die Gesichter der Studenten verfinsterten sich. Zwei ließen ihre Degen sinken.

»Raus.« Chemlin sagte es scharf, aber leise, und trat einen Schritt zur Seite, um die Tür freizugeben.

»Verdammt noch mal«, hörte Georg einen der jungen Männer murmeln, bevor er seinen Degen in die Scheide steckte. Die anderen folgten seinem Beispiel und traten mit wütenden Gesichtern zur Tür. Georg stolperte zurück und presste sich an die Wand, um ihnen ja nicht im Weg zu stehen. Gleich darauf hörte er sie die Treppe hinunterpoltern.

Georg atmete zittrig ein. Er musste sich bei Chemlin bedanken und ihm die Situation erklären, vielleicht wurde jetzt doch noch alles gut, vielleicht war der Engel diesmal kein Offizier, sondern ein unfreundlicher Druckermeister. »Meister Chemlin …«, setzte er an, aber weiter kam er nicht.

»Und du packst jetzt gleich deine Sachen und folgst deinen feinen Freunden. Schlaf bei einem von ihnen oder meinetwegen auf der Straße, das ist mir gleich, aber ich will dich keine Minute mehr in meinem Haus haben.«

Die Worte waren wie Schläge. »Aber …«, versuchte es Georg noch einmal.

Doch Chemlin schnitt ihm mit einer heftigen Bewegung wiederum das Wort ab und wurde laut. »Kein Aber! Ich hatte dir meine Regeln deutlich genug gemacht, du hast dich dazu entschieden, sie zu missachten. Also trägst du die Konsequenzen. Verschwinde!«

Chemlins zorniges Gesicht sagte Georg, dass er ihm wieder einmal keine Gelegenheit geben würde, sich zu rechtfertigen. Er hatte verloren. Tränen stiegen in seine Augen, während er rasch seine Habseligkeiten zusammensuchte, aber er blinzelte sie weg. Chemlin stand in der Tür und ließ ihn nicht aus den Augen. Der Engel war diesmal ein Racheengel.

Georg stolperte mit seinem Bündel auf dem Rücken aus dem Haus, ohne sich auch nur von Johannes oder Frau Ursula verabschieden zu können, und Chemlin schlug die Tür mit einem Knall hinter ihm zu. Einen Augenblick lang stand Georg da und versuchte zu begreifen, dass er sein Hospitium wirklich verloren hatte.

Was jetzt? Und vor allem: wohin? Hier konnte er jedenfalls nicht stehen bleiben. Zögerlich ging er durch den schmalen Gang zum Hirschberg hinüber. Von seinen Kommilitonen war nichts mehr zu sehen. Langsam ging Georg die steile Gasse hinauf, vorbei am Rathaus und über den Markt. Wie von allein trugen ihn seine Füße den Schneidersberg hoch und auf den Kirchplatz. Die Pfarrkirche stand in der Dämmerung dunkel und ruhig da und strahlte mit ihren dicken Mauern Beständigkeit und Sicherheit aus. Georg lehnte sich an die Wand, über seinem Kopf die hohen, schmalen Spitzbogenfenster. Die Steine waren kalt. Er presste seine Hände trotzdem dagegen und dann zog sich seine Kehle zu und die Tränen begannen zu fließen. Er wischte sie nicht weg. Warum passierte das, warum warf ihn Gott wieder zu Boden, zurück auf die Straße, nachdem er endlich ein Hospitium gefunden hatte? War es womöglich ein Zeichen, dass er den falschen Weg eingeschlagen hatte, sollte er gar nicht weiterstudieren?

Er fühlte sich von Gott alleingelassen und erschrak, als ihm das bewusst wurde. Er durfte doch dem Herrn der Welt keine Vorwürfe machen! Aber im Augenblick hatte er keine Kraft mehr, sich gegen diese Gedanken zu wehren. Einige wenige Menschen gingen über den Kirchhof, aber alle schauten schnell in eine andere Richtung, wenn sie ihn überhaupt wahrnahmen. Er war allein.

Georgs Magen knurrte, aber er hatte keine Kraft, sich noch etwas zu essen zu besorgen. Er wollte schlafen – aber er hatte kein Bett mehr. Einen kurzen Moment lang überlegte er, ob er bei

Kantor Schmidtborn anfragen sollte, aber dann verwarf er diesen Gedanken. Selbst wenn der Kantor ihm glauben sollte, würde er sich Schwierigkeiten und die Feindschaft Kaspar Chemlins einhandeln, wenn er Georg wieder aufnahm. Schlimm genug, dass Chemlin dem Kantor sicherlich sowieso schon Vorwürfe wegen seiner Empfehlung machen würde.

Nein, die Scheune kam nicht infrage. Er musste sich ein neues Hospitium suchen, und solange er keines hatte, blieb ihm nichts anderes übrig, als wieder auf der Straße zu schlafen.

Der Himmel über der Stadt hatte inzwischen ein tiefes Dunkelblau angenommen und Sterne erschienen wie funkelnde Edelsteine auf einem blauen Tuch. Es sah wunderschön aus, trotz allem. Georg atmete tief durch und stieß sich von der Kirchenmauer ab. Er hatte es schon einmal überlebt, auf den Gassen zu übernachten, und es war Frühling, bald würde es auch nachts wieder wärmer werden. Vorsichtig tastete er sich zwischen den Gräbern hindurch zur Mauer, in deren Schatten er oft geschlafen hatte, bevor ihm vom Kantor dessen Scheune angeboten worden war.

Er sah das dunkle Bündel erst, als er mit dem Fuß daran stieß. Es bewegte sich und ein Kopf tauchte aus dem Stoff auf, ein Gesicht, das Georg nur als helleres Oval erkennen konnte. »Ich bitte um Vergebung, ich habe kein Obdach, bitte nicht schlagen, ich gehe sofort!«, bat eine helle Jungenstimme atemlos und in jammerndem Tonfall.

»Nein, bleib da«, beeilte sich Georg klarzustellen. »Ich habe dich nur nicht gesehen. Schlaf weiter, ich will gar nichts von dir.«

Das Gesicht verschwand und Georg trat zurück. »Gott segne dich!«, sagte er leise, während er sich umdrehte. Er erhielt keine Antwort.

Wohin jetzt? Vielleicht könnte er einen Platz vor den Toren finden, wo ihn auch seine Mitstudenten nicht entdecken würden? Es hatte nicht allzu viel geregnet in letzter Zeit, die Lahn hatte kein Hochwasser. Zögerlich machte sich Georg auf den Weg hinunter, um sich wie an seinem ersten Tag in Marburg unter die Weidenhäuser Brücke zu legen. Wenigstens war es wärmer als damals. Aber er konnte nicht ewig dort bleiben. Nur – wo sollte er diesmal unterkommen? Jetzt, wo Chemlin ihn sicherlich bei allen schlecht machen würde, könnte er wohl höchstens zu Schuster Hermann zurück. Er war sich nicht sicher, ob die Brücke da nicht doch die bessere Alternative war.

Die Lahn floss sanft glucksend an Georg vorbei, das Mauerwerk der Brücke versteckte sich in immer tieferen Schatten und er starrte nach oben in die Dunkelheit und fühlte sich so mutlos wie noch nie zuvor. Wo war Gott? Warum ließ er ihn allein? Tränen suchten sich zu beiden Seiten seines Gesichts ihren Weg in Richtung seiner Ohren und er ließ sie laufen, bis er irgendwann vor Erschöpfung einschlief.

9. Kapitel

Die Argumente und Gegenargumente, all die schönen lateinischen Worte flossen um Georg herum wie die Lahn um die Pfeiler der Weidenhäuser Brücke. Er versuchte schon gar nicht mehr, der Disputation wirklich zu folgen, auch wenn er sich fest vorgenommen hatte, sich von seiner Situation nicht vom Studium abhalten zu lassen. Aber heute wollte ihm das nicht gelingen.

Seine Augen folgten den rötlichen Rippen des Gewölbes der Kugelkirche, die von der Wand aus wie Ranken nach oben zu wachsen und sich auszubreiten schienen. Auch auf das Gewölbe selbst hatte man bei der Erbauung vor über hundert Jahren Pflanzen und Blüten gemalt. Heute erinnerten sie Georg nicht an die Wunder der Schöpfung, sondern an die Brennnesseln, neben denen er nun schon zwei Nächte schlief.

Georgs Magen knurrte. Es wurde Zeit, dass er sich etwas zu essen besorgte. Die schlechte Stimmung an Chemlins Tisch vermisste er sicherlich nicht, aber das, was darauf gestanden hatte, umso mehr.

Nach einer gefühlten Ewigkeit war die Veranstaltung schließlich zu Ende. Im Grunde war es vertane Zeit gewesen, aber wenigstens war er hier gewesen, auch wenn er nichts gelernt hatte.

Zusammen mit den anderen Studenten ließ sich Georg aus der Kirche schwemmen, deren Tür seltsamerweise direkt im Chor lag. Draußen beschien die tief stehende Abendsonne den kleinen Platz davor. Georg schaute mit einem guten Schuss Neid zum ehemaligen Wohnhaus der Mönche hinunter, das gleich neben der Kirche lag und aus dem gleichen rötlichen Sandstein gebaut war wie sie. Heute Mittag hatten nämlich dort diejenigen seiner Kommilitonen, die ein Stipendium empfingen, eine warme Mahlzeit bekommen. Georgs schmaler Geldbeutel hatte ihm wieder

nur erlaubt, einen Kanten trockenes Brot zu kaufen, von dessen
Rest er heute Abend nicht einmal richtig satt werden würde. Das
Buch über Exegese in seinem Bündel, das er mangels eines geeig-
neten Versteckes immer noch ständig mit sich herumtrug, wog
inzwischen doppelt so schwer. Auf Talgkerzen und neue Hemden
hatte er zugunsten seiner Bildung gerne verzichten wollen und
ganz bewusst das meiste von dem ausgegeben, was er von der
monatlichen Zahlung seiner Patin noch übrig gehabt hatte – damals hatte er ja nicht ahnen können, dass er kurze Zeit später das
Geld dringend für Nahrungsmittel brauchen würde.

Georg seufzte leise und wollte sich gerade auf den Weg zum
Lahntor machen, als sein Blick auf eine hochgewachsene, hagere Gestalt mit grauem Haar fiel, die nur wenige Schritte entfernt
mitten auf der Gasse stand und ihn unter zusammengezogenen
Brauen direkt anschaute. Georg zuckte zusammen. Hastig drehte
er sich um und ging mit schnellen Schritten links an der Kirche
vorbei den Hang hinauf in Richtung alter Stadtmauer. Egal wohin, bloß weg von diesem Mann.

»Kammann! Warte!«, hörte er Chemlins Stimme hinter sich,
aber Georg dachte nicht daran stehen zu bleiben, sondern beschleunigte seinen Schritt noch.

»Kammann! Jetzt bleib schon stehen, ich möchte dich … Euch
um Vergebung bitten!«

Georg blieb wie vom Blitz getroffen stehen. Hatte er sich verhört oder hatte der angesehene Universitätsbuchdrucker und
Kirchenälteste Kaspar Chemlin gerade mitten auf der Straße
und vor einem ganzen Haufen Studenten und Professoren einen armen Pennal um Verzeihung gebeten? Langsam drehte er
sich um.

Chemlin war ihm ein paar Schritte nachgekommen, stand aber
immer noch in Hörweite der Leute, und er sprach laut genug,
dass alle ihn verstehen konnten: »Ich habe diesem jungen Studiosus Unrecht getan. Er hat nichts falsch gemacht, ich dagegen sehr
wohl. Es war nicht recht von mir, ihn aus dem Haus zu werfen,

und ich bitte ihn jetzt vor Euch allen als Zeugen um Vergebung und biete ihm an, sein Hospitium bei mir wieder aufzunehmen.«

Ungläubiges Gemurmel, Kopfschütteln und spöttisches Lächeln machte sich unter den Zuhörern breit. Georg sah, wie Chemlin die Fäuste ballte und tief durchatmete. Sein Gesicht war immer noch finster und in diesem Moment hatte er auch allen Grund dazu. Warum tat er sich das an? Meinte er die Bitte um Verzeihung wirklich ernst? Georg wusste nicht, wie er reagieren sollte – und erst recht nicht, ob er wirklich in die Druckerei zurückkehren konnte. Wahrscheinlich würde Chemlin ihm nun auch noch diese Demütigung nachtragen und noch unerträglicher werden.

Georg wollte nicht mit dem Mann sprechen, er wollte einfach nur weg von hier, also drehte er sich ohne ein Wort um und stapfte weiter die Gasse hinauf. Als er die Nordseite der Kirche erreicht hatte, hörte er Schritte hinter sich und begann zu laufen.

»Kammann, bitte, ich bin zu alt für so etwas. Hör mir wenigstens Johannes' wegen zu!«

Johannes! Georg wurde unwillkürlich langsamer. Er vermisste den Kleinen jetzt schon … Direkt an der alten Stadtmauer blieb er stehen und drehte sich um. Es half ja doch nichts davonzulaufen. Chemlin schnaufte heftig, als er Georg erreichte. »Du willst es mir … wohl möglichst schwer machen … was?«, keuchte er.

»Was wollt Ihr von mir?« Die Frage platzte aus Georg heraus, bevor er darüber nachdenken konnte.

In Chemlins finsterem Gesicht zuckte nicht ein Muskel. »Ich will dir eine Geschichte erzählen, die vorhin passiert ist. Ich kann dich nicht dazu zwingen, mir zu vergeben. Aber du solltest hören, warum ich dich darum bitte.«

Er schien auf eine Antwort zu warten, also nickte Georg, weil ihm beim besten Willen nicht einfiel, was er sonst tun sollte.

Chemlin atmete tief durch, dann begann er zu sprechen. »Du weißt, dass Johannes ein sehr ängstliches Kind ist und dass … ich mit seiner Art nicht gut umgehen kann. Er fängt an zu weinen, sobald ich auch nur leicht die Stimme erhebe, und ich werde zu schnell ungeduldig. Meist spricht er nur, wenn ich ihn anrede, er kommt kaum einmal zu mir, um mir etwas zu sagen, und die Druckerei meidet er völlig, dort ist es ihm wohl zu laut, denke ich. Aber vorhin stand er plötzlich zwischen den Pressen, das Gesicht ganz rot, und die Hände wischte er sich ständig an der Hose ab. ›Vater, er konnte nichts dafür‹, hat er gesagt, die Stimme ganz piepsig vor Aufregung. ›Ihr durftet ihn nicht rauswerfen, er konnte doch nichts dafür!‹«

Chemlins Brauen waren immer noch zusammengezogen, aber auf einmal bemerkte Georg, dass seine Augen verdächtig schimmerten. »Ich wusste natürlich gleich, dass er von dir sprach, und von dir wollte ich nichts mehr hören, also habe ich genau das gesagt, bevor ich mich zurückhalten konnte. Und Johannes, mein kleiner, ängstlicher Sohn … natürlich fing er an zu weinen, aber er ging nicht weg. Er blieb stehen, wo er war, und zwischen seinen Schluchzern sagte er: ›Sie hatten doch Degen … er wollte gar nicht …‹ Ich habe versucht, ihn zu beruhigen, und mit der Zeit habe ich dann die ganze Geschichte aus ihm herausbekommen. Er hat durch den Türspalt geschaut und gesehen, wie diese Hundsfötte dich mit dem Degen in deine Kammer trieben. Das stimmt doch, oder?« War es eine Drohung, die Chemlins Stirn in Falten legte?

»Ja«, sagte Georg leise.

»Und da wurde mir klar, dass ich mich schuldig gemacht hatte. An dir und an Gott. Ich habe dich ungerecht behandelt, dich nicht einmal angehört, weil mein Urteil über dich längst feststand – alle Studenten sind verantwortungslose, vergnügungssüchtige und zu Grausamkeit neigende Nichtsnutze. Und du bist ein Student. Dabei habe ich längst geahnt, dass das so nicht stimmt. Ich habe schließlich gesehen, wie du mit Johannes umgehst, wie er aufblüht, wie du für ihn da bist, auch außerhalb der Unterrichtsstunden. Ich wollte nur nicht wahrhaben, dass ich mich geirrt und unmöglich verhalten hatte. Aber jetzt stand da mein kleiner ängstlicher Sohn und hatte in zwei Tagen all seinen Mut zusammengesammelt, um mir zu sagen, dass du unschuldig warst. Das allein …« Er stockte und rieb sich über die Augen – und Georg begann sich zu fragen, ob die finstere Miene in Kaspar Chemlins Gesicht womöglich nicht nur Wut bedeutete, sondern dazu diente, jede Art von Gefühl zu überdecken.

»Vor deiner Ankunft in unserem Haus hätte er das niemals gewagt. Er hat an Selbstvertrauen gewonnen und das kann nur an dir liegen. Darum bin ich hier. Ich habe einen schrecklichen Fehler gemacht und kann nur hoffen, dass du mir meinen Hochmut und all die bösen Worte irgendwann verzeihen kannst. Bitte komm zurück in mein Haus, Georg Nicolaus Kammann.«

Georg stand da und versuchte, die plötzliche Wendung der Dinge nachzuvollziehen. Es gelang ihm nur schwer. Stand da tatsächlich Kaspar Chemlin vor ihm und bot ihm nicht nur an, sein Hospitium zurückzubekommen, sondern *bat* ihn sogar darum, wieder einzuziehen? War das wirklich real? Und hatte der kleine Johannes sich tatsächlich seinetwegen so überwunden, dass er vor seinem gefürchteten Vater für ihn eingetreten war?

»Anbetteln werde ich dich allerdings nicht«, sagte Chemlin jetzt.

»Das braucht Ihr nicht«, erwiderte Georg. »Ich … weiß nur nicht, was ich sagen soll.«

»Dann sag nichts, sondern komm mit zum Essen nach Hause.«

Georg nickte. Ein flüchtiges Lächeln huschte über Chemlins Gesicht und auf einmal sah Georg einen anderen Menschen vor sich.

Sie schwiegen auf dem Weg durch die Stadt und sie schwiegen auch während des Abendessens. Aber es war ein anderes Schweigen diesmal, kein feindseliges mehr – und außerdem war da das Strahlen in Johannes' Augen. Der Kleine lächelte immer wieder und das war bei Tisch noch nie vorgekommen, seit Georg ihn kannte. In Kaspar Chemlins Blick dagegen lag Stolz, wenn er seinen Jüngsten anschaute, und auch das hatte Georg noch nie gesehen. Aber vielleicht hatte er es auch nur nicht wahrgenommen. Es war, als sei ihrer aller Blickwinkel verschoben worden, und plötzlich sahen die Dinge anders aus als noch kurz zuvor.

Und sie waren eindeutig schöner geworden.

಍

Als Georg die Augen öffnete und ins Dämmerlicht eines frühen Frühlingsmorgens blinzelte, konnte er sich nicht mehr erinnern, was er geträumt hatte, aber es war ein guter Traum gewesen, denn er fühlte sich so sicher und geborgen wie seit Langem nicht mehr. Die Erinnerung an den Abend zuvor kehrte zurück und verstärkte das Gefühl noch. Alles war gut. Er war wieder in seiner Kammer, hatte ein Hospitium, und es bestand zum ersten Mal Hoffnung, dass sich auch die Stimmung im Chemlin'schen Haus von nun an verbessern würde.

Von unten drangen Küchengeräusche herauf – Anna war längst wach und dabei, die Frühsuppe vorzubereiten. Von nebenan war noch nichts zu hören. Georg schlüpfte unter der Decke hervor und zog sein Hemd über den Kopf. Dann öffnete er das Fenster und genoss für einen Moment die frische Luft und auch die Gänsehaut, die ihm durch die morgendliche Kühle über den nackten Oberkörper lief. Danach nahm er ein frisches Hemd aus der Truhe und schlüpfte rasch hinein. Es war etwas abgewetzt, aber wunderbar sauber, weil seine Wäsche mit der des ganzen Hauses regelmäßig gewaschen wurde. Immer noch fühlte es sich herrlich an, nicht mehr schmutzig und entweder nach Gülle stinkend oder von Heustaub bedeckt aus dem Haus zu gehen – und es war noch herrlicher, dass sich das nun doch nicht wieder ändern würde. Strümpfe, Kniehose, Stiefel und das braune Alltagswams vervollständigten die Kleidung. Georg schloss das Fenster und verließ seine Kammer.

Jakob und die Gesellen lagen noch in ihren Betten. Fehling stöhnte unwillig, als Georgs Schritte auf den Dielen knarrten, aber das tat er jeden Morgen. Bißmann dagegen setzte sich auf, brummte ein »Morgen« zu Georg hinüber und schwang die Beine aus dem Bett. Georg nickte ihm zu und stieg die Treppe hinunter.

Er hatte gerade deren Fuß erreicht, als sich hinter ihm die Tür zur Stube öffnete. Georg drehte sich um und blieb unsicher stehen, als Chemlins lange Gestalt im Türrahmen erschien.

Der Drucker räusperte sich, zog die Tür hinter sich zu und sagte dann: »Guten Morgen.«

Georg zog es vor, seine übliche höfliche kleine Verbeugung zu machen. Er wusste nicht recht, was er sagen oder wie er sich verhalten sollte. Seit seinem Einzug vor nunmehr fast fünf Monaten hatte er von Chemlin nie mehr als einen finsteren Blick und ein unwilliges Brummen geerntet, wenn er ihm begegnete.

Chemlin räusperte sich wieder. »Ich hoffe, du hast gut geschlafen?«

Georg nickte.

»Gut.« Chemlin strich sich über den Spitzbart und ging dann zur Küche hinüber, aus der schon der Geruch von Milchsuppe Georgs Nase umwehte.

Trotzdem blieb er unschlüssig stehen.

»Was ist? Keinen Hunger?«

Georg straffte die Schultern. »Doch.«

Sie setzten sich an den Tisch und schlürften ihre Suppe schweigend. Es war kein wirklich angenehmes Schweigen, wenn auch weiterhin die übliche Feindseligkeit fehlte. Als Chemlin den Löffel beiseitelegte, spürte Georg seinen Blick auf sich und schluckte seinen eigenen letzten Löffel voll sämiger Flüssigkeit mit einiger Mühe herunter.

»So.« Ein leichtes Lächeln zuckte um Chemlins Mundwinkel. »Damit haben wir jetzt schon die zweite Mahlzeit geschafft, ohne dass ich dich gedanklich aus dem Haus geworfen habe. Vielleicht gelingt uns in einigen Wochen ja auch eine höfliche Unterhaltung über das Wetter.«

Was war das denn – Humor? Auch noch selbstironisch? Das hatte Georg nicht erwartet.

»Warum habt Ihr mich nicht viel eher aus dem Haus geworfen, wenn Ihr es doch wolltet und mich für einen Nichtsnutz hieltet?« Die Frage platzte aus ihm heraus, bevor er darüber nachdenken konnte, ob es klug war, sie zu stellen.

Chemlins Brauen zogen sich wieder einmal zusammen und er schaute auf die Tischplatte. Aber als er antwortete, klang es nicht wütend, sondern leise und fast schon verletzlich. »Ja, weißt du … Ich wollte nie einen Studenten in meinem Haus haben. Die halten sich viel zu oft für etwas Besseres, und nachdem …« Er stockte und setzte dann neu an. Seine Stimme wurde härter und diesmal lag wirklich Zorn darin. »Sie machen meinem Kind Angst. Genau das, was vor drei Tagen passiert ist, wollte ich verhindern. Dass Johannes so etwas sehen muss. Er hat sowieso schon Panik vor diesen Sauhunden, die ihre Degen an den Steinen wetzen und auf der Gasse herumgröhlen. Er ist schon immer ein schüchternes Kind gewesen, aber seit dieser Geschichte … Ich will nicht, dass es noch schlimmer wird.«

Georg wollte sagen, dass nicht alle Studenten sich so wild benahmen, aber er wagte es nicht, da er sah, wie verkrampft Chemlins Kiefer waren. Und Johannes hatte ja tatsächlich zusehen müssen, wie Georg mit dem Degen bedroht worden war. Andererseits hatte ihn das Erlebnis dazu gebracht, sich zu überwinden und vor seinem Vater für Georg einzustehen.

Chemlin schüttelte den Kopf, als wolle er die Gedanken fortscheuchen. »Es ist jetzt fast drei Jahre her«, begann er langsam zu erzählen. »Ich war mit dem Kleinen auf dem Markt und er kam mir abhanden. Ich hatte um etwas gefeilscht und er war zum Rathaus hinüberspaziert und hatte vor dem Relief der Heiligen Elisabeth vor sich hingeträumt, wie er nun mal so ist. Ich habe erst bemerkt, dass etwas nicht in Ordnung war, als mich eine Frau darauf aufmerksam machte. Eine Gruppe Studenten hatte sich um Johannes versammelt, und als ich näher kam, hörte ich ihn weinen. Ich weiß bis heute nicht, was genau sie mit ihm gemacht oder was sie zu ihm gesagt haben, aber ihm Angst einzujagen, war offenbar ihr Hauptziel. Fünf oder sechs Studiosi mit Degen und Mänteln rund um einen kleinen Jungen von fünf Jahren, der vor lauter Panik ganz steif war, noch Stunden danach weinte und sich für Tage nicht mehr aus dem Haus traute. Und sie haben laut gelacht dabei. Als ich näher kam, sind sie verschwunden, immer noch johlend.« Chemlin schaute auf. »Wundert es dich da, dass ich möglichst wenig mit Studenten zu tun haben und schon gar keinen in meinem Haus haben wollte?«

Georg schluckte und schüttelte den Kopf. Bei dem Bild, das der Druckermeister gerade gemalt hatte, packte ihn selbst die Wut.

Chemlin rieb sich über das Gesicht und fuhr fort: »Aber wir können Johannes nicht in die Lateinschule schicken, er ist … er braucht so lange, um zu verstehen, und ist so empfindlich, seitdem noch mehr als vorher sowieso schon. Er würde dort nichts lernen. Also habe ich meiner Frau schließlich zugestimmt, dass wir es versuchen sollten, zumal Schmidtborn dich so warm empfohlen hatte. Als du dann da warst … ich habe dir nicht geglaubt, ich dachte, du tust nur so harmlos. Aber dass du Johannes guttatest, das konnte selbst ich nicht leugnen, also hörte ich auf meine Frau und ließ dich bleiben. Und dann, als ich es eigentlich längst erkannt hatte, dass du nicht so bist, wie ich es erwartet hatte, habe ich meinen Stolz nicht überwinden können. Meine Frau hat wohl leider recht, ich bin ein sturer, alter Esel.«

Eine kleine Pause entstand. Georg schaute vor sich auf den Tisch und wusste nicht, was er nun tun sollte. Die Höflichkeit gebot es wohl zu widersprechen, aber wie sollte er das tun, ohne sich zu viel anzumaßen im Gespräch mit einem älteren Mann? Und eine Lüge wäre es obendrein …

Ein leises, heiseres Geräusch erklang neben ihm und Georg schaute auf. Chemlin lachte. Wahrhaftig, er lachte. »Du brauchst nicht zu überlegen, wie du dem am wortgewandtesten widersprechen kannst. Ich mag es nicht, wenn Leute etwas anderes sagen, als sie denken. Wenn ich ein Esel bin, dann bin ich nun mal ein Esel. Und wenn ich so eine seltene Erkenntnis habe, musst du sie mir nicht wieder auszutreiben versuchen.«

Georg lächelte unwillkürlich und Chemlin nickte ihm zu, immer noch mit einem breiten Grinsen auf dem Gesicht. »Na also, ich sage ja, wir sind auf einem guten Weg zu einem Gespräch über das Wetter oder die Kornpreise. Spätestens an Weihnachten.«

꙳

Es dauerte nicht bis Weihnachten. Schon in den nächsten Wochen änderte sich das Klima bei Tisch deutlich. Frau Ursula lächelte häufig still und sichtlich erleichtert, wenn sie zuhörte, wie ihr Mann Georg nach seinen Studien fragte, wie Georg antwortete und irgendwann sogar interessierte Fragen über die »Schwarze Kunst« stellte. Plötzlich wurde bei Tisch gesprochen und Georg stellte fest, dass er das mehr genoss, als er erwartet hätte.

Wegen eines Pennalschmauses wurde er nicht noch einmal belästigt. Natürlich gingen die kleinen Demütigungen und die Dienste weiter, die er seinem Patron Cramer leisten musste. So manchen Abend verbrachte er damit, ihm und seinen Freunden Wein einzuschenken und ihr Erbrochenes wegzuwischen, oder er wurde als Bote mit Nachrichten oder Päckchen von hier nach dort geschickt. Und natürlich zwang ihn der ältere Student dazu, immer wieder seine Juravorlesungen zu besuchen, sodass er selbst nicht dort auftauchen musste. Besonders nach zu langen Nächten.

Es war ein warmer Tag Ende Mai, als Georg aus dem Haus des Professors und Dekans der Juristischen Fakultät Johann Breidenbach trat, unter dem Arm die Mitschrift der eben gehaltenen Vorlesung. Er war so müde, dass ihm ein wenig übel war, denn natürlich hatte er bei der Feier der Landsmannschaft in der Nacht zuvor dabei sein müssen, als Mitglied und Cramers persönlicher Sklave. Die Glocke der Pfarrkirche hatte bereits vier Uhr geschlagen, als er seinen halb bewusstlosen Patron nach Hause geschleppt hatte. Cramer hatte kein verständliches Wort mehr herausgebracht und war gerade noch fähig gewesen, mechanisch die Beine zu bewegen, sodass Georg ihn nicht komplett hatte tragen müssen. Aber sein ganzes Gewicht hatte auf Georgs Schultern gelastet und er war schweißgebadet gewesen, als er das Haus des Advokaten endlich erreicht und den älteren Studenten an dessen Mutter übergeben hatte. Die Treppe hinauf hätte er ihn niemals bekommen, also ging es nicht heimlich an seinen Eltern vorbei, sondern nur durch den Haupteingang. Dafür würde er später sicher noch Ärger bekommen.

Und natürlich hatte Cramer ihm früher am Abend, als er noch klar im Kopf gewesen war, gleich aufgetragen, heute auf keinen Fall die Vorlesung über aristotelisches Recht zu versäumen. Dafür hatte Georg wieder einmal seine eigene Vorlesung in Rhetorik sausen lassen müssen, aber was blieb ihm anderes übrig? Frustriert stieß Georg mit dem Fuß einen Stein über die Straße. Er würde in seinem ersten Studienjahr nur einen Bruchteil dessen lernen, was er hätte lernen können, wenn es diesen unerträglichen Pennalismus nicht gäbe.

Als er ins Chemlin'sche Haus eintreten wollte, konnte er gerade noch zurückweichen, sonst wäre er mit Peter zusammengeprallt, der gerade wie eine Kanonenkugel aus dem Treppenaufgang der Druckerei schoss. Der Lehrling machte ein erschrockenes Geräusch und fuhr sich mit dem Ärmel unter der Nase entlang, bevor er an Georg vorbei die Treppe hochhuschte. Obwohl er das Gesicht abwandte, konnte Georg Tränenspuren auf seinen geröteten Wangen glänzen sehen. Von unten drang wieherndes Gelächter herauf, das nach Fehling klang. Peter verschwand nach oben, immer zwei Stufen auf einmal nehmend. Es war nicht schwer zu erraten, worum es hier ging: Das Verhältnis zwischen Gesellen und Lehrlingen war ein sehr ähnliches wie das zwischen älteren Studenten und Pennälen.

Georg machte einen Schritt zur Treppe hin und zögerte dann. Sollte er hinterhergehen? Vielleicht könnte er Peter trösten, schließlich kannte er das Gefühl der ständigen Demütigung selbst gut genug – aber andererseits standen sie beide sich nicht besonders nahe und womöglich wäre es dem Jungen sogar eher unangenehm?

In diesem Moment tauchte Chemlins grauer Schopf auf der Treppe auf. »Na, Herr Studiosus? Was stehst du hier im Flur herum?«

»Peter ist gerade an mir vorbeigerannt – was war denn da los?«

Chemlin hob die Schultern. »Das Übliche. Bißmann und Fehling piesacken ihn, er ist eben der Lehrling.«

Georg biss sich auf die Unterlippe und schaute dann von seinen Schuhen zu Chemlin auf. »Und … ich meine, Ihr seid doch der Meister …?«

Wieder einmal wurden Chemlins Augen schmal und Georg ahnte, dass er wohl zu weit gegangen war. »Und? Du meinst, dass ich da einschreiten sollte? Nein, mein Lieber. Das ist das Leben. So war es schon immer, bei Handwerkern genauso wie bei Studenten. Solange es im Rahmen bleibt und die Burschen es nicht übertreiben, mische ich mich da nicht ein. Die Studenten, die tun tatsächlich oft zu viel der Quälereien, das finde ich nicht gut, aber an sich … wir mussten alle durch solche Zeiten durch und es hat uns nicht geschadet, sondern stärker gemacht, hat uns Geduld und Demut gelehrt. Bleib du bei deinen Büchern und steck deine Studentennase nicht in Handwerker-Angelegenheiten, auch wenn ich verstehe, dass du mit dem Jungen mitfühlst.«

Im Vorbeigehen schlug er Georg freundschaftlich auf die Schulter und verschwand dann in der Stube.

Georg schaute die Treppe hinauf und sah Peter vor sich, allein in der Kammer, die er mit seinen Quälgeistern teilen musste. In Kürze würde er wieder hinuntergehen und weiterhin alles schlucken müssen. Warum waren Menschen so gemein zueinander? Und warum stand man selbst diesen Dingen immer so hilflos gegenüber? Sollte man sich wirklich nicht einmischen? Nicht einmal, um zu trösten?

Aber letztlich hatte Chemlin recht, es ging ihn nichts an und er konnte wahrscheinlich mit ein paar guten Worten doch nicht helfen. Langsam drehte Georg sich um und ging in die Küche, um dort auf das Mittagessen zu warten. In seine Kammer wollte er jetzt nicht mehr gehen, dafür hätte er an Peter vorbeigehen müssen und das brachte er nicht über sich.

ः

Trotz aller Schikanen und der verlorenen Stunden in juristischen Vorlesungen konnte Georg im Juni seine erste Prüfung ablegen, nach deren erfolgreichem Abschluss er sich Bakkalaureus nennen durfte. Bald darauf besuchte er seine erste Theologievorlesung, obwohl er natürlich nach wie vor Student der Artistenfakultät war. Damit begann seine bisher beste Zeit in Marburg. Er hätte früher nie gedacht, dass man die Bibel so intensiv studieren konnte, dass man sich so viele Gedanken über Gottes Heilsplan, die Welt, die Sünde oder die Gnade machen konnte. Jetzt verstand er, warum eben doch nicht jeder Laie predigen konnte, so wie Luther das gefordert hatte.

»Es gibt so viele Zusammenhänge, die man nicht begreifen kann, wenn man nur den Katechismus kennt«, erklärte er Chemlin eines Tages. Draußen brannte die Sonne auf das Pflaster nieder. Die Fenster der Küche waren geöffnet, um die leichte Brise hereinzulassen, die sich endlich erhoben hatte. Nebenan meckerten die Ziegen der Nachbarn. Ihr scharfer Geruch drang mit dem Wind herein und erinnerte Georg an zu Hause. Frau Ursula und ihre Tochter räumten das Geschirr vom Tisch, während die Magd Anna schon am Spülstein stand, und Johannes saß mit müden Augen neben Georg und bemühte sich sehr, nicht einzuschlafen.

Chemlin beugte sich am Tisch vor. »Da hast du sicher recht. Aber ich hoffe, du wirst nicht vergessen, die Hauptsache im Blick zu behalten bei all den Theorien und Ideen und Zusammenhängen.«

Georg stutzte. »Was versteht Ihr denn unter der Hauptsache, Herr Chemlin?«

»Du bist doch der Theologe.« Sanfter Spott schwang in Chemlins Stimme mit.

»Nein, bin ich nicht, ich bin nur ein wissbegieriger Grünschnabel. Ihr dagegen seid immerhin Kirchenältester«, konterte Georg.

Chemlin lachte. Das hätte er sich noch vor wenigen Wochen niemals vorstellen können, dachte Georg, dass Kaspar Chemlin über eine seiner Bemerkungen lachte.

»So, wenn du jetzt aber auch noch hier, von einem armen, dummen Buchdrucker, tiefschürfende theologische Gedanken hören willst, muss ich dich schwer enttäuschen. Ein Kirchenältester ist alles andere als ein Theologe, er ist höchstens jemand mit einem einigermaßen gesunden Menschenverstand. Aber vielleicht brauchen gerade die Theologen ab und zu genau so jemanden, der sie auf den Boden der Tatsachen zurückholt. Manchmal kann man sich nämlich auch in Gedankenkonstrukten verlieren. Was denkst du denn, was das Wichtigste ist?«

Georg überlegte und schüttelte schließlich den Kopf. »Ich weiß nicht, es gibt so vieles – die Schöpfung, die Dreieinigkeit, Abraham und das Volk Gottes, die Gesetze, Jesu Leben, das Kreuz, die Auferstehung ... Wie soll ich da entscheiden, was das Wichtigste ist?«

Chemlin nickte bedeutsam. »Siehst du, genau das meine ich. Du weißt so viel, dass du schon beginnst, den Fokus zu verlieren. Das Wichtigste, Georg Nicolaus Kammann, ist die Tatsache, dass Christus am Kreuz starb, um dich zu erretten. Das Wichtigste ist das Kreuz und die Tatsache, dass du jederzeit dorthin kommen kannst, schwach und sündig wie du bist, dich hinwerfen, um Verzeihung bitten und wissen, dass alles wieder in Ordnung ist, weil er alles, was du falsch machen kannst, längst auf sich genommen und für dich mehr gelitten hat, als je ein Mensch trotz all der

Kriegsschrecken, die wir erleben, leiden wird. Das Wichtigste ist Demut und Dankbarkeit für das Kreuz.«

Georg runzelte die Stirn. »Ist das nicht zu einfach?«

Wieder lächelte Chemlin. »Es kann nicht zu einfach sein. Es muss einfach sein, sonst würde ich es nicht verstehen können und noch weniger ein einfacher Tischler oder eine Bauersfrau. Wenn du einmal predigst, denk daran, dass nicht jeder die gleiche Bildung genossen hat wie du. Es gibt schon zu viele Pfarrer, die über die Köpfe ihrer Gemeinden hinweg predigen. Denk nach, stell Fragen, so viel du willst – aber verlange nicht dasselbe von deiner Gemeinde. Und vergiss nicht, dass der Herr selbst gesagt hat, wir sollen wie die Kinder werden. Und dass der heilige Paulus den Korinthern schreibt: ›Denn ich nahm mir vor, nichts anderes unter euch zu wissen als nur Jesus Christus, und ihn als gekreuzigt.‹«

Georg schaute nachdenklich aus dem Fenster. Da hatte Chemlin nicht ganz unrecht.

In diesem Moment klopfte es an der Tür. Frau Ursula öffnete. Es war nicht zu verstehen, was gesprochen wurde, aber bald darauf fiel die Tür wieder ins Schloss. Die Chemlinin kehrte in die Küche zurück und streckte Georg etwas entgegen. »Der Mann sagte, er habe keine Zeit hereinzukommen, aber er sei vor Kurzem bei Euren Eltern gewesen, und die hätten ihn gebeten, einen Brief mitzunehmen.«

Georg nahm das versiegelte, aber schon recht zerknitterte Papier entgegen. Seine Hände zitterten – was mochte der Brief enthalten, gute oder schlechte Nachrichten? Er stand auf. »Ich … Ihr erlaubt?«

»Natürlich. Ich muss sowieso in die Druckerei.« Kreischend rückte Chemlins Stuhl über den Steinfußboden.

Georg nickte ihm dankbar zu und beeilte sich so, in seine Kammer zu kommen, dass er auf der steilen Treppe beinahe stürzte. Nachdem er die Tür hinter sich zugeworfen hatte, setzte er sich mit dem Brief an den kleinen Tisch unter dem Fenster.

Vorsichtig öffnete er das Blatt, eng beschrieben in Vaters schmaler, steiler Handschrift. Er schrieb von den Fortschritten des kleinen Martin, der inzwischen fünf Jahre alt war und bereits ein paar Worte schreiben konnte, vom guten Erntewetter, das Gott dieses Jahr gnädig geschenkt hatte, von Christophs Streichen. *Der junge Gundlach hat geheiratet und das ganze Dorf hat gefeiert. Es gab zwar kein Festmahl, aber wir haben getanzt und gelacht. Das tat uns allen gut. Kurz danach hatten wir wieder Einquartierung, wie so oft in diesem Jahr. Weimarische, Schweden, Kaiserliche – ich frage inzwischen gar nicht mehr, woher sie kommen oder für wen sie kämpfen. Es macht keinen Unterschied für uns. Wir müssen sie so oder so versorgen.*

An dieser Stelle war etwas mehrmals durchgestrichen und unleserlich gemacht, dann folgte der Satz: *Klara macht uns Sorgen, sie ist zu dünn, ständig krank und wird immer schwächer. Jeden Morgen haben wir Angst, dass sie nicht wieder aufwacht. Bitte bete für sie und für uns, Georg. Ich selbst kann es bald nicht mehr.*

Übergangslos folgte noch einmal eine Anekdote von Martins lustigen Wortneuschöpfungen, fast als habe sich Vater auferlegt, nur nicht zu viel Negatives zu schreiben. Mutter ließ Grüße und Küsse ausrichten und damit endete der Brief.

Georg schluckte hart, um den Knoten in seiner Kehle wegzubekommen. Es ging seiner Familie nicht gut, das war klar. Wahrscheinlich hatten sie nicht genug zu essen und die sowieso schon geschwächte Klara hatte dem Hunger nichts entgegenzusetzen. Warum ausgerechnet seine kleine Schwester? Warum mussten immer die Schwachen leiden, die Armen, die, die es sowieso schon schwer hatten? Den Herrschern und Generälen, all den hohen Tieren, die diesen Krieg führten, ging es dagegen immer gut, die litten nicht unter dem Mangel. Die ließen sich weiterhin mit Fleisch und Wein und Zuckerwerk füttern, während sie andere für ihre Machtinteressen in den Krieg und in den Tod schickten. Wie es den armen Leuten ging, interessierte sie nicht.

Es war so ungerecht. Warum war es so ungerecht? Wie konnte Gott das zulassen? Warum tat er nichts?

Georg ballte die Hand über dem Brief zur Faust und schlug sie seitlich gegen die Wand. Es schmerzte, aber nicht so wie der Gedanke an seine Familie.

Und er selbst? Er saß hier und hatte immer genug zu essen, er konnte studieren und leben, wie er wollte. Die paar Schikanen der älteren Studenten waren eine Kinderei, nichts weiter. Während seine Familie hungerte, ließ er sich theologische Grundlagen vortragen und hörte die Professoren und Magister über Streitfragen des Glaubens disputieren.

Er wollte Theologie studieren, um die Welt zu einem besseren Ort zu machen, um Menschen zu verändern, damit sie dazu beitrugen. Aber konnte er das überhaupt? War das nicht reine Hybris?

Es kam ihm vor, als würden die Buchstaben, diese feinen schwarzen Tintenstriche auf dem Papier, ihn anklagen. Er starrte auf die Worte seines Vaters und sah seine Schwester, die ihn aus viel zu großen Augen in ihrem viel zu schmalen Gesicht anschaute, ohne dass er ihr helfen konnte. Ruckartig stand Georg auf und stürmte aus seiner Kammer. Er musste nach draußen.

Gerade, als er unten ankam, trat Chemlin aus der Küche. »Na, na, jetzt hättest du mich beinahe umgerannt. Wohin so eilig?«

Georg schüttelte nur den Kopf und wollte sich an dem Älteren vorbei zur Tür drängen, aber Chemlin hielt ihn am Ärmel seines Wamses fest. »Georg – hast du schlechte Nachrichten bekommen? Entschuldige, es geht mich natürlich nichts an. Aber falls du darüber reden willst, dann komm zu mir, hörst du?«

»Es gibt nichts zu reden, danke«, presste Georg hervor und verließ beinahe fluchtartig das Haus. Er wollte nicht über all das sprechen.

Draußen empfing ihn stickige Hitze, die sich in dem schmalen Gang zum Hirschberg hin staute wie in einem Backofen. Trotzdem ging er mit schnellen Schritten hindurch und den Hang hinunter zum Lahntor. Er musste sich bewegen, hatte das irrationale Gefühl, vor seinen Gedanken weglaufen zu können.

Vor dem Tor führten die beiden Hauptwege nach links, zur Vorstadt am Grün und über die Brücke nach Weidenhausen, er dagegen bog um den sogenannten Fronhof herum nach rechts ab. Ein schmaler Fußpfad führte dort an der Stadtmauer entlang nach Westen. Man nannte ihn das »Philosophische Gässchen«, weil er an den beiden ehemaligen Klöstern als hauptsächlichen Universitätsstandorten, dem Collegium Lani und dem Collegium Pomerii, vorbeiführte.

Georg lief so schnell, dass ihm bald der Schweiß an Bauch und Rücken hinunterlief. Philosophie! Was brachte all das Denken, wenn derweil Menschen litten und womöglich starben, die man liebte? Gerade eben noch war er so begeistert gewesen von dem, was er lernen durfte, aber nun kam ihm das alles hohl vor und er fühlte sich schrecklich allein. Er sollte beten, aber er konnte es nicht. Seine kleine Schwester lag vielleicht im Sterben und er konnte nichts für sie tun. Und Gott – er schien so weit weg zu sein, dass ein Gebet sinnlos erschien.

Georg hatte schon fast das alte Franziskanerkloster erreicht, das hier an der Ecke über die Stadtmauer hinwegragte, als sich plötzlich Chemlins Stimme in seine Gedanken drängte. *Das Wichtigste ist das Kreuz ... dass er für dich mehr gelitten hat, als je ein Mensch in all den Kriegsschrecken, die wir erleben, leiden wird ... dass du jederzeit zum Kreuz kommen kannst ...*

Georg blieb ruckartig stehen. War Gott wirklich weit weg? Der Gott, der durch Jesus alle zu sich gerufen hatte, die mühselig und beladen waren? Er konnte eigentlich nicht weit weg sein. Aber es fühlte sich so an ...

Für einen Moment schloss er die Augen, sodass das Sonnenlicht rötlich durch seine Lider hindurchflimmerte. Sollte er mit seinen Fragen zu einem seiner Professoren gehen oder zum Stadtpfarrer? Aber was hatten die mit seinen verqueren Gedanken und Problemen zu schaffen? Sicherlich gab es für sie Wichtigeres zu bedenken und zu tun. Und er hatte sowieso noch nie gern mit anderen über seine Probleme gesprochen, nicht einmal mit seinen Eltern. Er hasste das Gefühl, einem anderen Menschen ausgeliefert zu sein, ihn in sein unsicheres, verwirrtes und verletzliches Ich einzulassen. Dort hatte niemand etwas verloren. Das war seine ganz persönliche Aufgabe, mit der er selbst fertig werden musste. Er selbst und sein Gott.

»Hilf mir, Herr!«, flüsterte Georg und blieb noch einige Herzschläge stehen, aber die Trauer und die Verwirrung verschwanden nicht. Kein tiefer Friede zog in sein Herz ein. So einfach machte es ihm Gott wohl nicht. Er holte erneut tief Luft und öffnete die Augen, dann drehte er sich um und lief langsam zurück in die Stadt.

℃

Es war immer noch brütend heiß, als Georg fünf Tage später durch die Barfüßerstraße zurück zur Druckerei ging, obwohl der Abend bereits angebrochen war. Die Pflastersteine und die Häuser zu beiden Seiten hielten die Hitze in der Gasse. Georgs Hemd klebte ihm am Leib, genauso wie die Zunge am Gaumen. Doch gerade in Professor Feuerborns Haus hatte er noch mehr geschwitzt als jetzt, obwohl es in dessen großem Lehrraum im Erdgeschoss des unten aus Stein gemauerten Fachwerkhauses angenehm kühl gewesen war.

Georg schluckte trocken. Soeben hatte er seine erste Übungsdisputation hinter sich gebracht – und sie war nicht so verlaufen, wie er sich das erhofft hatte. Vor zwei Stunden war er zwar aufgeregt, aber guten Mutes aufgebrochen, schließlich hatte er seine Thesen sorgfältig ausgearbeitet und Feuerborn hatte sie noch einmal überprüft. Mit einem Gefühl der Vorfreude hatte er sich an seinen Platz vor dem Pult des Professors gestellt. Er war als Respondent eingeteilt und durfte die Thesen gegen einen anderen Studenten, der den Opponenten gab, verteidigen. Aber dann hatte er feststellen müssen, dass seine Träume und Vorstellungen von seiner ersten Disputation mit der Wirklichkeit wenig zu tun hatten. Dort, vor den Augen seiner Kommilitonen und des Professors, war es ihm auf einmal schwergefallen, einen klaren Gedanken zu fassen. Das Lateinische war nicht das Problem, inzwischen dachte er sogar manchmal in der Sprache der Wissenschaft. Aber seine Gedanken verhielten sich nicht so, wie sie sollten. Die Einwände, die sein Kommilitone Weigand als Opponent anführte, brachten ihn mehr als einmal aus dem Konzept, weil er seine Gedanken einfach nicht schnell genug auf die neue Herausforderung umlenken konnte. Jedes Mal war ihm Professor Feuerborn als Präses beigesprungen, das war an sich auch in Ordnung, aber es war deutlich mehr vorgekommen als bei den anderen. Und dann war es ihm noch häufiger passiert, dass er sich von den Grundthesen wegbewegt hatte und sich in abseitigeren Fragen verloren hatte, die ihm viel interessanter vorgekommen waren als das eigentliche Thema. Auch da hatte Feuerborn leitend einschreiten müssen und Georg hatte sich jedes Mal vorgenommen, das nicht wieder vorkommen zu lassen – aber seine Gedanken wanderten zu gerne, sie waren das gewöhnt und konnten sich nur schwer auf ein Thema konzentrieren.

Niedergeschlagen schlurfte Georg durch die Straße und atmete möglichst flach – die Hitze ließ die Abwässer und den Unrat an den Straßenrändern einen noch penetranteren Gestank verbreiten als sonst.

Wie sollte er ein guter Theologe werden und selbst lehren, wenn er sich so wenig konzentrieren konnte? Wahrscheinlich war er für eine Berufslaufbahn an der Universität gar nicht geeignet. Vermutlich würde er ein armer Dorfpfarrer werden wie Pfarrer Eysold daheim – und noch mehr zur Witzfigur für die Dorfjugend. Predigen konnte er mit Sicherheit auch nicht so wie Feuerborn und die anderen großen Theologen.

Vor seinem inneren Auge sah Georg den abgemagerten Pfarrer auf der Günsendorfer Kanzel stehen – und dann wanderten seine Gedanken unfreiwillig weiter zu seiner Familie und zu Klara. Ob sie überhaupt noch lebte? Ein Knoten bildete sich in seinem Hals und er hatte zu wenig Speichel, um ihn wegzuschlucken. Er versuchte, ein Gebet zu Gott hinaufzusenden, aber es gelang ihm nicht. Warum sollte der Herr auf sein Gebet antworten, warum half er Klara nicht von sich aus, weil er sie liebte? Kaum war der Gedanke wieder da, ließ er sich nicht mehr verscheuchen. Das hatte Georg schon so oft versucht und war jedes Mal gescheitert.

Inzwischen hatte er den Brunnen auf dem Marktplatz erreicht und konnte die Trockenheit aus seinem Mund vertreiben, aber der Knoten in seiner Kehle kehrte gleich zurück. *Ich glaube, Herr, hilf meinem Unglauben,* betete er in Gedanken die Worte des Mannes aus dem Markusevangelium, aber auch die schienen im Nichts zu verhallen.

Doch dann fiel ihm auf einmal etwas auf: Eben hatte Feuerborn als Präses ihm geholfen, die Entgegnungen Weigands zu entkräften. Was, wenn er auch jemanden bräuchte, der ihm dabei half, die Einwände des Teufels zu beantworten? Was, wenn er eben nicht alles allein bewältigen konnte und sollte? Chemlins Angebot kam ihm in den Sinn – vielleicht war das die Antwort Gottes, auf die er wartete?

Georg atmete noch einmal tief durch und ging dann über den wenig belebten Marktplatz zurück in die Druckerei.

Während der Abendmahlzeit, die wie jeden Tag das ganze Haus gemeinsam in der Küche einnahm, beobachtete er Chemlin. Sollte er ihn wirklich ansprechen? Der Drucker schien entspannter Stimmung zu sein, er sprach nicht viel, rügte Jakob nur einmal wegen dessen gieriger Art zu essen und fragte Johannes nach seinen Fortschritten in Latein, was der Junge wieder einmal nur stotternd beantworten konnte.

Als er die Tafel aufhob, fasste Georg sich ein Herz und trat auf ihn zu. »Meister Chemlin?«

Chemlins Augenbrauen zogen sich zusammen und Georgs Herz tat es ihnen nach. »Was gibt es?«

»Ich … also, Ihr habt … ich wollte …« Entmutigt atmete Georg geräuschvoll aus. Er stotterte schon genauso wie sein kleiner Schüler. Das hatte doch keinen Zweck. »Verzeiht, es ist nichts.«

Als er gehen wollte, hielt Chemlin ihn am Ärmel fest. »Nichts da, raus damit. Diese Zeiten haben wir doch hinter uns gelassen, oder?«

Georg schaute auf. Immer noch war Chemlins Stirn umwölkt, aber Georg war inzwischen längst klar, dass das nicht unbedingt Ärger bedeuten musste. Er holte tief Luft und versuchte es noch einmal. »Ihr habt mir angeboten, dass ich mit Euch reden könnte. Ich weiß nicht, ob Ihr … also, ich will Euch nicht Eure Zeit stehlen …«

»Aber …?«, hakte Chemlin nach.

Georg leckte sich nervös die Lippen. »Aber ich brauche jemanden zum Reden.«

Chemlin nickte. »Dann komm, gehen wir in die Druckerei hinunter, da haben wir Ruhe.«

»Jetzt gleich?«

»Wann sonst?«

Ja, wann sonst … Georg folgte Chemlin die Treppe hinunter und fühlte sich schrecklich unsicher. Konnte er das denn, einem Mann wie Kaspar Chemlin einfach so sein Herz ausschütten? Wie sollte er überhaupt anfangen, was wollte er sagen? Am liebsten hätte er die Zeit zurückgedreht und seine Bitte ungesagt gemacht – da das nicht ging, musste er nun wohl ins kalte Wasser springen.

Chemlin setzte sich auf eine Bank, die für wartende Kunden nahe beim Verkaufsfenster stand, und winkte Georg neben sich. Es war schon spät und dämmerte bereits, das machte die Sache etwas einfacher. Die Druckerpressen, die Regale und Arbeitstische begannen, in ihren unbeleuchteten Ecken mit den Wänden zu verschmelzen, und die Leinen mit den daran trocknenden fertig bedruckten Bögen wirkten fast wie Mutters große Wäsche daheim. Trotzdem wusste Georg immer noch nicht, wie er beginnen sollte. Neben ihm saß Chemlin schweigend da und wartete. Er saß so nahe, dass Georg ihn leise atmen hörte.

»Ist es wegen des Briefes, den du von deiner Familie bekommen hast?«, fragte Chemlin schließlich.

Georg nickte. »Sie … meine Schwester …« Er zögerte noch einmal, dann ließ er die Worte einfach kommen. »Meine Eltern haben ständig Einquartierungen. Und meiner Schwester geht es nicht gut. Sie ist zu dünn, schreibt Vater, und dass sie jeden Morgen Angst haben, dass sie nicht mehr aufwacht. Er hat versucht, es zu verschleiern, aber er ist verzweifelt. Es geht ihnen nicht gut, ich glaube, sie hungern und Klara liegt im Sterben. Ich wünschte, ich könnte zu ihnen.« Er merkte, wie seine Stimme wegschnappte, und verstummte.

Chemlin schüttelte langsam den Kopf. »Du könntest ihnen doch nicht helfen. Stattdessen müsste das Essen für noch einen mehr reichen. Bete für sie, mehr kannst du nicht tun. Aber das ist auch schon sehr viel, glaubst du nicht?«

Georg schaute ihn nicht an, sondern blickte in die dunkle Druckerei, ohne etwas zu sehen. »Es wird so viel gebetet und es passiert so wenig. Warum sagt Christus ›Bittet, so wird euch gegeben‹, wenn man doch nicht wissen kann, ob er auch tut, worum man bittet? Wie kann er all das Leid zulassen, obwohl die Leute schon seit Jahren für Frieden beten, immer und immer wieder? Klara ist doch noch ein Kind und sie hat ganz bestimmt kaum Sünde auf sich geladen. All die kleinen Kinder, die an Hunger sterben – das kann Gott doch nicht wollen? Das ist doch nicht gerecht?« Erst, als er den Mund schloss, bemerkte Georg, was da gerade aus ihm herausgesprudelt war. Er erschrak. So weit hatte er nicht gehen wollen.

Aber Chemlin schaute nicht empört oder finster drein, sondern traurig. »Ich weiß es nicht, Georg. Ich verstehe Gottes Plan genauso wenig wie du. Es erscheint uns ungerecht, was er tut, ja, grausam. Die Theologen versuchen oft, eine Erklärung dafür zu finden, nicht erst in unserer Zeit und in diesem Krieg. Aber ich denke, sie werden keine finden. Es ist ihnen nicht möglich. Und wenn du mit deinem klugen Kopf einmal dein Studium beendest, wirst du auch keine Antwort gefunden haben, denn wir sind Geschöpfe und er ist der Schöpfer. Wir können es nicht verstehen. Aber wir können uns am Wichtigsten festhalten, auch hier, wie ich es dir neulich schon sagte: an Christus, dem Gekreuzigten. Wenn Gott seinen einzigen Sohn für uns sterben ließ, dann liegt ihm etwas an uns. Dann leidet er mit uns unter all der Ungerechtigkeit und der Gewalt.«

»Aber warum tut er dann nichts dagegen? Und warum sollen wir beten, wenn er doch nichts tun will?«

»Du betest nicht, um Gott dazu zu bringen, etwas zu tun. Das tut jeder Heide, der seine Götzen mit Opfergaben bestechen will. Du dagegen betest, weil du ein Kind Gottes bist und all deinen Jammer und dein Elend bei deinem Vater im Himmel ablegen und herausschreien kannst. Und er wird antworten und helfen, wenn es seinem Plan und seinem Willen entspricht. Wir werden nicht verstehen, warum manches, von dem wir denken, es müsste sein Wille sein, nicht geschieht – aber wie gesagt: Ich glaube nicht, dass jemand, der sein Bestes, seinen einzigen Sohn, für uns hinrichten ließ, nicht alles versuchen wird, um uns genau das zu geben, was gut für uns ist. Auch wenn wir nicht einsehen können, dass es gut ist.«

Georg sah Klaras schmales Gesicht vor sich, konzentriert am Spinnrad, ihre dünnen Finger, die die Wolle zupften, und schüttelte langsam den Kopf. »Ich will es aber verstehen. Wenn ich das Schlimme schon nicht verhindern kann, will ich es wenigstens verstehen. Ich will den Sinn sehen. Hinter allem.«

»Studierst du deshalb Theologie?«

»Nein ... ja, doch, schon ... ich weiß nicht. Eigentlich studiere ich, weil ich es Gott versprochen habe, als er mich vor dem Tod gerettet hat. Andererseits ... ach, ich weiß nicht mehr, was Ursache und was Wirkung ist.«

Chemlin kniff die Augen zusammen und rieb sich den kleinen Spitzbart an seinem Kinn. »Er hat dich gerettet, sagst du?«

»Ja. Ich bin einer Gruppe Soldaten in die Hände gefallen, die von mir wissen wollten, wo die Schätze des Dorfes versteckt waren. Als ob wir Schätze gehabt hätten! Als ich es ihnen nicht sagen konnte, haben sie mich geschlagen und … und gequält. Am Ende haben sie mich aufgehängt und ich weiß noch, dass ich in Gedanken zu Gott um Hilfe geschrien habe – und dann kam der Offizier herein und hat mich losgemacht und seine Leute weggeschickt. Das war Gottes Wirken, das weiß ich.« Georg schaute auf seine Hände hinab, die er so fest gefaltet hatte, dass sie zu schmerzen begannen.

»Weißt du, wie gut es tut, solche Geschichten zu hören?« Chemlins Stimme klang leise und brüchig. »Mein Bruder hat Ähnliches erlebt, vor acht Jahren. Seine Familie hat ihn gefunden, schwer verletzt, und am nächsten Tag ist er gestorben. Er war ein guter und frommer Mann und er hat sicherlich genau wie du zu Gott gerufen, während sie ihn quälten. Aber er ist doch gestorben, es kam keiner, um ihn zu retten. Ich habe lange gebraucht, bis ich Gott das verziehen habe und ihm trotzdem vertrauen konnte. Ich verstehe immer noch nicht, warum Gott ihn nicht gerettet hat, aber es tut gut zu wissen, dass nicht jeder umsonst nach Hilfe schreit.«

Georg schaute auf. Noch nie hatte er Chemlin so verletzlich und hilflos gesehen. Ohne darüber nachzudenken, legte er seine Hand auf den Arm des Druckers. Einige Augenblicke lang saßen sie beide schweigend auf der Bank, dann legte Chemlin seine eigene Hand kurz auf Georgs. Sie war rau und warm. »Danke«, sagte er. Georg zog seine Hand zurück, ansonsten bewegte sich keiner von ihnen.

Die Druckerei verschwamm nun endgültig in der Dunkelheit des Abends, aber es war eine heimelige Dunkelheit und Chemlins Gegenwart war seltsam tröstlich und gut.

Schließlich atmete Georg noch einmal tief durch und sagte dann leise: »Meister Chemlin? Danke, dass Ihr Zeit für mich hattet.«

Chemlin brummte etwas Unverständliches und stand auf. »Ich werde jedenfalls für deine Familie beten. Trotz allem werde ich hoffentlich nie aufhören zu beten, solange ich lebe.«

Georg schluckte und erhob sich ebenfalls. »Und ich werde es lernen.«

An der Treppe blieb Chemlin so abrupt stehen, dass Georg ihn beinahe umgerannt hätte, und drehte sich noch einmal um. Georg konnte sein Gesicht nur schemenhaft sehen. »Hör mal – ich habe dich von Anfang an geduzt, um dir zu zeigen, dass du für mich nur ein Junge bist, nicht der großartige Herr Studiosus, für den du dich meiner Ansicht nach hieltest. Inzwischen ist alles ganz anders. Aber ich glaube nicht, dass ich so einfach auf ›Ihr‹ und ›Herr Kammann‹ umdenken kann. Was würdest du davon halten, wenn du stattdessen ›Du‹ und ›Kaspar‹ zu mir sagtest?«

Die Vorstellung verschlug Georg für einen Moment die Sprache. Er sollte ›Du‹ sagen zu jemandem, der älter war als sein Vater? Sich auf eine Ebene mit ihm stellen? Ihn wie einen Freund anreden?

Einen Freund …

Er spürte, wie sich ein Lächeln auf seinem Gesicht ausbreitete. »Das würde ich sehr gern tun, … Kaspar.«

10. Kapitel

Ein Jahr, sechs Wochen, sechs Tage, so lange sollte die Pennalzeit dauern. Und je näher der Termin rückte, desto nervöser wurde Georg – denn sosehr er das Ende der Demütigungen auch herbeisehnte, eine Frage blieb: Wo sollte er das Geld für den geforderten Absolutionsschmaus herbekommen?

Aber das erledigte sich unerwarteterweise von selbst, als Kaspar ihm wie aus heiterem Himmel zusätzlich zu Kost und Logis für die Information seines Sohnes einen einmaligen finanziellen Bonus anbot.

Auf Georgs entgeistertes Gesicht hin erklärte er mit einem leicht spöttischen Lächeln: »Mein Lieber, ich bin nicht umsonst als Buchdrucker seit Jahren mit der Universität verbunden. Ich habe den ganzen Tanz schon in Gießen genügend miterlebt, bevor die Universität 1624 wieder nach Marburg umgezogen ist. Daher weiß ich, was jetzt auf dich zukommt. Aber danach hast du es wenigstens hinter dir. Denk dann nur daran, wie du dich gefühlt hast, wenn du deinerseits künftige Pennäle traktierst.«

Georg schüttelte den Kopf. »Denkst du wirklich, dass ich mich genauso benehmen werde wie die?«

»Du wirst nicht ganz darum herumkommen, Georg. Wenn du nicht versprichst, mitzumachen, werden sie dir die Absolution nicht erteilen.«

Das mulmige Gefühl in Georgs Bauch wuchs. Er wollte das nicht versprechen! Vielleicht würden sie es vergessen?

Am Tag vor dem Ablauf der Frist, am 7. November, machte er sich schließlich auf den Weg, klopfte bei sämtlichen Mitgliedern der Darmstädtischen Nation, bat mit wohlgesetzten Worten um die Absolution und lud gleichzeitig zum Mahl ein. Noch am Abend bekam er die Nachricht, dass sie ihm die Absolution gewähren wollten, und damit ging alles seinen Gang. Kaspars Sonderzahlung fand ihren Weg in die Geldbeutel von Weinhändlern und Wirtsleuten und in den eines Waffenhändlers auf dem Markt, bei dem Georg einen alten Degen inklusive Gehänge erstand. Es war der billigste, den er finden konnte, ein rostiges, klobiges Ding mit einem völlig veralteten Korb, aber es war ein Degen und das war das Einzige, was zählte.

Als er am folgenden Abend an der Schenke ankam, in der sich der gemietete Festsaal befand, war ihm übel. Er wusste nicht genau, was ihn erwartete, aber es war sonnenklar, dass dieser Abend zum Abschluss noch einmal alles übertreffen würde, was er im vergangenen Jahr an Quälereien und Demütigungen erlebt hatte.

Aber überleben würde er auch das noch. Er schluckte die Übelkeit in seiner Kehle hinunter, holte noch einmal tief Luft und betrat dann die Gaststube. Es war voll, laut und die Luft stickig. Das spärliche Licht der flackernden Öllämpchen auf den Tischen erreichte die Gesichter der daran Sitzenden kaum, sondern erhellte nur Hände, Arme, Becher und Krüge und ließ den Großteil der menschlichen Körper im Schatten verschwinden. Feuchtigkeit und Körpergerüche, die aus den nassgeregneten Kleidern stiegen, hingen so dicht in der Luft, dass Georgs Übelkeit gleich wiederkehrte.

»Der Pennal, was?«, sagte eine Stimme und aus dem Dämmerlicht tauchte eine Schankmagd vor ihm auf. Georg nickte. »Dahinten, die Tür. Na, dann viel Vergnügen.«

Er nahm nicht einmal ihr Gesicht wahr. Mit steifen Beinen stakste er zu dem Raum hinüber, den er für teures Geld gemietet hatte, um darin vermutlich einen der unangenehmsten Abende seines Lebens zu verbringen. Was für ein Wahnsinn – aber Traditionen waren nun einmal erschreckend oft stärker als der gesunde Menschenverstand. Und er selbst hing darin fest wie in einem Spinnennetz und hatte keine Chance, sich daraus zu befreien, wenn er sein Studium fortsetzen wollte.

Also öffnete er nach einem kurzen, wortlosen Gebet die Tür.

Als Erstes sah er Philipp Cramer an dem Tisch sitzen, der die ganze Länge des Festraumes einnahm. Neben ihm thronten die beiden Senioren und einer der beiden Fiskale der Nation und an den Enden des Tisches lungerten bereits andere Studenten herum, die zeitig gekommen waren, um nur ja nichts zu verpassen.

»Da ist ja unser Pennal«, sagte Cramer. Alle drehten sich zur Tür um und schauten Georg entgegen.

Er trat vor sie, zog den Hut und verbeugte sich so tief wie gewohnt. »Edle Herren, ich bin ein unwürdiger Pennal und bitte demütigst um die Absolution.«

Heinrich Schmied, Medizinstudent und der erste Senior, beugte sich vor. »Wir werden sehen. Noch bist du nichts als der Bodensatz der Studentenschaft, ein Missgriff der Natur. Aber vielleicht können wir heute Abend einen rechten Studenten aus dir machen. Dafür brauchen wir aber dringend zuerst einmal Wein, um unsere Kehlen geschmeidig zu machen, damit wir ordentlich mit dir disputieren können, und etwas zur Stärkung, denn wir haben eine große Aufgabe vor uns, wenn ich mir dich so ansehe.« Sein ausgestreckter Arm dirigierte Georg in die Gaststube zurück und er gehorchte.

»Hier«, sagte die Wirtin und wuchtete zwei volle Krüge auf die niedrige Theke. »Ihr könnt sie selber reinbringen, macht gleich einen guten Eindruck.« Georg trug sie einzeln hinüber, sie waren groß und schwer – und würden vermutlich noch nicht einmal reichen. Immer mehr Studenten der Darmstädtischen Nation strömten herein, bis der Tisch voll besetzt war. Georg ging umher und schenkte Wein ein, bis seine Arme vor Anstrengung zitterten. Er selbst trank nichts, es kam ihm nicht einmal in den Sinn – der Wein war teuer.

Die Schankmagd brachte Essen herein, Fleisch, Brot und gekochtes Wurzelgemüse, außerdem Bier in rauen Mengen. Es duftete köstlich, aber natürlich durfte Georg auch davon nichts essen.

»Komm her, Pennal!«, rief Schmied schließlich und winkte Georg mit großen Gesten zu sich. »Du sollst doch nicht hungern und dürsten!«

Was kam jetzt? Georg spürte die Spannung, die sich am ganzen Tisch breitmachte, sah das unterdrückte Grinsen auf beinahe allen Gesichtern und sein Magen verklumpte sich wieder einmal zu einem harten Knoten, während er zu den Senioren hinüberging. Der Fiskal reichte ihm einen Teller, während Schmied ihm einen Becher entgegenhielt. Georg nahm beides und wusste dann nicht so recht, was er tun sollte.

»Setz dich auf den Boden, dort gehörst du hin, Pennal. Und dann trink auf unser Wohl!«

Georg gehorchte. Der Boden war mit Steinplatten ausgelegt und die Kälte drang sofort durch seine Hosen. Auf dem Teller befand sich ein Haufen einer bröselig-trockenen Masse, die er nicht identifizieren konnte. Er nahm den Becher und führte ihn zum Mund. Bier war darin, aber der scharfe Geruch, der sofort in seine Nase strömte, zeigte an, dass es nicht nur das war. Er nahm einen Schluck in den Mund und wollte ihn am liebsten sofort wieder ausspucken. Ranzige Butter hatten sie hineingerührt. Es war widerwärtig, aber er schluckte es hinunter und unterdrückte den augenblicklichen Würgereiz. Kalter Schweiß bildete sich auf seiner Stirn. Die Studenten lachten.

»Und jetzt iss!«

Er steckte den Löffel in die Masse auf seinem Teller. Es knirschte verdächtig – Sand? Brot war dabei, hoffentlich kein verschimmeltes. Er schloss die Augen und steckte das Zeug in den Mund, ohne es noch genauer anzusehen. Aber seine Zunge erledigte das auch so: Es war tatsächlich Sand, ein dunkler Geschmack von Erde, zwischendurch die kleinen Brösel von Brot und viel zu viel Salz. Er öffnete instinktiv den Mund, um den Dreck wieder auszuspucken, aber dann schloss er ihn wieder. Es würde nur neue Quälereien bedeuten, wenn er nicht tat, was sie wollten. Er überwand sich und schluckte mehrfach, versuchte, auch die letzten

Sandkörner aus dem Mund zu bekommen, und nahm schließlich mit einer gewissen Todesverachtung noch einen Schluck des ranzigen Bieres, um den Mundraum auszuspülen. Das laute Gelächter der Studenten hörte er nur wie aus der Ferne.

»Noch einen Löffel!«, rief jemand. »Wir singen dir auch was zur Aufmunterung! Los, iss!«

Er schluckte noch zwei Löffel Dreck herunter, während die Studenten eines der üblichen Spottlieder sangen auf Pennäle, die gerade erst von der Mutterbrust entwöhnt waren und die ordentlichen Studenten nicht respektierten, weshalb man ihnen Benehmen beibringen musste.

Er war fast erleichtert, als nach dem letzten Ton einer aufstand, ihm in die inzwischen fast schulterlangen Haare griff und ihn daran zum Tisch zurückführte – dass er dabei nicht den geraden Weg nahm, verstand sich von selbst. Aber wenigstens bedeutete das, dass er den Teller nicht vollständig leer essen musste.

»So«, sagte Keller, der zweite Senior. »Nun wollen wir dir noch einmal deutlich machen, warum du hier vor uns stehst. Du bist ein Pennal und deine Sünden sind damit offenbar. Gerade von der Mutterbrust entwöhnt, hältst du dich, wenn man dir nicht die gebührende Demut beibringt, für den Größten und das muss verhindert werden. – Was ist er also, dieser Pennal?« Das Letzte rief er laut in den Saal.

»Ein loser Mensch, der keines Schulmeisters Stock mehr vor Augen hat, aber noch nicht weiß, wie ein Student sich zu benehmen hat!«, rief jemand.

»Was soll seine Strafe sein dafür?«

»An den Ohren soll er gezogen werden!«

»So soll es sein!«

Der Rufer sprang auf, lief zu Georg hinüber, griff nach dessen linkem Ohr und zerrte ihn daran einmal auf und ab an den laut johlenden Studenten vorbei. Es tat weh, aber Georg biss die Zähne zusammen und schwieg.

»Was ist er noch?«, rief Keller wieder.

»Ein überheblicher Lateiner, der meint, besser und klüger zu sein als die Professoren!«

»Was soll seine Strafe sein?«

»Er soll unter den Tisch kriechen und miauen!«

Brüllendes Gelächter erfüllte den Raum.

»Na los!«, rief Schmied und Georg kroch unter den Tisch und miaute, so gut es ihm möglich war. Es klang so kläglich, wie er sich fühlte.

»Lauter!«, rief Keller und Georg presste sein »Miau« wie einen Verzweiflungsschrei heraus, dass die Demütigung bald enden möge.

»Er soll durchkriechen!«, rief jemand. Georg erkannte Cramers Stimme. Ein Wunder, dass er bisher noch nichts von ihm gehört hatte. Er begann, zwischen den Stiefeln der anderen unter dem Tisch entlangzukriechen, dabei stetig weiter maunzend. Es gab nichts anderes, als zu kriechen und zu maunzen und diesen Abend zu überstehen. Einen winzigen Augenblick lang zog der Gedanke an seine gewöhnliche Taktik durch seinen Kopf, an Cicero und Augustinus, aber heute waren alle diese Werke alt, nutzlos und weit weg. Er maunzte und kroch.

Aber irgendwann war auch das überstanden. Ein paar weitere solcher Fragen und Antworten, ein paar weitere Knüffe, Ohrfeigen und alberne Demütigungen folgten und dann, als das letzte Gelächter abebbte, rief Schmied laut: »So wollen wir nun diesen Pennal lossprechen von seinen Sünden und ihn zu einem wahren Studenten machen!«

Mit einem Mal breitete sich eine regelrecht feierliche Stimmung in dem inzwischen mehr als stickigen Festraum aus. Alle Studenten erhoben sich von ihren Bänken und stellten sich in einem Halbkreis um Georg. Dann traten die beiden Senioren vor ihn.

»Georg Nicolaus Kammann. Ihr kamt an diese unsere Alma Mater Philippina als ein Bean, ein ungehobelter Wilder. In der

Deposition wurden Euch die Hörner abgestoßen und der Zahn Eures Beanismus gezogen. Aber noch wart Ihr kein rechter Student. Ein Jahr, sechs Wochen und sechs Tage habt Ihr nun hinter Euch und in dieser Zeit haben wir Euch alle Eure Fehler als ein Pennal deutlich gemacht und weiter abgeschliffen. Nunmehr seid Ihr bereit, vom Pennalismus absolviert zu werden.«

Schmied trat einen Schritt zurück und Keller ergriff das Wort. »Zuerst aber sollt Ihr das Versprechen abgeben, dass Ihr auch Eurerseits helfen werdet, künftige Pennäle zu rechten Studenten zu machen. Ihr werdet es Eurem Patron nachsprechen.«

Da war es. Während Cramer vortrat, versuchte Georg, einen Ausweg zu finden, aber es gelang ihm nicht. Wenn er weiterstudieren wollte, würde er versprechen müssen, was er nicht versprechen wollte.

»Sprecht mir nach«, sagte Cramer und schaute Georg dabei so unverwandt in die Augen, dass es unangenehm war. »Ich, Georg Nicolaus Kammann, gelobe hiermit feierlich …«

Georg musste sich räuspern, bevor er die Worte wiederholen konnte.

»… dass ich zukünftige Pennäle ebenso traktieren werde …«

Ich habe keine Wahl, dachte Georg, während er es nachsprach, *aber wie kann ich dieses Gelöbnis einhalten?*

»… wie es mir selbst geholfen hat, und dass ich die Traditionen der Darmstädtischen Nation ehren werde.«

Georg stolperte durch den langen Satz und begriff erst am Ende, dass er nun eben nicht versprochen hatte, genauso zu handeln, wie er behandelt worden war. Ungläubig schaute er zu Cramer, aber der hatte sich bereits den Senioren zugewandt. »Hochgeehrte Seniores, das Gelöbnis ist getan. Ich entbinde diesen Georg Nicolaus Kammann von seinen Dienstpflichten mir gegenüber.«

War es ein Versehen Cramers gewesen, den Satz so zu formulieren, dass man ihn auch anders verstehen konnte, als er gemeint war? Oder war es Absicht? Aber welchen Zweck verfolgte er damit? Wollte er ihn weiter in der Hand haben damit, dass er ihm nun Dank schuldete? Sollte er nachfragen oder lieber schweigen, um keine schlafenden Hunde zu wecken?

Keller trat hinter ihn, eine Schere in der Hand. »Zum Zeichen, dass Ihr nun den Pennal abgelegt und den wahren Studenten angezogen habt, scheren wir Euch den Kopf, so wie es die Nonnen im Profess tun.«

Georg stand still da, während die Schere ihr Werk tat und seine Haare kurz abschnitt. Seine Frisur war ihm recht gleichgültig und er wollte keinesfalls riskieren, dass eins seiner Ohren zwischen die Klingen geriet.

Als Keller die Schere sinken ließ und zurücktrat, reichte jemand Schmied den Degen, den Georg mitgebracht hatte. »So spreche ich …«, begann der Senior salbungsvoll, machte dann aber jegliche Feierlichkeit zunichte, als er den Degen in die Hand bekam und ausrief: »Du liebe Zeit, was ist das denn? Hat man den schon benutzt, um die Türken vor Wien zu bekämpfen?«

Gelächter brandete auf und selbst Georg fühlte, wie ihn ein Lachreiz überkam. Schmied hatte ja recht, der Degen war wirklich altmodisch, wenn auch nicht über hundert Jahre alt.

Dann hob der Senior die Hand und es wurde wieder ruhig. »Was ich sagen wollte: Ich spreche Euch, Georg Nicolaus Kammann, nunmehr im Namen der Dreieinigkeit von Eurem Pennaldasein los.« Er trat auf Georg zu und hängte ihm den Degen um. »Willkommen in unseren Reihen«, sagte er und schlug ihm freundschaftlich auf die Schulter.

Mit einem Mal war Georg von lachenden Studenten umringt, die ihn wie einen verlorenen Sohn begrüßten. Jemand drückte ihm einen Becher in die Hand und diesmal war darin der gute Weißwein, den Georg gekauft hatte.

Irgendwann fand er sich neben Cramer wieder, während die anderen laut lachend und Witze erzählend zum Tisch zurückkehrten. Sein nunmehr ehemaliger Patron grinste breit und raunte ihm dann ins Ohr: »Na, wie habe ich das gemacht?«

Es war also kein Versehen gewesen. »Was wollt Ihr jetzt? Warum habt Ihr es getan?«, flüsterte Georg zurück.

Cramer zuckte mit den Achseln. »Du hättest das Versprechen so oder so nicht richtig eingehalten, oder? Da dachte ich mir, ich mache es dir gleich leichter. Und nun komm schon, die anderen warten, jetzt wird getrunken!«

Als ob sie das nicht schon den ganzen Abend getan hätten. Georg schaute Cramers dunkelblondem Kopf hinterher, bevor er sich widerwillig zum Tisch zurückbewegte. Warum auch immer er es getan hatte, er musste Cramer dankbar sein. Und das gefiel ihm gar nicht.

☙

Cramer erwähnte die Sache in den nächsten Wochen niemals und irgendwann hörte Georg auf, darüber nachzudenken. Es war merkwürdig, auf der Straße Studenten zu begegnen und nicht gezwungen zu sein, einen Diener zu machen. Es war merkwürdig, Cramer nur noch ab und an auf der Straße oder in der Bibliothek zu begegnen und nicht mehr zu irgendwelchen Diensten verpflichtet zu sein, sondern sich vollständig auf das eigene Studium konzentrieren zu können. Es war merkwürdig, von den meisten nun höflich mit ›Ihr‹ angesprochen zu werden, und es war merkwürdig, den Degen an der Seite zu spüren. Die Waffe war ziemlich hinderlich und geriet ihm ab und zu sogar zwischen die Beine, aber zumindest konnte daran nun jeder sehen, dass er ein richtiger Student war. Für einen längeren Mantel, geschweige denn für Borten am Wams oder eine Feder am Hut, die er jetzt ebenfalls tragen dürfte, reichte sein Geld nicht.

Der November neigte sich bereits seinem Ende zu, als ihm eines Abends nach der Vorlesung in Professor Tonsors Haus jemand auf die Schulter schlug. »Na, Kammann?«

Er zuckte zusammen und spürte selbst, wie sich sein Körper unwillkürlich versteifte.

Es war Valentin Keller, der zweite Senior seiner Nation, der sich nun kopfschüttelnd in sein Blickfeld schob. »Ihr habt Euch noch nicht daran gewöhnt, kein Pennal mehr, sondern ein richtiger Student zu sein, was? Ist ja auch kein Wunder, Ihr sondert Euch immer nur ab. Wir wollen jetzt zum Deutschordenshaus hinüber. Kommt doch mit!«

Zum Deutschordenshaus, neben der Elisabethkirche – dort gab es einen Weinschank, der, weil er im Bezirk des Deutschen Ordens lag, nicht der städtischen Weinsteuer unterlag, sodass der Alkohol dort billiger zu bekommen war. Worauf das hinauslaufen würde, war abzusehen. Georg zögerte. Ein richtiger Student – war er das denn wirklich? Gehörte dazu nicht auch die Gemeinschaft mit seinen Kommilitonen?

»Na los, fasst Euch ein Herz! Wir haben es immer sehr lustig zusammen. Ihr könnt Euch doch nicht immerzu hinter den Büchern vergraben!«

Bevor er weiter darüber nachdenken konnte, nickte Georg. Einmal musste er es doch tun und wahrscheinlich würde er sich hinterher fragen, warum er nicht längst mitgegangen war. Er brauchte ja nicht mitzuhalten beim Trinken – das konnte er auch gar nicht, sonst würde er den gesamten Winter mit dem kurzen Mantel herumlaufen. Er hatte kein Geld übrig, um es zu vertrinken.

Keller schlug ihm noch einmal auf die Schulter. »Brav! Dann los!«

Georg folgte ihm und der Gruppe von neun weiteren Studenten die Gassen hinab, durch die Neustadt und das äußere Tor und dann den Steinweg hinunter. Der Mond war fast voll und die beiden Türme der Elisabethkirche standen schwarz vor dem dunkelblauen Himmel. Sie gingen an dem alten Gotteshaus vorbei und durch die Mauer auf das Gelände des Deutschen Ordens.

Die Schankstube war voll, die Luft schlecht und der Wein tatsächlich günstiger als in der Stadt. Georg bestellte einen Becher und nippte den ganzen Abend daran. Er saß an der Seite und fühlte sich fehl am Platz, vor allem, als das Zutrinken begann, zu dem ihn glücklicherweise niemand herausforderte. Wenn ihm zugeprostet worden wäre, hätte er mittrinken und seinerseits die Ehre zurückgeben müssen, und dafür hatte er kein Geld. Einige der Anwesenden betranken sich dabei so, dass sie nur noch sinnlos lallen konnten. Es war widerwärtig und Georg wünschte sich weit weg, aber einfach früher aufzubrechen, wagte er nicht.

Irgendwann brachen sie endlich auf. Laut johlend und Witze reißend zogen sie denselben Weg zurück, den sie gekommen waren. Keller boxte ihm zur Abwechslung in den Oberarm. »Na, Kammann? Seht Ihr, das ist das Studentenleben! Wir, alle zusammen!« Einen kleinen Augenblick lang vergaß Georg das ungute Gefühl aus der Schankstube und genoss dieses ›alle zusammen‹. Für diesen Moment gehörte er tatsächlich dazu, er war einer der ihren. Das Gefühl war so unerwartet wohlig, dass es ihn regelrecht überrumpelte.

Sie waren bereits kurz hinter der Wasserscheide in der Wettergasse, als einer weiter vorn etwas rief. Erst beim zweiten Mal verstand Georg, was: »Stadtwache!«

Das leise Zischen und Klirren von Degen, die aus ihren Scheiden gezogen wurden, ertönte um ihn her und das angenehme Zugehörigkeitsgefühl verschwand abrupt. Georg blieb stehen, während seine Kommilitonen mit lautem Gebrüll voranstürmten. »Drauf, drauf auf die Maulaffen!«, hörte er Keller rufen. Es war wenig zu sehen, nur das wenige Licht, das aus einigen Fenstern drang, und die Laternen, die einige von ihnen pflichtgemäß mit sich getragen hatten und die nun verloren auf dem Pflaster standen, erleuchteten die Szenerie. Es war ein Klumpen von Körpern, was Georg sah, manchmal aufblitzende Degen oder die Helme der Stadtwachen, ansonsten nur schwarze Schatten, die sich bewegten. Dazu Geschrei, dumpfe Geräusche von Fäusten oder Stiefeln, die auf Körper trafen, das Klirren von aufeinanderprallenden Klingen und wüste Schimpfworte.

Georg stolperte rückwärts und presste sich an eine Hauswand.

Es gab keinen Grund für diesen Kampf, keinen vernünftigen jedenfalls. Sie kämpften, weil sie es konnten, sinnlos und brutal. Nein, er gehörte nicht dazu. Er wollte nicht einmal mehr dazugehören. Er wollte nur noch in seine Kammer zurück, in sein Leben, in die Druckerei. Aber dazu musste er an den Kämpfenden vorbei. Er überlegte nicht lange, sondern löschte seine Laterne und schob sich langsam, aber stetig vorwärts, immer dicht an den Hauswänden entlang, an den brüllenden, wütenden und stöhnenden Männern vorbei, und dann begann er zu laufen. Schnell und immer schneller rannte er durch die Dunkelheit, bis er die Marktgasse erreichte. Dort verlangsamte er seine Flucht – denn nichts anderes tat er: Er floh, nicht vor den Stadtwachen, nicht einmal vor dem Kampf an sich, sondern vor dem ungezügelten, schrankenlosen, grausamen Lebensgefühl, das ihn beinahe mitgerissen hätte, an dem er aber keinen Anteil haben wollte.

Als er keuchend vor Chemlins Druckerei ankam, brannte die Scham in ihm und es war nicht die, nicht mitgekämpft und seine Kommilitonen im Stich gelassen zu haben. Seltsam, dachte er, während er versuchte, wieder zu Atem zu kommen. Aber mehr als an Valentin Keller und die anderen musste er an den kleinen Johannes denken, an die lachenden Studenten um den Fünfjährigen vor dem Rathaus und an den Tag, als er vor Angst kein Wort mehr herausbekommen hatte, weil draußen »Licht weg« gerufen worden war. Und er dachte an dessen Vater und was der dazu zu sagen hätte, wenn er ihm die Erlebnisse dieses Abends erzählte.

Als Georg die Tür öffnete und ins Haus schlüpfte, war es, als kehrte er in einen sicheren Hafen zurück, in ein Leben, das richtig war und ihm entsprach. Er war nicht wie die anderen und nach diesem Abend war er auch ganz froh darüber.

11. Kapitel

1645

Der Winter war eisig und hart. Wegen der Truppen, die erneut in Oberhessen in Quartier lagen, musste die Stadt Marburg viel zu viel an Kontribution leisten. Holz war bald so rar, dass der Ofen in der Stube nur selten angeheizt wurde, sodass man sich nicht länger darin aufhalten konnte. Auch das Feuer in der Küche wurde klein gehalten und brannte nicht mehr den ganzen Tag hindurch vor sich hin, sondern Anna schürte es nur dann, wenn es für die nötigen Arbeiten gebraucht wurde. Die Nächte in den unbeheizten Kammern ein Stockwerk darüber waren so eisig, dass Georg in Wams und Hose schlief, vor fünf Uhr aufwachte, weil er fror, und morgens sein Atem als Raureif an den Wolldecken hing. Tagsüber spielte sich das Leben im Chemlin'schen Hause nur noch direkt beim Feuer in der Küche und in der Druckerei ab.

An einem frostigen Tag Ende Januar trottete Georg von einer Rhetorikvorlesung zum Mittagessen nach Hause. Vom Himmel strahlte eine blasse Sonne und ließ die wenigen Rauchfahnen aus den Schornsteinen aufleuchten. Auf den Dächern lag Schnee und von den Traufen hingen schon seit Wochen armlange Eiszapfen herab. Wo auf dem Pflaster der Schnee nicht weggeschaufelt worden war, knarzte er beim Darübergehen vor Kälte. Georg wickelte sich enger in seinen Mantel und war einmal mehr froh darum, dass ihm inzwischen der lange Mantel erlaubt war, der ihm bis zu den Waden reichte. Wie gut, dass er rechtzeitig genug Geld angespart hatte, um ihn kaufen zu können. Und sein Hut mochte zwar unmodern sein, aber der dichte Filz wärmte wirklich gut. Trotzdem waren seine Ohren taub und seine Füße schmerzten vom

Frost, darum stapfte er, die Hände unter die Achseln gesteckt, so schnell er konnte durch die Gassen.

Als er die Druckerei erreichte, konnte er es kaum erwarten, schnell ins Warme zu kommen. Er bog haarscharf um die Hausecke – und prallte beinahe gegen eine zierliche Gestalt, die offenbar gerade die Druckerei verlassen wollte.

»Huch!«, rief eine weibliche, aber etwas rauchig klingende Stimme. »Meine Güte, habt Ihr mich erschreckt!«

»Ihr mich auch«, sagte Georg und trat einen Schritt zurück, um die junge Frau herauszulassen.

Sie ordnete das große Wolltuch, das ihr bei der plötzlichen Begegnung vom Kopf gerutscht war, und machte einen Schritt aus der Tür. Dunkle Locken kringelten sich unter dem Tuch hervor und fielen ihr ins Gesicht. Sie pustete sie weg, betrachtete Georg aus braunen Augen und schob das recht markante Kinn vor. »›Ihr mich auch‹ war nicht ganz das, was ein ritterlicher Mann sagen würde, aber Ihr seht auch nicht aus wie einer.«

Georg kannte das Mädchen nicht. Sie musste neu in der Stadt sein, jedenfalls hatte er sie weder in der Kirche noch auf dem Markt je zuvor gesehen. Ihr selbstbewusster Tonfall und das Blitzen in ihren Augen machten ihn seltsam unsicher. »Ich … bin Georg Nicolaus Kammann«, sagte er. »Ich bin Student.«

Sie schaute bedeutsam auf den Federkasten, den er in der Hand hielt, und seinen Degen und hob spöttisch die Augenbrauen. »Ach? Darauf wäre ich jetzt gar nicht gekommen.«

Georg wurde auf einmal warm. Er wollte unbedingt die Scharte auswetzen, aber er wusste beim besten Willen nicht, wie er das bewerkstelligen sollte, wo in seinem Kopf doch auf einmal eine so große Leere herrschte. Hauptsache, sie ging nicht weg! Irgendwie musste er die Konversation in Gang halten. »Es ist kalt, nicht?«

»Stimmt. Und es wird nicht besser, wenn man auf der Straße herumsteht.«

»Nein, natürlich nicht. Aber Ihr habt ein sehr schönes Tuch.

Es sieht warm aus.« Georg hörte sich selbst zu und hätte sich am liebsten geohrfeigt für den Blödsinn, den er von sich gab.

»Na, es geht«, sagte sie. In genau diesem Moment bemerkte Georg den riesigen Eiszapfen, der wie ein Damoklesschwert über ihrem Kopf an der Dachrinne hing. Hatte er nicht gerade gewackelt? Erschrocken packte er ihren Arm und zog sie weg von der Gefahrenstelle. Überrascht stolperte sie einen Schritt nach vorn und befreite sich dann von seinem Griff. »Was fällt Euch ein?« Ihre Augen funkelten empört. »Es ist doch immer dasselbe mit euch Studiosi – keine zwei normalen Worte sind möglich, dann müsst ihr schon euren niederen Trieben nachgeben. Ich bin wirklich nicht auf der Welt, um von Rüpeln wie Euch angefasst zu werden! – Und noch was: Habt ihr mit diesem Degen schon jemals gefochten oder ist der in seiner Scheide festgerostet? Alt genug ist er dafür und wahrscheinlich überhaupt nicht mehr austariert. Und jetzt gehe ich. Lebt wohl, Herr Studiosus.«

Georg versuchte, etwas zu seiner Verteidigung vorzubringen, aber sie drehte sich einfach um und ging mit schnellen Schritten davon. Ihm wollte kein einziger vernünftiger Satz einfallen, doch ihr nachzurufen wäre sowieso ungehörig gewesen. Stattdessen schaute er ihr nach, bis sie um die nächste Ecke verschwunden war, und tappte dann wie im Traum ins Haus.

Im Flur traf er auf Kaspar. »Na, da bist du ja endlich. Aber ich hatte auch bis eben noch Kundschaft.«

Während er Hut und Mantel ablegte und den Degen abnahm, versuchte Georg seine Gedanken zu ordnen. Dann folgte er Kaspar in die Küche. »Kundschaft … die junge Frau, mit der ich gerade fast zusammengestoßen bin?«

Wärme und der Duft von Erbsensuppe kamen ihnen in einem Schwall entgegen, als sie die Küche betraten. Kaspar schnupperte genießerisch und nickte abgelenkt. »Ja, stell dir vor, sie wollte etwas zu lesen für sich kaufen. Nicht etwa eine Erbauungsschrift, wie es angemessen wäre, sondern eine Schrift, aus der man Dinge über die Welt und die Staaten lernen könne, sagte sie.« Er setzte sich an den Tisch. »Ich habe ihr ein Traktat über den Krieg verkauft, das sie unbedingt haben wollte, aber nur unter der Bedingung, dass sie auch eine Leichenpredigt mitnahm, die sie lesen sollte. Die hatte ich noch daliegen vom letzten Frühling, die Beisetzung von der Frau des Stadtkämmerers. Das war eine gute Predigt und die kauft jetzt sowieso niemand mehr. Sie hat mich angeschaut, als wollte ich sie für dumm verkaufen, aber mitgenommen hat sie dann doch beides.«

Frau Ursula stellte die Suppenschüssel auf den Tisch und alle tauchten ihre Löffel hinein. Der Inhalt war dünn, aber er reichte immer noch, um satt zu werden. Aber im Augenblick interessierte Georg das Essen gar nicht so sehr. »Wer ist sie denn?«

Kaspar schaute auf und betrachtete ihn nachdenklich. »Na, das Mädchen interessiert dich aber sehr! Ich habe keine Ahnung, ich habe nicht nach ihrem Namen gefragt. Marburgerin ist sie nicht, aber es sind so viele vom Land hierher geflohen … Vielleicht gehört sie auch zu den darmstädtischen Soldaten, die mit Obristleutnant Willich vor ein paar Tagen zur Verstärkung hier einmarschiert sind.« Er zuckte mit den Achseln und widmete sich dann endgültig den Erbsen.

Georg dagegen aß weniger als sonst, weil er viel zu beschäftigt damit war, sich zu wünschen, dass er das Mädchen möglichst bald wieder treffen würde.

☙

Die Druckerei war der zweite Raum des Hauses, der tagsüber einigermaßen warm gehalten wurde. Das anfangs ausgesprochene Verbot für Georg, die Werkstatt zu betreten, galt längst nicht mehr. Solange er nicht im Weg stand, war er Kaspar sogar willkommen. Und Georg hielt sich gern hier auf, wenn er keine Lehrveranstaltungen hatte oder in der Bibliothek lernte. Er mochte es, den konzentrierten Arbeitsschritten zuzusehen: dem Setzen der Druckplatten, dem Schwärzen und schließlich dem Druck in einer der beiden großen Pressen und dem Falten der Druckbögen – hier entstanden die Bücher, die er so liebte.

Unter Kaspars strenger, aber freundlicher Oberaufsicht herrschte eine meist gelöste Atmosphäre unter den wenigen Mitarbeitern, die er noch beschäftigte – nur er selbst, der Schriftsetzer Reinhard Röder, der zugleich Frau Ursulas Schwager war, der Geselle Johann Fehling und der Lehrling Peter arbeiteten noch hier, außerdem ein Student, der sich sein Zubrot durch das Korrekturlesen von Fahnenabzügen verdiente. Schon vor Weihnachten hatte der zweite Geselle Hans Bißmann seinen Abschied genommen und Kaspar hatte keinen neuen eingestellt, auch wenn schon einer angefragt hatte. Nun, wo kaum noch jemand Geld übrig hatte, um sich mehr als ab und an ein Flugblatt oder eine kleinere Schrift zu kaufen, gab es nicht genug zu tun. Die monatlichen Kontributionen, die die Bürger der Stadt für die einliegenden Truppen aus Darmstadt aufbringen mussten, brauchte Kaspar als Universitätsangehöriger zwar nicht zu leisten, aber das Geschäft ging so schlecht, dass er trotzdem froh war, einen Lohn weniger zahlen zu müssen.

Es war inzwischen Ende Februar und der Winter hielt die Welt nach wie vor in seinem eisigen Klammergriff. Aber Georg hatte festgestellt, dass seine Gedanken nicht mehr nur um Augustinus oder Tacitus kreisten, wenn er sich von der Kälte ablenken wollte, oder den bettelnden Armen vom Land, die in den Straßen herumliefen und froren und denen er doch nicht helfen konnte. Stattdessen dachte er an die junge Frau mit den braunen Locken und den flinken Worten. Er hatte das Mädchen ein paarmal im Gottesdienst gesehen seit ihrer Begegnung vor dem Haus, aber sie hatte sich immer weggedreht oder demonstrativ ein Gespräch mit der Frau mit den drei kleineren Kindern angefangen, mit der sie immer kam. Wahrscheinlich handelte es sich dabei um ihre Mutter. Ihren Vater hatte Georg noch nicht ausmachen können und er getraute sich auch nicht, in der Gemeinde herumzufragen.

In jedem Fall war sie wohl eine Soldatentochter und Georg ahnte, was er zu hören bekommen würde, wenn er sich zu sehr für sie interessierte: Soldatenkinder waren verdorben durch das raue und unstete Leben ihrer Väter, oft waren ihre Eltern nicht einmal verheiratet, und selbst wenn sie es waren, konnte man nicht wissen, ob der Vater nicht doch ein anderer aus dem Regiment war.

Das mochte alles stimmen, aber es hinderte Georg nicht daran, von diesem Mädchen zu träumen.

Ein hastiges Klopfen an die Druckereitür riss Georg aus seinen Gedanken. Ohne auf ein Herein zu warten, schob sich gleich darauf jemand in den Laden und warf sofort die Tür hinter sich zu.

»Sebald!«, sagte Kaspar hörbar überrascht. »Womit kann ich Euch helfen?«

Tatsächlich, es war Lorenz Sebald, der Schneider von nebenan. Trotz der Kälte klebte ihm sein wirres Haar in der Stirn. »Ich …«, stotterte er und trat ein Stück in die Druckerei hinein. »Es … gibt es neue Flugblätter?«

»Ja, eines. Es heißt ›Seufzer nach dem goldenen Frieden‹, aber es hat einen Kupferstich und sehr viel Text, ich weiß nicht, ob Ihr …«

Diesmal war es kein Klopfen, sondern ein hartes Hämmern an der Tür, das Kaspar unterbrach. Sebald zuckte heftig zusammen und die Arbeit in der Werkstatt stockte. Erschrocken schauten sich die Männer an: So klopfte kein Kunde.

Kaspar ging zur Tür und öffnete. »Wir suchen Lorenz Sebald. Ist er da drin?«, war gleich darauf eine befehlsgewohnte Stimme mit hartem Tonfall zu hören.

Sebald machte einen so plötzlichen Satz zu der ersten Druckerpresse hinüber, dass er Röder anrempelte, der gerade dabei war, Typen in den Druckstock zu setzen. Sie wurden aus der Hand des Schriftsetzers geschleudert und sprangen mit leisem Klackern über den Steinfußboden, während Sebald sich hinter die Presse kauerte. Niemand hob sie auf. Röder starrte wie alle anderen erschrocken auf die Tür, durch die jetzt fünf bis an die Zähne bewaffnete Soldaten kamen.

»Ich sehe ihn!«, rief einer von ihnen, sprang zur Presse hinüber und zerrte Sebald dahinter hervor. Es war ein verzweifelt armseliges Versteck gewesen.

Der Anführer des Trupps baute sich breitbeinig vor dem Schneider auf. »Lorenz Sebald? Ihr habt Eure Kontribution für diesen Monat noch nicht bezahlt. Wir sind hier, um sie einzutreiben.«

»Ich habe das Geld nicht«, sagte Sebald tonlos. Doch dann wurde seine Stimme immer lauter und verzweifelter, je mehr er sprach. »Ich habe es nicht. Woher soll ich es denn auch nehmen? Meine Frau war krank, ich habe vier kleine Kinder, alles ist teurer geworden und wir brauchen so viel Holz zum Heizen. Wie soll ich da die Kontributionszahlungen leisten? Wir haben doch gerade genug, um nicht zu sterben! Die Kontributionen saugen uns das Leben aus den Knochen. Sollen wir denn eher verhungern, als dass die Soldaten auf Fleisch und Wein verzichten müssen?«

Die Gesichter der Soldaten zeigten keine Regung. »Wir sind nicht hier, um mit Euch über die Rechtmäßigkeit der Zahlungen zu diskutieren. Habt ihr das Geld irgendwo oder müssen wir pfänden?«

»Ich habe es nicht!«, rief Sebald. »Was wollt ihr denn pfänden, wir haben ja fast nichts außer dem, was wir am Leibe tragen!«

»Nun, dann fangen wir doch damit an.« Zwei der Männer packten den um sich schlagenden Schneider und rangen ihn zu Boden. Dann zogen sie ihm zuerst die Schuhe aus, anschließend öffneten sie die Knöpfe seines Rocks.

Sebald schrie dabei die ganze Zeit: »Unmenschen! Ihr seid Teufel aus der Hölle! Fahrt doch dahin zurück!«

Georg stand an der Wand und sah fassungslos zu. Niemand schritt ein. Wie auch? Die Kontributionen waren rechtlich festgelegt, anders als er selbst, Kaspar und seine Angestellten gehörte Sebald nicht zur Universität, und wer die Zahlungen nicht leistete, wurde gepfändet. Sie hatten kein Recht einzugreifen. Und wer wollte auch gegen fünf Soldaten antreten?

»Halt! Hört auf! Lasst ihn! Halt!«

Georg wandte sich nach der Stimme um. Kaspar stand neben der Tür und hatte einen gequälten Ausdruck im Gesicht. »Lasst ihm seinen Rock, ich zahle an seiner statt.«

In diesem Moment erschien seine Frau in der Tür. Über dem Arm trug sie einen Korb. »Kaspar!«, sagte sie mit Verzweiflung in der Stimme, »Kaspar, du kannst nicht …«

Er unterbrach sie. »Zusehen, wie sie meinen Nachbarn bis aufs Hemd ausziehen? Richtig, das kann ich nicht. Hier, nehmt! Wie viel muss er zahlen?«

Der Wachtmeister nahm die Münzen, die ihm Kaspar entgegenhielt, und zählte ruhig. »Wenn wir die Schuhe mitnehmen, reicht es.«

Kaspar trat zur Seite, die Soldaten ließen Sebald los und in kürzester Zeit waren sie verschwunden.

Langsam setzte sich der Schneider auf. »Ich weiß nicht, wann ich Euch das zurückzahlen kann, Meister Chemlin«, sagte er mit belegter Stimme. Er war bleich wie der Schnee und auf seiner Stirn standen nun noch mehr Schweißtropfen.

Kaspar reichte ihm die Hand und half ihm auf die bestrumpften Füße. »Ich weiß. Macht Euch darüber erst einmal keine Gedanken. Wir werden schon alle irgendwie über die Runden kommen. Aber Ihr solltet zusehen, dass Ihr für nächsten Monat das Geld zusammenbekommt. Noch einmal kann ich nicht einspringen, dann werden wir auch Schwierigkeiten bekommen.«

Sebald nickte, die Augen nach wie vor aufgerissen wie ein gejagtes Tier. »Ich … ich weiß nicht, wie ich Euch danken soll … was ich tun soll … ich …« Er schluchzte hörbar auf und stürzte zur Tür hinaus.

Kaspar atmete tief ein und schaute ihm nach. »Ich konnte nicht anders«, sagte er in den Raum hinein. Georg war sich nicht sicher, ob er mit seiner Frau oder sich selbst sprach. »Es ist das, was Christus getan hätte. Auch wenn wir dafür vielleicht bald den Gürtel enger schnallen müssen.« Sein Blick wanderte fast schuldbewusst zu Frau Ursula hinüber, die immer noch in der Tür stand.

Sie schenkte ihm ein knappes Lächeln. »Wir schaffen es schon.« Ihre Augen schimmerten feucht und ihr Blick hakte sich für einige Atemzüge an seinem fest. Dann drehte sie sich um und ging, die Tür sorgfältig hinter sich schließend.

Einen Augenblick war es ganz still in der Werkstatt. Wahrscheinlich dachte jeder darüber nach, was er selbst getan hätte, wenn er das Geld gehabt hätte, um Sebald zu helfen. Und ob Gott, der Herr, wirklich wollte, dass man riskierte, dass die eigene Familie in der nächsten Zeit Mangel leiden würde, wenn dafür einem anderen geholfen wurde.

»Sie sind wie Zecken«, durchbrach Röder schließlich die Stille und der Ärger in seiner Stimme tat nach dem bedrückend verzweifelten Auftritt des Schneiders regelrecht gut. »Blutsauger, das sind sie.«

Kaspar nickte und auch er schaute finster drein. »Ja. Und der Willich, ihr Obristleutnant, ist der Schlimmste. Dem ist doch völlig gleichgültig, wie es den Marburgern geht, solange seine Soldaten gut gefüttert und zufrieden sind. Neulich soll er sogar gedroht haben, dem Bürgermeister ein Dutzend Soldaten einlegen zu wollen, wenn er nicht für die Zahlungen sorgt.«

»Dem Bürgermeister!« Peter spuckte das Wort regelrecht aus. »Dem soll er ruhig seine Söldner ins Haus schicken. Ihm und dem ganzen Rat. Die nehmen sich doch aus allem raus, ohne dafür etwas zu tun.«

»Genauso wie wir Universitätsangehörigen«, bemerkte Kaspar ruhig. »Weil diese Stadt ohne die Universität und auch ohne den Rat nicht funktionieren würde und schon längst von etlichen Heeren ausgeplündert worden wäre. Mag sein, dass das nicht gänzlich gerecht ist. Aber du profitierst ebenso davon wie ich, Peter, denn wenn ich zahlen müsste, könnte ich es mir nicht leisten, einen Gesellen und einen Lehrling durchzufüttern. Und ich könnte niemandem aushelfen.«

Peter brummte und schob die Papierbögen hin und her, die neben ihm auf dem Tisch lagen.

Kaspar ging in die Hocke und las die heruntergefallenen Buchstaben auf. »Und es ändert sich auch nichts, wenn wir hier herumstehen und murren. Es hilft ja doch nichts. Lasst uns weiterdrucken, die Gedichte sollten heute noch fertig werden.«

Einsichtig gingen alle wieder an die Arbeit.

Leise und nachdenklich verließ Georg die Werkstatt über die Treppe. Am liebsten wäre er jetzt allein gewesen, aber es war viel zu kalt oben, also ging er in die Küche.

Johannes saß am Tisch und hatte den Kopf auf die Arme gelegt. Er sah nicht auf, als Georg hereinkam und sich neben ihn setzte.

»Johannes? Was hältst du von ein wenig Geometrie?«

Der Junge gab nur ein schwaches »Hmm« von sich und schniefte.

»Was ist denn los mit dir? Bist du traurig?«

Jetzt hob Johannes den Kopf. »Nein, ich habe Halsschmerzen.«

»Hast du das deiner Mutter schon gesagt?«

»Ja, sie holt gerade Kräuter für einen Aufguss.«

»Na, dann wird es sicher bald besser, wirst schon sehen. Und die Geometriestunde holen wir eben morgen nach.«

12. Kapitel

Aber es wurde auch am nächsten Tag nichts aus der Geometriestunde, genauso wenig wie am Tag darauf. Der Junge wurde ernsthaft krank. Kaspar und Frau Ursula holten ihn in ihre Kammer neben der Stube, damit er im Warmen war, und da lag er mit hohem Fieber und jammerte. Er konnte kaum noch schlucken, so schmerzte ihn der Hals.

Und dann fing der Husten an. Georg konnte ihn Nacht für Nacht durch den Fußboden hören und es wurde nicht besser, was auch immer Frau Ursula versuchte. Sogar der Medicus wurde gerufen, aber auch er konnte nur lindern, nicht heilen. Das trockene, hilflos schwache Geräusch verfolgte Georg bis in seine Träume und tagsüber saß er länger am Bett des Jungen als in seinen Vorlesungen. Er begann, Kaspar jeden Morgen zur Frühpredigt in die Kirche zu begleiten, was er bisher nur ab und zu getan hatte, und seine Bitten an Gott waren nie leidenschaftlicher gewesen. Wenn er bei Johannes saß, versuchte er den Jungen durch lustige Geschichten aufzuheitern, die er sich von alten Leuten auf der Straße erzählen ließ, und manchmal huschte tatsächlich ein dünnes Lächeln über das schmale Gesicht und belohnte ihn für seine Mühen.

Aber es kam der Tag, als auch das nicht mehr möglich war, als Georg in die Kammer kam und im ersten Moment dachte, Johannes sei gestorben, so ruhig und mit einem so grauen Gesicht lag der Junge unter seiner Decke. Dann rührte er sich doch und Georg setzte sich wie immer zu ihm – aber der Schrecken verließ ihn nicht mehr. Der Tod schien aus Johannes' Augen und beinahe konnte man ihn mit seiner Sense neben dem Kopfende stehen sehen und die Hand auf die Schulter des Jungen legen, um ihn für sich zu beanspruchen.

An diesem Tag ging Georg schon nach kurzer Zeit wieder. Johannes war eingeschlafen und Georg konnte die Vorstellung nicht ertragen, seinen Schüler, der ihm wie ein kleiner Bruder vorkam, sterben zu sehen. Er hatte verstanden, dass das bevorstand. Aber akzeptieren konnte er es deshalb noch lange nicht. In seiner Kammer kniete er sich auf den Boden und flehte einmal mehr um das Leben des Jungen. Immer wieder musste er an Klara denken, seine kleine Schwester, von der er nicht wusste, ob sie noch lebte. Es war lange kein Brief mehr aus Günsendorf gekommen und im letzten hatte sein Vater geschrieben, dass sie inzwischen zu schwach war, um aufzustehen. Es fiel Georg schwer, sich Günsendorf und das Schulhaus ohne sie vorzustellen. Trotzdem war es recht leicht, ihretwegen nicht zu verzweifelt zu sein. Er würde nicht dabei sein, wenn sie starb, er hatte sie nicht einmal gesehen, wie sie krank im Bett lag. Johannes dagegen sah er jeden Tag. Fast fühlte er sich schuldig, dass er mit so viel mehr Tränen für ihn betete als für Klara, aber das hielt ihn nicht davon ab, es trotzdem immer und immer wieder zu tun.

Kaspar saß oft am Bett seines Sohnes. Er sprach dabei nicht viel, sondern hielt nur die kleine, dünne Hand, und als Georg einmal aus Versehen ins Zimmer kam, bemerkte er den fast glücklichen, ruhigen Ausdruck in Johannes' Gesicht, während seine Augen an dem Vater hingen, den er in seinen gesunden Tagen mehr gefürchtet als geliebt hatte.

Draußen war es nach wie vor kalt, auch wenn der März inzwischen angebrochen war und die Sonne begann, strahlendes Frühlingslicht zu verbreiten. An einem Mittwochnachmittag, Johannes war etwas mehr als zwei Wochen krank, trabte Georg von seiner Vorlesung nach Hause, mit den Gedanken noch ganz bei dem, was er gerade gehört hatte. Professor Feuerborn war so ein großartiger Redner und seine Theologie traf ihn immer wieder in Herz und Kopf. In den Vorlesungen mehr in den Kopf – es war um die Christologie gegangen und darum, inwieweit Jesus seine göttliche Natur aufgegeben hatte, als er Mensch wurde. Es lohnte sich, darüber nachzudenken, aber mit dem Alltag hatte das wenig zu tun. Ganz anders waren da Feuerborns Predigten, so wie die heute Morgen …

Aus dem Augenwinkel bemerkte Georg, dass die Person, die er gerade auf der Barfüßerstraße überholte, einen kleinen Schritt zur Seite machte, um ein Exkrement auf dem Pflaster zu umgehen, aber da war er schon viel zu nahe und streifte unabwendbar ihren Arm.

»He!«, beschwerte sie sich, während er gleichzeitig »Verzeihung!« sagte – dann erst nahm er sie wirklich wahr. Noch einmal durchfuhr ein kleiner Stoß seinen Körper: Es war das Mädchen mit den dunklen Locken und der Vorliebe für politische Druckwerke. Von ihren Haaren sah man allerdings kaum etwas, weil sie gegen die Kälte wieder ein Wolltuch um Kopf und Schultern gewickelt hatte.

Sie hatte ihn auch erkannt. »Ihr schon wieder! Meint Ihr wirklich, die Masche mit dem Anrempeln ist so gut, dass Ihr sie zweimal anwenden solltet?« Sie trug einen Korb an einem Arm und stemmte jetzt den anderen in die Hüfte.

»Ich … es tut mir leid, ich war so in Gedanken«, stammelte Georg.

»Gedanken, natürlich, was sonst! Woran denkt Ihr denn so intensiv, hm?«

»An die Predigt heute Morgen«, platzte er heraus. Ein Gespräch! Sie hatte ihn etwas gefragt! Er musste unbedingt das Gespräch in Gang halten, sie durfte nicht gleich weitergehen! Dabei konnte er gar nicht richtig denken, wenn sie ihn so ansah. »Professor Feuerborn hat so wunderbar gepredigt heute, findet Ihr nicht?«

»Ihr denkt über Predigten nach, während Ihr durch die Stadt lauft? Wer's glaubt … aber schön, reden wir über Feuerborn. Ich fand seine Predigt schauderhaft. Er predigt Hass und keine Liebe. Da, was sagt Ihr nun?«

»Das stimmt doch gar nicht! Es ging um die falsche Lehre der Calvinisten, ja, aber es ist doch wichtig, dass wir das verstehen! Und ich möchte auch nicht, dass irgendjemand daran glauben muss, dass Gott seine Erwählung vorherbestimmt hat und er gar nichts dazu tun kann, keine Entscheidung, nichts! An so einen Gott möchte ich nicht glauben, der willkürlich Menschen zum Glauben bestimmt und es anderen verwehrt. Und man kann sich nie sicher sein, dass man dazugehört und die Ewigkeit hat – das ist doch schrecklich!«

Sie schnaubte. »Darum geht es aber doch gar nicht. Darüber kann man einfach unterschiedlicher Meinung sein. Er wettert aber gegen die Irrlehre der Calvinisten und dass sie alle ausgerottet gehören. Das ist keine Liebe, das ist Hass.«

»Vom Ausrotten hat er ganz bestimmt nicht gesprochen! Wenn, dann muss die Lehre ausgerottet werden, nicht die Menschen, die daran glauben. Und er spricht so wunderbar – wenn ihn Calvinisten hören, werden sie ganz bestimmt zur wahren lutherischen Kirche zurückkehren. Wenn ich Pfarrer bin, werde ich auch so predigen und die Leute verändern mit meinen Worten und …«

Sie unterbrach ihn brüsk. »Jaja, natürlich, Ihr werdet ein großer Redner und ein Held sein und die Leute und vor allem die Frauen werden Euch zu Füßen liegen und Euch bewundern … Lasst mich doch zufrieden mit Euren eingebildeten Träumen. Studenten!« Sie sprach das Wort wie eine Beschimpfung aus, warf den Zipfel ihres Tuches über die Schulter und marschierte mit erhobenem Kopf an ihm vorbei.

Georg schaute ihr nach. Er fühlte sich, als hätte sie ihn geschlagen. »Das meinte ich doch gar nicht …«, flüsterte er. Als sie in einer der steilen Gassen verschwand, die den Schlossberg hinaufführten, machte Georg sich langsam wieder auf den Heimweg.

Hatte sie womöglich doch recht? Wollte er jemand Großes sein und bewundert werden? Er wollte die Welt verändern und verbessern, ja. Er wollte so sein wie Feuerborn, der Herzen und Köpfe dazu brachte, über den Glauben nachzudenken. War das denn wirklich falsch? Es ging ihm doch nicht darum, was die Leute über ihn dachten, sondern darum, dass sie sich änderten, dass sie mehr so lebten, wie Jesus es der Welt vorgelebt hatte. Dass sie Christus annahmen und sich ihre Sünden vergeben ließen und befreit leben konnten. Er wollte sein Leben lang lernen und immer mehr verstehen, wer Gott war. Sein Versprechen kam ihm wieder in den Sinn. Er hatte Gott versprochen, ihm und seiner Kirche zu dienen. Und nein, das war nicht falsch. Es brauchte Pfarrer wie Feuerborn, gerade jetzt, wo der Krieg so viele Menschen verdarb. Und er würde ein solcher Pfarrer werden. Gott hatte ihm sein Leben geschenkt und er würde es für Gott einsetzen. Sie lag einfach falsch.

Georg blieb kurz stehen und atmete tief durch. Auch wenn die kalte Luft ihm in die Nase schnitt, tat das gut. An einer Hausecke links von ihm nahm er auf einmal einen grünen Schimmer wahr. Er trat näher und spürte, wie Freude ihn wie ein warmer Hauch umwehte. Es waren die ersten grünen Spitzen des Frühlings, die er da sah. Sie stachen unbeeindruckt von Kälte und Eis durch die schmutzigen Schneereste, die an der Hauswand lagerten, und verkündeten Hoffnung und Mut. Georg hockte sich hin und fuhr sanft mit dem Finger über die zarten Pflanzen, dann stand er auf und beeilte sich, nach Hause zu kommen. Seine Zukunftsträume und das Mädchen waren nicht so wichtig wie Johannes, dem er unbedingt von den jungen Pflanzen erzählen musste. Vielleicht würde ihm das Mut machen, zu kämpfen und doch wieder auf die Beine zu kommen, wenn Gott es wollte.

တ

Als er die Haustür öffnete, kam ihm jemand aus der Stube entgegen. Georgs Schritt stockte, als er erkannte, dass es sich dabei um kein Mitglied des Chemlin'schen Haushaltes handelte, sondern um den Subdiakon Misler. Er wusste, was das bedeutete, trotzdem versuchte er, eine andere Erklärung zu finden – irgend-welche Kirchensachen, die der Subdiakon mit Kaspar Chemlin als Kirchenältestem besprechen musste vielleicht? Er grüßte den Kirchenmann ehrerbietig und ließ ihn vorbei. Misler nickte ihm zu, einen bedrückten Ausdruck im Gesicht – aber andererseits hatte Georg ihn noch nie fröhlich gesehen, das war nicht seine Art, also musste das nichts bedeuten …

Sobald die Tür hinter dem Subdiakon zugefallen war, rannte er in die Stube. Kaspar stand neben der Tür zu seiner Schlafkammer an der Wand, die Hände schlaff herabhängend. Georg musste nicht die Tränenspuren auf seinen Wangen glitzern sehen, um zu wissen, dass alle seine Erklärungsversuche nichtig waren. Kaspar schaute ihn nur an und sagte kein Wort, während die Tränen weiter aus seinen Augen quollen. Georg blieb unschlüssig stehen und wusste nicht, ob es unangemessen war, wenn er sich in diesem Moment in das Familienleben einmischte.

Dann stand auf einmal Frau Ursula in der Tür. Ihre Augen waren rot, aber sie weinte nicht mehr. »Kommt nur«, sagte sie. Georg warf noch einen Blick auf den schweigend dastehenden Kaspar und betrat dann das Zimmer. Elisabeth hockte in einer Ecke und weinte leise. Georg bemerkte sie nur aus dem Augen-winkel, denn seine ganze Aufmerksamkeit war auf das Bett ge-richtet.

Johannes lag da wie an dem Tag, an dem Georg den Tod bei ihm gesehen hatte. Nun war der große Gleichmacher fort und hatte den Jungen einfach mitgenommen. Die Decke war or-dentlich glatt gestrichen, Johannes' Hände lagen gefaltet auf der Brust. Seine Augen waren geschlossen und sein kleines, blasses Gesicht sah so entspannt aus, wie Georg es noch nie gesehen hatte, nicht einmal im Schlaf. Georg trat näher und strich zö-gerlich und vorsichtig mit den Fingerspitzen über den blonden Kopf.

»Er war so tapfer«, sagte die Chemlinin hinter ihm. Ihre Stim-me klang nasal, aber es war keine Unsicherheit darin zu hören.

»Der Herr Subdiakon hat ihn gesegnet und Johannes hat ihn angesehen und auf einmal leicht gelächelt und gesagt: ›Ich gehe zum Herrn Jesus.‹ Dann hat er noch einmal gehustet, sich zurückgelegt, ausgeatmet – und dann hat der Herr ihn uns genommen.«

Georg drehte sich um und sah sie dastehen, kräftig und stark wie immer, und doch wirkte sie in diesem Moment so hilflos und schwach, viel schwächer als ihr toter kleiner Sohn auf dem Bett. Es wäre besser gewesen, wenn sie geweint hätte, aber ihre Augen blieben trocken und schauten nur verloren auf ihr totes Kind.

Georg schluckte hart und rang die eigenen Tränen für später nieder. Er hatte das Gefühl, jetzt zuerst den Eltern helfen zu müssen.

»Er …«, setzte er an und musste noch einmal den schmerzhaften Krampf in seiner Kehle wegschlucken, bevor er weitersprechen konnte. »Er ist jetzt da, wo er nie wieder Angst haben muss, nicht mehr husten und nicht mehr vor irgendetwas in seine Fantasie flüchten. Ich wünschte, er hätte all das auch hier bei uns haben können, aber ich weiß, dass wir ihn wiedersehen werden, wenn alles vorbei ist und Gott es so will.«

Frau Ursula nickte, aber es sah aus, als falle es ihr sehr schwer, den Kopf zu bewegen. »Er ist das neunte Kind, das ich verliere, wisst Ihr«, sagte sie leise. »Aber es ist jedes Mal wieder genauso hart wie beim ersten. Und es wird immer schwerer loszulassen, je älter sie werden.«

Jetzt war es an Georg zu nicken. Er hatte schon drei Geschwister verloren, abgesehen von der kleinen Anna, die er nie kennengelernt hatte, aber das älteste davon war erst zwei Jahre alt gewesen, die anderen beiden waren sogar schon kurz nach der Geburt gestorben und das war wenigstens für ihn eine ganz andere Sache als ein achtjähriger Junge oder … seine elfjährige Schwester, die womöglich inzwischen auch schon gestorben war. Johannes war ebenso wie Klara kein lallendes Kleinkind gewesen und erst recht kein Säugling, der nicht mehr konnte als schreien, sondern ein

Mensch mit Wünschen, Träumen, Ideen und Plänen, die er formulieren und mit seiner Umwelt teilen konnte. Seine Eltern hatten acht Jahre lang Zeit gehabt, ihn nicht nur aus bloßem Instinkt, sondern um seiner selbst willen lieben zu lernen, sich konkrete Gedanken über seine Zukunft zu machen, abhängig von seinen Fähigkeiten. Und jetzt war all das einfach fort, abgeschnitten wie ein Halm auf dem Acker, und für die, die ihn lieb gehabt hatten, blieb nur noch ein kahles Stoppelfeld zurück.

Er atmete tief ein und blinzelte erneut die Tränen in seinen Augen weg. »Ich werde ihn schrecklich vermissen«, sagte er und schämte sich gleich darauf dafür. Er wollte doch trösten!

Aber Frau Ursula brachte sogar ein kleines Lächeln zustande. »Ja, das werden wir alle. Danke, Georg. Es tut gut zu wissen, dass er nicht nur von seinen Eltern nicht vergessen wird.«

Als Georg das Sterbezimmer verließ, stand Kaspar nicht mehr davor.

»Er muss jetzt allein sein«, sagte Frau Ursula, als sie Georgs suchenden Blick bemerkte. »Das macht er mit sich und seinem Gott aus.«

»Und Ihr?«, wagte Georg zu fragen.

»Ich auch.«

Langsam ging Georg in seine Kammer hinauf, auch wenn es dort eigentlich zu kalt war. Vielleicht sollte er auch beten? Aber er musste sich eingestehen, dass er keine Lust dazu hatte. Die ganze letzte Zeit hatte er auf den Knien vor Gott gebettelt und ihn angefleht, Johannes zu heilen, und er war doch nicht erhört worden. Was sollte er jetzt zu ihm sagen?

Er legte sich auf sein Bett, zog die Decke bis zum Kinn und schloss die Augen. Genauso lag sein kleiner Schüler dort unten, nur so viel kälter und leerer. Es war nur noch seine Hülle und er selbst war weit fort ... Georg wollte weinen, aber jetzt, wo er es sich zugestand, konnte er es nicht mehr. Ihm war kalt und in seinem Inneren wüteten zu viele Bilder und zu viel Schmerz. Sie zerrissen ihm das Herz wie eine in einen Sack gesperrte Katze, die um sich biss und schlug und die sich trotzdem nicht befreien konnte.

ༀ

Die Beisetzung fand am Tag darauf statt, am Vormittag, während die Sonne den Frühling stärker ankündigte als je zuvor. Eine kleine Anzahl an Freunden und Bekannten folgte dem kleinen Sarg auf dem Weg vom Chemlin'schen Haus zum Kirchhof. In den Pausen zwischen den Liedern des kleinen Kurrendechores hörte Georg die ersten Vögel in den Bäumen zwitschern und er konnte den Tod und das Leben, das sich überall regte, nicht recht zusammenbringen.

Die Grabrede, vom Superintendenten persönlich gehalten, ging an Georg vorbei wie Regen, der an die Fensterläden prasselt. Er konnte den Blick nicht von dem Sarg nehmen, von Kaspars steinernem Gesicht und den traurigen Augen seiner Frau. Nur die Musik erreichte ihn. Dünn wie der Gesang auch klang, spiegelte er doch genau das wider, was Georg bewegte – dieses tiefe, traurige Dröhnen, diese lang gezogenen Klagelaute. Wie ein Fluss nahmen die Töne, die aus ihm herausströmten, die Trauer, die Angst und doch auch die Hoffnung auf, die sich in ihm regte. Johannes war tot und er konnte immer noch nicht akzeptieren, dass es gerecht war, dass Gott das Recht hatte, einen so kleinen Jungen sterben zu lassen. Aber andererseits glaubte er tatsächlich daran, was er zu Frau Ursula gesagt hatte: Johannes war dort, wo er glücklich war. Der friedliche Ausdruck auf dem Gesicht des Kindes stand ihm immer noch deutlich vor Augen und es war ein tröstliches Bild.

Als der Sarg in die Erde gelegt worden war, stand Georg noch einen Moment vor dem Loch, in dem Johannes nun lag – aber er wusste, dass es nicht wirklich Johannes war, sondern nur seine Hülle. Er drehte sich zu Kaspar und seiner Familie um. Elisabeth weinte leise und Jakob stand da wie verloren, die Schultern nach vorn hängend und die Augen starr auf die frisch aufgehäufte Erde geheftet. Viele Menschen kamen und drückten beredt ihr Mitleid aus. Georg trat als Letzter vor sie. Er sagte nichts, wusste nicht, was er sagen könnte. Aber es war auch nicht nötig. Frau Ursula lächelte ein verlorenes Lächeln, das ihm sagte, dass sie ihn auch ohne Worte verstand. Und Kaspar ... Immer noch war sein Gesicht ohne jede Regung, so als wollte er um jeden Preis vermeiden zu zeigen, was er fühlte. Georg dachte nicht nach, als er auf ihn zutrat und ihn einfach umarmte. Es dauerte nur einen kurzen Augenblick, bevor ihm auffiel, dass das nicht gerade den Anstandsregeln entsprach, er als armer Student, den Kirchenältesten Kaspar Chemlin ... Aber als er sich verschämt von ihm löste und zurücktrat, war Kaspars Gesichtsausdruck wie ausgewechselt. Er war weicher und offener und in seinen Augen standen Tränen.

»Danke«, sagte er. »Ich habe jetzt nur noch einen Sohn. Aber ich habe einen Freund und das ist viel wert.« Damit drehte er sich um und ging vom Grab weg.

Da es keinen Leichenschmaus geben würde, löste sich die Versammlung nun auf. Georg schaute Kaspar und seiner Frau nach. Er hatte plötzlich das Bedürfnis, in die Kirche zu gehen, noch einen Augenblick die Stille und Heiligkeit zu spüren, die das alte Gemäuer verströmte.

Als er die Kirche betrat, mussten sich seine Augen erst an das gedämpfte Licht in ihrem Inneren gewöhnen. Er stellte sich an eine der Säulen auf der rechten Seite und schaute in das Gewölbe hinauf. Ihm gegenüber hing wie ein Schwalbennest weit oben an der Wand des nördlichen Seitenschiffes die Orgel. Ihre Töne klangen immer durch seine Seele, wenn er hier war und die Steine betrachtete, die kunstvoll vor Jahrhunderten zu einem Raum zusammengesetzt worden waren, der der Ehre Gottes dienen sollte. All diese Steine hatten in der Frühpredigt noch die Orgelklänge aufgenommen und zurückgeworfen und sie waren auf ihre Art selbst eine Art von Lobgesang. Für einen Moment hatte

Georg das Gefühl, dass alles gut war, dass Gott hier war und dass er wusste, warum er tat, was er tat. Es war wie ein Nachhause-kommen – aber es dauerte nicht lange, bevor er sich schmerzlich wieder daran erinnerte, dass Johannes nie wieder schüchterne, aber wissbegierige Fragen stellen würde, dass er nie wieder mit träumenden Augen aus dem Fenster schauen und Dinge sehen würde, die niemand anders sehen konnte, dass er nicht mehr ne-ben ihm hier in der Kirche sitzen und mit ernstem Gesicht der Predigt lauschen oder den Kopf in den Nacken legen würde, um wie Georg jetzt in das Gewölbe hinaufzuschauen.

Er merkte erst, dass er weinte, als ihm die Tränen salzig in den Mund liefen. Doch auch dann wischte er sie nicht ab, sondern ließ ihnen ihren Lauf. Es tat gut, endlich zu weinen.

»Was tut Ihr da?« Die Stimme ertönte so plötzlich neben Ge-org, dass sein Herz einen Satz machte und er vor Schreck heftig zusammenfuhr. »Sinniert Ihr über Eure Zukunft und überlegt, wo Ihr Euch jetzt einnisten sollt?«

Erst als Georgs Herz sich etwas beruhigt hatte, erkannte er die Sprecherin: Es war das Mädchen mit den dunklen Locken. Er er-innerte sich, dass er sie auch vorhin während der Leichenpredigt gesehen hatte. Aber heute, gerade heute, war sein Herz zu voll mit Trauer, um sich mit hübschen Mädchen abzugeben, vor allem, wenn sie nichts als ätzende Worte für ihn übrig hatten. Er drehte sich wieder um und schaute zur gegenüberliegenden Wand, ohne etwas zu sehen.

»Was ... Ihr weint ja!«

Er antwortete nicht und wischte auch die Tränen nicht fort. Er schämte sich seiner Trauer nicht. Sollte sie doch denken, was sie wollte.

»Ich hatte nicht gedacht ... Weint Ihr um den Jungen?«

Jetzt wandte er sich ihr doch zu. »Worum denn sonst?«

Sie zuckte mit den Achseln und biss sich auf die Unterlippe. »Ich weiß nicht, vielleicht darum, dass Ihr nun Euer Hospitium verloren habt?«

Das war ein völlig neuer Gedanke und Georg erschrak für einen Moment. Aber er beruhigte sich sofort wieder. Kaspar würde ihn sicher nicht gleich auf die Straße setzen.

Sie schüttelte den Kopf. »Der Gedanke ist Euch noch gar nicht gekommen.« Es war keine Frage, sondern eine Feststellung. »Sieht fast so aus, als wäre ich Euch gegenüber ungerecht gewesen ... Ihr weint also wirklich um den Jungen?«

»Er war wie ein kleiner Bruder«, murmelte Georg und spürte, wie schon wieder Tränen seine Augen füllten.

Sie setzte sich in die Bank direkt vor ihm. »Ich dachte immer, ihr Studenten hättet außerhalb des Unterrichts gar nicht so viel mit den Kindern zu tun, die ihr unterweist. Schließlich scheint eure Zeit gut ausgefüllt zu sein mit Studieren, Saufen, Lärmen und damit, jedes weibliche Wesen zu belästigen, das euch über den Weg läuft.« Sie runzelte die Stirn. »Andererseits habe ich Euch dabei nie gesehen, wenn ich es mir recht überlege ...«

Georg wischte sich mit dem Ärmel die Tränenspuren vom Gesicht und schüttelte den Kopf. »Ich habe noch nie verstanden, wie man sich als künftiger Pfarrer oder Jurist so danebenbenehmen kann, solange man Student ist. Das passt doch nicht zusammen, oder? Und mit dem kleinen Johannes habe ich bessere Gespräche führen können als mit denen. Er war wirklich klug, auf seine Art ...« Er spürte, wie ihm die Stimme nicht mehr gehorchen wollte, und verstummte.

Mit gerunzelter Stirn schaute sie ihn unsicher an. »Ich störe Euch gleich nicht mehr, aber jetzt möchte ich das genauer wissen: Ihr habt mich damals aber doch angefasst, vor der Druckerei. Warum?« Ihre Stimme klang auf einmal gar nicht mehr so keck.

Georg schniefte und schluckte den Kloß in seinem Hals hinunter. »Da war ein Eiszapfen über Eurem Kopf und ich dachte, er würde runterfallen.«

Sie machte große Augen. »Das war es? Oh ...«

Einen Augenblick war es still. Georg schaute in den Kirchenraum, über den schlichten Kreuzaltar am Übergang von Mittelschiff und Chor hinweg auf den hinteren Altar und seinen Aufsatz aus Alabaster mit den Szenen aus dem Leben und Sterben Jesu, den der Vater des jetzigen Landgrafen vor fast zwanzig Jahren gestiftet hatte. In der Mitte, hinter der Kreuzigungsszene, war ein leuchtend blauer Sternenhimmel zu sehen. Es war kein dunkles Blau, sondern eigentlich viel zu hell, um Nacht darzustellen. Georg hatte sich schon oft darüber gewundert, aber jetzt auf einmal hatte dieses fröhliche Blau für ihn eine Bedeutung: Es zeigte an, dass Jesus Christus gestorben war, um wieder aufzuerstehen. Dass der Tod niemals das Letzte war, sondern nur ein Tor zur endgültigen Seligkeit. Dass hinter dem Leid auch immer wieder etwas Schönes und Wunderbares aufschien, wenn man es nur sehen wollte. Sein Blick kehrte unwillkürlich zu dem Mädchen vor seiner Nase zurück.

»Wie heißt Ihr?«, fragte er.

»Magdalena. Und Ihr seid Georg Nicolaus Kammann. Das habe ich behalten.« Sie drehte sich zu ihm und lächelte und er lächelte vorsichtig zurück.

Dann stieß er sich von der Säule ab und ging zwei Schritte in Richtung des Ausgangs, blieb dann aber noch einmal stehen. »Sehe ich Euch mal wieder? Ich meine – nicht nur von der Empore aus im Gottesdienst?«

Sie pustete sich eine Locke aus dem Gesicht. »Ich fange an zu glauben, dass ich das sogar schön finden würde. Ihr seid mir immer noch ein kleines Rätsel, Georg Nicolaus Kammann, und das würde ich liebend gerne lösen.«

Georg schüttelte überrascht den Kopf. »Ich bin kein Rätsel, ich bin eigentlich ziemlich langweilig.«

»Das ist fast noch besser. Leute, die sich selber langweilig finden, sind meistens alles andere als das und das finde ich auch gern heraus.«

Darauf fiel ihm nichts mehr ein. »Lebt wohl für heute«, sagte er darum. Magdalena erwiderte den Gruß und er trat aus der Kirche in den Sonnenschein hinaus.

Wie seltsam, dachte er, dass man gleichzeitig so schrecklich traurig und doch so glücklich sein kann.

13. Kapitel

Am Tag nach der Beerdigung fragte Georg Kaspar vorsichtig, ob er noch bleiben könne, solange er keine neue Stellung gefunden habe. Kaspar schaute ihn daraufhin mit einem so finsteren Gesicht an, dass Georg noch vor einem Jahr die Schultern hochgezogen und sich schnell davongeschlichen hätte, um dem augenscheinlich bevorstehenden Donnerwetter zu entgehen. Jetzt wusste er es besser. »Von wegen! Du bleibst hier, solange du willst, und basta. In diesen Zeiten lässt man keinen Freund ohne Not ziehen. Meine Töchter sind alle versorgt, Elisabeth wird schließlich noch im Sommer heiraten, und dann sind nur noch Jakob, Anna, Fehling und Peter im Haus, sofern der nicht sogar bald seine Gesellenprüfung macht und auf Wanderschaft geht. Ehe ich irgendwelche Fremden aufnehme, habe ich doch lieber weiter dich hier. Nein, vom Weggehen will ich nichts mehr hören.«

Damit drehte sich Kaspar um. Georg blieb ein wenig hilflos stehen. Es war nicht so, dass er dieses Geschenk nicht zu schätzen gewusst hätte – es war in diesen Zeiten wirklich ein seltenes Glück, einen Freund zu haben, denn von Solidarität untereinander war nicht allzu viel zu spüren in der Stadt. Die Not war zu groß, als dass nicht jeder auf seinen eigenen Vorteil geschaut hätte. Trotzdem fühlte sich Georg wie ein Schmarotzer. »Kann ich nicht wenigstens irgendwas Kleines im Haushalt tun, Kaspar?«, fragte er leise.

Kaspar seufzte und wandte sich ihm wieder zu. »Ich glaube nicht, dass meine Frau dich in ihrem wohlgeordneten Geschäft brauchen kann. Du bist ein Kopfarbeiter, Georg, nicht geschaffen fürs Holzhacken oder Bodenschrubben.« Plötzlich runzelte er die Stirn. »Warte mal – ich habe neulich mitbekommen, dass Jakob sich mit dem Griechischen schwertut. Vielleicht kannst du ihm ab und zu Nachhilfe geben?«

Georg atmete auf. »Das würde ich sehr gerne tun!«

»Gut, dann ist das ja wohl geklärt. Jetzt lass mich in Ruhe weiterarbeiten.«

Und so kam es, dass Georg wieder einen Schüler hatte – einen, der allerdings gänzlich anders war als der schüchterne kleine Johannes. Aber es tat gut, etwas tun zu dürfen für Kost und Logis.

In der Stadt wurde die Not immer sichtbarer – natürlich nur bei den unteren Bevölkerungsschichten. Nach wie vor wehrten sich die Ratsmitglieder, die landgräflichen Regierungsbeamten und die Universitätsangehörigen standhaft dagegen, zu den Kontributionen beizutragen, die von Woche zu Woche drückender wurden. Anfang März schon war zusätzlich zu den monatlichen Zahlungen noch die Lieferung von Unmengen an Brot und anderen Gütern an den vorbeiziehenden niederhessischen General Johann Geyso fällig geworden. Dazu kamen noch zusätzliche Holzlieferungen, die die Stadt aufbringen musste, um auf Anordnung des Landgrafen die eigenen Befestigungen durch Palisaden zu verstärken. Und Willichs Soldaten pressten den Bürgern weiterhin erbarmungslos das ab, was ihnen durch landgräflichen Befehl zustand.

Trotz allem ging das Leben weiter. Und auch das Studium schritt voran. Georg bestritt noch zwei Disputationen als Opponent, die letzte davon sogar öffentlich. Aber anders als erhofft wurde er weder durch die Übung noch durch den Rollenwechsel wirklich besser, auch wenn er begann, sich in der Rhetorik wiederzufinden und das, was er gelernt hatte, anzuwenden. Trotzdem merkte er selbst, wie schwer es ihm fiel, sich auf die Argumentation einzulassen, ohne den Faden zu verlieren, und wie schwach seine Argumente oft ausfielen, weil er seine Gedanken nicht richtig in Worte fassen konnte.

Ostern ging vorüber, der Frühling kam endlich gänzlich zum Vorschein und brachte frisches Grün und duftende Blüten mit. Oft musste Georg mitten im Gehen innehalten, wenn er eine Blume sah, und an Magdalena denken – seltsam, dabei war sie doch keineswegs zart wie eine Blume, höchstens wie ein etwas stacheliges Gewächs. Nach der Beerdigung hatte er sie nur noch einmal kurz sprechen können und seitdem lächelten sie sich lediglich im Gottesdienst zu. Es war ja nicht gut möglich, sich irgendwo mit ihr zu treffen, schließlich war sie ein anständiges Mädchen – das hoffte er jedenfalls. Nein, er wusste es. Nur weil ihr Vater Soldat war, musste sie schließlich nicht völlig verwildert sein und untugendhaft. Er wusste immer noch nicht ihren Nachnamen, aber das machte auch nichts. Vielleicht war es sogar besser so, womöglich würde ihm sonst jemand unangenehme Dinge über ihren Vater erzählen. Außerdem würde er dann vielleicht viel zu stark auf das Gefälle sehen, das zwischen ihnen herrschte, er würde auf den Boden der Realität zurückgeholt werden, in der eine Verbindung zwischen einem Academicus und einer Soldatentochter niemals anerkannt werden würde … Nein, es war besser, einfach nur von ihr zu träumen.

Genau das tat Georg auch an diesem Morgen im Mai. Längst hatte er den dicken wollenen Rock gegen einen dünneren ausgetauscht und ließ den Mantel, wenn er ehrlich war, nur noch aus Eitelkeit lässig von der rechten Schulter wehen. Er war früh aufgebrochen zu seiner Vorlesung und ließ sich daher Zeit, Zeit zum Grübeln und Träumen. Er liebte es, so mittendrin zu sein im Stadtleben und doch ganz für sich. Und es war schön und einfach, beim Gehen zu denken.

Gerade war er dabei, den Marktplatz zu überqueren, als direkt hinter ihm Geschrei losging, laut genug, um sogar ihn aus seinen Innenwelten zu reißen. »Ihr Hurensöhne, ihr dreckigen! Blutsaugende Schufte!«

Er drehte sich um. Ein ganzer Pulk Menschen stand da, Frauen und Männer, und ihnen gegenüber ein Trupp Soldaten, die jetzt ihre Degen zogen. »Ihr Pfeffersäcke, ihr sitzt doch auf eurem Geld wie die Glucke auf dem Nest!«, rief einer davon.

»Auf welchem Geld sollen wir sitzen? Das habt ja längst alles ihr, ihr Diebe!« Georg erkannte Lorenz Sebald, den Schneider, der mit wirrem Haar die rechte Faust erhob und drohend schüttelte.

»Wir haben gar nichts mehr und ihr schmaust und feiert da oben wie die Herren!«, schimpfte ein anderer mit überschnappender Stimme.

Einer der Soldaten schob aggressiv sein Kinn vor und machte eine beleidigende Geste. »Undankbares Pack! Wollt wohl lieber geplündert werden, was?«

»Ihr Sauschwänze!« Sebald stürzte mit geballten Fäusten nach vorn. Andere folgten ihm mit dem Ruf: »Waffen weg, ihr Feiglinge!«, und schon war die schönste Prügelei im Gange.

Georg spürte einen Stoß im Rücken und stolperte ein paar Schritte vor. »Los, Kammann, nicht glotzen, drauf!« Es war Philipp Cramer, der jetzt an ihm vorbeirannte, den Degen erhoben, drei andere Studenten im Schlepptau. Georg fasste nach seinem alten Degen, zog ihn aber nicht. Hastig sah er sich nach einem sicheren Platz um und fand ihn in der engen Aulgasse zwischen zwei Häusern am Ostrand des Marktplatzes. Degen klirrten davor aufeinander und Georg drückte sich eng an die Wand, um nur ja nicht in den Streit mit hineingezogen zu werden.

»Was ist denn da schon wieder los? – Oh, Ihr seid das!«

Georg fuhr herum. Im Gegenlicht erkannte er Magdalena zunächst nur an den Locken, die von ihrem Kopf abstanden und wie eine Gloriole zu leuchten schienen.

»Hört sich nach einem gemütlichen Beisammensein an«, sagte sie und Georg spürte, wie ihm trotz des Degengeklirrs ein knappes Lächeln über das Gesicht flog.

»Sie streiten um die Kontributionszahlungen, wie immer.«

»Wie dumm die Leute hier sind.«

Georg fühlte sich unwillkürlich bemüßigt, die Bürger zu verteidigen. Dumm waren sie nun wirklich nicht, wenn sie die unerträgliche Last nicht länger hinnehmen wollten! »Die Soldaten nehmen den Leuten ihr letztes Hemd, und zwar sehr brutal mit sichtlichem Vergnügen. Was Wunder, wenn sie irgendwann wütend werden!«

Magdalena zischte abschätzig. »Als ob die Soldaten das zum Spaß machen! Wir müssen doch nun mal auch von irgendwas leben und immerhin verteidigen wir die Stadt für euch. Gerade jetzt steht der Turenne mit den Weimarischen vor den Toren. Glaubt Ihr, er würde ohne die Besatzung einfach draußen bleiben? So will er wenigstens nur Brot für seine Truppen, das muss nun mal sein.«

Georg wollte etwas sagen, aber in diesem Moment fand der Kampf auf dem Platz ein plötzliches Ende, da eine ganze Rotte Soldaten anrückte und die Kämpfenden auseinandertrieb. Im Nu war der Platz leer gefegt. Magdalena streckte ihren Kopf neben Georg aus der Häuserlücke. Als ihre Haare seine Hand kitzelten und er ihren Atem neben sich hörte, begann sein Herz wild zu schlagen.

»Tja, und das hat jetzt natürlich wirklich allen weitergeholfen. Wahrscheinlich beschweren sie sich auch über den Palisadenbau, bei dem sie mithelfen sollen, was?«

»Keine Ahnung«, sagte Georg. Er wusste gar nicht so genau, was sie gesagt hatte, viel zu aufregend und wundervoll war es, ihre Stimme so nahe an seinem Ohr zu hören.

»Dabei sollten sie froh sein, dass sich Landgraf Georg darum kümmert, bevor es zu spät ist. Die Landgräfin in Kassel ist schließlich immer noch hinter Oberhessen und ganz besonders Marburg her und die Franzosen sind mit ihr verbündet. Genauso wie die Schweden. Was glaubt Ihr, was hier los ist, wenn die kommen und vor alten, unzureichenden Befestigungen stehen?«

Georg drehte sich zu ihr um. Jetzt standen sie weit genug im Licht, dass er ihre vor Aufregung glänzenden Augen sah. Verwirrt betrachte er sie. »Woher um alles in der Welt wisst Ihr so viel darüber?«

Sie zuckte mit den Achseln. »Man bekommt so einiges mit … Ich bin eben neugierig und mein Vater achtet nicht darauf, ob ich an den Schlüssellöchern horche, wenn er seine Besprechungen hat.«

»Aber warum lauscht Ihr überhaupt? Ich meine …« Er verstummte, als ihm klar wurde, was ihre Worte implizierten: Ihr Vater musste wenigstens einer der Offiziere sein, wenn nicht … Aber er wusste nicht, wie er die Frage formulieren sollte.

»Weil ich wissen will, was mein Vater tut und wofür ihn die ganze Stadt hasst.«

Damit war es endgültig klar. Ihre Augen hielten die seinen fest, während sie sprach, forschend und ein wenig ängstlich, wie ihm schien. »Magdalena Willich.« Er sprach den Namen vorsichtig aus, aber eine Frage war es nicht.

Sie nickte trotzdem. »Hasst Ihr ihn auch?«

»Ich weiß nicht – nein, hassen ganz bestimmt nicht. Aber ich muss ja auch keine Kontributionen an ihn zahlen. Könnte ich auch gar nicht.«

Einen Augenblick schwiegen beide, dann fing sie wieder an: »Aber seht Ihr nicht ein, dass es notwendig ist? Sonst laufen ihm die Soldaten weg und dann steht die Stadt ohne Schutz vor der Landgräfin Amalie Elisabeth da. Und ich glaube, die würde alles tun, um Marburg zurückzubekommen.«

Georg holte Luft, um eine Frage zu stellen, atmete dann aber lieber wieder aus. Er konnte doch nicht zugeben, dass er so wenig Ahnung von Politik hatte!

Aber sie schien es ihm anzusehen. »Wusstet ihr nicht, dass die Kasseler Marburg schon mal besessen haben?«

»Na ja …« Er zögerte und sprach dann doch weiter. »Das schon. Aber wenn ich ehrlich bin, weiß ich nicht, warum.« Er schaute sie aus dem Augenwinkel an. Verzog sie verächtlich den Mund? Aber sie nickte nur, und als sie weitersprach, strahlten ihre Augen ihn an. Vielleicht war es gar nicht so schlecht, etwas nicht zu wissen, wenn er ihr damit das Glück verschaffte, es ihm erklären zu können …

»Das war, weil Landgraf Ludwig von Hessen-Marburg, mit

dem diese Linie ausgestorben ist, eine Hälfte seines Territoriums den Kasselern und eine den Darmstädter Verwandten vererbt hat. Aber er hatte in seinem Testament festgelegt, dass ganz Oberhessen bei der reinen Lehre Luthers gelassen werden sollte. Und dann hat sein Neffe, der Kasseler Landgraf Moritz, den Calvinismus eingeführt. Darum bekam dann der Vater unseres gnädigen Landgrafen Georg 1623 die Kasseler Hälfte auch vom Reichshofrat zugesprochen, weil er schließlich genauso wie sein Sohn ein guter Lutheraner war. Hört Ihr an der Universität denn nichts über solche Dinge?«

Georg schüttelte den Kopf. »Im Studium geht es um zeitlose Dinge, nicht um aktuelle Politik. Davon erfahre ich höchstens auf der Straße oder wenn ich Flugschriften lese. Einer unserer Nachbarn hat mir mal erzählt, wie das war, als die Calvinisten die Pfarrkirche und später dann die Elisabethkirche gestürmt und die Bilder zerstört haben.«

»Hm. Dann lernt Ihr also die wirklich interessanten Dinge gar nicht.«

Georg beobachtete, wie Magdalena sich wieder einmal eine Strähne ihrer widerspenstigen Locken aus dem Gesicht pustete, und fragte ohne nachzudenken: »Wärt Ihr lieber ein Mann?« Gleich darauf hätte er sich am liebsten auf die Zunge gebissen.

Aber Magdalena schien seine Frage nicht anstößig oder ungehörig zu finden, höchstens erstaunlich. »Äh – nein, warum?«

»Na ja, ich meine …«, stotterte Georg. »Weil Ihr Euch so für all diese Dinge interessiert …«

Sie schnalzte missbilligend mit der Zunge. »Nur, weil ich mich für Politik interessiere, muss ich doch kein Mann sein wollen! Ich will ja beim besten Willen nicht all das *tun*, was ihr Männer tut. Aber ich will verstehen, was ihr tut, warum ihr es tut und was es für den Rest der Menschheit bedeutet. Schließlich haben all die männliche Politik und der Krieg immer auch Auswirkungen auf die Frauen. Und zwar nicht zu wenige.«

Nachdenklich schaute Georg sie an. Das war nicht von der

Hand zu weisen und ein legitimer Grund. Plötzlich fiel ihm auf, wie ähnlich ihr Wunsch dem seinen war. »Wie seltsam«, sagte er langsam, »ich will auch immer verstehen. Nur auf einer anderen Ebene. Warum die Menschen kämpfen oder wer was warum tut in der Politik, darüber denke ich meist nicht einmal nach. Aber ich studiere, weil ich wissen möchte, wie Gott ist und warum er Dinge zulässt und tut, von denen ich denke, dass sie nicht zu seinem Wesen passen, wie es in der Bibel steht. Und ich möchte die Bibel verstehen und die Welt und wie sie aufgebaut ist. Die Menschen habe ich noch nie interessant gefunden, die Natur schon.«

»Wir könnten wahrscheinlich so manches voneinander lernen. – Na ja, das meiste würde wohl eher ich von Euch lernen. Ich weiß ja nicht viel.«

»Aber mehr als ich in diesem Bereich.«

Ihr Lächeln war wie ein Sonnenaufgang. »Ich würde Euch gerne vieles davon erzählen. Aber jetzt muss ich los, sonst macht sich meine Stiefmutter noch Sorgen. Lebt wohl – und hoffentlich treffen wir uns mal wieder in so einer Gasse, egal ob davor ein Kampf tobt oder nicht.«

Georg schaute ihrer kleinen Gestalt nach, bis er sie nicht mehr sehen konnte.

ᚷ

»Die Schweden kommen!«

Georg fuhr von seinem Buch hoch und hätte dabei fast die Seite herausgerissen, die er gerade in der Hand hielt. Sein Herz schlug für einen Moment unregelmäßig und er brauchte eine Weile, bis er wieder klar sehen konnte.

»Was ist los?«, fragte einer der anderen Bibliotheksbenutzer.

»Königsmarck und seine Schweden stehen vor den Toren von Weidenhausen.« Der junge Mann in der Tür keuchte immer noch und schwitzte. »Oder jedenfalls einer seiner Offiziere mit einem ganzen Haufen Soldaten – ein Kavallerieregiment und noch ein ganzes Regiment Dragoner, ihr wisst schon, die Soldaten, die zur Schlacht reiten, aber dann zu Fuß kämpfen. Tausende von Pferden! Und sie wollen Einquartierung!«

»Aber sie haben doch Kontribution bekommen, ich habe von fünfzigtausend Pfund Brot gehört, hundert Fässern Bier, fünfhundert Hufeisen und was weiß ich noch alles!«

Inzwischen hatte sich eine regelrechte Traube um den Nachrichtenbringer versammelt. Georg stand auf und ging ebenfalls näher. Seine Beine fühlten sich an wie roher Teig.

»Ja, gesammelt haben sie das, aber dann konnten sie zuerst keine Pferde finden, um die Kontribution auszuliefern, weil alle diese dummen Bürger und Bauern ihre Tiere versteckt haben, aus Angst, sie nicht zurückzubekommen. Und als sie dann heute Mittag endlich genug aufgetrieben hatten, haben die Gespannführer die Wagen gerade eben bis vor die Stadt gefahren, dort ihre Pferde ausgespannt und sind auf und davon. Und wir haben jetzt die Schererei, weil der Königsmarck natürlich denkt, man verweigere ihm die Kontribution.«

»Und jetzt, was tut der Rat?«

»Sie haben einen Unterhändler rausgeschickt, aber auf den haben die Schweden natürlich nicht gewartet. Sie sind von der Pulvermühle her nach Weidenhausen eingebrochen und jetzt ist da ein Hauen und Stechen losgegangen. Die Weidenhäuser sind schließlich nicht aus Watte! Kommt jemand mit?«

»Seid Ihr irre? Ich lasse mich doch nicht für die Bürger abschlachten!«

»Müsst Euch halt nicht abschlachten lassen!«, rief einer.

Philipp Cramer drängte sich vor. »Auf jeden Fall bleibe ich nicht hier in der Bibliothek hocken und verschanze mich feige hinter Büchern. Sehen will ich es wenigstens!«

»Recht habt Ihr, Cramer!« – »Auf geht's!« Mit Ausrufen wie diesen und erregtem Gemurmel eilte augenblicklich alles auf den Ausgang zu. Georg schaute sich nach seinem Arbeitsplatz und der Schrift von Polycarp Leyser um und wünschte sich nichts mehr, als sich hinter den Büchern zu verschanzen. Aber der Raum war auf einmal erschreckend leer und jede Ecke schien drohend das Wort ›Schweden‹ zu flüstern. Erinnerungen an die endlosen Augenblicke in der Löber'schen Stube überschwemmten ihn. Nur nicht allein sein! Mit einem Nach-Luft-Schnappen, das fast ein Schluchzer war, lief Georg seinen Kommilitonen nach.

Auf den Straßen herrschte Aufruhr. Menschen liefen umher und suchten nach den besten Verstecken für ihre Wertgegenstände, andere standen zusammen und diskutierten, wieder andere liefen so wie Georg und die anderen Studenten durch die Untergasse, die an der Stadtmauer entlang verlief, auf das ehemalige Dominikanerkloster zu, um durch das danebenliegende Lahntor nach Weidenhausen zu kommen. Dabei rissen die Gespräche nicht ab. Die Stimmen klangen schrill und schwankten zwischen Angst, Widerstandswillen und Zorn. Man suchte nach Schuldigen, schimpfte und wusste doch, dass es letztlich unwichtig war, wer wann was verkehrt angepackt hatte: Die Schweden waren da.

Je näher sie dem Lahntor kamen, desto lauter hörte Georg die Geräusche aus der Vorstadt herüberschwappen: Geschrei, Musketenschüsse und Pferdegewieher. Rauch begann in dicken, schwarzen Ballen von dort aufzusteigen. Plötzlich war der Krieg hier, ganz nah. Es war wie das Aufwachen aus einem schönen Traum: Auch Marburg war nicht gefeit vor tatsächlichen Kriegshandlungen.

Die Schweden. ›Seht, was ich gefunden!‹ Immer wieder klang der harte Akzent in Georgs Ohren nach, spürte er die Wolle um seinen Hals. Obwohl es Mitte Mai war, war ihm auf einmal eiskalt. Wie angefroren blieb er vor dem Collegium stehen und wusste nicht, was er tun sollte. Zu Kaspars Haus flüchten? Aber wozu? Es lag ja so nah am Tor, so nah am Geschehen, so schrecklich nah! Es war schwer, einen klaren Gedanken zu fassen.

Auf einmal ertönte das rhythmische Geräusch von trabenden Hufen und Georg wusste, er sollte weglaufen, so schnell er konnte, sich verstecken, irgendwo – aber er konnte sich nicht von der Stelle rühren.

»Sie kommen!«, schrie jemand voller Panik. »Die Schweden kommen!«

»Unsinn!«, rief ein anderer ganz in Georgs Nähe, gerade als er endlich die Kraft aufbrachte zu fliehen. »Das ist doch keine Armee, die paar Pferde!«

Georg war egal, wie viele es waren. Er stürzte am Tor vorbei, um zur Reitgasse hinaufzukommen. Lieber dort im Haus abwarten, als den Schweden direkt in die Arme zu laufen!

Aber er hatte gerade erst die Gasse überquert, als die Hufschläge heran waren. Es war wie ein Sog, der ihn zwang, stehen zu bleiben und sich umzudrehen.

Sechs Reiter waren es, die ihre Pferde jetzt zum Schritt zügelten, um direkt an Georg vorbei die steile Reitgasse hinaufzureiten. Drei von ihnen trugen Kürasse, einer einen Helm, die anderen Hüte mit weit ausladenden Federn, die im Takt der Pferdeschritte auf und ab wippten. Es musste sich um Offiziere handeln. Einer der Männer, der deutlich weniger kriegerisch und schlichter gekleidet war, kam Georg vage bekannt vor, so als hätte er ihn schon einmal irgendwo gesehen.

»Ausgerechnet den Oberforstmeister haben sie geschickt?« Georg hatte den Mann neben sich gar nicht bemerkt, bis er sprach. »Na ja, aber immerhin hat er es geschafft, die Offiziere heranzuholen. Der auf dem Schimmel, das ist der Obristleutnant von Preuschwitz, der hat den Befehl. Hoffentlich auch die Befugnisse.«

»Werden sie denn verhandeln?«

»Verhandeln?« Der Mann lachte auf. »Worüber sollen sie denn verhandeln? Der Rat hat keine Grundlage zum Verhandeln. Nein, fressen werden sie und saufen! Das ist die einzige Chance: Man stopft sie mit einem guten Essen voll und versucht dann, sie noch weiter zu bestechen, dann bleibt uns die Einquartierung vielleicht erspart.«

Im ersten Moment glaubte Georg noch an einen Scherz, aber das Gesicht des Mannes war vollkommen ernst. »Heißt das, der Rat richtet ein Festmahl aus, während Weidenhausen brennt und geplündert wird?«, fragte er entgeistert.

Der Mann schnaubte. »Es ist Krieg, Herr Studiosus, und der ist schon immer unberechenbar gewesen. Fressen oder gefressen werden, so heißt es doch. Und mir ist es lieber, die Herren Offiziere fressen mit den Räten gebratene Gänse, als dass uns die Soldaten die Haare vom Kopf fressen. Eine Einquartierung von zwei Regimentern? Danach liegen wir am Boden.« Damit wandte er sich grußlos ab und verschwand in einem der umliegenden Häuser.

Langsam drehte Georg sich um und trottete auf immer noch zittrigen Knien zur Druckerei. Lernen konnte er jetzt doch nicht mehr und er sehnte sich nach Kaspars polternder, ehrlicher Stimme und Frau Ursula, die ihm vermutlich einen Becher Bier geben würde, zur Beruhigung.

Hinter sich hörte er den ganzen Weg über die Schreie, das Lärmen und das Prasseln der Flammen – Geräusche der Plünderung aus Weidenhausen.

෯

Kaspar stand vor der Druckereitür, als Georg um die Hausecke bog. Wie ein Fels blockierte er den Eingang, beide Beine fest am Boden und die Arme verschränkt. Er trug keine Waffen und war nicht sonderlich muskulös, aber wie er dastand, wachsam und gespannt wie eine Feder und doch gleichzeitig eine unglaubliche Sicherheit und Ruhe ausstrahlend, war Georg sich sicher, dass niemand sich an ihm vorbeiwagen würde.

Jetzt entdeckte er Georg und ein Lächeln ging über sein Gesicht. »Da bist du ja, Gott sei Dank!«, rief er. »Ich hatte schon befürchtet, dass du womöglich mitten in die Plünderung hineingeraten wärst, mit den anderen Studenten, die wahrscheinlich ganz wild darauf waren, sich mit ihren Degen ins Getümmel zu stürzen, oder?«

Als Georg bei ihm ankam, musste er sich erst einmal gegen die Wand lehnen. Seine Beine fühlten sich immer noch wie Haferbrei an. »Teilweise«, sagte er.

Besorgt legte Kaspar ihm die Hand auf die Schulter. »Du siehst aus, als würdest du gleich zusammenbrechen. Was ist passiert? Komm, ich helfe dir ins Haus.«

Georg schüttelte den Kopf. »Nein, ich will nicht reingehen. Davon wird es nicht besser. Wenn sie kommen, will ich sie wenigstens sehen.«

»›Sie‹ – meinst du die Schweden? Die werden sicher nicht die Stadt stürmen, mach dir da mal keine Sorgen. Vielleicht kriegen wir noch eine Einquartierung, das ist schlimm genug, aber nun wirklich kein Grund zusammenzubrechen. Und soweit ich gehört habe, sitzen die Offiziere doch schon beim Rat und schmausen. Der wird uns da schon rausreden. Man kann sich ja über unseren Stadtrat aufregen wie man will, dass die Räte keine Kontribution zahlen und so weiter, aber reden, das können sie.«

Georg versuchte zu lächeln, aber es klappte nicht recht. Er meinte immer noch den Rauch zu riechen und die Schüsse zu hören und in seinem Kopf vermischte sich dieser Rauch mit dem anderer verbrannter Häuser. Außerdem ließ sich das Gefühl von Wolle um seinen Hals einfach nicht vertreiben. Es waren die Schweden, die dort unten hausten, und ein Teil von ihm wollte dorthin stürmen und verhindern, dass sie andere Jungen quälten, während der andere Teil sich in den Armen seiner Mutter zusammenrollen wollte. Die Tatsache, dass beides nicht möglich war, brachte ihn beinahe um den Verstand.

»Georg!«, hörte er Kaspar sagen, aber er konnte nicht darauf reagieren. Raue Stimmen und Augen wie kaltes Metall, Angst und Messer und Vaters Bücher im Keller, Schmerzen, Schläge und der Strang um seinen Hals. Und jetzt waren sie hier, hier, hier!

Ein scharfer Schmerz durchzuckte ihn und sein Kopf flog

zur Seite. Seine Wange brannte. Er schloss die Augen, öffnete sie wieder und sah Kaspars Gesicht vor sich mit der finsteren Miene, die er immer aufsetzte, wenn ihn etwas wirklich tief bewegte. »Tut mir leid«, sagte er. »Etwas Besseres fiel mir nicht ein, um dich da rauszuholen. Du hast ganz schnell geatmet und warst so weit weg … Was hast du denn? Sollen wir doch lieber hineingehen?«

Wieder schüttelte Georg den Kopf. Nein, nur keine Wände und Bänke! Er wollte frische Luft atmen, Licht sehen und mitbekommen, was geschah.

Kaspar zog die Brauen noch ein Stück mehr zusammen. »Es ist die Erinnerung, richtig? Waren das Schweden damals?«

»Ja«, sagte Georg hilflos.

»Es wird sich nicht wiederholen, Georg, egal, ob sie in die Stadt kommen oder nicht.«

Er spürte Kaspars Hand auf seinem Arm und die Wärme tat gut.

»Außerdem solltest du das Wichtigste nicht vergessen: Wir sind alle in Gottes Hand. Und schließlich hat er dich doch schon einmal gerettet.«

Georg schüttelte den Kopf. »Aber ich weiß nicht, ob er es beim nächsten Mal wieder tun wird. Vielleicht ist es nicht sein Plan. Andere rettet er doch auch nicht. Wieso hat er dir und mir Johannes genommen? Oder deinen Bruder? Wie kannst du da immer noch hoffen und vertrauen, dass alles gut wird?«

Kaspar atmete tief ein und aus, bevor er antwortete. »Das kann ich eben nicht, Georg. Du missverstehst mich. Ich möchte Gott immer noch manchmal mit den Fäusten an die Brust trommeln und ihm Vorwürfe zuschreien – und weißt du was, ich tue das auch. Aber das ändert nichts an der Tatsache, dass ich ihm vertraue. Vertrauen geht tiefer, als nur zu glauben, dass alles wieder gut wird. Vertrauen bedeutet, dass ich mich ihm ganz in die Hand gebe und fest davon überzeugt bin, dass er mich liebt und weiß, was er tut und warum er es tut. Und dass dahinter, ich weiß nicht wie und wann, etwas Wunderbares steht, das ich jetzt einfach nur noch nicht sehen kann.«

Sie schwiegen für einen Moment. Georg kam der Altar in der Marienkirche in den Sinn, das leuchtende Blau hinter dem leidenden Christus. Die Nägel in dessen Händen und Füßen, die Dornenkrone und der qualvolle Tod gingen über in Auferstehung, Himmelfahrt und den Thron Gottes. Zwei Seiten einer Münze, Tag und Nacht, Frühling und Winter, Leid und Freude, Tod und Liebe.

Er atmete tief durch. »Danke«, sagte er leise. Kaspar nickte nur.

Georg wusste nicht, wie lange sie gemeinschaftlich schweigend vor der Druckerei gestanden hatten, als einer ihrer Nachbarn, der Krämer Heinrich Faber, die Reitgasse hinuntergelaufen kam und laut rief: »Sie ziehen ab! Die Stadträte haben dem Preuschwitz und den anderen Offizieren Geld und ein Reitpferd versprochen und jetzt ziehen sie ab!«

»Gott sei Dank!«, sagte Kaspar. Er lächelte Georg zu und beeilte sich dann, zu der Menschentraube zu stoßen, die sich rasch um Faber bildete. Georg folgte ihm auf dem Fuß.

»Wie steht es um Weidenhausen?«, fragte einer der anderen Nachbarn.

»Ausgeplündert und ziemlich zerstört. Einige Einwohner sind erschossen worden und viele sind verletzt. Aber sie ziehen ab und wir bekommen keine Einquartierung! Wenigstens das nicht.«

»Gott sei Lob und Dank«, sagte Kaspar noch einmal.

Georg konnte nicht umhin zu denken, dass man in Weidenhausen vermutlich gerade weniger dankbar war. Für sie kam der Abzug viel zu spät, die meisten hatten wohl alles verloren, was sie besessen hatten. Aber er sprach seine Gedanken nicht laut aus. Das machte sie zu greifbar und er hatte schon genug damit zu tun, seiner eigenen Angst, Erleichterung, Sorge und Erinnerungen Herr zu werden. Er konnte dem jetzt nicht auch noch das Leid von Menschen hinzufügen, die er nicht persönlich kannte, er konnte es einfach nicht. Plötzlich fühlte Georg sich unendlich müde und erschöpft.

Er hielt nur einen Gedanken fest: Die Schweden zogen ab und Marburg war im Großen und Ganzen noch einmal davongekommen.

&

Am nächsten Tag waren die Schweden zwar aus der Gegend abgezogen, aber nicht aus Georgs Kopf. Um die Mittagszeit saß er darum in seiner Kammer, fest entschlossen, seinen Geist nicht unbeschäftigt zu lassen, und repetierte aus seinen Mitschriften die Lektionen vom Vormittag. In diesem Semester lernte er jeden Tag von sieben bis neun Uhr etwas über die Psalmen, von neun bis zehn Uhr wurde er in Exegese unterrichtet. Die nächste Übung begann erst um eins, bis dahin wollte er keine Minute ohne Theologie verbringen. Draußen schien die Sonne und sorgte für vorsommerliche Temperaturen. Georg merkte es daran, dass er zu schwitzen begann, obwohl er nur im Hemd an seinem kleinen Tisch saß. Während er in Gedanken die zuletzt gelesenen Lehrpunkte wiederholte, stand er auf und öffnete das Fenster, das zum Hof hinunterging.

Sofort klang von unten der übliche Geräuschpegel von Menschen und Tieren herauf. Von weiter oben in der Reitgasse drang lautes, empörtes Gänsegeschrei herunter und der Ziegenbock der Nachbarn rannte wieder einmal mit konstant dumpfem Stoßen gegen den Zaun seines Verschlages an. Nebenan kreischte die kleine Margarethe Sebald wütend ihren Trotz heraus. Einen Augenblick lang verdrängte die Welt da draußen die des Wissens aus seinem Kopf. Plötzlich sah Georg eine junge Frau mit energischen Schritten die Reitgasse hinunterkommen und auf das Verkaufsfenster der Druckerei zusteuern. Die dunklen Locken, die nach der Mode ihr Gesicht umrahmen sollten, während der Rest der Haare hinten hochgesteckt war, waren nicht künstlich gedreht worden, sondern standen natürlich wild von ihrem Kopf ab.

Georg dachte gar nicht nach, sondern war im Nu aus seiner Kammer und der der Gesellen hinaus. Auf der Treppe nahm er immer zwei Stufen auf einmal und erst, als er an der Hausecke angekommen war, wurde er langsamer. Schließlich konnte er nicht einfach zu ihr hinrennen, sie sollte ja nicht denken, dass … ja, was eigentlich? In seinem Kopf herrschte ein seltsames Durcheinander und er blieb stehen.

Magdalena reichte gerade Peter einige Münzen durch das Fenster und nahm dafür eine ungebundene Schrift entgegen. Sie war schon gefaltet, aber an den oberen Kanten der Bögen noch nicht auseinandergeschnitten. Da Kaspar keinen Buchbinder beschäftigte, musste man bei ihm gekaufte Werke selbst noch zu einem solchen bringen. Viele sparten sich bei Gelegenheitsschriften aber auch das Geld und lasen die Bögen so, wie sie waren.

Jetzt drehte Magdalena den Kopf und entdeckte Georg. Ein Lächeln, das zuvor nicht da gewesen war und das Georg unerwartet glücklich machte, trat auf ihr Gesicht. »Gott zum Gruß, Georg Kammann!«, sagte sie. »Was steht Ihr denn da so herum?«

Georg fiel nichts ein, was er hätte sagen können, also lächelte er nur und hob die Schultern.

Sie trat vom Fenster weg und kam zu ihm. Nun standen sie beide dicht an der Hauswand, die von der Morgensonne noch warm war, und lächelten sich an. Seltsam, wie wenig unangenehm es Georg war, dass er nichts zu sagen wusste. Es war schön, dass sie da war, das reichte ihm.

Schließlich unterbrach sie die Stille doch. »Meine Stiefmutter wollte etwas Erbauendes zu lesen haben.« Sie wedelte mit der Druckschrift herum und Georg erhaschte den Namen des Superintendenten Georg Herdenius auf dem Titel. »Eine Leichenpredigt. Sie liest solche Schriften ständig. Der Überfall der Schweden auf Weidenhausen gestern hat ihr wieder einmal nervöse Zustände gemacht, da verlangt sie noch mehr danach, vom ewigen Leben und der Seligkeit der Gläubigen zu lesen. Ich frage mich wirklich, warum sie ausgerechnet einen Soldaten geheiratet hat.«

Da waren sie wieder, die Schweden. Georg fühlte den Strang um seinen Hals, der sein Glück vertreiben wollte, und ließ es nicht so weit kommen. »Eure Stiefmutter – Euer Vater ist also zum zweiten Mal verheiratet?«

Magdalena nickte. »Meine Mutter ist gestorben, als ich sechs war. Zwei Tage, nachdem mein kleiner Bruder tot auf die Welt gekommen war. Auf einmal stand Vater allein mit mir da. Dann hat er Susanna Pistorius geheiratet. Sie ist immer gut zu mir gewesen, aber weil sie so ist, wie sie ist, musste ich schon früh für meine kleinen Halbgeschwister mit sorgen, weil sie wieder einmal mit Kopfschmerzen oder Weinkrämpfen im Bett lag. Hier ist es besser als im Feldlager, hier hat sie ihren Bruder und ihre Schwägerin, die sich um sie kümmern, das tut ihr gut … und ich weiß gar nicht, warum ich Euch das alles erzähle.«

»Warum nicht?«, sagte er. »Ich höre Euch gerne zu.«

»Habt Ihr denn nichts Besseres zu tun? Ihr wolltet doch sicher gerade zum Studieren los, oder nicht?«

Georg schüttelte den Kopf. Es war sicher noch nicht ein Uhr. Und wenn schon, er wollte um keinen Preis der Welt fort von hier.

Einen Augenblick standen sie schweigend nebeneinander. Dann atmete Magdalena tief durch. »Jedenfalls ist es gut, dass der Königsmarck abgezogen ist, sonst hätte Mutter zu viel Grund, sich aufzuregen. Wenn Vater kämpfen muss, wird es immer ganz schlimm.«

Wieder die Schweden. Georg suchte nach einem anderen Thema, aber Magdalena war nicht mehr davon abzubringen.

»Dumm genug, dass die Stadt denen nun auch noch Proviant liefern musste. Wenn es wenigstens die unsrigen sind wie vorher bei den Bayern, geht es ja noch. Aber die haben ihr Brot ja dann gar nicht mehr abgeholt, weil die kasselische Landgräfin den

Geyso zurückgerufen haben soll – na, dann werden wir den auch bald hier haben.«

Georg nickte und versuchte so auszusehen, als verstünde er, wovon sie redete. Dass die Bayern das Brot nicht abgeholt hatten, hatte er natürlich mitbekommen. Vor knapp zwei Wochen war es dann billig verkauft worden, weil es anfing zu schimmeln. Aber warum, davon hatte er keine Ahnung und es interessierte ihn auch nicht sonderlich.

Magdalena schaute ihn mit hochgezogenen Brauen an. Offenbar war er nicht sehr überzeugend. »Ihr wisst doch, dass die Bayern zum kaiserlichen Heer gehören wie wir Darmstädter, oder? Und dass die Schweden mit den Kasselern verbündet sind? Und die Franzosen auch? Die waren ja direkt vor dem Königsmarck da.«

»Ja, schon, natürlich weiß ich das«, sagte Georg zögerlich. Im Grunde war ihm völlig egal, wer gegen wen kämpfte und wen die Stadt zwangsweise mit Proviant versorgen musste.

»Der Turenne hat gleich noch Leckereien für sich bestellt, der Hundsfott. Dabei war er kurz vorher noch auf der Flucht vor Mercy und seinen Bayern. Und jetzt kriegt er Oberwasser wegen Geyso und seinen Niederhessen.« Magdalena legte den Kopf schief. »Ihr versteht gar nicht, was ich sage, oder?«

Georg schüttelte den Kopf. Er konnte ihr doch nichts vormachen.

»Passt auf, ich erkläre es Euch. Ihr müsst doch wissen, was um Euch herum vorgeht! Also, die Bayern sind im Winter nach Böhmen gezogen. Dort wurden sie von Torstensohns Schweden geschlagen und haben sich zurückgezogen. Wartet, ich zeige Euch das mal so …« Sie hockte sich hin und nahm einige Steinchen vom Boden auf. Georg ging ebenfalls in die Hocke. Magdalena platzierte die Steinchen an verschiedenen Stellen vor ihren Füßen.

»Also, der dicke Kiesel hier, das ist Marburg. Und das hier sind jetzt die Bayern unter General Mercy in Böhmen. Der Turenne ist mit seinen Franzosen in der Zwischenzeit in Bayern eingefallen, da. Aber die Bayern kamen schneller zurück, als er dachte, und haben ihn in einer Schlacht geschlagen, bei Mergentheim, ungefähr hier. Daraufhin ist er geflohen und kam nach Hessen und hat Anfang Mai schon mal in Marburg Brot gefordert. Der Mercy ist ihm gleich gefolgt und kam auch hier vorbei. Aber jetzt hat die Landgräfin den Geyso mit ihren eigenen Truppen zurückgerufen, der war in Westfalen, das Steinchen hier. Auf dem Zug dahin hat er im März schon mal hier Proviant abgeholt. Außerdem hat sie halt die Schweden gerufen, die hatten ihr bei Gefahr für ihr Land Hilfe zugesichert. Darum standen den Bayern jetzt auf einmal drei vereinigte Heere entgegen und deshalb sind sie rasch abgezogen und der Turenne und die Schweden hinterher. Und alle haben sich in Marburg noch schnell verpflegen lassen wollen. Bloß hatten die Bayern eben keine Zeit mehr, das auch mitzunehmen. Und bei den Schweden ist die Sache fast schiefgegangen, aber das habt Ihr wohl auch mitbekommen, oder?«

Georg nickte. Vor sich hatte er nun ein Gewirr aus Linien, die die von Magdalena hin und her verschobenen Steinchen im Staub hinterlassen hatten. So ganz hatte er ihr nicht folgen können, weil er die ganze Zeit ihre Hände hatte anschauen müssen, die so geschickt die Steine bewegt hatten und so schön aussahen. Sie waren klein, aber sichtlich kräftig, und die Ringfinger waren ein wenig länger als die Zeigefinger.

»Seht Ihr«, sagte Magdalena zufrieden und klopfte sich den Staub von den hübschen Händen, »das ist der wirkliche Krieg. Ein paar wenige Schlachten und ansonsten nur Armeen, die durch die Gegend ziehen und sich gegenseitig bedrohen.«

Georg brummte zustimmend, obwohl er nur halb zugehört hatte. Dann schaute er von Magdalenas Händen auf in ihr Gesicht. »Wie alt seid Ihr eigentlich?« Die Frage kam aus ihm heraus, bevor er sie überdenken konnte.

»Siebzehn. Und Ihr?«

»Neunzehn.« Er schaute auf die Truppenzuglinien im Staub.

»Unsere Leben sind sehr unterschiedlich, oder? Ihr lebt mit dem Krieg, ich versuche ihn immer zu vergessen. Wünscht Ihr Euch Frieden?«

Sie runzelte die Stirn. »Ich weiß nicht. Ich kann mir Frieden gar nicht vorstellen. Der Krieg dauert ja schon so lange ich lebe und noch länger. Ich weiß nicht, wie Frieden sich anfühlt. Ihr doch auch nicht!«

»Nein. Aber ich weiß, was Krieg anrichtet und wie er alles kaputt macht, was ich liebe. Darum muss Frieden wunderbar sein. Ich hoffe, ich erlebe ihn noch.«

Magdalena schwieg einen Moment. »Mein Vater lebt vom Krieg«, sagte sie dann leise. »Und ich liebe meinen Vater. Aber ich weiß auch, dass Soldaten oft schlimme Dinge tun. Und ich habe ja auch Angst um Vater. Ich weine nur nicht ständig deswegen wie meine Stiefmutter.«

»Wie stellt Ihr Euch Eure Zukunft vor?«

Sie brauchte nicht lange zu überlegen. »Ich will einen Mann, der mich liebt und der mir etwas zutraut, die Entscheidungen im Haus überlässt und nicht ständig überall bestimmen will. Jemanden, mit dem ich reden kann, der mir nicht den Mund verbietet und auch nicht, dass ich Schriften lese, die nicht für Frauen gedacht sind. Und ich will Kinder haben und ihnen alles beibringen, was ich weiß. Ich will irgendwo wohnen und nicht ständig von hier nach dort ziehen. Mehr brauche ich gar nicht. Und Ihr?«

Georg biss sich auf die Lippen. Sollte er ehrlich sein? Sie war es auch gewesen – aber was, wenn sie ihn auslachte? Da sie ihn erwartungsvoll anschaute, holte er tief Luft. »Ich möchte etwas in der Welt bewirken. Ich möchte dabei helfen, dass Gott die Menschen verändert. Ich möchte, dass sie nachdenken über das, was sie tun, und es besser machen. Dass sie mehr von Gott und von dem verstehen, was hinter der Welt steht, und nicht immer nur auf ihren eigenen Vorteil sehen. Ich möchte ein guter Pfarrer werden, der die Leute mitreißt in seinen Predigten. Und ich wünsche mir eine Familie, eine Frau, mit der ich reden kann, die mich unterstützt, die mit mir denkt und betet und lebt. Findet Ihr das vermessen?«

Sie lächelte. »Nein, das finde ich nicht. Man muss doch Träume haben und die dürfen so hoch fliegen, wie sie wollen. Meine tun es ja auch. Eine Frau kann sich den Mann, den sie heiratet, meist nicht aussuchen, das tun die Eltern. Und meine Eltern kennen nur Soldaten, also werde ich wahrscheinlich auch einen Soldaten heiraten, der von Kommando zu Kommando zieht, und ich mit. So ist das eben. Aber träumen kann ich und vielleicht werden die Träume ja auch wahr.«

»Vielleicht.« Georgs Stimme brach fast, als ihm klar wurde, dass er sich beim Gedanken an seine zukünftige Ehe nur Magdalena neben sich vorstellen konnte.

Die Glocke der Pfarrkirche schlug einmal. Magdalena sprang auf. »Oh, schon so spät! Mutter wird sich aufregen. Ich hoffe trotzdem, dass wir uns bald wiedersehen. Ihr seid so anders als die anderen jungen Männer, die ich kenne. Lebt wohl für jetzt!«

»Lebt wohl«, krächzte Georg zur Antwort und schaute ihr nach, wie sie mit vorwärtsdrängendem Schritt die Reitgasse hinaufging. Erst als sie um die Ecke verschwunden war, fiel ihm auf, dass seine Vorlesung gerade begann, und er rannte nach oben, um seine Joppe, den Federkasten und Papier zu holen. Zum Glück war der Weg nicht weit zum Haus von Meno Hanneken, dem Professor für Hebräisch. Und er würde heute sowieso wenig davon mitbekommen, was dieser las.

Auf dem Hof machte er einen großen Schritt, um die Linien im Staub nicht zu zerstören.

14. Kapitel

Der Sommer verging in einem Rausch von Sonnentagen, Blüten und Magdalena. Georg bekam wenig von dem mit, was die Stadt beschäftigte. Nur die Tatsache, dass inzwischen alle männlichen Bürger in regelmäßigen Abständen dazu verpflichtet waren, Wachdienste zu verrichten, konnte sogar ihm nicht entgehen, da auch der Großteil der Nachbarn sich dieser unangenehmen Aufgabe stellen musste. Stundenlang hielt sie sie entweder vom Schlaf oder der Arbeit ab. Mehrmals hörte er, wie sich Lorenz Sebald bei Kaspar die unerträglichen Belastungen von der Seele klagte. Auch die anderen litten darunter, dass sie kaum noch genug Zeit hatten, um ihrem Handwerk nachzugehen und das nötige Geld zu verdienen, damit sie neben den zu zahlenden Kontributionen auch noch die Familie versorgen konnten.

Abgesehen davon aber lebte Georg in diesem Sommer in einer anderen Welt. Er bemühte sich, möglichst nicht daran zu denken, dass der Vater des Mädchens, das er so mochte, in der ganzen Stadt gehasst wurde wie kaum ein anderer.

Kennengelernt hatte er ihn immer noch nicht. Er traf sich mit Magdalena in der Stadt, nicht in der Ritterstraße, wo die Familie des Obristleutnants beim Bruder seiner Frau untergebracht war. Er wusste nicht einmal, wer dieser Bruder war und wo er wohnte. Sie verabredeten sich nie und das machte auch einen Teil der Faszination aus, die sie aufeinander ausübten. Man traf sich zufällig oder man traf sich nicht. Und jedes Mal ging wieder der gleiche wunderbare Stoß durch seinen ganzen Körper, wenn er ihre kleine Gestalt sah.

»Da seid Ihr ja schon wieder«, sagte sie dann oft und grinste ein so unverschämtes, selbstbewusstes Grinsen, dass sein Herz anfing zu flattern. Sie war so wunderbar, dass er nicht begreifen konnte, warum nicht jeder vernünftige Mensch in dieser Stadt ständig in ihrer Nähe sein wollte. Es war ein fremdartiges, herrliches Gefühl, das da in ihm wuchs und immer stärker wurde, je mehr Zeit verging und je öfter er sie traf.

Im Juni heiratete Elisabeth. Ihr Bräutigam Friedrich Arnold hatte in Marburg Medizin studiert und eine Stelle als Stadtphysikus in Butzbach sicher. Das Fest fiel bescheidener aus, als es in anderen Jahren ausgerichtet worden wäre, aber es war schön, überhaupt einmal wieder etwas zu feiern zu haben, und alle, die dabei waren, genossen es in vollen Zügen. Gleich nach der Hochzeit zog das junge Paar nach Butzbach. Georg vermisste Elisabeth nicht gerade – Jakob dagegen offenbar umso mehr, er war noch unausstehlicher als vorher. Die Unterrichtsstunden mit ihm waren nichts, worauf Georg sich freute, auch wenn er sich pflichtschuldig und Kaspar zuliebe alle Mühe gab.

Auch in Latein brauchte der Junge Hilfe. Er begriff den Stoff eigentlich schnell, aber er hatte Mühe, sich zu konzentrieren, und er war zu ungeduldig und neigte dazu, wütend alles hinzuwerfen, wenn er nicht sofort ein Ergebnis seiner Bemühungen sah.

»Elativ, Vokativ, Scheißhausmief«, stieß er an einem warmen Juliabend hervor. »Ist doch alles nur ausgestorbenes Gefasel. Ich habe keine Lust darauf!«

Georg war müde und verschwitzt. Vermutlich ging ihm deshalb an diesem Abend selbst die Geduld aus. »Dann sag deinem Vater, er soll dich aus der Schule nehmen, und werde Schuster. Vielleicht nimmt der Hermann im Steinweg dich auf, da wirst du dich wohlfühlen. Er schlägt auch nur drei- oder viermal am Tag zu und mit Scheißhäusern kennst du dich ja offenbar sowieso besser aus als mit Grammatik, dann kannst du dich darauf freuen, den Schweinekoben auszumisten. Und jetzt habe *ich* keine Lust mehr.«

Jakob starrte ihn überrascht an. Na, wenigstens hatte Georg nun seine Aufmerksamkeit – auch wenn er sie in diesem Moment gar nicht wollte. Der Wunsch, statt des widerspenstigen Jugendlichen den kleinen Johannes dort am Tisch sitzen zu sehen, war fast schmerzhaft stark. Er griff nach einem Buch, drehte seinen Stuhl in Richtung Fenster und versuchte zu lesen, was ihm nicht gelang. Die Worte kamen gar nicht in seinem Kopf an, weil er im Grunde darauf horchte, was in seinem Rücken vor sich ging. Neben den Geräuschen, die aus der Druckerei heraufklangen, hörte er nur Jakobs Atem und seine Hände, die nervös über den Stoff seiner Hose rieben. Und dann, nach einer ganzen Weile, sagte der Junge etwas, womit Georg überhaupt nicht gerechnet hatte. Seine Stimme klang auf einmal ganz weich und kindlich: »Johannes hätte das alles besser gemacht.«

Langsam drehte Georg sich um. Jakob saß am Tisch, die Hände auf den Oberschenkeln, und starrte die Wand an. Seine Augen schimmerten feucht.

»Vermisst du ihn?«, fragte Georg. Wie seltsam – dass auch Jakob um seinen Bruder trauern könnte, war ihm die ganze Zeit nicht einmal eingefallen.

»Natürlich vermisse ich ihn! Und jetzt ist auch noch Elisabeth weg, da habe ich nicht mal mehr jemanden zum Streiten. Das hat geholfen, wisst Ihr?«

Georg schluckte und schämte sich, dass er Jakob die ganze Zeit nicht wirklich als Person wahrgenommen hatte, sondern nur als Schüler und etwas unangenehmes, immer auf Widerspruch gebürstetes Kind.

»Ich hab ihn lieb gehabt«, fuhr Jakob fort und Georg fragte sich, ob er das jemals zuvor laut ausgesprochen hatte. »Und er wäre wirklich ein besserer Schüler geworden. Vater hat das nie verstanden, der dachte wohl, er sei etwas dumm. Dabei war er nur langsamer und so schrecklich ängstlich. Aber wenn er etwas wissen wollte, dann hat er sich daraufgestürzt und nicht nachgelassen mit Fragen, bis es verstanden hatte, und dann war er immer so glücklich … Glaubt Ihr nicht auch, dass er ein guter Schüler geworden wäre und studiert hätte und dann vielleicht sogar Professor geworden wäre?«

»Ja«, sagte Georg und musste sich räuspern, bevor er weitersprechen konnte. »Ja, das wäre er bestimmt. Und ich vermisse ihn auch. Obwohl ich natürlich nicht sein Bruder war, sondern nur sein Lehrer.« Er atmete tief durch und drehte den Stuhl wieder zum Tisch herum. »Ich weiß nicht, was euch beide verbunden hat. Aber ich weiß eins: Er war ein besonderer Junge, und ja, er war klug auf seine Weise. Aber du bist das auch. Du könntest ein sehr guter Schüler sein – aber du musst es wollen. Du musst das Wissen als Abenteuer sehen, Fragen und Probleme, die schwierig zu verstehen sind, so lange beackern, bis du sie gelöst hast, so wie Johannes. Wenn du das wirklich willst, wenn du dein Ziel vor Augen hast und dich auf all das einlässt, dann kann ich dir helfen und dann tue ich das auch gerne. Ansonsten verschwenden wir beide hier nur unsere Zeit.«

Jakob nahm den Blick von der Wand und schaute Georg an, während er auf seiner Unterlippe herumkaute. Dann streckte er ihm die Hand entgegen. Georg ergriff sie und ab diesem Moment war der Unterricht wieder etwas, auf das er sich beinahe freuen konnte. Sie sprachen nie mehr darüber, aber Georg wusste nun zumindest ein wenig von dem, was hinter der aufmüpfigen Fassade vor sich ging, und er begann, den Jungen sogar zu mögen.

☙

Die Hitze traf Georg wie eine Wand, als er an einem Tag Ende August die herrlich kühle ehemalige Kirche der Kugelherren verließ, in der gerade eine öffentliche Disputation stattgefunden hatte. Neben ihm stöhnte einer seiner Kommilitonen laut auf und schlich sich dann möglichst im Schatten an den Häusern entlang davon. Die anderen folgten ihm. Georg dagegen zögerte. Eigentlich wollte auch er so schnell wie möglich wieder in ein Gebäude, in dem es einigermaßen erträglich war – aber hier draußen könnte er vielleicht Magdalena treffen und es war undenkbar, diese Möglichkeit verstreichen zu lassen, ohne zumindest kurz auf der

Suche nach ihr einen Schlenker durch die Gassen zu laufen, Hitze hin oder her.

Die Kugelkirche lag nicht weit von der Ritterstraße entfernt, hier war also die Wahrscheinlichkeit sogar recht hoch, dass sie sich begegnen würden. Entschlossen stapfte er den Hang hinauf, langsam, wobei ihm trotzdem nach wenigen Schritten überall der Schweiß klebte.

»Georg!«

Er kannte ihre dunkle Stimme inzwischen so gut, dass das eine Wort reichte. Magdalena stand an die alte Stadtmauer gelehnt gleich neben dem Kalbstor, einem der Stadttore, das jedoch schon seit Beginn des Krieges vermauert war, und lächelte ihm entgegen. Er fühlte, wie sein Herz schneller zu schlagen begann, noch bevor er seinen Schritt beschleunigte.

Im Schatten der Mauer war es erträglich, trotzdem klebten Magdalena einige feuchte Strähnen auf der Stirn. Sie wischte sich mit dem Ärmel ihrer mattgrünen Joppe den Schweiß aus dem Gesicht. »Heiß heute, was?«

Georg brummte nur zustimmend und lehnte sich neben ihr an die Mauer. Einen Augenblick schwiegen sie, dann fragte Magdalena nach der Disputation und Georg erzählte kurz davon und von seinen Unterrichtsstunden mit Jakob. Sie hörte zu und fragte nach und dann erzählte sie von ihren kleinen Stiefgeschwistern und davon, dass ihre Stiefmutter wahrscheinlich wieder schwanger war. Es war ein klein wenig ungehörig, so lange dort zusammenzustehen, nur sie beide, auch wenn sie natürlich in der Öffentlichkeit waren, aber das war ihnen egal. Sie taten nichts Unschickliches, sie genossen nur die Gegenwart des anderen und redeten über alles und nichts. Meist redete Magdalena, aber Georg hörte ihr gern zu. Er lehnte an der alten Mauer, die grob behauenen Steine drückten ihm kühl durch das Hemd in den Rücken und er fühlte den rauen Sandstein an den Händen. Magdalena neben ihm war ständig in Bewegung, während sie erzählte.

Schließlich hatte sie genug geredet. Eine Weile sagte keiner von ihnen ein Wort. Georg schaute in den blauen Himmel hinauf und war einfach nur froh, dass sie zusammen waren.

Dann sprach sie wieder, leiser als vorher. »Vater sagt, die Landgräfin Amalie Elisabeth von Hessen-Kassel will Marburg wiederhaben und tut zurzeit alles, um das zu erreichen. Und er fürchtet, dass sie notfalls auch ihre bisherige Zurückhaltung aufgeben und auf Gewalt zurückgreifen könnte. In Oberhessen sind ihre Truppen ja schon seit März. Wenn er so etwas sagt, bekomme ich immer Angst.«

Überrascht schaute Georg sie an. »Irgendwie dachte ich, Ihr würdet Euch vor gar nichts fürchten.«

»Doch, manchmal schon. Wenn man eine Frau ist und keine Waffen trägt, muss man das ja auch.«

»Ich habe oft Angst«, sagte Georg. »Obwohl ich einen alten Degen trage. Wenn man nicht damit umgehen kann, nutzt er einem wenig. Und wisst Ihr was? Ich glaube, auch Leute, die das können, fürchten sich ab und zu. Der Krieg macht Menschen zu Ungeheuern und vor denen habe ich Angst.«

Magdalena lächelte. »Wisst Ihr, was ich an Euch so mag? Dass Ihr so ehrlich seid und gar nicht versucht, Euch aufzuplustern. Es gibt wenige Männer, die zugeben, dass sie Angst haben. Weil sie denken, dass eine Frau sich dann nicht mehr bei ihnen geborgen fühlen kann. Aber ich finde, das ist Unsinn. Angst macht schließlich vorsichtig, und wer fühlt sich schon bei einem unvorsichtigen Mann geborgen? Außerdem möchte ich immer lieber die Wahrheit hören als eine Lüge.«

Nun schaute sie in den Himmel hinauf, und da Georg nicht wusste, was er sagen sollte, folgte er ihrem Blick. Dann spürte er plötzlich etwas an seiner Hand, etwas Warmes und Weiches. Er hielt den Atem an und bewegte sich nicht. Ganz sanft berührte ihr Finger die seinen, strich sacht daran entlang, einmal, zweimal, dreimal, und hielt dann still. Aber immer noch berührten sich ihre Hände. Georg wagte nicht, sie anzusehen oder sich zu rühren, aus Angst, sie würde dann die Hand wegnehmen. Schließlich hob er seinerseits Zeige- und Mittelfinger und streichelte zurück. Zuerst bewegte sie sich nicht, dann griff ihre Hand auf einmal zu und schloss sich um seine.

Es war das schönste Geschenk, das er jemals bekommen hatte. Sie mochte ihn genauso wie er sie! Ein glückliches Lächeln stahl sich auf Georgs Gesicht und richtete sich dort für den Rest des Tages häuslich ein. Die Landgräfin in Kassel war ihm mitsamt ihrer Armee für heute völlig gleichgültig.

൏

Drei Tage lang war die Welt so schön wie noch nie in seinem Leben. Er dachte ständig an Magdalena, spürte immerzu ihre Hand an seiner. Bei allem, was er tat, dachte er daran, was sie dazu sagen würde, und wenn er nichts tat, sehnte er sich danach, sie ganz nah bei sich zu haben.

Es fiel ihm sogar oft schwer, sich auf seine Vorlesungen zu konzentrieren, weil sich immer wieder Magdalenas energisches Kinn dazwischenschob. Auch bei der Frühpredigt in der Pfarrkirche, die er weiterhin regelmäßig besuchte, wanderten seine Gedanken manchmal ab. Er ließ ihnen zwar dort keinen freien Lauf, aber es passierte eben doch und vielleicht war das ja auch nicht schlimm. Am dritten Tag dieser neuen Zeitrechnung wurde in der Textlesung aus dem dreizehnten Kapitel des ersten Korintherbriefs gelesen: *Nun aber bleiben Glaube, Hoffnung, Liebe, diese drei; aber die Liebe ist die größte unter ihnen.* Die Liebe, auch die zwischen Mann und Frau, war etwas von Gott Geschaffenes, Wunderbares.

Glaube, Liebe, Hoffnung. Gerade, als die Segensworte gesprochen waren und sie aufstanden, um die Kirche zu verlassen, brach plötzlich ein erschreckender Gedanke über ihn herein: Hatte diese Liebe denn eine Hoffnung? Es war, als würde eine Seifenblase zerplatzen, in der er die letzten Tage geschwebt hatte. Wie sollte das alles weitergehen mit Magdalena und ihm? Sie war die Tochter eines Soldaten und er war Theologiestudent, noch dazu ein mittelloser, der sich sein Studium nur durch die Wechsel seiner Patin gerade eben leisten konnte. Was sollte er jetzt tun? Wie sollte das alles funktionieren und wohin könnte es sie bei aller Liebe führen?

Kaspar schwieg, während sie gemeinsam durch die selbst jetzt, am frühen Morgen, noch warmen Gassen nach Hause gingen. Er war morgens meistens schweigsam. Heute war Georg sehr dankbar dafür, denn in seinem Kopf rasten die Gedanken und ließen keinen Raum für anderes.

Sie waren schon in dem engen Gang angekommen, der hinter der Druckerei zur Haustür führte, als Georg sich ein Herz fasste. Er musste darüber reden, um all das zu ordnen. »Kaspar?«, fing er vorsichtig an.

»Hm?«

»Ich könnte deinen Rat gebrauchen.«

»Gern. Wir haben ja gleich am Tisch Zeit, wenn wir unsere Frühsuppe löffeln.«

Georg zögerte. »Ich würde aber lieber nicht mit den anderen dabei …«

Jetzt blieb Kaspar stehen. »Jetzt und hier? Also etwas Delikates?«

»Es geht um … also … um ein Mädchen.«

Kaspars Augenbrauen schnellten überrascht in die Höhe. »Nanu! Und wofür brauchst du da meinen Rat? Ich kann kaum für dich den Werber machen, wir sind ja nicht einmal verwandt.«

»Nein, nein, so meinte ich das nicht. Ich kann doch nicht heiraten, solange ich gar keine Einkünfte habe! Ich … mag sie bloß wirklich gern. Aber es gibt da ein Problem.«

»Und das wäre?«

Georg merkte, dass ihm heiß wurde. Er nahm den Hut ab und drehte ihn in den Händen. »Sie ist die Tochter von … von Obristleutnant Willich.«

Er schaute Kaspar nicht an, aber er spürte auch so, wie dessen Körper sich versteifte. »Willich? Dieser erbarmungslose Blutsauger? Und dessen Schwiegersohn willst du werden? Pfui!«

Georg schwieg und schaute auf seinen Hut. Als ob ihm das Problem nicht bewusst wäre – deshalb wollte er doch Kaspars Rat! Aber vielleicht war das auch eine dumme Idee, entscheiden musste er ja doch selbst, was seine Vernunft gegen sein Gefühl wog.

Kaspar sprach weiter, ruhiger, aber nicht weniger eindringlich. »Georg, selbst wenn ihr Vater ein besserer Mensch wäre – sie ist immer noch ein Soldatenkind. Das wäre in Friedenszeiten kein Problem, im Gegenteil, die Tochter eines Offiziers ist an sich keine schlechte Partie – aber zu diesen Zeiten? Ein Mädchen, das ständig unter Söldnern lebt und mit dem Vater von einer Besatzung zur nächsten zieht und nirgends Fuß fassen kann? So eine wird nie eine gute Ehefrau, selbst wenn sie ihre Tugend bewahrt. Sie hat nie gelernt, ein Haus zu führen, mit Nachbarn umzugehen, die nicht ständig wechseln, und all die kleinen Benimmregeln zu beachten, die unausgesprochen unter Frauen gelten.« Er stutzte. »Moment mal – reden wir hier womöglich von der jungen Frau, die im Winter bei mir politische Schriften kaufen wollte und die dich gleich so interessierte?«

Georg nickte.

»Dann hast du ja schon gesehen, wohin das führt, wenn ein Mädchen unter lauter Soldaten aufwächst. Politik hat sie im Kopf – das kann nicht gut gehen, das ist nicht das, wofür eine Frau geschaffen ist! Ich will ja nicht sagen, dass es an sich schlecht ist, wenn sie sich dafür interessiert, aber es wird sie und ihren künftigen Ehemann in Schwierigkeiten bringen, wenn er in einem normalen Umfeld lebt. Ganz besonders, wenn er Pfarrer werden will.«

Die Hutkrempe war schon ganz feucht. Georg zwang sich, mit dem Drehen aufzuhören und zu Kaspar hinüberzusehen. »Aber ich mag sie so«, sagte er leise.

Kaspar betrachtete ihn aufmerksam und seine finstere Miene verschwand. »Ach, Georg«, sagte er schließlich. »In deinem Alter hatte ich auch noch solche Anwandlungen. Aber man lernt dazu.

Eine Ehe ist letzten Endes doch eine Zweckgemeinschaft. Natürlich ist sie heilig und natürlich sollte man niemals eine Frau heiraten, die man nicht ausstehen kann, aber – es kommt doch mehr darauf an, dass das Alltagsleben gut funktioniert, nicht auf deine oder ihre Gefühle. Gefühle sind etwas so Flüchtiges.«

Wieder schwieg er einen Augenblick und nahm dabei seinen forschenden Blick nicht von Georgs Gesicht. Georg begann wieder damit, seinen Hut zu kneten, um dem Blick zu entgehen.

»Versuch bitte, deinen Verstand walten zu lassen, so schwer dir das jetzt auch fällt. Und vor allen Dingen lass dir noch einen Rat geben: Lass dich nicht zu unbedachten Dingen hinreißen, weder in Richtung Ehe noch körperlich. Es gibt schon zu viele Mädchen, die von Studenten schwanger wurden. Nein, du brauchst jetzt gar nicht empört hochzufahren, die Liebe ist gefährlich, sie hat schon so manchen zu Schlimmerem hingerissen und so ein Kind ist schneller gemacht, als man meint.«

Georg presste die Lippen zusammen. So etwas wollte er nun wirklich nicht hören, so war das schließlich nicht mit ihm und Magdalena!

»Sei mir nicht böse, Georg, ich will dir ja gar nichts unterstellen. Ich bin eben nur ein alter Mann mit so einiger Lebenserfahrung und ich habe all das schon zu oft gesehen. Dass du nicht so ein Sauhund bist wie all die Studenten, die Mägde schwängern und dann sitzen lassen, das weiß ich ja inzwischen. Aber ich weiß eben auch, was Leidenschaft ist und wie sie den Verstand ausschalten kann. Ich wollte dich ja nur warnen. Die Liebe, gerade die erste, kann einen jungen Menschen schon sehr überwältigen.«

Das konnte Georg bestätigen – es war überwältigend, was er da erlebte. Überwältigend und wundervoll. Aber doch nicht so! Trotzdem nickte er.

»Du hast mich um Rat gefragt«, sagte Kaspar leise. »Und ich fürchte, das ist er. Es tut mir leid.«

Georg nickte schwer. Dann merkte er, dass Kaspar ihn fragend ansah. »Gehen wir essen«, sagte er. »Ich denke darüber nach.«

Kaspar lächelte ihm zu und öffnete die Tür. Drinnen wartete die Suppe auf sie und auf Georg ein ganzer Haufen harter Fragen und Gedanken.

15. Kapitel

Es war ein Samstagmorgen im frühen September, als Georg von schrillen Schreien aufwachte und mit wild klopfendem Herzen aus dem Bett stolperte. Orientierungslos stand er für einen Moment in seiner Kammer und wusste nicht, was er tun sollte. Was war das überhaupt? Ein Überfall? Schrie da jemand um Hilfe? Und wer war es? Mit einer gewissen Erleichterung hörte er gleich darauf durch die Dielen Frau Ursulas tiefe, kratzige Stimme und Kaspars nur wenig tiefere Stimmlage. Sie war es also nicht, die da schrie.

Ohne sich mit Ankleiden aufzuhalten, lief er die Stiege hinunter. Kaspar und seine Frau standen bereits in der Haustür.

»Was ist los? Wo kommt das her?«

Frau Ursula drehte sich um. Auch sie war noch im Nachthemd, hatte sich nur eben ein Wolltuch um die Schultern geworfen. »Von nebenan, den Sebalds. Wir wollen gerade nachsehen.«

Georg folgte den beiden. Obwohl der Sommer immer noch über der Stadt verharrte, waren der Steinboden im Erdgeschoss und der festgetretene Erdboden in der Gasse hinter dem Haus eiskalt unter seinen nackten Füßen. Als sie die Tür der Familie Sebald erreichten, hatten die Schreie immer noch nicht aufgehört, sondern waren nur leiser geworden.

Kaspar pochte an die Tür. »Frau Sebaldin! Was ist passiert? Können wir helfen?«

Das Schreien verstummte. Für einen Augenblick war von drinnen nur noch das Weinen von mehreren Kindern zu hören. Dann öffnete sich die Tür.

Georg hatte noch nie einen Menschen gesehen, der so elend aussah wie Frau Sibylla Sebald. Ihr Nachthemd war vorne zerrissen, sodass ihre Brüste hervorblitzten, ihr Haar stand in alle Rich-

tungen von ihrem Kopf ab, als habe sie mit den Händen darin ge-
wühlt, und ihr Gesicht war vor Entsetzen ganz verzerrt, während
Tränen und Rotz ungehindert aus Augen und Nase liefen.

»Um Gottes willen«, stieß Frau Ursula hervor. Sie trat an die
Sebaldin heran und schloss sie ohne weitere Umstände in die
Arme. Die Nachbarin begann sofort zu schluchzen. Frau Ursula
strich ihr über das Haar. »Was ist denn geschehen?«, fragte sie
schließlich leise.

Die Laute, die Sibylla Sebald ausstieß, waren zunächst kaum
zu verstehen, wurden dann aber immer mehr zu einem »Lorenz!
Lorenz … Werkstatt …«

Kaspar winkte Georg, ihm zu folgen, und schob sich an seiner
Frau und der Sebaldin vorbei ins Haus. Drei der vier kleinen Se-
bald-Kinder standen heulend im Flur wie verlorene Gegenstände. Georg strich dem vierjährigen Hans im Vorbeigehen über den
Kopf, aber solange sie nicht wussten, was überhaupt geschehen
war, konnte er sowieso nicht einmal versuchen sie zu trösten, also
folgte er Kaspar, der inzwischen die Tür zur Schneiderwerkstatt
geöffnet hatte und jetzt mit einem erschrockenen »Oh Gott!« einen Schritt zurückwich. Georg brauchte nicht näher heranzutre-
ten, um zu sehen, was ihn noch für Tage und Wochen in seinen
Träumen verfolgen würde.

Lorenz Sebalds Körper hing beinahe direkt vor der Tür von
einem Haken an der Decke herab, ein Seil zog sich hinter seinen
Ohren hoch, sein Gesicht war blau angelaufen. Seine Hände hingen ebenso wie seine Füße schlaff herab und er pendelte leicht
im Luftzug. Unter ihm lag ein umgestürzter Hocker. Seine Augen
starrten blicklos zu Boden.

»Papa?«, weinte der kleine Hans hinter ihnen. Rasch drehte Georg sich um und nahm den Jungen in den Arm, um ihm
den Anblick zu ersparen. Kaspar schloss die Tür und blieb davor
stehen, das Gesicht kalkweiß. »Er hatte es angekündigt.« Seine
Stimme klang brüchig. »Sie wollten ihn wegen Wachversäumnis
ab morgen in der Festung einsperren. Ich war dabei, als sie es ihm

verkündet haben. Er sagte, er habe vier kleine Kinder und kaum noch Verdienst, dazu das ständige Wachegehen – er wisse nicht, wovon er die Kontributionen bezahlen solle. ›Ich halte es nicht mehr aus‹, hat er gerufen. ›Ich schneide mir die Gurgel ab!‹ Keiner hat das ernst genommen. Oh Gott, ich hätte wachsamer sein müssen, ihm mehr helfen. Oh mein Gott, vergib mir, ich habe gesündigt.«

Hans weinte leise an Georgs Schulter. »Du konntest das doch nicht wissen, Kaspar! Wenn jeder, den ich sich den Tod habe wünschen hören oder der gesagt hat ›Ich bringe mich um‹, das tatsächlich täte ...«

»Trotzdem«, sagte Kaspar und sah auf einmal sehr hilflos aus. »Gesündigt habe ich doch, als ich mich nicht intensiver um seine Not gekümmert habe.«

Der kleine Junge wurde langsam zu schwer und Georg setzte ihn vorsichtig auf den Boden zurück, woraufhin er sich eng an sein Bein schmiegte.

»Was können wir jetzt tun?«, fragte Georg, aber Kaspar reagierte nicht auf seine Frage, sondern sprach weiter: »Und nun wird er dafür büßen müssen. Er hat sich selbst ermordet, seinen Leib als den Tempel Gottes entweiht, Gottes Gebote missachtet. Er wird keine ordentliche Beisetzung bekommen, und wenn die Toten am Jüngsten Tag auferstehen, wenn unser Herr Jesus wiederkommt ...«

»Kaspar! Hör auf!« Georg sagte es scharf und laut, damit er auch wirklich aufhörte. Sibylla Sebald stand nur wenige Schritte entfernt immer noch an der Haustür, Frau Ursulas Tuch um die Schultern, um ihre Blöße zu bedecken. Sie hörte jedes Wort, das sie sprachen. Ihre Augen waren weit aufgerissen, ein erneuter Jammerlaut entfuhr ihr und sie schlug sich die Hände vors Gesicht.

Zum Glück hielt Kaspar wirklich inne und zog die Brauen zusammen. »Es ist die Wahrheit. Soll ich die verschweigen?«

»Ja«, sagte Georg fest. »Im Augenblick schon. Hat die Frau Sebaldin nicht gerade genug Leid zu ertragen? Meinst du, sie weiß das alles nicht? Musst du es ihr also noch zusätzlich um die Ohren schlagen?«

Kaspar schwieg und starrte Georg finster an.

»Was?« Georg merkte, wie ihn Kaspars Verhalten regelrecht wütend machte. »Glaubst du wirklich, dass es christlich und gut ist, den Angehörigen die Sünden ihrer Verstorbenen vorzuhalten, an denen sie doch sowieso nichts mehr ändern können? Ich nicht. Unser Herr hat sich immer zuerst um die notleidenden Menschen gekümmert und ihnen ganz praktisch geholfen. Und das möchte ich auch tun. Die Familie braucht jetzt Hilfe und Trost, egal, was Meister Sebald getan hat und aus welchem Grund. Vielleicht litt er unter Melancholie, dann sieht die Sache schon ganz anders aus. – Komm, Hans, wir gehen ein bisschen raus.« Er nahm den Jungen an die Hand, ließ Kaspar einfach stehen und ging zur Eingangstür. Frau Ursula legte ihm die Hand auf den Arm und verzog leicht die Mundwinkel zu einem knappen Lächeln.

»Ich nehme die Kinder mit rüber«, sagte Georg.

Frau Ursula nickte zustimmend. »Der Kleine schläft oben?«, fragte sie die Sebaldin, deren Gesicht inzwischen ganz starr wirkte. Wie mechanisch nickte sie. Ursula Chemlin holte tief Luft. »Gut, um den kümmere ich mich gleich. Nehmt Ihr die drei älteren mit und beschäftigt sie, Georg, das ist eine gute Idee. Wo ist Kaspar?«

»Hier.« Kaspars grauer Kopf tauchte neben Georg auf. Er schoss einen finsteren Blick zu Georg hinüber. »Ich gehe und melde es.« Mit wütenden, energischen Schritten ging er über die schmale Gasse und verschwand im Haus, um sich anzuziehen. Frau Ursula lächelte Georg noch einmal beruhigend zu, aber Kaspars Abgang hinterließ ein ungutes Gefühl in Georgs Bauch. Hatte er sich zu viel herausgenommen?

Aber es war jetzt keine Zeit, sich darüber Gedanken zu machen. Er führte die fünfjährige Anna und die dreijährige Margarethe aus dem Flur und brachte sie zusammen mit dem kleinen Hans hinüber ins Chemlin'sche Haus. Kurz zögerte er, aber dann führte er sie doch in Johannes' Kammer hinauf. Immer noch lagen dort dessen Sachen herum, das hölzerne Pferd, die Schulhefte und der Kreisel. Die Kammer wurde nicht gebraucht und so hatte es noch niemand übers Herz gebracht, sie auszuräumen.

Die beiden Kleinen begannen sofort zu spielen. Sie verstanden noch nicht wirklich, was geschehen war, und die neue Umgebung und die Spielsachen ließen sie den Schrecken schnell vergessen. Mit Anna schaute sich Georg, nachdem er sich rasch Hose, Strümpfe und Schuhe über die ausgekühlten Beine und Füße gezogen hatte, ein paar Bilder an, die Kaspar vor Jahren für Johannes gezeichnet hatte, um ihm die Welt, in der er lebte, näherzubringen. Georg sah sie zum ersten Mal und war beinahe genauso fasziniert wie das kleine Mädchen.

Nur einmal schaute Anna auf und fragte ihn mit großen Augen: »Mein Herr Vater ist im Himmel, nicht?«

Georg nickte. Natürlich wusste er das nicht wirklich – Selbstmörder hatten sich durch ihre Tat den Weg dorthin verbaut, da hatte Kaspar natürlich recht, aber das konnte er doch dem Kind nicht sagen!

»Dann muss er jetzt nicht mehr so viel weinen. Das ist doch gut, nicht?«

Georg schluckte hart. »Ja.« Er musste sich räuspern, damit ihm seine Stimme gehorchte. »Sieh nur, eine Kirche! Ich glaube fast, es ist die Elisabethkirche. Warst du schon einmal dort drin?«

Sie ließ sich ablenken und erzählte und Georg atmete auf. Es gelang ihm jedoch nicht recht, dem Geplapper des Kindes zuzuhören. Immer wieder malte er sich aus, wie der verzweifelte Mann keinen anderen Ausweg mehr wusste, als sich das Leben zu nehmen, spürte den Strick um den Hals … Er wusste, wie sich das anfühlte, und es fiel ihm schwer zu verstehen, wie schrecklich verwirrt und am Boden zerstört ein Mensch sein musste, um sich diese Qual freiwillig anzutun, wissenden Auges in die Hölle zu wandern und die eigenen Kinder und die Frau allein und noch verzweifelter zurückzulassen.

Schließlich knarrten die Treppenstufen und Frau Ursula trat in die Tür. »Ich bringe euch jetzt wieder hinüber. Eure Mutter hat eine schöne Suppe für euch.« Sie kam herein und nahm die kleine Margarethe auf den Arm. Als sie an Georg vorbeikam, nickte sie ihm zu. »Ihr wart eine große Hilfe, Georg.«

Als sie gegangen waren, blieb Georg am Tisch sitzen und schaute aus dem Fenster. Es war nun völlig still im Haus. Lorenz Sebald würde sicherlich noch am Abend vor der Stadt verscharrt werden, wie ein streunender Hund. Ein Selbstmörder wurde nun einmal nicht ordentlich auf dem Kirchhof beerdigt, aber Georg konnte nicht anders als sich das Leid der Familie vorzustellen. War eine Trauerfeier nicht für die Hinterbliebenen gedacht? Warum wurden sie bestraft für die schreckliche Tat des Ehemanns und Vaters, die doch gar nichts dafür konnten? Erst nach einer ganzen Weile konnte er sich dazu aufraffen, zu seinen Büchern aufzubrechen.

Von Kaspar hörte er den ganzen restlichen Tag kein Wort mehr. Am Mittagstisch saß er mit grimmigerer Miene als je zuvor und schaute betont an Georg vorbei. Es war beinahe wie zu der ersten Zeit seines Hospitiums im Hause Chemlin. Fast war Georg versucht, sich wieder in seinen Cicero zurückzuziehen, aber er merkte, dass das an einem Tag wie diesem nicht mehr ging. Es fühlte sich wie ein Verrat an Sibylla Sebald und den Kindern an, die dem Schrecklichen nicht so leicht entfliehen konnten. Dass dazu auch noch etwas zwischen ihm und Kaspar stand, machte es noch schlimmer. Georg wagte nicht, ihn anzusprechen, so abweisend war sein Gehabe.

War er zu weit gegangen, hatte er das Freundschaftsverhältnis falsch eingeschätzt, war er für Kaspar eben nicht ein Freund, sondern eher wie ein Sohn gewesen? Dann hätte er die Grenzen des Schicklichen allerdings übertreten. Aber in der Sache hatte er trotzdem recht gehabt, da war Georg sich ganz sicher. Es war nicht richtig gewesen, dort zu stehen und sich in Hörweite der trauernden Witwe über die schreckliche Sünde ihres Mannes auszulassen. Vor allem, wenn die Familie doch dringend praktische Hilfe benötigte. Und war es nicht auch vermessen, sich so sicher darüber zu sein, was Gott mit dem Toten tun würde? Vielleicht war der Herr barmherziger, als sie es annahmen – zumal auch die Theologen sich uneinig waren, ob nicht ein Selbstmörder, der sich aus Melancholie das Leben nahm, durch seine Verwirrung keine Schuldfähigkeit besaß und eben doch im Himmel aufgenommen wurde.

In der Nacht schlief Georg schlecht. Stundenlang wälzte er sich von der einen auf die andere Seite, den Kopf voller Gedanken, Ängste und Bilder, die er nicht sehen wollte. Er betete, aber ruhiger wurde er auch davon nicht. Als er schließlich doch einschlief, träumte er so heftig und wirr, dass er am Morgen schweißgebadet und mit dem inzwischen schon beinahe vertrauten Gefühl von Wolle um den Hals aufwachte. Er rieb sich die Kehle und wartete, bis sich sein Atem beruhigte. Sein Mund war trocken. Hastig wusch er sich und ging dann in die Küche hinunter.

Als er die letzten Stufen zum ersten Stock hinunterstieg, sah er Kaspars hagere Gestalt neben der Küchentür lehnen. Georg atmete tief durch. »Guten Morgen.«

Kaspar trat von der Wand weg und Georg machte einen Schritt in den schmalen Raum hinein. Sie trafen sich an der Küchentür. Im morgendlichen Licht, das golden durch das Fenster hineinfiel, sah Georg, dass Kaspars Gesicht immer noch bewölkt war wie kurz vor einem Gewitter.

Was er sagte, als sie voreinander standen, passte allerdings nur schlecht dazu: »Ich bin ein sturer alter Esel, Georg. Natürlich hattest du recht gestern, das ist mir im Laufe der langen Nacht klar geworden. Ich habe wohl tatsächlich vergessen, dass es unserem Herrn doch zuallererst um die Gnade ging und um die Menschen. Ich habe die Sünde in den Vordergrund gestellt – meine und Lorenz Sebalds – und nicht denjenigen, der Sünden vergeben will und der immer den Menschen geholfen hat, wo es nötig war. Und dann war ich wütend auf dich, weil du gewagt hattest, mich zu kritisieren. Ich fange an zu denken, dass alte Menschen vermutlich viel häufiger auch von jungen Menschen lernen könnten, wenn sie nur ihre Selbstgerechtigkeit und ihr Bedürfnis nach Ehrerbietung etwas herunterschrauben könnten. Fang also bloß nicht an, um den heißen Brei herumzureden, wenn du mir etwas sagen willst. Kann sein, dass ich dich anschreie oder zwei Tage schmolle, aber besser, ich begreife es später als gar nicht. Und ich wünsche mir, dass wir immer ehrlich zueinander sind.«

Georg fühlte sich, als würde eine schwere Kiepe voller Brennholz von seinen Schultern genommen, und er lächelte glücklich. Wenigstens die Freundschaft mit Kaspar war wieder in Ordnung und das war viel wert.

❧

Frau Ursula empfing sie mit heißer Morgensuppe und der Information, die Geistlichen hätten befunden, dass Lorenz Sebald aufgrund seines guten Lebenswandels eine stille Beisetzung auf dem Kirchhof zuzugestehen sei.

»Er litt unter Melancholie, das haben sie Gott sei Dank anerkannt. Und ich werde mitgehen. Sibylla Sebald braucht jede Unterstützung, da kannst du sagen, was du willst, Kaspar.« Sie verschränkte die Arme vor der Brust und schaute ihren Mann herausfordernd an.

Er erwiderte den Blick ruhig. »Ich sage gar nichts, sondern komme auch mit. Diese Lektion habe ich hoffentlich gelernt.« Beim zweiten Satz wanderten seine Augen kurz zu Georg hinüber.

Georg beugte sich schnell über die Suppenschale, aber er genoss das gute, warme Gefühl, das ihn durchrieselte.

Die Beerdigung fand mittags statt und es war seltsam, mit den wenigen Trauernden hinter dem Sarg herzugehen und weder von singenden Schülern begleitet noch vom Geläut der Totenglocke empfangen zu werden. Am Grab hielt Subdiakon Misler eine sehr kurze Andacht, es wurden die Beisetzungsworte gesprochen und der Sarg an einem Platz nahe der hinteren Kirchhofmauer eingesenkt, damit war die Feier schon zu Ende. Sibylla Sebald stand mit trockenen Augen da, die ins Leere zu starren schienen. Ihr Gesicht war bleich und sie hielt den fast ein Jahr alten Fritz fest an sich gedrückt, während sich die anderen Kinder an ihre Beine schmiegten. Erst als Frau Ursula sie kurzerhand und ohne sich um Sitte und Herkommen zu scheren umarmte, lief ihr eine Träne über die Wange.

»Wollt Ihr noch am Grab bleiben? Soll ich Euch die Kinder abnehmen und schon einmal nach Hause bringen?«, fragte Frau Ursula. Einen Leichenschmaus würde es ebenfalls nicht geben.

Die Sebaldin wischte sich über die Wange und nickte.

Während Frau Ursula der dreijährigen Margarethe übers Haar strich, griff Georg nach der Hand des ein Jahr älteren Hans, die dieser ihm nach kurzem Zögern auch überließ. Anna weinte leise und folgte ohne weitere Aufforderung, aber als Frau Ursula sich den am Daumen nuckelnden Fritz reichen lassen wollte, begann er laut zu brüllen.

»Lasst ihn hier«, sagte die Sebaldin und drückte dem Kleinen einen Kuss auf die Wange, woraufhin er sich augenblicklich beruhigte.

Frau Ursula nickte und so nahmen sie nur drei Kinder mit hinunter. »Vielleicht ist es sowieso besser, wenn sie nicht ganz allein dort bleibt«, murmelte Frau Ursula und Kaspar nickte.

Georg passte seine Schritte Hans' kleinen Beinen an und spürte schon bald, wie sich eine weitere feuchte Kinderhand in seine andere Hand schob. Annas blasses Kindergesicht wirkte verloren. Georg drückte ihre Hand vorsichtig, um sie zu trösten. Zu sagen wusste er nichts, aber vielleicht war das auch gar nicht nötig.

Langsam gingen sie den Schneidersberg hinunter, auf dem sich Stände von Buchhändlern aneinanderreihten. Auch der Chemlin'sche Geselle Fehling stand dort und verkaufte die aktuellsten Druckwaren der Werkstatt. Kaspar nickte ihm nur kurz zu.

Auf dem Marktplatz herrschte das übliche Gedränge eines Markttages. Bauern überschrien sich gegenseitig mit den Preisen für ihre Erzeugnisse, Händler priesen ihre Waren an, Kinder liefen umher, Hunde bellten und in einer Ecke stand ein Bänkelsänger auf einem kleinen Podest und sang ein melodisch einfaches Lied, in dem in vielen Strophen von irgendeinem schaurigen Mord berichtet wurde. Georg fasste Hans' kleine Hand fester, um ihn im Gedränge nicht zu verlieren, während er Kaspar und seiner Frau quer über den Platz folgte.

Als er Schuster Hermann hinter seinen Schuhen stehen sah, schaute er rasch weg. Er dachte kaum an den Winter in dessen Haus zurück, aber wenn er ihn sah, war es keine schöne Erinnerung.

Nicht weit von Hermanns Stand boten die Töpfer ihre Waren feil. Einen davon kannte Georg aus seiner Zeit in der Neustadt, er wohnte nicht weit von der Schusterwerkstatt entfernt. In genau dem Moment, als Georg zu ihm hinübersah, sackte der Mann plötzlich zusammen. Seine Frau, die neben ihm stand, schrie erschrocken auf.

»Was ist mit ihm?«, rief sein Standnachbar, ein anderer Töpfer, hinüber.

Die Stimme der Frau klang schrill. »Ich weiß nicht, es ging ihm schon gestern nicht gut, er hat Fieber, aber wir müssen doch verkaufen, wie sollen wir sonst die Kontributionen zahlen!«

Kaspar machte einen Schritt auf den Stand zu, aber Frau Ursula hielt ihn mit ihrer freien Hand am Arm fest. »Nicht, Kaspar, ich bitte dich. Was, wenn es …« Sie sprach es nicht aus, aber Georg wusste, wie der Satz weiterging: Was, wenn es die Pest ist? Die Angst vor der Seuche war in jedem von ihnen eingepflanzt und hatte seit Jahren tiefe Wurzeln geschlagen.

Entsprechend zögerlich trat auch der Nachbar heran. Der kranke Töpfer lag auf dem Boden und rührte sich nicht und genauso schien auch das Leben rund um den Stand den Atem anzuhalten. Schließlich holte der andere Mann hörbar Luft, hockte sich neben den Bewusstlosen und schob mit einer raschen Bewegung und leicht abgewandtem Kopf ein Bein seiner weiten Kniehose hoch. Georg sah die beiden Beulen an der Innenseite des Schenkels im gleichen Moment, in dem der Nachbar mit einem Aufstöhnen ruckartig die Hand wegzog und noch im Aufstehen zurückstolperte. Weg von der Gefahr, weg von dem Unheimlichen, das durch die Luft wehte und im Nu von einem zum anderen zu springen vermochte und ganze Städte auslöschen konnte. Georg starrte auf die Stelle am Bein des Töpfers, wo er unter dem wieder ein Stück heruntergerutschten Hosenbein die Beulen wusste, und spürte, wie ihn die Angst kalt packte.

»Nach Hause. Schnell!« Kaspars Stimme klang rau vor Entsetzen. Georgs Beine gehorchten der Anweisung und dem, was sein eigener Überlebenstrieb ihm eingab: Sie liefen, so schnell es ging. Hans' kleine Beine waren zu kurz, viel zu kurz und viel zu langsam, also nahm er den Jungen auf den Rücken. Kaspar tat das Gleiche mit Anna und dann liefen sie am Rathaus vorbei den Hirschberg hinunter, so schnell sie konnten, und durch den schmalen Gang von hinten hinein in die Druckerei. Kaspar warf die Tür hinter sich zu. Einen Augenblick lang blieben sie im dämmrigen Flur stehen und hörten dem schnellen, panischen Atem der anderen zu.

»Wie viele Vorräte haben wir im Haus, Ursel?«, fragte Kaspar schließlich.

»Genug für eine Woche«, antwortete Frau Ursula. Ihre Stimme klang höher als gewöhnlich und verriet ihre Angst.

Die folgende Stunde verbrachten sie in der Stube, alle zusammen. Sie sprachen wenig und verloren kein Wort über das Gespenst, das ihnen begegnet war. Die Kinder spürten trotzdem, dass zu all dem Schrecken, den sie bereits erlebt hatten, ein neuer hinzugekommen war, und waren ungewöhnlich still, bis ihre Mutter sie abholte, mit rot geweinten Augen und der Schreckensnachricht »Die Pest ist in der Stadt!« auf den Lippen. Der erkrankte Töpfer war in sein Haus zurückgebracht worden und der Markt hatte sich schneller geleert als ein Sieb, in das Wasser gegossen wurde.

୧୫

Langsam schloss Kaspar die Tür hinter der Sebaldin und den Kindern. Georg und Frau Ursula standen in der Stubentür und schauten auf seinen grauen Hinterkopf. Es war kühl im Flur, aber das war nicht der Hauptgrund, weshalb Georg schauderte. Er hatte schon eine Pestwelle erlebt. Da war er zehn Jahre alt gewesen und dieselbe Angst, die ihn jetzt packte, hatte ihn damals schon in ihren Würgegriff genommen. Die jüngste Tochter des reichen Gundlach war die Erste gewesen, die in Günsendorf gestorben war, nachdem die Krankheit schon in den Nachbarorten gewütet hatte, und dann hatten sich die faulen Lüfte im Dorf verbreitet. Auch Georgs Familie hatte gelitten: Seine kleine Schwester Dorothea war genauso wie seine Großeltern an der Seuche erkrankt und hatte die Erde gegen den Himmel eingetauscht. Aber der Großteil der Familie und des Dorfes waren gesund geblieben und das war alles andere als selbstverständlich.

Und jetzt war die Krankheit hier, hier in seinem Marburg. Hier, wo sie Menschen fressen konnte, die er lieb gewonnen hatte. Oder ihn selbst. Der Töpfer lebte in der Neustadt, nicht in der direkten Nachbarschaft, aber die Pest war tückisch und sie sprang oftmals schnell und scheinbar ziellos von einem Stadtteil zum nächsten – wie eine Pusteblume ihre Samen in einem Windstoß verteilte. Und ebenso wenig wie die kleinen Samenschirmchen konnte man die faulen Dämpfe der Seuche einfangen. Wie lange würde es dauern, bis die Totenkarren die Leichen abtransportieren würden, die schneller starben, als man sie beerdigen konnte? Wie lange, bis der erste davon die Reitgasse und den Hirschberg hinunterfahren würde?

Kaspar nahm die Hand gar nicht erst vom Türriegel. »Ich gehe zum Apotheker Schrodt und kaufe Wacholderbeeren, Wermut und ein wenig Sandelholz, wenn er welches hat. Und wenn nicht schon die halbe Stadt seine Vorräte aufgekauft hat.«

»Soll ich nicht gehen?«, hörte Georg sich sagen, fast gegen seinen Willen. Natürlich wollte er nicht dort hinaus und die böse Luft einatmen, aber er wollte auch nicht, dass Kaspar oder einer der anderen Hausbewohner ging. »Ich bin schneller dort und wieder zurück.«

»Da hat er recht, Kaspar«, sagte Frau Ursula heiser.

Kaspar zögerte. Sie legte ihm die Hand auf den Arm. »Nimm etwas an, wenn es angeboten wird, und lass deinen alten Stolz beiseite. Du bist kein junger Hüpfer mehr und er wird schnell hin- und zurücklaufen und deutlich weniger lange der Gefahr ausgesetzt sein, als du es wärest.«

Kaspar seufzte und nahm die Hand vom Riegel. »Aber beeil dich wirklich. Und binde dir ein Tuch ums Gesicht.«

»Wartet!« Frau Ursula rannte in die Küche und kam kurz darauf mit einem Tuch zurück, das mehrfach eingeschlagen war. »Haltet Euch das vor Nase und Mund. Ich habe zwei Rosmarinzweige hineingetan, das vertreibt die bösen Lüfte hoffentlich ein wenig.«

Georg nickte ihr dankbar zu, nahm das Tuch und schluckte den Knoten weg, der in seiner Kehle saß. Dann schlüpfte er hinaus, das würzig duftende Tuch an die Nase gepresst. Während sich die Tür hinter ihm schloss, hörte er Kaspar etwas murmeln, aber er verstand es nicht mehr. Ob er betete?

»Herr Jesus, bewahre mich bitte und hilf der Stadt!«, flüsterte Georg seinerseits in sein Tuch, dann ging er mit raschen Schritten los. Die Schrodt'sche Apotheke befand sich am oberen Ende des Marktplatzes, der sich dort zu einer Gasse verengte. Um den verseuchten Markt zu vermeiden, lief Georg nicht den kürzesten Weg über den Hirschberg, sondern folgte der Reitgasse, um von dort aus durch das schmale Stiefelsgässchen direkt auf den

Obermarkt zu gelangen. Die Straßen waren wie leer gefegt, nur vereinzelt huschten Menschen ebenso wie er selbst mit Tüchern vor dem Gesicht von hier nach dort. Die Angst war noch ansteckender als die Pest selbst.

Die Apotheke gleich neben dem Schlosssteig war nicht zu übersehen: Das Einhorn, das auf ein Gefach zwischen den dunkelrot gestrichenen und schwarz abgesetzten Balken gemalt war, verwies auf den Namen des Geschäftes, das schon seit mehr als hundertfünfzig Jahren in der Stadt ansässig war. Unter dem Bild befand sich ein großes Bogenfenster, von dem aus der Verkauf stattfand. Als Georg sich näherte, wurden die beiden Flügel aus grünlichen Butzenscheiben gerade hastig geschlossen, während eine Frau mit gesenktem Kopf davoneilte, mit einer Hand ihre Apothekeneinkäufe an die Brust, mit der anderen ein Tuch vor Mund und Nase pressend.

Georg lief über das Pflaster und versuchte, trotz der Anstrengung vom Bergaufgehen und der Angst, die seinen Herzschlag noch einmal verstärkte, nicht schneller und tiefer zu atmen. Überall konnten die Pestkeime lauern und je mehr er atmete, desto größer die Wahrscheinlichkeit, dass er sie aufnahm!

Er klopfte an die Scheibe und das Fenster öffnete sich ein kleines Stück. Ein Gesicht erschien, von dem man nur die ängstlich aufgerissenen Augen sehen konnte – der Gehilfe des Apothekers hatte sich ein Tuch umgebunden, um beide Hände frei zu haben. »Macht es schnell«, sagte er. Hinter ihm konnte Georg Regalwände mit Fläschchen und Töpfen erkennen. Von der Decke hing ein ausgestopftes Krokodil herab.

»Habt Ihr noch Sandelholz, Wacholderbeeren oder Wermut?«

»Wenig. Die Wacholderbeeren sind gänzlich ausverkauft. Wermut und etwas Sandelholz kann ich Euch noch geben. Verzeiht, dass ich das Fenster währenddessen wieder schließe.«

Georg nickte und wartete vor den spiegelnden Butzenscheiben, während ihm vor Anspannung, vom ständigen eingeschränkten Atmen durch das Tuch und dem ununterbrochenen Duft nach

Rosmarin ein wenig übel wurde. Schritte näherten sich hinter ihm. Er drehte sich um. Ein Mann blieb in einigem Abstand stehen, auch er hatte den Kopf mit einem Tuch fast ganz umwickelt, sodass nur die Augenpartie zu sehen war. »Georg!«, sagte er heiser. »Was macht Ihr denn hier?« Georg erkannte ihn an der Stimme und an den eingetragenen Lachfältchen um die hellen Augen, die sich jetzt aber nicht bilden wollten.

»Dasselbe wie Ihr, Herr Kantor. Versuchen, sich zu wehren und am Leben zu bleiben.«

»Gott gebe es.« Schmidtborns Stimme klang verzagt und nicht so, als glaube er daran, dass Gott ihnen tatsächlich helfen würde.

Würde er es denn tun? Er tat es nicht immer, aber es half nicht, sich das Schlimmste auszumalen. Besser war es, man versuchte zu vertrauen. Georg sah den Offizier vor sich, der ihn gerettet hatte, die kalten Augen unter dem speckigen Hut. Sein Engel war kein Heiliger gewesen und das Dorf war verbrannt worden, aber er lebte immer noch. Und er wollte glauben, dass das auch noch eine Weile so bliebe. »Wir singen eine Kantate, wenn es vorbei ist«, hörte er sich sagen. »Und wenn dann der Böttcher wieder den Ton nicht trifft, ist mir das diesmal einerlei.«

Jetzt bewegten sie sich doch noch, die kleinen Falten um Schmidtborns Augen. »Ihr seid ein guter Junge, Georg.«

Das Fenster öffnete sich. Georg nahm sein Paket entgegen und reichte die verlangten Münzen hinein. Als er am Kantor vorbeiging, nickten sie sich zu. Es war nicht nötig, mehr zu sagen – gute Wünsche halfen nicht gegen die Pest.

Der Rückweg ging schneller als der Hinweg, weil es nur bergab ging und Georg rascher laufen konnte, ohne mehr von der faulen Luft einatmen zu müssen.

Auch wenn er wusste, dass die Tür die Pest nicht abhalten konnte, war es ein gutes Gefühl, sie hinter sich schließen und das Tuch vom Gesicht nehmen zu können. Kaspar, Frau Ursula, Peter, Anna und Jakob, der inzwischen aus dem Pädagogium zurückgekehrt war, erwarteten ihn bereits.

»Hast du etwas bekommen?«, fragte Kaspar.

Georg reichte ihm das Päckchen und das übrige Geld. Schweigend gingen sie in die Stube. Frau Ursula hatte überall kleine Sträußchen von Majoran, Basilikum und Rosmarin aufgestellt, die ihren Duft im Raum verteilten. Kaspar wickelte die Kostbarkeiten aus der Apotheke aus. Auf dem Tisch hatte er eine Schale aufgestellt, in die er jetzt einen Span des exotischen Sandelholzes und etwas Wermut legte und mit Zunder und dem Funken aus dem Schlagfeuerzeug anzündete, wobei er darauf achtete, dass die Mischung mehr glühte und nicht gleich verbrannte. Ein intensiver Duft breitete sich mit dem Rauch im Zimmer aus. Sie saßen stumm darum herum und warteten, hofften und beteten.

Georgs Gedanken flogen von Kantor Schmidtborns sorgenvollen Augen unweigerlich zu Magdalena und sein Gebet wurde noch intensiver, als er sie vor sich sah. Die Ritterstraße war zwar weiter vom Steinweg und vom Markt entfernt, aber die Gefahr war doch auch für sie real. Er bat Gott so verzweifelt um Bewahrung für Magdalena, dass sich seine Schultern verkrampften.

In genau diesem Moment spürte er Kaspars Hand auf seinem Arm. »Georg?«, sagte er leise. Georg öffnete die Augen. »Ich wollte dir noch etwas sagen. Ich habe viel nachgedacht in den letzten Tagen. Und, weißt du … ich glaube inzwischen, dass du vielleicht sogar doch recht hast.«

»Womit?«, fragte Georg verwirrt und schluckte schwer.

»Wir leben in gefährlichen Zeiten. Wir haben so wenig, was uns Halt gibt, das hat mir Sebalds Tod gezeigt. Und nun noch die Pest … Ich frage mich inzwischen, ob nicht die Liebe sogar das Einzige ist, was in diesen Zeiten wirklich zählt. Wenn du … wenn man sich gegenseitig aufrechterhalten kann durch das, was man füreinander empfindet, wenn man weiß, dass jemand auf einen wartet und an einen glaubt … In jedem Fall nutzt es gar nichts, wenn du versuchst, dein Gefühl zu unterdrücken. Das macht dich nur unglücklich.«

Jetzt hatte er das allgemeine »man« doch vergessen. Frau Ursula schaute mit gerunzelter Stirn zu Georg hinüber und er spürte, wie sein Gesicht heiß wurde.

Kaspar schien es nicht zu bemerken. »Es bleibt aber dabei: Mein Verstand sagt mir dasselbe wie deiner dir, nämlich dass es schwierig ist und wahrscheinlich nicht die beste Voraussetzung für eine gelungene, gesegnete Ehe …« Jetzt erst hielt er inne und sog scharf die Luft ein, da ihm vermutlich bewusst wurde, dass er Georgs Geheimnis nun mehr oder weniger verraten hatte.

Frau Ursula beugte sich vor. »Ich nehme an, dass wir dieses Gespräch eigentlich nicht hätten mitbekommen sollen.« Ihr Blick wanderte mit tadelnd hochgezogenen Augenbrauen zu ihrem Mann hinüber, dessen Miene sich wieder einmal umwölkte. »Aber nun habe ich es nun einmal gehört. Und auch wenn ich die Einzelheiten nicht kenne, muss ich doch etwas einwerfen. Der Segen Gottes für eine Ehe ist noch einmal etwas anderes als eine vernünftig ausgewählte Ehefrau. Segnen wird Gott, was er für richtig hält, nicht das, was wir für richtig halten. Meine Mutter hat uns Kindern immer eins ans Herz gelegt, wenn es um schwierige Entscheidungen ging, und das trifft ganz sicher auch auf Eure zu: Bittet Gott, dass er Euch zeigt, was Ihr tun sollt, ob dieses unbekannte Mädchen Eure Frau werden soll. Er weiß, was richtig für Euch und für sie ist. Und dann trefft gemeinsam mit ihr Eure Entscheidung. Denn niemand sonst kann sie Euch letztlich abnehmen, auch nicht Kaspar Chemlin. Und manchmal segnet uns Gott auch auf den Umwegen, die wir gehen, und führt uns doch zum Ziel.«

Kaspars Miene war immer noch finster, als er nickte. »Hör auf meine Frau, Georg. Damit bin ich oft genug gut gefahren. Hoffen wir nur, dass du diese Entscheidung noch treffen kannst.«

Da war sie wieder, die Pest, und mit ihr das drückende Gefühl von Bedrohung und Angst vor etwas, was man nicht greifen konnte.

Frau Ursula stand ruckartig auf. »Und jetzt sollten wir alle zusehen, dass wir etwas tun, sonst lähmt uns die Pest, ohne dass wir an ihr erkrankt sind.«

Die folgenden Tage vergingen quälend langsam. Sie verließen so wenig wie möglich das Haus, Kaspar hielt an den ersten beiden Tagen nach dem Ausbruch sogar eine Morgenandacht für das ganze Haus in der Stube ab, statt wie gewohnt zur Frühpredigt in die Pfarrkirche St. Marien zu gehen. Am dritten Tag wagte er sich aber doch hinauf und Georg fasste sich ein Herz und begleitete ihn. Es waren wenige Menschen in der Kirche – von diesen erfuhren sie aber immerhin, dass es bisher nur ein gutes Dutzend Erkrankungen und drei Todesfälle gegeben hatte, alle in der Neustadt, die sofort vom Rest der Stadt abgeriegelt worden war, damit die faulen Dämpfe dort blieben. Außerdem hörten sie, dass etliche, die sich das leisten konnten, die Stadt verlassen hatten. Der Pädagogiarch und Theologieprofessor Tonsor war darunter, der mit einigen anderen Professoren nach Gießen ausgewichen war, solange die Seuche in der Stadt war.

Die erste Nachricht machte sie etwas zuversichtlicher. Wenn die Krankheit seit drei Tagen nicht in die anderen Stadtteile übergesprungen war, mochten sie vielleicht tatsächlich von einer großen Pestwelle verschont bleiben, wie sie 1611 und 1633 gewütet hatte.

Und tatsächlich: Am Sonntag wurde von der Kanzel verkündigt, dass es seit zwei Tagen keine neuen Erkrankungen mehr gegeben habe. Hoffnung machte sich breit, aber man blieb vorsichtig – die Pest war unberechenbar … Trotzdem hob sich ein wenig von dem ängstlichen Druck, der auf dem Chemlin'schen Haus wie allen anderen gelegen hatte, und Kaspar dankte Gott beim Tischgebet schon allein für diese Hoffnung.

Einige Tage später war es dann Gewissheit: Die Krankheit war eingedämmt, es würde keine weiteren Toten geben. Am folgenden Sonntag hielt Superintendent Georg Herdenius einen feierlichen Dankgottesdienst ab. Endlich war die Kirche wieder voll mit Menschen, die Gott lobten und sich erleichtert zulächelten.

Der Herr war ihnen gnädig gewesen, sein Zorn hatte nicht lange gewährt.

☙

Georg stand gerade auf dem Marktplatz und kaufte am Stand eines Bauern aus dem Umland Birnen für Ursula Chemlin, als die Gerüchte, die schon seit Tagen durch die Stadt geisterten, zum ersten Mal konkreter wurden.

»Jetzt ist es so weit: Die Pest ist gerade weg, dafür rücken die Kasselischen an. Eine ganze Armee, sagt der Wagner. Er hat sie gesehen auf seiner Rückreise.«

»Und sie ziehen wirklich auf Marburg?«

»Weiß man natürlich noch nicht, aber wahrscheinlich ist das, Gott sei's geklagt.«

Eine Frau mischte sich ein. »Mein Mann sagte vorhin, ihr Generalmajor Geyso verlange zunächst mal Kontributionen. Vielleicht bleibt es dabei, wie immer.«

»Schlimm genug«, brummte der erste Mann. »Wisst Ihr auch, wie viel er fordert?«

»Sechstausend Pfund Brot, sagt mein Mann.«

»Sechstausend? Da werden wir das Umland noch belasten müssen, so viel können unsere Bäcker gar nicht backen. Und wir Marburger müssen wieder einmal bluten.«

Der Bauer, vor dessen Stand Georg stand, steckte schnell dessen Münzen ein und murmelte leise: »Und wir scheißen das Geld wohl nur so raus, dass wir für die Herren Städter zahlen können, was?«

Georg beschloss, die Aussage zu ignorieren, nahm die Birnen und wollte sich gerade umdrehen, als ihm jemand auf die Schulter schlug. »Der Herr Kammann, mein ehemaliger Lieblingspennal, beim Obstkaufen. Wenn das kein liebreizender Anblick ist …«

Einen Augenblick lang hielt Georg den Atem an und spürte, wie sich sein Oberkörper versteifte, dann atmete er bewusst aus und drehte sich um. Er war kein Pennal mehr.

Philipp Cramer stand breitbeinig da, die Hände in die Hüften gestützt und den Hut in den Nacken geschoben, sodass die teure Straußenfeder bis auf seinen Rücken hinunterreichte. »Was ist, hat dir mein großartiges Auftreten die Sprache verschlagen?«

Eigentlich hätte Georg beleidigt sein müssen, weil Cramer ihn nicht inzwischen mit ›Ihr‹ anredete. Er beschloss, es ihm einfach gleichzutun, um ihm seine Unhöflichkeit deutlich zu machen. »Ja, großartig *auftreten* kannst du …« Es klang lahm, aber mehr fiel ihm nicht ein.

Cramer lachte auf. »Aber nicht großartig abtreten, was? Habe ich auch noch nicht vor. Kommt schon, der gelehrte Herr Studiosus wird doch ein bisschen mehr auf Lager haben, oder?«

»Was soll das werden, ein witziger Schlagabtausch? Geyso steht bald vor der Stadt, noch nicht gehört? Da vergehen mir die Witze.«

Cramer wurde schlagartig ernst. »Ja, da habt Ihr wohl recht, das ist kaum zum Lachen. Werdet Ihr hierbleiben? Es sind schon etliche Kommilitonen auf und davon, weil die Vorlesungen ja auch immer unregelmäßiger werden, obwohl Kornmann, Tonsor und die anderen aus Gießen zurück sind. Manche Professoren bei uns bieten nur noch die privaten Vorlesungen an, die man gesondert zahlen muss. Die können sich manche aber gar nicht mehr leisten. Ihr wahrscheinlich auch nicht, schätze ich, was?«

Georg schaute ihm zweifelnd ins Gesicht. Was erwartete Cramer – dass er sich aufregte und beteuerte, dass er das sehr wohl könne? Wollte er ihn provozieren? Aber Cramers Gesicht zeigte keines seiner gewohnten herablassenden Mienenspiele. Er beschloss, die Frage als einfache Frage zu behandeln und ehrlich zu antworten. »Nur eine. Und ja, auch in der Theologie fallen immer mehr öffentliche Vorlesungen aus. Übrigens, nicht nur die Studenten verschwinden: Der Chemlin'sche Geselle Johann Fehling ist auch vor ein paar Tagen gegangen. Die Lage würde ihm zu unsicher, hat er gesagt, und er müsse ja sowieso endlich seine Gesellenreise fortsetzen. Aber ich bleibe.«

»Ich würde gerne gehen, nach Jena am besten, aber mein Vater sagt, ich soll hierbleiben, solange es irgend geht, wegen … na ja, das geht Euch nichts an. Wenn der Geyso die Stadt angreifen sollte, werdet Ihr dann kämpfen?«

Georg zuckte mit den Achseln. Darüber hatte er noch nicht einmal nachgedacht.

Diesmal fiel Cramer halbwegs in seine alte Rolle zurück. »Na ja, mit Eurem Urgroßvater-Degen wäre das wahrscheinlich auch keine besonders gute Idee. Bringt Ihr mal Eure Birnen nach Hause. Man sieht sich!« Er tippte an seinen Hut und ging.

Georg atmete auf. Eilig lief er nach Hause, während seine Gedanken im Kreis jagten. Magdalenas Befürchtungen waren also richtig gewesen: Landgräfin Amalie Elisabeth hatte beschlossen, sich nicht mehr an die ungeschriebene Regel zu halten, die im ganzen bisherigen Kriegsverlauf meist eingehalten worden war, nämlich dass die Universität und damit die Stadt, in der sie lag, geschont wurde. Was würde es geben – einen regelrechten Sturm? Eine Belagerung? Oder würden sich ihre Truppen mit den Kontributionen begnügen?

Als er die Druckerei betrat, kam ihm Frau Ursula aus der Küche entgegen. »Georg! Es ist ein Brief für Euch angekommen, er liegt in der Stube.«

»Oh!«, sagte Georg. Die Truppen der kasselischen Landgräfin rückten auf einmal in den Hintergrund. Post von zu Hause! Endlich! Er rannte regelrecht durch den Flur.

»Die Birnen hätte ich nur gern noch – danke, dass Ihr sie mitgebracht habt!« Erst da bemerkte Georg, dass er das Obstpaket immer noch in der Hand hielt. Er reichte es Frau Ursula und beeilte sich, in die Stube zu kommen.

Er hatte den Brief gerade beendet, als Kaspar die Stube betrat. »Lass dich nicht stören, ich muss nur etwas nachsehen.« Er trat an den Schrank mit den Büchern und blätterte in einem davon.

Georg wartete, dass er das Buch wieder zurückstellen würde, während in seinem Kopf die Nachrichten durcheinanderwirbelten, die er gerade bekommen hatte. Sobald Kaspar sich umdrehte, sagte er: »Ich soll dir und Frau Ursula das Beileid meiner Eltern aussprechen. Ich hatte ihnen von Johannes geschrieben.«

»Danke«, sagte Kaspar. »Ist denn dort alles in Ordnung?«

»Meine Schwester ist gestorben, schon im Frühling.« Erst als er es aussprach, wurde ihm wirklich bewusst, dass er Klara erst im Himmel wiedersehen würde, und Tränen sammelten sich in seinen Augen.

Kaspars Brauen zogen sich zusammen. »Es tut mir sehr leid, Georg.«

Georg drehte den Brief in den Händen. »Ich wusste ja schon, dass der Herr sie bald holen würde. Wahrscheinlich ist es wirklich gut, sie muss nun nie mehr hungern. Es ist nur so bedrückend, dass sie schon monatelang fort ist und ich nichts davon wusste. Aber zumindest geht es dem Rest meiner Familie verhältnismäßig gut. Sie hatten ein Peststerben in der Umgebung, aber in Günsendorf sind alle gesund geblieben. Nur meine Patin, die edle Frau von Sassen, ist tot. Gott schenke ihr ewigen Frieden.« Für einen Moment fühlte sich Georg schlecht, weil er den Nachsatz zwar durchaus so meinte, aber sein Herz doch wenig davon berührt wurde. Er kannte die edle Dame nicht, sie hatte sich nach der Taufe nur zweimal brieflich nach ihrem Patenkind erkundigt.

Kaspar erkannte das Problem sofort. »Das heißt, die Wechsel werden nicht mehr eintreffen und du bist nun auf dich gestellt.«

Georg nickte beklommen. »Ich werde mir etwas suchen müssen. Vielleicht finde ich wieder ein Kind, das ich informieren kann. Oder ich famuliere und werde Diener. Irgendjemand wird mich schon brauchen können.«

»Vergiss das. Ich werde dich erstens endlich für deinen Unterricht mit Jakob bezahlen – das hätte ich längst tun sollen, du arbeitest gründlicher und mehr, als durch Kost und Bett abgegolten ist. Und zweitens kannst du zusätzlich in der Druckerei anfangen. Ich brauche nämlich dringend einen guten Korrektor. Der letzte Student, den ich angestellt hatte, hat seine Arbeit so schludrig gemacht, dass ich ihm die Stellung kündigen musste. Ich gehe davon aus, dass du besser arbeiten wirst, du bist, soweit ich das beurteilen kann, doch ein recht gewissenhafter Mensch.«

Es dauerte einen Augenblick, bis Georg begriff, dass Gott ihm die Lösung geradezu zusammen mit dem Problem servierte.

»Ich … werde mein Bestes geben«, sagte er atemlos angesichts der Schnelligkeit, mit der sich die Dinge entwickelten. »Danke!«

Kaspars Gesicht verzog sich für einen kurzen Moment zu einem halben Lächeln. »Du kannst gleich anfangen. Lass dir von Röder zeigen, was zu tun ist. Über den Lohn sprechen wir heute Abend in Ruhe.« Damit verließ er die Stube.

Georg stand mit dem Brief in der Hand da und wusste nicht, ob er sich über die neue Arbeit und die Tatsache freuen sollte, dass seine Familie die Pestwelle überlebt hatte, oder ob er sich vor dem fürchten sollte, was mit Geysos Armee auf Marburg zurückte.

Wahrscheinlich war es wie immer das Beste, sich über das zu freuen, was man hatte, und alles andere Gott zu überlassen. Seine kleine Schwester war zusammen mit Johannes in der Ewigkeit, aber er war immer noch hier und seine Aufgabe war es, sein Leben nach Gottes Willen zu leben und zu gestalten. Fast schon feierlich faltete er den Brief zusammen und verstaute ihn in der Tasche seines Wamses. Dann ging er hinunter in die Druckerei, um seine Arbeit als Korrektor aufzunehmen. Noch war das Leben trotz aller Trauer und auch trotz aller Furcht vor dem, was mit den Soldaten kommen mochte, gut. Und vielleicht, vielleicht würde es ja mit den Brotlieferungen ausgestanden sein für die Stadt. Vielleicht kamen sie noch einmal davon.

3. Teil

Magdalena

16. Kapitel

»Georg!«

Aus dem tiefen Schatten zwischen den Häusern neben Chemlins Druckerei löste sich eine kleine, in ein graues Wolltuch eingewickelte Gestalt. Unter dem Tuch drängten einzelne Locken hervor und der rotbraune Rock war schlammbespritzt – die Straßen waren nach dem nächtlichen Regen auch jetzt, kurz nach Mittag, noch feucht und wie immer floss in der Abwasserrinne eine unappetitliche Brühe die Gasse hinunter. Es war Ende Oktober und schon seit zwei Wochen nasskaltes Wetter.

Georg trat vollends aus der Tür und eilte Magdalena entgegen, gleichzeitig erschrocken und mit dem wundervollen, glücklichen Kribbeln, das ihn immer überfiel, wenn er sie sah. »Was ist los? Ist was passiert?«

Sie schüttelte so heftig den Kopf, dass das Tuch endgültig von der strubbeligen Frisur herunterrutschte. »Ach was, nein, keine Sorge! Also, nicht direkt. Es ist *noch* nichts passiert. Ach Georg, ich bin ja so froh, dass du noch da bist! Ich hatte befürchtet, dass ich dich nicht mehr abpassen könnte, bevor du in die Vorlesungen gehst. Hast du gehört, dass der Geyso mit den Niederhessen jetzt tatsächlich vor der Stadt steht?«

»Was?« Auf einmal hörte Georg das Blut in seinen Ohren rauschen. »Nein, ich war den ganzen Vormittag zu Hause ...«

»Heute morgen kam ein Kriegskommissar und wollte mit dem Bürgermeister verhandeln. Der hat erst noch die fürstlichen Regierungsbeamten dazugeholt und dann hat dieser Goddaeus seine Forderungen gestellt, nämlich dass die Stadt Geysos Armee Quartier geben solle. Weil das zwischen den Schweden, Frankreich und Hessen-Kassel so ausgemacht wäre. Und als der Rat um Schonung der verarmten Stadt gebeten hat, hat er nur gedroht, wenn nicht gutwillig Quartier gegeben würde, müsse man eben stürmen. So ein Sauhund.«

»Magdalena!«

Sie stemmte die Arme in die Hüften. »Was denn? Ist doch wahr! Der Kerl soll angeblich auch noch aus Marburg stammen. Was ist denn das für eine Heimatliebe?«

»Du verteidigst es, als wäre Marburg deine Heimat.«

Sie legte den Kopf schräg und schaute ihn an. »Ist es auch. – Weil du hier bist.« Das Letzte sagte sie ganz leise, aber es tönte durch Georgs Herz wie die Orgel in St. Marien.

Magdalena bekam rote Wangen und schlug sich das Tuch wieder über den Kopf, um danach die Arme zusammen mit den Zipfeln vor der Brust zu verschränken. Sie räusperte sich und fuhr in normalem Tonfall fort, bemüht, das eben Gesagte nicht zu groß werden zu lassen. »Jedenfalls sind alle bereit, die Stadt zu verteidigen, wenn es sein muss. Mein Vater hat sich auch dafür ausgesprochen und er sagt, wir haben gute Aussichten, wenn die Bürgerschaft nur dahintersteht. Er ist so mutig – und so voller Elan, wie ich ihn schon lange nicht mehr gesehen habe. Wenn nur alle ihm folgen, dann werden wir diesen Geyso schon wegjagen.«

»Wir?«

»Na ja, ihr Männer natürlich. Wirst du auch kämpfen?«

Georg schaute zu Boden. Bei Cramer hatte er noch mit den Achseln zucken können, aber Magdalena verdiente eine Antwort. Nur welche? So etwas sagte sich so leicht – aber wie würde er am Ende tatsächlich reagieren, wenn jemand mit einer Waffe vor ihm stünde und ihn bedrohte? Er schaute sie an. »Ich glaube schon, wenn ich dich oder die Chemlins oder die Nachbarn, vor allem die Kinder, beschützen müsste. Aber mein Einsatz wäre nicht viel wert, ich kann schließlich keine Muskete abfeuern, geschweige denn eine Kanone, und mit dem Degen kann ich im Grunde auch nur ungeschickt herumfuchteln. Ein richtiger Soldat hätte mich eher entwaffnet und totgeschlagen, als ich die Klinge überhaupt aus der Scheide bekäme.«

Magdalena schüttelte den Kopf. »Warum gehst du denn nie auf den Fechtboden? Das tun doch alle anderen auch!«

»Weil ich Pfarrer werden will, kein Landsknecht«, entgegnete Georg heftig. »Ich will doch überhaupt nicht kämpfen, ich will Gottes Wort predigen, Leuten Trost spenden und Hilfe, nicht sie totschlagen!«

»Und wenn sie dann stattdessen dich totschlagen, weil du dich nicht wehren konntest, was war dann dein Studium wert?«

»Und was ist mein Studium wert, wenn ich um das ›Liebe deine Feinde‹ und das ›Wenn dich einer auf die eine Wange schlägt, so halte ihm auch die andere hin‹ weiß, aber mich nicht darum kümmere?«

Magdalenas Gesicht wurde hart. »Willst du damit sagen, dass es falsch ist, sich gegen Gewalt zu wehren? Dass mein Vater damit als Soldat schon mal grundsätzlich nicht in den Himmel kommen kann?«

»Nein«, sagte Georg hastig. »Du liebe Zeit, nein, das habe ich doch nicht gemeint! Aber als Pfarrer kann man doch nicht das Gleiche tun wie ein Soldat. Das widerspricht doch der Ordnung der Dinge!«

»So ein Unsinn. Es widerspricht überhaupt keiner Ordnung, dass man sich wehrt, wenn man angegriffen wird. Ich glaube nicht, dass Gott will, dass wir uns einfach umbringen lassen, wenn wir uns wehren können. – Aber das ist ja jetzt auch ganz gleich. Heute wirst du das Fechten sowieso nicht mehr lernen.«

»Nein«, sagte Georg, erleichtert, das schwierige Thema fallen lassen zu können. So ganz begriff er ja selbst nicht, wie das alles zusammenhing. »Und was geschieht jetzt? Ich meine, da draußen und bei deinem Vater?«

»Geyso hat seine Truppen um die Stadt herum postiert und …«

Ein lauter Knall, gefolgt von grollendem Donnern, unterbrach sie. Das Geräusch hallte noch lange drohend in den Gassen nach. Erschrocken sahen Georg und Magdalena sich an.

»… und jetzt hat es wohl begonnen«, stieß sie hervor. »Das kam vom Schloss her. Vater lässt die Niederhessen beschießen, die ziehen sicher gerade heran. Komm, lass uns zum Kirchhof raufgehen. Vielleicht können wir von dort aus etwas sehen.«

Sie fasste ihn an der Hand und Georg ließ sich mitziehen, obwohl er sich nicht sicher war, dass er die herannahenden feindlichen Truppen überhaupt sehen wollte. Während sie über den Hirschberg und an der hohen seitlichen Mauer des Rathauses vorbei zum Marktplatz hinaufrannten, donnerten noch etliche Male die Kanonen vom Schloss.

Sie hatten eben den Marktplatz überquert, da hörte Georg die Glocke. Er hielt Magdalena am Arm zurück. »Ein Ausrufer!«, keuchte er. Sie lauschten.

»Befehl des Rates und der landgräflichen Regierung: Jeder Bürger hat innerhalb der nächsten drei Stunden ein Fass mit Wasser zu füllen und vor seinem Haus aufzustellen. Wer diesem Befehl nicht gehorcht, wird am Leib gestraft werden. Das Wasser muss aus der Lahn geholt werden und nicht dem Trinkwasser entnommen. Außerdem werden auf allen Plätzen große Zuber mit Wasser und nasse Häute aufgestellt. Auch hier wird erwartet, dass sich die Bürgerschaft beteiligt. Die Maßnahmen sollen vor der Feuergefahr bei eventuellem Beschuss schützen.« Ein weiteres Mal läutete der Mann die Glocke, dann zog er weiter. In der nächsten Gasse begann er von vorn.

Georg schaute an den eng stehenden Fachwerkhäusern hinauf. Was ein Feuer hier anrichten konnte, wollte er sich lieber nicht ausmalen. Selbst daheim in Günsendorf, wo die Häuser bei Weitem nicht so dicht beieinanderstanden, war bei einem Feuer in einem Haus immer die Gefahr da, dass es auf die anderen übergriff – die Söldner hatten wahrscheinlich nicht alle Häuser angesteckt damals. Diese Gefahr war hier in der Oberstadt vervielfacht. In Gedanken sah er jemanden eine Fackel in Gundlachs

Hof werfen und schluckte. Günsendorf war weit weg und doch immer wieder nah in seinem Kopf.

Magdalena winkte ihm ungeduldig. »Komm schon!« Dankbar schüttelte er die Erinnerung ab und folgte ihr.

Sie erreichten den Kirchhof schwer atmend und erhitzt. Die Schüsse waren hier noch lauter, aber es rollten nur noch zwei über die Stadt, dann schwiegen sie. Georg und Magdalena betraten den Friedhof langsam, wie es sich gehörte, und traten an die Mauer. Das graue Licht eines wolkenüberhangenen Herbsttages lag über der Stadt. Im Tal ballte sich Nebel über der Lahn und zog in Schwaden über die Ufer. In der Nähe des Schwanhofes, des fürstlichen Vorwerks im Südwesten, wimmelte es. Eine Masse von Menschen, Wagen und Kanonen wälzte sich vom Fluss her über das Gelände, fächerte auf und bewegte sich wie ein zweiter Strom neben der Lahn auf Ockershausen zu. Es waren unzählbar viele.

»Und das ist nur das Fußvolk«, flüsterte Magdalena. »Die Reiter hat er wahrscheinlich irgendwo um Marburg herum postiert, die können ja schneller wieder am Ort des Geschehens sein mit ihren Pferden.«

»Aber wir haben starke Mauern, oder?« Die Frage war genauso sehr der Versuch sich selbst zu beruhigen wie Magdalena.

»Ich weiß nicht, wie die Mauern sind. Das Schloss ist gut befestigt mit neuen Bastionen und allem, aber wie die Stadtmauern sind …«

»Was glaubst du, wird er heute noch angreifen?« Georg betrachtete ihre gerunzelte Stirn, während sie nachdachte.

»Wahrscheinlich ja. Worauf soll er noch warten? Und wenn er mit Feuerkugeln schießen will, dann sind die viel effektiver in der Nacht, weil es die Leute viel mehr erschreckt.«

»Mich wird es bestimmt erschrecken«, murmelte Georg, als er an die Häuser dachte. Feuerkugeln!

»Mich auch.«

Unwillkürlich fasste er nach ihrer Hand. Eine Weile standen sie so da und Glück und Angst hielten sich die Waage.

»Und was machen wir jetzt?«, fragte sie nach einer Weile. »Ich will jetzt nicht zurückgehen, meine Geschwister betreuen und meine Stiefmutter beruhigen, die bestimmt gerade wieder hysterisch wird. Ich habe selber Angst, aber das merkt sie nie.«

Georg war froh darum. Gerade jetzt, in den letzten Stunden dieses entscheidenden Tages, wollte er Magdalena um sich haben. Wer wusste schon, was morgen war? Noch einmal schaute er nach den Soldaten, die inzwischen fast gänzlich zwischen den Häusern von Ockershausen verschwunden waren. Dann sah er in den Himmel – und auf einmal spürte er die ruhige Präsenz der Pfarrkirche hinter sich und wusste, was er tun wollte. »Lass uns in die Kirche gehen und für die Stadt beten.«

Ein überraschter Blick traf ihn, sie blinzelte und dann nickte sie. »Du hast recht. Wenn diese Stadt je seine Hilfe gebraucht hat, dann jetzt.«

Nebeneinander gingen sie zur Kirche hinüber. Als sie das Kirchenschiff betraten, sahen sie, dass sie nicht die Einzigen waren, die auf die Idee gekommen waren, hier zu beten. Vielleicht, weil man meinte, dass Gott dann eher auf einen hören musste, wenn man in seinem Haus zu ihm rief, vielleicht aber auch einfach nur, weil der Raum eine Ruheinsel darstellte und allein durch seine Architektur den Geist zu Gott hinlenkte. Georg ging es jedenfalls so. Lange Zeit saß er in seiner Bank und flehte zum Herrn, dass er die Stadt verschonen möge, bat ihn, die Menschen, die er liebte, zu schützen und alles zu einem guten Ende zu führen. Ab und zu warf er einen verstohlenen Blick zu Magdalena hinüber, die auf der anderen Seite des Ganges saß und ebenso versunken zu beten schien. Die bunten Glasfenster verblassten immer mehr, als es zu dunkeln begann.

Irgendwann hatte er das Gefühl, sich leer gebetet zu haben, aber er mochte die Geborgenheit der Kirche noch nicht verlassen. Also blieb er in seiner Bank sitzen, ließ den Blick schweifen über die im Dämmerlicht nur zu erahnenden Säulen und die wenigen Bilder, die nach der Calvinistenzeit unter Landgraf Moritz noch übrig geblieben waren – dem Schwiegervater der Landgräfin, die nun ihre waffenstarrenden Hände gierig ausstreckte, um sich Marburg zurückzuholen. Vorne im Chor wusste Georg den Altaraufsatz, den Landgraf Ludwig V. von Hessen-Darmstadt gestiftet hatte, als er Marburg rechtmäßig zugesprochen bekommen hatte – denselben Altar mit dem leuchtenden Blau und den goldenen Gestirnen hinter der Kreuzigungsszene, der Georg schon einmal getröstet hatte. Sollte die Stadt wirklich wieder den Calvinisten zufallen, die erneut die rechte lutherische Lehre unterdrücken würden? Würden sie noch einmal alle Bilder, alles Schöne und Verzierte aus der Kirche reißen, weil sie meinten, damit dem Herrn gefälliger zu sein? Georg ballte die Fäuste. Nein, das durfte nicht sein. Das konnte Gott nicht zulassen!

Ein Knall und ein tiefes Donnern rissen ihn aus seinen Gedanken. Alle Anwesenden schreckten hoch. Ein Kanonenschuss! Die Stadtbesatzung schoss wieder vom Schloss aus – waren die Feinde bereits so nah? Griffen sie tatsächlich schon an?

Georg sprang auf und schaute zu Magdalena hinüber, die sich hastig aus ihrer Bank schob. Auch die anderen Kirchenbesucher waren aufgestanden, aber Georg und Magdalena rannten dicht nebeneinander als Erste aus der Kirche.

◌◌

Draußen empfingen sie Dunkelheit und eine dichte Nebelwand. Die Grabsteine auf dem Kirchhof waren erst auszumachen, wenn man beinahe direkt davorstand. An der Mauer angekommen, sahen sie gerade einmal die direkt darunter liegenden Häuser – alles, was dahinter und im Tal lag, war unsichtbar. Kein einziges erleuchtetes Fenster konnte durch den Nebel dringen und schon gar keine Fackel eines heranmarschierenden Soldaten.

»Woher wissen sie, wohin sie schießen müssen?«, fragte Georg entgeistert.

»Wahrscheinlich wissen sie es eben nicht, sondern ahnen es nur. Warte mal – hörst du das?«

Georg lauschte. Zwischen den einzelnen Schüssen vom Schloss drangen vereinzelte Geräusche herauf: Pferdewiehern, Menschenstimmen, Metall, das auf Metall traf, das Quietschen von Rädern. Alles war gedämpft und recht weit weg, aber es war zu hören.

»Da hast du die Zieleinrichtung. Sie schießen aufs Geratewohl nach Gehör.«

Wo griffen die Niederhessen an? Georg konzentrierte sich stark und meinte schließlich eine Richtung ausmachen zu können: Südosten. Wieder Weidenhausen? Aber nein, das würde wenig Sinn ergeben. Dann das Lahntor, das Pädagogium – er spürte, wie sich seine Hände ohne sein Zutun zusammenkrampften. Das Collegium Lani war für ein Jahr seine zweite Heimat gewesen, der Ort, an dem die Erfüllung seines Traums ihren Anfang genommen hatte, und den durfte niemand beschießen und zerstören – ganz zu schweigen davon, dass direkt daneben Kaspar Chemlins Druckerei lag.

»Ich muss wissen, wo es ist«, sagte er. »Bleib du besser hier, Magdalena!«

Sie hielt ihn am Ärmel zurück. »Was wird das denn jetzt? Willst du auf einmal doch mit deinem rostigen Degen kämpfen? Das lasse ich nicht zu, sie werden dich häckseln!«

»Ich glaube nicht, dass da schon gekämpft wird – sie müssen doch erst die Mauer überwinden, oder? Und bisher kam von dort unten nicht ein Schuss. Ich will es nur wissen!«

»Dann komme ich mit.«

Georg konnte schon an ihrem Tonfall erkennen, dass sie sich nicht davon abhalten lassen würde. Ohne ein weiteres Wort drehte er sich um und ging ein Stück an der Kirchhofmauer entlang, so schnell, wie er es bei der schlechten Sicht wagte. Es war mehr ein Tasten als ein Eilen, und als er den Einstieg zur Wendelgasse erreichte und spürte, wie glitschig die vom Nebel feuchten Stufen waren, musste er sogar noch langsamer werden. Vorsichtig tasteten sie sich die gewundene Treppe hinab, überquerten die Barfüßerstraße und liefen die Hofstatt hinunter, bis sie die Untergasse erreichten, die letzte Straße vor der Stadtmauer, und die Geräusche laut und immer lauter wurden.

Jemand kam ihnen entgegen. Eine Laterne breitete eine gelbe Aura um ihn herum aus, weil jedes Nebeltröpfchen das Licht reflektierte. Als der Mann näher kam, sah Georg, dass sich das Licht auch auf seiner Brust spiegelte. Ein Soldat mit einem Brustpanzer ... Im ersten Augenblick erschrak Georg, weil er sich fragte, ob es wirklich einer der hessen-darmstädtischen Soldaten war, aber dann rief der Mann: »He da! Helft mit! An die Mauer, bei den Häusern des Dr. Dexbach und des Balbierers Meister Jakob! Rasch! Egal, was oder wer ihr seid, Mann oder Weib, die Mauer muss verstärkt werden!«

Georg sah sich im Licht der Laterne nach Magdalena um. Sie nickte und gemeinsam stolperten sie weiter die Untergasse hinunter. Die Stelle war nicht schwer auszumachen. Menschen rannten im gespenstisch im Nebel widerstrahlenden Schein von Fackeln und Laternen hin und her. Ächzen, Fußgetrappel und das Geräusch von Stein auf Stein hallten ihnen entgegen.

Sie brauchten ihre Arbeitskraft nicht einmal anzubieten. »Hier!«, sagte jemand, kaum dass sie die Stelle erreicht hatten, und drückte Georg einen Arm voll Holz vor die Brust. »Bringt das rüber. Beeilt Euch!«

Holz? Aber er fragte nicht nach, sondern hastete zu der Mauer hinüber. Als er sie erreichte, wurde ihm auch klar, was los war: Sie war halb eingestürzt. Georg hätte beinahe das Holz fallen gelassen vor Schreck. Die Mauer war schwach und an genau dieser Stelle stand der Feind. Jemand nahm ihm das Holz ab und er ging wie betäubt zurück auf die Straße.

Eine der Gestalten, die sich aus dem Nebel herausschälten, hätte er auch bei noch schlechteren Sichtverhältnissen erkannt. Magdalenas lockiges Haar hatte sich inzwischen fast völlig aus der Frisur befreit und stand wild um ihren Kopf herum, aber es war jetzt unnötig, sich um so etwas zu bekümmern. »Komm«, sagte sie außer Atem, »wir müssen Mist holen.«

»Mist?«

»Es ist nichts anderes da und der Korporal sagt, Mist ist besser als so manche Mauer, um Kanonenkugeln aufzufangen. Und besser als nichts allemal! Wir sollen in der Barfüßerstraße suchen, die Soldaten sind schon dabei, den Leuten Mist, Schaufeln und Transportbehälter abzunehmen und auf die Straße zu stellen.«

Tatsächlich. Misthaufen begannen sich mitten auf der Straße zu türmen, auf Schubkarren, in Kiepen und gar in großen Tüchern. Es stank erbärmlich und aus den Tüchern und Körben rann unten die Gülle heraus. Egal. Solange nur die Niederhessen aufgehalten wurden! Georg nahm den Mantel ab, damit wenigstens der geschont wurde, nahm eine der Kiepen auf und hängte sich den Mantel über den Arm. Er spürte die Feuchtigkeit durch seine Hosen dringen, dort, wo die Kiepe mit ihrer Unterseite auf seiner Hüfte auflag, und schauderte unwillkürlich. Dann machte er sich auf den Weg.

Hin und wieder zurück liefen sie, schaufelten Mist, stapelten Holz und Steine, um die Masse dort zu halten, wo sie die Schwachstelle verstärken sollte. Bald war der Raum zwischen der eingestürzten Mauer und den Häusern weitgehend aufgefüllt. Dahinter wurden Palisaden aufgerichtet und ein Graben ausgehoben, um eventuell Stürmende aufzuhalten, und so die Untergasse abgeriegelt, soweit das möglich war mit den begrenzten Ressourcen an Material und Zeit, die ihnen zur Verfügung standen. Magdalena war bei Weitem nicht die einzige Frau, die kräftig mithalf, und Georg ging daher schnell dazu über, sich an der schwereren Arbeit des Grabens zu beteiligen. Bald war er völlig außer Atem und schwitzte unter dem Mantel, den er sich wieder umgeworfen hatte. Am liebsten hätte er ihn irgendwo abgelegt, aber in diesen Zeiten war klar, dass er nicht einmal bis zehn hätte zählen müssen, bis er verschwunden gewesen wäre. Und er würde sich keinen neuen Mantel leisten können.

Schließlich legte ihm der Korporal die Hand auf die Schulter. »Es reicht!«, rief er in den Nebel hinein, wo Dutzende nur schemenhaft erkennbare Figuren innehielten. »Wir haben unser Möglichstes getan. Jetzt können wir nur noch hoffen. Geht nach Hause, ihr Leute.«

Georg legte die Schaufel weg und suchte nach Magdalena. Es dauerte eine Weile, bis sie sich in Dunkelheit und Nebel fanden. Die Fackeln waren längst gelöscht, die Laternen mitgenommen worden. Georg fürchtete schon, sie sei bereits zu ihrer Familie zurückgegangen – er fürchtete und hoffte es gleichzeitig. Aber schließlich liefen sie beinahe ineinander. »Georg, bist du das?«, fragte sie.

»Ja«, sagte er. »Du solltest nach Hause gehen, Magdalena.«

»Ich weiß. Aber ich will nicht. Meine Stiefmutter wird nur wieder jammern, dass ich mir Jacke und Rock verdorben habe und dass ich nichts dort unten zu suchen gehabt hätte und überhaupt, dass ich ihr doch gerade jetzt eine Hilfe sein müsse. Dabei kann ihr Christiane mit ihren zehn Jahren doch auch schon gut zur Hand gehen. Sie kann sogar besser mit den Kleinen umgehen als ich. Und ich rede gerade zu viel, oder? Das kommt, weil ich so aufgeregt bin.«

Georg musste tatsächlich leise lachen, trotz allem.

»Kann ich nicht mit zu dir kommen? Nur für diese Nacht? Es schläft ja doch keiner und alles ist in Unordnung, da fällt das doch gar nicht auf.«

Am liebsten hätte er ›Ja‹ gerufen, aber stattdessen sagte er leise: »Das geht nicht, Magdalena, das weißt du doch besser als ich. Wenn du jetzt nicht nach Hause gehst, könnte das deinen Ruf schädigen. Deine Stiefmutter wird sich schon Sorgen machen, und wenn du die ganze Nacht wegbleibst …«

Sie seufzte tief. Dann hielt sie kurz inne und Georg fühlte, dass sie sich anspannte wie eine Katze vor dem Sprung. Im nächsten Moment fühlte er ihre Arme um seinen Körper, ihre weichen Brüste pressten sich an seine Rippen und er roch Gülle und etwas anderes, etwas ganz und gar Magdalena Gehöriges. Als er die Arme auf ihren Rücken legte, fühlte er einzelne feuchte Locken über seine Hände streifen. Es dauerte nur einen winzigen Augenblick, dann löste sie sich wieder von ihm und verschwand im Nebel, aber er hatte das Gefühl, für diesen Moment die Ewigkeit gehalten zu haben.

ℭℨ

Georg fühlte sich wie berauscht und übermäßig wach, obwohl die Turmuhr der Pfarrkirche St. Marien elf Uhr schlug, als er sich auf den Rückweg zu Chemlins Haus machte. Immer noch meinte er Magdalenas weichen Körper in seinen Armen zu spüren, und gleichzeitig versuchte er zu ermessen, wie weit die Kanonen die Feuerkugeln spucken würden, sollte Geyso tatsächlich die Stadt damit beschießen wollen. War Kaspars Haus in Gefahr? Ob Magdalena inzwischen bei ihrer Stiefmutter und den Kindern angekommen war? Hoffentlich ging sie auch wirklich nach Hause … Vielleicht hätte er sie begleiten sollen? Aber er hatte keine Laterne dabei und es war schon schwierig, im Dunkeln durch die gewohnten Gassen zu tappen, von dem ihm wenig vertrauten Weg zu den Quartieren knapp unterhalb des Schlosses ganz abgesehen. Verboten war es noch dazu, ohne Licht unterwegs zu sein, aber das kümmerte an diesem Tag wohl niemanden.

Überall standen die geforderten Wasserfässer und die nassen Häute und Tücher. Erst jetzt kam Georg auf den Gedanken, dass er Kaspar und seiner Frau beim Heranschleppen des Wassers von der Lahn hätte helfen sollen. Natürlich war er als Student nicht verpflichtet, sich daran zu beteiligen, aber als Hausbewohner und Freund hätte er sich trotzdem ehrenhalber verpflichtet fühlen sollen. Kaspar würde enttäuscht von ihm sein, zu Recht.

Mit einem unschönen Gefühl im Bauch betrat er das Haus. Einen Moment lang blieb er vor der Treppe stehen. Sollte er sich einfach nach oben schleichen und erst wieder hervorkommen, wenn er musste? Aber das würde das Problem ja nur verschieben – und letztlich hatte er ja auch seine Zeit nicht vertan, sondern geholfen, die Stadt in einen verteidigungsfähigen Zustand zu versetzen. Er holte tief Luft und ging in die Stube, wo sich auch sein Leben wieder hauptsächlich abspielte, seit es zu kalt war, um in seiner ungeheizten Kammer zu sitzen.

Kaspar, Frau Ursula und Jakob saßen am Tisch. Jeder von ihnen hatte ein Buch vor sich liegen. Auf der Bank saß die Magd Anna und stopfte Strümpfe, Peter neben ihr schnitzte irgendetwas. Als Georg die Tür öffnete, ruckten alle Köpfe herum.

»Georg! Wo um Himmels willen warst du?«, rief Kaspar und gleichzeitig stieß Frau Ursula ein aus tiefster Seele kommendes »Gott sei Dank!« hervor.

Georg schluckte. Sie hatten sich natürlich Sorgen um ihn gemacht! So weit hatte er erst recht nicht gedacht. »Es tut mir leid«, sagte er. »Es war nur weil … Wir sind …« Er unterbrach sein Gestammel und suchte nach den richtigen Worten, aber alle klangen irgendwie falsch und so, als habe er etwas Schlechtes getan, dabei war es doch gar nicht so, abgesehen von seiner Gedankenlosigkeit jedenfalls. Er versuchte es trotzdem noch einmal. »Ich bin …«

»Verliebt«, unterbrach Frau Ursula ihn. »Richtig?«

Georg stieg die Hitze ins Gesicht. Er nickte. Jakob verdrehte die Augen.

Frau Ursula nickte ebenfalls leicht. »Ja, da kann es schon mal vorkommen, dass man Zeit und Raum vergisst.«

Kaspar stieß seine Frau an. »Soso. Woher weißt du denn so etwas?«

»Ach, du«, sagte sie und lachte. Dann sog sie einige Male prüfend die Luft ein. »Ich sage es ja ungern, aber Ihr riecht streng, Georg. Habt Ihr einen Stall ausgemistet?«

Georgs Gesicht wurde noch heißer. Jetzt erst, wo ihn jemand darauf ansprach, roch auch er wieder die Gülle, die ihm beim Tragen in die Kleider gelaufen war. »Wir haben geholfen, unten an der Mauer. Sie haben die Lücken mit Erde und Mist gefüllt und so eine Kiepe ist nun mal nicht dicht …«

»Iiiih«, machte Jakob.

Kaspar gab ihm einen leichten Klaps auf den Hinterkopf. »Wir sollten froh sein, wenn es hilft. Dann hast du deine Zeit jedenfalls gut verbracht, Georg, und hast keinen Grund herumzudrucksen.«

Verlegen griff Georg nach der Türklinke. »Ich gehe dann mal meine Kleider wechseln und mich waschen.«

»Ja, bitte«, sagte Jakob und handelte sich damit wieder einen Klaps ein.

Gewaschen und in sauberer Kleidung kehrte Georg wenig später in die Stube zurück.

Frau Ursula lächelte ihn an. »Kommt, Georg, setzt Euch. Habt Ihr überhaupt etwas gegessen seit heute Mittag?«

Georg schüttelte den Kopf und setzte sich neben Kaspar an den Tisch. Seltsam, dass er noch gar nicht bemerkt hatte, wie hungrig er war! Frau Ursula stand auf, um ihm ein Stück Brot zu holen – aber sie kam nur wenige Schritte weit, bevor der Kanonendonner begann. Ein lautes Pfeifen war zu hören und dann vielstimmiges Geschrei auf den Straßen. Sie schauten sich an und liefen alle zur Haustür. Von der Untergasse her leuchtete es rötlich. Feuer!

»Sollen wir helfen gehen?«, fragte Georg.

Kaspar schüttelte energisch den Kopf. »Nein! Nur das nicht. Wenn in der Zwischenzeit hier eine Kugel einschlägt, fehlen wir und dann fackelt zuerst unser Haus oder das eines der Nachbarn ab und dann das Viertel und dann die ganze Stadt. Bei einem solchen Beschuss muss jeder in seiner Gasse bleiben und helfen, wenn es dort nötig wird, nirgendwo sonst.«

Noch während er sprach, verlosch der rötliche Schein im Nebel, das Feuer schien unter Kontrolle gebracht worden zu sein. Wieder donnerte die Kanone vor der Stadt und diesmal sahen sie die Feuerkugel heranfliegen, ein loderndes Ungeheuer, das einen Schweif aus Flammen hinter sich herzog, der selbst im Nebel zu sehen war. Es landete irgendwo weiter westlich als das erste. Georgs Herz schlug wild und seine Kehle war trocken. Anna schien es ähnlich zu gehen. »Sollten wir … lieber reingehen?«

Kaspar schnalzte mit der Zunge. »Was soll das nutzen? Willst du lieber drin hocken und dich davon überraschen lassen, dass dir so ein Höllending auf den Kopf fällt und das Haus über dir in Brand setzt? Da sehe ich doch lieber rechtzeitig, was auf mich zukommt!«

Das Argument war nicht von der Hand zu weisen, trotzdem hatte auch Georg jedes Mal, wenn wieder eine der Brandkugeln heranflog, das Bedürfnis, sich unter das vermeintlich schützende Dach zu verkriechen.

Inzwischen hatten alle Nachbarn ihre Häuser verlassen und beobachteten ängstlich jedes Geschoss. Auch Sibylla Sebald stand vor ihrer Haustür und beobachtete mit zusammengepressten Lippen den Himmel, bereit, ihre Kinder zu beschützen. Und dann kam der Moment, in dem einer der feurigen Bälle direkt auf sie zuflog. Ein vielstimmiger Schrei ging durch die Reihen, Georg hörte sich selbst schreien und warf sich hinter dem Wasserfass vor Chemlins Haus zu Boden. Jakob landete genau neben ihm, dann zischte die Kugel um Haaresbreite am Dach der Küferfamilie Dentzer vorbei, das sich direkt auf der anderen Seite des schmalen Ganges hinter der Druckerei befand, prallte von der Straße einmal ab und rollte dann Flammen spuckend den Hirschberg hinunter.

»Schnell! Wasser drauf!«, schrie Kaspar, aber bevor sich irgendjemand zu einem der Fässer hinbewegen konnte, explodierte das Geschoss mit einem lauten Knall und löste sich in einer grellen Feuerwolke auf. Hitze wallte durch die Straße. Georg verbarg den Kopf in den Armen und betete: »Herr Gott! Herr Gott!«

Die Stille danach war betäubend. Erst langsam stellte Georg fest, dass er lebte. Vorsichtig hob er den Kopf. Flammen leckten an der Haustür des Schlossers Wilhelm Römer und verbrannten die letzten Reste der Kugel auf dem feuchten Pflaster. Flammen! Er rappelte sich auf, Jakob dicht hinter sich.

Wieder war es Kaspars Stimme, die als erste zu hören war. »Ist jemand verletzt worden?«

»Nein!«, tönten von verschiedenen Ecken die Antworten, während sich die Bewohner der Gasse langsam aus der Deckung hervorwagten. Georg ergriff einen der Eimer, die Kaspar und Frau Ursula neben dem Fass vor ihrem Haus aufgestellt hatten, tauchte ihn ins Wasser und lief damit zur Haustür der Römers. Die Familie hatte sich inzwischen ebenfalls auf das Notwendige besonnen und so war Georgs Eimer der zweite, der die Flammen an der Tür traf und sie endgültig zum Erlöschen brachte.

Herr Römer nickte Georg zu, das war alles, was es an Interaktion gab. Niemand verschwendete Atem für sinnloses Gerede – es ging nur noch darum, zu überleben und das Schlimmste vom eigenen Besitz abzuwehren. Dann begann erneut das bange Warten. Zwei, drei Feuerbälle flogen in der nächsten sich scheinbar ewig ausdehnenden Stunde an ihnen vorbei, dann traf wieder einer die Gasse. Er landete im Hinterhof der Krämerfamilie Faber, gleich neben dem Römer'schen Haus. Der Knall der Explosion wurde durch das Haus gedämpft, aber in ihn hinein mischte sich ein Schrei, der ihnen allen durch Mark und Bein ging. Er war laut und mit nichts vergleichbar, was Georg je gehört hatte. Ein Schaudern überlief ihn. Er hatte noch nie einen Todesschrei so voller Qual gehört. Wer oder was hatte ihn ausgestoßen?

»Die Kuh!«, rief Frau Faberin. »Unsere letzte Kuh!«

Ein Aufatmen ging durch die Menschen auf der Straße, während sie die vorher schon gefüllten Eimer aufnahmen und durch das Haus in den Hinterhof liefen, um das Feuer zu löschen. Als Georg in den Hof trat, prallte er beinahe zurück. Der völlig zerfetzte Körper des armen Tieres lag zwischen den Trümmern seines Unterstandes. Blut mischte sich mit den Überresten des Geschosses und den letzten kleinen Flämmchen, die hier und da noch flackerten. Es gab nicht viel zu löschen, wenigstens das. Georg beeilte sich, von dem zerfetzten Körper wegzukommen, bevor ihm schlecht wurde. Er konnte nicht verhindern, dass sich sein Kopf selbständig machte und Bilder davon entwarf, was geschehen würde, wenn ein Mensch zu nahe am Landungsplatz einer dieser unheilvollen Kugeln stünde.

Die Nacht zog sich in die Länge wie keine andere Nacht, die Georg je erlebt hatte. Nur fünfzehnmal flogen die flammenden Ungeheuer heran, aber sie wussten nie, wo sie landen würden. Fünfzehnmal Furcht und die Kälte der nebligen Herbstnacht, in Deckung gehen und doch nicht getroffen werden. Dazwischen bestand die Welt aus Warten und Ausschauhalten.

Erst am frühen Morgen ließ der Beschuss nach. Eine kurze Zeit herrschte Ruhe. Schlafen wollte trotzdem niemand. Aber Frau Ursula bereitete heißen Brei zu und sie aßen ihn alle zusammen in der Küche. Es tat gut, wenigstens für eine halbe Stunde vor dem wärmenden Feuer zu sitzen und etwas in den Magen zu bekommen.

Die Nacht des Feuers hatten sie ohne Schaden an Personen überstanden – aber Georg wusste, dass der Kampf um Marburg gerade erst begonnen hatte.

17. Kapitel

Als Georg und Kaspar aus dem schmalen Gang hinter dem Haus auf den Hirschberg hinaustraten, drang ein dämmriges Morgenlicht durch den immer noch dichten Nebel. Es war absolut still. Für diesen kurzen Moment donnerte keine Kanone, wie sie es die ganze Nacht über getan hatte – weder vom Schloss her noch von den Angreifern vor der Mauer. Alles wirkte so friedlich, dass die Ereignisse der letzten Nacht fast wie ein Traum anmuteten.

Aber schon beim Überqueren der Gasse zerstob dieses Trugbild durch ein lautes Geräusch, das sie beide zusammenfahren ließ. Krachen, Donnern, Sausen und ein dumpfer Einschlag – die Beschießung der Mauer hatte wieder begonnen. Die Batterien auf dem Schloss brauchten nicht lange, um zu antworten, und die Illusion des friedlichen Morgens war endgültig dahin.

Sie waren auf dem Weg in den Kampf. Kaspar hatte nach dem Essen verkündet, er werde helfen, die Stadt zu verteidigen, und sich weder von Frau Ursulas Einwänden und Bitten noch von Georgs Angebot, an seiner statt zu gehen, davon abhalten lassen. Daraufhin hatte Georg sich seinen Degen umgeschnallt und erklärt, Kaspar könne ihm verbieten, für ihn, aber nicht, mit ihm zu gehen. Kaspar hatte das akzeptiert und so gingen sie nun schweigend über die Gasse, ein alter Mann von fast siebzig Jahren und ein Student, der kaum mit seinem Degen umgehen konnte. Georg versuchte, nicht darüber nachzudenken.

Als sie den Windschatten der Häuser auf der anderen Seite verließen, übertönte das scharfe, trockene Knallen von Musketenfeuer ihre Schritte auf dem Pflaster. Ein Soldat kam ihnen durch den Nebel entgegen. »Ihr da! Wollt ihr verteidigen helfen? Wenn nicht, dann wollt ihr es jetzt. Da runter!« Er deutete mit der Hand in Richtung Untergasse, dorthin, wo Georg am Abend zuvor bereits beim Ausbessern der Mauer geholfen hatte. »Meldet euch bei Stadthauptmann Greiff und der Bürgerwehr, unten an den Barrikaden.«

Er eilte weiter und Kaspar und Georg hasteten die steile Metzgergasse hinunter, die gerade auf die Stadtmauer zulief. Vor dem letzten Stück, das sich wie eine schattige Schlucht zwischen zwei eng beieinander gebauten Häusern zur Untergasse hin öffnete, blieben sie stehen und spähten zur Mauer hinunter. Wie auf der Bühne des Puppentheaters, das Georg einmal auf dem Marktplatz gesehen hatte, hasteten unten in dem schmalen Ausschnitt zwischen den beiden Häusern Gestalten hin und her, Gestalten mit Musketen und Piken in den Armen, die beide steil nach oben zeigten – plump und gewalttätig die einen, schlank und gewalttätig mit ihren glänzenden Spitzen die anderen.

Georg spürte, wie sich das Flattern in seinem Bauch zu einer ausgewachsenen Übelkeit mauserte. Was tat er hier, er, mit seinem Degen von anno dazumal, mit dem er noch nicht einmal richtig umgehen konnte? Was für ein Anfall von überheblichem, schwärmerisch verklärtem Wahnsinn hatte ihn bewogen, hierherzukommen? Natürlich wurde hier Marburg verteidigt – aber was das bedeutete, das hatte er sich nicht vor Augen gehalten, in Chemlins warmer Küche. Es bedeutete Tod und Verderben, Blut, Schweiß, Schmerz und rohe Gewalt, und hier stand er und wollte bei all dem mithalten. Panik stieg in ihm auf. Der erste feindliche Soldat, der ihm entgegentrat, würde ihn mit einer Hand, ach was, dem kleinen Finger umbringen oder verkrüppeln. Ein Wollstrick legte sich um seinen Hals und er schnappte nach Luft.

Als sich eine warme Hand auf seine Schulter legte, drehte Georg den Kopf und sah in Kaspars ebenfalls angespanntes Gesicht. In diesem Moment bemerkte er zum ersten Mal seit Langem, dass der Freund wirklich alt war. Tiefe Falten lagen um seinen Mund und auf seiner Stirn, aber seine Augen wirkten jung und der Griff um Georgs Schulter war fest. »Lass uns beten«, sagte er.

Einen Moment lang wusste Georg nicht, ob er sich verhört

hatte. Das Geknatter der Musketenschüsse ließ nicht nach, die Kanonen dröhnten, sie standen in einer dunklen Gasse, während es dem Morgen kaum gelang, durch den Nebel und den nach faulen Eiern stinkenden Qualm zu dringen, und Kaspar wollte beten? Tatsächlich, er schloss die Augen. Seine Hand blieb auf Georgs Schulter liegen. »Barmherziger Gott, wir stehen hier und fürchten uns. Wir wollen nicht sterben und wir wollen auch nicht töten, aber du weißt, dass wir unsere Heimat und auch unseren Glauben verteidigen wollen. Hilf uns, standhaft zu bleiben und dir zu vertrauen, ganz gleich, wie dieser Tag endet. Segne uns, wir bitten dich im Namen Jesu Christi. Amen.«

Georg öffnete die Augen. Der Lärm war der gleiche wie vorher, die Soldaten hasteten vorbei und die Luft roch nach Pulverdampf, aber in ihm war etwas zur Ruhe gekommen. Es war nicht so, dass er weniger Angst hatte, keineswegs, aber die heftige Panik war fort. Gott hatte ihn schon einmal beschützt, er konnte es wieder tun. Und wenn er es nicht tun würde, dann wollte er trotzdem das Beste – für Georg, für Kaspar und für all die anderen, die sich auf die Verteidigung der Stadt vorbereiteten.

»Komm!«, sagte Kaspar und Georg folgte ihm aus der geschützten Gasse hinaus in den Hexenkessel davor.

☙

Es war nicht ganz einfach, den Stadthauptmann in Nebel, Rauch und Chaos zu finden, aber schließlich standen sie vor ihm. Greiff war ein stämmiger Mann mittleren Alters, von Kopf bis Fuß schmutzig von der Arbeit an den Barrikaden, die die Untergasse vom Rest der Stadt abriegeln sollten – oder doch wenigstens eine weitere Hürde für die Stürmenden darstellen. Sein Gesicht sah übernächtigt aus, die Augen blutunterlaufen, aus denen er nun Kaspar und Georg mit deutlich sichtbarer Skepsis betrachtete. »Chemlin.« Der Gruß klang eher wie ein Knurren. »Soweit ich weiß, wart Ihr von der kämpfenden Truppe befreit, oder?

Na, wenn Ihr schon da seid, bleibt: Wir sind ja froh um jeden Mann, egal wie alt. – Und wen habt Ihr da mitgebracht? Student, was? Hoffentlich oft auf dem Fechtboden geübt. Na, was soll's, Hauptsache, ihr seid bereit zu kämpfen. Stellt euch da rüber zu den anderen.« Seine Hand scheuchte sie zu einem kleinen Pulk von schemenhaften Gestalten weiter oben in der Gasse, dort, wo sie sich zur Hofstatt erweiterte.

Irgendwo über dem Nebel war inzwischen die Sonne aufgegangen und begann den Kampf um die Herrschaft über diesen Tag. Während Georg hinter Kaspar die Gasse hinauflief, fragte er sich, ob die Marburger ihre Belagerung wohl ebenso sicher verlieren würden wie der Nebel die seine. Noch war er dicht, wenn auch auf fremdartige Weise durchleuchtet. Noch stand die Mauer, oder eher das, was sie in der Nacht dahinter aufgeschichtet hatten. Aber wie lange würde sie halten, wie lange, bis die Kanonenkugeln, die mit donnernder Regelmäßigkeit in sie einschlugen, ihr Werk getan und sie zum Einsturz gebracht hätten?

Die Bürgerwehr stand nicht als eine kampfbereite Armee da. Wozu auch? Stattdessen hatten sich die Männer auf Eingangsstufen oder direkt auf dem Boden niedergelassen, gegen die Morgenkühle zusammengekauert wie Hasen in ihren Sassen. »Verteidigung?«, fragte einer und stand auf, als Kaspar und Georg die Gruppe erreicht hatten. »Hockt euch dazu. Wir greifen erst ein, wenn sie stürmen, die Bastarde. Aber dann sollen sie uns kennenlernen!«

»Oder wir sie …«, murmelte jemand, laut genug, dass der erste Sprecher es hörte und sich empört umdrehte. »Was soll das denn heißen?« Jetzt erkannte Georg den Mann, einen breitschultrigen Bäcker aus der Neustadt, bei dem er als Schüler ab und zu einen Kanten Brot erbettelt hatte.

»Das heißt, dass wir alle übermüdet sind nach einer Nacht voller Feuerkugeln und vielen Nächten mit Wachegehen davor. Und dass wir keine Soldaten sind. Was wir hier tun, ist doch nichts als ein Akt der Verzweiflung!«

»Na und? Dann werden wir eben verzweifelt kämpfen. Wofür kämpfen die? Für einen jämmerlichen Sold. Wofür kämpfen wir? Für unser Familien und unser Hab und Gut. Das wiegt doch wohl einiges auf! Also halt dein Maul, Reuter, und verbreite hier keine Mutlosigkeit.«

Der Angesprochene brummte etwas Unverständliches und schwieg. Für eine lange Zeit sprach niemand mehr. Georg hockte neben Kaspar und schlang sich den Mantel dichter um den Körper, um die feuchte Kälte abzuhalten, die sich durch alle Kleider hindurch in seine Glieder stehlen wollte. In stetigem, schnellem Rhythmus erfüllten die Kanonen vom Schloss her die Luft mit ihrem lauten Dröhnen. Unregelmäßiger, aber umso gewaltiger donnerten die Geschütze der Angreifer vor der Mauer. Nur in den wenigen Pausen war das Knallen der Musketen von der Mauerkrone und aus den Laufgräben davor zu hören. Und jede Kanonenkugel, die die Mauer traf, brachte den Moment näher, an dem der Kampf Mann gegen Mann losgehen würde. Georg zitterte nicht nur vor Kälte.

Es gab nichts zu tun, als zu warten, und dieses Warten zerrte an seinen Nerven. Fast wünschte er sich, dass es losgehen möge, nur damit diese Anspannung endlich endete. Die Zeit kroch dahin, seine Ohren klingelten von dem Lärm der Geschütze und er versuchte, an Magdalena zu denken – aber wenn er sich ihr Gesicht vorstellte, hörte er sie nur wieder über die Kasselischen reden und die Befestigungen und er war augenblicklich wieder in der Wirklichkeit angekommen. Hinter ihm würfelten einige Männer, aber sie taten es unkonzentriert und nicht um Geld, sondern einfach nur, um die Zeit des Wartens zu verkürzen.

Ab und zu ging einer von ihrer Gruppe fort, um Erkundigungen einzuholen, wie es stand um die Stadt und damit um sie selbst. Die Nachrichten klangen jedes Mal fast gleich, unterschieden sich nur in einem kleinen Detail: Die Mauer stand noch, aber das, was einmal die Bresche für die Eroberer werden sollte, wurde immer größer. Es war schwer, die Zeit zu schätzen, nachdem der

Glockenschlag in allen Kirchen schon am Abend zuvor auf Befehl eingestellt worden war.

Die Stadt hielt länger stand als der Nebel. Schon bald hing nur mehr ein leichter Dunst über den Barrikaden. Was blieb, war der Pulverdampf, der aus den ohne Pause weiterbellenden Musketen hervorquoll und von den Gräben der Angreifer heraufstieg.

Hinter Georg war auf einmal Bewegung. Er hörte Schritte auf dem Pflaster. Als er sich umdrehte, sah er drei Frauen, die mit Körben herankamen und ihren Männern Brot und Krüge mit Getränken brachten. Auf ihren Gesichtern hatten die durchwachte Nacht und die Angst deutliche Spuren hinterlassen. Eine der Frauen gehörte zu dem Bäcker und Georg konnte sehen, dass ihre Hände beim Auspacken der Mahlzeit zitterten und sie bei jedem Schuss zusammenzuckte.

»Geh nach Hause, Else«, brummte der Bäcker. »Das ist kein Platz für Hühnchen wie dich.«

»Aber ich muss dich doch versorgen …« Ihre Stimme war kaum mehr als ein zittriges Murmeln.

»Das hast du ja nun gemacht. Jetzt geh lieber zu den Kindern. Die brauchen dich und hier ist bald der Teufel los, wenn …«

Er brachte den Satz nicht zu Ende, weil genau das eintraf, was er hatte sagen wollen. Eine weitere Kanonenkugel schlug ein und mit einem lauten Rumpeln und Krachen stürzte die Stadtmauer in einer großen Staubwolke auf einem breiten Stück in sich zusammen. Ein Aufschrei ging durch die Verteidiger. Georg war aufgesprungen, ohne es selbst zu bemerken, und ging rückwärts, bis er gegen eine Hauswand stieß. Er drückte sich dagegen und fühlte, wie die Angst sich in seinem Magen zu einem harten Klumpen zusammenballte. Hitze stieg in ihm auf und er atmete schneller. Es war so weit. Wann würden die ersten Soldaten über die Bresche stürmen?

Die Frau des Bäckers schrie schrill auf. Rufe hallten über die Straße. In allen Stimmen schwang Angst mit. Georg schluckte hart und versuchte, das Gefühl von kopfloser Panik abzuschütteln, das ihn zwingen wollte, sich von der Mauer abzustoßen und zu rennen, weg hier, egal wohin und zu welchem Zweck. Es war nur eingetreten, was sie alle längst erwartet hatten, im Grunde hatte sich ja doch nichts geändert. Er atmete tief ein und aus und dachte an Kaspars Gebet. »Herr Jesus Christus, beschütze uns!«, flüsterte er.

Langsam konnte er wieder klar sehen und wagte, seinen Blick auf die Bresche zu richten. Ein groß gewachsener Mann mit kurzem Haar stand dort und brüllte Befehle, den Degen in der erhobenen Faust. Er war über und über mit Staub bedeckt, aber Georg erkannte Obristleutnant Willich doch. Einer seiner Soldaten kam jetzt auf Georg und den Rest der Bürgerwehr zu. Nun war der Moment also wirklich gekommen, der Mann würde ihnen den Befehl überbringen zu kämpfen. Sie würden sich aufstellen, er würde seinen alten Degen ziehen und dann – was dann? Würde er töten? Oder getötet werden? Wieder wollte die hilflose Angst sich in ihm ausbreiten.

»Georg!« Er brauchte eine Weile, bis er den Ruf überhaupt bemerkte. Etwas Warmes berührte seinen Arm. Als er sich umdrehte, schaute er in ein vertrautes Gesicht, dessen Anblick wie eine Welle die schlimmste Panik auslöschte. Magdalena! Ihre Locken schauten wieder einmal wild unter dem Tuch hervor, ihr Gesicht war schmutzig und ihre Kleidung von Staub bedeckt, aber es war trotzdem der schönste Anblick, den er sich vorstellen konnte.

»Magdalena! Was …« Er brach ab. Seine Stimme klang heiser und genauso unsicher, wie er sich fühlte.

»Ich habe meinem Vater etwas zu essen gebracht. Meine Stiefmutter lässt sich gar nicht mehr beruhigen und sie würde sich sowieso nie hertrauen, also bin eben ich gegangen. Geht's dir gut?«

Er konnte kaum begreifen, was sie sagte. »Die Bresche! Du musst weg hier!«

»Ich weiß, das hat mein Vater mir auch schon befohlen. Ich bin ja schon auf dem Weg, aber ich wollte dich vorher noch mal sehen!« Und dann tat sie etwas Unerhörtes und Wundervolles:

Sie stellte sich auf die Zehenspitzen, hielt sich an seinen Armen fest und küsste ihn mitten auf den Mund. Ganz kurz und flüchtig war die Berührung, aber sie fuhr wie ein Blitz durch Georg hindurch und er wusste, dass er diesen Moment nie vergessen würde: die Schreie im Hintergrund, die Angst in seinem Bauch, das Leuchten in ihren Augen und den Geschmack des Staubes, den der Kuss von ihren auf seine Lippen übertrug.

Dann war sie fort, flink wie eine Maus huschte sie die Gasse hinauf und war verschwunden. Georg stand an der Hauswand und fühlte sich, als sei er selbst ganz weit weg und doch so völlig hier, so lebendig und froh und voller Angst und Glück gleichzeitig, dass er kaum wusste, was er eigentlich empfinden sollte. So brauchte er eine ganze Weile, um den Aufruhr überhaupt wahrzunehmen, der sich plötzlich unter den Männern ausbreitete. Erst als Kaspar neben ihn trat und mit heiserer Stimme »Es geht los« sagte, kehrte er schlagartig ins Hier und Jetzt zurück. »Sie schichten Reisigbündel auf und kommen mit Leitern. Das kann nicht lange dauern.«

Das Geschrei auf der Gasse wurde immer lauter. »Sie werden uns alle umbringen!« – »Denkt an Magdeburg!« – »Wir können nicht gewinnen!« – das war das, was Georg verstehen konnte.

Wieder und wieder war »Magdeburg« zu hören, das Wort flog von Mund zu Mund und kam aus jeder Himmelsrichtung. Magdeburg – die Stadt, die von den Kaiserlichen völlig zerstört worden war, in der Tausende von Männern, Frauen und Kindern vor nun schon vierzehn Jahren ihr Leben hatten lassen müssen. Aber die Soldaten vor der Stadt waren doch keine Kaiserlichen, es war kein Tilly, der sie befehligte, Geyso würde so eine Gewaltorgie nicht zulassen – oder? Ein kalter Schauder überlief Georg von Kopf bis Fuß. So weit hatte er noch gar nicht gedacht …

Es waren Soldaten da draußen vor der Mauer, Landsknechte, Söldner wie die, die ihn vor vier Jahren gequält hatten, oder wie die in Magdeburg – ob es Schweden, Kaiserliche, Türken oder die Höllenrotten persönlich waren, spielte schon längst keine Rolle mehr. Der Krieg hatte viel zu lange gedauert, um die, die davon lebten, nicht völlig verrohen und den größten Teil ihrer Menschlichkeit verlieren zu lassen.

Und dann hörte er den Schrei, eine sich überschlagende, atemlose Männerstimme stieß ihn aus: »Es gibt kein Wasser mehr! Sie haben die Wasserzufuhr unterbrochen!«

Georg fuhr der Schreck wie allen anderen in die Glieder. Ohne die Wasserversorgung von außen konnte die Stadt nicht lange standhalten, schließlich lag auch die Lahn vor den Stadtmauern und das Wasser der Brunnen reichte nicht für die ganze Stadt. Und was, wenn es brennen würde? Wenn die Belagerer wieder mit Feuerkugeln schossen?

Das Gemurmel um ihn herum wurde immer lauter. Panik schwang in den Stimmen mit wie ein Heuler, eine mittönende Pfeife auf der Orgel, ein Misston, der nicht aufhörte und die Musik zerstörte. Zum Klang von »Magdeburg« gesellte sich nun »Wasser« und dann nach kürzester Zeit ein durchdringender Ton: »Akkord«. Sie mussten dem Feind Akkord anbieten und die Stadt übergeben, bevor es zu spät war.

Georg schaute zu Willich hinüber, der die Verantwortung für die Verteidigung der Stadt trug. Der Obristleutnant stand bereits in einer Traube von erregt auf ihn einredenden Männern. Sein Gesicht konnte Georg von seinem Standpunkt aus nicht erkennen, aber er hatte die Arme verschränkt und rührte sich zuerst gar nicht. Dann schüttelte er einmal den Kopf und sagte etwas. Die Männer begannen mit den Armen zu fuchteln, aber Willich schnitt ihnen mit einer herrischen Handbewegung das Wort ab und drehte sich einfach von ihnen weg.

»Gott helfe uns, er will die Stadt nicht übergeben«, murmelte Kaspar neben Georg.

»Was jetzt?« Ein schwerer Druck saß auf Georgs Brust und ließ die Worte nur gepresst hervorkommen. Aber Kaspar brauchte ihm nicht zu antworten, Georg sah selbst, was geschah. Die Männer kehrten nicht auf ihre Posten oder zu den anderen aus der Bürgerwehr zurück, sondern verließen die Untergasse. Eilig stapften sie den Hang in die Stadt hinauf, einige begannen zu rennen. Georg sah, wie einer von der Mauer herunterkam, und noch einer. Der Mutlose von vorhin sprang auf. »Er muss Akkord geben! Er muss! Wenn er es nicht tut – dann eben wir selbst! Ist doch unsere Stadt, nicht seine, oder? Lasst uns zum Rat gehen!«

Der Bäcker spuckte auf den Boden. »Als ob das was nützen würde. Die kriegen doch ihre Ärsche nicht in die Höhe, jedenfalls nicht rechtzeitig. Die werden erst ausgiebig beraten und dann aufs Schloss rennen zu den landgräflichen Beamten, um denen die Stiefel zu lecken und gesagt zu kriegen, was sie tun sollen. Bis dahin ist es doch längst zu spät.«

»Aber wir müssen irgendwas tun!«, rief ein anderer mit schriller Stimme.

Der Bäcker nickte und schlug mit der Faust in die Innenfläche seiner anderen Hand. »Tun wir auch. Wir gehen einfach selber. Schließlich hast du recht, Reuter: Es ist *unsere* Stadt und es ist *unser* Leben und das *unserer* Frauen und Kinder!«

»Aber wird Geyso denn mit uns verhandeln?«

»Wenn wir ihm sagen, dass wir im Auftrag von Bürgermeister und Rat handeln, dann ja. Einer von uns geht tatsächlich zum Rat, damit wir der Form Genüge getan haben. Reuter, übernimm du das. Wir anderen ziehen raus.« Er drehte sich zu Georg und Kaspar um. »Druckermeister Chemlin! Ihr kommt doch mit? Euer Wort gilt etwas, wir brauchen Euch! Und Ihr, Herr Studiosus? Ein Mitglied der Universität kann auch nicht schaden!«

Georg dröhnte das Blut in den Ohren. Hinaus vor die Tore, um mit Generalmajor Johann Geyso zu sprechen? Er? Hilfe suchend schaute er zu Kaspar hinüber, aber der sah ihn nicht an, sondern nickte dem Bäcker mit entschlossenem Gesicht zu. »Ich bin dabei. Wenn alle ihre Posten verlassen, ist die Stadt sowieso nicht mehr zu halten. Dann lieber unterhandeln, bevor es zu spät ist.«

»Gut.« Der Bäcker drehte sich um und lief mit raschen Schritten los, gefolgt von fünf weiteren Männern und Kaspar. Georg zögerte, dann holte er tief Luft und dachte an Magdalena, an Frau Ursula, die Witwe Sebaldin und ihre Kinder, an die Universität, die Stadt, die ihm eine Heimat geworden war, und an das Schicksal Magdeburgs – und seine Beine setzten sich fast von allein in Bewegung.

☙

Sie hasteten durch das Chaos, das sich in der Untergasse ausbreitete. Immer mehr Männer verließen ihre Posten. Piken, Musketen und Knüppel lagen verloren und nutzlos auf dem Boden herum. Einer der Männer ihrer Gruppe zog sich im Gehen das Hemd aus und das Wams über den nackten Oberkörper, hob eine Pike vom Boden auf und band das helle Kleidungsstück mit den Ärmeln daran fest.

Obristleutnant Willich stand immer noch an der Bresche und brüllte den fliehenden Männern Befehle hinterher. Sie eilten an ihm vorbei. Georg erhaschte einen Blick auf das finstere Gesicht unter dem grauen Schopf, von Müdigkeit gezeichnet, die tief liegenden Augen, die jetzt ihre Gruppe wahrnahmen und die provisorische weiße Fahne. »Halt! Wo wollt ihr hin? Verdammt noch mal, macht denn hier jeder, was er will? Bleibt stehen, ihr feigen Hunde! Wir halten die Bresche, wir schlagen sie zurück! Ihr verdammten Sauschwänze!« Seine Stimme war heiser vom Schreien und voller ohnmächtigem Zorn.

Sie liefen weiter, ohne auch nur einen Augenblick zu zögern, so, als sei der Befehlshaber gar nicht da.

Bevor sie um die Ecke bogen und die kleine Pforte am Lahntor erreichten, warf Georg noch einmal einen Blick zurück und sah das fassungslose, verzweifelte Gesicht Willichs, der zwischen den fliehenden Männern und ihnen hin und her schaute. Es würde ihm nichts anderes übrig bleiben, als sich ebenfalls zurückzuziehen, wenn er das Schloss nicht aufs Spiel setzen wollte – und das durfte er auf keinen Fall, schließlich saßen dort immer noch die beiden Darmstädter Prinzen.

Der Bäcker hatte die Tür aufgestoßen und den Mann mit der Pike vorgeschoben. Als Georg zögerlich unter dem dunklen Mauerbogen hervortrat, blendete ihn das plötzliche Licht einen Moment lang. Sie gingen einige Schritte von der Mauer weg und warteten. Pulverdampf hing in schweren Schwaden über dem Boden und stach in Georgs Nase. Dahinter tauchten schemenhaft die Häuser der Vorstadt am Grün und Weidenhausens auf und dazwischen die Heerhaufen der Niederhessen mit ihren Piken. Aufgeworfene Erde ließ erahnen, wo sich die Schanzen der Angreifer befanden. Langsam, ganz langsam, Schritt für Schritt bewegten sie sich darauf zu. Hoffentlich sahen die Feinde ihre Unterhändlerflagge, hoffentlich erkannten sie das Hemd als solche! Georg spürte, wie sein ganzer Körper angespannt darauf wartete, dass etwas geschah – wenn nur keine Schüsse fielen!

Schließlich ertönte ein Schlag. Georg zuckte zusammen und wartete auf die Kugel. Aber dann ertönte ein weiterer Schlag und noch einer und er begriff, dass es eine Trommel war, die ein rhythmisches Signal über das Feld sendete. Welche Nachricht sie wohl übermittelte? Georg wusste es nicht, aber er hoffte, dass sie von ihnen berichtete. Und tatsächlich: Kurze Zeit später tauchte eine Gruppe Söldner aus dem Pulvernebel auf. Einer von ihnen hatte eine Trommel an der Seite, die aber derzeit schwieg.

Georgs Herzschlag beschleunigte sich erneut, als er sich den rauen Männern mit ihren vom Ruß der Musketen geschwärzten Gesichtern gegenübersah. Sie sprachen nicht, sondern umzingelten die kleine Gruppe. Dann erst bellte ein schwarzbärtiger Mann: »Mitkommen.«

Sie gehorchten. Die Pulvergefäße, die die Musketiere an Gurten über der Brust trugen, klapperten leise aneinander, wenn sie gingen. Der Trommler schwang seine Stöcke locker in der rechten Hand, dann nahm er sie mit einem geübten Schwung wieder nach oben und schlug das gleiche Signal in regelmäßigen Abständen wieder und wieder. Rechts von ihnen ragte die Stadtmauer empor, Gestrüpp hatte hier und dort die Schanzarbeiten überlebt.

Erst nach einer Weile stellte Georg fest, dass sie einen befestigten Weg erreicht hatten, und er brauchte noch länger, um sich bewusst zu machen, dass sie auf dem sogenannten ›Philosophischen Gässchen‹ unterwegs waren, auf dem er nun schon mehrere Sommer spazieren gegangen war.

Nun war nichts Philosophisches mehr daran zu erkennen. Erdhaufen türmten sich auf, Schanzkörbe ragten wie unheimliche Monster aus dem Dunst. Gräben durchzogen den Boden neben dem Weg und aus einem davon drohte ihnen der schwarze Schlund einer Kanone. Die Soldaten, die sie bedienten, starrten sie stumm an, als sie vorbeigingen. Georg fühlte sich wie in einem seltsamen Traum.

Irgendwann bogen sie links ab und verließen den Weg. Ein kurzer Windstoß riss den Pulverdampf wie einen Vorhang zur Seite und enthüllte ihnen einen Blick auf eine schier unglaubliche Masse von Männern, Piken, die in die Luft stachen, Brustpanzern, in denen sich das Licht brach, Pferden, Wagen, Rädern und weiteren Kanonen. Auf Georg wirkte all das wie das reinste Chaos, aber er wusste, dass hier jeder seine Aufgabe genauestens kannte. Es war eine einzige große Maschinerie, dieses Heer, und mitten hindurch gingen nun sie, eine Handvoll schlecht bewaffneter Bürger und er, ein Student. Sie drangen gerade mitten in diesen Krieg ein und niemand konnte wissen, was daraus werden würde.

Aber seltsamerweise verspürte Georg kaum Angst. Vielleicht hatte er einfach seinen Vorrat für heute schon aufgebraucht, vielleicht wirkte auch Kaspars Gebet noch nach, er wusste es nicht und er beschloss, auch nicht weiter darüber nachzudenken. Von zu viel Nachdenken wuchs die Angst sonst doch noch.

Vor ihnen tauchte jetzt eine Gruppe Reiter auf, die sich um einen Mann auf einem massigen, braunweiß gescheckten Pferd scharte. Sie bewegte sich nicht, schaute den herannahenden Unterhändlern aber aufmerksam entgegen.

»Geyso«, raunte Kaspar in Georgs Ohr. »Der Mann auf dem Schecken muss Johann Geyso sein.«

Tatsächlich, der schwarzbärtige Führer ihrer Begleittruppe salutierte und spuckte ein »Die Unterhändler, Herr Generalmajor!« aus.

Der Mann auf dem Schecken nickte und trieb sein Pferd ein paar Schritte vor. Es stand wie ein Denkmal da, während sein Reiter auf die Marburger herunterschaute. Georg sah zu ihrer provisorischen Flagge auf und kam sich auf einmal vor wie eine Ameise, kurz bevor man sie zertrat.

»Nun«, sagte der General. »Was wollt ihr anbieten? Seid ihr vom Rat beauftragt?« Seine Stimme war ebenso durchdringend wie der Blick aus seinen weit auseinanderliegenden Augen. Seine Nase war lang, der Oberlippenbart akkurat gestutzt, sein Kinn, das bis auf den modischen kleinen Bartrest direkt unter dem schmalen Mund glatt rasiert war, schob sich energisch nach vorn. Die braunen Locken fielen ihm bis auf das gelb gefärbte Lederwams hinab, das an den Schultern von einem weit ausladenden Spitzenkragen verdeckt wurde.

Der Bäcker, der bisher den Wortführer gegeben hatte, schien auf einmal stumm geworden zu sein. Hilfe suchend schaute er zu Kaspar hinüber. Georg sah, wie sein Freund kurz die Augen schloss und tief Luft holte, und wusste, dass er erneut den Kontakt zu seinem Gott suchte. Dann trat er vor. »Nein, wir sind nicht vom Rat beauftragt, aber wir sprechen trotzdem für die Bürgerschaft der Stadt. Wir bitten um einen Waffenstillstand.«

Geyso hob die Augenbrauen. »So. Ihr seid nicht offiziell hier, aber ihr bittet um Waffenstillstand, gerade in dem Moment, in dem ich alles bereit habe für den Sturm auf die Bresche. Und was wollt ihr mir dafür bieten? Wollt ihr die Stadt übergeben?«

Kaspars Stimme war klar und sein Rücken gerade. »Ihr wisst, dass wir nicht befugt sind, die Einzelheiten auszuhandeln, aber ja, wir wollen Euch die Stadt übergeben. Wir hoffen auf Eure Gnade. Wir tun es für unsere Familien und unsere Stadt und wir wissen die Bürgerschaft hinter uns. Der Rat weiß Bescheid und wird in Kürze seine eigenen Unterhändler schicken – wir wollen nur bis dahin um Schonung der Stadt bitten. Wir standen anders als die hochgeehrten Ratsherren direkt an der Bresche und wissen im Gegensatz zu ihnen, wie knapp wir vor dem Sturm stehen, nur darum sind wir ohne offiziellen Auftrag zu Euch gekommen.«

Geyso antwortete nicht sofort. Stattdessen schaute er jedem Mann ihrer kleinen Truppe einige sich in die Endlosigkeit ausdehnende Momente ins Gesicht. Georg spürte, wie sich Schweiß auf seiner Oberlippe sammelte, als die stechenden grauen Augen die seinen trafen und seinen Blick festzunageln schienen. Dann schließlich, endlich nickte der Generalmajor.

»Gut, ich gebe euch einen Waffenstillstand. Aber seid gewarnt: Ich warte nicht allzu lange. Wenn bis Mittag keine ernsthaften und autorisierten Verhandlungen angelaufen sind, lasse ich stürmen. Punctum.« Damit war die Audienz beendet. Geyso brachte sein Pferd mit einem Schnalzen dazu anzutreten, wendete es und ließ die selbst ernannten Unterhändler stehen, um mitsamt seinem Gefolge davonzureiten. Das Getrappel der Pferde und das Klingeln und Schaben der Ausrüstung der Männer verloren sich rasch im allgemeinen Heereslärm, doch Georg ließ die Gruppe trotzdem nicht aus den Augen.

Erst als er sich den anderen wieder zuwandte und die langsam aufkeimende Erleichterung in deren Gesichtern wahrnahm, wurde ihm klar, dass sie ihr Ziel erreicht hatten. Sie hatten es geschafft: Marburg würde nicht gestürmt werden!

Zumindest vorerst war das Schlimmste abgewendet.

❧

Frau Ursula empfing ihren Mann mit Tränen der Erleichterung in den Augen. »Gott sei Lob und Dank!«, stieß sie hervor, als Kaspar und Georg die Druckerei erreichten. Sie stand vor dem Haus, weiterhin auf der Hut vor möglichen Feuerkugeln. Ihre dunkelblonden Haare hatten sich aus der Frisur gelöst und hingen in langen Strähnen unter der Haube bis auf ihre Schultern herab. Kaspar trat auf sie zu und sie fiel ihm um den Hals.

Einen kurzen Augenblick lang hielten sie einander stumm fest, dann löste sie sich aus der Umarmung und schaute mit besorgtem Blick zu ihm auf. »Was ist passiert? Stürmen sie schon?«

Kaspar schüttelte den Kopf und berichtete ihr in knappen, ruhigen Worten von dem Waffenstillstand, der über den Kopf des Stadtkommandanten hinweg vereinbart worden war und diesem nunmehr keine andere Wahl lassen würde, als mit dem Feind zu verhandeln. Seine eigene Beteiligung daran ließ er geschickt aus.

»Und was tun wir jetzt?«, fragte Georg.

Kaspar löste sich vollends von seiner Frau und drehte sich zu Georg um. »Ins Haus gehen und abwarten, was sonst?«

Ja, was sonst … Langsam folgte Georg den beiden durch den Hintereingang ins Haus. Irgendwie war es merkwürdig, nach all dem Schrecklichen und Aufregenden, was er in den letzten Stunden erlebt hatte, einfach wieder in den gewohnten Flur zu treten, den unebenen Dielenboden unter den Füßen zu spüren, den tanzenden Staub im gedämpften Licht zu sehen.

In der vom Sonnenlicht erhellten Küche warteten Jakob und Peter und bestürmten Kaspar, mehr zu erzählen, bis der ihnen mit einer knappen Handbewegung und finster umwölkter Stirn das Wort abschnitt. »Später.«

Frau Ursula kniete sich vor den Herd, um das Feuer anzufachen. »Ich habe Anna zu ihren Eltern in die Ketzerbach geschickt, aber es wird Zeit für eine Suppe«, sagte sie, als sie Georgs fragenden Blick bemerkte, und lächelte ihm zu.

Suppe – noch so etwas Normales und Gutes, das wirkte wie aus einer anderen Welt. Er setzte sich neben Kaspar an den schweren Tisch, spürte, wie sich das Holz der Bank unter ihm langsam erwärmte, und versuchte zu verstehen, wie dieses Gefühl mit dem Klang von Musketenfeuer und dem beißenden Geruch des Pulverdampfes zusammenzubringen war. Es gelang ihm nicht recht. Der Duft nach Brotsuppe begann vom Herd her durch den Raum zu ziehen und von draußen drang das unerschütterliche Zwitschern von Vögeln herein.

Nach einer Weile atmete Kaspar so tief durch, dass Georg aus dem Augenwinkel die Bewegung seiner Brust sehen konnte. »Gütiger und allmächtiger Gott«, sagte er dann und Georg brauchte eine Weile, um zu begreifen, dass er nicht etwa fluchte, sondern zu beten begonnen hatte. »Ich danke dir, dass du uns und unsere Stadt bewahrt hast an diesem Morgen. Was auch immer jetzt geschehen mag, wir wissen uns in deiner Hand. Bewahre uns auch weiterhin, wenn es dein Wille ist. Im Namen Jesu Christi, Amen.«

»Amen«, murmelte Georg, einmal mehr verwirrt darüber, wie selbstverständlich und einfach Kaspar hier am Küchentisch betete. Gleichzeitig fragte er sich beschämt, wann er selbst wohl daran gedacht hätte, Gott dafür zu danken, dass er immer noch hier war und dass Marburg zumindest vorerst von Plünderung und Gewalt verschont geblieben war. Heute Abend in seiner Kammer? In der nächsten Frühpredigt? Und dabei war er doch der Theologe, nicht Kaspar. Sollte nicht gerade er in jedem Moment an Gott denken?

»Kaspar?«, fragte er unsicher, weil es ihm vorkam, als dränge er in etwas Privates ein. »Wie ist das mit dir und dem Gebet – betest du schon immer so … so selbstverständlich?«

Kaspar schaute ihn einen Augenblick ruhig an, eine tiefe Falte zwischen den Brauen, aber ein warmes Leuchten in den Augen. »Nein«, antwortete er schließlich. »Nein, mein Junge, das tue ich nicht schon immer. Im Gegenteil, als ich so alt war wie du, habe ich außerhalb der Gottesdienste eigentlich gar nicht gebetet.«

»Wie hast du es gelernt?«

»Gelernt habe ich gar nichts.« Vehement schüttelte Kaspar den Kopf. »Gar nichts. Ich glaube nicht, dass man lernen kann zu beten. Man muss nur irgendwann merken, dass einem nichts anderes übrig bleibt. Man muss begreifen, dass man ohne das Gebet hilflos und ohnmächtig ist. Manchen muss das Leben so lange niederprügeln, bis er es einsieht, andere verstehen es vielleicht auch ohne das. Bei mir hat es etliche Schrammen und Narben gebraucht, um mich von meinem Größenwahn herunterzuholen, alles selbst schaffen zu wollen. Als ich dann aber akzeptiert hatte, dass ich vollkommen abhängig bin von Gott, habe ich mich daran gewöhnt, ihn mit allem zu belästigen, was mich bedrückt oder freut. Das Gebet ist das Einzige, was uns auf den Beinen halten kann, wenn es hart auf hart kommt, das Einzige, was uns in dieser verdorbenen, von Krieg zerfressenen Welt Sicherheit geben kann. Wir haben nur diese eine Waffe gegen das Böse. Weißt du, letztlich ist es wohl so: Ich verlasse mich auf das Gebet wie der Bock auf seine Hörner. So ein Ziegenbock ist recht klein, aber dank seiner Hörner fühlt er sich stark und rennt gegen alles an, was ihm nicht gefällt, auch wenn es viel größer ist als er.«

Was für ein merkwürdiger Vergleich, dachte Georg. Laut fragte er: »Aber ist das Gebet nicht etwas Heiliges? Können wir dem Schöpfer der Welt denn mit unserem Kleinkram kommen?«

»Findest du, dass das Vaterunser sehr heilig klingt – ›Unser täglich Brot gib uns heute‹? Und genau so sollen wir doch beten, so hat es der Herr seinen Jüngern beigebracht.«

»Ja, aber …« fing Georg an und sprach dann doch nicht weiter.

»Weißt du«, sagte Kaspar, »es ist gut, wenn man über Gott nachdenkt und manches auch mal infrage stellt. Aber worauf es am Ende ankommt, ist das Vertrauen. Egal, was passiert, ich weiß, dass Gott gut ist und mich liebt und dass er darum mein Bestes will. Also bleibt mir gar nichts anderes übrig, als ihm zu vertrauen und ihn mit meinen Gebeten zu bestürmen.«

»Hm«, machte Georg. Kaspar nickte ihm noch einmal zu und begann dann, den beiden ungeduldig wartenden Jungen eine sorgfältig entschärfte Version ihrer Erlebnisse an der Mauer zu erzählen. Georg hörte nicht zu. Ihn beschäftigten Kaspars Aussagen über das Gebet viel mehr. Was er sagte, klang so einfach, fast schon zu einfach, aber es war so schwer zu erreichen. Es war schwer, jemandem zu vertrauen, den man nicht sehen konnte, und der so viel Leid zuließ, obwohl er es doch verhindern könnte

– sogar dann, wenn man seine Hilfe schon selbst erfahren hatte. Ja, er war damals gerettet worden in der Löber'schen Kate, als er zu Gott um Hilfe geschrien hatte, aber es war trotzdem schwer, an das Gute zu glauben, wenn vor der Stadt der Krieg stand, zumal sich die Angst seit jenem Tag in Günsendorf als kleiner, pochender Klumpen irgendwo in seinem Bauch eingenistet hatte. Und es war auch schwer, sich einzugestehen, dass man völlig hilflos in der Welt dastand. Er wollte nicht hilflos sein und nichts tun können, als bei Gott zu betteln, dass sich Dinge ändern würden. Er wollte einen Unterschied machen in der Welt, Dinge bewegen, etwas erreichen. War das denn wirklich verkehrt?

»Jetzt wird aber erst mal gegessen«, sagte Frau Ursula und riss Georg damit aus seinen Gedanken und auch Jakob und Peter aus ihrer Abenteuerlust. Die dampfende Schüssel vor ihren Nasen ließ fürs Erste Gaumen und Magen über den Kopf gewinnen und Georg wehrte sich nicht dagegen. Jetzt war wirklich nicht der beste Zeitpunkt, um theologische Probleme zu wälzen – sie lebten, die Stadt würde verschont bleiben und heiße, kräftig malzige Brotsuppe füllte seinen Bauch, das reichte für den Moment aus, um ihn dankbar zu machen.

18. Kapitel

Am Nachmittag hielt Georg die Ungewissheit nicht mehr aus. Wurde verhandelt? Was tat Willich? Und vor allen Dingen: Wie ging es Magdalena?

Schließlich erhob er sich von der Bank in der Stube, wo er versucht hatte, sich auf ein Buch zu konzentrieren. »Ich gehe raus. Ich will jetzt wissen, was Sache ist.«

Kaspar schaute auf und hob die Augenbrauen. »Na endlich. Ich dachte schon, du scheuerst dir vorher deinen Hosenboden durch mit der unruhigen Herumrutscherei.«

Georg zuckte verlegen mit den Achseln und hängte sich seinen Degen um.

»Bring Nachrichten mit und bleib nicht zu lange weg!«, rief Kaspar ihm nach.

Draußen hatte sich der Himmel mit einer grauen Wolkenschicht eingedeckt. Es war kalt und Georg machte lange Schritte, um warm zu bleiben. Seine Tritte hallten überlaut auf dem Pflaster wider und unwillkürlich hielt er sich im Schatten der Häuser. Die Gassen und auch der Marktplatz waren wie ausgestorben – und doch auch wieder nicht. Immer wieder sah man Menschen leise und verstohlen von einem Haus zum nächsten huschen, sie flüsterten und wisperten und rätselten in schmalen Durchgängen und von Fenster zu Fenster.

Als er die Einmündung der Barfüßerstraße erreicht hatte, rannte er beinahe in eine Gestalt mit Hut, von dem die Feder fast bis auf die Schulter herunterfiel. Als er genauer hinsah, blickte er direkt in Philipp Cramers grinsendes Gesicht. Ausgerechnet!

»Na, Kammann? Was habt Ihr gemacht heute Morgen, während die Kanonen krachten?«

Georg schüttelte die joviale Hand von seiner Schulter. »An der Bresche gestanden«, erwiderte er heftig. »Und Ihr?«

Befriedigt schaute er zu, wie der spöttische Ausdruck von Cramers Gesicht fiel. Dann allerdings runzelte der Ältere die Stirn. »Mit Eurem hundertjährigen Degen? Seid Ihr lebensmüde oder lügt Ihr mich an?«

»Glaubt doch, was Ihr wollt. Ich war da. Und wo wart Ihr?«

»Auf der Mauer. Und ich wäre auch dageblieben, wenn diese ganzen feigen Schlappschwänze nicht ihre Plätze verlassen hätten. Am Ende waren nur noch der alte Witte da, außerdem ein Fähnrich und noch ein paar Mann. Wir sind erst vor zwei Stunden abgezogen, als Witte die Befehle aus dem Schloss nicht mehr ignorieren konnte.«

»Aus dem Schloss?«, fragte Georg.

»Ja doch, von Hauptmann Hoffmann. Eigentlich hatte es ja auch keinen Zweck mehr, nachdem der Willich sofort den Kopf verloren und sich auf den Marktplatz zurückgezogen hatte. Jetzt sind sie am Verhandeln da unten und Willich wird zu allem Ja und Amen sagen und sich aufs Schloss zurückziehen, wetten? Da hocken sie dann in ihrem Krähennest und wir haben das Nachsehen hier unten. Was meint Ihr, was das für ein Spaß wird – hier gibt es Einquartierungen, die Kasseler schießen von hier unten aufs Schloss und der Willich von oben runter, und dabei wird ihm egal sein, ob er ein paar Häuser plattmacht.«

Georg atmete tief durch. Es war noch nichts entschieden. Vielleicht konnte er sie noch einmal sehen … Dann erst nahm er Cramers letzten Satz auf. »Das glaubt Ihr doch selber nicht – er wird nicht auf die Stadt schießen!«

»Wir werden es sehen, Kammann. Hoffentlich nicht, aber darauf verlassen würde ich mich nicht. – Was für ein Haufen Scheiße! Und dann sind die Idioten auch noch gleich vor das Tor gerannt und haben dem Geyso einfach die Stadt übergeben.«

Georg schluckte und beschloss, seine Beteiligung an dieser Aktion lieber für sich zu behalten. Aber Cramer hatte sich sowieso gerade in Rage geredet. »Und die vier Dekane der Universität haben gleich danach auch schon eigenmächtig mit Geyso verhandelt. Als ob wir nicht Teil der Stadt wären! Ich meine, natürlich ist die Universität gesondert, schließlich haben wir eine eigene Gerichtsbarkeit und so – aber wir leben doch schließlich alle hier, innerhalb der Stadtmauern!«

»Ja«, sagte Georg. »Allerdings. Die Stadt sollte mit einer Stimme sprechen, nicht mit dreien: Bürger, Universität und Stadtbesatzung …«

Cramer nickte heftig. Georg schaute auf seine aus dem Hutschatten hervorglänzenden Augen und seine angespannten Schultern und wunderte sich, wie es kam, dass sie auf einmal einer Meinung waren, miteinander sprachen wie Ebenbürtige. ›Der Krieg ist ein großer Gleichmacher‹, sagte man und es schien, als gelte das auf mehr als nur der offensichtlichen Ebene. Ein merkwürdiges Gefühl der Nähe überkam ihn. »Was macht Ihr jetzt?«, fragte er, so als sei nichts dabei.

»Mich besaufen, was sonst.«

Ratsch, da war das Band wieder zerrissen. »Na dann …«, sagte Georg, nickte Cramer zu und ging an ihm vorbei.

Ohne darüber nachzudenken, was er tat, bog er an der nächsten Ecke ab und stieg eines der steilen Gässchen am Rübenstein hinauf, das ihn zum Kirchhof und von dort aus zur Ritterstraße bringen würde. Einmal noch wollte er Magdalena sehen, er musste sie sehen, bevor sich die Fronten endgültig gebildet hatten und sie vielleicht mit ihrem Vater hinter den Befestigungen des Schlosses verschanzt sein würde.

Er beeilte sich, nahm immer gleich zwei der ausgetretenen Stufen auf einmal und geriet ins Schwitzen. Ein leichter Nieselregen begann sich auf der Wolle seines Mantels abzusetzen wie kleine silberne Perlen und wehte ihm feucht ins Gesicht.

Die Ritterstraße war ebenso belebt-unbelebt wie die anderen Gassen. Er passte einen alten Mann ab, der gerade aus seinem

Haus kam, und fragte ihn nach der Familie des Herrn Obristleutnants Willich.

Der Alte machte ein finsteres Gesicht und erklärte, der Willich habe seine Familie schon vor Stunden hoch aufs Schloss bringen lassen, »die ganze Bagage mit allem Gepäck«, wie er sich ausdrückte. Georg bedankte sich höflich und stapfte dann eilig den Schlossberg hinauf.

Die Pflastersteine glänzten im Regen und inzwischen spürte er die Nässe überall. Sein wieder auf Kinnlänge gewachsenes Haar begann ihm trotz des Hutes im Gesicht zu kleben. Er strich es zurück und stieg weiter bergan. Ein Stück vor ihm begannen die äußeren Befestigungsanlagen. Georg verlangsamte seinen Schritt. Wo würde sie überhaupt sein, wo sollte er sie suchen?

»Halt! Wo wollt Ihr hin?« Zwei Männer traten aus dem Schatten der Mauern, Feuchtigkeit glänzte auf ihren Brustpanzern und Helmen und ihre Hellebarden senkten sich drohend in seine Richtung.

»Ich …«, stammelte Georg und verstummte. Was sollte er sagen? ›Ich suche nach der Tochter des Stadtkommandanten, weil ich sie noch einmal sehen will, bevor ihr euch alle auf dem Schloss verbarrikadiert‹? Wohl kaum.

»Geht nach Hause, Ihr habt nichts auf dem Schloss verloren. Hier könnt Ihr nicht mehr durch.«

»Aber …«, versuchte es Georg noch einmal mit dem Mut der Verzweiflung, doch sie ließen ihn nicht zu Wort kommen.

»Kein Aber. Ihr gehört nicht zur Besatzung und nicht zum Schlosspersonal, also geht nach Hause. Abmarsch!«

Langsam drehte Georg sich um und ging den Berg wieder hinunter. Dabei blickte er sich noch einmal um und schaute zum Schloss hinauf, das majestätisch über der Stadt thronte, und zur Rentmeisterei davor. Irgendwo dort oben musste Magdalena sein.

☙

Am nächsten Tag, einem Sonntag, versäumte niemand in der Stadt den Gottesdienst, der auch nur einigermaßen gehen konnte. Georg stand mit dem inzwischen auf eine Minimalbesetzung zusammengeschrumpften Chor auf der Orgelempore und fragte sich ebenso wie all die anderen Menschen, die sich unter ihm drängten, ob es eine Verlautbarung von der Kanzel geben würde, dass die Verhandlungen abgeschlossen waren. Aber es kam keine. Trotzdem löste sich die Versammlung nur zögerlich auf, nachdem der Schlusssegen gesprochen worden war.

Als Georg aus der Kirchentür trat, hörte er plötzlich seinen Namen.

»Georg!«

Der leise Anruf durchfuhr ihn wie ein Blitz und riss ihn regelrecht herum. Hatte er sich verhört oder war das wirklich Magdalenas Stimme gewesen? Von der Seite her winkte sie ihm zu und es war wie eine Heimkehr, ihre zierliche Gestalt zu sehen. Georg wäre am liebsten zu ihr hingerannt, aber er wusste auch, dass er damit die Aufmerksamkeit aller Kirchgänger auf sie beide gezogen hätte, und das war das Letzte, was er wollte. Also zwang er sich, langsam und wie absichtslos in ihre Richtung zu gehen. Sie wich zurück, er folgte ihr – so lange, bis sie sich im Schatten hinter der Kirche befanden, neben sich die Mauer, über der die Ritterstraße lag.

»Magdalena!«, sagte Georg leise, als sie hinter einem Strebepfeiler stehen blieb und das Leuchten in ihren braunen Augen die ganze Welt um ihn herum verschwinden ließ. »Ich hatte solche Angst um dich!« Das war nur ein Schatten dessen, was tatsächlich in ihm vorging, aber Worte reichten sowieso nicht aus, um das zu beschreiben.

Sie wusste das. »Ich auch um dich«, sagte sie leise und ebenso schlicht, griff nach seiner Hand und trat einen Schritt vor, so nahe, dass er ihren wunderbaren Magdalena-Duft riechen konnte. »Ich wollte dich unbedingt noch einmal sehen, bevor sie alles dicht abriegeln und das Schloss belagern. Vater hat uns mit hinaufgenommen, wir wohnen jetzt direkt bei ihm, nicht mehr in der Ritterstraße. Und ich weiß nicht, wie lange wir noch in die Kirche kommen können. Aber heute bin ich noch hier und ich bin so froh, dass ich dich abpassen konnte!«

»Ich auch«, flüsterte Georg. »Es ist wie ein Wunder. Du bist ein Wunder, weißt du das?«

Statt einer Antwort reckte sie sich auf die Zehenspitzen und drückte zum zweiten Mal ihre Lippen auf seine, länger diesmal als an der Bresche, warm und trocken und so nahe, so wunderbar nahe, dass es sich anfühlte, als wären sie zu einer Einheit verschmolzen.

Nach einer viel zu kurzen Zeit, die sich trotzdem wie eine Ewigkeit anfühlte, lösten sie sich voneinander – nur ihre Lippen, ihre Hände blieben verschränkt, und wenn sich Georg in diesem Augenblick etwas hätte wünschen können, dann, dass sich daran auch nie etwas ändern würde.

Aber leider war es nicht so einfach mit dem Wünschen. Langsam drang die Welt in ihre kleine Nische ein, die Geräusche, die Gerüche, das Wissen um die Situation in der Stadt. Der Zauber des Augenblicks verwehte und ließ nur die Furcht vor dem Abschied zurück.

»Was glaubst du, wie lange es dauern wird?«, fragte Georg schließlich.

»Nicht lange. Der Entsatz wird bald kommen. Der Landgraf in Darmstadt kann nicht zusehen, wie sich die Kasselerin einfach nimmt, was ihr nicht zusteht.«

»Entsatz?«

»Verstärkungstruppen. In drei oder vier Wochen ist alles vorbei und Marburg wieder darmstädtisch.«

»Bist du dir da sicher?«

Sie nickte energisch. »Ganz sicher. Mein Vater sagt dasselbe. Es kann nicht lange dauern, bis neue Truppen kommen, und dann bleibt Geyso und seinen Leuten nichts, als abzuziehen.«

»Das heißt, spätestens im Advent werden wir uns wiedersehen.«

»Ja. Ganz bestimmt, ich weiß es. Und bis dahin wollen wir jede Stunde aneinander denken.«

»Jede Stunde und jede Minute«, versprach Georg und konnte den Blick nicht von ihrem Gesicht lösen.

»Ich muss gehen«, flüsterte sie, aber ihre Hand umschlang die seine nur noch fester.

Georg atmete tief ein und hob die andere Hand. Ganz vorsichtig und langsam legte er sie auf ihre Wange und streichelte darüber, über Haut und feine Härchen, über ihr eckiges Kinn und die weichen Lippen, die sich zu einem strahlenden Lächeln verzogen, als er die Hand wieder sinken ließ.

»Leb wohl, Geliebter«, sagte sie und öffnete nun doch ihre Hand. Georg ließ sie los.

»Gott segne dich!« Der Wunsch kam aus seinem tiefsten Herzen.

»Und dich«, sagte sie. Dann drehte sie sich schnell um und lief um die Kirche herum. Georg blieb noch eine ganze Weile stehen – denn es war besser, wenn niemand sah, dass sie sich diese wenigen Minuten allein miteinander gestohlen hatten. Dann erst ging auch er auf den Kirchplatz zurück, wo sich Obristleutnant Willich mit seiner Familie gerade auf den Weg machte, betont langsam, wohl um zu zeigen, dass er sich trotz allem nicht geschlagen gab. Georg grüßte höflich und erhaschte einen letzten Blick von Magdalena, ein winziges Lächeln, das er in sein Gedächtnis und in sein Herz einschloss wie einen Schatz, dann ging er nach Hause, ohne irgendetwas auf dem Weg zu sehen. Seine Füße schienen kaum den Boden zu berühren vor Glück.

☙

Erst mittags ging die Nachricht vom Ende der Verhandlungen durch die Stadt. Sie breitete sich schneller aus, als die Ausrufer sie überall verkünden konnten: Die Stadt war übergeben worden, nicht aber das Schloss. Um fünf Uhr am Nachmittag würden sechshundert Musketiere einmarschieren, um innerhalb der Stadtmauern Quartier zu beziehen. Sofort begannen überall die entsprechenden Vorbereitungen: Alles, was man an Wertgegenständen besaß, wurde möglichst geschickt versteckt und so mancher brachte an den Kammertüren zusätzliche Riegel an.

Im Hause Chemlin wurde wenig gesprochen. Als Universitätsbuchdrucker war Kaspar genauso wie Professoren und Pedelle, aber auch wie die Ratsherren der Stadt, von Einquartierung befreit. Sie waren privilegiert und das war ihnen allen sehr bewusst.

Um kurz vor fünf traf sich die ganze Hausgemeinschaft in der Stube, ohne dass sie das abgesprochen hätten. Sogar Anna, die inzwischen von ihren Eltern zurück war, streckte den Kopf durch die Tür und Frau Ursula winkte sie mit einem »Das Abendessen kann warten« herein. Das war der letzte Satz, der für eine ganze Weile im Raum gesprochen wurde.

Georg hockte mit gerecktem Hals auf der Kante des gepolsterten Stuhles mit der geschnitzten Lehne und ließ das Stück Straße, das er aus dem Fenster sehen konnte, nicht aus den Augen.

Marburg schien wie ausgestorben. Kaum jemand, der nicht als Stadtrat dazu verpflichtet war, war draußen, um die Soldaten in Empfang zu nehmen oder neugierig zu beäugen. Eine gedrückte, schwere Stimmung lag über der Stadt.

»Was werden das für Männer sein?«, fragte Georg irgendwann, um die Stille zu durchbrechen. »Sind das eigentlich alles Calvinisten in der hessen-kasselischen Armee? Und wenn nicht, warum kämpfen sie dann für die calvinistische Landgräfin?«

Kaspar lachte auf. »Ach Georg, jetzt bist du aber sehr naiv. Seit wann scheren sich Söldner darum, welche Konfession ihr Auftraggeber hat? Nicht einmal die Fürsten interessiert schließlich seit einiger Zeit, ob ihr Kontrahent gut lutherisch ist, weiterhin dem Papst die Stiefel leckt oder der Irrlehre Calvins anhängt. Wahrscheinlich würden sie sich sogar mit den muselmanischen Türken verbünden, wenn ihnen das nutzen würde. Ist unser Landgraf Georg etwa kein guter Protestant? Und trotzdem hat er sich mit dem katholischen Kaiser zusammengetan, weil das seinen Interessen dient. Dieser Krieg wird doch inzwischen gar nicht mehr um die Religion geführt – die ist nur mehr der Vorwand. Die meisten von Geysos Soldaten werden nicht einmal Hessen sein, sondern Söldner aus aller Herren Länder, die sich da anwerben lassen, wo es gerade am meisten zu holen gibt. Der Krieg ist ein Geschäft. Und nicht nur für die, die direkt daran beteiligt sind. Was glaubst du, was all die Kaufleute, Waffenschmiede und Büchsenmacher verdienen! Jeder, der kann, springt auf den Wagen auf. Ich habe ja auch schon Pamphlete gedruckt – über die Ankunft des Schwedenkönigs und was sich sonst so ergab. Was bleibt einem auch anderes übrig?«

Georg wusste nicht, was er darauf erwidern sollte, also schwieg er. Aber es entstand keine lange Pause, denn jetzt erklangen von draußen Geräusche – Hufgeklapper, Schritte, Rufe, die von den Häusern überlaut widerhallten.

Keiner von ihnen sagte mehr etwas. Sie schauten nur stumm zu, wie die Soldaten vom Lahntor her die Reitgasse hinaufkamen. Zottige Pferde, ein paar wenige bunte Federbüsche an Offiziershüten, dann das Fußvolk: zumeist abgerissene Gestalten, die Musketen über der Schulter und in der anderen Hand die Gabeln, mit denen sie beim Abfeuern die schwere Waffe abstützten. Ihre Gesichter waren schmutzig und müde, aber man sah ihnen an, dass sie Kampf und Gewalt kannten, dass sie hart geworden waren dabei – sie sahen aus wie die Männer in Günsendorf mit ihren kalten Augen und dem Wollstrang in den Händen ... Georg schluckte und versuchte, die Erinnerung wegzudrängen. Er konnte nicht ständig Angst haben, wenn diese Männer nun in der Nachbarschaft leben würden.

Von der Schlafkammer aus beobachteten sie schließlich, wie vier Söldner mit einigen Frauen und Kindern bei der Witwe Sebald einzogen.

»Vielleicht sollte ich gleich mal rübergehen«, sagte Kaspar. »Nur für den Fall.«

Georg erschrak. Erst jetzt wurde ihm bewusst, dass dort drüben kein Mann mehr war, der die Sebaldin vor den Soldaten beschützen konnte. »Glaubst du, dass sie … dass sie ihr etwas antun würden? Oder den Kindern?«

Kaspar schüttelte den Kopf. »Wahrscheinlich nicht. Man könnte sich bei ihren Offizieren über sie beschweren, wenn doch. Sie sind nicht zum Plündern hier. Aber trotzdem wäre mir wohler, wenn sie gleich wüssten, dass die Nachbarn ein Auge auf sie haben, dass diese Witwe nicht allein ist.« Er drehte sich um.

Frau Ursula nickte mit sorgenvoll gerunzelter Stirn. »Tu das. Aber versprich mir, dass du dich nicht in Gefahr begeben wirst.«

Er lächelte. »Das verspreche ich dir gerne.« An der Stubentür drehte er sich noch einmal um. »Ach, Ursel? Ich nehme ein Säckchen Grieß mit und ein paar Bohnen. Sie hat sicherlich nicht genug, um diese Menge an hungrigen Mäulern durch den Winter zu bringen, und wir sind doch nun so privilegiert, dass wir niemanden aufnehmen müssen, da sollten wir nicht auf unseren Vorräten sitzen, sondern teilen.«

Sie seufzte leise. »Ich hatte so etwas befürchtet. Sei nur bitte nicht so großzügig, dass wir selber im Januar hungern müssen.«

Kaspars Stirn zeigte wieder einmal die finstersten Falten. »Hattest du es wirklich *befürchtet?*«

»Ja und nein«, erwiderte sie. »Ich weiß ja, wie du bist. Und ich liebe dich dafür. Und wenn du es nicht tätest, würde ja letzten Endes ich etwas hinüberbringen. Aber ich bin eben auch für die Ernährung dieses Hauses verantwortlich und ich fürchte mich vor diesem Winter. Die Soldaten werden alles kahlfressen wie die Heuschrecken. Und Hunger tut weh.«

Erneut zog ein Lächeln über Kaspars Züge. »Ach, Ursel. Wir schaffen es schon irgendwie. Der Herr wird uns versorgen. Aber teilen müssen wir.« Damit verschwand er. Georg hörte seine Schritte in der Küche, dann fiel die Haustür ins Schloss.

Frau Ursula seufzte noch einmal, dann ging sie ebenfalls in Richtung Tür. »Komm, Anna. Jetzt wartet die Suppe lange genug.

Und du, Jakob: Dein Katechismus will trotz allem gelernt werden.«

Jakob zog sich leise nörgelnd an den Tisch zurück. »Wenigstens kein Latein«, hörte Georg ihn murmeln und musste nun seinerseits lächeln.

»Darum kümmern wir uns nach der Abendsuppe noch mal«, sagte er. Jakob stöhnte theatralisch auf und Georg schaute erneut aus den Kammerfenstern auf die nun wieder stille Gasse hinunter. Nur Kaspars Anwesenheit, der mit zwei Säckchen auf dem Arm eben an die Tür der Witwe Sebald klopfte, deutete darauf hin, dass sich überhaupt etwas verändert hatte – fast so, als seien die durch- und einziehenden Soldaten nichts als ein böser Traum gewesen.

CB

Georg wickelte den Mantel dicht um sich, trat in die Kälte hinaus und zog die Tür hinter sich zu. Mit gesenktem Kopf, den Hut tief in die Stirn gezogen, stieg er den Hirschberg hinauf, so rasch er konnte. Am besten war man unsichtbar in diesen Tagen. In Chemlins Druckerei mochten keine Soldaten sein, aber entkommen konnte man ihnen trotzdem nicht. Das Leben fand schließlich nicht nur im abgeschlossenen Raum statt, sondern in der ganzen Gasse – im Sommer draußen, zu dieser Jahreszeit eher im Austausch zwischen den Häusern. Man teilte immer Sorgen und Freude, Arbeit und Freizeit mit den Nachbarn und daran änderte sich so schnell nichts, auch wenn die einen Einquartierungen hatten und die anderen nicht. Schon sowieso, wenn man Kaspar Chemlin hieß. Und so wussten auch die Söldner und ihre Frauen sehr bald, wer in welchem Haus lebte.

»He, Herr Studiosus!«

Georg zog es vor, so zu tun, als habe er die raue Stimme nicht gehört, und stapfte weiter bergauf.

Aber es half ihm nichts. Der Mann war schon neben ihm und

schlug ihm auf die Schulter, als seien sie beste Freunde. Es war einer der Söldner, die bei den Dentzers wohnte, ein stämmiger Kerl mit strähnigen blonden Haaren und einer großen Narbe an der Wange. »Na, auf dem Weg, noch gelehrter zu werden? Dass dir mal nicht irgendwann der kleine gelehrte Kopf platzt und das graue Zeug rausquillt, was da drin ist!« Er lachte meckernd.

Georg spürte, wie er unwillkürlich die Schultern hochzog, und drückte sie mit großer Willensanstrengung wieder nach unten.

»Na, hat's dir die Sprache verschlagen? Tja, ihr wisst ja alle nicht, wie so ein Hirn aussieht. Ich hab's schon oft gesehen. Kann man nicht erkennen, ob jemand gelehrt war oder nicht. Alles dasselbe graue Zeug, wenn der Schädel auf ist. Was soll's also? Geh lieber einen trinken und bring mir ein Krügelchen mit. Na, wie wär's?« Wieder lachte er und klopfte Georg noch einmal auf die Schulter.

»Ich … muss gehen«, stammelte Georg. Sein Kopf war wie immer in solchen Situationen zu leer, um zu kontern. Hauptsache, der Kerl kam nicht auf die Idee, ihn gleich ins Wirtshaus zu schleifen! Das war einigen der Nachbarn schon passiert. Die Soldaten waren Gäste, aber sie benahmen sich wie die Hausherren, fragten nicht, sondern forderten und nahmen sich, was sie wollten – sie raubten nicht, nein, das war ihnen ja auch verboten, aber es gelang ihnen auch so, ihre Gastgeber zu überreden, ihnen immer wieder mehr zu geben, als ihnen offiziell abverlangt wurde. Denn man wusste nie, wann nicht womöglich doch Ernst aus den groben Späßen werden würde.

»Na, dann lass dich nicht aufhalten! Und fall mal nicht über deinen alten Degen!«

Das Gelächter folgte Georg die Gasse hinauf. Je weiter er sich davon entfernte, desto mehr wich die Beklommenheit einem Gefühl von Ärger und Unzufriedenheit mit sich selbst. Professor Feuerborn ließe sicherlich nicht so mit sich umspringen – warum gelang es ihm selbst nie, die richtigen Worte zu finden? Alles, was er fertigbrachte, war zu fliehen.

Wenn er ehrlich war, war Flucht auch der einzige Grund, warum er überhaupt zur Vorlesung ging. Wegen des Lernens zog es ihn nicht zum Haus von Professor Ebell, im Gegenteil: Es kam ihm sinnlos und hohl vor, sich mit Rhetorik oder der Theologie des Alten Testamentes auseinanderzusetzen, wenn es in der ganzen Stadt doch nur noch um die fremden Soldaten ging.

Und es waren unzählige, das stellte Georg wieder einmal fest, als er langsam und immer zögerlicher durch die Gassen ging. Er mochte den Männern entkommen, die in der Reitgasse und am Hirschberg lebten, aber nicht all den anderen. Sie waren überall und sie hatten offensichtlich nichts zu tun. Stattdessen saßen sie auf den Straßen und Plätzen und schwatzten, riefen ab und zu einer vorbeikommenden Frau eine unflätige Bemerkung nach, putzten ihre Stiefel oder reinigten und ölten ihre Waffen. In dem schmalen Durchgang, in dem er damals erfahren hatte, wessen Tochter Magdalena war, sah Georg einen Soldaten mit speckigem Wams einer Dirne in den Ausschnitt fassen, die sich ihm lüstern entgegenreckte. Er spürte, wie ihm regelrecht übel wurde bei dem Anblick, und drehte sich rasch weg. Es war, als breite sich ein Strom von Schmutz und Unrat in der Stadt aus und beflecke all die Plätze, die ihm lieb und wert waren. Sogar vor der Pfarrkirche lungerten Soldaten herum, dort, wo ihm der Kantor von seinem Hospitium bei Kaspar berichtet hatte. Auf Türschwellen und in Hausnischen, in denen er geschlafen hatte, saßen Fremde und viele der Orte, an denen er sich mit Magdalena getroffen hatte, waren nun vom Lärm spielender Soldatenkinder erfüllt.

Es war, als wäre die Stadt durch ihre Anwesenheit eine andere geworden, und das war beinahe beunruhigender als alles andere.

19. Kapitel

Es war noch stockdunkel und der Regen trommelte leise gegen die Scheiben, als Georg aus dem Schlaf aufschreckte. Unwillig versuchte er, den Traum zurückzuholen, der wieder einmal voller Magdalena gewesen war, aber es gelang ihm nicht, gleich wieder einzuschlafen und weiterzuträumen. Dabei würde das für die nächsten Wochen die einzige Möglichkeit sein, sie zu sehen. Sie war auf dem Schloss und er in der Stadt und vorerst war kein Zeichen von den Entsatztruppen zu sehen, die sie so sicher angekündigt hatte.

Jetzt erst wurde Georg bewusst, was ihn aufgeweckt hatte: Auf der Gasse herrschte eine ungewohnte Unruhe. Schritte knallten über das Pflaster, Stimmengewirr war zu hören, außerdem Rufe und das Schlagen von Haustüren. Jetzt verflüchtigte sich endgültig jeder Schlaf aus seinen Gliedern. Was war da los?

Georg zögerte kurz, dann stieg er doch aus dem warmen Bett, trat ans Fenster und schob Butzenscheiben und Laden einen Spaltbreit auf, nur gerade so weit, dass er hinunterschauen konnte. Ein schwarzer Pulk von Männern sammelte sich auf der Gasse, einzelne Helme und Kürasse warfen das Mondlicht zurück. Abziehen würden sie sicher nicht mitten in der Nacht, also musste es sich um eine Militäraktion handeln.

Georg schloss das Fenster wieder. Früher oder später würden sie sowieso erfahren, was los war, und für jetzt waren seine nackten Zehen kalt genug geworden. Rasch schlüpfte er zurück unter die Decken und schlief nach einiger Zeit tatsächlich wieder ein.

ॐ

Sie erfuhren es schnell. Bereits früh am nächsten Morgen brachte Schriftsetzer Röder die Nachricht mit: In der Nacht waren im Handstreich die Befestigungen rund um das Schloss genommen worden. Damit waren das Schloss und seine darmstädtische Besatzung eingeschlossen. Keiner von den Soldaten würde mehr in die Stadt gelassen werden, sie sollten ausgehungert werden, sagte Röder ohne große Gefühlsregung. Im Grunde war allen gleich, welche der beiden Parteien die Oberhand behielt, und dem Willich und seinen blutsaugenden Soldaten gönnte man ihre schwierige Lage. Sollte doch diesmal er erfahren, wie es war, Hunger zu leiden, sagte Röder. Aber Georg dachte nur an Magdalena und fühlte einen Knoten in seinem Magen wachsen.

Noch am selben Abend kehrte Generalmajor Johann Geyso mit 450 Musketieren und einem Regiment Fußvolk von Kirchhain zurück, wo er sich die vergangenen zwei Wochen aufgehalten hatte – es wurde ernst.

Und dann begann es wieder, das Donnern und das trockene Knallen und Bellen der Musketen vom Schloss herunter und zum Schloss hinauf. Georg saß den Vormittag über bei Frau Ursula in der Stube, aber sie sprachen kaum fünf Sätze miteinander. Eigentlich hatte Georg sich im Hebräischen üben wollen, aber die Schriftzeichen schienen bei jedem Knall und jedem dumpfen Dröhnen der Kanonen durcheinanderzuwirbeln und verloren jeden Sinn. Irgendwann starrte er nur noch auf die Seite, ohne sie wahrzunehmen, und lauschte auf die Geräusche des Krieges. Hoffentlich hatte Magdalena recht und es dauerte nicht lange. Immer wieder sah er sie vor sich, sah sie irgendwo innerhalb der Schlossbefestigungen ihre Stiefmutter und ihre kleinen Stiefgeschwister beruhigen, sah sie aus einem Fenster oder einer Schießscharte lugen und Ausschau halten nach dem Entsatz des Landgrafen. Wenn ihr nur nichts zustieß! Noch hatten die Niederhessen keine Kanonen in der Stadt und konnten das Feuer nur mit kleinkalibrigen Waffen und Handgranaten erwidern. Was, wenn sich das ändern würde? Wenn die Schüsse von den Stellungen am Lustgarten und auf der Rennbahn mehr Schaden anrichten konnten, wenn sich die Belagerer andere Stellungen suchten und die Schlossgebäude beschädigten?

Am Mittag beschloss Georg, zu einer der inzwischen recht selten stattfindenden Vorlesungen zu gehen. Etliche Professoren hatten die Stadt bereits verlassen und diejenigen, die dageblieben waren, lasen nur noch sporadisch. Georg konnte es ihnen nachfühlen, er war ja selbst in letzter Zeit kaum noch motiviert und hatte mehr als eine Veranstaltung versäumt. Aber heute hatte er das Gefühl, er müsse die Wände hochgehen, wenn er nicht etwas anderes zu hören bekam als Stille und Schüsse.

Es war ein recht kleines Häuflein Studenten, die sich bei Johann Heinrich Tonsor einfand. Der Professor und Pädagogiarch nickte ihnen mit ernstem Gesichtsausdruck einige Male zu, bevor er sein Manuskript öffnete. Während er mit getragener Stimme seine theologische Vorlesung abhandelte, drangen immer wieder Kanonendonner und Musketengeräusche durch die Wände und alle Worte hindurch und Georg merkte, dass er zwar zuhörte, aber doch nichts aufnehmen konnte.

Nach dem Ende der Vorlesung löste sich die kleine Schar Studenten stumm und bedrückt auf. Georg hatte erst wenige Schritte zurückgelegt, als hinter ihm ein Trauerzug um die Straßenecke bog. Vor dem Sarg und seinen Trägern her trottete ein kleines Häuflein Pädagogienschüler und sang dünn und mit wenig Feierlichkeit in den Stimmen »Christus, der ist mein Leben«. Georg hatte dieses Lied selbst oft genug gesungen und beinahe war er versucht, den Tenor in das nur zweistimmige Gekrächze der Jungen hineinzusingen – aber natürlich wäre das nicht sehr positiv aufgenommen worden, weder von den Schülern noch von den paar Studenten, die noch um ihn waren.

Die Trauergäste, die hinter dem Sarg hergingen, waren nicht sehr zahlreich – heute hielt sich niemand länger auf den Straßen auf als notwendig.

Georg folgte dem kleinen Haufen Menschen, ein Stück lang

war sein Weg identisch mit dem ihren. Er kannte den Mann, der dort mit steinernem Gesicht hinter der Leiche seiner Frau herging, aus der Kirche, aber er wusste nicht, wie er hieß. Allerdings meinte er sich zu erinnern, dass er einer der Gerber aus der Weidenhäuser Vorstadt war, bei denen er in seinem schrecklichen Schusterwinter einige Male Leder hatte holen müssen.

Der Kurrendechor, wenn man ihn denn so bezeichnen wollte, war inzwischen bei der sechsten Strophe angelangt. »Alsdann lass sanft und stille, oh Herr mich schlafen ein ...«, sangen sie – und dann übertönte ein lautes Pfeifen ihre Stimmen, das rasend schnell lauter wurde. Sie verstummten im selben Moment, in dem etwas mit einem lauten Krachen in den Sarg einschlug. Die Wucht des Aufpralls brachte die Träger aus dem Gleichgewicht, sodass sie einige Schritte zur Seite stolperten, bevor sie sich wieder fangen konnten. Ein paar Leute schrien erschrocken auf, jetzt erst, und Georg stand wie angewurzelt da und starrte fassungslos auf den Sarg. Um ein rundes Einschlagloch herum war das Holz gesplittert. Das, was da eingeschlagen war, musste eine Musketenkugel gewesen sein. Ein Fehlschuss? Die Stellungen der kasselischen Soldaten lagen nicht hier, nicht einmal in der Nähe. Nein, das konnte nur Absicht gewesen sein.

Die darmstädtische Besatzung des Schlosses schoss auf die Stadt.

Im gleichen Moment wie ihm wurde diese Tatsache auch den anderen bewusst. Ängstlich versuchten alle, sich in die Häuserschatten zu ducken. Die Trauerversammlung eilte so schnell wie möglich zum Friedhof, die Kurrendesänger waren längst über alle Berge. Noch zweimal hörte Georg das Pfeifen und den Aufprall einer Kugel in eine Mauer oder auf das Pflaster, während er mit klopfendem Herzen nach Hause lief. Es war ein scheußliches Gefühl, so hilflos als Zielscheibe zu dienen.

Als er endlich im dunklen Hausflur der Druckerei stand, atmete er zuerst mehrmals tief ein und aus, bevor er sich entschloss, die Treppe zur Werkstatt hinunterzusteigen.

Kaspar entdeckte ihn zuerst. »Georg! Was ist denn?«

»Ich …«, setzte Georg an und merkte erst jetzt, dass er immer noch außer Puste war.

»Du liebe Zeit, du siehst aus, als hättest du ein Gespenst gesehen. Was ist denn passiert?« Kaspar legte den Stapel gefalteter Druckbögen ab, den er in den Händen gehalten hatte, und legte Georg die Hand auf die Schulter.

»Sie schießen auf die Stadt!«, brachte Georg nun endlich heraus.

»Was? Die Darmstädter?«

Georg nickte. »Sie haben auf einen Leichenzug geschossen.«

»Um Gottes willen! Haben sie jemanden getroffen?«

»Ja. Die Leiche.« Die Absurdität des Geschehenen drang in Georgs Bewusstsein, als er es aussprach, und er merkte plötzlich, dass er unangemessen grinste, ohne es unterdrücken zu können.

»Was für ein Glück«, sagte Kaspar leise. »Zielen konnten sie auf die Entfernung überhaupt nicht mehr, sie müssen einfach auf den Pulk Menschen gehalten haben. Gott sei gelobt, dass es nur der Sarg war, der getroffen wurde.«

Das reichte, um Georg schlagartig wieder ernst werden zu lassen. Erst jetzt wurde ihm richtig bewusst, was all das bedeutete: Obristleutnant Willich scherte sich keinen Pfennig darum, wen er traf, solange es die Besatzer irritierte. Magdalenas Vater ließ schlichtweg auf alles schießen, was sich bewegte – und nahm dabei in Kauf, auch Alte, Frauen und Kinder zu treffen. Wie sollte man überhaupt weiter seinem Alltag nachgehen, wenn man sich nicht mehr aus dem Haus trauen konnte, ohne befürchten zu müssen, von einer Kugel getroffen zu werden?

»Ich habe vorhin mit Subdiakon Misler gesprochen«, fuhr Kaspar fort. »Die Niederhessen wollten den Turm der Pfarrkirche nutzen, um von dort aus das Schloss besser beschießen zu können. Stell dir nur vor: den Turm einer Kirche! Willich hätte sicherlich keine Skrupel, auf den Kirchturm zu schießen, wenn er von dort ins Visier genommen würde, und das könnte man ihm noch nicht einmal verdenken. Aber es ist Superintendent Herdenius gelungen, das zu verhindern.«

»Und jetzt schießt er statt auf den Kirchturm auf Leichenzüge und wir können nichts dagegen tun. Ich glaube, ich kann jetzt nachvollziehen, wie sich eine Maus fühlt, um die sich zwei Katzen balgen«, sagte Georg bitter.

Kaspar lachte heiser auf. »Das hast du treffend ausgedrückt. Nur begreifen die meisten nicht, dass sie nichts als eine hilflose Maus sind, und glauben den Versprechungen der einen oder anderen Katze. Misler sagt, es sind immer mehr Leute, die sich wünschen, Willich würde nachgeben und akkordieren, dann wäre alles gut. Schließlich hat Geyso zugesagt, dass dann nur ein Offizier mit zwei Rotten das Schloss besetzen würde, die Stadt selbst aber frei bliebe …«

»Und das wäre dumm, meinst du?«

»Na ja. Sicher, wir würden nicht mehr auf der Straße beschossen und vielleicht hielte sich Geyso sogar tatsächlich an seine hochtrabenden Versprechungen – aber was dann? Glaubst du wirklich, Landgraf Georg lässt das einfach so geschehen? Früher oder später stehen dann wiederum die Darmstädter vor den Toren und alles beginnt von vorn. Und wenn wir dann allzu schnell den Kasselischen nachgegeben haben …« Georg sah, wie Kaspar im Halbdunkel langsam den Kopf schüttelte. »Wir sind die Maus, Georg, so oder so.«

☙

Wie Mäuse fühlten sie sich wirklich, den ganzen Advent über, in dem nach wie vor keine Entsatztruppen aus Darmstadt kamen. Stattdessen ging der Beschuss weiter, begann immer wieder neu – man wusste nie, ob eine Feuerpause länger anhalten würde oder in der nächsten Minute die Kugeln wieder einschlugen. Und es blieb dabei, dass nicht nur die niederhessischen Soldaten als Ziele dienten, sondern auch die Bürger der Stadt. Sobald sich etwas bewegte, wurde vom Schloss aus geschossen.

Trotz alledem war dieser Advent für Georg etwas Besonderes. Drei Wochen vor Weihnachten hatte ihn Kantor Schmidtborn nach der Chorprobe beiseitegenommen. Der Chor war winzig geworden und es mangelte so sehr an guten Sängern, dass es in diesem Jahr keine große Kirchenmusik an Weihnachten geben würde. »Schaut her«, hatte der Kantor an jenem Abend zu Georg gesagt und ihm begeistert ein aufgeschlagenes Buch entgegengehalten. Das Titelblatt war zweifarbig in rot und schwarz gedruckt und versprach den zweiten Teil ›Kleiner Geistlichen Concerten mit 1. 2. 3. 4. und 5. Stimmen‹ und einem beigefügten Basso Continuo für die Orgel.

»Das ist ein Werk von Meister Heinrich Schütz in Dresden, Ihr wisst, der Kapellmeister des Sächsischen Kurfürsten, von dem wir früher schon einmal einige Chorwerke gesungen haben. Das hier habe ich gerade erst bekommen – es sind Konzerte, gemacht für diese schweren Zeiten, in denen man nicht genug Sänger hat. Kleine Konzerte eben. Und ich habe uns auch schon eines herausgesucht für Weihnachten, sieh her …« Er blätterte aufgeregt und Georg korrigierte das Du nicht. »Für Sopran, Tenor und Orgel, das bekommen selbst wir zusammen. Der kleine Korthals singt recht gut, er wird die Stimme halten können, und du – ach, Verzeihung, Ihr singt den Tenor.«

»Ich soll solo singen?«, hatte Georg gefragt und gespürt, wie sich die Begeisterung des Kantors auf ihn übertrug.

»Natürlich, Georg, Ihr seid mein bester Tenor und vor allem singt Ihr mit Freude. Ohne Freude, und ohne mit der Seele dabei zu sein, kann selbst der beste ausgebildete Sänger nicht das wiedergeben, was der Komponist gemeint hat. Und es ist ja auch nicht lang. Kommt, seht Euch die Noten schon einmal an.«

Und nun übten sie bereits seit Wochen und das Stück klang die ganze Zeit in Georgs Kopf nach und machte mit seiner Schönheit und seinem Weihnachtsjubel alles ein wenig erträglicher.

Wie immer in den letzten vier Jahren wurde Georg am ersten Weihnachtsfeiertag gegen drei Uhr morgens von den Glocken geweckt, die durch die nächtliche Stadt schallten, als ob kein Krieg herrschte oder als ob sie im Kampf mit dem Kanonendonner feierlich und mächtig den Sieg davongetragen hätten.

Das ganze Haus traf sich im Flur und gemeinsam liefen sie den kurzen Weg zur Kirche hinauf. Die Laternen, die sie und alle anderen trugen, die aus mehreren Richtungen auf den Kirchhof strömten, sahen aus wie kleine Sterne, die sich auf das Gotteshaus zubewegten. Im Inneren der Kirche erleuchteten Kerzen den Raum. Natürlich waren es nicht so viele Kerzen wie in früheren Jahren, aber das, was man zusammengebracht hatte, funkelte und strahlte und tauchte die Menschen in ein warmes Licht, das trotz der flackernden Schatten, die es übrig ließ, so etwas wie Freude und Zuversicht in den Gesichtern erscheinen ließ. Bewegt stieg Georg die Treppen zur Orgelempore hinauf.

Der Gottesdienst mit seinen schönen, feierlichen Traditionen tat der Seele wohl und das Orgelspiel noch mehr. Georg stand während des Vorspiels neben dem Organisten auf der Empore und hatte das Gefühl, er flöge mit den mächtigen Tönen des Instrumentes empor, die sich an Pfeilern brachen und sich in die Gewölbe schmiegten wie ein Gewebe aus Klängen.

Aber schon als Superintendent Herdenius die Prophezeiungen des Propheten Jesaja vorlas, die auf die Geburt des Heilandes hindeuteten, fühlte Georg den Krieg wieder näher rücken. »Wunder-Rat, Gott-Held, Ewig-Vater, Friede-Fürst«. Friede-Fürst? Konnte man Frieden haben, wenn draußen die Kanonen donnerten und Soldaten im eigenen Haus lebten?

Johann Korthals stieß ihn an und riss ihn aus seinen Gedanken. »Wir sind dran!«, wisperte er und Georg trat gemeinsam mit dem Jungen vor. Kantor Schmidtborn war inzwischen ebenfalls auf die Empore gekommen und gab ihnen nun den Einsatz. Georg hatte zunächst einige Takte Pause und lauschte Korthals' Sopranstimme, die in klaren, langen Tönen die Tonleiter hinaufstieg: »Hodie Christus natus est, hodie Salvator apparuit.« *Heute ist Christus geboren, heute ist der Retter erschienen.* Und als er selbst die gleiche Tonfolge sang, spürte er etwas von dem versprochenen Frieden, einen Funken von Hoffnung in sich heranwachsen, dass dieser Retter immer noch ein Retter war, egal, wie sehr die Welt in Gewalt und Not versank. Die etwas schnelleren Läufe bei »Hodie in terra canunt angeli«, die er im Wechsel mit Korthals sang, erinnerten ihn tatsächlich an den Gesang der Engel, dort bei den Hirten auf dem Feld. Es waren dunkle Töne, schwer zunächst wie die Nacht und das harte Leben der Hirten, und nur langsam schraubten sie sich höher, immer wieder unterbrochen vom »Alleluja«.

Doch dann kam die Zeile »Hodie exultant justi dicentes …«, *heute jauchzen die Gerechten auf und sprechen …,* und das darauffolgende »Gloria in excelsis Deo« klang jubelnd in den Kirchenraum hinaus. Georg sang die Passage mit ihren schnellen Läufen, so gut er es vermochte und mit vollem Herzen. Dann folgten noch einmal lange, tiefe Töne, die dem »et in terra pax« eine solche Ruhe verliehen, dass der Friede mit einem Mal zum Greifen nahe schien. Eine kleine Pause gab dem folgenden Teil noch mehr Gewicht: »in terra pax hominibus bonae voluntatis.« Es waren die Menschen, die guten Willens waren, die den Frieden schaffen konnten, denen Gott Frieden schenken wollte.

Und noch einmal sangen Georg und Korthals ihr »Alleluja«, ja, preist den Herrn! Immer höher ging der Lauf und endete dann auf einem gemeinsamen, langsameren Ausklang, der sich wie eine freundliche Umarmung anfühlte und die Musik abschloss.

Es war still in der Kirche, während die Töne noch leicht nachhallten, und Georg lächelte Korthals zu, dessen Gesicht beim Singen und von der Aufregung ganz rot geworden war. Als Superintendent Herdenius mit der Festpredigt begann, war es in Georgs Herzen schon Weihnachten geworden – trotz der Kanonen, die draußen warteten und spätestens bei Tagesanbruch wieder ihr zerstörerisches Werk tun würden. Denn dieser Christus, der geboren worden war, war eben doch ein wunderbarer Ratgeber, der Held Gottes, der ewige Vater und auch der Fürst des Friedens, der stärker war als alles, was dort draußen geschah.

☙

1646

ἀλλὰ μὴ οὐ τοῦτ' ᾖ χαλεπόν, ὦ ἄνδρες, θάνατον ἐκφυγεῖν, ἀλλὰ πολὺ χαλεπώτερον πονηρίαν· θᾶττον γὰρ θανάτου θεῖ. – *Es ist nicht schwer, dem Tod zu entrinnen, es ist viel schwerer, der Schlechtigkeit zu entrinnen, denn sie läuft schneller als der Tod ...*

»Er hat akkordiert!«

Erschrocken fuhr Georg von seinem Buch hoch. Vor seinem Bibliothekstisch stand Philipp Cramer, den Hut in der Hand und ein aufgeregtes, wütendes Glänzen in den Augen.

»Was?«, fragte er und versuchte, aus der Welt der Gedanken in die wirkliche Welt zurückzukehren. Auf Cramers Umhang schmolz Schnee. Es war Mitte Januar und der Winter stand auf der Höhe seiner Macht.

»Willich hat akkordiert. Gestern Abend schon. Nachher ziehen sie aus, mit fliegenden Fahnen und allem, aber sie ziehen aus, die feigen Hunde. Jetzt werden wir also wohl ganz kasselisch.« Cramer machte Anstalten, auf den Boden zu spucken, dann fiel ihm wohl ein, dass er sich in der Bibliothek befand, und er schluckte Speichel und Zorn zusammen hinunter.

Georg schaute nervös auf sein Buch und wusste nicht, was er sagen oder tun sollte.

»Komm schon, Kammann, das kann dich als guten Lutheraner und Studiosus Theologiae doch auch nicht kaltlassen, dass wir hier bald wieder der calvinistischen Irrlehre nachgehen müssen! Nicht mal dich kann das kaltlassen!«

»Was soll das denn heißen: ›nicht mal mich‹? Mich lässt das alles überhaupt nicht kalt!« Empört funkelte Georg seinen ehemaligen Peiniger an. »Denkt Ihr, ich interessiere mich nicht für die Stadt und das, was hier passiert?«

»Natürlich denke ich das. Dir waren doch von Anfang an die Bücher und die Vorlesungen wichtiger als andere Menschen. Nur dein Vorankommen interessiert dich, willst wohl möglichst bald eine Pfarrstelle angetragen bekommen und vom Geld deiner Pfarrkinder dick und fett werden. Und dich wichtig machen und das Höllenfeuer auf sie runterpredigen von deiner hohen Kanzel aus.«

Georg schob mit einem kreischenden Geräusch den Stuhl nach hinten und sprang auf. »Das ist nicht wahr!«

Cramer verschränkte die Arme und schaute ihm nun auf Augenhöhe ins Gesicht. »Wofür studierst du denn dann?«

»Für … weil ich …« Georg stockte kurz. Wofür denn? Wenn er ehrlich mit sich war, glaubte er längst nicht mehr daran, dass er eines Tages auf einer Kanzel stehen und die Herzen seiner Zuhörer verändern würde. Warum studierte er also noch? »Ich habe es Gott versprochen«, sagte er halbherzig. »Er hat mir das Leben gerettet und ich habe es dafür in seinen Dienst gestellt.«

»Und dafür liest du Platon?«

»Na und? Weisheit gab es auch bei den Heiden, man muss sie nur richtig lesen und den biblischen Wahrheiten unterordnen. Und ja, ich lerne einfach gern. Ist das ein Verbrechen?«

Cramer schnaubte durch die Nase. »Du vergräbst dich in deinen Büchern und in deinem Wissen, damit du nichts tun musst und damit dich die Welt nicht ärgert. So hast du das im Pennaljahr auch schon gemacht, oder nicht? Damit du nicht über das Leben nachdenken musst, denkst du lieber über alte Theorien nach. Wenn die Welt um dich zusammenstürzen würde, würdest du immer noch deine Nase in ein Buch stecken und wegschauen.«

»Was sollte ich denn Eurer Meinung nach tun? Mich in die Häuser der Nachbarn schleichen und die kasselischen Soldaten im Schlaf erstechen, oder was?«

»Du verstehst überhaupt nicht, was ich meine.«

»Nein, das verstehe ich in der Tat nicht! Ich kann nichts tun gegen das, was Marburg passiert, also kann ich doch wenigstens versuchen, mein Studium weiterzuführen, soweit das eben geht. Sonst sitze ich ja doch nur zu Hause und starre die Wand an!«

»Und warum geht der ehrwürdige Herr Studiosus dann nicht einfach an eine andere Universität? Die meisten unserer Kommilitonen sind doch eh längst über alle Berge und die Professoren werden auch immer weniger. Warum bleibt der wohlgelehrte Herr Kammann hier? Ich sage es dir: Weil du noch nicht einmal dazu in der Lage bist. Dazu müsstest du nämlich eine Entscheidung treffen und dein gemütliches Hospitium verlassen.«

»Ihr glaubt wohl, Ihr wisst alles über mich, nur weil ich Euch ein Jahr lang Eure Stiefel geputzt und Eure Tasche hinterhergetragen habe? Ihr wisst gar nichts! Und jetzt lasst mich endlich in Ruhe und hört außerdem damit auf, mich mit Du anzureden!« Georg hörte selbst, wie hoch und atemlos seine Stimme klang. Er setzte sich wieder auf die Stuhlkante, stützte die Ellenbogen auf den Tisch und tat so, als würde er weiterlesen, obwohl seine Augen die griechischen Buchstaben nicht einmal wahrnehmen konnten.

Er hörte Cramers typisches, verächtliches Zungenschnalzen, dann verklangen seine Schritte. Georg atmete tief durch und versuchte, die Unterhaltung einfach zu vergessen. Aber das wollte ihm nicht gelingen. Ja, er hatte sich hinter seinem Wissensdurst verschanzt, um die harte Wirklichkeit auszublenden, das war schon immer so gewesen. Dafür schämte er sich nicht, denn verändern konnte er schließlich nur wenig. Viel schlimmer war, dass ihm sein Studium in den letzten Monaten nur noch als Fluchtort gedient hatte und er es im tiefsten Grunde seines Herzens gar nicht mehr ernsthaft betrieb. Daran war allerdings nicht die politische Lage schuld, sondern seine wachsende Gewissheit, dass er nie ein Prediger wie Feuerborn werden würde, dass seine Träume unerreichbar waren. Und natürlich auch Magdalena, die noch viel mehr als die Bücher alles andere aus Georgs Kopf und Herz verdrängte … aber war das denn schlimm?

Magdalena …

Erschrocken ließ er die Hände auf den Tisch fallen. Erst jetzt wurde ihm klar, was Cramers Nachricht bedeutete: Willich zog ab – damit auch seine Familie, und darunter seine Tochter.

Georg sprang auf. Wenigstens noch einmal sehen wollte er sie! Vielleicht war sie auch schon längst fort? Die darmstädtischen Soldatenfrauen, die in der Stadt untergekommen waren, hatte man längst vertrieben. Und wenn die Soldaten mit wehenden Fahnen und aufgerichtetem Gewehr durch die Stadt paradierten, ein ehrenhafter Auszug also, wollten sie sicher keinen Trupp Frauen und Kinder, die hinterhertrotteten. Vermutlich hatte man sie vorgeschickt. Oder sie würden nachkommen.

War von draußen nicht gedämpft durch die dicken Mauern eine Trommel zu hören? Georg ließ den Platon liegen und stürmte aus der Bibliothek.

Wegen des Versammlungsverbotes, das schon im Dezember ausgesprochen worden war, standen nicht viele Marburger am Straßenrand, um den Auszug der Darmstädter zu beobachten. Georg blieb vor dem Bibliothekseingang stehen. Das Trommeln wurde lauter und dann kam der Zug der Soldaten in Sicht, allen voran ein Reiter auf einem trotz seines zottigen Winterfells stattlich wirkenden Rappen. Obristleutnant Christian Willich saß kerzengerade im Sattel und schaute weder nach rechts noch nach links. Die Hufe seines und der beiden anderen Offizierspferde klapperten und rutschten manchmal auf dem nassen Pflaster weg, aber selbst dann verlor der alte Kommandant seine Haltung nicht für einen Moment. Schnee sammelte sich auf seiner Hutkrempe und auf der voluminösen roten Feder.

Als die Reiter auf Höhe des Collegiums waren, erhaschte Georg einen Blick auf das ausdruckslose Gesicht, das Willich zur Schau trug, und versuchte, Magdalena darin wiederzufinden. Aber es gelang ihm nicht recht. Es war ein harter, erfahrener Soldat, den er sah, und das Lächeln oder die warmen, braunen Augen, die er so liebte, hatten keinen Platz in diesem Gesicht. Vielleicht das energische, eckige Kinn, das hatte Magdalena auch.

Georg schaute dem aufgerichteten Rücken nach und merkte, wie widersprüchlich die Gefühle waren, die er beim Anblick dieses Mannes empfand. Einerseits war er der Vater der Frau, die er liebte – vielleicht, wenn Gott es so wollte, sein zukünftiger Schwiegervater, und er bewunderte ihn dafür, wie gefasst und stolz er seine Niederlage hinnahm. Aber er konnte auch die Szene in der Druckerei nicht vergessen, als die Soldaten im Auftrag Willichs dem Schneider Sebald erbarmungslos Kleidung und Schuhe verpfändet hatten, oder die Schüsse auf die Bürger, die er zu verantworten hatte.

Hinter Willich und seinen Unteroffizieren folgten die darmstädtischen Soldaten in zwei langen Reihen. Je ein Trommler ging ihnen voran und die Fahnen der beiden Kompanien leuchteten durch den feinen Schnee hindurch, der immer noch vom Himmel fiel. Die langen Piken und die an der Schulter nach oben weisenden Musketen bildeten einen sich vorwärtsbewegenden Wald aus Waffen, unter dem die Männer selbst fast unbedeutend wirkten. Die Musketiere trugen brennende Lunten, die feine Rauchfäden zwischen den Schnee zogen, und Georg wusste, dass sie Kugeln im Mund hatten – alles Zeichen dafür, dass sie mit allen Ehren abzogen. Aber sie sahen müde aus, erschreckend schmutzig, und ihre Kleider hatten allesamt bessere Tage gesehen. Verhungert waren sie dort oben wohl nicht, aber anstrengend musste die lange Belagerung dennoch gewesen sein. Georg sah nicht nur einen Soldaten, der ständig den Inhalt seiner Nase hochzog, und auch gehustet wurde kräftig. Vielleicht hatten sie nicht genügend Holz zum Feuern gehabt.

Als das Ende des Zuges erreicht war, wartete Georg noch einen Moment. Vielleicht folgten ja doch noch die Frauen und Kinder. Doch schließlich ging er frierend und enttäuscht zurück in die Bibliothek.

Da rasch klar wurde, dass Platons Aufzeichnung der letzten Reden von Sokrates ihn heute nicht mehr fesseln konnten, gab er bald jeden Versuch auf, heute noch irgendetwas zu lernen. Das Herz schwer und voller Sehnsucht nach Magdalenas Lächeln, machte er sich auf den Heimweg.

In der Druckerei angekommen, verkroch er sich trotz der Kälte in seiner Kammer, wo er auf dem Bett lag, in die Dunkelheit starrte und versuchte, Zweifel und schwere Gedanken loszuwerden, die zusätzlich zu seinem Liebeskummer in seinem Kopf herumparadierten wie die Soldaten. Hatte Philipp Cramer vielleicht recht? Drehte er sich nicht tatsächlich nur um sich selbst? Wozu studierte er eigentlich und hatte das Studieren in dieser Welt, so wie sie derzeit war, überhaupt einen Sinn?

Würde er Magdalena jemals wiedersehen?

Die Gedanken liefen so lange im Kreis, bis er schließlich erschöpft einschlief.

20. Kapitel

Am dreißigsten Januar, gut zwei Wochen nach dem Abzug der darmstädtischen Truppen, trottete Georg abends von einer Vorlesung zur Druckerei zurück. An den Inhalt des Gehörten konnte er sich schon kaum noch erinnern, weil er wieder einmal nur an Magdalena gedacht hatte. Wo mochte sie nun sein – in Gießen? Womöglich in Darmstadt? Hoffentlich nicht – es hieß, dort grassiere immer noch oder wieder einmal die Pest ... Er sorgte sich um sie und vermisste sie so sehr, dass es wehtat.

Trotz der Kälte und des schon wieder fallenden Schnees waren noch ungewöhnlich viele Menschen auf den Straßen und vor allem auf dem Marktplatz, obwohl erst morgen Markttag war.

Georg schob sich zwischen den diversen Grüppchen hindurch, die sich angeregt unterhielten. Vermutlich irgendeine Kriegsnachricht oder ein böses Omen, das irgendwo aufgetreten war. Von beiden wollte er jetzt nichts hören. Er schnappte nur einzelne Gesprächsfetzen auf: »... unerhört ...«, »... Geschirr an die Wand ...«, »... trotzdem verdient, der Hundsfott ...« und »... Gießen, auf dem Marktplatz«. Das klang mehr nach Klatsch. Kurz fragte er sich, ob das alles zusammenhing oder es verschiedene Geschichten waren, dann gewann sein knurrender Magen die Oberhand und er sah zu, dass er nach Hause kam.

Als er die Haustür hinter sich zuzog, öffnete sich neben ihm die Küchentür und Anna erschien im Türrahmen. »Herr Studiosus! Es ist ein Brief für Euch abgegeben worden, hier. Die Suppe kocht noch, Ihr habt also Zeit, ihn vor dem Essen zu lesen.« Sie hielt ihm den Brief mit ausgestrecktem Arm entgegen und schaute ihn dabei wie immer nicht an.

Trotzdem lächelte Georg ihr zu, während er danach griff. »Danke!«

Sie verschwand wieder in der Küche und Georg ging mit dem Brief in seine Kammer.

Gott sei Lob und Dank, schrieb sein Vater, *dass ihr vor einer Plünderung bewahrt geblieben seid. Bei uns sind wieder viele Truppen durchgezogen, wir fragen schon gar nicht mehr, welche. Kasselische waren auch dabei, die haben berittene Söldner geworben. Der jüngste Rüppell, der Hans, hat sich werben lassen und ist mit einer Kompanie Reiter abgezogen. Seine Mutter hat bitter geweint, denn es wäre ein Wunder, wenn sie ihn wiedersehen würde, solange sie lebt. Er hat gesagt, es sei doch gleich, ob er sich hier von tollen Söldnern totschlagen ließe oder an Hunger oder Seuchen stürbe oder ob er das irgendwo dort draußen täte. Und so sähe er wenigstens noch etwas von der Welt. Er ist ja dein Altersgenosse, wenn ich mich recht erinnere. Sein Freund Friedrich Werner ist vor Weihnachten an der Ruhr gestorben.*

Wir Kammanns dagegen leben alle und es geht uns nicht schlimmer als zuvor. Das ist viel.

Frau Eysoldin ist schwer krank, sie hat die Auszehrung und hustet Blut. Der Herr Pfarrer würde gern einen Arzt aus Grünberg kommen lassen, aber er hat nicht das Geld dafür. Er ist sehr dünn geworden, so wie wir alle. Seine Frau wird wohl in Kürze in die ewige Seligkeit eingehen. Es ist nun kein Unterschied mehr zwischen ihnen und der Löberin und den anderen Armen. Wir sind alle arm geworden.

Deine Mutter und ich danken dem Herrgott jeden Tag, dass du nach Marburg gegangen bist. Ich hoffe, du hast weiterhin dein Auskommen bei dem hochgeachteten Herrn Chemlin, den Gott für seine Güte und Wohltaten an dir segnen möge, und studierst fleißig.

Georg faltete den Brief mit klammen Fingern wieder zusammen, blieb aber noch einen Moment am Tisch sitzen. Hans und Friedrich. Er hatte lange nicht an die beiden gedacht. Sie waren nie wirklich Freunde gewesen, aber trotzdem war es wie ein Ziehen in seiner Brust, dass der eine tot und der andere ein Soldat geworden war. Womöglich war auch Hans schon verstorben – oder aber er tötete andere. Das war nun schließlich sein Beruf.

Und die Frau des Pfarrers lag ebenfalls im Sterben und ihr Mann konnte nichts dagegen tun. Das musste ein schreckliches Gefühl sein für Pfarrer Eysold – mit Sicherheit hatte er sich sein Leben anders vorgestellt, als er in Georgs Alter gewesen war und Theologie studiert hatte …

Mit einem Mal war der Gedanke da: Wenn er selbst sein Studium beendet haben würde, würde er sich dann in der gleichen Situation wiederfinden wie Eysold? Er war nicht gut genug, um Professor zu werden, so viel war ihm inzwischen bewusst. Er würde Pfarrer werden, wahrscheinlich ebenfalls in irgendeinem Dorf. Und wenn Magdalena dann seine Frau wäre, wie er es sich so unbändig wünschte, dann würde er sicher ebenso wenig einen Arzt bezahlen können, wenn sie krank würde. Er könnte ihr nichts bieten als ein Leben im Elend. Die Erkenntnis tat weh.

Langsam stand er auf und steckte den Brief zu den anderen in die Truhe, dann ging er hinunter in die Küche. Die Familie Chemlin saß bereits am Tisch. Kaspar und Frau Ursula lächelten ihm entgegen, während Jakob nicht aufschaute, sondern unbeirrt weiter seinen Löffel vor sich kreiseln ließ.

Anna hatte gerade die Schüssel auf den Tisch gestellt, als Peter zur Tür hereinkam. Er war in den letzten Monaten noch einmal ordentlich gewachsen und überragte Jakob inzwischen um einen ganzen Kopf, was dieser mit sichtlichem Unwillen zur Kenntnis nahm. Auch sein Selbstbewusstsein war gewachsen, seit die Gesellen fort waren. Zwar sprach er weiterhin nicht viel, aber er traute sich mehr zu und packte mit an, wo es nötig war, ohne dass man ihn dazu auffordern musste. Jetzt trat er an den Tisch, setzte sich aber nicht gleich hin, sondern blieb vor der Bank stehen und schaute in die Runde. Auf Georg blieb sein Blick haften, als er sprach: »Hab gerade was in der Stadt erfahren. Ein Bote hat vor einer Stunde die Nachricht mitgebracht. Alle reden darüber, große Sache.« Er verstummte und pustete sich eine dunkle Strähne aus den Augen.

»Ja, was denn nun, Peter?« Kaspar schüttelte den Kopf. »Sprich es endlich aus, die Suppe wird kalt!«

»Na ja, dass der Willich in Gießen geköpft wurde. Gestern. Auf dem Marktplatz. Weil er die Stadt und das Schloss zu schnell übergeben hat. Die Leute sagen, dass das eigentlich ungerecht vom Landgrafen ist, woher sollte der Willich wissen, wann Verstärkung kommt? War wohl mehr ein Sündenbock. Aber trauern tut hier natürlich keiner um den Kerl. Außer seiner Tochter.« Peters Augen wanderten wieder zu Georg hin, der spürte, wie sein Herz anfing, schneller zu schlagen.

»Die hockt nämlich oben in der Ritterstraße beim Bruder ihrer Stiefmutter, weil sie krank war beim Abzug, und sie hat eine halbe Ewigkeit geschrien und mit Geschirr um sich geschmissen, als sie die Nachricht gehört hat. Ich dachte, das interessiert hier vielleicht jemanden.« Mit zufriedenem Gesichtsausdruck setzte sich Peter auf die Bank.

Georg fühlte sich, als habe ihm jemand ein Brett auf den Kopf geschlagen. Magdalena war hier in Marburg? Die ganze Zeit war sie hier gewesen, krank und allein? Warum hatte sie ihn nicht gerufen?

»Um Gottes willen«, hörte er Frau Ursula sagen. Es klang, als sei sie weit weg. Magdalenas Vater war hingerichtet worden und sie hatte ihn doch so geliebt!

Kaspar schlug mit der Hand auf den Tisch. »Peter, du Unglücksmensch, wann lernst du mal ein klein wenig Einfühlungsvermögen?«

Das holte sogar Georg wieder ins Hier und Jetzt. Peter war in sich zusammengesunken und starrte auf den Tisch.

»Er kann doch nichts dafür«, murmelte Georg. Dann stand er ruckartig auf. »Ich muss zu ihr!«

Kaspar zog ihn am Ärmel wieder auf die Bank zurück. »Nicht jetzt, Georg. Glaub mir, das wäre keine gute Idee. Beruhige dich erst einmal, iss etwas, und dann sehen wir weiter.«

Gehorsam nahm Georg den Löffel auf, aber ihn mit den anderen in die Schüssel zu tauchen, das brachte er nicht fertig. Wie konnte er essen, wenn Magdalena nur wenige Hundert Schritt entfernt saß und weinte?

»Georg, bitte esst«, sagte Frau Ursula leise. »Es hilft ihr nichts, wenn Ihr hungert.«

Ihr zuliebe schob Georg sich drei Löffel voll Suppe in den Mund, aber dann schüttelte er den Kopf und legte den Löffel beiseite. Sein Magen krampfte sich so zusammen, dass er wirklich nichts essen konnte.

Er wartete, bis die Schüssel leer war und Kaspar das Dankgebet gesprochen hatte, dann stand er sofort auf. Aber wieder hielt ihn Kaspar am Ärmel fest. »Es ist längst dunkel draußen. Du kannst nicht am Abend bei Leuten klopfen, die du nicht kennst – schon gar nicht bei jemandem in der feinen Ritterstraße. Glaub mir, du tust besser daran, wenn du morgen bei Tag hingehst, sonst wirst du nur abgewiesen.«

Natürlich hatte Kaspar recht. Georg sank wiederum auf die Bank zurück und Kaspar legte ihm tröstend die Hand auf den Arm. Es half nicht viel, aber es tat doch gut zu wissen, dass Kaspar ihn verstand.

Bis morgen musste er also warten. Morgen! Die Nacht würde endlos lang werden.

CB

Die Nacht wurde tatsächlich länger als alle Nächte, die Georg bisher erlebt hatte. Sein Körper war übermüdet, aber sein Geist und seine Seele waren hellwach, als er mit den anderen zur Frühpredigt aufbrach.

Kaspar beobachtete ihn, Georg merkte es genau. Sah man ihm seine Aufregung so deutlich an? Er mochte nicht über Magdalena reden, bis er sie gesehen und mit ihr gesprochen hatte. Nicht, weil er Kaspar nicht traute, sondern weil es etwas war, das nur sein eigenes Herz betraf und das ihm gerade jetzt mit all der Ungewissheit über ihr Schweigen und ihre körperliche und vor allem seelische Gesundheit so zart und zerbrechlich vorkam, dass es schon durch ein falsches Wort, ja, durch das Reden darüber überhaupt Schaden nehmen könnte.

Glücklicherweise schien Kaspar das zu ahnen und fragte nicht nach. Erst, als Georg später aufbrach, hörte er Kaspar im Hinausgehen sagen: »Ich bete. Für sie, für dich und für euch.«

»Danke«, sagte Georg, dann trat er in den Flur und aus der Haustür auf die Gasse.

Natürlich war es noch zu früh, um bei Magdalenas Verwandten anzuklopfen. Er musste zumindest warten, bis sie ihrerseits ihre Frühmahlzeit beendet hatten. Aber die Vorstellung, noch länger irgendwo herumzusitzen und zu warten, war ihm unerträglich. Lieber lief er ziellos durch die Gassen der Stadt, stieg die Treppen hinauf und hinunter, ging zwischen den wenigen Bauern hindurch, die an diesem Samstag schon zeitig ihre Marktstände vor dem Rathaus aufbauten, und hörte schließlich die Trompeterfigur in der kunstvollen Rathausuhr den Morgen einblasen. Einen Augenblick blieb er stehen, zählte die Töne und sah den Figuren dabei zu, wie sie ihre Aufgaben erfüllten – Justitia hob unten ihre Waage, der Hahn schlug oben mit den Flügeln und der Tod mit dem Stundenglas und der Wächter mit seiner Trompete mahnten durch ihre reine Gegenwart neben dem Ziffernblatt die Vergänglichkeit der Lebenszeit an. Als der letzte mechanische Ton verklungen war, beschloss er, dass genug Zeit verstrichen war. Er ging zum Obermarkt hinauf.

Erst als er an der Apotheke vorbei in die Ritterstraße einbog, fiel Georg auf, dass er gar nicht wusste, um welches Haus genau es sich handelte. Und wie die Leute hießen, bei denen Magdalena lebte, hatte er auch wieder vergessen. Die Ritterstraße war nicht nur dem Namen nach eine vornehme Wohngegend. Früher hatten hier die Burgmannen des Landgrafen gelebt, heute waren die Häuser von Mitgliedern der besseren Gesellschaft bewohnt. Georg war daher noch nicht oft hier gewesen. Er versuchte angestrengt, sich an den Namen zu erinnern, aber es gelang ihm nicht. Irgendetwas Latinisiertes war es …

Aber das sollte herauszubekommen sein. Auf der Gasse waren schon etliche Menschen unterwegs. Kurzerhand fragte er zwei vornehm gekleidete Frauen nach Magdalena Willich. Sie schauten ihn misstrauisch an, dann wies die eine mit dem Kopf nach links. »Beim Herrn Marktmeister Pistorius. Dabei ist sie nicht einmal wirklich mit ihm verwandt, ist schließlich nicht die Tochter seiner Schwester, sondern der ersten Frau vom Willich. Sehr gütig von ihm, dass er sich ihrer angenommen hat.«

Georg zog den Hut und bedankte sich für die Auskunft. Die beiden Damen gingen weiter und er begab sich zu dem Gebäude hinüber, das sich als Eckhaus an einem gepflasterten Weg erhob, der zur steinernen Kanzlei und schließlich daran vorbei zum Schloss hinaufführte. Es war zwar kleiner als die benachbarten Höfe, aber mit seinem vollständig aus Stein gemauerten Erdgeschoss und dem sich darüber erhebenden dunkelrot gestrichenen Fachwerk sah es trotzdem beeindruckend und einschüchternd aus, sodass er unwillkürlich einen Moment stehen blieb. Hier also hatte Magdalena die ganze Zeit gelebt und er hatte nichts davon gewusst. Den Marktmeister kannte er natürlich, er hatte ihn oft genug gesehen, wie er die Marktstände kontrolliert und Abgaben eingezogen hatte. Hinter ihm trotteten immer ein oder zwei Gehilfen her, die die Gewichte trugen, mit denen er prüfte, ob die Händler beim Abwiegen der Ware nicht betrogen. Er war ein wichtiger Mann für alle Gewerbetreibenden der Stadt und des Umlandes.

Noch einmal holte Georg tief Luft und klopfte dann an die in das Mauerwerk aus rötlichem Sandstein eingelassene Tür mit den massiven Zierbeschlägen.

Eine Magd öffnete ihm. »Ja?«

»Ich … Mein Name ist Georg Nicolaus Kammann und ich würde gern Fräulein Willich besuchen.«

Die Augenbrauen der jungen Frau schnellten rasant in die

Höhe. »Ich muss den Herrn fragen. Wartet hier.« Damit drückte sie die Tür vor Georgs Nase wieder ins Schloss und er wartete.

Schließlich öffnete sich die Tür erneut. »Der Herr Marktmeister lässt sagen, dass Besuche derzeit nicht erwünscht sind. Ich wünsche dem Herrn Studiosus einen guten Tag.« Sie knickste und wieder schloss sich die Tür vor Georgs Nase.

Er stand einen Augenblick da, als hätte ihn die Tür am Kopf getroffen. Auf den Gedanken, dass er gar nicht zu Magdalena durchdringen würde, war er nicht gekommen. Was sollte er jetzt tun?

Nun, es half jedenfalls nichts, hier stehen zu bleiben. Langsam trottete er zur Druckerei zurück. Am Hirschberg kam ihm ein ganzer Haufen von Soldaten entgegen. Er drückte sich an die Wand des Rathauses und ließ sie vorbei. Sie waren laut wie immer und wirkten noch aufgekratzter als sonst. Einer der Männer, die bei der Witwe Sebald einquartiert waren, boxte ihm gar an die Schulter. »Na, Herr Studiosus, nun wird es hier wieder ruhig, da müsst ihr Studenten wieder für Aufruhr sorgen, was?«

»Wieso wird es ruhig?«, fragte Georg, bevor er gewahr wurde, dass die Söldner tatsächlich ihre ganze Ausrüstung trugen und dass hinter ihnen ihre Frauen und Kinder die Gasse hinaufstapften. »Zieht ihr ab?«

»Dachtet Ihr, wir bleiben hier, bis wir fett werden? Da kennt Ihr unsere Herren aber schlecht. Wir werden gebraucht! Euch bleiben nur 27 Rotten und ein paar Reiter als Besatzung übrig.«

»Komm schon, Henner!«, rief einer seiner Kameraden und der Mann drehte ohne weiteren Gruß ab und folgte den anderen auf den Marktplatz. Die Bauern hatten sich an den Rand zurückgezogen, denn es wurden immer mehr Soldaten, die sich auf der freien Fläche sammelten, um geordnet abzuziehen.

Georg schaute nur kurz zu. Er würde sie genauso wenig vermissen wie alle anderen Marburger. Und er hatte wahrlich andere Sorgen. Eins war jedenfalls klar: So schnell würde er nicht aufgeben. Er würde schon einen Weg finden, um zu Magdalena zu gelangen – er musste einfach.

Kaspar kam gerade die Treppe von der Werkstatt herauf, als Georg seinen Mantel aufhängte. »Na?«, fragte er.

Georg spürte seinen aufmerksamen Blick auf sich ruhen und presste die Lippen aufeinander. Dann schüttelte er nur den Kopf und ging zur Treppe. Er wollte jetzt nicht darüber reden.

»So schlimm? Es tut mir sehr leid. Die ganze Sache. Für sie, aber auch für dich. Aber so unmöglich und abgedroschen das jetzt auch klingt: Mit der Zeit wird der Schmerz weniger werden. Gut, dass du für sie da bist.«

Georg blieb auf der dritten Stufe stehen. »Er hat mich gar nicht reingelassen«, murmelte er, ohne sich umzudrehen.

»Ah. Ehrlich gesagt – ich hatte so etwas befürchtet. Pistorius ist immer sehr auf seine Ehre bedacht, und da er nun die Vormundschaft für sie übernommen hat …«

Georg kam ein Gedanke und er schaute nun doch zu Kaspar hinunter. »Kannst du nicht irgendwie … irgendwas machen? Ihm einen Brief schreiben oder so, dass ich ehrenwerte Absichten habe?«

Kaspar verzog das Gesicht. »Ich würde dir wirklich gern helfen, aber … ich bin leider vom Marktmeister abhängig. Ihm wird nicht passen, dass ich ihm in seine Angelegenheiten dreinrede, und das wird er mich bei jedem Markt spüren lassen. Ich kann mir das nicht leisten, Georg!«

Georg presste die Lippen aufeinander. »War ja nur ein Gedanke.« Abrupt drehte er sich um und stieg die Treppe hinauf, dabei nahm er immer zwei Stufen auf einmal. Er wollte jetzt allein sein, egal, wie kalt seine Kammer war. Kaspar ließ er einfach stehen. Der war ja ohnehin zu feige, um ihm zu helfen. Schöne Worte konnte er machen, aber wenn es hart auf hart kam …

Er warf die Tür mit Schwung hinter sich zu und ließ sich auf sein Bett fallen. Eine Weile lag er da und starrte wütend die Wand an. Erst als er anfing, vor Kälte zu zittern, zog er die Decken über sich. Er würde auch ohne Kaspar an Magdalena herankommen.

Am nächsten Morgen hatte Georg immer noch keine Idee, was er tun könnte, also beschloss er, einfach jeden Tag beharrlich hinauf in die Ritterstraße zu marschieren und so lange immer wieder höflich anzuklopfen, bis der Mann genug hatte und ihn doch hereinließ. Und er würde sofort damit anfangen. Die Frühsuppe ließ er ausfallen, er wollte Kaspar nicht begegnen und Appetit hatte er sowieso keinen.

Die Magd erkannte ihn sofort wieder. »Es tut mir leid, Herr Studiosus, ich glaube nicht, dass ich Euch heute hereinlassen darf.«

»Frag bitte nach«, bat er. Wenn der Marktmeister nicht wusste, dass er wieder da war, konnte er sich schließlich auch nicht erweichen lassen.

Sie verzog zweifelnd das Gesicht, dann knickste sie und verschwand wieder im Haus. Georg wartete, die Hände gegen die Kälte unter die Achseln gesteckt. Leute liefen an ihm vorbei, aber er beachtete sie nicht. Stattdessen schaute er an dem Haus hoch und versuchte sich vorzustellen, hinter welchem der recht zahlreichen Fenster sich Magdalena gerade aufhielt und was sie wohl tun mochte. Half sie im Haushalt? Oder saß sie irgendwo und weinte? Er konnte sich Magdalena nicht weinend vorstellen. Sie durfte nicht weinen, das passte nicht zu ihr – und vor allem durfte sie nicht weinen, wenn er sie nicht trösten konnte!

Die Tür öffnete sich. »Der Herr lässt sagen, Ihr bräuchtet nicht wiederzukommen, ein Besuch bei Fräulein Willich ist ausgeschlossen. Es tut mir wirklich leid.«

Er glaubte ihr. Aber es half ihm wenig, wenn die Magd Sympathie zeigte – Marktmeister Pistorius musste das tun, sonst würde Magdalena weiterhin ohne ihn trauern und er könnte ihr nicht helfen. Trotzdem lächelte er der jungen Frau kurz zu, bevor er sich umdrehte – soweit das in seinem verzweifelten Zustand ging. Hinter ihm fiel die Tür ins Schloss. Georg ging ein paar Schritte, dann fiel ihm etwas ein und er blieb abrupt stehen. Es war schließlich Sonntag, also würde er Pistorius auf dem kurzen Weg zur Kirche abpassen, dann könnte er ihn direkt ansprechen! Wenigstens musste der Mann ihm sagen, wie es Magdalena ging. Vielleicht war sie ja auch dabei, vielleicht würde er sie sehen, wenn auch vermutlich nicht mit ihr sprechen können! Der Gedanke gab ihm neuen Mut.

Es war allerdings noch früh, der Gottesdienst würde erst in einer knappen Stunde beginnen. Trotzdem wagte Georg sich nicht von seinem Beobachterposten gegenüber des Marktmeisterhauses weg. Er wusste schließlich nicht, wie zeitig Pistorius sich in die Kirche begeben würde. Es war nach wie vor eisig kalt und Georg begann schon bald, schrecklich zu frieren. Auf den Pflastersteinen lag noch alter Schnee, der sich mit dem Straßenschmutz zu einer unappetitlichen Masse verbunden hatte. Neuschnee hatte es seit vorgestern nicht gegeben, aber die Sonne zeigte sich auch nicht.

Als sich die mit Eisenbeschlägen versehene Tür schließlich öffnete, spürte Georg seine Zehen nicht mehr. Heraus traten der Marktmeister im Sonntagsstaat, seine Frau mit weißer, spitzenbesetzter Haube, zwei jugendliche Töchter, ein kleiner Junge, eine alte Frau, ein junger Mann, vermutlich der Hausknecht, und die Magd, die Georg schon kannte – Magdalena war nicht dabei, aber vielleicht war das sogar besser so.

Albrecht Pistorius war ein stattlicher Mann. Sein rötliches Haar trug er schulterlang und die Spitzen seines Schnurrbarts sorgfältig nach oben gezwirbelt. Unter dem mit kunstvollen Borten verzierten Mantel lugte ein Wams aus feinem, dunkelrotem Tuch hervor, graue, mit seidenen Schleifen unter dem Knie gebundene Hosen, helle Strümpfe und schwarz glänzende Schnallenschuhe. Georg kam sich in seinem besten, aber doch einfachen blaugrauen Rock und dem abgetragenen Mantel plötzlich wie ein Landstreicher vor und er zögerte einen Moment, bevor er »Herr Marktmeister!« rief und auf die Gruppe zugehen wollte.

Sein Körper war allerdings so verkrampft vor Kälte, dass er stolperte und fast hinfiel. Als er sich gefangen hatte und aufschaute, war Pistorius stehen geblieben und taxierte ihn von Kopf bis Fuß. Der Schnurrbart zuckte kurz, als der Mann seinen Degen sah. »Student?«, fragte er statt einer Begrüßung.

Georg nickte. »Verzeiht, dass ich einen so angesehenen Mann einfach auf der Straße anspreche, aber …« Er stockte. Warum hatte er sich nicht genauer zurechtgelegt, was er sagen wollte? Wie konnte er das Thema überhaupt zur Sprache bringen?

»Nun? Was wollt Ihr? Ach, wartet, ich denke, ich weiß es schon. Ihr seid sicher der Kerl, der schon zweimal nach Fräulein Willich gefragt hat. Luise?«

Die Magd knickste und nickte.

Pistorius wedelte mit der Hand in Georgs Richtung. »An meiner Antwort hat sich nichts geändert in der letzten Stunde. Geht!« Er setzte sich wieder in Bewegung.

Verzweifelt versuchte Georg es noch einmal: »Herr Pistorius, bitte! Ich habe Fräulein Willich letztes Jahr in der Stadt kennengelernt, habe jetzt erst erfahren, dass sie noch hier ist, und würde sie einfach gern besuchen und ihr kondolieren!«

Der Marktmeister blieb noch einmal stehen. »Kondolieren, ha! Das kennt man. Ich dulde keinerlei Unzüchtigkeiten in meinem Haus und das Mädchen ist schon wild genug, kein Wunder bei dem Vater. Da hat mir ein Verehrer gerade noch gefehlt. Und jetzt verschwindet und kommt auch nicht wieder.«

»Aber …«, versuchte es Georg noch einmal, doch Pistorius schnitt ihm mit einer brüsken Bewegung das Wort ab und ging mit großen Schritten auf die Kirche zu. Georg blieb nichts anderes übrig, als ihn ziehen zu lassen und nach einem kleinen Augenblick ins Kirchengebäude zu folgen.

Vom Gottesdienst bekam er überhaupt nichts mit. Ihm war so schrecklich kalt, dass er nicht einmal über die Ablehnung des Marktmeisters nachdenken konnte. Nach einer Weile begann sein Kopf sich anzufühlen, als sei er mit Watte ausgestopft, und er sehnte sich nur noch nach Wärme. Sein Gesang geriet dünn und kratzig, aber auch das war ihm heute gleichgültig.

Kaspar fing ihn ab, als er die Emporentreppe hinunterstolperte. »Du liebe Güte, Georg, du bist ja ganz grau im Gesicht! Was ist denn los mit dir?«

»Kalt«, brachte Georg heraus. »Mir ist furchtbar kalt, zu lange draußen gestanden.«

»Ja, so siehst du aus. Komm, ich helfe dir, du musst schnellstens ins Warme und wahrscheinlich auch ins Bett.«

Georg ließ zu, dass Kaspar ihn unterhakte und in die Druckerei brachte. Inzwischen war ihm alles egal, Hauptsache, es wurde endlich warm.

～

Es wurde warm – und zwar bald zu warm. Georg bekam Fieber und die nächsten Tage verschwammen ineinander. Sie bestanden aus Schlafen, aus Schwitzen, Husten, Halsschmerzen, einer verstopften Nase und Kopfschmerzen, aus Wadenwickeln und Kräuteraufgüssen, die Anna und Frau Ursula ihm verabreichten. Erst nach einer gefühlten Ewigkeit war er wieder so weit hergestellt, dass die Außenwelt ihn zu interessieren begann. Frau Ursula hatte ihm kurzerhand in der Stube ein Bett aufgeschlagen, damit er im Warmen war. Das tat ihm auch darüber hinaus gut, denn so war er nicht allein mit sich und seinen Sorgen, die wiederkamen, kaum dass er sich etwas besser fühlte.

Es war der Morgen des dritten oder vierten Tages, Georg wusste es selbst nicht genau, als Frau Ursula an sein Lager trat und ihn mit zusammengekniffenen Augen betrachtete. »Ihr seht deutlich besser aus heute Morgen.«

»Es geht mir auch besser.« Seine Stimme klang zwar nicht so, aber es stimmte. Die Kopfschmerzen waren weg und der Hals schmerzte nur noch beim Schlucken.

Ein Lächeln zog über ihr Gesicht und bildete feine Fältchen

um ihre Augen. »Gott sei Dank. Wir hätten sonst heute einen Medicus gerufen. Drei Tage Fieber, das ist viel.«

Sogar jetzt noch erschrak Georg. »Ich hätte ihn ja nicht bezahlen können!«

»Das wissen wir. Aber wie gesagt, ich denke, jetzt wird es nicht mehr nötig sein. Ruht Euch nur weiter aus und steht nicht zu früh wieder auf.«

Georg nickte. Vorerst war daran nicht einmal zu denken. Er trank ein paar Schlucke Brühe, die ihm Anna brachte, und schlief dann noch einmal ein.

Als er aufwachte, saß Kaspar an seinem Bett und beobachtete ihn mit gerunzelten Brauen. Georg betrachtete für einen kurzen Moment das von Falten durchzogene Gesicht des Freundes und war Gott unendlich dankbar, dass er es sehen und bewusst wahrnehmen durfte. Kaspar begann zu lächeln und im selben Augenblick fiel Georg wieder ein, dass sich dieser sogenannte Freund geweigert hatte, ihm zu helfen, und dass sein eigener Vorstoß bei Pistorius nicht nur erfolglos gewesen war und ihm einen Katarrh eingebracht hatte, sondern er sich jetzt beim Marktmeister gar nicht mehr blicken lassen konnte. Er wandte sich ab und schaute an die gekalkte Zimmerdecke.

»Georg? Was ist los?«

Statt einer Antwort drehte Georg das Gesicht ganz zur Wand. Kaspar sollte einfach weggehen. Musste er ihm wirklich erklären, was los war?

»Du warst schon vor deinem Fieber sehr kurz angebunden.« Kaspar sagte es zögerlich und langsam. »Kann es sein, dass ich dich irgendwie verletzt habe? Wenn ja, dann tut es mir leid, ich habe es nicht bemerkt und ganz sicher nicht gewollt.«

Georg konnte nicht anders, als einmal kurz zu schnauben. Es war so albern, hier zu liegen und Kaspar sich für nichts entschuldigen zu hören. Dabei war sein Verrat doch offensichtlich! »Du hast nicht bemerkt, dass du mich aus Feigheit im Stich gelassen hast?«, murmelte er gegen die Wand, als die Stille zu lang andauerte.

Kaspar schwieg einen Augenblick, dann sog er scharf die Luft ein. »Jetzt verstehe ich! Du wirfst mir vor, dass ich keinen Brief an den Marktmeister geschrieben habe? Georg, das habe ich dir doch erklärt! Du kennst den Mann nicht – ihm ist seine Ehre wichtiger als alles andere. Wenn er sich bevormundet fühlt, wird er rachsüchtig. Das ist schon vielen übel bekommen, ich habe das mehr als einmal miterlebt. Wenn ich ihm schreiben würde, er solle dich einlassen, obwohl er entschieden hat, dass er das nicht tun will, dann wird er uns lange Zeit für unseren Stand einen Platz in irgendeiner kleinen Seitengasse am Schneidersberg zuweisen, wo kaum jemand vorbeikommt. Und wir sind auf die Einnahmen des Marktes angewiesen. Du auch. Wenn diese Einnahmen wegfallen, wird es eng mit uns, ich verkaufe hier in der Druckerei nicht so viel, dass das ganze Haus davon leben kann. Begreifst du das?«

Sein Hals tat weh, als Georg versuchte, die Tränen wegzuschlucken, und er musste husten.

Eine Hand legte sich warm auf seine Schulter. Als der Hustenanfall vorbei war, sprach Kaspar weiter. »Ich verstehe ja, dass du dir Sorgen um Magdalena machst, und ich würde dir wirklich gern helfen. Ich habe schon hin und her gegrübelt, was sich tun ließe, aber mir ist nichts eingefallen, was Erfolg versprechend wäre. Sieh mal, selbst wenn ich diesen Brief schreiben und uns um die nächsten Markteinnahmen bringen würde, bin ich mir sicher, dass er nichts nützen würde. Ganz ehrlich – wenn ich von, sagen wir, einem der Gerbermeister aus der Vorstadt einen Brief bekäme, ich solle doch bitte einen seiner Gesellen zu Anna einlassen, er sei ein guter Junge, dann würde mich das nicht sonderlich beeindrucken und nichts an meinem Entschluss ändern, dass sie in meinem Haus keine Verehrer empfangen darf.«

Georg warf sich herum und stützte sich auf den Ellenbogen hoch. »Ich will doch nicht mit ihr schäkern, ich will sie trösten!«

»Das weiß zwar ich, aber Pistorius nicht. – Redest du nun wieder mit mir?«

Es war keine schöne Erkenntnis und schmerzte mehr als die Halsentzündung, sich einzugestehen, dass er ungerecht gewesen war und kindisch. Georg schniefte und ließ sich wieder auf den Rücken sinken. »Es tut mir leid. Ich wollte wahrscheinlich nur, dass irgendjemand schuld ist … und ich war so enttäuscht und allein.«

Kaspar schaute ihn ernst an. »Ich weiß. Ist schon vergeben. Aber tu mir einen Gefallen: Wenn du das nächste Mal enttäuscht und allein bist, dann sag mir das bitte. Rede mit mir oder rede mit jemand anderem, egal, aber rede! Du versuchst immer, alles mit dir allein abzuarbeiten, aber das tut niemandem gut.«

Georg nickte und musste dann wieder husten.

»Und jetzt sollten wir aufhören zu reden, du musst dich noch schonen.« Kaspar lächelte und stand auf.

»Kaspar?«, rief Georg ihm heiser nach. Kaspar drehte sich noch einmal um. »Danke für deine Geduld mit mir.«

21. Kapitel

Die Butzenscheiben des Fensters in der Stube waren seit Tagen zum ersten Mal klar. Die Nacht dieses dreizehnten Februars war noch kalt gewesen, aber gegen Morgen war es wärmer geworden und die Eisblumen waren abgetaut. Dafür war ein kalter Regen niedergegangen und hatte die Pflastersteine auf den Straßen durch einen unsichtbaren Zuckerguss aus Eis in eine tückische Gefahr verwandelt.

Ein gutes Bild für die Situation der Stadt, dachte Georg. Er saß mit dem Rücken gegen den Kachelofen, der zumindest ein klein wenig Wärme von sich gab, und versuchte zu lesen, aber seine Gedanken schweiften immer wieder ab, sodass er schließlich aufgab und das Buch zuklappte. Es hatte einfach keinen Zweck, er konnte sich nicht konzentrieren. Seit zwei Tagen erst war er gesund genug, um aus dem Haus zu gehen. Sein erster Gang am Mittwoch hatte ihn zum Haus des Marktmeisters in der Ritterstraße geführt – einen letzten Versuch musste er noch wagen. Er hatte einen Brief abgegeben, den er mit viel Gegrübel und Verschwendung von teurem Papier am Tag zuvor verfasst hatte. Darin versicherte er Pistorius seiner ehrenwerten Absichten und bat darum, Magdalena sehen zu dürfen, natürlich nicht allein, aber er wolle ihr in ihrer Trauer beistehen. Eine Antwort hatte er bisher nicht bekommen und ehrlich gesagt auch nicht ernsthaft erwartet, aber es kam einfach nicht infrage, dass er aufgab und Magdalena allein ließ, jetzt, wo der Landgraf ihren Vater auf dem Gewissen hatte.

Der Landgraf – ihr Landgraf, oder eben doch nicht mehr? Heute im Morgengrauen waren Trommler durch die Gassen gelaufen, um die Bürger auf das Schloss zu bestellen, weil sie der Landgräfin Amalie Elisabeth von Hessen-Kassel den Huldigungseid leisten sollten. Wer nicht kam, dessen Haus sollte geplündert und abgebrannt werden, hieß es. Was blieb den Menschen also anderes übrig? Die Universität war davon natürlich ausgenommen – schließlich war Marburg nur wegen der Universität für die Landgräfin wertvoll und so konnten die Professoren es sich leisten, zu widerstehen und auf ihre Pflichten dem Landgrafen Georg in Darmstadt gegenüber zu pochen. Auch der Rat und die landgräflichen Beamten hatten sich selbstverständlich geweigert. Die Bürger dagegen waren den Herrschenden gegenüber machtlos. Und so rutschten sie nun auf den glitschigen Steinen aus und versuchten, doch irgendwo festen Boden unter den Füßen zu behalten.

Kaspar hatte Georg erklärt, dass die Bürgerschaft so oder so zwischen den Stühlen sitzen würde. Wenn sie nicht huldigte, erkannte sie damit die Landgräfin nicht als ihre neue Herrin an, das war bei all den Soldaten in der Stadt wohl kaum eine Option. Tat sie es aber, brach sie damit den Huldigungseid, den sie damals Landgraf Georg von Hessen-Darmstadt geleistet hatte. Denn der hatte sich geweigert, sie aus dem Eid zu entlassen. Und auch, wenn es jetzt eher so aussah, als würde die kasselische Seite den Erbstreit gewinnen – wenn man in diesem langen Krieg etwas gelernt hatte, dann, dass das Glück des Siegers ihn auch sehr schnell wieder verlassen und zum Verlierer werden lassen konnte.

Es war merkwürdig, nicht zu wissen, zu welcher Herrschaft man gehörte. Für Magdalena mochte das anders sein: Es war ja bekannt, dass Soldaten und gerade auch Offiziere die Seiten wechselten, je nachdem, wo sich die besseren Möglichkeiten auf Beförderung oder auch mehr Sold boten. Vermutlich hatte Obristleutnant Willich auch schon unter anderen Herren gedient, womöglich sogar unter solchen, die Gegner seines letzten Brotherrn waren. Georg dagegen war schon sein Leben lang Hessen-Darmstädter; als der jetzige Landgraf Georg II. die Regierung übernommen hatte, war er noch kein Jahr alt gewesen.

Unten bewegte sich etwas. Georg lauschte den Schritten, die

schwer und langsam die Holztreppe hinaufknarzten, und wusste schon wer es war, bevor Kaspar die Stubentür öffnete.

»Ah, du bist hier. Gut. Wo ist meine Frau?«

»Hinter dir«, ertönte ihre raue Stimme aus dem Treppenhaus. »Ich habe dich kommen gehört und Anna nur noch schnell angewiesen, sich an die Weißwäsche zu machen.«

Kaspar betrat die Stube und kam zu Georg hinüber. Frau Ursula folgte ihm, während sie weitersprach. »Wir haben gerade die Vorräte begutachtet. Wenn du dich mit deiner Freigiebigkeit zurückhältst, kommen wir wohl ohne allzu große zusätzliche Ausgaben bis in den Frühling. Das Brot ist schon wieder leichter geworden, inzwischen reicht uns eines nicht mal mehr einen Tag lang.«

Kaspar brummte und ließ sich neben Georg auf der Bank nieder. Frau Ursula trat näher und schaute ihm mit gerunzelten Brauen ins Gesicht. »Was ist? Keine Bemerkung von dir? Habt ihr wieder abgelehnt?«

Kaspar antwortete nicht sofort, sondern holte tief Luft und rieb sich mit der Hand über das Gesicht.

»Wo warst du?«, fragte Georg, obwohl er es bereits ahnte.

»Universitätsversammlung. Und ja, wir haben einstimmig abgelehnt zu huldigen.«

»Und das macht dir Sorgen.« Frau Ursula nahm auf der vorderen Kante der Bank auf der anderen Seite des Tisches Platz.

»Ja.«

Schweigen folgte und Georg versuchte zu verstehen, was Kaspar bedrückte. Es konnte doch keine Drohungen gegen die Universität gegeben haben!

»Ich weiß nicht, was werden wird. Die Professoren haben es leicht zu widerstehen, aber ich frage mich, wie die Niederhessen mit uns Universitätsverwandten umgehen werden. Wir sind nicht wichtig, einen Buchdrucker oder einen Pedell finden sie leichter als die Gelehrten.«

»Und du hast trotzdem dagegengestimmt, nehme ich an?«,

fragte Frau Ursula. Georg konnte ihr nicht ansehen, was sie dachte.

»Ja, natürlich. Ich kann nicht meinen Eid brechen und ich werde erst recht nicht zulassen, dass die Universität und unsere Kirchen calvinistisch werden. Nein, ich kann nicht huldigen, egal, was passiert.«

»Was könnte denn passieren?«, wagte Georg zu fragen.

Kaspar zuckte mit den Achseln. »Die Häuser werden sie uns schon nicht anzünden.«

»Aber einquartieren, das werden sie«, sagte Frau Ursula. »Es sind ja nur noch etwas über dreihundert Mann, aber wenn sie diejenigen bestrafen wollen, die nicht huldigen, können sie uns gut welche davon einlegen. Und dann kommen wir sicherlich nicht bis zum Frühling mit unseren Vorräten.«

Kaspar hob den Kopf, das Gesicht gewittrig. Georg hielt den Atem an – das kam einer direkten Kritik nahe. Kaspar ließ seiner Frau viel durchgehen, das hatte Georg schon oft festgestellt, aber er war immer noch der Hausvater. Frau Ursula hielt seinem Blick stand. Erst nach einer kleinen Pause sagte sie: »Aber ich bin froh, dass du so entschieden hast. Es ist richtig. Und vielleicht tun sie ja auch nichts, oder?«

»Vielleicht, ja.«

»Nein, es ist gut, dass in unseren Kirchen wenigstens vorerst das Evangelium auf die rechte Weise verkündigt wird. Vor fünfundzwanzig Jahren musste man sonntags noch bis nach Schröck wandern, um Gottes Wort zu hören und das Abendmahl in der rechten Weise einnehmen zu können.«

»Tatsächlich?«, fragte Georg.

Kaspar nickte. »Oder nach Bauerbach – jedenfalls bis die beiden Dörfer durch Tauschhandel zwischen dem Landgrafen und dem Erzbischof von Mainz wieder katholisch werden mussten. Es gab sogar einen Aufruhr hier in der Pfarrkirche, als die erste calvinistische Predigt gehalten wurde. Aber tun konnten sie schließlich doch nichts dagegen, außer heimlich den Irrlehren zu widerstehen. Als 1623 dann der kaiserliche General Tilly die Stadt besetzte, hat man das fast schon gefeiert, trotz der Lasten der Einquartierung. Der Tilly war zwar ein Papist, aber danach ging die Stadt an unseren lutherischen Landgrafen. Kurz darauf wurde die Universität aus Gießen hierher zurückverlegt. Und mit ihr kamen wir. Das ist nun schon über zwanzig Jahre her und ich hoffe und bete, dass ich hier sterben darf und lutherisch beerdigt werde, sodass niemand in meiner Leichenpredigt etwas von dem Unsinn hören muss, dass Gott der Herr vorherbestimmt, wer zu Ihm gehören darf und wer nicht.«

»Ja, mehr als zu beten bleibt uns nicht«, sagte Frau Ursula leise.

Kaspars Züge glätteten sich. »Nicht mehr? Es ist die mächtigste Waffe, die wir nutzen können!«

Georg dachte an Kaspars Vergleich, er verlasse sich auf das Gebet wie der Bock auf seine Hörner. Als er dem Freund ins Gesicht schaute, sah er in dessen Augen, dass er das wirklich tat, und wünschte sich, er könnte ebenso vertrauen.

ॐ

Sie brauchten nicht lange auf die Reaktion der Besatzer zu warten.

Georg war am nächsten Morgen gerade in der Druckerei, als der Bote klopfte und Kaspar die Einquartierung ankündigte. »Zwei Stunden habt Ihr noch Zeit, alles vorzubereiten, dann kommen die Soldaten. Die Suppe habt Ihr Euch selbst eingebrockt, Buchdrucker. Nun löffelt sie aus.« Seine Stimme vibrierte vor Schadenfreude.

Kaspar sagte nichts, sondern atmete nur einmal tief ein und aus und drückte dann bedächtig, beinahe liebevoll die Tür zu – ein letztes Mal sperrte er die Soldaten aus, dachte Georg. Es war eine nahezu symbolische Handlung. Kaspar bedeutete Georg, ihm zu folgen.

Frau Ursula seufzte fast unhörbar, als Kaspar ihr die Nachricht überbrachte, dann stiegen sie gemeinsam die Treppe hinauf und begannen die beiden freien Räume zu inspizieren.

In der Mädchenkammer befand sich nichts von Wert und sauber war der Raum. Aber dann gingen sie in die Kammer der Jungen und jetzt erst wurde Georg klar, dass jeder Raum genutzt werden musste – auch Johannes' kleines Zimmer, das nach wie vor niemand ausgeräumt hatte, und vielleicht sogar seine eigene Kammer.

»Soll ich helfen?«, fragte er leise, als er Frau Ursulas Gesicht sah und spürte, wie schwer es ihr fiel, den Raum leer zu räumen, in dem noch vor einem Jahr ihr jüngster Sohn geschlafen und im Sommer auch gespielt hatte. Sie nickte. Er fühlte dasselbe – es war, als würden sie dieses kurze Leben nun endgültig abschließen, so als wäre der kleine Junge immer noch auf eine Art bei ihnen gewesen, solange seine Kleider in der Truhe lagen und sein Holzpferd auf der Fensterbank stand. Nun räumten sie schweigend all das heraus und trugen es hinunter, um es in einem Truhenwinkel im Schlafzimmer seiner Eltern zu vergraben wie in einem zweiten Sarg. Kaspar stand an der Tür und schaute ihnen dabei zu, das Gesicht finster wie eine Winternacht. Auch er sagte kein Wort und Georg wusste genau, dass er wie seine Frau ein zweites Mal Abschied von seinem kleinen Sohn nahm. Als Frau Ursula den Truhendeckel schloss, standen Tränen in ihren Augen. Kaspar trat neben sie und legte ihr stumm den Arm um die Schultern. Sie atmete tief durch und sagte dann: »Jetzt können sie kommen. Es ist Platz für ihre Musketen.«

Es war für keinen von ihnen nötig, über Johannes zu sprechen. Stattdessen fragte Frau Ursula: »Wie viele sollen es werden?«

Kaspar zuckte mit den Achseln. »Mit weniger als fünf mitsamt Familien sollten wir nicht rechnen. Georg, du wirst Peter in deiner Kammer aufnehmen müssen. Jakob schläft bei uns. Und die Stube müssen wir auch vorbereiten.«

»Ich hatte es befürchtet.«

Also räumten sie alles, was von Wert war, aus der Stube hinüber in das angrenzende Schlafzimmer, wo es ebenfalls in die abschließbare Truhe wanderte. Nur die Bücher mussten in den Schränken stehen bleiben. Man konnte nur hoffen, dass die Soldaten sie in Ehren halten würden. Georg konnte nicht verhindern, dass ihm die mit gebrochenen Rücken und zerknickten Seiten auf dem Kellerboden liegenden Bücher im Günsendorfer Schulhaus in den Sinn kamen. Das war bald fünf Jahre her. Fünf Jahre, seit er die Wolle um den Hals gefühlt und in Todesnot zu Gott geschrien hatte. Die Kehle schnürte sich ihm zu, als er an die Soldaten dachte, die in Kürze mit ihm in diesem Haus leben würden, und an das, was sie mit großer Wahrscheinlichkeit bereits an schlimmen Dingen getan hatten und auch in Zukunft tun würden, wenn sie ihr Quartier bei ihnen verlassen und wieder auf Kriegszug gehen würden. Aber nicht hier, nicht jetzt, sagte er sich in Gedanken. Das hier war eine andere Situation. Es würde ihnen nichts geschehen.

Anna bezog im Obergeschoss gerade noch die Betten und die rasch ausgestopften Strohsäcke auf dem Boden, als sich die Soldaten dem Haus näherten. Sie waren kaum zu überhören. Das Klingen ihrer eisernen Musketengabeln auf dem Pflaster, das selbstbewusste Knallen ihrer Absätze, das Klappern der Pulverfläschchen am Gurt um ihre Brust, das lautstarke Krakeelen ihrer Kinder und die schrillen Stimmen ihrer aufgeregten Frauen tönten von der Gasse her durch die Butzenscheiben hinauf, die sie noch einmal kurz zum Lüften geöffnet hatten. Georg trat zum Fenster.

»Du hattest recht, Kaspar, es sind fünf Musketiere, drei Frauen und sechs, nein, sieben Kinder. Das eine ist noch ein Säugling.«

Die Männer gingen dem kleinen Trupp voran, forsch und stolz trotz ihrer teilweise abgerissen aussehenden Kleidung. Nur einer von ihnen trug einen neuen Koller mit modisch geknöpften Ärmeln. Einem anderen steckte eine blau gefärbte Schwanenfeder am Hut, die Kopfbedeckung selbst erinnerte Georg allerdings eher an seinen eigenen unförmigen, aber praktischen Filz.

Jetzt traten sie um das Haus herum und gleich darauf tönten wuchtige Faustschläge durch das ganze Haus. Ein einfaches Klopfen kam den Soldaten wohl zu harmlos vor.

Kaspar verließ die Kammer, um die ungebetenen Gäste ins Haus zu lassen.

»Kommt«, sagte Frau Ursula und Georg folgte ihr.

Sie stellten sich im schmalen Flur neben der Kammertür auf und warteten, Frau Ursula mit verschränkten Armen, als wolle sie sich schützen vor dem, was da die Treppe hinaufkommen würde.

Es kam mit Gepolter und lautstarkem Rufen: »Komm schon ran mit den Sachen, Metze!« – »Verdammich, ist das eng!« – »Pass auf, Mensch!« – »Ach, halt doch dein Maul!«, mit Auflachen, Gestöhne und Getrampel. Fast wirkte es, als könnten sie nicht anders, als sich so laut wie möglich bemerkbar zu machen, als wollten sie sich gegenseitig durch ihr ganzes Auftreten vergewissern, dass sie noch am Leben waren. Vielleicht war es wirklich so. Der Tod begleitete diese Männer schließlich, wo sie gingen und standen, und damit auch ihre Frauen und Kinder.

Ein Kopf tauchte im steilen Treppenaufgang auf – als er der wartenden Hausbewohner ansichtig wurde, stockte der Mann kurz und nahm den zerdrückten Hut ab. Sobald die breite Krempe verschwand, wurde sonnenverbrannte Haut sichtbar, faltig um die Augen herum und auf der Stirn, dunkles, kurz geschnittenes Haar, von grauen Strähnen durchzogen, ein unregelmäßig gestutzter Bart, gänzlich eisgrau, und Augen, die älter schienen als der Rest des Körpers. Georg glaubte, den gleichen eiskalten Schimmer in ihnen zu entdecken, den er schon einmal gesehen hatte, vor mehr als vier Jahren in Günsendorf. Er schluckte hart.

Der Söldner grinste sie an und stieg ganz hinauf, nachdem ihm einer seiner Kameraden von hinten »Was ist, kannst du nicht mehr, alter Mann?« zugerufen und ihn in den Rücken gestoßen hatte. Er stellte sich an die andere Seite der Treppe und betrachtete sie schweigend. Die anderen Männer kamen herauf. »Sieh an, ein Empfangskomitee«, trompetete der nächste, der mit dem neuen Koller.

»Fehlen nur die hübschen jungen Frauen – hat wohl keine Töchter zustande gekriegt, der Drucker, was?« Eine lange Narbe verunzierte das breite Gesicht des Sprechenden. Die Neuankömmlinge lachten laut, nur die Frau direkt hinter dem Narbigen zischte: »Bloß gut, du nimmersatter Hurensohn!«, wofür er ihr mit der flachen Hand an den Hinterkopf schlug, als sie neben ihm anlangte. Ein durchdringender Geruch nach Schweiß, Schmutz, Rauch und Pulver verbreitete sich im Flur. Georg begann seinerseits zu schwitzen.

Endlich tauchte auch Kaspar auf der Treppe auf. Er konnte die letzten Stufen nicht mehr hinaufsteigen, der Boden neben dem Treppenaufgang war zu schmal für all diese Menschen, obwohl Georg und Frau Ursula längst in den Kammereingang zurückgewichen waren, um Platz zu schaffen.

»Hört mich an!«, rief Kaspar und tatsächlich wandten sie ihm ihre Köpfe zu. »Ihr wisst, dass ich es mir nicht ausgesucht habe, euch hier zu beherbergen, dass ich als Mitglied der Universität eigentlich keine Einquartierung bekommen sollte und dass wir durch unsere Weigerung, Eurer Dienstherrin zu huldigen, weiterhin auf verschiedenen Seiten stehen. Ich gaukle euch nicht vor, dass ich euch gerne willkommen heiße. Aber ich respektiere euch als Soldaten und als Menschen vor Gott und ich hoffe, dass ihr mir dieselbe Ehre erweist. Wir haben euch die Stube unten und drei der Kammern hier oben frei geräumt. In der Kammer neben der Stube schlafen meine Frau und ich sowie unser Sohn, in der dritten hier oben der wohlgelehrte Herr Student hier, der noch unseren Lehrling aufnehmen wird. Die Druckwerkstatt im Erdgeschoss bleibt mein Gebiet, das euch nichts anzugehen hat, ebenso wenig die besagten Zimmer, in denen wir wohnen. Uns dagegen geht euer Leben nichts an. Wenn wir uns alle daran halten, werden wir keinen Grund haben, uns gegenseitig bei euren Offizieren übereinander zu beschweren.«

Einen Augenblick starrten sie ihn nur verdutzt an, dann füllte wiederum ihr ungehemmtes Gelächter den Raum. Der zuerst hinaufgekommene Soldat trat zur Treppe und schlug Kaspar, der trotz seines niedrigeren Standortes genauso groß war wie er selbst, auf die Schulter. »Du gefällst mich, Mann. Zeig uns, wo der Küche ist, dann wir sind brav wie kleine Kinder.« Seine Aussprache klang merkwürdig und mehr als fremd. Ein Ausländer also, nicht nur kein Hesse, sondern vermutlich nicht einmal aus dem Heiligen Römischen Reich deutscher Nation.

Ob er womöglich ein Schwede war? Ein kalter Schauer lief Georg über den Rücken. ›Seht, was ich gefunden‹, hörte er den Mann mit dem fremdländischen Akzent sagen und den Strang Wolle schwenken …

Er schluckte und atmete tief durch. Es würde ihm nichts geschehen, nicht hier und jetzt. Es waren nicht dieselben Männer und nicht alle Schweden waren schlechte Menschen. Außerdem – der Gedanke kam plötzlich und ließ ihn erstaunt zurück – außerdem war er nicht mehr derselbe wie damals. Er war kein Junge mehr, er war zwanzig Jahre alt und er würde keine so leichte Beute abgeben wie an jenem furchtbaren Tag. Und, nicht zu vergessen: Der Tag hatte schließlich nicht furchtbar geendet, sondern mit einem Wunder.

Noch einmal holte er tief Luft, schickte ein Stoßgebet in den Himmel und erinnerte sich erneut an Kaspars Worte, er verlasse sich auf das Gebet wie ein Ziegenbock auf seine Hörner. Georg wusste, er war nur ein kleines Böckchen mit winzigen Stummelhörnern – aber Hörner waren es doch und er wollte nutzen, was er hatte.

☙

Es kam Georg vor, als wäre das Haus ein anderes geworden. Als er sich am Nachmittag ein Buch aus dem Schrank in der Stube holen wollte, musste er über die Strohsäcke und das ungeordnete

Hab und Gut der Soldaten und ihrer Familien steigen und sich bei den beiden Frauen entschuldigen, die dort mit einem Haufen Stoff vor sich am Tisch saßen und vermutlich Kleidung flickten. Lesen konnte er dort natürlich nicht, daher setzte er sich in die Küche. Aber die üblichen Geräusche – Anna, die in einer Schüssel Teig knetete, das Knacken des Feuers, leise Geräusche von draußen – wurden überlagert vom lauten Schreien und Getrappel der Soldatenkinder und Georg konnte sich so wenig konzentrieren, dass er kaum in seinem Buch vorankam.

Es waren drei Jungen und ein Mädchen, die schon herumrennen konnten, alle im Alter von etwa fünf bis acht Jahren, und sie waren ein so krasser Gegensatz zum stillen Johannes, wie man ihn sich nur vorstellen konnte. Sie waren noch lauter als ihre Eltern und zudem schrecklich lebhaft. Für ihren Bewegungsdrang, den sie vermutlich in den Feldlagern durch Botengänge und ausgiebiges Rennen zwischen den Zelten ausleben konnten, blieb ihnen hier nur zwischen dem winzigen Hinterhof auf der einen und der Gasse auf der anderen Seite Platz, und da das kaum ausreichte, mussten die Treppen herhalten. Im Grunde gab es seit ihrer Ankunft kaum einmal einen Augenblick, in dem niemand die Stufen hinauf- oder hinunterrannte.

Der Tisch in der Küche war zwar groß, aber nicht so groß, dass zwanzig Menschen daran Platz hatten, also saß auch beim Abendessen ein Teil ihrer unfreiwilligen Gäste in der Stube. Frau Ursula unterstützte Anna beim Kochen und Servieren, es ging gar nicht anders. Es war auch hierbei extrem laut. Aus der Stube brüllte gefühlt ständig jemand nach neuem Bier oder Salz oder Brot, und wenn das nicht der Fall war, dann riefen die Männer einander Witze zu, die Kaspar nur mit zusammengekniffenem Mund ertrug und bei denen Georg sich fragte, wie viel davon die Kinder bereits verstehen mochten. Die meiste Zeit hörten sie den Erwachsenen allerdings gar nicht zu, was in dem Fall ein Glück war. Alle sechs spielten am Tisch. Die beiden Kleineren, etwa drei oder vier Jahre alt, hauten sich mit ihren Löffeln, was die Mütter nicht einmal zu bemerken schienen, bis eines anfing zu weinen. Dann wurde es kurz getröstet, bekam einen Löffel Suppe in den Mund und kurz darauf ging das Spiel von vorn los. Die drei älteren redeten wild in einer Sprache aufeinander ein, die Georg nicht kannte, die aber so seltsam klang, dass er vermutete, sie war erfunden, zumal die Kinder, wenn es wirklich um Informationen ging, doch wieder ins Deutsche wechselten. Zwischendurch kletterten sie halb auf oder unter den Tisch oder zielten mit den Löffeln aufeinander, als seien diese Musketen, woraufhin sich das »getroffene« Kind röchelnd von der Bank fallen ließ. Sie lachten viel, aber das Spiel war Georg unheimlich, weil er wusste, dass sie ihre Realität nachspielten.

Nach dem Essen wurden die Kinder in der Mädchenkammer ins Bett gebracht und ganz von selbst trennten sich die beiden Gruppen: die Einquartierten blieben in der Stube, während die Hausbewohner sich in der Küche versammelten. Sie saßen stumm am Tisch. Frau Ursula strickte, Anna flickte ein Bettlaken, Peter schnitzte wieder einmal, Jakob lernte griechische Vokabeln und Kaspar und Georg versuchten zu lesen. Nebenan wurde sich so lautstark unterhalten, dass sie jedes Wort verstanden – es ging um gemachte Beute, um Anekdoten aus dem Feldlager, um Hungerzeiten, über die sie Witze rissen, als seien sie jetzt, wo sie gerade satt waren, für alle Zeit davor gefeit. Irgendwann hörte Georg sogar einen der Männer von jemandem erzählen, der wisse, wie man sich durch magische Praktiken kugelfest machen könne.

Georg starrte auf seine Buchseite und beschloss, dass es keinen Sinn hatte, das noch länger zu tun. Er klappte das Buch zu und erhob sich. »Ich gehe ins Bett.«

Frau Ursula nickte ihm zu. »Tut das. Solange sie noch alle hier unten sind, habt Ihr wenigstens Ruhe zum Einschlafen.«

Peter legte das Messer und das Holzstück weg, aus dem er ein Pferd zu machen versuchte, und stand ebenfalls auf. Erst jetzt fiel Georg ein, dass er den Lehrling ja in seiner Kammer aufnehmen musste. Frau Ursula und er hatten gerade so genug Platz für einen zweiten Strohsack auf dem Boden finden können, dadurch war es wenigstens nicht nötig, dass sie sich das Bett teilten. Auch so schon stellte Georg fest, dass er sich in den letzten Jahren sehr an die Ruhe gewöhnt hatte und daran, ganz für sich zu sein.

Schweigend legten sie ihre Kleider bis auf das Hemd ab und schlüpften rasch unter die Decken. Georg blies das Licht aus und hörte, wie das Stroh unter Peter knisterte, als er sich eine bequeme Position suchte. Es war seltsam, ausgerechnet ihn hier im Zimmer zu haben. Peter war wohl die Person im Haus, von der Georg am wenigsten wusste, was in ihrem Kopf vorging. Er schwieg die meiste Zeit, und wenn er etwas sagte, dann war es oft unerwartet direkt und so, dass man nicht recht wusste, was man davon halten sollte. Fühlte er sich manchmal einsam? Jetzt, wo die Gesellen fort waren, wurde er nicht mehr drangsaliert und erniedrigt, aber er war eben mit seinen sechzehn Jahren auch der einzige junge Mensch in der Druckerei. Mit Jakob hatte er, obwohl sie etwa im gleichen Alter waren, genauso wenig Kontakt wie mit den anderen im Haus und Georg hatte noch nie gesehen, dass er sich mit irgendwelchen Freunden traf.

Vielleicht war es Gottes Wille, dass Peter nun mit ihm in der Kammer lag, vielleicht war es sein Auftrag, dass Georg versuchen sollte, ihn aus seinem Schneckenhaus herauszulocken und ihm das Gefühl zu geben, dass sich jemand für ihn interessierte?

Georg biss sich auf die Unterlippe, dann stützte er sich auf die Ellenbogen. »Peter?«

»Hm?«

»Wie fühlst du dich jetzt, mit den Soldaten im Haus?«

Das Stroh raschelte. »Ist halt so.«

»Ich meine … Hast du auch das Gefühl, dass wir hier auf einmal nicht mehr zu Hause sind?«

»Nö. Zu Hause ist im Kopf. Da kommen die nicht rein. Gute Nacht.«

Einen so philosophischen Gedanken hätte Georg Peter gar

nicht zugetraut – das abrupte Beenden des Gespräches schon. Er ließ sich zurückfallen. »Gute Nacht.«

Schon kurze Zeit später hörte er Peters Atem tief werden. Offenbar meinte er, was er sagte – die Fremden im Haus konnten ihm jedenfalls hörbar nicht den Schlaf rauben. Georg dagegen wälzte sich auf seinem Bett hin und her, bis es mit der Ruhe vorbei war, weil nebenan die Soldaten und ihre Frauen ebenfalls zu Bett gingen. Sie sprachen laut miteinander, eine Frau kicherte schrill, Schritte knarzten auf den Dielen bis in Johannes' Zimmer. Kurze Zeit später ertönte von dort, direkt auf der anderen Seite der Wand, weiteres Gekicher und Geraschel und Gemurmel und dann schließlich rhythmische Geräusche, Stöhnen und Lustschreie. Georg versuchte, sich das Laken in die Ohren zu stopfen, aber es nutzte nicht viel. Irgendwann waren die beiden dort aber wohl befriedigt und es wurde stiller. Von der großen Kammer tönte lautes Schnarchen herüber, ab und zu unterbrochen von einem entnervten Ruf, woraufhin es kurz stoppte, dann aber wieder begann.

Es mussten Stunden vergangen sein, bis Georg schließlich vor Erschöpfung doch noch einschlief.

ಐ

Als Georg und Peter am nächsten Morgen aufstanden, mussten sie vorsichtig um die schlafenden Menschen in der großen Kammer herumgehen, die sich nur grunzend umdrehten, soweit sie wach wurden. In der Küche saßen bereits die beiden Mütter mit den kleinen Kindern. Eine davon stillte gerade in großer Selbstverständlichkeit ihren Säugling, während eines der Kleinkinder auf dem anderen Bein saß und ihr an die bloße zweite Brust tatschte. Georg schaute hastig zur Seite. Peter dagegen starrte so lange interessiert hin, bis Georg ihm in die Seite stieß.

Bei der Frühsuppe wurde nicht viel gesprochen. Als Kaspar seinen Löffel beiseitelegte, fragte er: »Wollt Ihr Eure Männer zum Gottesdienst wecken?«

Die Frau mit dem Säugling schüttelte nur den Kopf, die andere dagegen grinste breit. »Die würden uns was erzählen, wenn wir sie jetzt von ihren schönen Betten runterschmeißen. Gehen ja sonst auch nie in die Kirche. Ihr geht ja, das muss an Frömmigkeit reichen für dieses Haus.«

Nun war es an Kaspar, den Kopf zu schütteln, aber er sagte nichts weiter. Was sollte man auch zu einer solchen Gottlosigkeit sagen? Kurze Zeit später brachen sie ohne ihre unfreiwilligen Gäste auf.

Die Pfarrkirche war voller Menschen und es waren auch etliche Soldaten darunter. Die Offiziere sowieso, aber auch einfache Musketiere oder Pikeniere mischten sich unter die Männer auf den Emporen. Als Georg von der Universitätsempore ins Kirchenschiff hinunterschaute, sah er dort beinahe genauso viele Frauen, die er nicht kannte. Nicht alle waren also wie die in ihrem Haus. Während er noch auf die Hauben, Tücher und unbedeckten Frisuren der Frauen und Mädchen hinunterschaute, entdeckte er einen Lockenschopf, den er unter Tausenden wiedererkannt hätte, und ein heißer Strahl fuhr durch seinen Körper. Dort saß Magdalena, seine Magdalena! Neben der alten Frau Pistorius! Sie war hier in der Kirche, unter demselben Dach wie er, und doch so weit weg … ob er versuchen konnte, sie nach dem Gottesdienst anzusprechen? Georg sah sich nach dem Marktmeister um, dann blickte er wieder hinunter. Wenn er sich beeilte, konnte er vielleicht …

Erst als der letzte Ton des Orgelvorspiels verklang, merkte Georg, dass der Gottesdienst begonnen hatte. Die Liturgie rauschte an ihm vorbei, seine Beteiligung war rein mechanisch, auch wenn er immer wieder versuchte, sich selbst zur Ordnung zu rufen. Das hier war vermutlich auf absehbare Zeit die einzige Gelegenheit für ihn, wenigstens ein paar wenige Worte mit Magdalena zu wechseln. Oder ihr zumindest mit seinen Blicken zu verstehen zu geben, dass er für sie da sein wollte und alles versuchte, um ihr helfen zu können!

Er sang, ohne zu wissen, was, und von der Predigt bekam er nur unzusammenhängende Fetzen mit. Immer wieder bat er Gott um Vergebung dafür, aber er konnte einfach nicht über sein Wort nachdenken, während dort unter ihm das Mädchen saß, das er liebte und das er seit Wochen nicht gesehen oder gesprochen hatte. Er glaubte fest, dass der Herr das verstehen konnte – hatte nicht er selbst die Liebe zwischen Mann und Frau erschaffen?

Irgendwann kurz nach der Predigt schaute Magdalena auf einmal hoch. Die ganze Zeit hatte sie vor sich auf die Bank oder den Fußboden gestarrt, nun aber hob sich ihr Kopf. Ihr Blick wanderte über die Empore und blieb an seinem haften. Einen kurzen Moment lang sahen sie sich an. Georg wollte ihr zulächeln, doch er konnte nicht. Ihr Ausdruck war so leer und verloren, dass er sie einfach nur anschaute und hoffte, dass sie verstand, was er fühlte. Dann senkte sie den Kopf hastig wieder. Georg fühlte sich, als sei ihm eine Decke weggezogen worden. Gleich darauf bemerkte er, wie die alte Frau neben Magdalena ihre Schwiegertochter, Pistorius' Ehefrau, leicht anstieß und mit dem Kopf zu Magdalena hinwies. Frau Pistoriusin schaute und schüttelte leicht den Kopf. Als die alte Frau ihr etwas zuflüsterte, drehte die jüngere den Kopf und sah zur Empore hoch. Erschrocken wandte Georg den Blick ab und versuchte, so zu tun, als sei er ganz auf die Liturgie konzentriert.

Sie hatten ihn bemerkt! Georgs Herz wurde noch schwerer als vorher. Jetzt würden sie zu verhindern wissen, dass er Magdalena nahe kam. Als das Orgelspiel verklang, hatte er es daher nicht mehr besonders eilig, von der Empore herunterzukommen. Als er die letzte Stufe herunterstieg und aufschaute, erschrak er so, dass er stocksteif stehen blieb. »He!«, sagte eine bekannte Stimme direkt an seinem Ohr. »Was ist denn mit Euch los, Kammann, ich laufe hier fast auf Euch drauf!«

»Verzeihung«, murmelte Georg und trat einen Schritt zur Seite. Kopfschüttelnd drängte sich Philipp Cramer an ihm vorbei. Zum Glück blieb er nicht stehen, denn vor Georg stand die alte

Frau Pistoriusin mit verschränkten Armen und schaute ihn unablässig an. Jetzt nickte sie ein wenig zur Seite und er folgte ihr vom Emporeneingang weg in den Schatten einer Säule.

Dort erst sprach sie. Ihre Stimme war kräftig, obwohl ihr kleiner, zusammengesunkener Körper so zerbrechlich wirkte. »Ihr seid doch der Studiosus, der schon ein paarmal nach Fräulein Willich gefragt hat, oder?«

Georg konnte nur nicken.

»Sie hat Euch angesehen vorhin und danach waren ihre Augen feucht. Das ist viel. Sie redet nicht mit uns, sondern rollt sich ein wie ein Igel und leidet stumm. Sie vertraut uns nicht. Aber sie braucht jemanden. Mein Sohn sieht in Euch einen Verehrer, den er nicht in seinem Haus will. Aber meine Schwiegertochter und ich, wir sehen, dass das Mädchen Euch braucht. Kommt heute Nachmittag noch einmal und klopft. Aber sagt auf keinen Fall, dass ich Euch bestellt habe.« Damit drehte die alte Frau sich um und ging. Georg schaute ihr verwirrt nach. Konnte er denn einfach so noch einmal zum Pistorius'schen Haus gehen, obwohl er vom Hausherrn eindeutig ausgeladen worden war?

ଓଃ

Als nach der Mittagsmahlzeit außer Kaspar und ihm selbst nur noch Frau Ursula und Anna im Raum waren, erzählte Georg seinem Freund von dem Gespräch mit der Frau Pistoriusin und bat ihn um Rat.

»Hm«, machte Kaspar. »In der Tat, eine schwierige Situation … Was hat sie sich dabei nur gedacht?«

Neben ihm lachte Frau Ursula leise.

»Was lachst du?«, fragte Kaspar ungnädig.

»Ach, es ist nur … Sehr viel hat sie sich dabei gedacht. Ihr Männer seht einfach viel zu oft nur das Vordergründige, das, was laut ist und bestimmend und im Zweifel gewalttätig. Dabei überseht ihr, dass die meisten Dinge im Hintergrund passieren.«

»Was willst du damit sagen?«

Frau Ursula lächelte immer noch. »Dass die Pistoriusin und ihre Schwiegertochter ihren Sohn und Mann gut kennen und wissen, wie sie ihn dazu bringen, seine Meinung zu ändern. Und zwar so, dass er das nicht merkt, sondern denkt, es sei seine eigene Idee gewesen.«

Kaspar schaute sie lange an. »Ich will nicht wissen, wie oft du das bei mir schon gemacht hast.«

Sie legte ihm die Hand auf den Arm. »Kaum. Bei dir ist es meist nicht nötig, du lässt ja immer mit dir reden. Außer, wenn du dich zu sehr auf etwas versteift hast – aber dann habe ich auch durch die Hintertür keine Möglichkeit mehr, das zu ändern.«

Er machte sein finsteres Gesicht und legte seine Hand auf ihre. »Wie damals, als ich nicht einsehen wollte, dass Georg kein Taugenichts ist?«

»Genau. Da konnte man nicht mit dir reden und meine Versuche durch die Hintertür gingen auch fehl. Aber sonst bin ich sehr froh und Gott dankbar, dass ich fast nie zu solchen Mitteln greifen muss. Weil du bereit bist, mir zuzuhören und mir auch zutraust, manches besser zu wissen als du.«

»Das ist ja auch so«, murmelte Kaspar.

Frau Ursula lächelte ihm zu und schwieg.

Es war ein so intimer Moment, dass Georg peinlich berührt auf die Tischplatte schaute und am liebsten unauffällig verschwunden wäre. Anna stand am Spülstein und sah aus, als ginge es ihr ähnlich.

»Also, Georg«, sagte Frau Ursula in diesem Moment und stand vom Tisch auf, »geht nur hin in die Ritterstraße. Ich bin mir sicher, Herr Pistorius wird Euch einlassen, nachdem er von zwei Seiten bearbeitet wurde. Und ich denke, die beiden haben recht damit – Magdalena braucht Euch. Was habt Ihr zu verlieren?«

☙

So kam es, dass Georg zwei Stunden später tatsächlich wieder vor dem Haus mit dem Sandsteingeschoss stand und mit einem sehr mulmigen Gefühl im Bauch an die reich verzierte Tür klopfte. Die Magd erkannte ihn sofort. »Oh weh«, sagte sie.

»Frag bitte nach«, bat Georg und schluckte den Frosch in seinem Hals hinunter.

Sie nickte zögerlich, widersprach aber nicht. Georg wartete und versuchte, sich die richtigen Worte zurechtzulegen.

Er war noch mitten dabei, als die Tür wieder aufging. Georg schaute hoch und erschrak: Statt der Magd blickte ihn Albrecht Pistorius persönlich an, die Arme vor der breiten Brust verschränkt, den Schnurrbart ordentlich gezwirbelt, in seinem Sonntagsstaat und mit gerunzelter Stirn. Georg sackte das Herz in die Hosen.

»Nun?«, fragte der Marktmeister.

»Ich …«, stotterte Georg. »Ich wollte noch ein letztes Mal fragen, ob ich Fräulein Willich besuchen darf. Ich hatte Euch einen Brief geschrieben …« All die vorbereiteten Worte waren verschwunden und mehr als diese einfachen Sätze bekam er nicht heraus.

»Ja, den habe ich bekommen. Kein besonders gut geschriebenes Meisterwerk. Und ich hatte Euch eigentlich klar genug gemacht, dass Ihr hier nicht erwünscht seid. Allerdings …« Er zögerte und kraulte sich nachdenklich den rotblonden Kinnbart. »Es ist natürlich meine Pflicht, für das Wohlergehen meines Mündels zu sorgen, und da scheint mir … Nun gut, kondolieren könnt Ihr, aber bildet Euch nicht ein, dass Ihr mehr zu erwarten habt, falls Ihr derlei Absichten hegt. Die Großmutter sitzt sowieso mit in der Stube und sehen kann sie noch sehr gut. Das Mädchen ist zu wild aufgewachsen, kein Wunder bei dem Vater, aber jetzt bin ich nun einmal ihr Vormund und ich werde keinerlei Unzüchtigkeiten erlauben, dass das klar ist, Herr Studiosus!«

Georg spürte, wie sich sein Unterkiefer verkrampfte. Arme Magdalena – was dachte der Mann denn von ihr, dass er das jedes

Mal so betonte! »Ich hatte nichts dergleichen vor«, erklärte er mit allem, was er an Würde aufbringen konnte. »Und ich habe sie nie anders als ehrsam und tugendhaft erlebt.«

»Na schön«, sagte Herr Pistorius und trat zurück, sodass Georg das Haus betreten konnte. »Bring ihn rauf, Luise.«

Die Magd nickte und stieg die Treppe hinauf. Georg folgte ihr mit klopfendem Herzen.

Die Stube, in die sie ihn führte, war recht großzügig geschnitten. Klare, runde Glasscheiben saßen in den Fenstern, einige davon gar bemalt, und ließen viel Licht in den Raum. Ein großer eiserner Ofen gab so viel mollige Wärme ab, dass Georg sofort seinen Mantel von den Schultern nahm und den Rock vorne öffnete. Die alte Frau schien die Wärme zu brauchen – sie saß direkt vor dem Ofen und zerkleinerte Kräuter in einem Mörser: Thymian, dem Geruch nach, der sich durch den ganzen Raum verbreitete. Magdalena saß vor den Fenstern auf einem Hocker, eine Näharbeit im Schoß ihres braunen Rockes, Nadel und Faden in der Rechten, aber ihre Hand bewegte sich nicht und ihr Blick schien durch den Stoff hindurch irgendwo nach innen zu gehen.

»Ihr habt Besuch, Fräulein Willich«, sagte die Magd, bevor sie die Tür von draußen wieder schloss. Magdalena reagierte gar nicht, sie schien ganz weit weg zu sein. Dafür schaute die alte Frau ihn aufmerksam an. Sie lächelte nicht, aber Georg meinte, ein gewisses Blitzen in ihren Augen zu sehen, als er einen Schritt auf sie zumachte, auch wenn ihn eigentlich alles zum Fenster hinzog. Aber die Höflichkeit gebot, dass er sie zuerst ansprach. »Gott zum Gruß!«

Sie ließ den Stößel weiter kreisen und nickte ihm zu. »Da seid Ihr ja. Geht schon!«

Er neigte noch einmal den Kopf und ging dann zu Magdalena hinüber. Als er zurückschaute, sah er, dass der Blick der alten Frau nicht einen Augenblick von ihm wich.

Er legte Mantel und Hut auf eine Truhe, die an der Wand stand, und setzte sich Magdalena gegenüber auf die vordere Kante des dort stehenden Lehnstuhles. Jetzt erst schaute sie auf. Kurz flackerte Interesse, ja Freude über ihr Gesicht, verlosch jedoch sofort wieder. »Georg«, flüsterte sie. »Ach, Georg. Was willst du?«

Was für eine Frage! Er schluckte. »Dich trösten, wenn ich nur könnte. Ich wünschte, ich hätte schon früher kommen können, aber … ach, das ist jetzt auch gleich. Es tut mir so leid, Magdalena. Das mit deinem Vater. Und alles, was ich sagen kann, ist, dass er jetzt bei unserem Gott ist und dass es ihm dort an nichts mehr fehlt. Aber das sagt sich so leicht und tröstet so wenig.«

Sie schwieg und schaute aus dem Fenster. Durch die flachen Scheiben hatte man freie Sicht auf das Schloss, das sich hinter Gärten und Befestigungsanlagen erhob, nur die Bleistreifen, die sie zusammenhielten, teilten das Bild in kleine runde Ausschnitte. Aber wahrscheinlich sah Magdalena nicht das imposante Bauwerk, sondern den Marktplatz in Gießen, den Henker, sein Schwert, die Menge vor dem Richtplatz, das Blut und das geliebte Gesicht ihres Vaters unter dem kurz geschnittenen grauen Haar, leblos und abgetrennt von seinem Körper. Georg schauderte unwillkürlich. Er hatte schon einige Hinrichtungen beobachtet, einmal als Junge in Grünberg und mehrere Male im Vorbeigehen hier. Zwar hatte er noch nie besonderen Gefallen daran gefunden, aber es gehörte zum Leben dazu und natürlich mussten Verbrecher bestraft werden. Aber er hatte noch nie darüber nachgedacht, was die Angehörigen des Verurteilten fühlen mussten. Nicht so. Vor allem nicht, wenn es sich um keinen Verbrecher handelte, nicht im üblichen Sinn.

»Ich hasse den Landgrafen«, sagte Magdalena endlich. Ihre Stimme klang beiläufig, weich wie immer, aber völlig emotionslos, und sie schaute Georg dabei immer noch nicht an.

Erschrocken hielt Georg die Luft an. Was sollte er darauf sagen?

Endlich wandte sie ihm den Kopf zu. Es war nicht vorrangig Trauer, was in ihren Augen schimmerte, es war ein tief sitzender Zorn. »Mein Vater war kein Feigling. Er hat auf Entsatz gewartet, aber es kam keiner. Die Soldaten verloren den Mut. Was sollte er denn tun? Er hat ehrenvoll übergeben und zum Dank für seine Dienste wurde er ermordet.«

Das Wort ›Sündenbock‹ kam Georg in den Sinn. Peter hatte es benutzt, als er die Neuigkeit erzählte. Wahrscheinlich war es wirklich das, was Obristleutnant Christian Willich geworden war. Der Landgraf hatte jemanden gebraucht, den er verantwortlich machen konnte. Er nickte langsam. »Es ist nicht richtig, was der Landgraf getan hat. Aber denkst du, dass dein Hass gut ist, dass er etwas ändert?«

Magdalena lächelte, aber das Lächeln erreichte ihre Augen nicht. »Nein. Aber er hält mich auf den Beinen. Was habe ich denn sonst noch? Meiner Stiefmutter in Gießen kann ich nicht mehr helfen, ihr Bruder als ihr Vormund hat mit den Kleinen genug am Hals, der will mich nicht. Herr Pistorius hat die Vormundschaft für mich ja auch nur aus Pflichtgefühl übernommen. Meinen Vater konnte er nie leiden. Und mich auch nicht. Ich habe niemanden mehr.«

Ihre Worte schnitten wie Henkersmesser in sein Herz. »Du hast doch mich!« Seine Stimme war so wacklig, dass es schwierig war zu sprechen. »Ich bin für dich da! Ich kann nicht viel tun, aber ich bin immer für dich da!«

Sie schüttelte den Kopf. »Nein, Georg. Das ist vorbei. Alles ist anders geworden, siehst du das nicht? Ich kann nicht so tun, als wäre nichts gewesen. Und du solltest dich nicht mit der Tochter eines Gehenkten abgeben, du als zukünftiger Pfarrer.« Sie drehte den Kopf wieder zum Fenster.

»Aber ich liebe dich«, flüsterte Georg.

»Dann hör auf damit«, stieß sie hervor. Die Worte klangen rau, als hätten sie nur schwer durch ihre enge Kehle gepasst und wären nun genauso aufgerissen und wund wie ihre Seele.

Georg schaute Magdalena an, ihre vertrauten Züge, ihr eckiges Kinn, ihre rundliche Nase, ihre dichten Brauen, ihre nicht zu bändigenden dunklen Locken mit dem warmbraunen Schimmer.

Sie war wie immer und doch fremd, anders. Das fröhliche Leuchten fehlte, das sie immer umgeben hatte, ihre unbändige Überzeugung, dass das Leben schön war. All das war fort, abgeschnitten, abgetrennt zusammen mit dem Kopf ihres Vaters.

»Ein Gutes hat es ja, dass ich Fieber bekommen habe und hierbleiben musste. So bin ich jetzt wenigstens hessen-kasselisch und muss diesen Mörder nicht mehr als Herrn haben.«

Georgs Kehle war wie zugeschnürt. Es war nur noch Bitterkeit in ihr und er wusste nicht, was er tun oder sagen sollte. Am liebsten hätte er sie umarmt, aber ihm war nach wie vor bewusst, dass die Großmutter in der Ecke saß und sie beobachtete. Zwar hatte diese dafür gesorgt, dass er hier war – aber eine Umarmung ginge dann wohl doch zu weit. Außerdem war er sich alles andere als sicher, ob Magdalena sich nicht wehren würde. Sie wollte keine Nähe zulassen, hatte sich eingeschlossen in ihren Hass und ihre Trauer.

Doch es stand außer Frage, dass es an ihm war, sie dort wieder herauszuholen.

»Geh weg, Georg, geh nach Hause. Lass mich allein. Geh einfach weg. Bitte.« Sie schaute ihn nicht mehr an, sondern nahm die Nadel auf und begann, mit heftigen Bewegungen zu nähen, als sei der weiße Leinenstoff des Kinderhemdes, dessen Ärmel sie flickte, ein Ventil für ihre Gefühle.

Georg schaute ihr zu und konnte, wollte nicht glauben, dass sie es ernst meinte.

»Geh«, flüsterte sie noch einmal und schaute hoch. In ihren Augen standen Leere und Verlust und diese Bitterkeit, die alles durchdrang.

Er hatte das Gefühl, nicht mehr atmen zu können, wenn er sie ansah, trotzdem schaute er nicht weg, sondern holte so tief Luft, wie er konnte. Dann stand er auf. Mit schweren Schritten ging er zu der Truhe hinüber, auf der er Mantel und Hut gelassen hatte. Dann drehte er sich noch einmal zu ihr um. »So schnell gebe ich nicht auf, Magdalena. Ich werde zwar sofort wieder gehen, wenn du mich nicht bei dir haben willst, aber ich werde nicht aufhören, dir immer wieder anzubieten, für dich da zu sein. So lange, bis du mir ruhig in die Augen schaust und sagst, dass du mich wirklich nicht mehr sehen willst.«

Sie schaute nicht noch einmal hoch, aber ihre Hände rührten sich nicht mehr, die ganze Zeit nicht, solange er zu ihr hinübersah.

»Ich komme bald wieder«, wiederholte er an der Tür und sie widersprach immer noch nicht.

Dafür hörte er die alte Stimme der Großmutter, als er die Stube verließ: »Tut das, Herr Studiosus!«

Er drehte sich noch einmal um. »Tut das!«, wiederholte sie und nickte ihm wieder zu. Längst rührte sich der Stößel nicht mehr.

»Einen guten Tag wünsche ich noch«, presste Georg hervor, dann verließ er die Stube, warf sich mit zitternden Händen den Mantel um, stülpte den Hut auf seinen Kopf und lief hinaus auf die Straße. Ein kalter Wind fuhr ihm unter den Mantel, wehte ihn zur Seite und schnitt ihm nach der Ofenwärme eisig in die Lunge. Aber die Kälte schmerzte nicht so sehr wie das Bild von Magdalena, wie sie regungslos am Fenster saß, während er ihr nicht helfen konnte.

22. Kapitel

Erst am nächsten Tag brachte er es über sich, mit Kaspar über Magdalena zu sprechen.

»Gib ihr Zeit«, sagte der. »Sie hat Schlimmes erlebt – aber der Schmerz ist nur in der ersten Zeit des Verlustes so groß, dass er alles andere übertönt. Er wird nachlassen, sie wird ruhiger werden und irgendwann auch wieder bereit sein für das Schöne im Leben, mach dir da mal keine Sorgen.« Er zögerte kurz und sprach dann weiter. Georg merkte, wie sorgfältig und vorsichtig er seine Worte wählte: »Aber vergiss nicht, was ich dir schon letztes Jahr gesagt habe … Eine Ehe braucht etwas anderes als das Gefühl der Verliebtheit. Sie braucht ein gutes Zusammenspiel, dass man sich aufeinander verlassen kann, und sie braucht es auch, dass die Nachbarn beide Ehegatten akzeptieren können. Ich weiß, dass du das jetzt nicht hören willst, aber … Magdalena Willich ist zwar die Tochter eines Offiziers, doch auch ein Offizier ist ein Soldat und Soldaten sind in diesen Zeiten nicht das, woran die Menschen jeden Tag erinnert werden möchten, wenn sie die Frau des Pfarrers sehen. Und nun wurde dieser Offizier auch noch wegen Feigheit hingerichtet. Die Tochter eines Gehenkten – das geht nicht, Georg.«

Georg schüttelte nur den Kopf und wandte sich ab. Er wollte das nicht hören, gerade weil ihm schmerzlich bewusst war, dass Kaspar recht hatte – aber er liebte Magdalena nun einmal und das war etwas so Großes, Neues und Umwälzendes, dass er es nicht durch vernünftige Erwägungen unterdrücken konnte und wollte. Zumal ihm nach wie vor das Wort aus dem Korintherbrief vor Augen stand: Glaube, Hoffnung, Liebe, und die Liebe die größte unter ihnen.

Er wartete zwei Tage, bis er sich wieder zum Haus des Marktmeisters Pistorius aufmachte. In diesen zwei Tagen hatte sich nichts geändert. Magdalena schickte ihn nicht sofort weg, aber sie lächelte kaum und das einzige Thema, das sie kannte, war die Ungerechtigkeit des Landgrafen.

Als Georg zur Druckerei zurückkam, wusste er, dass es jetzt nur eines gab: sich in Büchern zu vergraben, wie er es immer getan hatte – auch wenn das nicht mehr so gut funktionierte wie früher. Aber einen anderen Ausweg wusste er nicht. Das Studium selbst half nur bedingt, denn derzeit fanden lediglich zwei theologische Vorlesungen am Tag statt. Nur langsam rappelten sich einige der Dozenten wieder auf, der erste war Johann Heinrich Tonsor gewesen. Er werde den Calvinisten nicht das Feld überlassen – wer noch hier war, solle in der rechten lutherischen Lehre unterwiesen werden, solange er, Tonsor, noch atmen und sprechen könne, hatte er verkündet. Georg merkte, wie seine Achtung dem Mann gegenüber deutlich stieg, den er als Pädagogiarch eher gefürchtet und gemieden hatte und dessen trockene, scholastische Art der Lehre ihn im Studium bei Weitem nicht so hatte mitreißen können wie die von Professor Feuerborn.

Kurzerhand beschloss er, für Tonsors Kirchengeschichtsvorlesung noch einmal einen Blick in die ›Confessiones‹ des Augustinus zu werfen, sobald die Bibliothek öffnete. Als es an der Zeit war aufzubrechen, warf er sich den Mantel über und legte den Degen an. Zwar war die Waffe für ihn immer noch wie ein Fremdkörper, aber ohne sie mochte er inzwischen nicht mehr aus dem Haus gehen. Nicht wegen der älteren Studenten oder aus Stolz auf seinen Stand als Academicus, sondern aus der reinen Notwendigkeit, allen auf den ersten Blick zu zeigen, dass er erstens zur Universität gehörte und sich zweitens zu wehren wusste.

Letzteres traf zwar nicht zu, aber das wussten die Niederhessen ja nicht.

Vorsichtig stieg Georg die Treppe hinunter, den Degen mit der Linken nach hinten wegdrückend, damit er nicht gegen das Geländer schlug. Unten standen drei der Kinder und starrten ihn unverhohlen an. Zweien von ihnen lief der Rotz ungehindert aus den Nasen.

»Geht bitte zur Seite!«, forderte Georg sie auf, aber sie dachten gar nicht daran. Der größte Junge trat stattdessen näher und griff nach Georgs Degenscheide. »Was ist das für einer? Der Korb ist komisch, sieht ganz anders aus als der von meinem Herrn Vater.«

»Finger weg!« Georg versuchte unwillkürlich, sich so zu drehen, dass die schmutzigen Finger des Kindes die Waffe nicht mehr erreichen konnten, und natürlich schlug sie dabei doch mit einem dumpfen Geräusch gegen das Treppengeländer.

»Ksst, verschwindet!«, hörte er eine Stimme hinter sich und drehte sich rasch ganz um, wobei der Degen noch einmal anschlug, nun an der Wand. Hinter ihm rannten kleine Füße auf die Straße hinaus.

Auf der Treppe stand der graubärtige Fremdländer. Georg wusste immer noch nicht, woher er stammte, ob er wirklich Schwede war oder einem ganz anderen Volk angehörte. Die Armeen bestanden ja inzwischen auf beiden Seiten aus Söldnern unzähliger Nationen.

Er presste sich an die Wand, um den Mann vorbeizulassen. Wenn er ihm begegnete, war es jedes Mal, als brächte der Fremde einen kalten Lufthauch mit sich.

»Nun, Herr Studiosus? Ihrer Waffe ist komik, sagt der kleine Hans. Ich sage, er ist wirklich alt. Und Ihr haut ihn ständig gegen Möbel. Wenn Ihr schon ein Degen tragt, wollt Ihr nicht lernen, wie man ihn benutzt?«

Georg schluckte. »Woher wollt Ihr wissen, dass ich ihn nicht zu benutzen weiß?«

Der andere lachte, es klang fast eher wie Husten. »Wer nicht mal ihn tragen kann, kann auch nicht mit ihm fechten. Aber wenn Ihr wollt, ich zeige Euch.«

»Was?« Bot der Söldner ihm tatsächlich an, ihn im Fechten zu unterweisen? Er musste sich verhört haben. Oder es war die Fremdsprache, die dem Mann Probleme bereitete?

»Ich kann Euch zeigen, wie Ihr benutzt Euren alten Degen. Nicht wie auf die Fechtschule, aber wie im Kampf.« Abwartend schaute er Georg an, lässig an das Geländer gelehnt.

Wie sollte er sich da nur herauswinden? Beim Gedanken daran, mit diesem Soldaten die Klinge zu kreuzen, brach Georg der Schweiß aus.

Wie durch Watte drang die Stimme des Soldaten an sein Ohr: »Ihr habt Angst vor mir? Ihr glaubt, ich will Euch töten, wirklich? Warum sollte ich das wollen?«

»Ich … weil damals …«, stammelte Georg und hasste sich dafür.

»Ah«, machte der Mann. »Damals. Ich sehe. Aber damals ist nicht heute.«

»Ich muss gehen!«, stieß Georg hervor und rannte fast auf die Straße. Dabei stieß sein Degen gegen den Türrahmen und er hörte den Söldner von drinnen lachen.

Ein eisiger Wind wehte ihm den Mantel von der Schulter, während er schnellen Schrittes die Gasse hinunterging, trotzdem war ihm immer noch warm. Schnee lag in schmutzigen Haufen an den Häuserwänden aufgetürmt und vermischte sich mit dem üblichen Dreck der Straße. Eine durch ausgeschüttetes Schmutzwasser entstandene Eisbahn zwang Georg dazu, langsamer zu gehen. Sein Herz begann, sich ebenfalls zu beruhigen, und mit einem Mal fühlte er den heftigen Drang, zurückzugehen und nicht wieder davonzulaufen. Genau das hatte er getan: Er war davongelaufen. Auch vorher schon – Philipp Cramers Vorwürfe kamen ihm wieder in den Sinn: dass er sich nur in seinen Büchern und im Lernen verkrieche, um selbst nichts tun zu müssen gegen das, was ihn bedrückte. Er floh vor seiner Hilflosigkeit in die Welt des Wissens und vor seiner Angst lief er nun wortwörtlich davon. Dabei hatte der Söldner sogar recht: Was ihm geschehen war, war damals gewesen, nicht heute. Es waren andere Soldaten gewesen und eine andere Situation.

Und dann fiel Georg noch etwas auf und das brachte ihn dazu, endgültig stehen zu bleiben. Jetzt war nicht diese Situation, aber sie konnte wiederkommen. Solange dieser Krieg währte, konnte ihm jederzeit erneut Gewalt begegnen. Und dieser Soldat bot an, ihm beizubringen, wie er sich in solch einem Fall wehren könnte. Er müsste nicht mehr dastehen und sich würgen und schlagen lassen, er könnte sich verteidigen! Außerdem würde ihm die körperliche Bewegung vielleicht ein Ventil für seine Angst, seine Trauer und seinen Zorn bieten. Wenn die Bücher nicht mehr halfen, täte es vielleicht der ungeliebte Degen?

Langsam drehte er sich um und ging dann schnell. Als er die Tür aufstieß, kam der Fremde gerade aus der Küche. »Oh«, sagte er. »Schon zurück? Oder habt Ihr geändert Eure Gedanken?«

»Ja«, sagte Georg. »Ich glaube schon. Warum wollt Ihr das tun, mir das Fechten beibringen?«

Der Mann lächelte so breit, dass Georg sogar im Dämmerlicht des Flures sehen konnte, wie sich die Falten um seine Augen vertieften. »Vielleicht Ihr dauert mich. Oder ich bin gelangweilt. Oder ich mag Herausforderung. Sucht Euch aus, was.«

»Dann nehme ich wohl lieber an, dass Euch die Langeweile treibt.«

Wieder ertönte das kehlige Lachen und der Fremde schlug Georg auf die Schulter. »Dann kommt raus. Aber legt Mantel und Wams ab. Ihr werdet warm sein schnell genug.«

Georg gehorchte. Schließlich hatte er kein Interesse daran, seine gute Kleidung zu riskieren. Als er dem breitschultrigen Söldner nach draußen folgte, stieg sowieso schon wieder die Hitze in ihm hoch, die er längst als Angst erkannte. War der Mann tatsächlich ein Schwede?

»Wo kommt Ihr eigentlich her?«, fragte er heiser, als sie auf den kleinen Platz vor dem Sebaldischen Haus hinaustraten. Die Kinder waren glücklicherweise gerade nirgends zu sehen, aber die Nachbarn würden sie beobachten. Nun, das ließ sich nicht umgehen.

»Aus Inverness. Schottland.«

Also war er kein Schwede, oder? Georg war sich nicht sicher, wo dieses Schottland lag. Offenbar sah man ihm das an, denn der Söldner seufzte und ergänzte: »Ihr kennt aber England, ja? Schottland liegt in Norden davon.«

Georg nickte. Nein, kein Schwede. Es war verrückt, wie sehr ihn das beruhigte.

»Mein Name ist Robert Guthrie. Sagt einfach Rob.«

Das war schwierig genug. Er schien die Zunge beim ersten Buchstaben im Mund zu runden, sodass ein seltsamer Laut entstand, und der Nachname wurde offenbar gelispelt. Georg beschloss, es möglichst gar nicht erst zu versuchen.

»Gut, Herr Studiosus …«

»Kammann«, sagte Georg schnell, »Georg Nicolaus Kammann.«

»Oh. Ich sage nur Kammann, wenn es Euch recht ist. Das ist ein gutes Wort.« Er lachte wieder. Georg versuchte, höflich zu lächeln, aber es gelang ihm nicht recht.

»Beginnen wir. Zieht!«

Mit Mühe zerrte Georg die Klinge aus der Scheide und bemerkte beschämt, dass sie an gleich mehreren Stellen großflächig zu rosten begonnen hatte.

Rob sah es ebenfalls. »*Càc a' choin!* Das ist ja schrecklich! Eine Waffe man muss lieben und pflegen, wenigstens das, wenn Ihr sie schon nur tragt wie ein Halskette!«

Georg fragte lieber nicht nach, was die fremden Wörter bedeuteten.

»Gut, aber das später. Jetzt zeigt mir, wie Ihr pariert meine Angriff.«

Georg versuchte sich noch in Position zu stellen – ein paar wenige Male war er ja doch auf dem Fechtboden gewesen, um seinen guten Willen zu zeigen. Dann riss er den Degen hoch, weil Rob bereits viel zu nahe war und dessen Klinge durch die Luft zischte wie eine silbrige Schlange, aber er merkte selbst, dass er viel zu spät war. Der Degen des Schotten blieb wenige Zoll von

Georgs Brust mit dem heftig darin zappelnden Herzen in der Luft stehen. Einen Augenblick blieb er dort, dann zog Rob ihn zurück.

»Oh weh«, sagte er nur. Georg atmete auf, als die Degenspitze vor ihm verschwand. »Viel Arbeit. Herausforderung, ich sagte schon.«

Er grinste wieder breit und diesmal lächelte Georg fast gegen seinen Willen von allein zurück.

CB

Bei Georgs in den folgenden Wochen regelmäßig stattfindenden Besuchen bei Magdalena bewahrheitete sich eine von Kaspars Voraussagen: Die Trauer um ihren Vater schien tatsächlich abzuebben und langsam zu einem tief in ihr verschlossenen Gefühl des Verlustes zu werden, der sie nicht mehr in dem Maße schmerzte, wie er es zu Anfang getan hatte. Aber der Zorn verließ sie nicht einen Augenblick, stattdessen wuchs er womöglich in dem gleichen Maße, in dem der Schmerz nachließ. Und Georg war sich nicht sicher, ob das nicht beinahe schlimmer war.

Es war daher gut, dass es nicht bei der einen Fechtstunde mit Rob blieb, denn das Fechten bot Georg tatsächlich einen kurzen Moment der Erleichterung, so seltsam das auch war. Außerdem wollte er es inzwischen unbedingt lernen. Und Rob bewies erstaunlich viel Geduld mit ihm für einen langjährigen Soldaten, dem der Umgang mit jeder Art von Waffe zur zweiten Natur geworden war.

»Ein großer Kämpfer Ihr werdet nie, Herr Studiosus«, sagte er an einem Tag Mitte März, als es Georg zum ersten Mal gelang, überhaupt einen von Robs Angriffen abzuwehren.

»Ich weiß«, erwiderte Georg keuchend. »Aber vielleicht kann ich mich irgendwann wenigstens so lange verteidigen, dass ich keine gar so leichte Beute bin und ein Angreifer nicht mehr riskiert als den ersten Angriff!«

Rob ließ den Degen sinken. »Sich leichtere Beute sucht, Frauen, Kinder, alte Menschen. Schwache. Das tut man, ja. Soldaten wollen auch nicht sterben für Beute. Aber wollt Ihr, dass ein Schwacher stirbt für Euch? Ihr werdet doch Pfaffe, nein? Was ist mit ›Liebe deinen Nächsten‹?«

Georg konnte sehen, dass der Söldner spottete, trotzdem gab er eine ernsthafte Antwort, denn die Frage war nicht ohne Grundlage. »Ich glaube nicht, dass ich mich töten lassen muss, damit ein anderer vielleicht nicht getötet wird. Wahrscheinlicher ist doch, dass es die Schwachen sowieso als Erstes trifft, oder? Und mich für meinen Nächsten töten zu lassen, das ist auch nicht meine Aufgabe als Pfarrer. Oder Christ überhaupt.«

»Aber nachfolgen soll man Christus, nein? So handeln wie er? Und was hat er getan? Er hat sich töten lassen!«

»Das hat er aber getan, damit wir uns das Himmelreich nicht mehr verdienen müssen, stellvertretend ist er gestorben. Also müssen wir es nicht mehr tun. Aber das ist in Eurem Glauben anders, nicht? Ihr seid doch Calvinist?«

Rob zuckte mit den Achseln. »Ich bin getauft in der Kirche Schottlands, die wurde eingeführt von John Knox, ein Schüler Calvins. Aber ich bin zu lange in dieser Krieg und sah zu viele Menschen für ihren Gott sterben, da kann ich nicht mehr an ihn glauben, so wie er mir gelehrt wurde. Vielleicht es gibt Gott, vielleicht nicht. Glaubt an ihn auf die oder die Art oder glaubt nicht an ihn, mir ist alles recht. Aber für eine Lehre Menschen zum Sterben schicken, ist falsch, und dafür zu sterben, ist dumm. Das ist mein Theologie.« Er lachte.

Wahrhaftig, er lachte darüber, keinen Gott mehr zu kennen. Allein der Gedanke entsetzte Georg und er ging lieber nicht darauf ein. »Und warum kämpft Ihr in diesem Krieg?«

»Ich kämpfe, weil es ist mein Beruf. Ich kämpfe für Sold und Beute. So wie fast alle anderen auch. Ein paar wenig kämpfen für ihre Religion, aber das sind nicht die Fürsten, über das Ihr könnt sicher sein. Viele haben angefangen für die Religion, aber wenn man lange genug im Krieg ist, man verliert alles das. Man kann

nicht lange töten und plündern für den Glauben, irgendwann
man tut es nur noch für sich selbst.«

»Aber warum seid Ihr überhaupt Soldat geworden?«

Rob lachte trocken auf. »Ihr könnt nicht das verstehen, was?
Fragt Euch, warum einer mit freien Willen geht und lässt sich tot-
schießen für irgendwelchen Fürsten? Ich sag Euch, warum: Meine Eltern, sie waren arm, hatten wenig zu beißen. Bei uns ist es
karg und rau. Und dann da waren die Männer, die sagten: Schreib
dich ein, dann du kriegst Essen und Beute und Geld. Das war
1625 und ich war nicht zwanzig Jahre alt. Ich hab nicht gewusst,
was erwartet mich. Und dann ich hab einfach gemacht, was man
mir gesagt hat, und für die Schweden gekämpft und ich war gut
irgendwann. Dann mein Regiment wurde zerschlagen und ich
gefangen. Also hab ich mich verdingt bei die Kaiserlichen. Mir
egal, wo ich kämpfe, Hauptsach, ich kann essen. Dann war das
Kriegsglück wieder anders und ich war wieder bei die Schweden
und dann jetzt bei denen Verbündeten, die Niederhessen. Als ich
unterschreibte, war ich jünger als Ihr, ein halbes Kind. Aber es ist
kein schlechtes Leben, ich bin's zufrieden.«

Zufrieden? Konnte man wirklich zufrieden sein, so heimatlos
und gottlos?

Georg dachte an die harten Gesichter der Soldaten in Günsendorf, an ihre Grausamkeit und Kälte. In diesen Männern war
nichts mehr von Gott geblieben. Vielleicht riefen sie seinen Namen noch auf dem Schlachtfeld – ›Gott mit uns!‹ oder ›Hilf, Herr
Jesu!‹ sollten die Schweden als Kampfruf benutzen, hatte er in
einem Flugblatt gelesen –, vielleicht waren sie sogar nach wie vor
der Überzeugung, dass Gott auf ihrer Seite stand, aber Gottes
Gnade und seine Liebe waren längst nicht mehr mit ihnen. Wie
auch? Es war ihr Beruf, nicht zu lieben und keine Gnade zu zeigen. Georg schauderte bei dem Gedanken und fühlte mit einem
Mal Mitleid, nicht nur mit Rob, sondern auch mit den Männern,
die ihn damals gequält hatten. Sie waren letztlich wohl selbst ge-
quälte Seelen, wenn nicht jetzt, dann sicher, sobald sie zur Ruhe

kämen. Er wollte für sie beten, dass sie Gottes Vergebung erfahren würden, wenn sie bereit dafür wären.

જી

Als die Magd Georg am Mittwoch nach Ostern ins Haus des Marktmeisters einließ, einem sonnigen, wenn auch immer noch recht kalten ersten April, hörte er schon auf der Treppe laute, erregte Stimmen aus der Stube. Er zögerte und schaute sich nach der Magd um, aber sie war bereits in der Küche verschwunden. Inzwischen war man an ihn gewöhnt, er kündigte seine Besuche immer vorher an und Luise ließ ihn dann ohne weiteres Zeremoniell zu Magdalena hinaufsteigen, die ihn meist mit der alten Frau, manchmal auch mit Frau Pistoriusin oder einer der beiden älteren Töchter, in der Stube empfing.

Heute war allerdings offensichtlich nicht nur die Großmutter dort, sondern auch Herr Pistorius selbst. Georg hörte seine durchdringende Stimme, dazwischen eine hastige weibliche, deren Tonfall er schnell als Magdalenas erkannte. Zögerlich nahm er die letzten Stufen. Sollte er umdrehen und wieder gehen? Aber nun hatte Luise ihn eingelassen … wenn er einfach wieder verschwände, wäre klar, dass er unfreiwillig gelauscht hatte, sobald sie das erwähnte, das machte die Sache also kaum besser. Trotzdem hätte er es am liebsten vermieden, mitten in einen Streit hineinzuplatzen.

Schon auf der letzten Stufe verstand er, was drinnen gesagt wurde. »… doch lieber einer gerissenen Frau als einem treulosen Mann«, hörte er Magdalena sagen und sofort danach den Marktmeister: »Was denkst du dir, als dummes Frauenzimmer über Dinge zu sprechen, die du nicht verstehst? Sei dankbar, dass ich dich hier durchfüttere, und halte gefälligst dein Maul, wenn du nichts als unziemliche Worte im Mund führen kannst!«

Gleich darauf wurde die Tür aufgerissen und Pistorius rannte Georg fast über den Haufen, als er mit wütenden Schritten auf die

Treppe hinaustrat und die Stubentür hinter sich zuschlug. Georg nahm den Hut ab und grüßte stumm. Trotz der Dunkelheit im Treppenhaus war das heftig gerötete Gesicht seines Gegenübers nicht zu übersehen.

»Ihr schon wieder.« Der Marktmeister spuckte die Worte nur so aus. »Ihr solltet Euch wirklich ein anderes Mädchen suchen, Herr Studiosus. Obwohl – nehmt sie, heiratet sie, schwängert sie und drückt ihr einen Haushalt aufs Auge, dass sie nicht mehr weiß, wo ihr der Kopf steht. Vielleicht wird sie dann vernünftig. Und in jedem Fall bin ich sie los. Also, nur zu, bestellt das Aufgebot so schnell wie möglich!« Er beendete seine Rede mit einem fast wie Bellen klingenden wütenden Laut und schlug mit der flachen Hand auf das hölzerne Geländer, dann hastete er die Treppe hinunter, ohne Georg eines weiteren Blickes zu würdigen.

Georg schaute ihm nach, atmete noch einmal tief durch und betrat dann die Stube. Magdalena stand am Fenster, die Fäuste zu beiden Seiten ihres Körpers geballt, und schaute ihm mit wütend verkniffenem Mund und zusammengezogenen Brauen entgegen. Im Gegensatz zu ihrem Vormund war sie bleicher als gewöhnlich. Als sie Georg erkannte, entspannte sich ihre Miene ein wenig. »Du bist das«, sagte sie.

Georg schaute zum Ofen hinüber, aber heute saß dort niemand.

Magdalena folgte seinem Blick. »Herr Pistorius hat die Katharina hinausgeschickt, nachdem er uns dabei überrascht hat, dass ich ihr die Flugschrift der Landgräfin vorgelesen habe. Er meinte, ich vergifte die Seele seiner Tochter. Du bist doch Theologe – wie ist das, vergiftet man Seelen durch politische Flugschriften? Komme ich in die Hölle, wenn ich sie lese, ja? Oder gilt das nur für die Flugschriften, die von der Partei kommen, der man gerade zufällig nicht angehört, weil der Hausvater deren Gegner bevorzugt?«

Georg wusste nicht, was er antworten sollte. Vermutlich erwartete sie auch keine Antwort.

»Ich weiß nicht, warum ich dem Darmstädter treu sein sollte, so wie mein Vormund das meint, im Geheimen sein zu müssen. Ich schulde ihm nichts, im Gegenteil. Ganz im Gegenteil. Und Amalie Elisabeth in Kassel ist eine so kluge und faszinierende Frau, ich frage mich, warum ich das nicht schon viel eher bemerkt habe. Wahrscheinlich, weil mein Vater schließlich auch seinem Landgrafen treu war, so treu, dass er dafür getötet wurde … Weißt du, dass sie mehrere Rechtsgutachten eingeholt hat, die lauter Fehler im Urteil des Reichshofrates von 1627 gefunden haben? Und wie geschickt sie zuerst den Kaiser in Sicherheit gewogen hat und gleichzeitig Bündnisse mit Frankreich und Braunschweig eingegangen ist! Rechtlich gesehen gehört Marburg ihr und ich für meinen Teil bin froh darum. Und wenn mein Vormund sich so lange darüber aufregt, bis er einen Schlagfluss bekommt!«

»Magdalena …«, sagte Georg hilflos.

»Was? Ich habe nicht gesagt, dass ich ihm einen wünsche! Aber ich halte nicht mein Maul, wie er das gerne hätte. Ich habe einen Kopf und den benutze ich, egal, ob ich eine Frau bin oder nicht! Willst du jetzt gehen? Dann tu das und such dir beizeiten eine angemessene Frau, die nicht nachdenkt und sich still in ihr Schicksal ergibt. Ich bin so nicht!«

»Nein«, sagte Georg. Das Herz tat ihm weh, wenn er sie anschaute, so voller Zorn und gleichzeitig so verletzlich. »Das weiß ich schon lange, dass du so nicht bist.« Immer noch waren sie allein, offenbar hatte Herr Pistorius in seinem aufgebrachten Zustand vergessen, dass nun niemand auf Anstand und Sitte in seiner Stube achtete. Kurz entschlossen ging Georg mit zwei schnellen Schritten zu Magdalena und legte die Arme um sie. Ihre Brust drückte sich weich gegen seine, aber ihr Rücken blieb steif und ihre Arme hingen wie leblos an ihr herab und antworteten nicht auf das, was seine taten. Nur ihr Kopf vergrub sich für einen flüchtigen Moment Trost suchend in seiner Halsbeuge. Dann war auch dieser Moment vorbei und sie drehte das Gesicht von ihm weg zum Fenster. Er ließ sie los und trat zurück.

»Ich weiß nicht, was ich machen soll, Georg«, sagte sie, während sie aus dem Fenster starrte, und es hörte sich an, als säße etwas in ihrer Kehle. »Ich weiß nicht, wo ich hingehöre oder was in Zukunft aus mir werden soll. Ich weiß nur, dass ich diese Wut in mir habe. Es ist so ungerecht! Ich hasse diese Welt. Ich hasse meinen Vormund, ich hasse den Darmstädter, ich hasse den Krieg und manchmal hasse ich sogar Gott. Was soll ich denn tun, wenn er so ungerecht ist? Ich kann doch keinen Gott lieben, der mir meinen Vater wegnimmt und mein Leben kaputt macht! Wenn er einfach so gestorben wäre, im Kampf oder durch eine Krankheit, das wäre nicht so schlimm, das war sein Leben, darauf hat er immer gewartet in den letzten Jahren. Aber ihm seine Ehre abzunehmen, ihn als feige abzustempeln und ihn …« Sie stockte und schluckte hart. »Das ist nicht gerecht und das kann ich dem Darmstädter nicht verzeihen und Gott auch nicht. Also werde ich wohl in der Hölle landen, denn verzeihen müssen wir doch wohl.« Blitzartig ballte sie die Rechte zur Faust und schlug damit seitlich gegen die Wand. »Müssen, müssen – was wir alles müssen! Dieses ewige Müssen hasse ich auch.«

»Weißt du«, sagte Georg leise, »Gott will doch nicht, dass wir vergeben, damit wir ihm einen Gefallen tun, sondern damit unser aller Leben besser wird. Untereinander und auch in unseren Herzen. Ich weiß, ich kann nicht wissen, wie es für dich ist. Aber ich bin mir sicher, dass Hass nichts besser macht, nur alles schlimmer.«

Jetzt schaute sie ihn doch an. »Du hast recht, du weißt nicht, wie es ist. Du weißt gar nichts, Georg. Ich glaube, du weißt nicht mal, wie gut sich Wut anfühlt, weil du sie überhaupt nicht kennst. Ich will gar nicht verzeihen, ich will wütend sein, wenn ich Grund dazu habe. Und den habe ich, bei Gott, den habe ich nun wirklich.«

Georg schüttelte hilflos den Kopf. »Hast du dir eigentlich schon mal Gedanken darüber gemacht, warum der Landgraf getan hat, was er getan hat?«

»Nein!« Das Wort knallte wie ein Peitschenschlag in seine Frage. »Es interessiert mich auch nicht.«

Georg spürte, wie sich sein ganzer Nacken verkrampfte. Er hatte Angst vor ihrer Reaktion, aber er musste es sagen. »Weil er wütend war, wütend, dass er Marburg verloren hat. Willst du mir immer noch sagen, dass Wut etwas Gutes ist?«

»Sei still! Sei still und hau ab!« Fast schon rief sie es. Heftig atmend stand sie am Fenster, die Hände zu Fäusten geballt.

»Soll ich wirklich gehen?«, fragte er.

»Ja.«

»Ich bete für dich, Magdalena«, sagte er. Es kam ihm wie ein schrecklich schwacher Abschied vor, so, als brächte er nur eine fromme Floskel vor, aber er wusste, dass Kaspar das anders sah. Und er wollte mit aller Kraft versuchen, genauso zu denken.

☙

An einem grauen Frühlingsmorgen machte sich Jakob mit einer Gruppe Studenten auf den Weg nach Leipzig, um dort sein Studium aufzunehmen. In Marburg brauchte er sich gar nicht erst einzuschreiben. Inzwischen war für Georg noch eine Vorlesung ausgefallen, sodass er sich nur noch täglich um acht Uhr zu Professor Tonsor aufmachte, der seine Lesung trotzig auf zwei Stunden verlängert hatte. In den anderen Fächern sah es nicht besser aus, darum war es das einzig Sinnvolle für Jakob, auf eine der größeren Universitäten zu gehen. Kaspar drückte seinen einzigen Sohn zum Abschied so fest an sich, wie er es wohl bis zu diesem Tag noch nie getan hatte, und weinte, als er ihm nachschaute. Georg betete jeden Abend dafür, dass der Junge den Weg überleben und in Leipzig eine Unterkunft sowie eine Zukunft finden möchte. Er vermisste die Unterrichtsstunden, die in der letzten Zeit allerdings kaum noch nötig gewesen waren, weil Jakob das Wissen und das Lernen längst als Bollwerk gegen die feindliche Welt für sich entdeckt hatte, woran Georg sicherlich nicht ganz unschuldig war. Inzwischen hatten sie sich über all das austauschen können und es wäre sicher noch mehr daraus geworden, wenn sich nicht diese Möglichkeit ergeben hätte, durch den Geleitschutz von fünfzehn bewaffneten Studenten so sicher, wie es in diesen Zeiten nur möglich war, nach Leipzig zu reisen.

Jakob hatte Georg gebeten, mitzuziehen nach Leipzig, aber er hatte abgelehnt. Natürlich. Er konnte Marburg jetzt nicht verlassen, wegen Magdalena. Aber es gab auch noch einen anderen Grund: Georg begann sich immer mehr zu fragen, ob sein Versprechen an Gott damals nicht ein Irrweg gewesen war, sein Wille, nicht der Gottes. Er hatte Gott angetragen, Pfarrer zu werden, nicht Gott hatte ihn berufen. War das nicht die falsche Reihenfolge? Oder geriet er damit schon auf das gefährliche Gebiet der Calvinisten, die dem Menschen seinen freien Willen absprachen und alles als von Gott vorherbestimmt ansahen?

Dazu kam sein Gefühl, dass er mit seinen vielen zweifelnden und oftmals gefährlichen Gedanken nie ein guter Pfarrer werden würde. Wie könnte er es wagen, andere zu lehren, woran er selbst zweifelte? Was, wenn die Tatsache, dass sein Theologiestudium langsam gänzlich zum Erliegen kam, ein Hinweis des Allerhöchsten war, dass sein Weg in die falsche Richtung lief? Unter diesen Umständen konnte er nicht wegziehen und in einer fremden Stadt neu mit dem Studium anfangen.

Georg wünschte sich oft, er könnte mit Kaspar darüber reden, aber er wagte es nicht. Kaspars Glaube war so fest wie der Felsen, auf dem das Marburger Schloss stand. Für Georgs Schwierigkeiten hatte er kein Verständnis, er schob sie auf den Umgang mit Rob, den er gar nicht guthieß. Aber Georg wusste, dass seine Zweifel nichts, aber auch gar nichts mit Rob zu tun hatten. Sie waren längst tief in ihm verankert und die Sache mit Magdalena und ihrem Vater machten sie nicht besser. Wie hatte Gott so etwas zulassen können? Und warum half er ihm nicht, Magdalena zu trösten und ihr eine neue Perspektive auf das Leben zu geben?

Also traf er sich weiterhin mit dem Schotten, der inzwischen zwei stumpfe Übungswaffen besorgt hatte, sodass auch gewagtere Aktionen möglich wurden, ohne dass man befürchten musste, den anderen zu verletzen. Es tat Georg erstaunlich gut, seine Frustration und seine Mutlosigkeit in die Bewegungen, Stiche, Hiebe und Schritte des Degenfechtens zu legen und spürbar besser zu werden. Zumindest einigermaßen besser, denn Talent zum Kämpfen, so machte ihm Rob grinsend immer wieder deutlich, hatte er wirklich nicht. Aber das betrübte Georg nicht allzu sehr. Seine Talente lagen anderswo und das war auch gut so.

23. Kapitel

Im Laufe der Zeit begann Georg sich zu fragen, ob er Magdalena einen Gefallen tat, wenn er sie besuchte, oder ob er es ihr nur noch schwerer machte. Überhaupt nichts war mehr sicher. Noch vor Kurzem wäre er überzeugt gewesen, dass sie ihn liebte und dass sie beide zusammengehörten und sie nichts auseinanderbringen könnte – aber nun? Sie sprach viel von ihrem Zorn und ihrem Verlust, aber nichts von dem, was er sagte, um sie zu trösten, drang zu ihr durch. Zudem hatte sie noch nicht ein einziges Mal nach ihm gefragt, was sein Studium machte, ob er etwas von seiner Familie gehört hatte oder was in der Stadt vor sich ging – all die Fragen, die in einer normalen Unterhaltung zwischen ihnen stets geflossen waren. Sie hatte sich immer auch für ihn interessiert, es war ein Geben und Nehmen gewesen – und jetzt war da nur noch diese Blase aus Bitterkeit, in der sie kauerte und niemals auch nur versuchte hinauszusehen.

An einem warmen Montag Ende Mai ging Georg mit schweren Beinen zur Ritterstraße hinauf und mit ebenso schweren Beinen nach gerade eben einer halben Stunde wieder hinunter. Nichts hatte sich geändert. Sie hatte wenig gesprochen, und wenn, dann nur von der Landgräfin in Kassel. Amalie Elisabeth übte eine immer stärkere Faszination auf sie aus, die fast schon krankhaft anmutete, so als klammere sich Magdalena an jemanden, den sie nun statt ihres Vaters verehren und zu dem sie aufschauen konnte. Oder vielleicht war es auch wirklich die Stärke, die die Landgräfin verkörperte, dass sie als Regentin für ihren Sohn nicht nur das Land führte, sondern auch ihre Armee – sie, eine Frau. Dass sie dem falschen Glauben der Calvinisten anhing und Marburg sowie ganz Oberhessen dem Vater ihres Mannes, Landgraf Moritz, 1627 aus genau diesem Grund zu Recht aberkannt worden war, zählte für Magdalena nicht. Georg konnte sich all das vom Verstand her erklären, aber sein Herz kam nicht mit. Es konnte nicht begreifen, wieso die Landgräfin und ihre Flugblätter, wieso der Hass auf Landgraf Georg in Gießen auf einmal mehr zählen sollten als er und die Liebe, die er für sie empfand und von der er überzeugt gewesen war, dass sie sie teilte.

Es tat weh. Noch mehr aber schmerzte ihn, dass er wusste, wie schlecht es Magdalena damit ging. Sie war unglücklich und das war schlimmer als alles andere.

Im Flur des Chemlin'schen Hauses traf er auf Rob, aber er nahm ihn kaum wahr, sondern grüßte nur mechanisch und stieg die Treppe hinauf, um sich in seiner Kammer zu verkriechen. Er war schon halb oben, als Kaspars Stimme zu ihm durchdrang. »Georg! Du liebe Güte, bist du schwerhörig? Ich habe aus der Küche schon dreimal gerufen!«

Georg blieb stehen und schaute auf Kaspars grauen Schädel hinunter. »Was ist?«

»Könntest du bitte in die Küche kommen? Ich möchte das nicht von hier unten zu dir hinaufrufen!«

Georg nickte, ging die Stufen wieder hinunter und folgte Kaspar in die Küche. Vom Tisch schauten ihm Peter und Frau Ursula entgegen. Deren sorgenvoll gerunzelte Stirn holte ihn aus seinen Grübeleien über Magdalena zurück in eine Welt, in der es noch andere Menschen gab.

Frau Ursula strich sich eine ihrer zunehmend ergrauenden Strähnen unter die Haube zurück. »Setzt Euch doch bitte, Georg.«

Er rutschte neben Peter auf die Bank.

Kaspar blieb vor dem Tisch stehen. »Wir haben ein Problem«, sagte er und schwieg dann mit finsterem Gesicht.

Frau Ursula schaute ihn an und seufzte leise. Dann wandte sie sich den beiden jungen Männern zu. »Wisst ihr, eigentlich ist es kein so großes Problem, wenn man es nüchtern betrachtet. Vorhin wurde uns mitgeteilt, dass wir uns mit allen Bürgern am Ausbau der Befestigungen beteiligen sollen. Aus jedem Haushalt muss mindestens ein Mann gleich morgen vor dem Lahntor sein. Und auch wenn er es sich nicht gern eingesteht: Kaspar ist zu alt, um sich am Schanzengraben zu beteiligen.«

»Und nachdem Jakob nun in Leipzig ist …«, sagte Kaspar und brachte den Satz wieder nicht zu Ende.

Aber Georg hatte längst begriffen, worum es ging. Bevor Peter auch nur Luft holen konnte, hatte er längst geantwortet. »Ich gehe natürlich für dich hin, Kaspar!«

Peter neben ihm atmete hörbar auf.

»Dabei bist du als Student doch derjenige, der am wenigsten in der Pflicht ist! Ich wollte gleich Peter hinschicken, aber meine Frau meinte, ich solle dich zuerst fragen. Offenbar zu Recht – warum willst du dir das antun, obwohl du doch nach wie vor befreit bist?«

»Ihr habt mich hier nun schon ein halbes Jahr ohne jede Gegenleistung meinerseits wohnen und essen lassen, da ist das das Mindeste, was ich tun kann! Und wenn ich nicht freigestellt wäre, könnte ich ja auch kaum für dich einspringen, oder?«

Frau Ursula lächelte. »Ich hoffe, Ihr erhaltet Euch Euer gutes Herz, Georg. Das ist eine seltene Blume in dieser Zeit.«

Georg schwieg beschämt. Natürlich wollte er Kaspar helfen – aber er konnte vor sich selbst nicht verhehlen, dass er auch froh darum war, etwas tun zu können, sich noch mehr körperlich zu verausgaben. Das Fechten mit Rob reichte nicht aus, er brauchte mehr Ablenkung, damit seine Gedanken nicht pausenlos um Magdalena kreisten.

Tatsächlich machte ihn die Aussicht darauf so ruhig, dass er zum ersten Mal seit Wochen gut schlief und sich am nächsten Morgen mit einer Schaufel über der Schulter beinahe beschwingt auf den Weg zum Lahntor machte.

Vor der Stadtmauer waren bereits Stäbe in die Erde gesteckt worden, die in langen Reihen anzeigten, wo gegraben werden musste. Die zur Fronarbeit verpflichteten Männer aller Altersstufen standen verloren herum, bis die niederhessischen Baumeister und Söldner sie mit geübter Schnelligkeit auf dem angezeichneten Streifen verteilten. »Hier, einmal Schaufel, einmal Hacke, perfekt, Ihr geht da rüber.«

Georg kam sich vor wie ein Rädchen in einer riesigen Uhr, als er hinter seinem Hackenpartner her auf die Stelle zulief, auf die der ausgestreckte Arm des Soldaten wies.

Als sie die Stelle erreicht hatten, sagte der mit der Hacke auf einmal: »Na, das gibt's ja nicht. Was machst du denn hier, Kammann?«

Erst jetzt warf Georg einen genaueren Blick auf den jungen Mann mit den schulterlangen, dunkelblonden Haaren, der ihn da überrascht angrinste. Es war Philipp Cramer. Philipp Cramer ohne Hut, in einer schäbigen, braunen Joppe, unter der ein Hemd mit zerrissenem Ärmel hervorschaute, ohne Mantel, ohne Degen und in ausgetretenen Stiefeln. Kein Wunder, dass er ihn nicht sofort erkannt hatte.

»Was ist, sag schon, was machst du hier?«, drängelte Cramer, direkt und aufdringlich wie eh und je.

»Graben«, erwiderte Georg trocken. »Was sonst?«

Cramer lachte. »Na komm schon. Du musst doch schließlich nicht. Graben, meine ich.«

Georg zuckte mit den Achseln. »Ich habe für Kaspar Chemlin übernommen. Vermutlich hätte zwar niemand etwas gesagt, wenn aus unserem Haus keiner gekommen wäre, schließlich ist er Universitätsangehöriger, außerdem achtundsechzig Jahre alt und sein Sohn weit weg …«

»Aber?«

»Nichts aber. Ich werde jetzt graben.« Er wandte sich ab, fragte dann aber doch über die Schulter: »Und Ihr?« Cramers Vater war als Ratsherr und Advokat schließlich sicherlich immer noch befreit.

»Weil ich will. Ganz einfach.« Cramer begann, den Boden an der angezeichneten Linie aufzuhacken. Georg schaufelte die gelockerte Erde hinter sich, wie es ihnen der Soldat gesagt hatte. Während vor ihren Füßen ein Graben entstand und hinter ihnen ein Wall, stellte Georg schnell fest, dass er die körperliche Arbeit nicht mehr gewohnt war. Seine Arme wurden zuerst schwer und begannen dann zusammen mit seinem Rücken zu schmerzen. Er schwitzte bald heftig, obwohl der Himmel bedeckt war und ein frischer Wind den beginnenden Frühling scheinbar noch einmal vertrieb.

Sie sprachen die ganze Zeit nicht mehr, nur noch ein »Hackt noch mal hier!« und »Lasst uns mal tauschen!« kam ihnen über die Lippen. Feuchte Erde klebte unter Georgs Stiefeln und verteilte sich nach und nach auch auf seiner Kleidung. Den Rock hatte er längst ausgezogen. Wenn er sich Cramer anschaute und annahm, dass er genauso aussah wie dieser, dann hing der Schmutz ihm vermutlich auch zusammen mit dem aus jeder Pore strömenden Schweiß im Gesicht.

Bald begannen seine Handflächen ihm die ungewohnte Reibung übel zu nehmen. Und dann irgendwann, er hatte inzwischen jedes Zeitgefühl verloren, stand plötzlich jemand vor ihnen und sagte: »Ablösung. Jetzt trifft es uns.«

Erleichtert nahm Georg die Schaufel und die alte Joppe auf, kletterte den erschreckend flachen Graben hinauf, den sie in all der Zeit erarbeitet hatten, und machte sich auf den Weg zum Tor.

»He, Kammann, wartet mal!«

Georg blieb stehen. »Was wollt Ihr?«

»Seit wann bist du so unfreundlich, Kleiner?«

»Wahrscheinlich, seit ich kein Kleiner mehr bin. Das ist dir bloß noch nie aufgefallen.«

Cramer zuckte mit den Achseln und rieb sich gleich darauf mit schmerzverzerrtem Gesicht die Schulter. Georg war beruhigt, dass nicht nur ihm alles wehtat. »Vielleicht habt Ihr recht, Herr Studiosus Kammann. Das kommt wohl daher, dass Ihr für mich nie aus dem Pennalstand herausgekommen seid, weil Ihr nie mitgetan habt nach dem Jahr. Ihr habt Euch nicht in unsere Landsmannschaft eingefunden, habt nicht mitgemacht beim Feiern und allem anderen. Dass Ihr nicht dabei sein würdet, wenn es um die neuen Pennäle ging, war mir ja gleich klar gewesen, aber das andere …«

Georg zuckte nun seinerseits mit den Achseln und bereute es ebenso wie sein Gegenüber zuvor sofort.

»Wisst Ihr was?«, sagte Cramer und betrachtete Georg mit einem nachdenklichen Gesichtsausdruck. »Ich glaube, Ihr seid einfach merkwürdig, Georg Nicolaus Kammann.«

Statt etwas darauf zu erwidern, ging Georg weiter in Richtung Stadttor. Cramer hielt ihn am Ärmel fest. »He, ich rede mit dir! Das ist jetzt nicht mehr merkwürdig, sondern unhöflich!«

Georg drehte sich wieder zu ihm um. »Was wollt Ihr überhaupt von mir? Ich bin nicht mehr Euer Pennal, also entschuldigt, wenn ich keine Lust habe, mich von Euch beleidigen zu lassen, sondern lieber einfach gehe.«

»Sagt mal, Ihr tragt mir aber nicht irgendwelche Sachen aus Eurem Pennaljahr nach, oder?«

Zweifelnd schaute Georg ihn an. »Wolltet Ihr Euch dafür entschuldigen, oder wie?«

»Wenn Ihr mir eine Gelegenheit nennt, wo ich mich danebenbenommen habe, vielleicht. Aber ich wüsste nichts. Die meisten Dinge, die Ihr tun musstet, habe ich zwei Jahre vorher auch durchgemacht – das ganz normale Pennal-Leben halt. Kein Grund, einen Groll mit sich herumzuschleppen.«

»Ich trage Euch ja auch überhaupt nichts nach.« Georg zögerte einen Moment und fragte sich kurz, ob das stimmte. Nein, er trug ihm wirklich nichts nach – aber ein normales, vielleicht sogar freundschaftliches Verhältnis zu seinem ehemaligen Quälgeist aufzubauen, war ihm nie in den Sinn gekommen und kam ihm auch jetzt nicht sonderlich reizvoll vor.

»Gut. Dann wäre das ja geklärt«, erklärte Cramer, während er sich eine schweißverklebte Strähne aus der Stirn wischte. »Was habt Ihr jetzt vor? Geht Ihr am Nachmittag zu der Disputation?«

Georg wusste nicht einmal, dass eine solche stattfinden würde, geschweige denn, über was für ein Thema disputiert wurde.

»Weiß nicht.« Er hatte in der letzten Zeit nicht einmal mehr die Aushänge durchgesehen, die Kaspar druckte. Viel stand zwar ohnehin nicht mehr darauf, aber das wenige hätte ihn ja eigentlich doch interessieren sollen …

»Ihr wart doch früher immer so fleißig und hattet Eure Nase ständig in irgendeinem Buch! Und jetzt wisst Ihr nicht, ob Ihr zu einer der wenigen Disputationen gehen sollt, die überhaupt noch stattfinden?«

Georg suchte nach einer Erklärung, aber dann wurde ihm bewusst, dass er Cramer gar keine schuldig war. »Ich wüsste nicht, was Euch das anginge«, sagte er langsam.

Cramer zog für einen Augenblick die Brauen zusammen. Dann glättete sich sein Gesicht wieder. »Ich glaube, Ihr seid wirklich kein Kleiner mehr, Kammann. Darf ich höflich fragen, warum Ihr nicht weggegangen seid wie die meisten anderen?«

»Vermutlich, weil ich nicht entschlussfreudig genug bin«, rutschte es Georg heraus. »Und weil ich an dieser Stadt hänge und an … den Menschen, die ich hier kennengelernt habe. Und was ist mit Euch, warum seid Ihr noch hier? Warum grabt Ihr Schanzen für die Niederhessen? Eurer Eltern wegen?«

Cramer nickte. »Sie brauchen mich, ich kann jetzt nicht einfach weggehen. Meine Mutter muss sonst alles allein stemmen – mein Vater ist in letzter Zeit schrecklich mutlos, sieht alles noch düsterer, als er es sowieso schon immer getan hat. Und meine Schwester ist zwar schon fünfzehn, aber noch schrecklich verträumt, die ist Mutter auch keine große Stütze. Das Studium muss auf mich warten.«

»Bis wann denn – bis der Frieden kommt? Bis dahin sind wir Greise und humpeln mit Gehstöcken zur Vorlesung.«

»Nanu!« Cramer grinste. »Seit wann seid Ihr so ein Zyniker?«

Georg hob, diesmal vorsichtiger, die Schultern, obwohl er den Grund für seinen plötzlichen Zynismus genau kannte – er begann mit M und er hatte während der Grabarbeit tatsächlich für eine kurze Zeit nicht an sie gedacht.

Cramer betrachtete ihn nachdenklich. »Sagt mal …«, begann er schließlich. »Ihr sagt, Ihr hängt an der Stadt. Werdet Ihr mithelfen, sie zu verteidigen, falls es nötig werden sollte?«

Georg nickte.

»Ich frage nur, weil ich Euch so gut wie nie auf dem Fechtboden gesehen habe. Und man sollte seine Waffe schon beherrschen, wenn man sich verteidigen will.«

»Ich übe mit einem der Soldaten in unserem Haus.«

Cramers Augenbrauen schossen in die Höhe. »Tatsächlich! Wie wäre es denn dann mit einem kleinen Übungskampf? Morgen Nachmittag Schlag vier auf dem Fechtboden? Womöglich könnt Ihr mir noch was beibringen …«

Der Spott in seiner Stimme war nicht zu überhören und Georg ärgerte sich so darüber, dass er sich mit einem Mal sagen hörte: »Schon möglich – ich komme, dann werden wir es ja sehen.«

»Wunderbar! Dann bis morgen.« Damit drehte Cramer sich um und ging schnellen Schrittes zum Tor hinüber. Georg blieb verwirrt stehen.

Hatte er sich tatsächlich gerade zu einem Fechtkampf mit Philipp Cramer verabredet?

☙

Nach einer ruhelosen Nacht ging Georg am nächsten Morgen zum Schanzen. Seine Begeisterung, etwas tun zu können, um sich abzureagieren, hatte zwar durch den Schlafmangel und seinen verspannten Schulterbereich deutlich nachgelassen, aber im Grunde war die Anstrengung immer noch wohltuend. Diesmal war ein schweigsamer, kräftiger Mann sein Partner, der offensichtlich an körperliche Arbeit deutlich mehr gewöhnt war als Georg. Letztlich übernahm er deshalb mehr als zwei Drittel der Arbeit. Am Ende ihrer Schicht entschuldigte sich Georg dafür, aber der Mann winkte ab. »Student, oder? Dafür, dass Ihr überhaupt mithelft, mach ich gerne ein bisschen mehr. Ihr bräuchtet schließlich gar nicht hier zu sein. Rechne ich Euch hoch an.«

Müde und mit einer Blase an der linken Hand, aber nach diesem Zuspruch in deutlich besserer Stimmung, kehrte Georg zu Chemlins Haus zurück, wo er sich ungeachtet der Tageszeit in sein Bett legte und zwei Stunden lang schlief. Danach fühlte er sich fast wohl.

Um halb vier Uhr am Nachmittag hängte er sich seinen Degen um und machte sich auf den Weg zum Fechtboden. Als er die Stiege von seiner Kammer herunterkam, traf er vor den Wäscheschränken auf Rob.

»Na, wohin? Etwa in Gasthaus, saufen?« Der Söldner grinste breit. Die Frage war nicht wirklich ernst gemeint, so gut kannte er Georg inzwischen doch.

»Nein, aber auf den Fechtboden«, sagte Georg mit einem gewissen Maß an Befriedigung darüber, Rob trotzdem zu überraschen.

»Nanu! Wie kommt? Ich bin Euch gut genug nicht mehr, Ihr braucht einen Fechtmeister?«

»Nein. Ein Kommilitone hat mich gefragt, ob ich mich mit ihm messen will, und ich habe Ja gesagt. Ohne Fechtmeister.«

»Denkt daran, ich beibringe Euch, wie man kämpft im Krieg. Er wird kämpfen wie auf dem Fechtboden. Und weil Ihr dabei seid auf dem Fechtboden ...« Er öffnete in einer hilflosen Geste die Hände.

Georg kratzte sich unbehaglich am Arm. Daran hatte er überhaupt nicht gedacht. »Oh, stimmt. Danke für den Hinweis.«

»Viel Glück!«

Mit einem deutlich mulmigeren Gefühl im Bauch trat Georg auf die Gasse hinaus. Es hatte leicht zu nieseln angefangen. Die Pflastersteine am Hirschberg glänzten vom Wasser und der Unrat in den Rinnen stank in der feuchten Luft noch stärker als sonst. Georg überlegte, ob er seine Überschuhe holen sollte, ließ es dann aber doch bleiben, so schlimm war es noch nicht. Stattdessen hielt er sich in der erhöhten Mitte der Gasse. Weit war es ja sowieso nicht bis zum Rathaus.

Georg ging an den Marktständen vorbei auf Cramer zu, der schon vor dem Tor auf ihn wartete. Die Tische waren immer noch dürftig bestückt – der Frühling war noch zu jung und von dem, was im letzten Jahr geerntet worden war, war inzwischen so gut wie nichts mehr übrig.

Ungläubig schaute Cramer auf den Degen an Georgs Seite. »Ich glaube es nicht! Du hast – äh, Ihr habt ja immer noch dieses alte Ding!«

»Rob sagt, er sei zwar alt, aber nicht schlecht austariert«, verteidigte sich Georg. »Von daher habe ich bisher noch nicht eingesehen, warum ich einen neuen kaufen sollte. Mal ganz abgesehen davon, dass ich nicht wüsste, wovon.«

»Habt Ihr immer noch kein Geld?«

»Woher sollte das denn kommen?«

»Tja«, sagte Cramer. »Hm, vielleicht … Aber lasst uns erst mal hineingehen.«

Der Fecht- und Tanzboden befand sich im Westflügel des Rathauses im Erdgeschoss. Als sie ihn betraten, kam Georg der Raum fremd vor und viel größer, als er ihn in Erinnerung hatte. Bei den wenigen Malen, die Georg hier gewesen war, hatten sich immer ganze Gruppen von Studenten im Raum aufgehalten. Die, die gerade nicht fochten, diskutierten eifrig über die Fehler und die Schrittfolgen ihrer Kommilitonen, riefen sich Zoten und schmutzige Witze zu und genossen ganz allgemein ihr Dasein und ihre Privilegien.

Heute dagegen war der Raum komplett leer. Unwillkürlich blieb Georg auf der Schwelle stehen.

Cramer drehte sich um und breitete die Arme aus. »Verrückt, oder? Aber so ist es hier schon eine ganze Weile. Wir sind wirklich wenige geworden, Kammann. Und die wenigen, die noch hier sind, kämpfen wie wir heute zwischendurch ein schnelles Übungsduell und verschwinden dann wieder. Es ist ziemlich traurig, wenn man an den Spaß denkt, den wir hier immer hatten, aber dafür haben wir jetzt Platz und Ruhe und kriegen keine dummen Kommentare ab. Kommt Ihr?«

Georg betrat den großen Raum. Die Holzdielen unter seinen Füßen knarrten. Cramer nahm zwei der Übungsdegen aus der Halterung an der Wand und warf Georg einen davon zu. »Da, fangt!«

Die Waffe flog durch die Luft, wirbelte ein-, zweimal um sich selbst. Georg dachte nicht darüber nach, als er sie auffing. Cramer pfiff durch die Zähne. »Damit hatte ich jetzt nicht gerechnet«, sagte er grinsend.

Georg starrte auf seine Hand, die den Griff des Degens locker umfasste, und wunderte sich selbst darüber. Auch er hätte erwartet, dass er sie verfehlen und mit rotem Gesicht vom Boden würde aufklauben müssen. Das Training bei Rob schien ihm und seinem Körper gutzutun! Er schaute wieder auf.

Cramer nickte ihm zu. »Fangen wir an!« Er legte seinen Mantel ab und warf den Hut mit einer schwungvollen Bewegung dazu.

Georg nahm den Hut vom Kopf und legte ihn daneben, dann zögerte er. »Ich habe von Rob gelernt, meinen Mantel als Parierwaffe zu benutzen. Tut Ihr das nicht?«

»In einem richtigen Kampf sicher. Hier, bei ein wenig Kampfspiel, nicht. Hier geht es nur um Technik mit der Klinge. Könnt Ihr etwa tatsächlich nicht ohne Parierwaffe kämpfen?«

Beinahe hastig legte Georg seinen Mantel zu seinem Hut. Wahrscheinlich konnte er es wirklich nicht, aber um nichts in der Welt hätte er das Cramer gegenüber zugegeben.

Cramer stand schon in der Mitte des Raumes und lockerte seine Muskeln. Georg versuchte seinerseits ein paar Schwünge mit der Waffe und Körperdrehungen, während er sich ihm näherte. Als er im richtigen Abstand vor dem älteren Studenten stand, ließ er den Arm sinken. Auch Cramer stand für einen Augenblick still. Sie schauten sich an und Georg fühlte, wie sein Puls schneller ging. Auf einmal hatte er das Gefühl, dass es bei diesem

Kampf um mehr ging als nur um Übung und eine vorsichtige Annäherung aneinander. Nicht unbedingt um Leben und Tod, aber irgendetwas war da in Cramers Blick, das ihn sicher machte, dass dieses Duell wichtig war, auch wenn er nicht wusste, wofür. Auf jeden Fall war klar, dass er anders als bei seinen bisherigen Kampfversuchen, auch denen mit Rob neben der Druckerei, diesmal alles geben würde.

Gleichzeitig stellten sie sich auf, die Knie locker gebeugt und einen Fuß leicht seitwärts gestellt hinter dem anderen, um schnell zurückweichen und vorspringen zu können. Georg wischte noch einmal seine feucht gewordene rechte Hand an der Kniehose ab. Dann packte er den Degen fest hinter seinem Korb, den Zeigefinger an seiner durch einen gesonderten Bügel geschützten Stelle, und hob die linke Hand auf Halshöhe, um damit notfalls einen Stich abwehren zu können. Sie hoben ihre Degen, die Spitzen nur wenige Handbreiten voneinander entfernt.

»Bereit?«, fragte Cramer. Georg nickte und der Tanz begann – umeinander, vor und zurück, in voller Konzentration auf das, was der Gegner im nächsten Moment tun würde. Georg wartete Cramers ersten Angriff ab. Ein Schritt, ein Hieb, ein metallisches Klingen und wieder zurück. Wieder Tänzeln, kleine Schritte, die volle Aufmerksamkeit auf Cramers Hände, seinen Körper. Ein weiterer Angriff, wieder parierte Georg und ging diesmal sofort zum Gegenangriff über. Er stieß nach Cramers Brust, aber sein Degen wurde weggedrückt. Mit einem klingelnden Schaben glitten die Klingen aneinander vorbei.

Vor, zurück, zur Seite. Dann ein plötzlicher Sprung, Georg sah die Klinge auf sich zukommen wie einen Blitz aus Metall. Gerade noch rechtzeitig wich er zur Seite aus und der Degen stieß an ihm vorbei.

Wieder stellten sie sich auf, taxierten einander, und ohne zu überlegen, griff Georg seinerseits an. Mehrfach klang Stahl auf Stahl, noch einen Schritt näher, die Degen erhoben, bis die beiden Klingen sich auf einmal nahe der Körbe über ihren Köpfen aneinanderpressten. Georg roch Cramers Schweiß, fasste mit der freien Hand nach dessen Arm, spürte seinen Gegner dasselbe tun, bis der Druck zu groß wurde und sie auseinandersprangen.

Und wieder und wieder prallten die Waffen aufeinander, Hieb um Hieb, Stich um Stich. Und dann kam ein erneuter Schlag. Georg versuchte auszuweichen, stolperte über seine eigenen Füße und fühlte plötzlich, wie ihm der Degen aus der Hand gehebelt wurde.

»Hepp«, sagte Cramer, während er die durch die Luft wirbelnde Klinge auffing, und grinste breit. »Ein kurzes Vergnügen – aber Ihr seid besser, als ich dachte. Ein wenig unorthodox und nicht nach dem Lehrbuch, aber durchaus effektiv. Euer Söldner – wie habt Ihr ihn genannt?«

»Rob. Er ist aus Schottland.«

»Euer Rob ist kein schlechter Lehrmeister, wie es aussieht. Wenn auch, wie gesagt, nicht wirklich lehrbuchgerecht.«

»Dabei habe ich die ganzen Tricks doch weggelassen, die er mir gezeigt hat. Für den wirklichen Kampf, da zählt dann eh kein Lehrbuch mehr, da stellt man auch schon mal ein Bein und solche Dinge, sagt er.«

Cramer öffnete die Haken seines Wamses, streifte es ab und warf es zu Mantel und Hut an den Rand des Fechtsaales. Dabei kniff er leicht die Augen zusammen und schien einen Moment lang nachzudenken. Dann ruckte sein Kinn vor. »Noch ein Gang?«, fragte er. Georg nickte und zog seinerseits das Wams aus.

Noch zweimal fochten sie und Georg verlor jedes dieser Duelle noch schneller als das erste. Nach dem letzten grüßte Cramer übertrieben, indem er einen halben Kratzfuß anfügte, und grinste wieder einmal breit. »Und – seid Ihr jetzt wütend? Fühlt Ihr Euch gedemütigt?«

»Nein. Ich wusste ja, dass ich verlieren würde.«

»Falsche Einstellung, Kammann. So wird das nichts mit dem Siegen.« Er zögerte einen Moment, dann strafften sich seine

Schultern. »Und jetzt kämpft Ihr mal so, wie Ihr es von Eurem Schotten gelernt habt.«

»Ernsthaft?«

»Ja. Wir üben schließlich auch irgendwo für den Ernstfall, oder? Und wenn ich da noch was von Euch lernen kann …«

Georg schaute Cramer überrascht an, aber es war nicht die Spur des üblichen spöttischen Lächelns auf seinem Gesicht zu sehen. Er schien das wirklich ernst zu meinen. Nun denn, wenn er wollte, sollte er seinen schmutzigen Kampf haben.

»Gut, dann los!«, sagte Georg und griff den überrascht dreinschauenden Cramer sofort an. Stahl prallte auf Stahl und Cramer stolperte zurück. »He!«

Georg stoppte den Degen für einen Moment in der Luft und grinste. »Glaubt Ihr, jemand, der Euch umbringen will, stellt sich erst auf, wartet höflich, bis Ihr vorbereitet seid, und grüßt?«

»Vermutlich nicht«, gab Cramer zu und griff nun seinerseits an.

Diesmal war nur noch wenig Tänzerisches in ihren Bewegungen. Georg nutzte Robs schmutzige Tricks zum ersten Mal gegen jemanden, der nicht mit ihnen rechnete, und das gab ihm zunächst ein ungutes Gefühl, aber Cramer lernte schnell, sodass ihr Kampf von selbst immer aggressiver und hemmungsloser wurde. Georg legte all seine Frustration und seine Unsicherheit über sein Leben und das von Magdalena und all der anderen Menschen, die er liebte, in diesen Kampf. Er stieß zu, parierte, hieb, fasste nach Cramers Haar und seinem Hemd, um ihn aus dem Gleichgewicht zu bringen, trat, hieb und parierte und stach zu. Cramer tat es ihm gleich, ahmte schnell Georgs Attacken nach und erfand bald sogar eigene, auf die Georg nicht gefasst war. Dazu seine bessere Technik und Sicherheit mit dem Degen – es dauerte auch diesmal nicht lange, bis Georg in Bedrängnis geriet. Er schwitzte so stark, dass ihm der Schweiß in den Augen brannte. Seine Arme wurden schwer und seine Bewegungen langsamer.

Er sah Cramers Sprung, das ausgestreckte Bein und die nach

ihm greifende Hand nur einen Bruchteil zu spät, aber es war genug. Der Ruck an seinem Hemd und der Tritt, der ihm den eigenen Fuß zur Seite wegschleuderte, kamen schneller, als er hätte ausweichen können. Er prallte hart auf den Boden, der Degen fiel ihm aus der Hand, er wollte sich herumrollen, um wieder auf die Füße zu kommen – aber da fühlte er schon die Degenspitze auf der Brust und ließ sich gleich wieder nach hinten fallen. »Ich ergebe mich.«

Cramer lachte auf. Die Klinge verschwand und im nächsten Moment lag er neben Georg auf dem Boden. Eine ganze Weile schauten sie gemeinsam an die Decke und keuchten einträchtig nebeneinander, dann drehte sich Cramer auf die Seite und stützte sich auf den Ellenbogen. »Das war gut! Oder?«

»Ja«, japste Georg, immer noch außer Atem.

»Sollten wir mal wieder machen!«

»Ja.«

»Sagt Ihr auch noch mal was anderes heute?«

»Nein.« Georg drehte den Kopf zur Seite und grinste.

Cramer grinste zurück. »Ein schönes Paradoxon.« Er rappelte sich auf die Füße und hielt Georg seine Hand hin, um ihn hochzuziehen. »Wenn Ihr jetzt nur noch Ja sagt, hat die Frage vielleicht heute mal Erfolgsaussichten: Gehen wir noch ins Gasthaus, einen trinken?«

Georg zögerte nur kurz. Er hatte noch nie Lust gehabt, sich zu betrinken – aber jetzt und hier, heute und mit all den quälenden Gedanken im Hinterkopf, war er bereit, alles auszuprobieren, was dieses pochende Gefühl der Hilflosigkeit und Unsicherheit für einen Augenblick vertrieb. »Ja«, sagte er.

☙

Georg erwachte mit hämmernden Kopfschmerzen und einem merkwürdigen, unangenehmen Geschmack im Mund. Stöhnend drehte er sich auf den Rücken und stellte dabei benommen fest, dass er in allen Kleidern samt Stiefeln geschlafen hatte. Wie war er überhaupt nach Hause gekommen? Er hatte nur noch verschwommene Erinnerungen an die letzten Stunden des vorigen Abends – oder eher: der vorigen Nacht. Es war jedenfalls schon mehr als spät gewesen, als Philipp und er das Gasthaus verlassen hatten.

Philipp, tatsächlich. Irgendwann deutlich früher am Abend, als sie beide noch einigermaßen wussten, was sie sagten, hatte Cramer gemeint, es wäre doch an der Zeit, dass sie sich mit den Vornamen anredeten und ganz freundschaftlich und ohne demütigende Absichten duzten, und Georg hatte nach zwei Bechern Wein nichts mehr dagegen einzuwenden gehabt.

Nun, warum auch nicht. Und zu ändern war es sowieso nicht mehr. Georg setzte sich im Bett auf und versuchte dabei, den Kopf möglichst ruhig zu halten. Was für ein Wochentag war heute? Und wie spät war es? Vorsichtig stand er auf und öffnete die Fensterläden. Helles Licht stach ihm in die Augen und er musste sie für einen Moment schließen, bevor er die Tageszeit wahrnehmen konnte. Die Sonne schien frühsommerlich von einem blauen Himmel herunter und war schon erschreckend weit hinaufgestiegen.

Gott sei Dank musste er heute nicht zum Schanzen vor die Stadtmauern. Langsam zog er sich um. Sein Hemd stank zu sehr nach Schweiß, als dass er es noch einen Tag hätte tragen wollen. Dann stieg er die Treppe hinunter. Er musste dringend etwas trinken.

In der Küche war es warm und unerfreulich hell. Er ließ sich auf die Bank fallen und schirmte die Augen mit den Händen ab. Anna stellte gleich eine Schüssel mit Biersuppe vor ihn. Der Geruch ließ ihm die Übelkeit im Hals aufsteigen und er schob die Suppe beiseite. »Bring mir bitte nur einen Becher Wasser«, bat er.

Gerade als die Magd ihm den Becher reichte, öffnete sich die Tür und Kaspar trat in die Küche. Sein Gesicht war finster – so finster, dass Georg klar war, dass es diesmal nicht nur der übliche

Ausdruck war, den Kaspar zur Schau trug, wenn ihn etwas bewegte, sondern wirkliche Missbilligung.

»Ich habe dich herunterkommen gehört«, sagte er und schloss die Tür hinter sich. »Du warst heute Morgen nicht wach zu bekommen zur Frühandacht. Du bist sehr spät und sehr laut nach Hause gekommen und die Ringe unter deinen Augen sind nicht zu übersehen. Denkst du, es hilft ihr, wenn du dich besäufst?«

Georg zuckte zusammen. Er hatte mit Kaspar nach dem einen Mal, direkt nach seinem ersten Besuch bei Magdalena, nicht mehr über sie gesprochen.

Kaspar blieb neben dem Tisch stehen. »Es ging dabei doch letztlich um die junge Willichin, oder? Meine Frau hat auf dem Markt gehört, dass sie ihrem Vormund Widerworte gibt und wie ein Igel die Stacheln ausfährt. Und dass ein Student sie oft besucht. Marburg ist zwar größer als ein Dorf, aber das heißt nicht, dass nicht irgendwann auch hier alles die Runde macht. Vor allem, wenn es den Haushalt des Marktmeisters betrifft.«

Georg schwieg. Sein Kopf dröhnte und er hätte dieses Gespräch am liebsten abgebrochen, aber auch dazu fehlte ihm die Kraft.

»Du kannst sie nach wie vor nicht trösten, richtig? Und das macht dich so verzweifelt, dass du dich schließlich doch benimmst wie all die anderen Studenten oder wie die Soldaten. Georg! Das ist nicht gut, nicht für dich und auch nicht für sie. Nur für den Gastwirt, dem du dein weniges Geld für schlechten Wein in den Rachen wirfst. Ich will gar nicht wissen, mit wem du dort warst, aber Georg, bitte versprich mir, dass du dich künftig von diesen Leuten fernhältst.«

Widerstand regte sich in Georg. Was ging es Kaspar an, mit wem er seine Zeit verbrachte? »Nein, das verspreche ich dir nicht. Es war ein schöner Abend, ich habe lange nicht mehr so viel gelacht. Beim nächsten Mal werde ich bloß weniger trinken, diese Kopfschmerzen sind nichts, was ich wiederholen muss. Aber nur deshalb, nicht, weil du es für falsch hältst.« Einen Augenblick herrschte Stille, dann schoss Georg ein Satz durch den Kopf und er rutschte ihm schneller heraus, als seinem dröhnenden Schädel bewusst werden konnte, was er da sagte: »Du bist nicht mein Vater, Kaspar.«

Georg schaute auf die Tischplatte und schirmte seine Augen wieder vor dem Licht ab, hörte aber deutlich, wie sein Freund die Luft einsog, einen Augenblick anhielt und dann langsam aus seiner Lunge entweichen ließ. Als er sprach, war seine Stimme irgendwie dünn und flach wie Papier. »Nein, das bin ich nicht. Und bis heute habe ich mich auch nie so gesehen. Was ich dir gerade gesagt habe, war väterlich, ja. Heute hatte ich zum ersten Mal seit Langem das Gefühl, du bräuchtest deinen Vater, nicht nur einen Freund. Aber auch Freunde müssen sich gegenseitig warnen, wenn einer von ihnen den falschen Weg einschlägt.«

Georg schluckte trocken. »Ich schlage aber keinen Weg ein, Kaspar, ich habe einfach nur einmal das getan, was alle anderen jungen Männer in meinem Alter tun. Ich war ein einziges Mal betrunken. Ist das tatsächlich so schlimm, dass du mir eine Standpauke halten musst? Für fast jeden Mann in diesem Land ist das wenigstens einmal die Woche Alltag. Warum machst du eine große Sache daraus, wenn ich ein Mal genauso handle?«

»Weil ich weiß, dass du es nicht getan hast, weil du es ausprobieren wolltest oder weil du dich gut dabei fühltest. Du hast es getan, um deine Sorgen zu vergessen, und das ist nicht gut. Ich habe einfach nur Angst um dich, Georg.«

Tränen traten in Georgs Augen und er war froh, dass er sie weiterhin unter den Händen verstecken konnte. »Ich bin nicht in Gefahr, Kaspar. Das verspreche ich dir.« Sein Kopf fühlte sich immer noch an, als wäre er mit Wolle gefüllt, während seine Schläfen wie verrückt pochten, und er musste einen Augenblick seine Gedanken sammeln, bevor er weitersprechen konnte: »Es ist nur … Ich bin froh, dass du mein Freund bist. Aber es ist auch gut, sich mal mit jemandem zu treffen, der in meinem Alter ist, in der gleichen Situation wie ich. Verstehst du?«

Wieder atmete Kaspar tief durch. »Ja, das verstehe ich sehr

wohl. Wenn das der Grund für deine gestrige Dummheit ist, dann ist es gut. Ich dachte nur, der Grund wäre ein anderer, einer, der weiblich ist und dunkle Locken hat.«

»Zuerst war sie auch der Grund«, sagte Georg langsam. »Aber dann habe ich im Lauf des Abends gemerkt, was mir gefehlt hat. Was mir entgangen ist, eigentlich mein ganzes Leben lang. Weißt du, ich hatte nie Freunde. Ich habe immer lieber mit meinem Vater geredet, mit dem Pfarrer, mit Erwachsenen eben, die ihr Wissen mit mir teilen konnten. Wie schön es sein kann, einfach mal nichts zu denken, sondern zu lachen und sinnlose Dinge zu tun und zu reden, das muss ich irgendwann unterwegs vergessen haben und es war schön, es wiederzuentdecken.«

»Ach, Junge …«, sagte Kaspar und dann spürte Georg, wie er neben ihm auf die Bank rutschte und ihn im nächsten Moment von der Seite umarmte, sodass Georg seinen Gesichtsschutz aufgeben musste und stattdessen einfach die Augen schloss. »Weißt du, wie oft ich Gott dafür danke, dass ich dich noch kennenlernen durfte?«, hörte er Kaspar an seinem Ohr murmeln, dann ließ er ihn sofort wieder los.

»Und jetzt iss deine Frühsuppe«, sagte er gleich darauf lauter und schob die Schüssel wieder vor Georg. »Du brauchst jetzt etwas in den Magen. Und keine Sorge, die Kopfschmerzen und die Übelkeit vergehen früher oder später von selbst. Das Studieren wirst du heute wohl vergessen können, aber in letzter Zeit ist davon ja sowieso nicht mehr viel übrig, oder?«

»Stimmt«, murmelte Georg und tauchte gehorsam den Löffel in die Schüssel. Kaspar stand auf und verließ die Küche.

Während Georg dasaß und sich zwang, die sämige Biersuppe zu essen, in der kleine Brocken Brot schwammen, schwirrte ihm Kaspars letzter Satz weiterhin durch den Kopf. Sicher, heute würde er dank seines brummenden Schädels nichts lernen können und auch, dass das Studium immer rudimentärer wurde, war nicht zu verleugnen. Aber in letzter Zeit hatte er sogar die wenigen Vorlesungen ausgelassen, die noch stattfanden. Es erschien ihm auf einmal alles so sinnlos. Und das hatte nur bedingt mit Magdalena zu tun. Vielmehr lag es an dieser grundlegenden Unsicherheit, ob er überhaupt zum Pfarrer taugte und ob Gott ihn in diesem Amt haben wollte. Er war viel zu leise, viel zu wenig überzeugt von seinen eigenen Ansichten, viel zu vorsichtig und zu sehr darauf bedacht, nur ja niemanden vor den Kopf zu stoßen. Wie sollte er da ein guter Pfarrer werden, ein Hirte, der seine Schafe führte, ihnen Buße predigte und auch persönlich ihre Sünden vorhielt, damit sie sich bessern konnten?

Georg starrte in seine Suppe und bemerkte erst jetzt, dass er sie schon seit einiger Zeit nur noch umrührte. Der Holzlöffel schabte über das Steingut, und als er ihn füllte und in den Mund steckte, war die Suppe längst kalt geworden.

In genau diesem Augenblick fiel ihm etwas ein, was Philipp gestern erzählt hatte, als sie beide noch einigermaßen klar im Kopf gewesen waren. Sein Vater brauche einen Gehilfen, aber er könne sich nicht darum kümmern. Warum, daran konnte sich Georg nicht mehr erinnern.

Vielleicht war das die Lösung. Vielleicht war das sogar der Weg, den Gott eigentlich für ihn vorgesehen hatte. Georg wusste es nicht, er verstand die Wege des Herrn nicht mehr.

Ein Schreibgehilfe bei Advokat Cramer … Georg holte tief Luft, kratzte den letzten Rest kalter Suppe aus der Schüssel und stand auf. Er würde gleich bei Philipp klopfen und sich erkundigen, ob er nicht für die Stelle geeignet wäre.

Als ihn durch die Bewegung erneut Schwindel überfiel und die Kopfschmerzen wieder stärker zu wüten begannen, sackte er zurück auf die Bank. Vielleicht doch lieber, nachdem die Nachwirkungen des Alkohols sich verflüchtigt hatten.

24. Kapitel

Als Georg am späten Nachmittag am Cramer'schen Haus in der Barfüßerstraße ankam, zögerte er einen Moment. Sollte er ganz offiziell an der Haustür klopfen? Aber dann nahm er doch den gewohnten Weg durch den Gang hinter das Haus und die steile Holzstiege zu Philipps Privateingang hinauf.

Oben angekommen, blieb er einen Augenblick auf der letzten Stufe stehen und machte sich bewusst, dass er nicht der kleine Pennal war, der zu seinem Patron kam, dass hinter der Tür nicht Demütigung und niedere Dienste warteten. Viel zu sehr war dieser Ort mit Stiefelputzen, dem Wegwischen von Erbrochenem, dem Bringen von Vorlesungsmitschriften und dem Abholen von Nachrichten verbunden, die er anderen Studenten oder, noch schlimmer, einer Angebeteten Cramers hatte bringen müssen. Für lange Zeit war das eine Magd bei Ratsherr Eberhard Bierau gewesen, dann die Tochter eines Schneiders nahe der Stadtmauer. Aber das war lange her.

Georg holte noch einmal tief Luft, schüttelte den Kopf über sich selbst und klopfte. Es blieb still. Ob Cramer ... nein, Philipp nicht zu Hause war? Er klopfte noch einmal, diesmal mit der ganzen Faust. Drinnen ertönte ein gedämpftes Brummen.

»Philipp?«, rief Georg leise.

»Ja doch!«, hörte er, dann öffnete sich die Tür und bei dem Anblick, der sich ihm bot, konnte Georg nicht anders als aufzulachen. Philipps dunkelblonde Haare standen ihm wild vom Kopf ab, seine Kniehose war vorn offen und das Hemd hing verknittert darüber, darunter waren die Waden und Füße nackt. Sein Gesicht sah beinahe noch zerknitterter aus als das Hemd.

»Ach du«, knurrte er. »Was ist denn so früh?«

Georg musste noch mehr lachen, auch wenn das seine eigenen Kopfschmerzen wieder verstärkte. »Es hat gerade vier Uhr geschlagen. Nicht morgens, nachmittags.«

Philipp runzelte die Stirn und schaute mit zusammengekniffenen Augen in den wolkenverhangenen Himmel. »Ehrlich?«

»Du bist vermutlich noch weiter unterwegs gewesen, nachdem wir uns getrennt hatten?« Irgendwie störte Georg der Gedanke und er rief sich selbst zur Ordnung. Wollte er jetzt etwa eifersüchtig auf die Leute sein, mit denen Philipp Cramer seine Besäufnisse abhielt? Ausgerechnet Philipp Cramer? Es war so absurd, dass er schon wieder grinsen musste. Sie hatten gestern Spaß gehabt, ja. Aber Freunde waren sie darum doch noch lange nicht!

Philipp nickte, sehr vorsichtig. »War noch im Deutschordensausschank. Weiß nicht mal mehr, wem ich da zugetrunken habe. Wenigstens ist mir inzwischen nicht mehr schlecht. Komm halt rein.« Er drehte sich um und tappte zu seinem Bett zurück, auf das er sich wie ein Sack Mehl fallen ließ.

Georg blieb in der Tür stehen. »Vielleicht komme ich lieber morgen wieder. Ich wollte etwas mit Euch … mit dir besprechen.«

»Oh, das klingt ja offiziell. Jetzt komm schon rein und setz dich. Irgendwo.« Philipp winkte in Richtung des Tisches, an dem ein mit schmutzigen Kleidern behangener Stuhl stand. »Hauptsache, du machst die Tür zu, das ist so hell da draußen.«

Gehorsam schloss Georg die Tür hinter sich, ohne noch einmal darüber nachzudenken. Der Raum und die Stimme bewirkten, dass er in alte Verhaltensmuster zurückfiel und tat, was sein Patron befahl. Nun, in diesem Fall sprach ja auch nichts dagegen.

Er war lange nicht mehr hier gewesen – seit dem Ende seiner Pennalzeit nicht mehr. Es hatte sich nicht viel geändert seitdem: immer noch die gleichen Möbel, Philipps Kleider über dem Stuhl, der zweite Degen an der Wand. Nur der Platz über dem Bett war um eine ganze Tapisserie von Flugblättern bereichert worden. Die halbe Wand war inzwischen damit behängt. Georg trat näher heran. Kriegsereignisse waren es, die sich hier hauptsächlich fanden. Schlachten, Belagerungen … der Tod des Schwedenkönigs

Gustav Adolf in der Schlacht bei Lützen 1632. Hatte sich Philipp tatsächlich damals schon dafür interessiert?

»Habe ich von Vater geklaut«, erklärte dieser hinter ihm. »Er hat es bis heute nicht gemerkt und hier rauf kommt er kaum einmal, also dachte ich, ich hänge es dazu. Um etwas Aktuelleres wird die Sammlung hier sowieso nicht mehr erweitert. Inzwischen habe ich die Nase voll vom Krieg.« Er ließ sich auf sein Bett fallen. »Jetzt setz dich endlich.«

Wieder ein Befehl, dem Georg diesmal gern gehorchte. Kurzerhand räumte er die Kleider vom Stuhl und ließ sich darauf nieder.

»So langsam werde ich wacher«, erklärte Philipp. »Du hast eben Du gesagt. Ich bilde mir also nicht ein, dass wir uns gestern zusammen besoffen und verbrüdert haben?«

»Nein, das bildest du dir nicht ein, das haben wir. Auch wenn es mir heute sehr seltsam vorkommt. Vor allem, wenn ich hier drin bin.«

»Ja. Ist merkwürdig.« Philipp kratzte sich am Kopf. »Ich finde allerdings das Bild in meinem Kopf von dir in Weinlaune mit einem Becher in der Hand, den du dir halbwegs über die Hand kippst und dazu irgendwas Undefinierbares singst, noch merkwürdiger.«

Ein unangenehmer Gedanke. Georg konnte sich nicht daran erinnern. »Habe ich das wirklich gemacht?«

Philipp grinste breit. »Hast du. Und es war sehr lustig. Aber weißt du …« Er wurde ernst und schaute Georg nachdenklich an. »Eigentlich war die Zeit davor, als wir beide noch nicht so voll waren, noch besser. Ich habe lange nicht mehr so geredet – so, ich weiß nicht, ernsthaft? Ich habe dir, glaube ich, einiges erzählt, was ich niemandem je erzählen wollte, aber es fühlte sich gut an. Tut es auch immer noch. Du kannst ziemlich gut zuhören, weißt du das?«

»Kann das nicht jeder?«

Philipp lachte trocken auf. »Ganz bestimmt nicht. Ich kann es zum Beispiel gar nicht. Übrigens, passend dazu: Warum bist du überhaupt hier?«

»Ich wollte … Na ja, weil ich vermutlich doch nicht so gut zuhören kann. Du hast gestern etwas über deinen Vater erzählt, dass er einen Gehilfen bräuchte, aber sich nicht darum kümmern könne, einen anzustellen. Mehr habe ich davon aber nicht behalten. Stimmt das?«

»Ja. Er … er ist zunehmend nicht mehr in der Lage, seine Amtsstube in Ordnung zu halten. Da unten herrscht ein heilloses Durcheinander. Er ist … habe ich dir das gestern auch schon erzählt?«

Georg zuckte mit den Achseln. »Ich weiß es nicht mehr. Du musst es mir auch nicht erzählen.«

»Ich will aber: Er ist vielleicht melancholisch, Georg. Er sieht nur noch das Schlimme und manchmal sitzt er einfach nur da, starrt in die Luft und seufzt. Es macht mir Angst, meinen Vater so zu sehen. Er war immer stark und voller Tatendrang. Und jetzt … Ich habe ihm gesagt, dass ich das nicht neben dem Studium machen will, seine Papiere in Ordnung zu bringen, dass er einen Schreiber oder Gehilfen anstellen muss. Er hat gesagt: ›Du hast ja so recht, mein Sohn‹, und dann hat er sich wieder hingesetzt und den Kopf in den Händen vergraben. Er wird sich keinen Gehilfen suchen, ich glaube, er kann das gar nicht mehr.« Philipps Stimme klang auf einmal rau.

In Georgs Kopf rasteten die Elemente ineinander. Advokat Cramer brauchte Hilfe. Georg konnte ihm helfen und das war immer ein schlagendes Argument. Zudem konnte er mit der Arbeit bei einem Advokaten etwas Sinnvolleres tun als sein Studium weiterzuverfolgen. Er würde kein guter Pfarrer werden. Er ließ sich von der Welt und den Menschen darin viel zu sehr ablenken, er konnte nicht gut predigen und nicht gut argumentieren – was für ein armseliger Theologe er sein würde! Und dann war da Magdalena, seine Magdalena, die er liebte. Als Schreiber, als Gehilfe eines Advokaten, würde er sein Auskommen haben und vielleicht sogar so viel verdienen, dass er heiraten konnte. Zudem würde sich niemand darüber ereifern, wenn ein Schreiber eine Soldatentochter zur Frau nahm. Es passte alles. Es war der richtige Weg.

Er holte tief Luft. »Philipp? Würde dein Vater mich in Dienst nehmen?«

Philipp blinzelte. »Was?«

»Ich schreibe sauber und fehlerfrei, ich kann rechnen, ich kann Latein, ich kann Ordnung schaffen.«

»Findest du nicht, dass du es mit der Nächstenliebe übertreibst?«

»Ich hätte nichts dagegen, Geld zu verdienen, vielleicht sogar etwas anzusparen, statt immer nur von anderen zu leben. Ich könnte Kaspar Chemlin etwas für mein Hospitium zahlen, für das ich inzwischen ja kaum noch Gegenleistungen erbringe. Und ja, ich könnte deinem Vater helfen. Findest du nicht, dass alles dafürspricht?«

»Du gäbest dein Studium auf, Georg. Das spricht nicht dafür.«

»Mein Studium … Weißt du, ich frage mich schon länger, ob ich wirklich Pfarrer werden sollte. Und im Moment, wo der Universitätsbetrieb fast ganz zum Erliegen gekommen ist, kann ich ohnehin kaum noch etwas lernen. Außerdem hast du schon irgendwie recht gehabt, damals im Januar. Du meintest, ich flüchtete mich ins Lernen, damit ich mich nicht mit der Welt beschäftigen müsse und dem, was darin passiert. Und damit ich nichts tun müsse, sondern mich nur wichtig fühlen könne.«

»Du liebe Güte«, murmelte Philipp. »Hast du dir das so zu Herzen genommen?«

»Ja. Weil es stimmt. Das erkenne ich jetzt erst so richtig. Ich werde kein Pfarrer. Würdest du deinem Vater vorschlagen, mich anzustellen?«

»Vom Studenten zum Gehilfen – das ist ein ganz schöner Schritt nach unten! Ich für meinen Teil würde diese Arbeit nicht freiwillig machen. Hast du dir das wirklich gut überlegt?«

»Ja, das habe ich.«

Philipp schaute ihn einen Moment prüfend an, dann nickte er. »Gut, dann frage ich ihn. Ich gehe davon aus, dass er Ja sagen wird.«

»Das wäre schön.«

»Schön, na ja … ich hoffe, du hast zumindest eine leise Ahnung, was da auf dich zukommt. Andererseits … für Vater ist das mit Sicherheit ein Glücksgriff. Vielleicht …« Er stockte und schwieg.

»Vielleicht was?«

»Na ja, ich dachte nur gerade … Du kannst gut zuhören, das sagte ich ja schon. Vielleicht kann es mit ihm dadurch sogar besser werden. Nicht, dass du mich falsch verstehst, es erwartet niemand von dir, dass du ihn heilst. Aber wenn es sich ergibt, dass er dir von seinen düsteren Gedanken erzählt, hilft ihm das vielleicht. Aber die Hauptsache ist sowieso, dass wieder Ordnung in seine Arbeit kommt, wahrscheinlich ist das allein schon genug, dass er wieder wird wie früher.«

»Ich hoffe es. Und ich werde auch für ihn beten.«

»Tu das. Aber sag es ihm bloß nicht, das wird er nicht wollen – er wird ja dein Dienstherr sein. Da ist Mitleid wirklich fehl am Platz. Und auch nicht nötig. So schlimm ist es ja noch nicht. Womöglich gibt es sich einfach von selbst wieder.«

»Das hoffe ich sehr für euch.«

Einen Augenblick schwiegen sie. Gerade in diesem Moment grummelte Philipps Magen vernehmlich. »Ich glaube, ich sollte etwas essen«, sagte er mit einem schiefen Grinsen und fuhr sich mit beiden Händen durch die halblangen Haare.

»Mach aber vorher die Hose zu«, konnte Georg sich nicht verkneifen zu sagen.

Philipp lachte auf. »Wenn du das sagst, Herr Adjunctus Advocati …«

»Noch bin ich es nicht.«

»Aber du wirst es bald sein. Ich melde mich bei dir. Wahrscheinlich schon morgen. Je eher, desto besser für meinen Vater.«

Philipp hielt Wort. Am nächsten Tag klopfte er um die Mittagszeit und erklärte, Georg solle gleich mitkommen, sein Vater wolle
ihn sehen. Georg hatte gar keine Zeit, nervös zu werden, bevor er
vor Ratsherr Wilhelm Cramer stand und ihn bat, bei ihm als Adjunkt arbeiten zu dürfen. Philipps Vater schaute ihn von Kopf bis
Fuß an, ohne die Miene unter dem akkurat gestutzten aschblon-
den Bart zu verziehen, und nickte dann. »Kommt morgen früh.«
    Damit war Georg in Dienst genommen.

    »Es ist deine Entscheidung und dein Leben«, sagte Kaspar, als
Georg ihm das kurz darauf mitteilte. »Vielleicht hast du sogar
recht damit, in der Zeit, in der das Studium hier sowieso stag-
niert, lieber zu versuchen, dein Brot zu verdienen. Das Einzige,
was mich besorgt macht, ist, dass du deinen Studienabbruch so
endgültig siehst. Weißt du, die Vorstellung, dass du eines Tages
Gottes Wort predigen würdest, hat mir immer Mut gegeben, dass
das Leben nicht nur weitergeht, sondern eines Tages wieder gut
werden wird. Aber ich bin nicht dein Vater, das habe ich nun
wirklich begriffen, also kann ich dir nur den Rat geben, nichts in
diesen Zeiten als allzu endgültig anzusehen. Alles verändert sich
unablässig, das hat unsere Stadt in der letzten Zeit deutlich genug
erlebt. Halte dein Herz und deinen Verstand offen für das, was
noch kommen mag.«

    Georg nickte, auch wenn er sich nicht vorstellen konnte, dass
er seine Meinung ändern würde.

    Am Tag darauf begann er mit der Arbeit. Sie war deutlich we-
niger glanzvoll, als Georg sich das vorgestellt hatte, auch wenn
Herr Cramer natürlich zu den angesehensten Bürgern der Stadt
gehörte. Aber die Tätigkeiten, die zum Beruf seines Dienstherrn
gehörten, waren eben doch eher eintönig. Sie bestanden aus
schrecklich viel Schreibarbeit und wenig öffentlichen Auftritten
oder großen Reden.

    Nichtsdestoweniger war Georg froh, dass er den Schritt gegangen war. Obwohl die Dienste, die er zu verrichten hatte, erst recht nicht erhebend oder ehrenvoll waren – er musste morgens das Feuer in der Amtsstube schüren, Federn zurechtschneiden, Besorgungen machen und tausenderlei andere Botengänge erledigen, ab und zu sogar kehren oder andere Hausarbeiten verrichten – aber es war nie so, dass er sich seiner Tätigkeit schämen musste, im Gegenteil, schließlich arbeitete er bei einem der Ratsherren und seine Arbeit bewirkte, dass der Advokat sich auf seine eigene konzentrieren konnte. Dieser Teil von Philipps Plan schien tatsächlich aufzugehen. Trotzdem sah Georg seinen Dienstherrn mehr als einmal auf seinem Stuhl mit der hohen Lehne sitzen und vor sich hinstarren, so wie Philipp es beschrieben hatte. Davon, dass er mit Georg reden würde, konnte hingegen zumindest vorerst keine Rede sein. Er gab Anweisungen oder er schwieg und Georg hatte bisher erst einmal versucht, ein harmloses Gespräch anzufangen. »Ihr seid zum Arbeiten hier, nicht zum Plaudern«, hatte sein Dienstherr mit steinerner Miene gesagt, woraufhin Georg mit »Ja, natürlich, Herr Advokat« geantwortet und seitdem geschwiegen hatte.

Philipp sah er nun naturgemäß häufiger. Eine enge Freundschaft entwickelte sich trotzdem nicht zwischen ihnen. Dagegen sprach nun auch ihr jeweiliger Status – der Sohn des Ratsherrn war immer noch der Sohn des Ratsherrn und der Diener des Ratsherrn eben ein Diener. Auf den Fechtboden gingen sie dementsprechend nicht noch einmal, zumal Georg sich aus der Universitätsmatrikel austragen ließ und daraufhin den Degen in seiner Kammer aufbewahren musste, statt ihn am Gehänge zu tragen. Er vermisste die Waffe nicht, auch wenn er sich ab und zu abends noch einmal zu einer kleinen Fechtübung mit Rob verabredete. Meist war er dazu allerdings nach einem langen Arbeitstag zu müde, zumal er immer noch sooft er konnte bei Magdalena vorbeisah.

Sie war nach wie vor ganz in ihrer Welt aus Bitterkeit und Rachedurst gefangen, auch wenn sie inzwischen weniger emotional war und sich mit ihrem Vormund besser arrangierte. Dass sie sich langsam wieder deutlicher freute, ihn zu sehen, wertete Georg als gutes Zeichen dafür, dass es ihm irgendwann gelingen würde, in ihre Schale einzudringen, sie wirklich zu verstehen und ihr zu helfen, ihre Freude am Leben wiederzufinden. Er hatte nicht vor aufzugeben.

Immer wieder wurde seine Arbeit durch die Schanzdienste unterbrochen, die die Bürgerschaft weiterhin zu leisten hatte. Nach wie vor ging er für Kaspar dorthin.

So auch an einem Tag Ende Juli. Diesmal war er zum Schlossberg bestellt worden, wo zusätzlich zu den vorhandenen Befestigungen Schanzen gebaut werden sollten, die das Schloss besser als zur Zeit der letzten Belagerung, bei der die niederhessischen Truppen wohl einige Male nahe daran gewesen waren, vor Eroberung schützen sollten.

Auf dem Weg hinauf ließ er es sich nicht nehmen, durch die Ritterstraße zu gehen und zu hoffen, zufällig Magdalena zu begegnen.

Schon als er in die Straße einbog, sah er den Menschenauflauf direkt vor dem Pistorius'schen Haus. Erschrocken ging er schneller. Im Näherkommen erkannte er, dass Männer mit schweren Werkzeugen dort standen, Hämmern, Pickeln und Schaufeln. Und dann sah er den Pferdewagen, der hoch getürmt mit Möbeln und Einrichtungsgegenständen beladen war, und die Magd Luise mit einem Hocker aus dem Haus kommen. Was war hier los?

Er drängte sich durch die Arbeiter hindurch und wollte gerade die Magd ansprechen, als Magdalena selbst mit einem offenbar schwer beladenen Korb durch die Haustür trat. Er sprang an ihre Seite und packte den Korb am Henkel. Dankbar ließ Magdalena los und rieb sich über die roten Handinnenflächen, in die das Flechtwerk Muster geprägt hatte.

»Was ist denn hier los? Warum zieht ihr aus?«, fragte Georg.

Magdalena nickte zu den wartenden Männern hinüber. »Frag ihn.«

Erst jetzt bemerkte Georg den breitschultrigen, dunkelhaarigen Mann mit der ausladenden Straußenfeder am Hut, der breitbeinig mit verschränkten Armen vor den anderen stand und den Auszug der Familie des Marktmeisters beobachtete. Georg kannte ihn. Jeder Marburger kannte den Obristen Johann Stauff, den Kommandanten der niederhessischen Besatzung.

»Sie wollen doch wohl nicht …«, sagte er langsam und stockte.

»Doch, wollen sie. Das Haus wird abgerissen, damit die Schussbahn vom Schloss her frei ist und sie besser in die Stadt hineinsehen können. Mein Vormund hat sich natürlich heftig gewehrt und schon gleich um Schadensersatz gebeten. Weißt du, was sie ihm geantwortet haben? Bei Blitzschaden und Feuer würde ihm ja auch keiner Ersatz zahlen.« Sie sah nicht sonderlich betrübt aus, während sie das sagte.

»Und das findest du gut?«, fragte er vorsichtig.

Sie lachte einmal trocken auf. »Natürlich nicht! Wir ziehen jetzt zur Witwe des Vetters meines Vormundes, für die er seit zwei Wochen ebenfalls die Vormundschaft hat, in deren kleines Haus an der Untergasse. Die Frau Repperschmidtin wird die Hutmacherwerkstatt ihres Mannes, die sie nun weiterführt, in ein kleineres Zimmer im Obergeschoss verlegen, damit unten Platz für den Herrn städtischen Bediensteten und seine Familie ist. Dabei ist der Wohnraum schon für sie und ihre vier Kinder knapp, ganz abgesehen von den drei einquartierten Pikenieren. Und nun wir noch obendrauf.«

Er spürte ein ›aber‹ in ihrer Rede und schaute sie wartend an.

»Aber wenn es sein muss, dann muss es eben sein. Mir ist es lieber, der Stauff und seine Soldaten können sich gut verteidigen, falls der Darmstädter wiederkommen sollte, als dass ich es bequem habe.«

Georg schüttelte den Kopf. »Magdalena, du weißt schon, dass das bedeutet, dass er dann nicht nur auf die belagernden Soldaten schießen wird, sondern auch auf dich und alle anderen Bürger Marburgs, so wie es letzten Herbst war? Du hast hier oben sicher gesessen, aber wir hatten Angst um unser Leben, wenn wir uns auf die Straße gewagt haben. Ich hoffe und bete, dass es nicht dazu kommt, dass er diese Lücke in der Bebauung braucht.«

»Weißt du, was ich mich manchmal frage? Du bist doch ein Mann und ich eine Frau. Warum redest du dann immer von hoffen und beten und von Angst und Ausgleich und ich wäre sogar bereit zu kämpfen, wenn es nötig wäre? Weißt du überhaupt, was Mut und Kampfgeist bedeuten, oder sind das für dich leere Gedanken, die du nur aus Büchern kennst?«

Ihre Worte trafen ihn mehr, als er sich selbst eingestehen wollte. Sie trafen genau da, wo er sich sowieso schon unfähig fühlte.

Schweigend trug er den Korb zum Wagen und hievte ihn hinauf. Magdalena kam ihm hinterher. »Ich … Es tut mir leid, Georg. Ich wollte dich nicht verletzen. Es ist nur … ich verstehe dich manchmal einfach nicht.«

Er drehte sich zu ihr um. »Ich mich doch auch nicht. Und dich noch viel weniger. Ach, Magdalena, warum ist es so schwierig, einfach nur zu leben?«

Sie hob die Hand und streichelte ihm einmal flüchtig über den Arm. Es war die erste Berührung, die sie ihm von sich aus schenkte, seit sie die Nachricht vom Tod ihres Vaters erhalten hatte, und ihm wurde dabei noch wärmer als sowieso schon. »Weil Krieg ist, Georg«, sagte sie leise. Dann drehte sie sich um und lief ins Haus zurück.

Georg atmete noch einmal tief durch und machte sich dann auf den Weg zu den Schanzen.

☙

Ein kalter, durch den böigen Wind aus allen Richtungen kommender Regen empfing Georg, als er an einem Tag Ende Oktober mit einem Paket Papier aus der Papiermühle kam. Er versuchte, seinen Umhang um das in Wachstuch eingewickelte gute Schreibpapier zu wickeln, damit es ja nicht nass wurde, und beeilte sich, zu Cramers Advokatenstube zurückzukommen.

Wegen des unangenehmen Wetters waren nur wenige Menschen in der Stadt unterwegs. Georg ging mit gesenktem Kopf die Gassen hinauf, um das Wasser nicht in die Augen zu bekommen. Sein Magen knurrte und er versuchte, das Gefühl weit zurückzudrängen. Das Wetter passte perfekt zur allgemeinen Stimmung in der Stadt. Die immer wieder geforderten Kontributionszahlungen, dazu die Hessen-Kasselische Besatzung, die versorgt werden musste … es war nicht leicht.

Ein starkes Niesen überfiel Georg plötzlich, dreimal hintereinander. Als er fertig war, blies er seine Nase auf die Straße aus. Schon seit drei Tagen quälte ihn die Erkältung und wurde einfach nicht besser. Kopfschmerzen hatte er außerdem und seine Augen tränten auch dann, wenn nicht gerade Regen hineinwehte. Am liebsten hätte er sich in einer warmen Stube in eine Decke gehüllt, noch besser im Bett verkrochen und geschlafen, aber das ging nun einmal nicht. Richtig krank war er schließlich nicht, also konnte er auch arbeiten und seinen kleinen Beitrag zur täglichen Ernährung leisten. Ratsherr Cramer war zwar selbst immer mehr gezwungen, auf eiserne Reserven zurückzugreifen, aber noch reichte es für Georgs schmalen Lohn.

Der Regen fiel ihm nun schräg mitten ins Gesicht und er beugte sich noch weiter vor und legte einen Schritt zu, um schnell in die Amtsstube zu kommen.

Aus diesem Grund sah er den Mann erst, als er schon nicht mehr stoppen konnte und ihn frontal anrempelte.

»Oh, verzeiht, ich habe nicht aufgepasst. Es tut mir wirklich leid«, stammelte er.

Der andere, ein stämmiger Mann in einem braunen Umhang, brummte zunächst nur, dann kniff er die Augen zusammen und betrachtete Georg genauer. Klatschnasse Strähnen hingen um sein Gesicht und das Wasser lief ihm über Wangen und Nase in den rötlichen Kinnbart. »He, seid Ihr nicht der Gehilfe von Ratsherr Cramer?«

Georg nickte und wich gleich darauf erschrocken einen Schritt zurück. Der Mann spuckte nämlich vor ihm auf den Boden, das Gesicht wütend verzerrt. »Der feine Herr Cramer! Dass Ihr Euch nicht schämt, für diesen Blutsauger zu arbeiten! Während wir hungern, frisst der sich den Bauch mit feinen Speisen voll, wette ich, denn er muss ja keine Kontributionen zahlen und auch keinen Sold für die Besatzung. Ist das vielleicht gerecht? Na?«

In Georgs Kopf ratterten die Gedanken. Der Mann wirkte angriffslustig – wenn er Ja sagte, wusste man nicht, was geschehen würde. Ihm zustimmen konnte er aber genauso wenig, schließlich wollte er seine Stelle behalten! »Gerecht ist nur Gott«, sagte er schließlich. »Wollt Ihr die Ordnung unserer Gesellschaft umstürzen? Glaubt Ihr, dass noch mehr Chaos uns weiterbringt?«

Der Mann schnaubte. »Chaos und Gesellschaft! Natürlich, schöne Worte könnt ihr alle machen. Und dafür kriegt Ihr Geld und kümmert Euch keinen Deut, woher es kommt und auf wessen Rücken es verdient wird. Wir dagegen kommen kaum dazu, noch einen Heller zu verdienen, weil die Stadt von den Soldaten leer gefressen wurde, sodass wir kein Kapital haben, um neu anzufangen. Wann habt Ihr denn das letzte Paar Schuhe gekauft? Oder eins von meinen Wämsern? Wer lässt sich eine Truhe schreinern oder eine neue Tür ins Haus einbauen? Keiner! Aber die Herren Räte und die Herren Professoren, die sind sich nach wie vor zu fein dafür, sich an den Kontributionen zu beteiligen! Pfui, sage ich! Pfui!« Noch einmal spuckte er aus. Seine Faust war drohend geballt.

»Wo bleibt Ihr, Kammann? Was steht Ihr da im Regen herum und kommt nicht herein?«

Georg fuhr herum. Ratsherr Cramer stand in der Tür und schüttelte den Kopf.

»Ich komme schon«, sagte Georg hastig. Wenn er schnell genug ins Haus kam und die Tür schließen konnte, würde vielleicht alles noch glimpflich abgehen. Aber er war nicht schnell genug.

»Aha, da ist ja der feine Herr persönlich! Frisst Er sich eine Wampe an, ja? Ich spucke auf Ihn und alle Ratsherren und das andere Gesocks, das sich zu gut ist, uns elenden Bürgern beizustehen. Sogar ein wenig Weißwäsche zu spenden, war euch im Januar zu viel, als wir alle bis unters Dach mit Soldaten vollgestopft waren, während die feinen Herren in ihren leeren Häusern saßen. Dass Er sich nicht schämt! Aber das kann Er wahrscheinlich schon gar nicht mehr. Der teure Wein und das gute Essen sind Ihm sicher schon statt im Bauch im Hirn gelandet, weil da unten kein Platz mehr war. Hundsfötte seid ihr allesamt!«

Erneut hörte Georg den Mann in seinem Rücken ausspucken und sah das weiß werdende Gesicht des Advokaten vor ihm.

»Ich hoffe, Ihr seid Euch bewusst, dass Ihr Euch soeben um Kopf und Kragen geredet habt, Meister Steinmann. Unsere Privilegien sind uns verliehen worden, weil wir für höheres Gut arbeiten und mehr Verantwortung tragen als ihr gewöhnlichen Bürger. Und für Eure Beleidigungen werde ich Euch vor Gericht bringen, so wahr mir Gott helfe. – Kommt herein, Kammann, und schließt die Tür hinter Euch.«

Georg folgte ihm rasch ins Haus. Er vermied es, sich noch einmal nach dem Schneidermeister umzudrehen.

Während er den nassen Mantel aufhängte und das Papier in den Schrank legte, hatte er einen Knoten im Hals. So unmöglich er sich auch benommen hatte – verstehen konnte er den Mann. War es denn wirklich gerecht, dass die hohen Herren der Stadt, die doch sowieso schon bessergestellt waren, sich so gar nicht an den Lasten beteiligen mussten, die alle anderen bedrückten?

Aber andererseits hatte natürlich Herr Cramer ebenso recht: Die Privilegien waren ihnen ja nicht willkürlich verliehen worden. Sie waren Teil der Ordnung der Welt, wie sie gut und richtig und von Gott verordnet war. Schließlich käme auch niemand auf die Idee, von den Fürsten zu verlangen, sie sollten sich in einfache

Kleider hüllen und auf dem Feld arbeiten! Vor Gott waren alle Menschen gleich, aber nicht vor den Menschen. Hier musste es eine Ordnung geben.

Und schließlich war es wohl auch so, wie der Schneider gesagt hatte, musste Georg sich beschämt eingestehen: Er war froh um die Arbeit, die er hatte, und dass der Ratsherr die Mittel besaß, ihm seinen Lohn zu zahlen.

☙

1647

»… und deshalb dürfen wir uns den falschen Lehren nicht ergeben! Und wie der Apostel Paulus schreibt: ›Wer euch aber irremacht, der wird sein Urteil tragen, er sei, wer er wolle.‹ Dieses Wort gilt, daran dürfen wir uns festhalten. Sie werden ihr Urteil tragen! Wir aber, meine Brüder und Schwestern in Christo, wir stehen fest und lassen uns nicht wankend machen. Und so wollen wir nun das Lied des seligen Herrn Luther singen, dessen Lehren sie so mit Füßen treten: *Ein feste Burg ist unser Gott …*« Mit lauter Stimme begann Pfarrer Justus Feuerborn zu singen.

Georg fiel mit der Gemeinde ein und war froh, dass der Chor nicht noch einmal singen musste. Sie waren inzwischen zu wenige Sänger und ihr Gesang klang verzweifelt dünn und unsicher. Es war besser, dass die ganze Kirche aus vollem Halse von der ›guten Wehr und Waffen‹ sang, die Gott den wahren Gläubigen sein wollte. ›Mit unsrer Macht ist nichts getan‹, sangen sie, und dass Jesus Christus für sie stritt und am Ende das Feld behalten würde, und Georg spürte, wie neuer Mut ihn durchdrang. Ja, Gott mochte fern scheinen, aber er war es nicht. Er würde das Feld behalten, egal, wie die Schlacht letztlich ausging.

Warum war es immer nur in der Sicherheit der Kirche leicht, darauf zu vertrauen, wenn der Gemeindegesang durch das Gewölbe hallte oder der Pfarrer den Segen sprach?

Während der folgenden Teile des Gottesdienstes schaute Georg immer wieder zu Professor Feuerborn hinüber. Er machte seinem Namen wahrhaftig alle Ehre. Die Predigt war wieder einmal feurig gewesen, so heiß, dass es sicherlich wieder einmal Beschwerden bei der Landgräfin geben würde und entsprechende Mahnungen an ihn und die anderen lutherischen Prediger. Sie mochten zwar seit Neuestem gezwungen sein, den Gottesdienst nach der reformierten Kirchenordnung zu halten – aber in den Predigten, da ließen sie sich nicht auf die calvinistische Irrlehre ein, sondern fanden deutliche Worte dagegen, so wie Feuerborn gerade eben.

Als der Gottesdienst zu Ende war, ließ sich Georg langsam mit der Masse zum Ausgang ziehen und hielt dabei Ausschau nach Magdalena. Sie stand nahe dem Ausgang an einem der Pfeiler und wartete auf ihn. Es war nicht mehr so einfach, sie zu sehen, seit sie mit ihrem Vormund bei der Hutmacherwitwe Repperschmidt in dem kleinen, überfüllten Haus lebte, und die knappen Augenblicke hier in der Kirche waren darum kostbar wie Gold.

Magdalena lehnte sich an den Pfeiler und schaute nach oben ins Gewölbe. Für einen Moment sah Georg sich selbst an einem längst vergangenen Tag auf der anderen Kirchenseite genauso dastehen und um den kleinen Johannes trauern. An diesem Tag hatte es begonnen mit ihnen beiden, und als er sie nun so dastehen sah, wusste er mit Bestimmtheit, dass es richtig war, dass sie zusammengehörten.

Als er näher kam, konnte er allerdings nicht umhin zu bemerken, dass ihre Stimmung eine ganz andere war als seine damals. Eine steile Falte stand über ihrer Nasenwurzel und ihr Unterkiefer bewegte sich wütend vor und zurück.

»Magdalena«, sprach er sie an und für einen Moment flog ein freudiger Schimmer über ihr Gesicht. Er war augenblicklich wieder verschwunden, aber er war da gewesen und das war mehr, als in den letzten Monaten möglich gewesen war.

»Grüß dich«, sagte sie.

Er stellte sich neben sie und einen Augenblick lang schwiegen sie gemeinsam. Es war ein gutes Gefühl. Etwas von der alten Vertrautheit stellte sich dabei wieder zwischen ihnen ein. Wir reden einfach alle viel zu viel, dachte Georg, und schweigen zu wenig.

Schließlich ergriff Magdalena doch das Wort. »Er sollte das nicht tun.«

»Wer sollte was nicht tun?«, fragte Georg verwirrt.

»Feuerborn sollte nicht derart gegen die Landgräfin hetzen. Warum wollen sie nicht akzeptieren, dass wir jetzt nun mal zu ihrer Herrschaft gehören? Sie wird auch vor den Gerichten Recht bekommen und dann stehen die Prediger da und haben gegen ihre eigene Fürstin gewettert. Heißt es nicht, man soll die von Gott eingesetzte Herrschaft ehren?«

»Die von Gott eingesetzte, ja. Aber ich bin mir ehrlich gesagt längst nicht mehr sicher, wann eine Herrschaft wirklich von Gott eingesetzt ist und wann einfach nur von ihren Armeen.«

»Du willst sagen: Sie ist nicht von Gott eingesetzt, weil sie den deiner und Feuerborns Meinung nach falschen Glauben hat. Warum sagst du es nicht einfach?«

»Weil ich das nicht meinte. Ich meinte die Tatsache, dass sich in diesem Krieg so oft die Landesgrenzen verschoben haben und die Herrschaften gewechselt, dass ich mich frage, ob das wirklich jeweils immer Gottes Wirken war. Handelt er tatsächlich so willkürlich? Oder ist eben doch Menschenwille dabei?«

»Dass die Landgräfin falsch glaubt, das denkst du aber trotzdem, oder etwa nicht?«

»Natürlich denke ich das. Ich bin zwar kein Student der Theologie mehr, aber Lutheraner bleibe ich. Ja, ich denke, sie sind auf dem falschen Weg, die Calvinisten. Aber solange sie uns unseren Glauben lassen, können sie meinetwegen tun, was sie wollen. Ich mag schließlich auch Rob, obwohl der sogar sagt, dass er an gar nichts glaubt. Aber wenn die Landgräfin den Pfarrern vorschreibt, wie sie den Gottesdienst zu halten haben, dann kann ich das nicht einfach hinnehmen.«

Magdalena verschränkte die Arme und schaute ihn kampflustig an. »Aha. Es ist für dich also entscheidend, was wann an welcher Stelle im Gottesdienst mit welchem Ablauf gesagt wird. Ist es denn so wichtig, auf welche Weise wir Gott ehren? Kommt es nicht viel mehr darauf an, *dass* wir ihn ehren?«

»Es mag nicht so wichtig sein, auf welche Weise wir Gott ehren, aber das ist doch nicht das Problem. Das Problem ist, dass sie damit schon anfängt, uns vorzuschreiben, was wir zu glauben haben, wenn zum Beispiel in den Worten beim Abendmahl nicht mehr von Christi Anwesenheit in Brot und Wein gesprochen wird, sondern nur noch vom Gedächtnis an sein Opfer. Und *das* ist mir nicht egal. Was wäre das auch für ein Glaube, dem alles gleichgültig ist?«

»Mir ist nicht alles gleichgültig. Aber siehst du denn nicht, dass es hier weniger um Theologie geht als um Politik? Es geht darum, ob man die Herrschaft Amalie Elisabeths von Hessen-Kassel anerkennt oder dem Darmstädter treu bleibt. Die Theologen wollen die Gemeinde dazu bringen, dass sie dem Alten nachhängen, dass sie sich verweigern, obwohl sie doch durch den Handel und alles andere sowieso schon längst mehr Verbindungen nach Kassel haben. Siehst du nicht, dass Marburg im Grunde längst zu Hessen-Kassel gehört? Und das versuchen sie zu verhindern, aber das ist falsch.« Sie lehnte wieder den Kopf an den rauen Stein und schaute nach oben. »Manchmal würde ich deshalb am liebsten gar nicht mehr herkommen. Aber das geht natürlich nicht.«

»Nein«, sagte er. »Das geht nicht.« Dabei berührte er ohne hinzusehen mit dem Handrücken ganz sachte ihren Oberarm, strich einmal, zweimal, dreimal mit den Oberseiten seiner Finger darüber und zog sie dann zurück.

Aus den Augenwinkeln sah er, wie sich ihre Brust hob und wieder senkte. Er wusste, dass sie ihn verstanden hatte.

»Die Pistoriusin kommt«, sagte sie gleich darauf und er rückte ein Stück weiter von ihr weg.

Die Marktmeisterin forderte Magdalena mit einem ruckartigen Nicken auf, ihr zu folgen.

»Leb wohl«, sagte Georg.

»Ich bin froh, dass es dich gibt.« Sie flüsterte es fast, aber Georg hörte es doch und es nahm dem Gespräch, das sie geführt hatten, im Nachhinein jegliche Schärfe. In ihm blieb nichts als Freude zurück. Ihre Worte nisteten sich in seinem Herzen ein und strahlten von dort aus Licht in alle dunklen Zweifel und Ängste. Er beschloss, sie zu hüten wie einen Schatz.

Langsam trat er aus der Kirche in die Kälte des Januartages hinaus. Frisch gefallener Schnee ließ seine Stiefel in ein weiches Kissen einsinken. Die ganze Nacht war er vom Himmel gefallen und er fiel immer noch, in kleinen, wie gefrorener Nebel wirkenden Flocken, die im Gesicht stachen, wenn der Wind sie einem entgegenblies.

»Georg, warte!«

Er drehte sich um. Kaspar stapfte ihm nach, Frau Ursula an seinem Arm, die schon jetzt eine rote Nase und ebensolche Wangen hatte.

»Auf nach Hause, ins Warme«, sagte sie. Georg nickte. Ja, darauf freute er sich ebenfalls, auch wenn er es neben Magdalena noch länger in der kalten Kirche ausgehalten hätte.

»Wunderbare Predigt, oder was denkst du?«, sagte Kaspar mit glänzenden Augen, während sie sich auf den Weg machten. »Feuerborn findet immer so treffende Bilder, die man sich ins Herz schreiben und so gut merken kann. ›Haltet euch gegen die Versuche der Irrlehrer, uns vom Pfad des Lebens abzubringen, wie die Eiche, die sich dem Sturm entgegenstemmt, mit den Wurzeln fest in der Wahrheit gegründet‹ – wer kann da noch an der Wahrheit irre werden? Es geht nur darum, standzuhalten und sich nichts einflüstern zu lassen, sich am Wort Gottes festzuhalten wie der Baum mit seinen Wurzeln im Erdreich. Wir werden uns einfach die Ohren zustopfen, wenn sie die falsche Abendmahlslehre verkünden, und sie wieder öffnen, wenn die Predigt beginnt. Nein, so schnell gewinnen die Calvinisten nicht, solange wir Prediger wie Feuerborn, Superintendent Doktor Herdenius oder Subdiakon Misler haben.«

»Richtig«, stimmte Georg ihm zu. »Sie werden uns nicht zwingen können, unseren Glauben zu verleugnen.« Er meinte es so, wie er es sagte, und doch gingen ihm Magdalenas Worte über die politische Seite der Frage nach dem rechten Glauben nicht mehr aus dem Kopf. Während Kaspar noch weitere Stellen der Predigt wiederholte, hörte er nur mit halbem Ohr zu. Auch Magdalena hatte recht – es ging immer auch um Politik, so wie es in diesem ganzen Krieg immer um Politik und höchstens zweitrangig um Glaube und Religion ging. Schließlich stand auch der lutherische Landgraf Georg von Darmstadt auf der Seite des katholischen Kaisers und die katholischen Franzosen kämpften mit der protestantischen, wenn auch calvinistischen Landgräfin in Kassel zusammen.

Aber bedeutete das denn, dass man deshalb keinem Wort des Pfarrers mehr Glauben schenken sollte, weil es immer auch eine politische Bedeutung hatte? Hieß das, dass man seinen Glauben nicht mehr verteidigen durfte, weil man sich damit vor den Karren einer politischen Parteiung spannen ließ? Konnte es denn keinen Ausgleich geben zwischen diesen Positionen, musste man wirklich gegeneinander kämpfen, beinahe genauso wie die Soldaten in all den Schlachten dieses nun schon bald neunundzwanzig Jahre andauernden, nicht enden wollenden Krieges? Konnten der Kampf und der Hass nicht vor den Stadtmauern haltmachen und die Herzen verschonen?

»… es ist wirklich gut, dass unser Stadtprediger eine so klare Linie verfolgt und uns immer wieder deutlich macht, wo wir stehen sollten und wo die Gefahren liegen. Er weiß, wo er steht, und davon weicht er nicht ab. Das ist so nötig in diesen Zeiten. Wir brauchen jemanden, der uns geistlichen Halt gibt, und das tut Feuerborn mit jeder Predigt. Ich bete darum, dass er nicht auch fortgeht wie Meno Hanneken letztes Jahr.«

Ja, dachte Georg, das war es, was ein Pfarrer tun musste: Halt geben, die Richtung weisen und klare Standpunkte vertreten. Er selbst dagegen schwankte immerzu hin und her und wollte es am liebsten allen recht machen. Wie hatte er nur so vermessen sein können anzunehmen, dass sein Weg der eines Geistlichen sein könnte? Es war gut, dass er das Studium abgebrochen hatte. Er wäre niemals ein Hirte wie Feuerborn geworden und auch nicht so ein Lehrer wie Hanneken es, inzwischen leider in Lübeck, war.

Und den Ausgleich, den Frieden, den er sich so wünschte, den könnte er niemals selbst schaffen. Was mit ihnen, ihrer Kirche und der ganzen Stadt werden würde – ob der lutherische Glaube unterdrückt oder doch noch akzeptiert würde, ob sie kasselisch bleiben würden oder ob der Darmstädter Landgraf sich Marburg zurückholen würde –, das alles lag allein in Gottes Hand. Und auch wenn es Georg oft schwerfiel, mit dem Herzen darauf zu vertrauen, vom Kopf her wusste er es.

In seinem Inneren erklang wieder das Lied, das Professor Feuerborn nach der Predigt angestimmt hatte, und er sang es stumm gegen die Furcht an vor dem, was noch kommen mochte:

Er heißt Jesus Christ,
der Herr Zebaot,
und ist kein andrer Gott,
das Feld muss er behalten.

4. Teil

Dunkle Wolken

25. Kapitel

Als der Frühling des Jahres 1647 anbrach, tat er es so zögerlich, als sei er sich nicht ganz sicher, ob es wirklich schon Zeit für ihn war. Immer wieder fror es in der Nacht und immer wieder fiel auch Schnee, der aber sofort wegschmolz, sobald sich die Sonne zeigte.

Ein ganz ähnliches Gefühl hatte Georg, wenn er an Magdalena dachte. Immer wieder kam sie einen winzigen Schritt auf ihn zu, nur um dann gleich wieder zurückzuweichen und sich erneut in ihrer eigenen Welt zu verkriechen. Inzwischen trafen sie sich wie früher in der Stadt, verabredeten sich sogar bewusst in einem der kleinen Seitengässchen, in denen man so herrlich für sich sein konnte. Seit er mit seiner Familie bei der Witwe seines Vetters lebte, nahm es Marktmeister Pistorius nicht mehr so genau mit der strengen Zucht, der er seine Kinder und vor allem Magdalena zuvor unterworfen hatte.

An einem kühlen, aber sonnigen Apriltag war Georg wieder einmal auf dem Heimweg von einem Treffen mit ihr. Erst jetzt drangen die Dinge, über die sie gesprochen hatten, wirklich zu ihm durch. Dort in der Gasse war er abgelenkt gewesen durch den Schimmer, den die Sonne auf ihr dunkles Haar zauberte, die Art, wie sie nicht nur mit den Händen, sondern auch mit jedem einzelnen Finger gestikulierte, und den weichen, tiefen Klang ihrer Stimme, den er so liebte. Sie war erwachsener, fraulicher geworden in der letzten Zeit und das lag nicht nur an der Verbitterung, die ihr jede kindliche Freude genommen hatte, sondern auch daran, dass sie vor Kurzem ihren neunzehnten Geburtstag erlebt hatte. Georg konnte es kaum fassen, dass er sie schon zwei Jahre kannte.

Aber was sie an einem Punkt ihres Gespräches mit ihrer schönen Stimme gesagt hatte, begann ihn nun mehr und mehr aus der Ruhe zu bringen: »Weißt du, ich frage mich ja, wie es sein kann, dass die Calvinisten genauso wie die Lutheraner und sogar die Katholischen so überzeugt davon sind, die Wahrheit zu besitzen. Jeder von ihnen glaubt an das, was er lehrt. Glaubst du wirklich, dass Gott darum die einen verwerfen und die anderen in sein Himmelreich ziehen wird?«

Georg hatte versucht, ihr die wichtigen theologischen Unterschiede zwischen Calvinisten und Lutheranern klarzumachen, aber sie hatte nur den Kopf geschüttelt. »Ich weiß. Aber das sind doch bloß Kleinigkeiten. An Christi Lehren, Kreuzigung und Auferstehung glauben doch alle. Ist das nicht das Wichtigste? Manchmal denke ich, wir könnten so viel friedlicher leben, wenn nicht jeder immer so überzeugt von seiner Wahrheit wäre. Und jetzt erzähl mir nicht wieder was von der großen, allumfassenden Wahrheit, die für alle gilt. An die glaube ich nicht mehr. Jeder hat seine eigene Wahrheit und lebt damit, ob er das merkt oder nicht.«

Der Gedanke verstörte Georg immer mehr, je länger er darüber nachdachte. Er war erschreckend naheliegend, denn was für die Calvinisten die Wahrheit war, war für die Lutheraner eine Lüge, und umgekehrt. Was, wenn es wirklich so wäre, dass es keine Wahrheit gab, die für alle galt? Was, wenn alles beliebig war, wenn Gott mit jedem einen anderen Weg ging? Wenn dem so wäre, dann versündigten sich alle diejenigen, die gegen die anderen Glaubensrichtungen wetterten und kämpften! Aber was war dann die Bibel? Die Bibel musste die Wahrheit sein, sie war schließlich das Wort Gottes. Alles, was darin stand, war fest. Aber gab es nicht viele Punkte, die in der Heiligen Schrift gar nicht direkt erwähnt waren? Oder die der eine anders las als der andere? Die man missverstehen konnte – so wie vor hundert Jahren der Vorfahr der beiden hessischen Fürsten, die nun um Marburg kämpften, Landgraf Philipp der Großmütige, der im Alten Testament von den vielen Frauen der Erzväter und Könige gelesen und daraufhin selbst eine Doppelehe geführt hatte?

Georg schwirrte der Kopf. Er musste unbedingt mit Kaspar über all das reden. Kaspar war sein Anker, wenn alles sich verwirrte. Der Glaube des Älteren war so fest gegründet und schlicht, dass er alle theoretischen und theologischen Fragen, die Georg gerade in letzter Zeit so oft aus der Bahn warfen, mit wenigen Worten als unwichtig verwehen ließ.

Aber in der Druckerei angekommen erfuhr er, dass sich Kaspar schon hingelegt hatte, weil er sich nicht gut fühlte. Erst am nächsten Tag konnte Georg mit ihm sprechen – die lautstark Fangen spielenden Soldatenkinder, die währenddessen zwischen Hof und Stube hin und her rannten, konnte er inzwischen längst einfach ausblenden.

»Ich verstehe sehr vieles nicht, Georg«, sagte Kaspar am Ende des Gespräches. »Aber ich halte mich am Wichtigsten fest: am Kreuz. Solange du nicht daran zweifelst, dass Christus für dich am Kreuz gestorben und auferstanden ist, solange kannst du andere Dinge getrost ihm hinhalten und sagen: ›Ich glaube, Herr, hilf meinem Unglauben.‹ Dann kannst du sicher sein, dass er dich nicht ungetröstet lassen wird mit deinen Fragen, auch wenn sie vielleicht nicht beantwortet werden.«

›Ich glaube, Herr, hilf meinem Unglauben.‹ Georg begann damit, den Ausspruch des Vaters des fallsüchtigen Knaben aus dem Markusevangelium jeden Abend in sein Gebet einzuschließen. Die Fragen und Zweifel wurden nicht weniger, aber er begann, sie nicht mehr als Bedrohung seines Glaubens wahrzunehmen. Denn bei seinem eigenen Bibelstudium fiel ihm ein anderer Vers ins Auge und ins Herz: ›Ich aber habe für dich gebetet, dass dein Glaube nicht aufhöre.‹ So hatte Jesus es zu Petrus gesagt und so galt es auch ihm. Der Herr der Welt, der Sohn Gottes, bat für ihn bei seinem Vater, dass Georgs Glaube so wie der aller Christen nicht aufhören möge. Für Georg war dies ein unendlich tröstlicher Gedanke und er nahm ihm viel von seiner Angst. Zudem gab er ihm den Mut, sich den schwierigen Fragen zu stellen und zu versuchen, sie mithilfe der Bibel und der theologischen Werke, die ihm zur Verfügung standen, zu beantworten. Das gelang nicht oft, aber er war ja auch kein Theologe. Nicht mehr.

Manchmal fühlte es sich schrecklich an, wenn ihm das aufs Neue bewusst wurde. Dann dachte er an sein Versprechen, dort in der Zehntscheune von Grünberg, und fühlte sich, als würde seine Seele entzweigerissen. Was war richtig, was war Gottes Plan? In diesen Momenten war er sich nicht mehr so sicher, dass sein Versprechen an Gott, seiner Kirche zu dienen, und damit sein Studium, ein Fehler und eine Anmaßung seinerseits gewesen waren. Aber dann dachte er wieder an seine Zweifel und seinen schwachen Glauben und wusste: Er konnte kein starker Fels für eine Gemeinde sein, kein Feuerborn. Wie sollte er andere lehren, wenn er selbst das Gefühl hatte, nichts zu wissen?

❧

In den folgenden Wochen begann Georg, sich Sorgen um Kaspar zu machen. Immer wieder ging es ihm schlecht, immer häufiger legte er sich tagsüber schlafen. Anstrengungen erschöpften ihn mehr als noch vor Kurzem und er schnappte dann oft nach Luft. Georg hoffte, dass das wärmere Wetter helfen würde, aber als er an einem sonnigen Morgen Ende Mai zur Arbeit aufbrechen wollte, hörte er Kaspar keuchend die Treppe von der Werkstatt hinaufkommen. Sein Freund stieg jede Stufe einzeln hinauf und Georg hörte seinen Atem bei jeder Stufe schwerer gehen. Als er endlich oben ankam und Georg sah, lächelte er, während er noch nach Luft rang.

Georg konnte nicht zurücklächeln. »Kaspar, sollte nicht doch der Medicus kommen? Du bist offensichtlich krank, deine Atemnot wird immer schlimmer!«

»Unsinn, ich bin nicht krank. Ich war noch nie krank und ich habe auch nicht vor, jetzt damit anzufangen. Ich bin eben ein alter Mann, nächstes Jahr werde ich siebzig, da darf man schon mal ein wenig pusten. Und jetzt geh, du kommst noch zu spät.«

Georg nickte, aber überzeugt war er nicht. Obwohl er tatsächlich spät dran war, beeilte er sich nicht sonderlich, zur Arbeit zu kommen. Es war sowieso gleich, Cramer kam immer später in die Amtsstube. In letzter Zeit waren es manchmal zwei Stunden. Es wurde nicht besser mit seiner Schwermut, im Gegenteil.

Wie erwartet war die Amtsstube leer und kalt, als Georg ankam, und wie jeden Tag begann er damit, neues Holz aus dem Lager an der hinteren Hauswand zu holen, um den Vorrat neben dem Ofen aufzustocken. Er war gerade dabei, das Feuer in Gang zu bringen, als sich die Tür öffnete. Überrascht schaute er hoch, aber es war Philipp, nicht sein Vater, der zur Tür hereinkam. Georg hatte ihn um Hilfe gebeten, als sein Dienstherr ihm auch die eigentliche juristische Arbeit zuzuschieben begann. Die konnte er einfach nicht leisten, dafür fehlte ihm das Wissen – aber Philipp konnte es, er hatte seinen Magistergrad schließlich nur deshalb noch nicht erreicht, weil auch sein Studium kaum noch stattfand und Prüfungen erst recht nicht abgehalten wurden.

»Guten Morgen, Herr Adjunkt«, grüßte Philipp jetzt mit einem breiten Grinsen.

Georg grinste zurück und legte noch ein Scheit aufs Feuer. »Im Augenblick eher Famulus, aber danke, das wünsche ich ebenfalls.«

»Ja, die Dienerarbeiten muss eben auch jemand machen …«

»Genau.« Georg stand auf und klopfte sich den Staub von der Hose. »Es macht mir ja auch nichts aus. Ich bin schließlich immer noch sehr dankbar, dass ich hier arbeiten und ein paar Albus verdienen darf.«

Philipp setzte sich hinter den Schreibtisch seines Vaters und zog einige Schriftstücke heran, die bearbeitet werden mussten. »Was macht Chemlins Gesundheit?«

Als Georg zögerte, schaute Philipp von den Papieren auf. »So schlimm?«

Georg nickte. Es tat gut, es nicht nur mit sich selbst auszumachen. »Er wird immer schwächer, bekommt kaum noch Luft, aber er sagt, er sei nicht krank. Er schläft so viel, dass Frau Ursula inzwischen mit Röder die meiste Arbeit in der Druckerei macht. Ich mache mir wirklich Sorgen.«

»Vielleicht muss er einfach nur etwas kürzertreten, er ist immerhin ein alter Mann.«

»Ja, schon – aber das hier kommt so plötzlich. Und den Arzt will er nicht rufen. Ich habe Angst, dass er nicht wieder auf die Beine kommt.«

»Das Gefühl kenne ich …«, murmelte Philipp.

Georg nahm den Besen, dann fragte er: »War denn der Medicus noch mal da?«

»Vater will ihn ja nicht. Aber es würde sowieso nichts helfen. Ich habe mal einen Kommilitonen gefragt, der Medizin studiert. ›Gegen das *malus melancoliacum* ist kein Kraut gewachsen‹ heiße es immer, hat er gesagt. Nein, mit medizinischen Mitteln kommt man da nicht weiter. Aber auch mit keinen anderen. Ich weiß langsam nicht mehr, was ich machen soll.«

»Du tust doch schon sehr viel. Du bist inzwischen fast jeden Tag hier und hilfst ihm mit seiner Arbeit, so muss er sich nicht darüber auch noch sorgen.«

»Ich weiß. Ich habe ja auch sonst nicht mehr viel zu tun. Und so bekomme ich wenigstens praktische Erfahrungen.«

Eine Diele knackte und Georg schaute sich um. Ratsherr Cramer stand im Türrahmen. Man sah ihm seine Schwermut nicht auf den ersten Blick an. Immer noch sorgte er peinlich dafür, dass sein Bart sauber gestutzt, sein Haar ordentlich gekämmt und seine Kleidung seinem Stand angemessen war. Aber um seine Augen lagen dunkle Ringe, weil er wenig schlief, und seine Schultern sackten nach vorn, wenn er sich nicht bewusst aufrichtete.

Er schaute Georg an und seine Stirn schob sich dabei zusammen. Schuldbewusst begann Georg wieder zu fegen.

»Vater, wir haben nur kurz …«, setzte Philipp an, aber sein Vater unterbrach ihn mit einer erhobenen Hand. »Kammann!«

Georg hörte auf zu fegen. »Ja, Herr Advokat?«

»Stellt bitte den Besen weg.«

»Ich bin noch nicht ganz fertig …«

»Unwichtig. Alles unwichtig. Stellt ihn weg.«

Georg gehorchte. Inzwischen war Cramer an seinen Schreibtisch getreten. Philipp erhob sich pflichtschuldig. Sein Vater schaute auf die Papiere hinunter, mit denen sein Sohn sich gerade beschäftigt hatte. »Ich habe gehört, was ihr beide eben gesagt habt. Du hast kaum noch Vorlesungen, richtig?«

»Ja, Vater.«

»Folglich kannst du mir bei jeder der hier anfallenden Arbeiten helfen. Du bist mein Sohn, ich zahle dein Studium. Alles, was Kammann hier tut, kannst du auch. Du wirst es nicht gern tun und nicht so widerspruchslos wie er, aber du kannst es.«

Georg begann zu ahnen, worauf der Advokat hinauswollte, und ihm wurde kalt.

Auch Philipp begriff. »Vater, Ihr wollt doch nicht …«

Cramer richtete sich auf. »Doch, ich will. Ich benötige Eure Dienste nicht mehr, Kammann. Ihr erhaltet noch Euren Lohn für diese Woche, aber dann könnt Ihr gehen. Sucht Euch eine andere Arbeit, eine, die besser zu Euch passt.«

»Vater, bitte …«, versuchte Philipp es noch einmal, aber Cramer schnitt ihm wieder das Wort ab.

»Widersprich mir nicht jetzt schon. Ich bin immer noch der *Pater familias* dieses Hauses, und auch wenn die Unterschicht dieser Stadt das nicht begreifen will, auch uns rollen die Dukaten nicht aus dem Ärmel. Wir müssen sparen. Die Zeiten werden nur noch schlechter werden und dann brauchen wir jeden Heller. Wenn der Krieg herkommt, und das wird er …« Er brach ab. Seine Worte hingen wie ein bedrohliches Donnergrollen in der Luft.

Georg schluckte. Gerade eben noch hatte er gesagt, wie froh er war, dass er eine Arbeit hatte – und nun stand er von einem Moment auf den anderen wieder ohne da, ohne eine Aufgabe, ohne Geld.

»Ich danke dem Herrn Advokaten für die Zeit, die ich hier arbeiten durfte«, hörte er sich sagen. Seine Stimme klang kratzig.

Cramer nickte nur, zählte seinen Lohn ab und hielt ihn ihm hin. Georg nahm die Münzen, verbeugte sich und ging. Beim Umdrehen sah er das ›Es tut mir leid‹ in Philipps Augen. Es tat gut, auch wenn es nicht half.

Mutlos ging er nach Hause, die Augen auf die Pflastersteine gerichtet.

Als er zur Haustür hereinkam, traf er auf Frau Ursula, die gerade aus der Stube kam. »Georg! Was tut Ihr hier um diese Zeit?«

»Ich bin aus dem Dienst entlassen worden«, sagte er.

»Das nicht auch noch«, flüsterte sie und jetzt erst sah er ihre geröteten Augen.

Ein unerträglicher Schrecken durchfuhr seinen ganzen Körper. »Was ist … Kaspar?«

»Er ist in der Druckerei zusammengebrochen, wir haben ihn zu dritt ins Bett geschafft. Einer der Soldaten musste helfen, weil Peter unterwegs war. Jetzt schläft er ganz ruhig. Der Medicus war da und sagte, er solle sich ausruhen und nicht mehr die Treppen steigen.«

»Wird er … kommt er wieder auf die Beine, wenn er sich schont?«

»Ich weiß es nicht, Georg. Lasst uns dafür beten.«

Georg nickte. Das würde er tun. Er wollte auf Gott vertrauen, dass alles gut werden würde.

໙

Georg hielt sich an seinen Plan. Er betete nicht nur jeden Abend für seinen Freund, sondern auch tagsüber. Dass Kaspars Kraft nicht zurückkommen könnte, wollte er sich nicht einmal vorstellen. Stattdessen schmiedete er Pläne für die Zeit der Genesung.

Er hatte auch viel Zeit dafür. Bis Mitte Juni hatte er alle einigermaßen begüterten Bürger der Stadt aufgesucht und um eine Anstellung gebeten, aber er war überall abgewiesen worden. Es gab keine Arbeit in der Stadt, jedenfalls keine längerfristige, für die ihm Geld geboten wurde. Ein paar Tage lang durfte er für wenige Heller dem Apotheker Schrodt bei der Inventur seiner Vorräte helfen, ein andermal beteiligte er sich gar am Abriss einer Scheune, aber eine feste Stelle bot ihm niemand an.

»Dann bleibe ich eben hier und helfe dir, bis du wieder ganz wohlauf bist, Kaspar«, erklärte er am vierzehnten Juni beim Mittagessen. Es war ein warmer Tag voller Sonnenschein. Kaspar lachte nur und musste daraufhin wieder einmal trocken husten. »Ach Georg«, sagte er, als er wieder sprechen konnte, und fügte dann hinzu: »So, ich lege mich jetzt noch mal ein Stündchen hin.«

Das »Stündchen« würde sich wieder über den ganzen Nachmittag erstrecken. Georg blieb in der Küche sitzen und versuchte, das Keuchen und die langsamen Schritte auf den Dielen zu überhören. Stattdessen schlürfte er langsam und möglichst geräuschvoll seine Brotsuppe und bemühte sich, an schöne Dinge zu denken, anstatt die Angst zuzulassen, die ihm in der Kehle saß.

Frau Ursula stand auf und brachte Kaspars kaum benutzten Löffel weg. Dann setzte sie sich wieder an den Tisch und zog die Schüssel mit der inzwischen abgekühlten Suppe näher zu sich heran. Aber sie nahm ihren Löffel nicht auf, sondern schaute Georg mit einem Ausdruck im Gesicht an, den er nicht recht deuten konnte.

Als sie schließlich sprach, sagte sie etwas, das er nicht hören wollte. »Ihr wisst, dass Kaspar sterben wird.« Ihre Stimme klang ganz ruhig dabei, fast schon sachlich.

Georg fuhr hoch. »Nein! Nein, das wird er nicht!«

Sie lächelte leicht. Es war ein trauriges Lächeln. »Doch, Georg, das wird er. Und weder Ihr noch ich können etwas dagegen tun, sosehr wir uns das auch wünschen. Er ist auf dem Weg nach Hause.«

Tränen schossen Georg in die Augen. Er wusste, dass sie recht hatte, er hatte es die ganze Zeit gewusst. »Und wenn der Arzt …?«, setzte er trotzdem an.

»Der Arzt kann nichts dagegen tun. Kaspar ist nicht krank, er ist alt. Er ist einfach alt.« Jetzt standen auch ihr die Tränen in den Augen und ihre Stimme klang wackelig. »Er ist alt und sein Körper müde, auch wenn sein Geist das noch lange nicht ist. Wir können ihn nicht hier festhalten, wisst Ihr? Wir können ihm nur helfen, seine letzte Zeit hier auf Erden gut zu verbringen und ihm den Abschied nicht zu schwer machen. Versprecht mir, dass Ihr es ihm nicht schwer machen werdet, Georg!«

Er nickte. Es war schwer und tat weh, aber er nickte. Dann sprang er auf und rannte in seine Kammer hinauf. Dort kniete er sich vor sein Bett und betete – zumindest hatte er das vor. Aber als er die Augen schloss und begann, kamen andere Worte aus seinem Herzen als die, die er eigentlich hatte sagen wollen. »Du darfst das nicht tun, Herr«, hörte er sich sagen. »Du darfst ihn mir nicht wegnehmen! Ich brauche ihn! Ich brauche seine Freundschaft und seinen Glauben, du kannst doch nicht wollen, dass ich den Glauben verliere? Ohne ihn schaffe ich es nicht, ohne ihn kann ich das nicht! Es ist nicht gerecht! Lass ihn nicht sterben, du darfst ihn nicht sterben lassen!« Fast schon schrie er es und wusste doch nicht, ob Gott überhaupt zuhörte, ob es ihn kümmerte, was er sagte oder fühlte. Schließlich, irgendwann, stand er mit schmerzenden Knien auf, legte sich auf seine Liege und weinte lange.

ଓଃ

Den nächsten Tag über bewegte sich Georg nur zu den Mahlzeiten aus seiner Kammer. Er hatte Kopfschmerzen, und außerdem – welchen Grund gab es noch, irgendetwas zu tun? Vor allem: Was sollte er tun? Es gab keine Arbeit, auch in der Druckerei konnte er nicht wirklich etwas tun, er war schließlich kein Drucker. Er war auch kein Theologe. Er war kein Advokatengehilfe. Er war nichts.

Er ging nicht einmal zum Frühgottesdienst, er konnte und

wollte es nicht. Erst am nächsten Abend machte er sich wieder auf in die Pfarrkirche. Die Chorprobe konnte er nicht ausfallen lassen. Kantor Schmidtborn brauchte ihn dringend, nachdem der letzte andere Tenor Marburg kurz nach Ostern verlassen hatte. Und es war auch die ganze Zeit über eine willkommene Ablenkung gewesen, dreimal in der Woche abends in der Musik aufzugehen und sich die Mutlosigkeit und die Sorge um Magdalena und Kaspar aus dem Körper zu singen.

Auch heute tat es ihm gut. Die Sorgen verschwanden nicht, aber die Musik war wie ein Kanal, der die Gedanken einfing und zähmte und sie auf ein Ziel hin lenkte, auf die Schönheit und das Ewige. Georg sang und spürte, wie er ruhiger wurde, wie die Töne, die aus seiner Kehle drangen, auch das Schlimme mitnahmen, das ihn belastete, und nur die Freude an der Musik und dem Zusammenklang der Stimmen übrig ließ.

Am Ende der Probe versuchte Georg, sich dieses Gefühl der Geborgenheit zu bewahren, um wenigstens ein Fragment davon mit nach Hause nehmen zu können – aber Kantor Schmidtborn machte seine Bemühungen mit wenigen Sätzen zunichte. »Ich muss euch etwas mitteilen. Dies war wohl vorerst die letzte Chorprobe. Ich habe einen Ruf auf die Pfarrstelle von Krofdorf bekommen, in der Nähe von Gießen. Es ist ein großes Glück und Geschenk, das ich nicht ausschlagen kann. Mein Wunsch war es ja immer, Pfarrer zu sein, auch wenn ich gern unterrichtet und vor allem die Musik geleitet habe, und nun erfüllt er sich doch noch. Falls also der Pädagogiarch keinen Nachfolger für mich findet, was leider sehr wahrscheinlich ist in diesen Zeiten, wird er allein den Unterricht geben müssen, da bleibt für die Musik keine Zeit und Kraft. Vielleicht stellt er einen Studenten als Hilfslehrer ein, aber auch die sind ja inzwischen rar gesät, und ob er dann auch noch jemanden findet, der musikalisch ist ...«

Georg konnte nicht fassen, was er da hörte. Nun auch noch das – wollte Gott ihm denn alles nehmen, was ihm etwas bedeutete?

War er denn Hiob, den Gott auf die Probe stellte, indem er ihn vom höchsten Glück in tiefstes Elend fallen ließ?

»Es tut mir wirklich leid um den Chor. Ich danke euch für euren Einsatz all die Zeit über.« Schmidtborn schaute Georg einen Moment fest in die Augen. Sah man ihm seine Enttäuschung so sehr an? Georg schluckte und lächelte dem Kantor mit Mühe zu. Natürlich gönnte er ihm die Pfarrstelle und er hoffte sehr, dass es ihm besser ergehen würde als Pfarrer Eysold daheim.

Mit hängenden Köpfen verließen die Schüler und wenigen Studenten die Kirche.

»Georg!« Der leise Anruf des Kantors hielt Georg zurück. Er drehte sich noch einmal um. Schmidtborn schaute ihn an und ihm standen tatsächlich Tränen in den Augen. »Euch werde ich besonders vermissen, mein Junge. Gott möge Euch und Euer Leben segnen und hört bitte nicht auf zu singen. Ihr habt eine Gabe und eine Freude daran, die Ihr nicht verkümmern lassen solltet. Wenn sich die Möglichkeit ergibt, singt. Es gibt zu wenig Musik in unserer Zeit.«

Georg nickte, auch wenn es schwerfiel. »Ich freue mich für Euch und wünsche Euch alles Gute dort.«

»Lebt wohl, Georg.«

»Ihr auch.«

Der Weg aus der Kirche war noch schwerer als vor zwei Stunden hinein. Draußen war es bereits dunkel und die anderen standen noch auf dem Kirchhof. Einer hatte sein Licht in der Laterne angezündet und die anderen holten sich bei ihm das Feuer für ihre eigenen. Georg tat es ihnen gleich und machte sich dann auf den Heimweg.

Die Worte des Kantors gingen ihm nicht aus dem Sinn: ›Es gibt zu wenig Musik in unserer Zeit.‹ Nun gab es wirklich keine mehr, keinen Chor, der den Gesang im Gottesdienst anleitete, und erst recht keine Klänge, die die Seele in den Himmel hoben. Es sei denn, Tonsor fand einen Ersatz für Schmidtborn oder wenigstens einen musikalischen Studenten.

Oder einen, der kein Student mehr war. Der Gedanke kam Georg so plötzlich, dass sein Herz wie wild zu schlagen begann. Sollte er versuchen, sich beim Pädagogiarchen zu bewerben? Die Frage blieb nur für einen kurzen Augenblick eine Frage. Natürlich sollte er es versuchen. Und zwar gleich am nächsten Morgen.

26. Kapitel

Professor Johann Heinrich Tonsor schaute von seinen Papieren auf und hob die Augenbrauen, als die Magd Georg um halb acht Uhr morgens in den großen Raum im Erdgeschoss seines Hauses einließ, in dem seine Vorlesung stattfand. »Kammann! Habt Ihr Euch heimlich wieder eingeschrieben?«

Georg deutete eine Verbeugung an und schluckte die Aufregung herunter. »Nein, habe ich nicht. Ich komme zum Herrn Pädagogiarchen, nicht zum Professor Theologiae.«

Es zuckte um Tonsors breiten Mund. »Was, habt Ihr inzwischen ein Kind gezeugt und wollt es für das Jahr des Herrn 1658 schon mal vorsorglich anmelden?«

»Nein.« Georg holte noch einmal tief Luft. »Kantor Schmidtborn hat uns gestern Abend gesagt, dass er fortgeht, und ich wollte den Herrn Pädagogiarchen fragen, ob Er angesichts dessen einen Hilfslehrer gebrauchen könnte.«

»Einen Hilfslehrer … allerdings brauche ich den.«

»Würde der Herr Professor mich dann in Erwägung ziehen? Ich … nun, Er weiß als mein ehemaliger Professor wohl beinahe besser als ich selbst, was ich kann. Ich habe schon dem jungen Jakob Chemlin mit der griechischen und lateinischen Grammatik geholfen und den kleinen Johannes vorher im Lateinischen unterrichtet. Kaspar Chemlin war immer zufrieden mit meinen Fähigkeiten als Lehrer. Und ich könnte vielleicht auch den Chor weiterhin aufrechterhalten und zumindest mit einfachen Stücken anleiten.«

Tonsor musterte ihn von Kopf bis Fuß und legte nachdenklich den Finger an die Nase. »Tatsächlich, ich meine mich zu erinnern, dass Ihr Weihnachten einmal eine Art Solo gesungen habt, ein Konzert für schlechte Zeiten dieses Kapellmeisters aus Dresden, wie heißt er noch? Sch…«

»Schütz, Herr Pädagogiarch, Heinrich Schütz.«

»Richtig. Musikalisch seid Ihr also … Nun, dann seid Ihr hiermit eingestellt – allerdings nur unter einer Bedingung.« Er schaute Georg voll ins Gesicht.

»Die wäre?«, wagte Georg schließlich zu fragen, als ihm der Blick zunehmend unangenehm wurde.

»Ihr lasst Euch wieder in die Matrikel einschreiben.«

»Ich … was?«

»Ah, da ist der kleine Kammann wieder, der keine ganzen Sätze sprechen kann. Es ist ganz einfach: Ich stelle keinen dahergelaufenen Kerl ein, nur einen Studenten. Also werdet gefälligst wieder einer, damit ich Euch einstellen kann. Und keine Sorge um die Gebühren – ich werde das Gehalt entsprechend nach oben anpassen.«

Georg biss sich auf die Lippe. Er konnte sich doch nicht einschreiben lassen, ohne tatsächlich zu studieren, nur um diese Arbeit anzunehmen? Und er konnte auch nicht studieren, um eine Arbeit zu haben, wenn er diesen Weg als falsch erkannt hatte! Aber er konnte auch nicht diese Gelegenheit vorbeiziehen lassen, etwas zu tun, was er wirklich gern tat, und endlich wieder ein wenig zum Chemlin'schen Haushalt beitragen zu können!

Was sollte er tun? Als er aufschaute, sah er, wie Tonsor den Kopf schüttelte. »Ihr denkt zu viel, Kammann. Ihr fragt Euch gerade, ob Ihr Euer Gewissen belastet, wenn Ihr Euch zu einem Studium einschreibt, das Ihr nicht mehr wollt, richtig?«

Georg nickte.

»Warum wollt Ihr es nicht mehr?«

»Ich …« Georg stockte, aber was sollte er sagen außer der Wahrheit? »Ich kann es nicht.«

»Ihr könnt es nicht? Wollt Ihr mir einen Bären aufbinden? Ihr seid ein kluger Kopf, auch wenn Ihr oft in halben Sätzen redet. Wer hat Euch eingeredet, dass Ihr nicht studieren könnt?«

»Nicht das Studieren. Ich kann kein Pfarrer werden. Ich kann nicht predigen.«

»So ein Unsinn. Natürlich könnt Ihr predigen. Nicht schlechter als der größte Teil der Geistlichkeit in diesem Land. Aber das tut vorerst bei unserem Problem gar nichts zur Sache. Ihr werdet Euch einschreiben lassen und unterrichten. Meine öffentliche Vorlesung könnt Ihr sowieso nicht besuchen, in dieser Zeit brauche ich Euch ja zum Unterrichten. Das wäre der geeignete Zeitpunkt für den Musikunterricht, an dem sowieso alle Klassen gleichzeitig teilnehmen. Ich hatte schon befürchtet, dass ich sie für alle anderen Fächer ebenfalls zusammenlegen müsste, nachdem mir nun kurz hintereinander zwei meiner Präzeptoren weggebrochen sind. Aber das könnten wir vermeiden, wenn ich Euch einstelle. Zudem kann ich dann die Vorlesung zumindest einstündig weiterführen. Es geht hier um mehr als nur um den Griechischunterricht der Pädagogienschüler. Es geht auch um Eure ehemaligen Kommilitonen, den kläglichen Rest, der noch hier ist. Also – geht Ihr auf meine Bedingung ein oder verschwenden wir hier nur unsere Zeit?«

»Ich möchte ja gern …«, sagte Georg leise.

Tonsor schlug mit der Hand auf den Tisch. »Dann tut es! Ihr betrügt niemanden, wenn Ihr in der Matrikel steht. Es stehen ein ganzer Haufen von jungen Taugenichtsen darin, die längst nicht mehr zu den Vorlesungen erscheinen, da kommt es auf Euren Namen doch wohl nicht an. Unser Gott ist längst nicht so kleinlich, wie Ihr es offenbar annehmt. Er sieht weiter als Ihr und das Einzige, was aus Eurer erneuten Immatrikulation entsteht, ist eine offen gehaltene Tür, die niemandem wehtut.«

Georg atmete tief durch. »Ja, Herr Pädagogiarch.«

»Ich erwarte Euch also morgen Schlag sechs im Pädagogium.«

Georg nickte und verbeugte sich. »Ich werde da sein.«

»Gut. Und jetzt verschwindet, gleich beginnt die Vorlesung, die wollt Ihr doch nicht besuchen. Außerdem müsst Ihr zum Dekan.«

Georg machte noch einmal einen Diener. »Ich wünsche dem Herrn Pädagogiarchen einen guten Tag.«

Wie im Traum ging er aus dem Haus, in dem er so viele Stunden gelernt hatte. In ihm war ein riesiges Chaos. War es richtig, was er gerade getan hatte? Er musste Kaspar um Rat fragen.

Doch dann fiel ihm ein, dass Kaspar krank war und dass er ihn nicht mit solchen Nichtigkeiten belästigen konnte. Eine Nichtigkeit, nichts anderes war sein Dilemma doch im Angesicht des Todes. Kaspar würde sterben und er war allein. Im Grunde war es tatsächlich gleichgültig, was er tat. Georg erledigte alle Formalitäten, um sich wieder in die Universitätsmatrikel einschreiben zu lassen, war dabei jedoch nur körperlich anwesend. Sein Herz und Geist waren bei Kaspar, dem er von seiner erfolgreichen Bewerbung berichten würde, aber nicht von seinem Dasein als nomineller Student und seinen Gewissensbissen deswegen.

∽

Kaspar freute sich mit ihm, als Georg ihm davon erzählte. »Ja, das ist ein besserer Weg für dich, Georg. Ich wünsche mir zwar immer noch, dass du irgendwann dein Theologiestudium wieder aufnimmst, aber es ist deine Entscheidung, das nicht zu tun, und die akzeptiere ich. Und ein Lehrer zu sein, wenn auch zunächst nur aushilfsweise, das ist etwas Wertvolles und etwas, was dir entspricht. Ich freue mich, dass Gott es so geschenkt hat.«

Georg lächelte und hoffte, dass Kaspar nicht bemerkte, wie sehr er sich dieses Lächeln erzwingen musste. Er könnte Kaspar glücklich machen, indem er ihm sagte, dass er wieder in der Matrikel stand. Aber er würde ja nicht studieren … Also schwieg er und das war schwer.

Das Unterrichten dagegen fiel ihm leichter als gedacht. Im ersten Moment, als er vor den Quartanern und Tertianern, den beiden Unterklassen, stand, wollte sich ein beklemmendes Gefühl auf seine Brust legen, aber dann traten Bilder von Johannes, der sich freute, den Ablativus absolutus verstanden zu haben, und Jakob, der ihm mit glühenden Wangen zuhörte, vor sein inneres Auge. Ab da war alles einfach. Er unterrichtete die dreizehn Jungen vor sich genauso, wie er es mit Kaspars Söhnen gemacht hatte, und es war gut.

Noch besser war der Musikunterricht, in dem er nun auf einmal seinen gesamten Chor vor sich hatte und ihm die Theorie und den Aufbau der Musik beibrachte. Nach drei Tagen setzte er die erste abendliche Chorprobe an. Er begann sie zwar mit klopfendem Herzen und unsicher, auch wenn er glücklicherweise nicht gleich zu Anfang entscheiden musste, was gesungen werden sollte, sondern die Stücke weiterproben konnte, die Schmidtborn mit ihnen angefangen hatte. Aber als sie erst einmal sangen, fiel es ihm leicht, den Chor zu dirigieren und gleichzeitig selbst den Tenor mitzusingen. Er war ein Teil des Chores wie vorher, nur, dass er entschied, wie das Stück gestaltet wurde, und das war erstaunlich leicht, denn es ergab sich aus der Musik selbst. Er dachte nicht viel darüber nach, die Theorie, die ihm längst selbstverständlich war, gab ihm bildlich gesprochen den Takt vor, sein Gefühl für die Musik dagegen den Klang. In diesen Momenten war er glücklich.

Aber sobald er die Pfarrkirche verließ, schlug die Realität wieder auf ihn ein. Er versuchte, sich mit dem Gedanken auszusöhnen, dass Kaspar sterben würde, aber es gelang ihm nicht. Ihm war dabei die ganze Zeit bewusst, wie merkwürdig das war – der Tod war doch überall, immer wieder starben Menschen, die einem etwas bedeuteten, und es würden noch mehr sterben. Johannes' Tod schmerzte immer noch, wenn er an ihn dachte, aber er wusste, dass es seinem kleinen Schüler im Himmel nun so gut ging, dass er seinen Tod annehmen konnte.

Kaspar war mit seinen fast siebzig Jahren ein alter Mann. Alte Menschen starben. Also würde auch Kaspar sterben. Aber diese logische Schlussfolgerung konnten Georgs Kopf und sein Herz einfach nicht akzeptieren.

Er konnte sich schlichtweg nicht vorstellen, wie das Leben ohne Kaspar für ihn weitergehen sollte. Wo würde er Rat finden,

Trost und Hilfe? Nein, es war unmöglich, Kaspar durfte einfach noch nicht gehen!

Wenn Georg zu Hause war, zog er sich nach dem Essen sofort in sein Zimmer zurück. Er ging Rob aus dem Weg, der ihn mehrfach aufforderte, mit ihm zu fechten, und schüttelte bei Frau Ursulas Aufforderung, doch wieder einmal mit dem jungen Herrn Cramer auszugehen, nur mit dem Kopf.

Seine Besuche bei Kaspar, der sich inzwischen so gut wie gar nicht mehr aus seiner und Frau Ursulas Schlafkammer herausbewegte, hielt er so kurz wie möglich. Der Tod war nicht mehr zu übersehen. Er saß auf Kaspars keuchender Brust und in seinen eingefallenen Wangen und schien ihn jedes Mal höhnisch anzulachen, seine eisigen Fäuste um sein Herz zu schließen und so fest zuzudrücken, bis der Schmerz beinahe unerträglich wurde.

Er sprach mit seinem Freund über nichts Wichtiges mehr. Wenn er vor dem Bett stand, gab es plötzlich nichts Bedeutsames mehr, nur noch Belangloses. Er sagte ein paar dieser Belanglosigkeiten und versuchte, das eigentliche Thema nicht anzusprechen. Er hatte Frau Ursula versprochen, es Kaspar nicht schwer zu machen – aber er wusste nicht, was das bedeutete. Wie konnte er es für Kaspar leichter machen zu sterben? Woher sollte er wissen, auf welche Weise der Tod leichter wurde? Konnte der Tod überhaupt leichter werden?

Abends starrte Georg aus dem Fenster oder an die Decke, manchmal versuchte er auch zu lesen, bis er schlafen konnte. Schlafen war das Einzige, was wirklich half gegen diesen Druck auf seiner Seele, und so schlief er, so viel er konnte.

Vor den Sonntagen fürchtete er sich besonders. Nicht mit Kaspar über die Predigt sprechen zu können, war schlimm genug, aber dass er danach nicht einmal zur Arbeit gehen konnte, weil Tonsor die zwei Stunden Predigtnachbereitung mit den Schülern selbst übernahm, gab ihm viel zu viel Zeit zum Grübeln. Am letzten Sonntag im Juni kam außerdem Justus Feuerborn als Stadtprediger, nahm Kaspar auf seinen Wunsch hin die Beichte ab und reichte ihm das Abendmahl. Es war wie eine Bestätigung von Kaspar selbst, dass er wirklich sterben würde.

Auch der dritte Juli war ein Sonntag. Georg sah Magdalena in der Kirche, aber er sprach nur kurz mit ihr, belanglose Worte auch hier, bevor er sich auf den Heimweg machte. Ihm graute vor den langen, grauen Stunden, die auf ihn warteten, aber gleichzeitig hielt ihn nichts in der Kirche.

Er hatte sich gerade mit einem Buch in seine Kammer zurückgezogen, als er Schritte auf der Stiege hörte, die eindeutig nicht einem der Soldaten gehörten. Es klopfte an seiner Tür. »Georg?« Es war Frau Ursulas Stimme.

Georg öffnete die Tür.

»Es ist Besuch für Euch in der Küche. Kommt!« Ohne seine Antwort abzuwarten, drehte sie sich um und ging die Stiege ebenso ruhig wieder hinunter, wie sie sie heraufgekommen war. Er folgte ihr. Was konnte er auch anderes tun?

Als er die Küche betrat und Magdalena am Tisch sitzen sah, traf ihn der unerwartete Anblick wie ein Schwall kalten Wassers. Sie war noch nie hier gewesen, und sie dort am Küchentisch zu sehen, warf ihn für einen kleinen Moment völlig aus der Bahn.

Frau Ursula nahm sich einen Hocker und setzte sich ans andere Ende des Raumes, um ihnen so viel Freiraum wie möglich zu lassen, ohne den Anstand völlig zu vergessen, und das rechnete Georg ihr hoch an. Magdalenas Blick folgte ihr ebenfalls mit so etwas wie Anerkennung und vielleicht auch Dankbarkeit darin.

»Was tust du hier?«, fragte Georg schroffer, als es gemeint war. Aber Magdalena schien sich daran überhaupt nicht zu stören.

»Du warst schon wieder so merkwürdig kurz angebunden heute Morgen, darum dachte ich, ich komme einfach her«, erklärte sie schlicht.

»Dein Vormund wird toben.«

Sie zuckte mit den Achseln. »Du glaubst gar nicht, wie gleichgültig mir das ist.«

Er schaute auf die Tischplatte und fuhr mit dem Zeigefinger

die Maserung des Holzes nach. Er wusste nicht, was er sagen sollte. Irgendwie schienen ihm in den letzten Tagen alle Worte abhandengekommen zu sein, die etwas bedeuteten.

Dann fühlte er ihre Hand auf seinem Arm und hielt in der Bewegung inne.

»Was ist los mit dir? Ist es wegen Kaspar Chemlin?«

Er konnte nur nicken.

»Ich habe gehört, dass er immer schwächer wird. Es tut mir so leid, Georg. Ich wünschte, ich könnte dich trösten, aber ich weiß nicht, wie.« Flüsternd wiederholte sie die letzten Worte: »Ich weiß nicht, wie.«

Er schaute sie an und sah ihre Augen feucht glänzen, zum ersten Mal, seit er sie vor mehr als einem Jahr wiedergefunden hatte.

»Ich weiß es auch nicht«, sagte er. »Und das ist das Schlimmste daran. Ich … weißt du, ich fühle mich so schlecht, weil ich immer nur daran denken kann, was mir fehlen wird, wenn er nicht mehr da ist, nicht, wie gut es ihm bei unserem Herrn im Himmel gehen wird. Ich wünschte, ich könnte das ändern, aber ich habe keine Ahnung, wie ich das tun soll!«

»Hast du schon mit ihm darüber geredet?«

»Mit ihm?« Georg schüttelte gleichermaßen verblüfft wie abwehrend den Kopf. »Ich kann doch nicht mit ihm darüber sprechen! Er ist es doch, der stirbt, damit hat er mit Sicherheit genug zu tun!«

»Bist du dir da sicher? So, wie du immer von ihm erzählt hast, könnte ich mir vorstellen, dass er darauf wartet, dass du offen zu ihm bist. Ihr habt doch immer über alles gesprochen, oder? Warum meinst du, dass das jetzt anders sein sollte?«

Georg rieb sich mit der Hand über die Stirn. »Vielleicht hast du recht«, sagte er schließlich.

»Ganz bestimmt habe ich recht.«

Einen Augenblick lang schwiegen sie.

Georg biss sich auf der Oberlippe herum. Dann schüttelte er den Kopf. »Wie kann ich denn zu einem Sterbenden kommen und ihm sagen, dass ich Schwierigkeiten habe, sein Sterben anzunehmen? Das macht es ihm doch nur noch schwerer, selbst loslassen und Abschied nehmen zu können!«

Diesmal fasste Magdalena nach seiner Hand und hielt sie fest. Warm drückten ihre Finger auf seinen Handrücken. »Glaubst du nicht, dass er das sowieso spürt?«

Belanglose Worte an Kaspars Bett. Ja, natürlich musste er es längst bemerkt haben und ganz sicher bedrückte es ihn. Georg nickte, zuerst langsam, dann immer energischer. Heute noch – oder wohl besser morgen früh – würde er mit Kaspar sprechen.

»Das ist gut«, sagte Magdalena.

»Und wie geht es dir?«, fragte er.

Sie schüttelte den Kopf. »Das ist mir im Moment egal. Jetzt geht es um dich.«

Er lächelte sie an. Sie lächelte zurück und zog langsam und wie gegen einen Widerstand ihre Hand von seiner herunter. »Ich muss jetzt gehen.«

»Danke, dass du gekommen bist«, sagte Georg.

»Du warst die ganze Zeit für mich da. Ich glaube, es wird Zeit, dass ich mich auch mal wieder um andere Menschen kümmere und nicht nur um mich selbst drehe«, sagte sie leise.

Dieser Schritt nach vorn war ein Lichtschimmer, den er nicht erwartet hatte. Als sie aufstand, erhob er sich höflich wie für eine Dame, in diesem Moment konnte er gar nicht anders.

»Jetzt werd nicht förmlich«, sagte sie. »Ich finde allein raus, danke. Leb wohl!«

»Leb wohl!«

Sie war schneller fort, als er schauen konnte. Aber etwas von dem, was gerade passiert war und was sie bei ihm gelassen hatte, konnte er in Frau Ursulas Lächeln sehen und dem Nicken, mit dem sie Magdalenas Worte begrüßte.

СЗ

Die Tür zu Kaspars Schlafstube quietschte leise, als Georg sie vorsichtig öffnete. Kaspar lagerte halb sitzend in seinem Bett und wandte den Kopf, als Georg durch den Türschlitz lugte. Ein Lächeln erhellte seine Züge, als er Georg erkannte.

»Komm rein«, sagte er so leise, dass Georg es mehr von seinen Lippen ablas.

Er schloss die Tür hinter sich und zog sich den Hocker neben das Bett.

»Schön, dass du kommst«, sagte Kaspar. Georg studierte sein Gesicht. Obwohl es von Leiden und dem nahenden Tod gekennzeichnet war, glänzten doch immer noch dasselbe Feuer, derselbe Wille und dieselbe Entschiedenheit aus seinen Augen, die dort auch in seinen gesunden Tagen geblüht hatten. Er war immer noch Kaspar und Georg wurde mit einem Mal bewusst, dass er sich selbst in den letzten Tagen die Möglichkeit genommen hatte, ihn und seine Freundschaft so lange zu genießen, wie sie ihm eben noch vergönnt war. Wie hatte er nur so dumm sein können!

»Na, na«, sagte Kaspar beruhigend und fasste nach seiner Hand. Erst da merkte Georg, dass er Tränen in den Augen hatte. Energisch blinzelte er sie weg. Er war schließlich nicht zum Weinen hier, das konnte er besser allein in seiner Kammer tun, oder noch besser, er ließ es ganz sein. Tränen hatte er in letzter Zeit schon zu viele vergossen, ohne dass sie ihm geholfen hätten.

»Ich …«, fing er an und verstummte wieder.

Kaspar schaute ihn an und nickte leicht. Er verstand auch ohne Worte. »Was ist los?«, fragte er. »Bei deinen letzten Besuchen hast du immer fleißig versucht, Gevatter Tod auszuladen aus unserem Gespräch. Bist du heute endlich bereit, ihn dabeizuhaben?«

Bereit? Konnte man dazu überhaupt bereit sein? Trotzdem nickte Georg, entschlossen, Magdalenas guten Rat nicht in den Wind zu schlagen. »Ich will einfach …« Wieder stockte er und dann schoss es aus ihm heraus: »Ich will nicht, dass du gehst, Kaspar. Ich habe Angst davor zurückzubleiben und ich habe Angst davor, selber zu sterben. Dabei will ich Gott doch vertrauen und den Tod hinnehmen können, so wie in der Bibel steht: ›Der Herr hat's gegeben, der Herr hat's genommen; der Name des Herrn sei gelobt‹. Aber ich kann es nicht, ich kann es einfach nicht!«

»Ach Georg«, sagte Kaspar. Fast flüsterte er es nur. »Ich hatte so etwas befürchtet. Aber weißt du, dass du es nicht kannst, ist ganz normal. Niemand kann das – außer wenn Gott es ihm schenkt. In deinem Alter konnte ich es auch nicht und noch lange danach ebenso wenig. Als mein Bruder starb, nachdem ihn die Soldaten gefoltert hatten, habe ich monatelang nicht mehr gebetet. Ich wollte nichts mehr mit einem Gott zu tun haben, der so etwas zuließ. Aber dann habe ich es irgendwann doch wieder getan. Ganz langsam habe ich begriffen, dass ich Gott nicht verstehen muss, sondern ihm vertrauen lernen. Das geht nicht mit deinem Kopf und es geht auch nicht von jetzt auf gleich. Vertrauen muss man lernen, Georg, es muss langsam wachsen können. Und pflanzen kannst du es nicht selbst, das muss der Herr tun. Was du tun kannst und musst, ist nur, ihn in dir gärtnern zu lassen, dich zu öffnen und das kleine Pflänzchen zu schützen, so gut du kannst. Und dann lass es wachsen und erwarte nicht zu schnell zu viel von dir und deinem kleinen Pflänzchen Vertrauen.«

»Ich brauche es aber doch jetzt. Und ich brauche einen Baum, nicht bloß ein Pflänzchen«, murmelte Georg.

»Dann lehn dich an größere Bäume in deiner Nähe. Geh zu Feuerborn oder einem der anderen Geistlichen, du weißt, wem du dich am ehesten anvertrauen möchtest. Oder sprich mit deiner Magdalena darüber. Deinen Kummer, wenn ich in die Ewigkeit gegangen bin, kannst du mit anderen teilen, mit meiner Frau, mit meinen Kindern, mit allen, die vielleicht sonst noch um mich weinen werden. Ihr werdet euch gegenseitig stützen und so soll es auch sein.«

Georg holte tief Luft und fuhr sich mit der Hand über die Augen. Dann schaute er in Kaspars ruhiges Gesicht. »Woran hältst du dich denn fest? Ist dein Baum wirklich so groß, dass du hier mich tröstest statt umgekehrt, wie es sein sollte?«

Kaspar lächelte. »Was schert mich, wie es sein sollte. Du brauchst Trost, ich nicht mehr. Ich habe gekämpft, Georg, das lass dir gesagt sein. Ich habe nicht einfach gesagt: Gut, wenn es dein Wille ist, Herr, dann sterbe ich eben. Ich habe mit ihm gehadert, ich habe ihm Versprechungen gemacht und um mein Leben gebettelt. Aber jetzt nicht mehr. Und nein, mein Baum ist nicht groß genug, um das zu tragen. Das ist keiner, glaub mir. Wenn es ans Sterben geht, ist das Vertrauen nie genug. Ich habe immer noch Angst vor dem Tod. Aber weißt du, wenn ich in ein Loch falle, zweifle, ob ich gut genug bin für Gott, ob er mich aufnehmen wird, ob mir meine Sünden wirklich vergeben sind, dann gibt es eine Sache, an der ich mich immer festhalten kann. Egal, was kommt – das Kreuz bleibt doch bestehen.«

Er griff wieder nach Georgs Hand und hielt sie fest. »Siehst du? Darum braucht dein Vertrauen keinen dicken Stamm – solange es sich ans Kreuz binden lässt. Solange du dich daran festhältst, dass unser Herr Jesus Christus für uns am Kreuz gehangen hat, mehr gelitten hat, als wir es je werden, und gestorben ist – er, der doch Gottes eigener Sohn ist –, solange hast du das Wichtigste bei dir und solange wird auch dein Vertrauen nicht ganz verkümmern. Er weiß, wie es ist, zu leiden und zu sterben. Er weiß, wie es ist, Mensch zu sein. Und durch ihn sind wir Gottes Kinder und wissen, wohin wir gehen, wenn wir sterben. Das Kreuz ist letztlich alles, was zählt. Du erinnerst dich hoffentlich an den Spruch aus dem Korintherbrief: ›Denn ich nahm mir vor, nichts anderes unter euch zu wissen als nur Jesus Christus, und ihn als gekreuzigt.‹«

Er hustete trocken und ließ Georgs Hand wieder los.

»Du darfst dich nicht so anstrengen«, presste Georg durch seine enge Kehle hervor.

Kaspar lachte und hustete wieder. »Unsinn. Sterben werde ich ohnehin. Ob ich es heute tue oder morgen, macht doch keinen Unterschied. Wenn ich die Wahl habe, mit dir zu reden und früher zu gehen oder mich zu schonen und dich wegzuschicken, um einen oder zwei Tage später über den Jordan zu rudern, dann wäre ich doch dumm, nicht lieber früher mit den Engeln in die ewigen Freuden zu entschweben!«

Georg lächelte unter Tränen. Es tat gut zu hören, dass Kaspars direkte Art sich nicht einmal so kurz vor dem Tod veränderte. »Danke«, sagte er.

»Wofür?«

»Für das hier und für alles andere. Dass du mein Freund bist. Dass du mich aufgenommen hast damals und nicht gleich wieder aus dem Haus geworfen, als du mich für einen aufgeblasenen Studenten hieltest. Dass du immer offen zu mir warst und ehrlich gesagt hast, was du denkst. Dass du für mich da warst, wenn ich dich brauchte. Dass du mich immer ernst genommen hast und meine Probleme nie für lächerlich hieltest, auch wenn sie es wirklich waren. Dass du du bist und ich dein Freund sein darf. Dafür.«

Jetzt wurden auch Kaspars Augen feucht. »Ich bin froh, dass ich dich kennenlernen durfte, Georg. Dass Gott mir in meinem Alter noch einmal eine solche Freundschaft geschenkt hat, eine ungewöhnliche wegen unseres Altersunterschiedes, aber eine so bereichernde, wie ich es mir nie hätte vorstellen können. Wir wurden wirklich reich gesegnet.«

Georg schaute ihn an und wusste plötzlich, was er tun wollte. Es kam nicht aus Pflichtgefühl, sondern weil er das Bedürfnis danach verspürte: »Wollen wir gemeinsam das Vaterunser beten, Kaspar?«

Kaspars Gesicht leuchtete auf. »Ja. Ja, das wollen wir.« Er faltete seine Hände und Georg ließ sich vor dem Bett auf die Knie nieder.

»Vater unser im Himmel, geheiligt werde dein Name …«

Georg sprach die alten Worte, die Jesus Christus selbst seinen Jüngern beigebracht hatte, und wusste in diesem Moment, dass nicht nur dieses Gebet ewig war, sondern noch viel mehr derjenige, der es auf die Welt gebracht hatte, und alle, die an ihn glaubten – Kaspar ganz bestimmt, und er selbst auch, und eines

Tages würden sie einander in dieser Ewigkeit wiedersehen und alles, alles würde gut sein, wenn *sein Reich gekommen* war. Denn ja, ihm gehörte »das Reich und die Kraft und die Herrlichkeit in Ewigkeit. Amen.«

»Amen, amen, ja, so ist es«, flüsterte Kaspar und öffnete die Augen wieder. Georg stand auf.

»Ich glaube, ich muss jetzt ein bisschen schlafen«, sagte Kaspar. Georg nickte und ging zur Tür. »Dann schlaf gut!«

»Das werde ich.«

Georg zog die Tür hinter sich zu und blieb einen kleinen Augenblick davor stehen, seltsam getröstet und übermäßig traurig zugleich. Die Angst vor dem Verlust war nicht kleiner geworden, eher sogar noch größer. Trotzdem war sie nicht mehr so erstickend. Vielleicht wuchs da ein kleines Pflänzchen Vertrauen in ihm, das soeben Zuwendung und Wasser bekommen hatte.

☙

Kaspars Antwort auf Georgs Wunsch, er möge gut schlafen, sollte das Letzte sein, was Georg von ihm zu hören bekam. Am nächsten Morgen schlief er immer noch fest und so ruhig, dass Frau Ursula ihn nicht weckte, sondern das ganze Haus zusammenrief, weil ihr klar war, dass es nun bald zu Ende gehen würde. Sie standen und knieten alle betend vor seinem Bett, der ganze geschrumpfte Haushalt: Frau Ursula, Georg und die Magd Anna. Peter und Schriftsetzer Reinhard Röder kamen immer wieder hinauf, konnten aber nicht die ganze Zeit bleiben – die Arbeit musste trotz allem getan werden. Sogar eine der Soldatenfrauen setzte sich immer wieder für eine Weile dazu und betete mit. Georg selbst riss sich irgendwann mühsam los, um zur Arbeit zu gehen, aber der Pädagogiarch sah ihn nur kurz an und fragte, was los sei. Georg sagte: »Kaspar Chemlin liegt im Sterben« und war erstaunt, wie leicht diese Tatsache auf einmal auszusprechen war.

»Deshalb …«, sagte Tonsor, rieb sich den Bart und erklärte

dann kurz und sachlich wie immer, er werde seine Vorlesung heute ausfallen lassen und alle vier Klassen gemeinsam unterrichten. Georg solle Meister Chemlin auf seiner letzten Reise begleiten. Die unerwartete Freundlichkeit trieb Georg die Tränen in die bereits geröteten Augen und Tonsor scheuchte ihn mit den Worten »Geht, geht!« zur Tür hinaus. So stand Georg kurz darauf wieder am Sterbebett.

Kaspar wachte nicht auf. Stattdessen wurde sein Atem immer flacher.

Selbst als sie Sterbelieder sangen, blieben Kaspars Augen geschlossen. Georg brachte die Töne nur zitternd und leise heraus und vergaß mehrfach Textzeilen, aber er sang trotzdem weiter, für Kaspar. Es war sowieso kein schöner Gesang, musikalisch betrachtet. Anna konnte keinen Ton halten und Frau Ursulas Stimme war kratzig und rau. Aber es war trotzdem schöner als manche herrliche Kantate, denn sie taten es für den Sterbenden auf dem Bett, für den Herrn im Himmel, der langsam nach diesem Menschen griff, den sie liebten, und für sich selbst, damit es ihnen leichter fiel loszulassen. Sie sangen, weil ihre Herzen es nötig machten.

Es war kurz nach zwölf Uhr mittags, als Kaspars Lider für einen kurzen Moment zu flattern begannen, als so etwas wie ein leises Stöhnen seine Kehle verließ. Danach lag er wieder ganz ruhig auf dem Rücken, die Augen immer noch geschlossen, ein leichtes Lächeln auf den blutleeren Lippen, die Hände auf dem Bauch gefaltet.

Georg schaute zu Frau Ursula. Sie kniete vor dem Bett und schaute auf Kaspar, dann atmete sie einmal tief ein und aus und schloss die Augen. Ihre Lippen bewegten sich lautlos mit den Worten ihres Gebetes und ihre Wangen glänzten vor frischen Tränenspuren. Dann schaute sie hoch. »Es ist so weit«, flüsterte sie. »Er ist bei unserem Herrn.«

Georg ließ sich neben ihr auf die Knie fallen. Er versuchte zu beten, aber er konnte den Blick nicht von Kaspars blassem Gesicht nehmen. Es wirkte so gelöst, so friedlich und sanft, wie es in seinem Leben nie ausgesehen hatte. Keine Spur mehr von dem finsteren Ausdruck, der so oft darin zu sehen gewesen war, keine Spur von Sorgen oder Schmerzen, keine Spur von Leid oder Angst. Nichts als Friede war dort zu sehen und Georg verstand endlich wirklich, was der Freund am Tag zuvor gemeint hatte: Das Kreuz war alles, was zählte, wenn der Tod leise rief, das Kreuz und die tiefe und unendliche Geborgenheit, die mit ihm verbunden war.

27. Kapitel

Bei der Beerdigung mangelte es nicht an Trauergästen. Georg sah es von der Empore aus, wo er den spärlichen Chor dirigierte und selbst kräftig den Tenor mitsang. Die Pfarrkirche war voller Menschen, die Frau Ursula, ihrer Stieftochter und ihrer ältesten Tochter nach der Trauerfeier kondolierten. Auch Magdalena kam und drückte Frau Ursula stumm die Hand und Georg wurde ganz warm bei ihrem offenen Blick, der voll echtem Mitleid war. Vor den beiden jungen Frauen neben Frau Ursula und ihren Männern verbeugte sie sich höflich, sie kannte sie genauso wenig wie Georg selbst. Nur zwei der Chemlin'schen Kinder waren an Frau Ursulas Seite, gerade die, die Georg kaum kannte, weil sie schon vor seiner Ankunft im Haus verheiratet worden waren – Elisabeth war gerade in den letzten Wochen ihrer Schwangerschaft und konnte nicht aus Butzbach anreisen und für Jakob war die Zeit bis zur Beerdigung zu kurz gewesen, um von Leipzig herzukommen.

Georg bemühte sich, Frau Ursula unter die Arme zu greifen, beim Totenmahl nach der Trauerfeier, das den Zeiten entsprechend spärlich ausfiel, ebenso wie am Abend, als noch einige Übernachtungsgäste zusätzlich zu den Soldaten untergebracht werden mussten.

Nach der Abreise der letzten Gäste am nächsten Morgen traf er sie im Flur, während er mit einem Arm voller Brennholz vom Keller heraufkam.

Frau Ursula nickte Georg zu und folgte ihm in die Küche. Er stapelte das Holz an seinen Platz und spürte dabei, dass sie ihn beobachtete.

»Habt herzlichen Dank, Georg«, sagte sie, als er fertig war, sich erhob und zu ihr umdrehte. »Für das hier, für Eure Hilfe gestern und überhaupt.«

»Ich habe es gern getan«, sagte er schlicht, denn das war die Wahrheit. Es tat gut, etwas zu tun, besonders für jemanden, der mit Sicherheit noch stärker um Kaspar trauerte als er selbst.

»Ich weiß. Ihr seid ein guter Mensch und ich bin wirklich froh, dass Kaspar sich damals von Kantor Schmidtborn hat überreden lassen, Euch aufzunehmen.«

Georg lächelte verlegen, aber gerührt. Dann beschloss er, die Gelegenheit zu nutzen, es ihr leichter zu machen, und gleich selbst das Problem anzusprechen, das ihn die halbe Nacht hatte wach liegen lassen. »Ja, darüber bin ich auch froh. Ich wollte Euch nur sagen, dass ich mich gleich heute um ein neues Quartier bemühen werde, vielleicht …«

»Unsinn!« Sie schnitt ihm mit einer heftigen Handbewegung das Wort ab. »Ihr bleibt, wo Ihr seid. Ich will nichts davon hören, dass Ihr mich gerade jetzt alleine lasst, mit den Soldaten im Haus. Kommt nicht infrage!«

Er war fast erschrocken vor ihrer Vehemenz und das musste sie ihm angesehen haben, denn sie fügte sanfter hinzu: »Natürlich kann ich Euch nicht festhalten. Wenn Ihr lieber fortwollt, dann geht. Aber falls es so ist, wie ich denke, dass Ihr Euch nämlich nur aus Anstand und Pflichtgefühl davonmachen wollt, dann lasse ich das nicht gelten.«

»Aber sieht es nicht seltsam aus, wenn eine Witwe mit einem jungen Mann im Haus …«

Frau Ursula lachte auf. »Glaubt Ihr, bei einem Haufen Soldaten im Haus fiele ein ehemaliger Student noch ins Gewicht? Mal ganz abgesehen davon, dass ich nun wirklich nicht mehr unbedingt eine Frau bin, die ein hübscher junger Kerl verführen wollte. Und selbst wenn sie sich die Mäuler zerreißen wollten, dann sollen sie es meinetwegen tun.«

»Und … Eure Trauer?«, fragte er vorsichtig. »Bin ich da nicht irgendwie … im Weg?«

Sie schaute ihn ernst an und sprach nun viel leiser. »Genau deshalb möchte ich doch, dass Ihr bleibt! Ich brauche jemanden, mit dem ich über Kaspar reden kann, jemanden, der weiß, wie er war, der ihn nicht nur als Kirchenältesten oder Druckermeister kennt. Versteht Ihr? Wirklich tiefe Freundschaften hat er schließlich kaum gepflegt. Solange Ihr da seid, ist er auch noch ein wenig hier.«

Also blieb er im Haus der Druckerwitwe Ursula Chemlin wohnen. Und tatsächlich war es, als sei Kaspar immer noch irgendwie dort, in ihren Gesprächen und dem, was sie taten. Es tat weh, anfangs sehr stark, später mehr wie ein melancholisches Pochen. Besonders ausgeprägt war es dann, wenn Georg etwas sah oder hörte und für einen winzigen Moment dachte: Das muss ich Kaspar erzählen! Nur um sich dann bewusst zu werden, dass das nicht mehr möglich war …

Er ging weiterhin jeden Tag ins Pädagogium und lehrte die beiden Unterklassen in griechischer und lateinischer Grammatik und alle vier Klassen an vier Stunden in der Woche in Musik. Für ihn hatte sich durch Kaspars Tod nicht allzu viel verändert an seinem Alltag.

Frau Ursula dagegen leitete nun vorerst die Druckerei, und wie sie nun einmal war, tat sie das nicht nur nominell, sondern stand selbst jeden Tag zwischen den Druckerpressen. Das Erste, was unter ihrer Aufsicht und mit dem Druckvermerk *Gedruckt bei der hinterlassenen Witwe* erschien, war die Leichenpredigt auf Kaspar. Der Lebenslauf, der nach der Predigt abgedruckt wurde, so wie er in der Pfarrkirche vorgelesen worden war, war nicht sehr lang, aber er gab alle wichtigen Stationen seines Lebens wieder. Georg las ihn mehrfach, genauso oft wie die Predigt und die von Professoren und Geistlichen überreichten Trauergedichte am Ende. Am meisten rührte ihn jedoch das einzige Gedicht, das nicht von einem Universitätsangehörigen stammte. An letzter Stelle hatten nämlich die Reime von Schriftsetzer Reinhard Röder ihren Platz gefunden und aus jeder Zeile sprachen eine solche Liebe und Trauer um seinen Dienstherrn und Schwager, dass man wusste: Hier war mehr als nur eine lästige Pflicht erfüllt worden. *Du unglückseel'ge Kunst,* so schrieb er, *durch welch' ich muss ausbreiten / den meines Liebsten Tod, das lass mir sein ein Leiden. / Vermöcht' den lieben Mann mit Nägeln aus dem Grab / ich zu scharren heraus, nicht wollt' ich lassen ab ...*

Danach ging das Tagesgeschäft weiter. Bald gewöhnte man sich an den Anblick von Frau Ursula in mit Druckerschwärze beschmierter Schürze und an den in der Folge verwendeten Druckvermerk *Typis Chemlinianis* – mit Chemlins Schrifttypen – statt Kaspars Namen auf den wenigen Dissertationen und Universitätsmeldungen, die noch erschienen. Ansonsten brachten sie Flugblätter und sonstige Gebrauchsdrucke heraus – egal, was hereinkam, es wurde gedruckt. Es gab auch so schon wenig genug zu tun und wenig genug Geld zu verdienen.

Die Flugblätter, die von Wunderzeichen und Monstrositäten berichteten, interessierten Georg nicht sonderlich – diejenigen, die die politischen Vorgänge im Reich kommentierten, dafür in letzter Zeit umso mehr. Manche davon besprach er mit Magdalena, aber nicht alle. Zwar stürzte er sich wie alle Marburger besonders auf die Schriften, die sich auf den hessischen Erbstreit bezogen, aber gerade dieses Thema wollte er lieber nicht mit Magdalena erörtern, daher las er sie nur für sich. Beide Seiten erklärten darin bild- und wortgewaltig ihre Rechte auf Oberhessen und verunglimpften die jeweils andere Seite als habgierige Lügner und Betrüger. Frau Ursula druckte beides ohne viel Federlesens. Als er sie danach fragte, ob das klug sei, ob man sich nicht positionieren müsse und ausschließlich die Blätter der einen Seite drucken, sagte sie nur: »Wir sind keine Politiker, wir wollen essen.«

Und verkaufen taten sich beide gut. Alle wollten wissen, was auf Oberhessen und damit Marburg zukam. Ob der Darmstädter versuchen würde, sich das von Amalie Elisabeth geraubte Land zurückzuholen – und wenn ja, mit welchen Mitteln.

Natürlich stand davon letztlich wenig in den polemischen Flugblättern, aber man wusste ja nie ...

Das Trappeln von dreizehn Paar Jungenfüßen, das im Kreuzgang des alten Dominikanerklosters widerhallte, drang durch die
offene Tür ins Klassenzimmer zurück. Es klang eilig und froh,
dem Unterricht und dem gerade überstandenen wöchentlichen
Examen zu entkommen, und Georg musste für einen kurzen Augenblick lächeln. Dann schob er seine Papiere zusammen, wurde
dabei aber immer langsamer. Er hatte es keineswegs so eilig wie
die Quartaner und Tertianer, im Gegenteil. Dort auf der anderen
Gassenseite erwartete ihn ein Haus, das ihn in jedem Winkel, mit
jedem Möbelstück und jeder der abgetretenen Holztreppenstu-
fen daran erinnerte, wer dort fehlte.

»Kammann!«

Die Stimme des Pädagogiarchen riss Georg herum.

»Na, Ihr seid aber schreckhaft. Nun, mit solchen kleinen Schwä-
chen muss man leben. – Ihr seid Theologiestudent, Kammann.«

»Dank Ihm, Herr Professor …« Was wollte Tonsor denn jetzt
noch von ihm?

»Genau. Und weil Ihr ein solcher seid, werdet Ihr jetzt mit in
meine Privatvorlesung kommen.«

Georg blinzelte. »In Eure …«

Tonsors Mundwinkel zuckten. »Das alte Lied – Ihr wiederholt
wieder, was ich sage. Repetieren könnt Ihr nach der Vorlesung,
da ist es angebracht.«

»Herr Professor, ich …« Georg stockte. Wie sollte er Tonsor
sagen, dass er kein Geld für etwas bezahlen wollte, das er nicht
benötigte?

Aber Tonsor konnte offenbar Gedanken lesen. »Ihr wollt Euren Lohn nicht in Eure mögliche Zukunft stecken, sondern lieber
in Brotsuppe bei der Chemlinin, das ist mir klar. Ich werde Euch
unentgeltlich in die Hörerschaft aufnehmen. Es sind sowieso nur
noch fünf Studenten, die kommen, daran werde ich so oder so
nicht reich.«

»Aber warum … warum will Er dann, dass ich die Vorlesung besuche?«

»Weil Ihr ein kluger Kopf seid und es mir in der Seele wehtut, dass Ihr Euer Talent verschwenden wollt. Weil ich hoffe, dass Ihr wieder Blut lecken und Euer Studium früher oder später doch ernsthaft wieder aufnehmen werdet. Weil dieses Land Pfarrer braucht, auch solche wie Euch.«

Solche wie er? Was auch immer der Pädagogiarch damit meinte, Georg fühlte sich in die Enge getrieben. Er hatte eine Entscheidung getroffen, warum wollte der Mann das nicht akzeptieren? Natürlich blieb ihm nichts anderes übrig, als mitzugehen, wenn er seine Arbeit nicht verlieren wollte. Tonsor wartete auch auf keine Antwort, sondern ging voran, und Georg folgte ihm wie ein Hündchen durch die Stadt zu seinem Haus. Das seltsame Gefühl, das ihn dabei erfüllte, war nicht leicht zu identifizieren.

Erst als er die fünf anderen Studenten höflich begrüßt hatte, die schon auf den Professor warteten, und Tonsor mit seinem Skript an sein Pult trat, begann er zu verstehen, was es war: eine Vorfreude, die er sich selbst nicht gestatten wollte.

Und doch tat es so gut, Tonsors sonorer Stimme zu lauschen, die in klarem Latein von Paulus sprach, das leise Kratzen der Federn neben sich zu hören und selbst eifrig mitzuschreiben – er konnte schließlich nicht einfach nur dasitzen. Es war wie ein Nach-Hause-Kommen – aber es war auch unterlegt von diesem unguten Schuldgefühl, dass er eigentlich nicht hier sein dürfte. Es war wie das Heimkommen in die Druckerei, in der Kaspar nicht mehr war.

Und dann sprach Tonsor von einer Schlüsselstelle der Paulinischen Theologie, wie er sagte. Diese sei zu finden im ersten Brief an die Korinther im zweiten Kapitel. Er las die ersten Verse vor und schaute dabei immer wieder zu Georg, so als spräche er hauptsächlich zu ihm. Warum? Er konnte doch nicht wissen, wie sehr ihn der zweite Vers an Kaspar erinnerte: »Non enim judicavi me scire aliquid inter vos, nisi Jesum Christum, et hunc crucifixum.« Denn ich nahm mir vor, nichts anderes unter euch zu wissen als nur Jesus Christus, und ihn als gekreuzigt. Wieder dieser Vers. Was wollte Gott von ihm? Warum immer wieder dieses eine Wort vom Gekreuzigten? Er hatte doch verstanden, dass Jesu Erlösungstat am Kreuz das Wichtigste war, dass daneben alles verblasste, sogar der Tod.

Mit einem Mal kam ihm ein seltsamer Gedanke, der ihn beim Mitschreiben endgültig den Anschluss verlieren ließ: Wenn es letztlich darauf ankam, und nur darauf – konnte es dann nicht sein, dass am Ende auch Calvinisten und Papisten Gnade vor Gott finden würden, wenn sie das Kreuz ebenfalls als das Entscheidende ansahen und diesem Faktum alles andere nachordneten? Wenn sie die Bibel falsch auslegten oder neue Dogmen und Gebräuche hinzufügten, war das verkehrt, aber würde Gott sie wirklich verdammen, wenn sie sich auf das Blut seines Sohnes beriefen, der doch für alle Menschen gestorben war?

Magdalena hatte das ganz ähnlich formuliert: Sie alle glaubten, dass sie der Wahrheit folgten. Würde Gott sie wirklich deshalb verurteilen?

Georg wusste, diese Frage würde er nicht auflösen können. Aber sie tat trotzdem gut. Denn sie bewirkte so viel Weiteres. Es war, als hätten all die Fragen und Zweifel, all das, was ihn immerzu quälte und beschäftigte, endlich den richtigen Platz in seinem Kopf zugewiesen bekommen: den, der nach Jesu Tod am Kreuz kam. Nicht einmal seine Trauer um Kaspar war wichtiger. Und das war ein befreiendes Gefühl.

Als Tonsor seine Bibel zuklappte und sein Skript zusammenlegte, tauchte Georg wie aus einem Traum auf und blickte auf seine Mitschrift hinunter. Sie brach mitten im Satz ab und endete in einem großen Tintenklecks. Schnell faltete er die Blätter zusammen und steckte sie weg.

Der Professor strich sich über den Bart und schaute Georg an. »Ihr werdet wiederkommen, Kammann. Dienstags und samstags.«

»Ja, Herr Professor.« Es war auf einmal leicht, das zu sagen. Er würde zwar trotzdem kein Pfarrer werden, aber Gott schien die Theologie dazu nutzen zu wollen, ihm ins Herz zu sprechen – wie konnte er sich da noch weigern?

☙

Es war an einem Freitag Anfang September, als Philipp Cramer Georg vor der Tür des Pädagogiums abpasste. »Georg, mein liebster ehemaliger Pennal – gehst du mit mir ins Gasthaus?«

Georg zögerte. Eigentlich wollte er sich lieber in einem Buch vergraben und die Notizen aus Tonsors Vorlesung vom Mittwoch noch einmal repetieren, solange das Licht noch ausreichte. Die Tage wurden bereits merklich kürzer.

»Komm schon, du musst einfach mal wieder raus, und ich auch. Jetzt zier dich nicht so, ich gebe dir auch einen Wein aus. Einen, es sagt keiner, dass du dich volllaufen lassen sollst!«

Georg erinnerte sich ungern an den Kater nach dem einen Mal, als er das tatsächlich getan hatte. Nein, dass das nie wieder vorkommen würde, hatte er sich sowieso geschworen.

»Bitte, Georg, wir waren ewig nicht mehr im Gasthaus!« Philipp verlegte sich darauf, ihn bettelnd anzuschauen und gleichzeitig freundschaftlich auf den Oberarm zu boxen.

»Au, hör schon auf, ich komme ja mit. Sag mal, hast du eigentlich keine Freunde mehr?«

Philipp schüttelte den Kopf. »Die meisten sind inzwischen weg. Weber und Haberkorn sind noch da, aber ehrlich gesagt … Die wollen nur noch saufen und auf Dauer ist mir das einfach zu wenig. Also bist du meine letzte Rettung, einen netten Abend mit sinnvollen Gesprächen zu verbringen. Da siehst du mal, wie weit es mit unserer Stadt gekommen ist.«

Das Gasthaus war voller Soldaten, aber daran war man inzwischen so gewöhnt, dass es kaum noch auffiel. Sie fanden einen freien Tisch an der Wand und Philipp bestellte einen Krug Wein.

»Und?«, fragte er dann und stützte die Ellenbogen auf die verschrammte Tischplatte. »Wie steht's denn mit der kleinen Willichin und dir, hm? Man hat euch inzwischen schon ein paarmal wieder zusammen in der Stadt herumlaufen sehen. Wann wird denn geheiratet und kleine Kammanns gemacht?«

Georg lehnte sich auf seiner Bank zurück und verschränkte die Arme. »Du, ich kann auch einfach wieder gehen, dann kannst du hier alleine bechern.«

»Jetzt sei doch nicht so empfindlich! Ich war doch nicht mal anzüglich …« Er stutzte und wurde ernst. »Sag mal … nee, vergiss es.«

»Was?«

»Nichts, vergiss es.«

»Sag schon, was wolltest du fragen?«

»Ich weiß die Antwort sowieso. Sie lautet: ›Nein, natürlich nicht!‹ Ich fragte mich nur für einen Moment, ob du womöglich schon damit angefangen hast.«

»Womit?«, fragte Georg verwirrt.

»Mit dem Produzieren von kleinen Kammanns. Und jetzt geh nicht an die Decke, ich habe ja gesagt, du sollst es vergessen.«

»Ich werde mich bemühen. Wie kannst du so was nur denken!«

Philipp wandte die Hände in einer entschuldigenden Geste nach außen. »Solange man es nur denkt …«

»Du bist unmöglich.«

»Ich weiß.«

Der Wein kam und machte dem unpassenden Gesprächsthema glücklicherweise ein Ende. Philipp kostete und verzog das Gesicht. »Mehr Wasser als Wein inzwischen.«

Georg zuckte mit den Achseln. »Mir schmeckt's.«

Philipp seufzte über Georgs mangelnde Weinkenntnisse und wechselte das Thema. »Und, was sagst du zu dem Gerücht?«

»Welches Gerücht denn jetzt schon wieder?«, fragte Georg und hoffte sehr, dass es nicht noch eins war, das ihn und Magdalena betraf. Hoffentlich war das andere auch wirklich kein Gerücht, sondern nur ein spontaner Gedanke Philipps!

Dessen Gesicht war jetzt ungewöhnlich ernst. »Das Gerücht, dass Landgraf Georg von Darmstadt beim Kaiser Gehör gefunden hat und von Seiner Majestät in Wien Hilfe bekommen wird, sich Marburg zurückzuholen, natürlich.«

»Das hatte ich noch gar nicht gehört!«

»Vielleicht ist es ja auch nur ein Gerücht und alles bleibt beim Alten.«

»Und wenn nicht? Dann kriegen wir die nächste Belagerung.« Georg schauderte, als er an die Feuerkugeln dachte, an den Kanonendonner, die Angst in der Stadt, die Bresche und das immer wiederkehrende Wort ›Magdeburg‹. Er wollte das nicht noch einmal miterleben müssen – aber was konnten sie schon dagegen tun?

»Und was denkst du, was sollten wir tun, wenn der Landgraf tatsächlich mit einer Armee vor der Stadt steht – wieder so schnell wie möglich akkordieren oder uns wehren?«

»Bin ich ein Soldat oder gar ein Diplomat? Woher soll ich das wissen?«

Philipp stöhnte. »Du liebe Güte, Georg, du musst es doch auch nicht entscheiden! Ich bin ja auch froh, dass es am Ende nicht meine Sache ist. Aber eine Meinung wirst du doch haben! Also, manchmal machst du mich wirklich wahnsinnig.« Georg hatte das Zungenschnalzen lange nicht mehr gehört, mit dem Philipp schon damals seine Reden begleitet hatte, wenn er sich über etwas, meist war es Georg selbst, aufregte oder es verächtlich fand. Jetzt war es wieder da und einen Moment lang war er versucht, aus lauter Trotz nun erst recht keine Meinung zu vertreten, aber dann gewann sein Interesse am Thema und am Gespräch an sich doch die Oberhand.

»Ich weiß nicht, ob akkordieren diesmal helfen würde«, sagte er langsam. »Die Niederhessen haben damals ja gesehen, wie wir die Stadt doch recht schnell übergeben haben. Das werden sie diesmal gar nicht erst zulassen. Und ob der Landgraf uns auch so verschont wie damals der Geyso? Der hat doch sicher eine Wut auf die Stadt. Wenn er bereit ist, den Kommandanten mir nichts, dir nichts zu köpfen, einfach weil er seiner Meinung nach das Schloss zu schnell übergeben hat, was meinst du, wie er dann auf die Bürgerschaft zu sprechen ist, die schon nach wenig Drängen gehuldigt hat?«

Philipp strich sich über die borstigen Anfänge eines Schnurrbartes, die er sich auf der Oberlippe wachsen ließ. »Du bist ja reichlich pragmatisch. Kommt da gar nichts von Loyalität bei dir? Du stammst doch schließlich aus Hessen-Darmstadt!«

»Schon, aber ehrlich gesagt liegt mir in diesem Fall Marburg am Herzen, nicht wer es regiert. Mich wundert eher, dass bei so vielen noch Loyalität da ist nach allem, was in diesem Krieg passiert ist und ständig weiter passiert. Ausgeraubt und ermordet werden die Leute doch oftmals von den Leuten, mit denen ihr eigener Landesfürst verbündet ist. Und wer in unserem Fall nun das Recht auf seiner Seite hat, kann ich jedenfalls nicht mehr sagen. Die eine Landgrafschaft hat es damals zugesprochen bekommen. Hat die andere dann tatsächlich das Recht, das Gebiet zu erobern und zu behalten, weil versucht wurde, dort die Konfession zu wechseln? Hätte der Reichshofrat damals genauso entschieden, wenn nicht Tilly mit seinen Truppen das Land längst für den Darmstädter erobert hätte? Und wenn der Darmstädter nicht mit dem Kaiser verbündet gewesen wäre? Da ist doch von Recht so oder so wenig zu spüren.«

»Und die Konfession? Du bist doch Lutheraner, oder nicht? Landgraf Georg auch. Was, wenn genau das Gleiche wieder passiert wie damals bei Landgraf Moritz, dass wir nun doch calvinistisch werden müssen und die Bilder aus den Kirchen gerissen werden?«

»Natürlich will ich das nicht. Aber was denkst du, wird passieren, wenn der Kaiser tatsächlich gewinnt? Wird er dann den Augsburger Religionsfrieden außer Kraft setzen? Und würde er dann nur seinen Feinden befehlen, zur alten Religion zurückzukehren, und die, die auf seiner Seite kämpften, wie unser Landgraf in Darmstadt, dürften evangelisch bleiben mit all ihren Untertanen?«

Philipp schaute ihn nachdenklich an. »Du denkst viel über all das nach, was?«

»Ich denke immer viel über alles nach. Das ist manchmal ein Segen, aber manchmal auch ein Fluch. Vor allem dann, wenn wie in diesem Fall so wenig Wissen und so viel Spekulation dahintersteht.«

Philipp grinste. »Stimmt, Spekulation ist das meiste. Und der Rest ein bisschen halbgar. Alle wieder zu Katholiken machen, das kann der Kaiser sich gar nicht erlauben. Einen so vollständigen Sieg kann keine der beteiligten Parteien mehr erringen, dazu ist das Reich schon viel zu ausgeblutet. Es gibt längst nicht mehr genug Nahrung für die Armeen, also gibt es auch keine großen Schlachten mehr. Es kann niemand mehr im großen Stil gewinnen. Nur noch so Kleinkram wie Marburg, darum wird noch gekämpft.«

»Vielleicht kommen sie ja in Münster und Osnabrück bald endlich weiter. Dort wird doch schon seit Jahren verhandelt und immer wieder hieß es, sie stünden kurz vor dem Durchbruch – irgendwann muss es doch mal stimmen! Über Marburg wird dort sicher auch verhandelt, vielleicht klären sie das einfach dort diplomatisch und nicht hier mit Kanonen.«

»Ja, klar regeln sie es dort diplomatisch – aber bekommen tut es dann der, der militärisch gerade Oberwasser hat. Was glaubst du, weshalb wir die Niederhessen hier sitzen haben? Aus lauter Spaß vielleicht? Nein, weil die Landgräfin Druck machen will dort in Osnabrück. Es ist alles Politik, der Krieg genauso wie die Verhandlungen.«

Georg trank einen Schluck. »Das gleiche Spiel wie im Jahr Dreiundzwanzig mit Tilly in Oberhessen also. Das heißt, falls sie nicht in allernächster Zeit zu einem Abschluss kommen dort in Westfalen, wird der Landgraf auf jeden Fall versuchen, sich Marburg zurückzuholen, auch militärisch.«

»Sicher. Das wäre ja sonst so, als würde er dort sagen: ›Seht nur, wie stark ich bin‹, nachdem er sich hier eine blutige Nase geholt hat.«

Nachdenklich rieb sich Georg die Stirn. Wie sie sich jetzt über all das unterhielten, war im Grunde viel zu vereinfacht, das war ihm wohl bewusst, und trotzdem war es schon kompliziert genug. Und letztlich war es ja auch sinnlos, sich darüber den Kopf zu zerbrechen, es lag schließlich nicht in ihrer Hand. Was viel näher lag, war der direkte Umgang mit den Entscheidungen, die die Fürsten und Heerführer trafen. »Was würdest du denn nun machen, wenn er angriffe? Sofort übergeben?«

Philipp schwieg einen Augenblick. Dann schaute er von seinem Becher auf und in Georgs Augen. »Ich habe keine Ahnung, ehrlich gesagt. Wahrscheinlich wäre es doch das Bessere für die Stadt, denn falls man sie dann doch nicht halten kann, wird es sonst richtig ungemütlich. Aber um meiner Familie willen will ich die Darmstädter auf keinen Fall mehr in der Stadt haben! Mein Vater hat zusammen mit dem restlichen Stadtrat zwar eine Weile gezögert, aber dann doch recht schnell gehuldigt. Du hast selbst vorhin den Willich erwähnt – da wird mit ein paar Ratsherren auch nicht zimperlich umgegangen werden. Und meine Schwester ist sechzehn und sehr hübsch. Was glaubst du, was passieren wird, wenn die Soldaten hier reinkommen?«

Georg schauderte bei dem Gedanken an das, was Philipp da andeutete. »Hast du Angst?«, fragte er in seinen Becher hinein.

Die Antwort kam so prompt und überzeugt wie erwartet: »Nein.« Georg schluckte und fühlte sich einmal mehr wie der einzige Feigling dieser Welt, da setzte Philipp viel leiser nach: »Doch. Ja, verdammt, natürlich habe ich Angst. – Und jetzt lass uns von etwas anderem reden.«

Georg schaute hoch und sah, wie fest sich Philipps Finger um den Becher krallten. Es war beruhigend, nicht allein zu sein, aber andererseits auch nicht. Wieder einmal fehlte ihm Kaspar schmerzhaft. Zu ihm wäre er normalerweise später gegangen, und sein Vertrauen auf Gottes Schutz und Gottes Wege wäre ihm ein Trost und eine Stütze gewesen. Jetzt stand er allein da mit seiner Angst und er konnte sie auch Philipp nicht nehmen.

Aber Philipp machte jetzt sowieso seinen Wunsch nach einem anderen Thema wahr: »Hast du schon das Flugblatt mit dem zweiköpfigen Kalb gesehen?«

»Ach, lass mich mit den Dingern in Ruhe, die lese ich nie.«

»Was, sind die unter deiner Würde als Hilfslehrer?«, frotzelte Philipp halbherzig.

»Nein, aber sie werden immer als schlechte Vorzeichen gedeutet und davon will ich nicht noch mehr haben.«

Philipp seufzte. »Wir kommen an dem Thema nicht vorbei, was?«

»Du wolltest doch ernsthafte Gespräche.«

Ein knappes Lächeln wagte sich auf Philipps Gesicht. »Stimmt. Aber vielleicht nicht gar so bedrückende. Und vor allem uns direkt betreffende.«

»Wie wär's mit einem Wechsel in die Antike? Gestern habe ich Lukan gelesen, die ›Pharsalia‹. Kennst du das Epos?«

»Ziemlich grausam und ziemlich schwer zu verstehen«, sagte Philipp. »Aber – dir ist schon bewusst, dass es da um einen Bürgerkrieg geht, oder? Die Parallelen zu heute sind nicht gerade leicht zu übersehen!«

»Ja, ich weiß. Ich komme nur gerade darauf, weil es da auch um Vorzeichen ging. ›Monstren wurden zur Welt gebracht und Mütter schrien beim Anblick ihrer eigenen Nachkommen.‹ Von wegen zweiköpfiges Kalb und so.« Georg nippte an seinem Wein und schaute dann hoch. »Vielleicht sollten wir einen Buchstaben zum Namen hinzufügen, dann wird's deutlich amüsanter: Reden wir über Luk-i-an!«

Philipp grinste wieder. »Oh ja! Wenn der uns nicht ablenkt, dann weiß ich's auch nicht! Du als braver Theologe hast doch wohl nicht etwa die ›Hetairikoi dialogoi‹ gelesen? Sehr schlüpfrig, sehr bissig und sehr, sehr unterhaltsam!«

Na also. Über antike Dichter konnte man sich immer noch gefahrlos unterhalten. Und die anderen Fragen musste man einfach hoffen, erst einmal irgendwo vergraben zu können.

ଓଃ

Die Gerüchte verdichteten sich, bis sie schließlich zur Gewissheit wurden: Landgraf Georg II. von Hessen-Darmstadt hatte tatsächlich schon im Juli nach langem Drängen und Bitten vom Kaiser Unterstützung zugesagt bekommen. Als ein kaiserliches Heer unter General Peter Melander von Holzappel nach Süden zog, war seine Chance gekommen. Es war ein Heer von vierzehntausend Reitern und siebentausend Mann Fußvolk, eine riesige Armee, die sich ihren Weg von Thüringen aus durch Hessen-Kassel Richtung Oberhessen fraß. In Nordhessen fand sie allerdings nur noch wenig zu fressen, das Land lag verwüstet da und bot nicht mehr viel. Umso reizvoller musste die Aussicht auf Beute in Marburg sein! Aber würde der Heerführer es wirklich auf sich nehmen, im frühen Winter, der auch dieses Jahr bereits im Oktober angebrochen war, noch einmal eine Stadt zu belagern? Oder würde die Belagerung vielleicht doch ausbleiben?

Angst breitete sich in der Stadt aus und die Niederhessen trommelten noch einmal alle arbeitsfähigen Bürger zur Verstärkung und erneuten Befestigung der Schanzen und Palisaden zusammen. Fieberhaft beteiligte man sich daran und genauso fieberhaft wurde in der Stadt hinter verschlossenen Türen diskutiert. Die Meinungen waren geteilt – sollte man kämpfen oder sich auf die Seite des Darmstädters schlagen, ihres lutherischen Herrschers, der ihnen in der Zeit seiner Herrschaft doch immer wohlgesonnen gewesen war?

Magdalenas Vormund war fest davon überzeugt, Georg bekam das mehr als einmal zu hören. Magdalena selbst verschloss in diesen Momenten ihren Mund zu einem festen Strich und schwieg, nur um sich hinterher bei Georg darüber auszulassen, wie falsch

Herr Pistorius lag und dass man bei Amalie Elisabeth bleiben sollte. Georg stimmte beiden zu und hatte es aufgegeben, sich eine eigene Meinung dazu bilden zu wollen. Was nutzte es auch?

Er war nur ein winziges Rädchen im Getriebe, ein schwaches noch dazu, dessen Dasein oder Fehlen im Großen und Ganzen niemand je bemerken würde, das wurde ihm immer bewusster. Was er tat, hatte nur für die Menschen Bedeutung, mit denen er auf die eine oder andere Art verbunden war. Und wirklich wichtig war er für noch weniger. Es war eine ernüchternde Erkenntnis und er hatte keinen Kaspar mehr, der sie vielleicht abgedämpft oder in einen anderen Zusammenhang gestellt hätte, in dem sie nicht gar so grau und bedrückend erschienen wäre.

Im Haus ging es nicht weniger bedrückend zu: Eine der drei Soldatenfrauen war gesegneten Leibes, und je weiter die Schwangerschaft voranschritt, desto schlechter ging es ihr. Schließlich wurde ein totes Kind geboren und sie selbst blutete und litt so stark, dass ihre Schreie und schließlich nur noch ihr schwaches Stöhnen und Weinen kaum zu ertragen waren. Zwei Tage nach der Geburt starb sie auf eine jämmerliche Art und Weise. Subdiakon Misler kam zu spät, um ihr noch die Beichte abzunehmen, und die Stimmung im Haus war danach noch gedämpfter als sowieso schon.

Als Georg an einem dieser kalten und hoffnungslosen Tage Anfang November von der Arbeit nach Hause kam, fing ihn Rob im Flur ab. »Na? Wie ist mit Euch? Wollt nicht Ihr üben für den Kampf? Ich warte lange schon, dass Ihr fragt, aber Ihr fragt nicht, also frag ich.«

Georg sah ihn im dunklen Flur breitbeinig dastehen. Der Hut, die pludrigen Hosen und das Wams mit den geschlitzten weiten Ärmeln ließen seinen Schattenriss noch massiver wirken, als er sowieso schon war, der Degen baumelte scharf an seiner Seite und blitzte manchmal auf, wenn das Licht aus dem schmalen Fenster darauf fiel. Für einen Moment sah Georg an seiner Stelle einen feindlichen Soldaten stehen, der ihn angreifen, Frau Ursula

Gewalt antun und alles an Reichtümern mit sich schleppen würde, was er finden konnte.

»Ihr habt recht«, sagte er. »Übt Ihr wieder mit mir?«

»Holt Euer Degen, dann wir können jetzt.«

Georg lief die Treppe hinauf, zog sich rasch um und nahm den
Degen aus der Ecke, in der er in den letzten Monaten langsam
eingestaubt war. Er hatte es noch nicht über sich gebracht, ihn
wieder umzulegen, auch wenn ihm das Recht inzwischen wieder
zustand.

Einen Augenblick betrachtete er die Waffe nachdenklich. Ob
er sie wirklich jemals im Ernst gegen einen anderen Menschen
gebrauchen würde? »Gott möge es verhüten«, murmelte er, dann
lief er wieder die Treppe hinunter, um sich mit Robs Hilfe doch
genau dafür bereit zu machen.

28. Kapitel

Ende November war es schließlich so weit: General Peter Melander von Holzappel stand mit seiner Armee vor den Toren der Stadt. Gleich in der Nacht nach ihrer Ankunft eroberten die Kaiserlichen die Vorstädte. Ketzerbach, Steinweg, Weidenhausen, der Schwanhof und die Pulver- und Papiermühlen am Grün fielen trotz der erbitterten Gegenwehr der Bürger in ihre Hände. Damit standen die Feinde mit ihren Reitern, Fußsoldaten und den fünfunddreißig Kanonen, die sie mit sich führten, direkt vor der Stadtmauer.

Rob und die anderen Soldaten waren die ganze Nacht nicht im Chemlin'schen Haus gewesen. Aber auch dort hatte kaum jemand geschlafen. Am Morgen saßen Georg und Frau Ursula mit den beiden noch lebenden Soldatenfrauen und den Kindern in der Stube und warteten. Sie wussten nicht einmal wirklich, worauf. Im Pädagogium fand an diesem Tag kein Unterricht statt, Tonsor hatte Georg gleich wieder nach Hause geschickt.

Keiner sprach. Die Kinder schliefen in ihre Laken eingerollt, der kleine Hans mit den roten Haaren hatte seine Arme weit ausgestreckt und schmatzte ab und zu leise im Schlaf. Seine Mutter flickte eine seiner Hosen, die er sich beim Spielen zerrissen hatte.

Es klopfte an der Haustür. Die am nächsten zur Tür sitzende Frau sprang auf und öffnete. Aller Augen richteten sich auf die Stubentür, in der kurz darauf Magdalena erschien. Sie neigte höflich den Kopf. »Guten Morgen!« Dann schaute sie zu Georg hinüber. Er sprang auf, nicht ohne Frau Ursula einen unsicheren Blick zuzuwerfen, aber als die zuerst Magdalena, dann ihn anlächelte und wortlos nickte, nahm er seinen Degen, der neben ihm lag – nun nicht mehr als Schmuck, sondern als Instrument der Verteidigung. Auf dem Flur legte er den Mantel um und folgte Magdalena ohne zu zögern nach draußen.

»Wo willst du hin?«, fragte er, als sie vor der Tür standen. Ihrer beider Atem stiegen als weiße Wölkchen vor ihren Gesichtern auf und Magdalena wickelte sich ihr wollenes Umschlagtuch enger um den Hals.

»Nachsehen, wo sie stehen. Aber mit dir.«

Er sah zu, wie eine Locke aus ihrer warmen Haube heraus-rutschte, und nickte. Dann fasste er nach ihrer Hand, die sich warm in die seine schmiegte, und ging los. Als ihm nach ein paar Hundert Schritten bewusst wurde, dass es sich wohl kaum ge-hörte, Hand in Hand mit ihr durch die Stadt zu spazieren, und er sie loslassen wollte, griff sie nur umso fester zu. »Glaubst du, das stört heute irgendwen?«, raunte sie ihm zu und mit einem war-men Glücksgefühl ließ er seine Hand, wo sie war.

Sie brauchten sich nicht abzusprechen, wohin sie gingen. Ihr Weg führte sie von allein den Schneidersberg hinauf und auf den Kirchhof.

An der Mauer blieben sie stehen, immer noch Hand in Hand. Vor ihnen breiteten sich die Dächer der Stadt aus, von Raureif überzogen wie mit Zuckerguss. Im Licht der Morgensonne bilde-te der Rauch aus den Schornsteinen weiß-graue Banner, die alle in dieselbe Richtung wehten. Und dahinter, vor der Stadtmauer, lag eine weitere Stadt. Sie bestand aus Menschen, unzähligen Menschen mit und ohne Pferden, aus wirklichen Fahnen, Stan-darten und Kanonen, aus Schaufeln und Gräben, die dort ent-standen, wo bisher noch Wiesen oder Gärten gewesen waren.

»Sie treiben Laufgräben voran«, sagte Magdalena. »Die werden sie auch brauchen, sonst werden sie kurz und klein geschossen. Diesmal haben sie mehr zu tun, wenn sie die Mauern überwin-den wollen, als vor zwei Jahren die Niederhessen.«

Allerdings. Schließlich war nicht umsonst seit Monaten an den Befestigungen rund um die Stadt gebaut worden. Wall, Graben und eine Mauer aus hölzernen Palisaden erhoben sich vor den Angreifern. Auch die eigentliche Stadtmauer war wieder fest und nicht halb eingestürzt wie damals. Aber würde das wirklich reichen? Die Menge der Soldaten dort vor den Toren war beängstigend.

»Vor zwei Jahren haben wir schon einmal so hier gestanden, weißt du noch?«, sagte Magdalena, das Gesicht immer noch den feindlichen Stellungen zugewandt.

»Ja«, sagte Georg. Es schien viel länger her zu sein und beinahe kam es ihm vor, als wären sie damals andere Menschen gewesen. Vielleicht stimmte das auch. Magdalena war siebzehn Jahre alt gewesen, lebensfroh und vor Energie beinahe platzend, und er gerade zwanzig und frisch verliebt. So viel war seitdem geschehen.

»Damals war Vater noch bei mir«, sagte sie ganz ruhig, als wäre sie dabei nicht voller Emotionen. »Damals hatte derjenige, der uns diese Armee da auf den Hals schickt, ihn noch nicht für seine Treue umgebracht.«

Georg machte einen Schritt zu ihr hin, nahm ihrer beider verschränkten Hände hoch und legte seine andere Hand auf ihren kalt gewordenen Handrücken.

»Ich vermisse ihn so, Georg«, sagte sie. »Ich vermisse seine Klugheit und wie er mich seine ›wilde Lene‹ genannt hat. Er hat nur gelacht, wenn meine Stiefmutter gejammert hat, ich solle nicht so viel lesen, und schon gar nicht all diese politischen Schriften, das verderbe den Charakter. Wie schön war es, wenn er mich mitgenommen hat in die Ställe oder wenn ich den Soldaten bei ihren Übungskämpfen zugesehen habe. Wenn wir unterwegs waren und er mir erlaubt hat, sein Streitross zu reiten. Ich vermisse sein Lächeln, seine schwieligen Hände, mit denen er mir über die Wange streichelte … Er fehlt mir immer noch so schrecklich. Und ich kann und ich will es dem Landgrafen nicht vergessen, dass er ihn mir genommen hat. Ich hasse ihn. Ihn und seine Leute.«

Georg schwieg. Er hatte im Laufe der letzten anderthalb Jahre alles gesagt, was es zu diesem Thema zu sagen gab. Er konnte ihren Hass und den Verlust nicht einfach irgendwie wegreden und manchmal war er sich nicht einmal sicher, ob es ihr wirklich helfen würde, wenn sie ihn los wäre, wenn sie vergeben könnte. Vielleicht half ihr die Wut, mit ihrem Verlust zurechtzukommen, und ohne sie wäre sie gänzlich verzweifelt und allein? So oder so gab es nichts Neues mehr dazu zu sagen, darum hielt er einfach nur weiter ihre Hand.

»Es sind wirklich viele«, sagte sie schließlich. »Aber mit diesen Kanonen können sie keine Bresche schießen. Wenn die schweren Geschütze nicht noch nachkommen, können wir die Stadt vielleicht halten, bis Entsatz kommt.«

Georg schaute von ihr weg, aber sie merkte ihm immer sofort an, wenn etwas nicht stimmte. »Was ist?«

Er schluckte trocken und leckte sich die Lippen. »Es ist nur … Rob hat gesagt, die Landgräfin sei mit dem Großteil des niederhessischen Heeres in den Niederlanden. Er sagte, es könne uns von den Kasselern keiner zu Hilfe kommen, nicht schnell genug jedenfalls.«

Sie schwieg einen Augenblick lang und holte dann tief Luft. »Dann müssen wir eben durchhalten, bis es ihnen zu lange dauert und sie aufgeben.«

»Hoffentlich reichen unsere Vorräte so weit«, sagte Georg und zog seine linke Hand von ihrem Handrücken zurück, um sich fröstelnd den Umhang vor der Brust zusammenzuziehen.

Von oberhalb der Kirche ertönte auf einmal Geschrei und Geklapper. Sie drehten sich um und sahen in dem schmalen Ausschnitt, der sich zwischen der Kirche und dem nächsten Haus bot, einen Pulk Männer mit einem Karren vorbeiziehen, Schaufeln über der Schulter.

»Das müssen die Bauern aus Moischt und Schröck und den anderen Orten im Osten der Stadt sein, die vor den Kaiserlichen nach Marburg geflohen sind«, sagte Georg. »Sie werden gleich zum Schanzen verdonnert.«

»Ist ja auch richtig so. Wer Schutz will, muss auch bereit sein, etwas dafür zu tun.«

»Allerdings kommen weder sie noch wir ins Schloss, wofür diese Schanzen da gebaut werden. Wenn die gebraucht werden, ist bei uns schon die Hölle angebrochen.«

Magdalena erschauerte. Lag das an der Kälte oder dem, was er angedeutet hatte? »Es heißt, sie haben Kroaten dabei«, sagte sie leise.

Kroaten. Das war ein Wort, das schon seit Beginn des Krieges Angst und Schrecken verbreitete. Die Kroaten, das waren immer die gewesen, die am grausamsten wüteten. Die Kroaten und die Schweden.

Aber was brachte es schon, Angst zu haben vor etwas, das noch nicht da war? Vielleicht trat es überhaupt nicht ein, vielleicht konnte die Stadt wirklich gegen dieses Heer dort unten bestehen. Energisch schüttelte Georg die Gedanken ab. »Lass uns gehen«, sagte er.

Magdalena nickte und sie stiegen nebeneinander die gewundene Treppe der Wendelgasse hinunter, die so schmal war, dass sich ihre Arme zwangsläufig berührten. Sie hielten sich immer noch an den Händen, bis kurz vor dem Haus der Hutmacherwitwe. Dort erst ließ sie ihn los.

»Wir sehen uns bald wieder, so oder so«, sagte sie und Georg wusste, was sie meinte. Entweder vor oder nach dem Sturm.

☙

Einige Tage lang tat sich nicht allzu viel. Das Donnern der Kanonen vom Schloss her und die antwortenden Schüsse von den Approchen der Belagerer hallten über die Stadt, aber es waren nur gelegentliche Schüsse, kein gezielter Angriff, um eine Bresche in die Mauer zu schießen – so weit waren sie mit ihren Gräben noch nicht vorgedrungen. Die Mittel dazu waren allerdings inzwischen vorhanden, denn zwölf schwere Geschütze waren dazugekommen. Sie stammten aus der Festung in Gießen, hieß es.

Der Advent hatte begonnen, aber es wollte keine Andacht aufkommen. Viel zu sehr kreisten die Gedanken um das, was in den nächsten Stunden oder Tagen kommen mochte, als dass man der Ankunft und Wiederkunft des Herrn gedenken konnte. Die Menschwerdung Gottes lag so weit in der Vergangenheit, und wann der Herr wiederkommen würde, lag in seiner Hand, aber es war wohl wenig hilfreich, sich darauf zu verlassen, dass es ausgerechnet jetzt geschehen würde.

Der erste Dezember war ein Mittwoch. Der Unterricht fand nach dem ersten Tag des Schreckens wieder statt, genauso wie alle anderen Tätigkeiten in der Stadt. Man versuchte, die Normalität aufrechtzuerhalten, so lange wie es nur ging. Als sich Georg am Morgen aufmachte, um zum Pädagogium hinüberzugehen, traf er vor der Tür auf Rob und einen der anderen Söldner, die von einer nächtlichen Wache auf der Stadtmauer zurückkehrten. Die Soldaten waren momentan immer nur kurz zum Schlafen im Haus. Oft kamen oder gingen sie mitten in der Nacht. Außerdem waren sie extrem unruhig und reizbar. Nicht nur der Schlafmangel, sondern auch das Warten auf den Kampf zehrte an ihnen.

Ihre Gesichter waren von der Kälte gerötet und ihre Brauen finster zusammengezogen. Georg grüßte mit einem »Guten Morgen!« und wollte an ihnen vorbeigehen, aber Rob hielt ihn am Ärmel fest.

»Verdammten Marburger«, sagte er und Georg erstarrte. Was wollte er denn damit sagen? »Kennt Ihr Golzenbach? Feldwebel Golzenbach, sagt einer auf die Mauer vorhin. Dient jetzt unter Melander bei die Hunden von Kaiserlichen, ist aber hier geboren. Und jetzt kommt der verdammte Hurensau erkunden, von Pilgrimstein her schleicht er an die Häuser von Neustadt ran und wir haben keinen getroffen, verdammt noch mal.«

»Vielleicht ist er fest«, sagte der andere Soldat, den Georg nur unter dem Spitznamen ›Kanonenkugel‹ kannte, den er wohl wegen seines runden, kahlen Kopfes bekommen hatte. Jetzt war der allerdings unter einer Mütze verborgen.

Georg wusste, was ›fest‹ bedeutete. Das versuchten alle Soldaten zu werden: kugelfest. Manches, was sie dafür taten, war eindeutig Hexerei und ein Spiel mit dem Teufel, manches aber auch einfach nur Unsinn. Und meist redeten sie sowieso nur darüber, dass ein anderer es vermeintlich war.

»Fest, ach was. Das nächste Mal ich zeig dir, wie der fest ist, wenn meine Kugel reißt ihm auf sein Bauch.« Rob ließ Georgs Ärmel los und machte eine verächtliche Handbewegung.

»Nein, den kenne ich nicht«, sagte Georg. »Und ich muss jetzt auch los. Ich wünsche euch einen guten Schlaf.«

Rob grunzte nur und die beiden verschwanden im Haus. Georg machte, dass er rasch ins Collegium Lani kam.

Seine Schüler waren unkonzentriert, was Georg ihnen nicht verdenken konnte. Er versuchte, sie durch die Übersetzung eines lustigen lateinischen Liedes bei der Stange zu halten, aber auch das glückte nur teilweise. Er war genauso froh wie sie, als der Schultag am Nachmittag endlich vorbei war.

Als er aus der Tür trat, zog es ihn allerdings nicht sonderlich in die Druckerei. Die Stimmung unter den Soldaten und ihren Familien war derzeit so explosiv, dass kleinste Anlässe genügten, um heftige Streitigkeiten auszulösen, und Georg konnte so etwas nur schwer ertragen. Zumal man nie wusste, wann man selbst in die Schusslinie geriet. Der Krieg vor den Toren hielt auch ohne direkte Kampfhandlungen in den Häusern Einzug.

Kurz entschlossen stieg Georg den Hirschberg hinauf, um zu Cramers Haus zu kommen. Er wollte jetzt mit Philipp reden.

Es dauerte eine Weile, bis aus der Advokatenstube ein Geräusch ertönte, das Georg als »Herein« interpretierte. Als er durch die Tür trat, hob Ratsherr Cramer seinen Kopf aus den Händen, in denen er ihn bisher vergraben hatte. »Ah, Kammann, was wollt Ihr denn hier …« Er atmete tief aus, es war mehr ein Seufzen.

»Ich wollte Philipp besuchen, wenn es dem Herrn Advokaten recht ist.«

»Er ist oben.« Cramer wedelte mit der rechten Hand, ohne den

Ellenbogen von der Schreibtischplatte zu nehmen. »Wir arbeiten heute nicht. Heute nicht und in den nächsten Tagen auch nicht. Es hat ja doch keinen Sinn, wenn wir untergehen werden.«

Georg ließ die vor Kälte tauben Fingerknöchel los, die er sich gerieben hatte. »Aber Herr Cramer, wir gehen doch nicht zwangsläufig unter! Er darf den Mut nicht verlieren und die Hoffnung auf Gottes Hilfe!«

»So, darf ich das nicht«, sagte der Advokat mit müder Stimme und schaute dabei nicht Georg an, sondern aus dem Fenster auf die Straße hinaus. »Und Gottes Hilfe … nun ja, Ihr müsst das als ehemaliger Studiosus der Theologie ja sagen. Aber wenn Ihr ehrlich seid, dann werdet Ihr sehen, dass man sich auf vieles verlassen kann – auf den Tod zum Beispiel, aber nicht darauf, dass Gott eingreift und uns hilft. Seine Wege sind angeblich unergründlich, nicht wahr? Unergründlich. Ich sage aber, sie sind ganz klar: Er hilft nicht, er straft. Und er straft Gottlose und Unschuldige gleichermaßen. Dieser ganze Krieg ist eine Strafe Gottes, eine zweite Sintflut, mit der er die Menschheit auslöschen wird.«

Georg wollte etwas erwidern, aber Cramer winkte noch einmal energischer mit der Hand. »Geht, lasst mich allein.«

Zögerlich verließ Georg die Stube. Als er die Tür hinter sich zuzog, erschien Philipps Kopf in der schmalen Luke, durch die die Stiege zum Obergeschoss führte. »Georg?«, flüsterte er. »Habe ich doch richtig gehört! Komm rauf!«

Georg warf noch einen Blick auf die lederbeschlagene Stubentür, die er gerade geschlossen hatte, dann kletterte er die steile Stiege hinauf in Philipps Zimmer, wo der Sohn des Hauses sorgsam die Tür hinter ihm schloss.

»Was ist mit deinem Vater los?«, fragte Georg.

Philipps Gesicht sah trotz des Schnurrbarts mit den gedrehten Enden hilflos wie das eines kleinen Kindes aus. »Es wird immer schlimmer. Was hat er zu dir gesagt?«

Georg wand sich unbehaglich, aber dann sagte er doch die Wahrheit: »Dass wir untergehen werden und dass Gott uns nicht helfen wird, sondern die Menschheit mit diesem Krieg auslöschen will wie damals mit der Sintflut.«

Ein humorloses Auflachen drang aus Philipps Kehle. Es klang fast wie ein verzweifeltes Keuchen. »Das ist normal. Er spricht kaum noch über etwas anderes in der Familie – jetzt geht es also wohl auch nicht mehr anders in der Öffentlichkeit. Früher oder später wird er uns wahrscheinlich von Visionen erzählen oder Stimmen hören. Und ich weiß nach wie vor nicht, was ich machen soll.«

»Es tut mir so leid, Philipp. Ich wünschte, es gäbe ein Mittel dagegen. Habt ihr denn schon mal euren Beichtvater gefragt? Vielleicht hilft es, wenn ein Seelsorger mit ihm spricht?«

»Er kennt doch keine Vernunft mehr, wie soll da Reden helfen. Mutter denkt auch, es würde dem Ruf unserer Familie schaden. Herdenius ist als Beichtvater zwar zum Schweigen verpflichtet, aber wenn er immer wieder zu uns kommt … Ich denke zwar nicht so, aber wie gesagt, ich glaube nicht, dass es etwas bewirken würde. Vater will ja gar nicht, dass es ihm besser geht. Und Mutter wird immer dünner, sie muss inzwischen alles machen, was ich ihr nicht abnehme, und sie ist ständig in Sorge um ihn. Sophia dagegen träumt den ganzen Tag nur herum.« Er rieb sich über die Stirn und lachte noch einmal trocken auf. »Dagegen ist ja der Krieg vor unserer Haustür fast eine Kleinigkeit, was?«

»Nichts davon ist eine Kleinigkeit«, sagte Georg fest. »Aber es ist auch kein Grund, komplett zu verzweifeln. Vielleicht erholt sich dein Vater wieder. Vielleicht lernt Sophia, eurer Mutter mehr abzunehmen, und wird erwachsener. Und vielleicht löst sich der Krieg vor den Toren durch diplomatische Mittel wieder auf, irgendwie.«

»Irgendwie, du bist lustig. Und wenn nicht?«

»Dann werden wir wohl kämpfen müssen.«

»Du willst kämpfen?«

Georg spürte sein Herz schneller schlagen, aber er wusste auf einmal, was er tun würde. »Ja. Wenn ich meinen hundertjährigen

Degen ziehen muss, um das zu verteidigen, was ich liebe, dann werde ich es tun. Und es sieht so aus, als würde es diesmal dazu kommen.«

☙

Nach dem Gespräch mit Philipp begann in Georg ein Entschluss zu reifen: Er würde nicht abwarten, ob er bei einer Plünderung das Schlimmste von den Menschen abwenden könnte, die er liebte. Er würde mit Rob und den anderen zu den Stadttoren oder auf die Mauer gehen und die Stadt verteidigen. Das war er sich selbst schuldig.

Es sollte drei weitere Tage dauern, bis Georg seinen Beschluss in die Tat umsetzen musste. Während dieser Zeit bauten die Kaiserlichen geduldig an ihren Laufgräben und in der Stadt wurde letzte Hand an die nötigen Befestigungen gelegt, zum Schloss hin, aber auch hinter den Stadttoren. Und immer weiter donnerten die Kanonen und krachten die Musketen von der Stadtmauer herunter.

Und dann, am Samstag, dem vierten Dezember, einen Tag vor dem zweiten Advent, wurde aus den einzelnen Schüssen der Belagerer ein Dauerfeuer, ein konstantes Dröhnen von drei Seiten. Georg saß bei Frau Ursula und den Soldatenfrauen in der Stube, als es begann. Die Kinder schauten von ihrem Spiel nicht einmal auf, aber die Erwachsenen tauschten wissende und besorgte Blicke: Es hatte begonnen. Vermutlich würde das Schicksal der Stadt noch heute besiegelt werden.

»Sie werden stürmen, oder?«, fragte Georg leise in den Raum. Er war sich nicht zu schade, die Frauen zu fragen – sie, die seit Jahren mit ihren Männern und damit mit dem Heer mitzogen, wussten am besten, was die Änderung des Beschusses zu bedeuten hatte.

»Ja«, sagte die rothaarige Susanna, die Mutter des kleinen Hans. »Heute geht's aufs Ganze.«

»Das dachte ich mir.« Georg atmete noch einmal tief durch, dann klappte er das Buch zu, in dem er gelesen hatte, und stand auf.

»Ihr wollt doch nicht …«, setzte Frau Ursula an und ließ ihre Handarbeit sinken.

»Doch«, sagte Georg. »Das bin ich mir und der Stadt und Euch schuldig. Ich will nicht hier sitzen und zusehen, was passiert.«

Sie stand auf und legte ihm die Hand auf die Schulter. »Dann geht mit Gottes Segen. Ich werde in meine Kammer gehen und für Euer und unser aller Überleben beten.«

»Kaspar hätte gesagt, dass das die wichtigste Arbeit von allen ist.«

Ihre Augen wurden feucht, aber sie lächelte trotzdem. »Ja. Ja, das hätte er gesagt. – Passt auf Euch auf, Georg.«

Er nickte, dann drehte er sich um und verließ die Stube. Mit einem Dröhnen in den Ohren, das nicht von den Kanonen kam, zog er Stiefel und sein ältestes Wams an und hängte sich den Degen um. Den Mantel nahm er zunächst über den Arm. Ihm war viel zu warm vor Aufregung. Erst als er ein paar Schritte in der eisigen Luft gegangen war, warf er ihn sich um die Schultern.

Wohin nun? Am besten erst einmal zur Mauer. Die Straßen waren nicht so menschenleer wie erwartet – er war nicht der Einzige, der sich zur Verteidigung der Heimat entschlossen hatte. Männer aller Altersstufen bewegten sich aus dem Stadtzentrum zur Mauer hin. Georg schloss sich einigen an, die in Richtung Neustadt und Steinweg die Wettergasse hinaufliefen.

An der Wasserscheide, dort, wo der innere Teil der alten Stadtmauer mit der nicht mehr verschließbaren Hiltwinspforte aus dem Mittelalter verlief, der Neustadt und Renthof noch nicht mit eingeschlossen hatte, befand sich eine der in den letzten Tagen gebauten Schanzen. Es war eine Barrikade aus Balken, Steinen und Gerümpel mitten zwischen den Häusern, die als Hindernis für jeden diente, der vom Kesseltor her in die Stadt eindringen wollte. Dahinter lag ein Trupp Soldaten mit einem Offizier mit ausladender blauer Feder am Hut: Obristleutnant Stauff, der Stadtkommandant höchstpersönlich. Er winkte die unschlüssig stehen bleibenden Bürger heran.

»Ihr wollt mittun? Gut, wir können jeden Mann gebrauchen. Die Kaiserlichen haben das Haus von Schultheiß Heilmann eingenommen und das Kesseltor gestürmt. Es wird hier bald losgehen. Wer von euch kann mit einer Muskete umgehen? Keiner? Verdammt. Da drüben liegen Partisanen und andere Spießwaffen, aber ich schätze, früher oder später werden wir um den Nahkampf nicht herumkommen, da sind auch eure Degen nicht verkehrt. Verteilt euch an der Barrikade.«

»Hierher!«, hörte Georg eine Stimme rufen, die er kannte. Tatsächlich, dort drüben winkte Rob. Er eilte zu ihm hinüber. »Ihr seid wirklich da«, sagte Rob und grinste, sah dabei aber eher nervös als fröhlich aus. »Dann wir sehen mal, wie Ihr gelernt habt.« Damit wandte er sich wieder der Barrikade zu und seiner Muskete, die schussbereit zwischen einer alten Tür und einem Haufen Steine hindurchragte. Die Lunte glühte am Ende und sonderte einen feinen Rauchfaden ab. Rob blies immer wieder darauf, um sie nicht verlöschen zu lassen, und spähte auf die Straße.

Es begann eine Zeit des bangen Wartens. Wann würden sie kommen? Und würden sie sie abwehren können? Georg hockte auf dem Boden und nahm die Hand kaum vom Griff seines Degens. Mit einer der Spießwaffen konnte er sowieso nicht umgehen, da war er mit dem, was er wenigstens einigermaßen beherrschte, sicher besser bedient.

Und dann erhob sich ein enormes Gebrüll. Es näherte sich wie ein aufgescheuchter Schwarm Wespen vom Steinweg her durch die Neustadt. Stiefel knallten auf das unregelmäßige Pflaster, Waffen klirrten und Schüsse krachten in die Barrikade. Holzsplitter flogen durch die Luft. Weitere Kugeln pfiffen heran, die Soldaten hinter der Schanze antworteten und Pulverdampf zog in Georgs Nase. Ein Zittern überfiel ihn. Es war jedoch nur zu einem Teil der Angst geschuldet, zu einem anderen dem Drang aufzuspringen und etwas zu tun, zu kämpfen, sich zu wehren.

Das Geschrei kam näher und jetzt sah Georg durch die Lücken zwischen dem aufgehäuften Gerümpel die Feinde herankommen. Sie rannten, brüllten mit offenen Mündern, die Spitzen ihrer Lanzen und Partisanen nach vorn gerichtet wie Wespen ihre Stacheln. »Maria«, schrien sie und Georg brauchte eine Weile, um zu begreifen, warum: Es waren Papisten, Katholische, wie sie sich selbst nannten. Er stand auf und zog seinen Degen aus der Scheide. Seine Atmung wurde hektisch und er begann erneut zu schwitzen. Rasch nahm er den Mantel von den Schultern und legte ihn sich über den Arm, bereit, ihn als Abwehrwaffe darumzuwickeln, so, wie er es von Rob gelernt hatte.

Es waren viele Angreifer, deutlich mehr als Verteidiger hinter den Barrikaden. Rob feuerte seine Muskete ab und mit einem schrillen Schrei wurde einer der Angreifer im Lauf nach hinten geschleudert, Blut spritzte auf und lief auf dem Pflaster davon, als er mit zerfetzter Brust liegen blieb. Ohne auch nur die kleinste Gemütsbewegung zu zeigen, nahm Rob die Muskete von der Gabel und begann erneut mit dem komplizierten Ladevorgang. Georg hörte sich selbst leise wimmern, aber niemand sonst nahm Notiz davon. Er atmete tief ein und aus und fasste den Degen fester. Noch drei Kaiserliche wurden von Kugeln getroffen, dann waren sie herangekommen, immer noch brüllend, entweder um sich Mut zu machen oder aus reiner Mordlust. Lanzen reckten sich über die Barrikade, erneut fielen Schüsse. Sie hatten Pistolen und streckten einen der verteidigenden Soldaten nieder. Einer der nicht fest genug verankerten Balken wurde herausgezogen, sodass die daraufgeschichteten Steine herunterfielen und eine größere Lücke entstand. Dann zogen sie sich wieder zurück, in Hauseingänge und Zwischenräume.

Ein lautes Krachen ertönte, Schreie und Rauch und Feuer in der Mitte der Schanze. »*Daingit!*«, hörte Georg Rob neben sich in seiner seltsamen Sprache fluchen. »Granaten.«

Das Feuer war rasch gelöscht, aber die Schanze hatte gelitten. Bretterhaufen waren zersplittert und Steine durch den Druck der Explosion zur Seite geflogen. Bald drängte durch die Lücke ein neuer Angriff. Wieder krachten die Musketen, und diesmal stand Georg mit gezogener Waffe da, bereit, zuzustechen, aber die an der offenen Stelle postierten Männer schlugen den Angriff auch ohne ihn zurück.

Wieder und wieder brandeten die Kaiserlichen in Wellen heran und wieder zurück. Inzwischen hing der stinkende Pulverdampf wie Nebel um ihre Köpfe und machte das Zielen schwieriger. Obrist Stauff verschwand von Zeit zu Zeit zu den anderen umkämpften Stellen, kehrte aber immer wieder hierher zurück. Wenn er da war, leitete er jede Aktion, war hier und dort, wo er gebraucht wurde, scheinbar überall zugleich, und stand jedes Mal selbst mitten im Kampf. Die Zeit verging wie ein böser Traum, und immer noch hatte Georg wenig getan außer wild mit einer Partisane über die Schanze hinweg auf die Angreifer einzustechen, die darüberzuklettern versuchten, ohne aber jemanden zu treffen.

Irgendwann, als gerade kein Musketenschuss krachte und das Klingeln in seinen Ohren für einen flüchtigen Moment nachließ, wurde ihm bewusst, dass der konstante Kanonendonner von der Ostseite der Stadt her aufgehört hatte. Ob sie eine Bresche geschossen hatten, wie vor zwei Jahren? Ob sie schon stürmten? Die Erinnerung durchzog ihn, wie er damals mit Kaspar in der engen Gasse gestanden hatte, bereit und doch auch nicht bereit, die Stadt zu verteidigen, und wie Kaspar gebetet hatte. Er dachte an Frau Ursula, die das jetzt womöglich immer noch tat, und versuchte, selbst ein kurzes Gebet zu sprechen – aber er kam nicht sehr weit.

Plötzlich ertönten hinter ihren Rücken Rufe und dann brach ein ganzer Trupp fremder Soldaten mit roter Armbinde durch das nicht mehr verschließbare Tor der Hiltwinspforte und ging sofort zum Angriff über. Georg fand sich auf einmal an der Front-

482

linie wieder. Das Gebet wurde zu einem simplen geflüsterten »Herr, hilf!«, als er den Degen hob. Ein Mann mit Sturmhaube rannte ihm entgegen. Georg wollte ihm in den Weg treten, aber er war viel zu langsam: Der Kaiserliche stieß ihn einfach mit dem Ellenbogen beiseite, sodass er zurückstolperte, und war schon an ihm vorbei. Metall klang auf Metall, hinter ihm. Vor ihm waren andere Söldner, aber ein gebrüllter Befehl: »Zu mir!« rief sie zurück durch die Toröffnung. Georg schaute kurz hinter sich. Auch der Mann mit der Sturmhaube wollte sich aus dem Gefecht lösen, aber das bekam ihm schlecht. Eine halbe Drehung hatte er gemacht, als ihm sein Gegner die Spitze seiner Partisane seitlich in den Hals rammte. Gurgelnd brach er zusammen, Blut schoss aus der Wunde und besudelte den niederhessischen Soldaten mit der Partisane über und über. Georg wich vor Entsetzen an die Hauswand zu seiner Linken zurück, aber wegsehen konnte er nicht. Der Sieger ruckte an der Partisane, um sie freizubekommen, und erst jetzt wurde Georg klar, dass es eben keiner der Soldaten war, sondern einer der Bürger, mit denen er hergekommen war. Endlich bekam er die Waffe frei und Georg löste seine Augen von dem grausigen Anblick.

Die so plötzlich erschienenen Angreifer waren nicht mehr zu sehen. Dafür kam ein Trommler ohne Trommel herangestürzt und rief nach Stauff. Der Kommandant trat ihm entgegen, nicht weit von Georg entfernt. »Was ist passiert?«

»Sie sind drin«, keuchte der Mann. »Auch am Lahntor. Es heißt, es hat ihnen vielleicht jemand aufgemacht.«

»Verrat? Na wunderbar. Habt Ihr gesehen, wie viele es sind?«

Der Trommler schüttelte den Kopf, immer noch nach Luft schnappend.

»Obrist!«, rief jemand und Stauff wirbelte herum. »Unterhändler!«

Stauff schritt durch die Hiltwinspforte und blieb knapp davor stehen. Georg trat ein paar Schritte zur Seite, sodass er an dem Obristen vorbeisehen konnte. Tatsächlich, eine Abordnung mit einem Trommler kam die Wettergasse hinauf. Ein Feldzeichen wehte über ihren Köpfen. Einige Hundert Schritt vor dem offenen Tor blieben sie stehen.

»Obrist Stauff?«, rief der vorderste Mann.

»Zu Euren Diensten«, antwortete Stauff. Über ihm auf der Mauer hockten zwei Musketiere mit brennenden Lunten und gaben ihm Feuerschutz.

»Mein Name ist Obristleutnant Wilhelm Reiffenberg. General Peter Melander von Holzappel lässt Euch durch mich die ehrenvolle Übergabe von Stadt und Schloss Marburg anbieten. Wir haben die Stadt an mehreren Stellen betreten, es ist nur noch eine Frage der Zeit, bis sie uns ganz gehört. Wenn Ihr den Akkord unterzeichnet, bleibt viel Blut unvergossen.«

»Nein. Ich akkordiere nicht, ohne bis aufs Letzte zurückgedrängt worden zu sein. Sagt das Eurem General. Wenn er die Stadt und das Schloss haben will, muss er beides erobern.«

»Ist das Euer letztes Wort?«

»Ja.«

»Dann empfehle ich mich.«

Beide zogen die Hüte und verbeugten sich höflich, dann verschwand die Abordnung die Wettergasse hinunter. Sobald sie außer Sicht war, drehte sich Stauff um und ging zur Barrikade zurück. »Rückzug!«, rief er. »Sofortiger Rückzug zum Schloss!« Dann verschwand er im Laufschritt, in seinem Gefolge ein kleiner Trupp Soldaten mit gezogenen Degen.

Die restlichen Männer packten alles, was an herrenlosen Waffen herumlag, und machten sich ebenfalls auf den Weg. Georg begriff nicht, was geschah. Entsetzt sah er zu, wie die Verteidigung beendet wurde. Als Rob an Georg vorbeiging, packte er den Schotten am Arm. »Ich denke, er übergibt nicht, warum dann Rückzug?«

Rob entzog ihm den Arm mit einem Ruck. »Schloss ist wichtiger. Und sicherer. Außerdem er hofft, dass die Stadt geschont wird, wenn er abzieht alle Soldaten. Geh heim, Georg. Schluss mit Held.«

Als ob er jemals ein Held geworden wäre, dachte Georg bitter, steckte den Degen weg und wickelte den Mantel von seinem Arm. In seinem Kopf herrschte nur noch Verwirrung. Rob verschwand mit den anderen hangaufwärts Richtung Schloss und er selbst machte sich wie angewiesen auf den Rückweg.

Die Straßen waren voller Menschen und erst als er die ersten mit roter Armbinde sah, wurde Georg bewusst, dass er sich in Gefahr befand. Hastig zog er den Degen wieder aus der Scheide, aber niemand achtete auf ihn. Die Kaiserlichen lachten laut und riefen sich Sätze zu wie »Das ist meins!«, die er im ersten Moment gar nicht verstand. Es brauchte den ersten Soldaten, der mit einer kleinen Truhe in den Armen aus einem Haus kam, damit ihm klar wurde, was hier geschah: Sie plünderten. Überall trugen sie Dinge aus den Häusern, Säcke voller Wäsche, Bücher, Kerzenständer und alles, was auch nur ansatzweise wertvoll war.

Und dann hörte er einen spitzen Schrei des Entsetzens und Schmerzes und sah, wie ein Söldner lachend eine junge Frau an den Haaren hinter sich herzerrte, während ein anderer ihr die flache Hand auf den Hintern klatschte. »Lass mich als Zweites, ja?«

Entsetzen überspülte Georg. Das geschah hier, mitten in der Stadt und niemand griff ein, kein Offizier rief die Söldner zur Ordnung? Das musste bedeuten, dass die Stadt zur Plünderung freigegeben worden war. Damit war jeder Freiwild, der darin lebte.

Das Mädchen schrie wieder auf: »Nein, nein, nicht, bitte nicht, Herr Gott, hilf!« Dann verschwanden die Männer mit ihr im Haus.

Georg starrte den Degen in seiner Hand an. Hätte er ihr helfen können? Nein. Er war trotz der Waffe in seiner Hand genauso hilflos wie sie in diesem Moment.

Und dann schlug der Gedanke auf ihn ein wie ein Hammer: Magdalena.

Er dachte nicht mehr nach, als er sich in Bewegung setzte, zu laufen begann, zu rennen. Magdalena. Es gab nichts anderes mehr, woran er denken konnte. Magdalena, Magdalena, Magdalena! Der Name hallte bei jedem Schritt, den er lief, in seinem Kopf wider und die Angst um sie hallte mit.

29. Kapitel

Georg hastete durch das Chaos zu Magdalena. Schreie, Jammern, Fluchen, Lachen. Das Meckern von Ziegen und Schafen und das Blöken von Kühen, die aus den Ställen gezerrt wurden. Das laute Honk-Honk einer Gans, die in Todesangst mit den Flügeln schlug, bis ihr mitten auf der Straße der Hals umgedreht wurde. Es roch nach Pulverdampf, Schweiß, Mist und Blut.

Jemand packte ihn am Arm. »Heda! Wohin denn so eilig?«

Er versuchte, sich aus dem Griff zu winden. Magdalena! »Lasst mich!«, stieß er hervor.

»Wenn du mir deinen Geldbeutel gibst, können wir drüber reden!«

»Ich hab nichts!«

»Dann musst du wohl dran glauben.« Die Hand ließ ihn los und eine Klinge erschien vor seinem Gesicht. Ohne darüber nachdenken zu müssen, riss er den Degen hoch, den er immer noch in der Hand hielt, und schlug die Waffe mit einem sirrenden Geräusch beiseite. »Lasst mich gehen!«

»Oha, ein wehrhaftes Bürschlein, was? Wird dir nichts nutzen, kleiner Hundsfott!« Ein Stich nach seiner Brust. Georg parierte einen Herzschlag, bevor die Spitze ihr Ziel erreichte, und drehte sich zur Seite weg, sodass der Angriff ins Leere verlief. Stattdessen hieb er selbst nach dem freien Arm seines Gegners, der sich nur durch einen raschen Sprung retten konnte. Der Soldat grunzte überrascht und wütend auf und griff wieder an. Verzweifelt parierte Georg drei Schläge, dann rutschten die Klingen metallisch aneinander herab, bis sich die Körbe berührten, und sie standen sich für einen kurzen Augenblick so nah gegenüber, dass Georg den Schweiß des Kaiserlichen riechen konnte. Als der andere den Arm zurückkriss, nutzte Georg den Moment, um nach seinem

Schienbein zu treten. Der Mann schrie auf und wich unwillkürlich einen Schritt zurück – und Georg dachte nicht nach, als er zustach.

Der Degen traf auf Widerstand, Stoff und etwas Glattes und Hartes. Dann rutschte er weg und drang weiter vor durch zähes Fleisch und Haut und Blut, das die schmale Klinge entlanglief. Es kam heraus ans Licht, wo es nicht hingehörte, färbte den Koller des Mannes dunkel, ehe Georg entsetzt den Schwung zu beenden versuchte, zurückstolperte und den Fremdkörper mit einem Ruck wieder aus dem Körper seines Gegners herauszog.

Der Mann ächzte auf, ließ den Degen sinken und fasste mit der anderen Hand nach seiner Seite. »Verdammte Studenten«, stieß er hervor.

Wie gelähmt starrte Georg auf den Blutfleck, der immer größer wurde. Hatte er den Mann umgebracht? Aber sein Gegner hob schon wieder den Degen, um erneut anzugreifen – es war nur ein Kratzer! Erleichterung überschwemmte Georg, als er den eher halbherzigen neuen Angriff abwehrte. Schmerzen musste der Kerl allemal haben, aber er hatte ihn nicht getötet.

Er wagte einen raschen Blick umher. Niemand achtete auf sie. Jeder, der vorbeikam, war nur mit sich selbst und seiner Beute beschäftigt. Marburger hatte Georg sowieso den ganzen Weg über kaum noch draußen gesehen. Er stach noch einmal zu, viel zu langsam, um wirklich zu treffen, aber der Soldat musste ausweichen und Georg nutzte diesen Moment, um sich ebenfalls seitlich wegzudrehen und davonzulaufen.

»He, du feiger Hund, ich war noch nicht fertig mit dir!«, hörte er den Soldaten hinter sich herrufen, aber hinter ihm her kam er nicht.

Georg eilte weiter. Die Klinge, die er vor sich hertrug, war nun rot vom Blut eines Menschen. Er wurde nicht noch einmal aufgehalten und erreichte das Haus der Hutmacherwitwe ohne weitere Zwischenfälle. Es lag still und wie tot da. Alle Türen und Fenster waren weit geöffnet, aber es war kein Mensch zu sehen.

Furcht krallte sich kalt in Georgs Herz. Was würde er drinnen finden?

Vorsichtig trat er in den Hausflur. »Herr Pistorius? Frau Repperschmidtin?«

Niemand antwortete. Auch die Zimmertüren standen offen oder waren gar aus den Angeln gehoben. In den Räumen bot sich ein Bild der Verwüstung. Nichts war mehr dort, was auch nur ansatzweise wertvoll sein mochte, keine Rechnungsbücher, keine Kleider, kein Tuch, keine Federn, keine Möbel, die man wegtragen konnte. Zu große Tische waren umgeworfen worden, die Fenster zerschlagen, Schränke und Truhen umgekippt. Es war keine Menschenseele zu sehen oder zu hören, auch nicht im Obergeschoss, wo die Matratzen in den Betten aufgeschlitzt und das Stroh überall verteilt worden war.

Georg rannte wieder hinaus. Wo war Magdalena? Hatte man die ganze Familie verschleppt oder hatte sie sich anderswo in Sicherheit gebracht? Wie sollte er sie finden, wo könnte er suchen? Was, wenn er zu spät käme, wenn die Soldaten sie längst … Er wollte nicht weiterdenken.

Marburg war ein Labyrinth, das wurde ihm erst jetzt richtig klar. Es gab so viele Gassen und Gässchen, sie konnte überall sein und ihm blieb nichts anderes übrig, als sie alle abzulaufen. Auf und ab, eine Gasse nach der anderen. So schnell er konnte, lief er immer weiter, hinauf und hinunter. Treppen, Gassen, Straßen, dunkle Ecken, weite Plätze. Und dann bog er von der Barfüßerstraße aus in eines der besonders schmalen Gässchen ein, das sich am Ende zu einem Hof erweiterte. Zuerst sah er nur den Kaiserlichen mit der roten Feder an der Sturmhaube, die er gerade abnahm und neben sich warf. »Komm schon, kleine Katze!«, sagte der Mann und da entdeckte Georg hinter ihm die kleine Gestalt in schwarzem Rock und hellbrauner Joppe, die sich an die Mauer eines Hauses drückte. Augenblicklich erkannte er die dunklen Locken, die teilweise aus der Frisur gelöst das blasse Gesicht umrahmten.

Georg ächzte auf, hob den Degen und wollte auf den Mann losgehen, aber da sprang eine andere Gestalt von links in seinen Weg, die ebenfalls eine Sturmhaube auf dem Kopf trug. »Halt, Freundchen, das ist unsre!«

»Lasst sie in Ruhe!«, schrie Georg und hieb mit der Wut der Verzweiflung seinen Degen seitlich in Richtung des Landsknechtes. Der parierte mit seiner eigenen Klinge und hätte Georg beinahe die Waffe aus der Hand gehebelt. Im letzten Moment konnte er auch mit der linken Hand zupacken und sie festhalten, als sie nach oben flog. Durch den Schwung stolperte er ein paar Schritte zurück.

»Verschwinde, du kleiner Scheißhausfeger!«

Georg schüttelte den Kopf und senkte den Degen wieder zum Angriff. »Lasst sie in Ruhe!«, wiederholte er. Fast fühlte er sich, als hätte er Fieber. Sein Blut kochte und ließ ihn alles in seltsamer Klarheit und gleichzeitig verschwommen sehen. Er wusste, dass er möglicherweise gleich tot sein würde, aber er konnte nicht anders, als wenigstens zu versuchen, Magdalena zu verteidigen. Er sprang vor und zielte auf den Oberkörper seines Gegners. Das Herz musste er treffen. Hell prallten die Klingen aufeinander, als der Soldat parierte. Noch ein Schlag und noch einer! Wie Peitschenschnüre sausten die Degen durch die Luft und sangen ein Lied von Gefahr und Tod, wenn sie sich berührten. Da – eine unerwartete Bewegung des Kaiserlichen. Georg sah die Klinge herankommen, wich zur Seite – ein scharfer Schmerz an seinem linken Oberarm, nicht die Waffe fallen lassen, nicht den Instinkten folgen, weiterkämpfen! Er biss die Zähne aufeinander und hob den Degen für den nächsten Angriff – aber in diesem Moment ertönte ein schriller Schrei und gleich darauf ein tieferes Stöhnen und ein dumpfer Aufprall.

Unwillkürlich fuhr der Landsknecht herum und gab Georg damit ebenfalls den Blick frei. Der Soldat, der Magdalena bedrängt hatte, lag am Boden, auf dem Rücken. Seine Hände bohrten sich in die Erde, krallten Schmutz auf, seine Füße zuckten krampfartig

– dann lag er still. Über ihm stand breitbeinig Magdalena, einen über und über mit Blut bedeckten Dolch in der erhobenen Faust, das nunmehr gänzlich gelöste Haar um ihr Gesicht abstehend wie eine Gloriole. Sie sah aus wie ein Racheengel.

»Verdammt noch mal, der ist hin.« Georgs Gegner spuckte aus. »Die Kleine kannst du haben, ich lass mich doch nicht für ein bisschen Spaß umbringen, wenn die Stadt voll ist mit leichterer Beute.« Er behielt Georg im Auge, während er sich durch die schmale Gasse davonmachte. Das Letzte, was Georg von ihm sah, war die zuckende Degenspitze, an der noch sein Blut klebte.

Er rannte zu Magdalena. Sie hatte den Dolch inzwischen gesenkt, hielt ihn aber immer noch umklammert. »Er ist tot«, sagte sie und stieß den Körper vor ihr mit dem Fuß an.

»Ja«, sagte Georg. »Ja, er ist tot, er wird dir nichts mehr tun. Geht es dir gut? Hat er …?«

»Nein, hat er nicht. Und ja, mir geht es gut, so gut wie schon lange nicht mehr. Der Drecksack wird keine Frau mehr anfassen.« Noch einmal stieß sie mit dem Fuß nach dem Toten, diesmal fester. »Er wird überhaupt nichts mehr anfassen. Gar nichts mehr.«

Vorsichtig legte Georg seine Hand auf ihren Arm und vermied es, die Leiche anzusehen. »Komm weg hier.«

»Gleich«, sagte sie, beugte sich vor und spuckte den Toten an. Dann schaute sie Georg zum ersten Mal ins Gesicht. »Jetzt können wir gehen.«

Er ging vorsichtig um den Körper herum und bemühte sich, ihn nicht zu berühren. Schweiß brannte in seinen Augen. Als er die Hand hob, um ihn sich von der Stirn zu wischen, zog ein heißer Schmerz durch seinen linken Arm. Er griff hin, fasste an feuchte, faserige Stoffkanten. Wams und Hemd waren aufgeschlitzt, aber er konnte den Arm noch bewegen, also hatte die Behandlung der Wunde wohl Zeit, bis sie in Sicherheit waren. Wo auch immer das sein mochte. Er sah sich nach Magdalena um. Sie stand hinter ihm, den blutigen Dolch in der Hand.

»Bist du verletzt?«, fragte sie und trat neben ihn.

»Geht schon. Nur ein Kratzer.«

Sie nickte. »Lass uns gehen.«

Er folgte ihr aus der Gasse heraus.

☙

Auf der Barfüßerstraße empfing sie das Chaos der Plünderung mit voller Wucht. Marburg war innerhalb kürzester Zeit zu einem Wald geworden, durch den der Sturm fegte. Es war ein Sturm aus beutehungrigen Soldaten, die oftmals lange auf ihren Sold warten mussten, die Hunger und Entbehrung genauso gut kannten wie die meisten Menschen im Reich, die sechs Tage die Stadt belagert hatten, die zugesehen hatten, wie ihre Kameraden von Kugeln und Stichwaffen der Verteidiger starben, und die jetzt ihre Erleichterung, überlebt zu haben, in einem Rausch aus Rauben, Zerstören und Vergewaltigen auslebten. Möbelstücke wurden aus den Häusern getragen, Kleider, Wäsche, Kessel, Fässer und alles, was essbar war.

Georg legte den verletzten Arm um Magdalenas Schulter, aber sie schüttelte ihn ab. »Ich brauch keinen Schutz.« Der Dolch in ihrer Hand glänzte rot und sie trug ihn vor sich her wie eine Trophäe. Wahrscheinlich hatte sie recht.

Während Georg versuchte, die umherlaufenden Landsknechte im Auge zu behalten, schaute er immer wieder auch zu Magdalena hinüber. Bedrückt oder schockiert oder schwach sah sie kein Stück aus. Nein, sie brauchte ihn wohl wirklich nicht. Eigentlich hätte ihm das klar sein müssen, trotzdem war es ein niederschmetternder Gedanke.

»Willst du zur Druckerei?«, fragte sie.

Erst jetzt bemerkte er, dass ihn seine Füße wie von selbst in Richtung des Chemlin'schen Hauses getragen hatten. Aber wohin sollten sie auch sonst gehen? Sicher war man derzeit wohl nirgends. »Hast du einen anderen Vorschlag?«

Sie schüttelte den Kopf. »Ein Versteck wäre gut, aber ich weiß nicht, wo wir eins finden sollen. Die Pistorius' und die Repperschmidts haben sich auf dem Dachboden versteckt, aber erst im letzten Moment, da waren die Plünderer schon im Haus. Ich bin auf der Treppe gestürzt, und als ich mich aufgerappelt hatte, waren die Kerle direkt hinter mir. Mein Vormund hat vor meiner Nase die Leiter hochgezogen und die Luke geschlossen! Die ersten beiden Soldaten haben mich aufgesammelt und wie ein Stück Vieh mitgenommen. Ich habe mich gewehrt und gekratzt und gebissen, bis der erste mir eine runtergehauen hat, sodass ich für einen Moment nicht mehr richtig sehen und hören konnte, und als ich mich davon wieder erholt hatte, hing ich in seinem Griff fest und wurde weggeschleppt bis in die Gasse, wo du mich gefunden hast. Ich weiß nicht mal, warum sie mir nicht gleich im Haus Gewalt angetan haben. Dann hätten sie da oben auf dem Dachboden einfach zugehört, wie ich schreie. Keiner von denen hat auch nur einen Finger gerührt, um mir zu helfen. «

Georg sagte nichts dazu. Einerseits teilte er Magdalenas Wut auf ihren Vormund, der sie einfach ihrem Schicksal überlassen hatte, andererseits gab es die beiden Pistorius'schen Töchter und die Kinder der Witwe Repperschmidt. Deren älteste Tochter war auch schon zwölf, also durchaus in einem Alter, in dem so mancher Soldat nicht Nein sagen würde. Dazu Frau Pistoriusin selbst, Frau Repperschmidtin, und die drei Kleinen, außerdem die Großmutter … Wäre es wirklich richtig gewesen, alle zu gefährden, um sich für eine in die Bresche zu werfen, mit ungewissem Ausgang? Wahrscheinlich hätten alle anderen Landsknechte eingegriffen und es hätte Tote gegeben, und zwar nicht aufseiten der Soldaten. Aber das würde Magdalena nicht hören wollen – und er selbst wollte es genauso wenig hören.

»Na, was haben wir denn da?« Ein breitschultriger Offizier mit breiter roter Schärpe und wallender Feder am Hut trat ihnen in den Weg.

Magdalena hob den Arm mit der Waffe. »Eine, die diesen

Dolch auch gerne zum zweiten Mal in ein Herz rammen wird.«
In ihrer Stimme schwang eine unmissverständliche Schärfe mit,
die ihre Worte zweimal unterstrich.

»Soso«, sagte der Mann spöttisch. »Eine Amazone, was?« Aber
in seinen Worten war ein Hauch Unsicherheit zu hören.

Georg trat dichter neben Magdalena und hieb den Degen zi-
schend durch die Luft. »Und sie ist nicht allein.«

Der Mann trat zur Seite und machte eine übertrieben ausladende Geste mit der Hand. »Na, dann lasst mal. Ich habe heute
sowieso meinen großzügigen Tag.«

Magdalenas Dolch zeigte die ganze Zeit in seine Richtung,
während sie ihn umrundeten, aber er ließ sie tatsächlich passieren und verfolgte sie auch nicht. Als er sich noch einmal nach
ihm umschaute, sah ihn Georg im nächsten Haus verschwinden.

Magdalena lächelte.

»Bilde dir nicht zu viel darauf ein. Beim Nächsten klappt das
womöglich nicht mehr«, warnte Georg und sie wurde wieder
ernst.

»Ich weiß.«

Aber es ging tatsächlich gut. Georg war sich der Blicke der
Männer wohl bewusst, aber keiner kam ihnen mehr zu nahe.

Endlich erreichten sie die Druckerei. Jetzt erst hatte Georg
Zeit, sich auch um Frau Ursula Sorgen zu machen. Die Gasse war
ruhig, fast wirkte es, als seien die Plünderer hier noch nicht angekommen – oder waren sie nur leiser zugange? Sicherheitshal-
ber behielt Georg den Degen in der Hand, während er vorsichtig
die Klinke der Bogentür zur Druckerei herunterdrückte. Sie war
nicht verschlossen, zeigte aber auch keinerlei Spuren von Gewalt-
einwirkung – war das ein gutes oder ein schlechtes Zeichen? Immer noch war kein Geräusch zu hören, kein Mensch zu sehen. Er
wollte schon leise nach Frau Ursula rufen, aber dann verschluck-
te er die Worte lieber. Es war wohl besser, eventuelle Plünderer
nicht noch auf sich aufmerksam zu machen, sondern lieber still
alle Räume zu durchsuchen. Er drückte die Tür weiter auf und

machte einen Schritt über die Schwelle. Im selben Moment spürte er eine Bewegung rechts neben sich. Zusammen mit einem heiseren Schrei fuhr etwas Großes, Dunkles auf ihn nieder. Gerade noch rechtzeitig warf er den Kopf nach hinten. Der schwere Gegenstand sauste direkt vor seinen Augen vorbei. Georg verlor das Gleichgewicht, stolperte über die Schwelle und fiel hin. Mit einem tiefen, metallischen Gong prallte die improvisierte Waffe auf dem steinernen Fußboden der Druckerei auf und rotierte klingend nach. Es war eine große, gusseiserne Bratpfanne.

Im Türrahmen erschien Frau Ursula, in der Hand kampfbereit ein langes Küchenmesser. »Keiner kommt hier … Mein Gott, Georg! Habe ich Euch getroffen?«

»Nein«, sagte er. Während er unter seinen Händen Staub und Steine fühlte, spürte er, wie ein unpassendes, widersinniges Lachen aus ihm herausbrechen wollte. »Nein, habt Ihr nicht, ich lebe noch.« Wenigstens ein breites Grinsen konnte er nicht unterdrücken. Ja, er lebte noch, Magdalena lebte noch und ganz offensichtlich war auch Frau Ursula noch am Leben.

»Schnell, rein mit Euch«, sagte Frau Ursula, hob die Pfanne auf und drehte sich um. Georg und Magdalena folgten ihr.

»Helft mir, den Tisch vor die Tür zu rücken. Alleine konnte ich das vorher nicht und der Riegel hält nicht viel.«

Zu dritt schoben und zerrten sie den massiven Eichentisch vor die Tür, auf dem normalerweise die Bögen gefaltet und zusammengelegt wurden. Magdalena hatte den Dolch darauf abgelegt, um mit anpacken zu können, und Georg sah, wie Frau Ursulas Blick daraufffiel und dann zu Magdalenas offenem Haar und ihrem teilweise zerrissenen Leibchen weiterwanderte. Aber alles, was sie sagte, war: »Braucht Ihr einen Lappen, um das abzuwischen, Fräulein Willich? Dann könnt Ihr es in den Rockbund stecken und habt es immer griffbereit.«

Magdalena schaute sie überrascht an. Wahrscheinlich hatte sie eine andere Reaktion erwartet.

»Warum seid Ihr überhaupt allein, Frau Ursula?«, fragte Georg, während sie Magdalena einen der Lappen reichte, die sonst zum Abwischen von überschüssiger Druckerschwärze dienten. »Wo sind die anderen?«

»Anna, das dumme Mädchen, ist zu ihrer Familie aufgebrochen. Ich habe auf sie eingeredet und sogar versucht, sie festzuhalten, aber sie riss sich los und rannte davon und ich kann nur gegen alle Wahrscheinlichkeit hoffen, dass sie es heil in die Ketzerbach geschafft hat. Peter ist kurz nach Euch ebenfalls losgezogen, um sich an der Verteidigung zu beteiligen, und noch nicht wieder zurückgekommen. Ich bete schon die ganze Zeit darum, dass das nichts Schlimmes bedeutet. Und die Soldatenfrauen sind aufs Schloss beordert worden, kurz nachdem Ihr fort wart. Also war ich auf einmal allein. Ich habe mich so gut vorbereitet, wie ich konnte, das Feuer in der Küche gelöscht und alles an Nahrungsmitteln hierhergetragen, was möglich war. Einen Teil des Geldes, das wir im Haus hatten, trage ich am Körper, mit dem Rest sollen sie machen, was sie wollen, solange sie nur die Druckerei unbeschädigt lassen.« Sie nickte zu den beiden großen Druckerpressen hinüber, den Regalen mit Papier, Druckerschwärze und anderen Vorräten, den Kästen mit den aus Holz geschnittenen Stöcken für Initialen, Titelumrandungen und Vignetten zur Verzierung und den großen offenen Kästen, in denen die bleiernen Buchstaben aufbewahrt wurden. Es waren mehrere Schriftarten einschließlich griechischer und hebräischer Lettern, von denen eine in zwei Kästen auf dem dreieckigen Gestell stand, von dem aus Röder sie in die Zeilenstöcke einsetzte.

Georg biss sich auf die Lippen. »Frau Ursula, ich fürchte …«

Er zögerte, aber Magdalena nahm den Faden auf. »Ich auch. Nämlich, dass sich das nicht vermeiden lassen wird. Genau hier werden die Plünderer als Erstes hineinwollen. Schon, weil sie hier die Einnahmen vermuten. Wenn wir uns hier verschanzen, spornt sie das wahrscheinlich erst richtig an und wir werden ihre Wut abkriegen.«

»Wenn sie die Druckerei zerstören, haben wir hinterher nichts mehr zum Leben.«

»Aber wenigstens leben wir noch.«

Georg nickte. »Wir können uns hier sowieso nur sehr schwer verschanzen, schließlich hat die Werkstatt zwei Eingänge und einer davon ist eine Treppe ohne Tür. Aber ...« Die Idee kam so plötzlich, dass er regelrecht zusammenzuckte. »Was, wenn wir selber hier eine große Unordnung veranstalten? Die Regale umwerfen, die Typen verstreuen, Papier zerreißen – all die Dinge, die sich verschmerzen lassen, zerstören, sodass es aussieht, als wäre hier schon geplündert worden? Dann werden die Soldaten mit Gottes Hilfe vielleicht die Pressen in Ruhe lassen!«

Magdalena schlug eine Faust in die Handfläche. »Das ist es!«

Frau Ursula schaute sich in dem Raum um und seufzte. Dann nickte sie. »Es wird mir wehtun, aber Ihr habt recht, es ist zumindest ein Plan, der funktionieren könnte.«

»Gut, dann lasst uns keine Zeit verlieren.« Kurz entschlossen ging Magdalena zu den aufgestellten Kästen mit den Drucktypen hinüber. »Georg, hilf mir mal.«

Er trat zu ihr und fasste die andere Seite an. Sie schauten sich an und warfen die Kästen mit einem Ruck auf den Boden. Die Bleibuchstaben flogen durch die Luft und prasselten wie Hagelkörner auf den steinernen Fußboden.

Frau Ursula seufzte wieder, aber sie nahm einen der säuberlich gelagerten Stapel mit leeren Druckbögen und warf sie teilweise zu den Typen. Einige riss sie durch und ging dann darüber hinweg zu Georg und Magdalena hinüber. Die kleinen bleiernen Kunstwerke darunter knirschten auf dem Steinfußboden, als sie darauf trat, und sie sah aus, als wolle sie bei jedem Schritt anfangen zu weinen. »Jetzt die Regale«, sagte sie stattdessen.

Gemeinsam warfen sie eines davon um und fegten auch aus den stehen bleibenden Regalen möglichst viel auf den Boden.

»Wir sollten ein paar Münzen dazwischenwerfen«, schlug Magdalena vor. Frau Ursula zog kommentarlos einen kleinen

Beutel aus ihrem Ausschnitt und platzierte einige Heller und Albus unter den Papieren. »Ich habe auch einiges in der Kasse gelassen«, bemerkte sie dabei.

»Sehr gut«, sagte Georg.

In genau diesem Moment hörten sie Lärm auf der Straße und gleich darauf rüttelte jemand an der Klinke zur Druckerei. »Zugesperrt«, hörten sie eine tiefe Stimme sagen. »Los, hilf mir mal.«

Georg fasste nach Magdalenas Hand und diesmal ließ sie es geschehen.

Das dumpfe Geräusch von Körpern, die sich gegen die Tür warfen, erklang, einmal, zweimal, dreimal, dann pausierte es. »Da steht innen was davor. Da ist jemand drin. – Heda, macht auf, wir kommen doch rein, und wenn nicht, können wir euch immer noch das Haus überm Kopf anzünden, wie würde euch das gefallen?«

»Ob sie das wirklich tun werden?«, flüsterte Magdalena, doch Georg konnte nur hilflos mit den Achseln zucken.

Die Schritte entfernten sich auf der Straße. *Die Haustür!,* dachte Georg. *Wenn sie den Hintereingang entdecken und von oben her kommen, sitzen wir hier fest!* »Wir müssen weg hier!«

Die beiden Frauen begriffen sofort und hasteten durch den großen Raum nach hinten. Frau Ursula griff nach dem Korb mit den Essensvorräten, den sie dort abgestellt hatte.

Und dann zersplitterte klirrend eines der Fenster. Die klaren, runden Glasscheiben flogen aus ihren Bleiverankerungen und zersprangen auf dem Fußboden und der Presse, die zur Hälfte darunter stand. Georg sah gerade noch, wie der Kolben einer Muskete in der Öffnung erschien, um auch die letzten scharfkantigen Reste wegzuschlagen, dann war auch er an der Treppe angelangt und rannte hinter den beiden Frauen her.

Sie brauchten sich nicht abzusprechen, wohin – der Dachboden war der einzig sinnvolle Rückzugsort. Es war der weiteste Weg dort hinauf und es gab am wenigsten für die Plünderer zu holen. Frau Ursula blieb keuchend stehen, als sie die mehr Leiter als Treppe zu nennende Stiege hinaufgeklettert waren. Hier oben war Georg selten gewesen in all den Jahren. Es war dunkel, nur ein kleines Fenster erhellte von der Straße her den Raum, der sich über die gesamte Länge des Gebäudes erstreckte. Papierstapel lagerten nahe dem Aufgang, dahinter alte Möbel und anderes Gerümpel. Georg schaute sich nach einem Versteck um, aber Magdalena nahm ihm die Entscheidung ab, indem sie sich sofort zielstrebig einen Weg zur Giebelfront bahnte und erst stehen blieb, als sie unter dem Fenster zur Straße angekommen war. »Ich will wissen, was da unten passiert.«

Es war wirklich der beste Platz. Ein Stapel löchriger oder gänzlich zerbrochener Körbe und Kiepen türmte sich neben dem Fenster auf, von Staub und Spinnweben bedeckt. Er bot einen hervorragenden Sichtschutz, zudem waren sie hier am weitesten vom Aufgang entfernt und auch am weitesten von allem, was eventuell noch das Interesse eines Plünderers wecken könnte. Hier vorn gab es wirklich nur noch ausgediente Gegenstände, die niemand je der Mühe für wert erachtet hatte, sie endgültig wegzuwerfen. Auch auf dem rauen Bretterboden lag eine dicke Staubschicht – da aber nur hier das Licht gut genug war, bestand die Hoffnung, dass man ihre Fußspuren nicht sofort entdecken würde.

Schweigend setzten sie sich auf den Boden, Frau Ursula zwischen Georg und Magdalena. Es war kalt, sodass sie unwillkürlich eng aneinanderrückten. Von unten klangen die Geräusche der Plünderung herauf: schwere Tritte auf den Treppen und Dielenböden, Türenschlagen, Möbelrücken, Rufe, Gelächter, das Klirren von Geschirr – oder waren es weitere Fenster? Sie konnten nur bang dasitzen und lauschen. *Bitte, lass niemanden hier heraufkommen*, betete Georg stumm. *Bitte, Herr, bewahre uns!*

30. Kapitel

Es kam niemand. Schließlich verklangen die Geräusche aus dem Haus, aber durch das geschlossene Fenster drangen weiter Schreie und entfesseltes Lärmen von zunehmend betrunkenen Soldaten. Mit der Zeit entspannten sie sich trotzdem alle drei ein wenig. Magdalena nahm den Dolch aus ihrem Rockbund, um sich bequemer und ohne sich selbst zu verletzen hinsetzen zu können, und legte ihn fast zärtlich neben sich auf den Boden. Dann bemerkte sie, dass die beiden anderen sie dabei beobachteten. »Er hat mich gerettet«, sagte sie zur Erklärung. »Dafür verdient er ein bisschen Zärtlichkeit, finde ich.«

Georg schaute auf den staubigen Dielenboden und wünschte sich, er hätte mehr zu ihrer Rettung tun können.

Magdalena sprach weiter. »Ich stand an der Wand, konnte nicht weg. Der Kerl presste sich gegen mich, sodass ich mich kaum rühren konnte, und zerrte an meinen Kleidern. Aber dann war er kurz abgelenkt und ich habe den Dolch in seinem Gürtel gesehen, und als er sich zurückdrehte, konnte ich meine Hand freimachen, den Griff packen und ihn herausziehen. Und dann habe ich einfach nur noch zugestoßen. Ich weiß, wo das Herz sitzt, das muss man treffen. Und das habe ich.« Sie machte eine Pause und schaute zum Fenster. »Und ich bereue es nicht. Macht mich das zu einer schlechten Frau? Ich kann einfach nicht darüber jammern und weinen, dass ich einen gewalttätigen Söldner und Plünderer umgebracht habe.«

»Ich denke nicht, dass Ihr darüber weinen müsst«, sagte Frau Ursula langsam. »Die Frage ist nur, ob Ihr Euch jetzt immer noch darüber freut, ob Ihr es am liebsten gleich wiederholen möchtet.«

Magdalena überlegte einen Augenblick. »Nein«, sagte sie dann. »Freuen tut es mich nicht mehr. Im ersten Moment, direkt danach, war es ein unglaubliches Hochgefühl, weil ich mich selbst verteidigt hatte. Weil der Mann, der dachte, er könnte mit mir machen, was ihm gerade einfiel, wie mit einem Stück Vieh, nun selber wie ein totes Huhn am Boden lag. Und …« Sie zögerte kurz, dann fuhr sie fort: »Und weil er für den Landgrafen von Darmstadt gekämpft hatte. Es fühlte sich gut an, so, als würde ich meinen Vater rächen. Aber inzwischen ist mir klar, wie dumm der Gedanke war. Vater wird davon nicht wieder lebendig und dem Landgrafen wird der Tod eines kaiserlichen Soldaten völlig egal sein.« Sie stockte wieder und schien nach Worten zu suchen. »Jetzt fühlt es sich ein bisschen leer an. So, als hätte ich etwas Köstliches gegessen, aber nach einer Stunde schon wieder Hunger. Ich bin immer noch nicht traurig, dass ich ihn getötet habe, aber es war nicht so befriedigend, wie ich zuerst dachte.«

Frau Ursula nickte. »Dann ist es gut. Graue Haare darüber, dass Ihr Euch gegen den Kerl verteidigt habt, braucht Ihr Euch nicht wachsen zu lassen. Aber Rache ist nie so befriedigend, wie man zuerst denkt. Euer Beispiel mit dem Essen bringt es sehr gut auf den Punkt. Unrecht kann man so nicht überwinden.«

»Sondern? Jetzt sagt nicht: mit Vergebung.«

Frau Ursula lächelte. »Doch, mit Vergebung. Ihr wollt das jetzt nicht hören und es kommt Euch unmöglich vor, aber es ist so. Wenn Ihr nicht lernt zu vergeben, werdet Ihr alles Unrecht der Welt immer und immer mit Euch herumschleppen. Es wird Euch krank und verbittert machen und Euch alle Freude vergällen. Ich weiß, wohin das führt. Meine Mutter war so. Sie ist früh gestorben und hat noch auf dem Totenbett nur gehasst und Leuten ihre Fehltritte nachgetragen, die sich nicht einmal mehr daran erinnern konnten. Es war das freudloseste Leben, das mir je begegnet ist, und ich habe mir damals geschworen, dass ich niemals so werden wollte. Bisher ist es mir geglückt und ich hoffe, dass das auch so bleibt.«

Magdalena antwortete nicht.

»Denkt darüber nach. Ich werde Euch nicht wieder damit belästigen. Aber sagen wollte ich es Euch, wenn wir nun schon darüber sprechen. – Und jetzt denke ich, wir sollten zusehen, ob wir unten noch irgendetwas finden, womit wir uns wärmen können, und dann versuchen zu schlafen.«

Stumm stand Georg auf und schlich vorsichtig zur Stiege. Dort angekommen, blieb er einen Augenblick stehen und lauschte, aber von unten war nichts zu hören. Gerade als er einen Fuß auf die erste Stufe setzte, trat Magdalena in sein Blickfeld. »Was machst du?«, flüsterte er.

»Ich komme mit«, erklärte sie und schob energisch den Unterkiefer vor. Der Dolch steckte wieder in ihrem Rockbund. »Zwei Leute können mehr tragen als einer. Vielleicht können wir auch einen Strohsack mitnehmen.«

Georg zögerte kurz, dann seufzte er und kletterte die Stiege hinunter. Sie würde sowieso nicht oben bleiben.

Unten war es immer noch ruhig. Alle Türen standen offen und in den Kammern herrschte das Chaos. Die Strohsäcke hatten die Soldaten aus den Betten gehoben und teilweise aufgeschlitzt, sodass die Halme überall herumlagen. In Georgs eigener Kammer war die Truhe völlig leer bis auf eins seiner ältesten, schon sehr fadenscheinigen Hemden. Er nahm es trotzdem und drückte es Magdalena in den Arm, die in der Zwischenzeit alle Decken aufgesammelt hatte, die sie finden konnte. Es waren nur vier und die hatten unter der Zerstörungswut der Plünderer gelitten. Sie waren voller Schnitte und teilweise ganz zerfetzt – aber wärmen würden sie trotzdem. In die Truhen der anderen schauten sie nicht mehr hinein, sie standen alle offen und waren mit Sicherheit leer. Stattdessen griff sich Georg einen der unversehrten Strohsäcke und sie beeilten sich, wieder auf den Dachboden zu kommen. Von der Straße her tönte nach wie vor der Lärm der Plünderung herein und man wusste nicht, wann die nächsten ihr Glück in der Druckerei versuchen würden.

Frau Ursula atmete erleichtert auf, als sie sie erreichten. Georg legte den Strohsack ab. »Ich hole noch einen zweiten. Wer weiß, wie lange wir hier ausharren müssen.« Er wartete die Proteste nicht ab, sondern stieg gleich wieder hinunter, diesmal ohne Magdalena.

Er hatte sich gerade einen zweiten Strohsack aus der Mädchenkammer über die Schulter geworfen, da prallte unten die Haustür gegen die Wand, harte Tritte dröhnten auf den Dielen und Stimmen ertönten: »Mal sehen, was so ein Drucker im Schlafzimmer hat.« – »Hoffentlich ist hier wenigstens noch was zu holen!«

Das Herz schlug Georg bis zum Hals. Vorsichtig bewegte er sich über die Dielen zurück zur Stiege. Wenn sie ihn nur nicht hörten, wenn sie nur nicht gleich hier heraufkamen! Er war nicht einmal bewaffnet. Wo war sein Degen? Erst jetzt fiel ihm siedend heiß ein, dass er die Waffe wahrhaftig unten in der Druckerei hatte liegen lassen. Er hatte sie abgelegt, um besser Unordnung erzeugen zu können, und dann überhaupt nicht mehr an sie gedacht.

»Bücher!«, rief unten jemand. »Na, besser als nichts!«

Für einen kurzen Moment dachte Georg an die Bücher im Günsendorfer Schulhaus, an die wütenden Stimmen der Marodeure, die auf wertvollere Güter gehofft hatten, für einen kurzen Moment spürte er wieder die Wolle um den Hals, dann schluckte er und wusste, dass die Situation nicht die gleiche war. Es durfte nicht die gleiche sein. Endlich erreichte er die Stiege und mühte sich, möglichst geräuschlos hinaufzukommen.

Magdalena griff stumm nach seiner Hand, als er sie erreicht und den Strohsack abgelegt hatte. Frau Ursula nickte ihm zu. Beide Gesten bedeuteten dasselbe: ›Das war knapp. Gott sei Dank bist du heil wieder bei uns.‹

Sie zogen die beiden Strohsäcke hinter dem Korbstapel zurecht, setzten sich darauf und warteten. An Schlaf war nicht zu denken, solange von unten das Gerumpel und die lauten Stimmen zu hören waren.

Dann geschah es: Schritte näherten sich und die Stiege knarrte unter dem Gewicht eines Mannes. Keiner von ihnen wagte, hinter den Körben hervorzulugen oder sich überhaupt zu bewegen. Einen Augenblick herrschte Stille. Magdalena biss sich auf die Fingerknöchel und Frau Ursulas Gesicht war starr vor Anspannung. Dann hörten sie ein Grunzen und die Stufen knarrten wieder. Stieg der Mann herauf oder wieder hinunter? War es ein enttäuschtes oder ein erfreutes Geräusch gewesen, das er von sich gegeben hatte?

Das Knarren endete und die Schritte entfernten sich eindeutig eine Etage unter ihnen. Frau Ursula atmete hörbar aus und Georg schluckte den Knoten in seiner Kehle weg.

Kurz darauf verstummten die Geräusche im Haus gänzlich. Georg schaute Magdalena und Frau Ursula an und sie lächelten alle drei vorsichtig.

»Fürs Erste haben wir Grund zu danken«, flüsterte Frau Ursula.

Georg nickte. Zu danken und zu bitten. Von der Straße her war zu hören, dass die Plünderung ungebremst weiterging.

Erst nach einer halben Ewigkeit, es musste inzwischen weit nach Mitternacht sein, wurde es draußen ruhiger.

»Lasst uns versuchen zu schlafen«, flüsterte Frau Ursula. Sie legten sich auf die beiden Strohsäcke und wickelten sich in die zerfetzten Decken, Frau Ursula zwischen Georg und Magdalena. »Wir brauchen die Wärme und es ist eine Ausnahmesituation, aber ein bisschen Anstand wollen wir doch noch wahren«, sagte sie.

Georg lag lange wach. Er lauschte Magdalenas Atem, der schon bald regelmäßig und tief wurde und in ein leises Schnarchen überging. Frau Ursula rührte sich so wenig, dass er vermutete, sie könne auch nicht schlafen. Aber er fragte nicht nach und irgendwann siegte die Müdigkeit.

☙

In den nächsten beiden Tagen blieben sie tatsächlich verschont von allzu aufdringlichem Besuch. Mehrfach kamen noch Plünderer vorbei, aber sie gaben sich damit zufrieden, das Haus zu durchwühlen und das Letzte mitzunehmen, was ihre Vorgänger übrig gelassen hatten, und nur zweimal schaute jemand auf dem Dachboden nach, ohne aber weiter als bis zum Treppenaufgang zu gehen. Zu deutlich war zu sehen, dass es hier nichts Lohnenswertes zu holen gab. In den Zwischenzeiten blieben Frau Ursula, Magdalena und Georg trotzdem in ihrer Ecke hinter den Körben und verließen sie nur, um in aller Eile einmal auf den Abtritt zu gehen und dabei die halb zerbrochene Schüssel auszuleeren, die ihnen sonst als Nachttopf diente. Irgendwann war selbst die Angst so zur Gewohnheit geworden, dass Georg sie kaum noch spürte.

Und dann, am siebten Dezember, ging am frühen Nachmittag ein Trommler durch die Straßen und verkündete das Ende der Plünderungen. Seine Trommelschläge kamen ihnen vor wie der Gesang der Engel am Weihnachtsabend.

Sie warteten noch ein paar Stunden, dann wagten sie sich vorsichtig vom Dachboden herunter.

In die Stube schauten sie nur kurz von außen. Die Bücherregale lagen zertrümmert auf dem Boden, die Bücher waren größtenteils mitgenommen worden, einige lagen verstreut im Raum. Die Stühle und die Kupferstiche, die an der Wand gehangen hatten, waren verschwunden und ein kalter Wind wehte durch ein eingeschlagenes Fenster. Frau Ursula schüttelte den Kopf und wandte sich ab. Die Haustür hing zersplittert in ihren Angeln. Schweigend und ohne sich absprechen zu müssen, stiegen sie in die Werkstatt hinunter.

Das Chaos auf dem Fußboden, das sie selbst angerichtet hatten, hatte sich noch vermehrt, aber die Druckerpressen schienen unversehrt zu sein. Frau Ursula atmete hörbar auf und trat aus der Druckerei auf die Gasse hinaus. Georg und Magdalena folgten ihr. Außer ihnen war weit und breit niemand zu sehen. Stille lag über der Stadt, eine niedergedrückte, geprügelte und ängstliche Stille, die fast mit Händen zu greifen war. Unwillkürlich sprach Frau Ursula ganz leise. »Ich will sehen, wie es den Nachbarn ergangen ist. Ihr beide geht rasch hinunter zur Untergasse – Magdalena muss zu ihrem Vormund zurück, sonst gibt es Gerede und ihr Ruf ist für immer ruiniert. Nehmt den Dolch mit, Magdalena, und – wo ist eigentlich Euer Degen, Georg?«

»Der ist leider weg.« Ausgerechnet jetzt, wo er ihn brauchte. So lange hatte die Waffe ihn nur gestört, aber nun fühlte er sich irgendwie nackt ohne das gewohnte Gewicht an der Seite.

»Dann geht einfach schnell und seht zu, dass ihr nicht auffallt. Und kommt gesund wieder, Georg.«

Georg nickte nur und drehte sich um, woraufhin Magdalena neben ihn trat und wie selbstverständlich ihre Hand unter seinen Arm schob. Glück durchflutete ihn wie ein Schwall warmen Sonnenlichtes, aber er bemühte sich, das nicht zu deutlich zu zeigen. Sie war immer noch wie ein scheues Tier, bei dessen vorsichtigen Annäherungen man am besten so tat, als seien sie nichts Besonderes, wenn man es nicht verschrecken wollte.

Es war genug, sie so nah bei sich zu fühlen, ihre warme Hand an seinem Unterarm, ihr Rock, der beim Gehen seine Beine streifte, sie atmen zu hören und ihren Geruch wahrzunehmen, nach Schweiß, Rauch und dem Duftgemisch aus Papier, Druckerschwärze und geöltem Holz aus der Druckerei, aber eben auch nach Magdalena.

Sie begegneten unterwegs nur wenigen Menschen und keiner davon achtete auf sie. Es war, als wären sie für diesen kurzen Moment allein auf der Welt und als gäbe es keine Soldaten, keine Plünderung, keine Gefahr und keinen Krieg.

Allzu schnell erreichten sie die Untergasse. Magdalena zog ihre Hand aus Georgs Armbeuge, als sie in Sichtweite des Repperschmidt'schen Hauses kamen. Georg brauchte nur die zersplitterte Haustür zu sehen, damit die grausame Realität ihn wieder einholte und das Glücksgefühl augenblicklich davonschwemmte. Als er zu Magdalena schaute, sah er, wie ihre Lippen sich fest zusammenpressten und ihre dichten Brauen die Stirn in besorgte Falten schoben.

Es dauerte eine Weile, bis sich auf ihr Klopfen und leises Rufen im Haus etwas rührte. Endlich erschien ein bleiches Gesicht im dunklen Raum hinter den Resten der Tür und wartete schweigend.

»Ich bin es, Magdalena Willich, Frau Katharina. Seid Ihr … Ist Euch etwas passiert?«

Die Frau trat einen Schritt näher, sodass das Licht sie erfasste. Ihr blondes Haar war zerzaust, die Augen rot verquollen vom Weinen und sie trug nichts als ein Hemd und einen alten, am Saum ausgefransten Rock, den die Plünderer wohl für zu schlecht befunden hatten, um ihn mitzunehmen.

»Ihr seid es wirklich – wir dachten alle, Ihr wäret tot, und noch schlimmer, ein so junges Mädchen, wenn sie doch sogar … Es tut mir so leid, dass wir Euch ausgesperrt haben, aber sonst hätten sie doch uns alle erwischt … es hat uns so oder so nichts genutzt, sie haben uns schließlich doch gefunden. Aber Ihr lebt!«

»Ja, Frau Katharina. Ist mein Vormund …«

»Er ist oben. Hat versucht, uns zu verteidigen, sehr tapfer, aber auch sehr ungeschickt. Haben ihn blutig geprügelt, die Kaiserlichen.« Sie sprach leise und ruhig, zu ruhig für das, was sie sagte, und schaute weder Magdalena noch Georg dabei an.

»Und die anderen?«, fragte Magdalena mit belegter Stimme.

Die Repperschmidtin schaute immer noch auf irgendeinen Punkt auf der anderen Seite der Gasse. »Sie haben uns gefunden in unserem Versteck und uns alles genommen. Selbst die beiden Kleinen tragen nichts mehr als die Hemdchen am Leib. Wir haben nichts mehr, gar nichts. Und die Mädchen … und ich …« Sie schluchzte auf.

Georg fühlte Ohnmacht und Wut wie eine schwere, erstickende Decke auf sich niedersinken. Er wollte gern helfen, aber er wusste nicht, wie.

Magdalena nahm ihr Tuch von den Schultern und legte es der Repperschmidtin um die Schultern. Es war eine hilflose Geste, aber es war wenigstens eine Geste. Die Frau legte ihr die Hand auf den Arm und stieß ein ersticktes »Danke« hervor. Dann atmete sie tief durch und straffte sichtlich die Schultern. »Kommt ins Haus. Es ist zumindest noch ein Haus, auch wenn nicht mehr viel darin ist.«

Magdalena zögerte. »Frau Katharina – soll ich wieder gehen? Wenn ihr nichts mehr habt, könnt ihr nicht auch noch mich durchfüttern!«

»Wo wollt Ihr denn hin, Kind? Zu ihm? Das geht nicht. Nein, Magdalena, Ihr bleibt bei uns, so wie es sich von Rechts wegen gehört. Wir kommen schon zurecht. – Herr Kammann, ich … Danke, dass Ihr sie gebracht habt, aber …«

Georg spürte, was sie nicht zu sagen wagte: dass er gehen sollte. Und er ahnte auch, warum: weil es für sie alles noch schlimmer machte, dass er ihren Zustand sah. Sie hatte sich nicht wie Magdalena behaupten können. Sie hatte keinen Dolch gehabt. Er schluckte. »Ich bete für Euch und Euer ganzes Haus, Frau Repperschmidtin. Lebt wohl!«

Magdalenas Lächeln war das Letzte, was Georg sah, bevor die beiden Frauen im Dunkel des Hauses verschwanden.

Die Wegstrecke zurück zur Druckerei kam ihm deutlich länger vor als auf dem Hinweg und die Luft viel kälter. Jetzt bemerkte er auch die zerbrochenen Fenster, die aus den Angeln gerissenen Türen, an einem Haus ragten gar herausgebrochene Dielen aus einer Fensteröffnung. Von irgendwo drang lautes Weinen an Georgs Ohren. Es drängte ihn, dem Geräusch zu folgen, aber er wusste, dass das Unsinn war – er würde doch nicht helfen können und Mitleid tat in einer Situation wie dieser nur dann gut, wenn Freundschaft dahinterlag, nicht unter Fremden.

Wie von selbst stand bei diesem Gedanken auf einmal Philipp vor Georgs innerem Auge. Wie mochte es ihm und seiner Familie ergangen sein? Kurzentschlossen änderte er seinen Weg ab und klopfte wenig später an die Tür des Cramer'schen Hauses, die unversehrt zu sein schien und verschlossen war. Ein gutes Zeichen – oder? Aber niemand öffnete, kein Gesicht erschien hinter einem der Fenster, es blieb gespenstisch still. Georg überlegte, ob er den alten Weg über die Treppe im Hof zu Philipps Kammer hinaufsteigen sollte, aber er tat es nicht. Wenn sie an der Haustür nicht öffnen wollten, war es nicht an ihm, sich über die Hintertür aufzudrängen. Nicht am ersten Abend nach der Plünderung. Aber er würde wiederkommen.

Mit Füßen, die ihm vor Sorge schwer wie Holzklötze vorkamen, ging er den Rest des Weges zurück zur Druckerei.

Er fand Frau Ursula in der Küche am Tisch sitzend, von wo aus sie ihm mit geröteten Augen entgegensah. Georg spürte, wie ihm die Furcht den Magen zusammenzog. »Wer?«, fragte er nur.

»Peter.« Sie atmete tief ein und rieb sich mit der Hand über Augen und Gesicht. »Oben am Hirschberg habe ich ihn gefunden, mitten auf der Straße. Sie haben ihn erstochen und danach bis aufs Hemd ausgeraubt. Er liegt in der Stube, Wilhelm Römer hat mir geholfen, ihn hereinzutragen. Ich muss seiner Familie schreiben, aber ich kann es noch nicht. Ich kann es einfach noch nicht.«

Georg nickte, er verstand sie sehr gut. Der Tod machte einen Menschen jedes Mal so hilflos und klein und Frau Ursula hatte selbst schon zu viele Kinder beerdigen müssen, um nicht zu wissen, wie sich Peters Eltern fühlen würden, wenn sie die Nachricht erhielten.

Die Welt war Chaos und Schrecken und es war schwer, das auszuhalten. Aber man hatte keine andere Wahl, als all dem ins Gesicht zu sehen; es half nicht, es zu ignorieren oder nicht anzuschauen. Langsam drehte sich Georg um und ging über den Flur in die Stube.

Peter lag auf einer Decke auf dem Fußboden. Die Hände hatte ihm jemand ordentlich auf dem Bauch gefaltet, aber die Augen standen offen, ließen sich wohl nicht mehr zudrücken. Das weiße Hemd hätte ein Totenhemd sein können, wenn es nicht vorn zerrissen und mit braunrot geronnenem Blut getränkt gewesen wäre.

Georg stand da und konnte die Augen nicht von der Leiche nehmen. Peter war fort, sein Leben so gewaltsam ausgelöscht wie eine Kerze, der man den Docht abgebrochen hatte, und nur noch seine Hülle lag hier vor Georg auf dem Boden, mit bleichem, starrem Gesicht.

Sie waren nie wirklich Freunde geworden, aber Peter war immer da gewesen, er hatte bereits zum Haus der Chemlins gehört, als Georg hergekommen war, und sie hatten gemeinsam vieles erlebt und durchgestanden. Auf seinen Wangen hatte gerade der erste dürftige Bart seines Lebens zu wachsen begonnen. Er war gerade einmal siebzehn Jahre alt geworden. Trauer, Wut und Hilflosigkeit ballten sich in Georgs Bauch zu einem harten Klumpen zusammen, der so schnell nicht wieder verschwinden wollte.

31. Kapitel

In den nächsten Tagen wurden die Soldaten, die sowieso schon in der Stadt übernachtet hatten, offiziell einquartiert. Wieder füllten die lauten Stimmen von Soldaten das Chemlin'sche Haus. Sieben Männer waren es diesmal, die das leere Haus bevölkerten. Leer war es wirklich: Nichts, was auch nur annähernd von Wert war, hatten die Plünderer zurückgelassen. In der Stube waren sogar teilweise die Dielen aus dem Boden gerissen worden, vermutlich um nach vermeintlich versteckten Schätzen zu suchen. Alle wertvolleren Bücher waren in den Taschen der Plünderer verschwunden. In den Truhen und Schränken lag nichts mehr, keine Kleider, keine Vorräte, keine Wäsche, und sogar Johannes' kleines Holzpferd und die anderen Erinnerungsstücke, die Georg mit Kaspar und Frau Ursula vor der Einquartierung von Rob und seinen Kameraden aus der Kammer des Jungen geräumt hatte, waren fort.

Die Soldaten waren laut und grob, genauso wie die niederhessischen es gewesen waren, aber sie hatten noch etwas anderes in sich, das bewirkte, dass Georg sich noch mehr als damals bemühte, ihnen aus dem Weg zu gehen. Er konnte nicht verleugnen, dass er Angst vor ihnen hatte. Sie waren nach der Plünderung immer noch wie entfesselt, nahmen sich, was sie wollten, und machten keinen Hehl daraus, dass sie die Marburger insgesamt für Dreck hielten, der nur dazu da war, ihre Bedürfnisse zu stillen, welcher Art auch immer. Die Plünderung war zwar offiziell für beendet erklärt worden, aber unter der Hand ging sie doch weiter. Georg fürchtete sich vor den Soldaten und hasste sie, doch aus Robs Erzählungen wusste er immerhin, warum sie so waren: Es lag am Hunger, den sie allzu oft hatten leiden müssen, der Angst, im Kampf durch eine Kugel die Eingeweide herausgerissen zu bekommen und qualvoll zu sterben, der Unsicherheit, dem Schmutz, der Kälte und dem ungeregelten Leben im Lager, dem ausbleibenden und sowieso viel zu niedrigen Sold. Wenn sich dann die Gelegenheit bot, einmal gut zu leben und sich etwas an Besitz anzueignen, ein wenig für all die Mühen und die schlechten Tage entschädigt zu werden, dann wurde sie genutzt. Die Soldaten waren genauso wie die Bürger Figuren in einem großen Spiel, die hin- und hergeschoben wurden, ohne zu wissen warum, und die irgendwie versuchten, trotzdem ein Leben zu führen, das den Namen verdiente.

Georg wagte es nicht, aus dem Haus zu gehen. Er hatte das Gefühl, Frau Ursula als nunmehr einziger Mann im Haus neben den Soldaten so gut es ging beschützen zu müssen. Der schweigsame Peter fehlte Georg mehr, als er es für möglich gehalten hätte. Er wusste wenig von dem, was in dem jungen Mann vorgegangen war, der fast nie den Mund aufgemacht und sich immer im Hintergrund gehalten hatte, aber er war da gewesen, hatte angepackt und ab und zu gelächelt, während er in seiner Ecke gesessen und an irgendetwas herumgeschnitzt hatte. Georg dachte an ihn, der nun nichts mehr davon tun würde, und an seine Familie, die in der Nähe von Gießen lebte. Frau Ursula hatte versucht, ihnen eine Nachricht zu schicken, aber das war schwierig und keiner wusste, ob sie sie überhaupt erreicht hatte. Und was war mit Georgs eigener Familie – wusste sie schon von der erneuten Erstürmung Marburgs? Machten seine Eltern sich Sorgen um ihn? Einen Brief nach Günsendorf zu senden, war noch unmöglicher. Und er dachte an Magdalena, so nahe dort in der Untergasse und doch derzeit so weit entfernt wie Konstantinopel.

Erst nach ein paar Tagen bildete sich langsam so etwas wie ein Waffenstillstand zwischen Hausbewohnern und Einquartierten heraus. Das Leben pendelte sich wieder ein und eines Morgens, fast eine Woche nach der Plünderung, zog Frau Ursula Georg von den schwatzenden Soldatenfrauen weg in eine ruhigere Ecke der Küche, schaute ihn fest an und sagte: »Ihr versucht, auf mich aufzupassen, ich weiß das und freue mich über Eure Fürsorge. Aber inzwischen hat sich die Lage doch so weit beruhigt, dass ich mich gut allein behaupten kann, sodass Ihr endlich mit ruhigem Gewissen nach Magdalena Willich sehen könnt. Und denkt gar nicht erst an eine Widerrede!«

Er widersprach nicht. Sie hatte ja recht. Wahrscheinlich hätte sie sich sowieso jederzeit besser selbst mit ihrer Bratpfanne verteidigen können als er sie ohne seinen Degen.

Magdalena empfing ihn mit einer spontanen, festen Umarmung, die ihn für einen Moment sprachlos und unbeweglich dastehen ließ, bevor er sie zärtlich erwiderte. Es war wie ein Geschenk und für die kurze Zeitspanne, in der er ihren warmen Körper an seinem spürte und ihre Arme um seine Hüfte, war es, als könne nichts Schlimmes mehr passieren. Nur widerstrebend schob er sie mit einem Blick in die Runde von sich, bevor die Berührung wirklich ungehörig wurde. Aber die Repperschmidtin klopfte ihm mit feuchten Augen auf den Arm und sagte: »Lasst. Wir alle brauchen Nähe derzeit mehr als allzu viel Anstand und gute Sitte. Liebt, solange ihr es könnt.« Herr Pistorius, der die beiden von einem Stuhl vor dem Feuer aus beobachtete, rührte keine Wimper. Die alte Frau sei am Tag nach der Plünderung gestorben, flüsterte Magdalena Georg ins Ohr, der Schreck sei wohl zu viel gewesen und ihr Sohn trauere stark um sie. Mit einem Mal erschien der Marktmeister Georg viel menschlicher und liebenswerter als vorher.

Auf dem Heimweg ging er noch einmal bei Philipp vorbei, aber statt der Cramers öffnete ein einquartierter Soldat. »Was mit den Cramers ist? Ein Haufen Jammerlappen, wenn du mich fragst. Und jetzt verpiss dich, ich bin hier schließlich nicht deren Dienstmann.« Damit wurde Georg die Tür vor der Nase zugeschlagen.

Als er es am nächsten Tag, genau eine Woche nach der Plünderung, noch einmal versuchte, wurde der Tonfall härter und der Soldat stieß so viele unverhüllte Drohungen aus, dass Georg sich beeilte, von dort wegzukommen. Helfen konnte er sowieso nicht viel, solange die Soldaten das Haus besetzten. Es blieb ihm nichts, als für die Familie zu beten.

Auf dem Weg zurück zur Druckerei stieß er auf dem Marktplatz auf eine Menschenmenge. Viele Frauen waren darunter, etliche davon weinten. Alle schauten entsetzt auf das Rathaus. Georg folgte den Blicken und schnappte unwillkürlich nach Luft. Ein ganzer Trupp Soldaten stand dort und jeweils zwei von ihnen hielten einen gut gekleideten Bürger zwischen sich fest. Georg erkannte einige davon: Eberhard Bierau war darunter, Johannes Schott, Antonius Kalb … alles Ratsherren! Und dann sah er auch Wilhelm Cramer. Mit gesenktem Kopf und stumpfem Blick stand er zwischen den beiden Söldnern und schien kaum mitzubekommen, was mit ihm geschah.

Jetzt trat ein breitschultriger, blonder Mann vor und warf dabei in einer routinierten Geste elegant seinen blauen Mantel von der rechten Schulter, um die Hand in einer Ruhe gebietenden Geste hochheben zu können. »Ja, bleibt nur stehen und lauscht, das hier geht euch alle an, die ganze treulose Bürgerschaft dieser durch euch beschmutzten Stadt! Ihr habt euch als Rebellen gezeigt gegen eure rechtmäßigen Herren! Ihr habt euch gegen die Armee unserer Kaiserlichen Majestät gestellt und gegen euren Landesherrn Georg von Hessen-Darmstadt aufgelehnt und seid dadurch mit Leib und Gut, Ehre und Blut, Weib und Kind der Gerechtigkeit unseres Kaisers verfallen. Ihr verdient, dass man euch und ganz besonders den Verantwortlichen dieser Stadt, den Männern des Rates, die Köpfe abschlägt und sie zur Mahnung aller auf Pfähle steckt. Man sollte die Stadt niederbrennen und einen Schandpfahl auf den Trümmern errichten, damit noch eure Kinder und Nachkommen sich schämen für eure Taten! Aber Seine Kaiserliche Majestät wird Gnade vor Recht ergehen lassen, wenn ihr, die Ratsherren dieser Stadt, unserer Generalität wenigstens fünftausend Reichstaler Lösegeld versprecht und damit zu weiteren Siegen der kaiserlichen Sache beitragt. Überlegt es euch nicht zu lange!« Bei den letzten Worten hatte der Mann sich gänzlich den gefangenen Ratsherren zugewandt. Jetzt schaute er sie mit erwartungsvoll hochgezogenen Augenbrauen an.

Ratsherr Bierau war es, der schließlich antwortete. Seine Stimme klang leise, aber fest. »Wie können wir so etwas entscheiden, hier und jetzt, wo nicht einmal der ganze Rat vorhanden ist, als Gefangene zwischen den Partisanen und Degen Eurer Söldner?«

»Die anderen Herren werden wir noch zu euch bringen ins Stockhaus, keine Sorge. Wir finden sie, auch wenn sie sich verstecken und vergraben wie die Maulwürfe. Wir holen euch schon herunter von eurem hohen Ross. Ihr seid nichts als Schmutz unter den Fingernägeln, Rebellen und Aufständische, vergesst das nicht!«

Bieraus Gesicht war weiß geworden. »Ins Stockhaus wollt ihr uns sperren, wie die gewöhnlichen Verbrecher? Um des gnädigen Gottes willen, was soll das ändern? Wir sind doch ganz ausgeplündert, ihr habt längst alles, was die Stadt noch geben konnte. Wo sollen wir eine Summe von fünftausend Talern hernehmen?«

»Das ist eure Sache. Im Übrigen waren die fünftausend vielleicht sogar zu niedrig angesetzt. Wir werden sehen, was General Melander von Holzappel entscheidet. – Bringt sie zunächst mal ins Rathaus. Sie werden sich schon noch überlegen, was gut für sie ist. – Wenn ihr bis heute Abend nicht zustimmt, werdet ihr die Nacht im Stockhaus verbringen. Und die Nächte darauf ebenso. Stellt euch darauf ein.«

Ein entsetztes Raunen ging durch die Menge der Angehörigen, durchsetzt von einzelnen Schreien. Eine Frau stürzte vor und versuchte, sich vor dem Sprecher auf den Boden zu werfen, aber sie wurde von den Soldaten weggestoßen. Die ganze Gruppe verschwand im Rathaus.

»Im Stockhaus?«, jammerte eine andere Frau. »Bei der Kälte, und womöglich werden sie sie hungern und dürsten lassen! Oh Herr Gott, erbarme dich!«

Georg schaute sich um, aber von Cramers Familie war niemand in der Menge zu sehen. Ob Philipp und seine Schwester krank waren? Warum sonst waren sie nicht mitgekommen, als man ihren Vater fortschleppte? Sollte er trotz der Drohungen von vorhin noch einmal versuchen, nach ihnen zu sehen? Doch die Angst lenkte seine Füße ganz von allein in Richtung Druckerei.

☙

In dieser Nacht bekam Georg nur wenig Schlaf. Unruhig wälzte er sich auf seinem Bett hin und her und dachte an Philipp, an Magdalena, an seine Familie in Günsendorf und wieder an Philipp, immer wieder an Philipp. An die schlechten Zeiten, als er noch Pennal gewesen war und Philipp ihn getriezt hatte, und an die merkwürdige Veränderung, die sich seitdem zwischen ihnen ereignet hatte. Ja, wahrhaftig, sie waren Freunde geworden. Er hatte noch nie darüber nachgedacht, aber jetzt wurde ihm das auf einmal klar, und es war ein schönes und beängstigendes Gefühl zugleich. Etwas Ähnliches, aber doch auch wiederum ganz anderes hatte er nur für Kaspar empfunden. Aber während er in der Freundschaft mit Kaspar immer eher das Gefühl gehabt hatte, mehr zu nehmen als zu geben, stand er mit Philipp auf gleicher Stufe. Hier war noch alles offen, nichts gefestigt, und es gab viel, was er geben konnte.

Nur nicht gerade jetzt. Was hatte er jetzt zu geben? Hilfe? Unmöglich. Vielleicht wenigstens Trost? Ob Philipp so etwas brauchte? Freunde mochten sie geworden sein, aber sie kannten einander im Grunde kaum.

Trotzdem – er würde sich nicht noch einmal davor drücken. Morgen würde er hingehen und nach Philipp und seiner Familie sehen, komme, was da wolle.

Als dieser Entschluss endlich gefasst war, fiel er doch noch in einen leichten Schlaf.

Der nächste Tag war ein Samstag. Es war der 18. Dezember und Weihnachten war nahe. Wieder einmal würden es Feiertage unter Kanonendonner werden – Obrist Stauff hatte seinen Truppen längst befohlen, mit dem Feuer vom Schloss herunter zu beginnen. Diesmal wurde zwar nur auf die Stellungen der Darmstädter gezielt, aber ab und an schlugen doch einmal verirrte Musketenkugeln in Mauern und Straßen ein. Gott sei Dank war bisher noch niemand verletzt worden und Georg hoffte, dass es auch ihn nicht treffen würde, als er sich nach der dünnen Frühsuppe auf den Weg zum Cramer'schen Haus machte.

Wie es wohl den Soldaten auf dem Schloss erging? War Rob überhaupt dort angekommen oder vorher in einem der vielen kleinen Scharmützel in den Gassen der Stadt umgekommen? Er würde es wohl erst erfahren, wenn all das endlich vorbei war, so oder so.

Als Georg das Cramer'sche Haus erreichte, überlegte er nur kurz, dann entschloss er sich, es direkt an Philipps Tür zu versuchen, und ging vorsichtig durch den schmalen Gang zwischen den Häusern auf den Hinterhof.

Im selben Moment, als er aus dem Schatten des Ganges in den kalten Sonnenschein des Wintertages hinaustreten wollte, trat eine Gestalt von der Seite davor. Georg blinzelte ins Licht, seine Augen hatten sich zu schnell an die Dunkelheit zwischen den Wänden gewöhnt.

»Du lieber Himmel, Georg! Was machst du hier?«

Philipp! *Danke, Herr,* dachte Georg und lächelte. »Nach dir und deiner Familie sehen.«

»Geh da rein zurück, sonst gibt's bloß Ärger, wenn sie dich sehen«, raunte Philipp und folgte Georg in den Gang, der gerade breit genug war, dass man hindurchgehen konnte. Über ihnen reckte sich das Fachwerk in die Höhe; hier, wo es keiner sah, waren auch die Balken am Haus des Advokaten Cramer mit einfacher brauner statt wie zur Straße hin mit blau-grauer Farbe gestrichen. Die Kälte biss in Georgs Nase. Philipp lehnte sich mit der rechten Schulter gegen das Nachbarhaus.

»Weißt du, dass es schrecklich guttut, dich zu sehen?«, sagte er leise. »Ich dachte, ich müsste bald verrückt werden, eingesperrt mit den Soldaten. Mutter ist krank, sie hatte eine schwere Grippe und erst seit gestern erholt sie sich langsam wieder. Meine Schwester …« Philipp stockte und fuhr sich mit der Hand übers Gesicht. »Und Vater ist nun auch noch fort. Hast du gehört, was sie mit dem Rat gemacht haben?«

»Ich habe es gesehen und gehört. Fünftausend Reichstaler! Wie sollen sie das versprechen, wovon soll die Stadt das zahlen?«

»Inzwischen sind es zwölftausend. Und wenn sie nicht bald zustimmen, was sie bisher standhaft verweigern, sollen sie gehängt und ihre Häuser abgebrannt werden. Für übermorgen ist der Henker bereits bestellt, sagen die Soldaten und finden das furchtbar lustig.«

»Ich wünschte, wir wären nicht gar so hilflos«, sagte Georg. »Ich wünschte, ich könnte irgendwas tun, um euch zu helfen, um der Stadt zu helfen.«

»Ja, das wünschte ich mir auch. Aber wir können gar nichts tun.«

Einen Augenblick lang schwiegen sie. Jetzt erst entdeckte Georg den Stock, auf den Philipp sich stützte. »Was ist passiert?«, fragte er und deutete darauf.

Philipp schwieg und schaute auf den Boden. Schließlich holte er doch Luft und erzählte, ohne Georg dabei anzusehen: »Sie kamen in einem ganzen Pulk, rissen alle Türen auf. Wir hatten uns in der Küche verkrochen und alles verrammelt, aber sie kamen vom Hof her und schlugen einfach die Tür mit der Axt ein. Mutter zitterte vor Angst und Vater hielt sie in seinen Armen und tat gar nichts. Sie kamen rein, sahen Sophia und lachten und machten unflätige Bemerkungen. Ich habe meinen Degen gezogen und mich vor meine Schwester gestellt, einen habe ich abgewehrt, aber die waren mir überlegen in der engen Küche und dann habe ich einen Degen in den Oberschenkel gekriegt und ging zu Boden. Da lag ich dann und blutete, aber das habe ich kaum gemerkt, weil ich zusehen musste, wie sie über meine Schwester hergefallen sind, drei Männer nacheinander.«

»Oh Gott«, entfuhr es Georg. Unwillkürlich hatte er den Moment in der Gasse vor Augen, als der eine Söldner Magdalena bedrängte, während er mit dem anderen kämpfte und nicht zu ihr gelangen konnte. Nur, dass es bei ihnen gut ausgegangen war, dass Magdalena die Chance bekommen hatte, sich zu wehren. Die zierliche Sophia mit dem blonden Zopf war benutzt worden wie ein Ast, den man als Spazierstock vom Baum abbrach und hinterher wegwarf.

»Sie spricht nicht mehr seitdem. Kein Wort. Sie sitzt nur da und starrt an die Wand. Ich weiß nicht, was ich machen soll, Georg. Und jetzt ist auch noch Vater fort. Wenn sie ihn hängen … Ich weiß wirklich nicht, was werden soll.«

Auf dem Hof ertönten laute Stimmen. »He! Ist unser Advokatensöhnchen jetzt abgehauen oder was?«

Philipp zuckte sichtlich zusammen. »Ich muss zurück. Danke, dass du da warst. Leb wohl.« Damit hinkte er aus dem Gang auf den Hof hinaus.

Langsam drehte sich Georg um und kehrte mit einem Knoten im Hals auf die Straße zurück.

Er war noch nicht weit gekommen, als das Donnern von Kanonen ihn aus seinen düsteren Gedanken riss. In rascher Folge krachten die Schüsse und der Schall rollte in Wellen über die Stadt hinweg, sodass kaum eine Pause entstand. Es musste ein geplanter, konzentrierter Beschuss einer bestimmten Stellung sein, was er da hörte. Er versuchte zu orten, wohin die Schüsse zielten, aber das Donnern hallte viel zu laut in den Gassen wider, als dass die Geräusche des Einschlags zu hören gewesen wären.

Andere Marburger kamen auf die Straßen hinaus und Soldaten rannten an ihnen vorbei hinunter in Richtung der Stadtmauer. Mit einem drängenden, heißen Gefühl im Kopf folgte ihnen Georg. Eilig lief er zur Untergasse. Es gab keinen Grund für die Niederhessen, dorthin zu schießen, aber er musste sich einfach überzeugen, dass es Magdalena gut ging.

Aber er sah bald, dass die kaiserlichen Soldaten stracks zum Lahntor liefen. Erleichtert verlangsamte er seinen Schritt.

»Na, den hat's jetzt bestimmt erwischt!«, rief ihm jemand zu.

»Wen?«, fragte er.

»Den Melander natürlich. Der Herr General beliebte täglich in seinem Hauptquartier beim Rentmeister Daniel Seip am Grün zu speisen. Oder eine Besprechung abzuhalten oder was weiß ich. Er war immer um diese Zeit da. Und jetzt hat der Stauff das wohl spitzgekriegt und voll draufgehalten. Das waren mindestens zehn Kanonen gleichzeitig. Dass er damals die Ritterstraße hat räumen lassen und da Häuser plattgemacht hat für die freie Schussbahn, war sicherlich ein guter Plan. Von dem Seip'schen Haus ist nicht mehr viel übrig.« Gleich wandte sich der Mann dem nächsten zu, der die Untergasse Richtung Lahntor entlanglief. »Habt Ihr's schon gehört? Das Haus vom Seip haben sie beschossen! Der General ist sicher hin!«

Was das jetzt wohl für Marburg bedeutete? Nachdenklich ging Georg weiter zum Haus der Repperschmidts.

»Geht schnell nach Hause, Herr Kammann!«, drängte die Repperschmidtin, sobald sie ihm die Tür geöffnet hatte. »Wisst Ihr, was die Soldaten tun werden, falls der Stauff tatsächlich den General getroffen hat, wie sie sagen? Womöglich sind dann wieder wir schuld an allem, und wer auf der Straße herumläuft, ist der Erste, den sie erwischen. Beeilt Euch, geht nach Hause, ehe Ihr nicht mehr könnt! Ich werde Magdalena von Euch grüßen.«

Damit schloss sie sanft, aber bestimmt die Tür vor seiner Nase. Womöglich hatte sie recht, die Besatzer würden wütend sein und da war es besser, sich nicht vermeintlich schaulustig auf der Straße herumzutreiben. Georg beeilte sich, zur Druckerei zurückzukommen.

Nun war also die Heerspitze der Kaiserlichen getroffen worden. Vielleicht war das der Auftakt zum Ende, vielleicht würden die Soldaten nun aufgeben und abziehen? Das Schloss war nicht zu nehmen, das hatte er von den Söldnern im Haus aufgeschnappt. Man hatte es mit Minen versucht, aber die Niederhessen saßen dort oben wie die Krähen in ihrem Nest, sie kannten längst jeden Winkel des Geländes und brachten die Versuche durch Gegensprengungen zum Erliegen. Statt der Belagerten hatten immer nur die Kaiserlichen Verluste zu beklagen.

Wäre es gut, wenn sie abzögen und Marburg kasselisch bliebe, damit aber auch dem Calvinismus ausgesetzt? Oder wäre es besser, sie würden wieder darmstädtisch und gut lutherisch werden, auch wenn das durch die Gewalttaten der katholisch-kaiserlichen Armee geschah? Georg wusste längst nicht mehr, ob er für die eine oder die andere Seite Partei ergreifen sollte. Es kümmerte ihn inzwischen auch nur noch wenig, wer diesen ganzen langen Krieg grundsätzlich gewann. Verloren hatten die meisten Menschen im Heiligen Römischen Reich und überall sonst, wo gekämpft wurde. Nicht die Herrscher und Heerführer verloren den Krieg, die kleinen Leute taten es, die litten und starben und hungerten, und denen alles genommen wurde, was sie zu besitzen meinten. Philipp hatte verloren, sein Vater und seine Schwester noch mehr. Magdalena hatte verloren, die Repperschmidtin und all die anderen Menschen in der Stadt. Und er selbst?

Georg stockte mitten im Schritt, als ihm klar wurde, dass in ihm nicht alles dunkel war. Natürlich hatte er Kaspar verloren, sein Studium, sein Lebensziel. Aber er hatte auch gewonnen. Erst jetzt wurde ihm bewusst, dass er bei aller Trauer und aller Wut über die Ungerechtigkeit und Sinnlosigkeit dieses Krieges drei Dinge nicht verloren hatte. Ganz im Gegenteil: Sie waren völlig unbemerkt und leise sogar stärker geworden. Drei Dinge, die letztlich das Wichtigste waren: die Liebe, aber auch der Glaube und die Hoffnung. Die zarte Pflanze hatte sich in ihm verwurzelt, ohne dass es ihm bewusst gewesen wäre. Sie lehnte sich an das Kreuz, wie Kaspar es gesagt hatte, und hielt dem Sturm tatsächlich stand.

༄

Als Georg gemeinsam mit Frau Ursula in der Heiligen Nacht durch die Gassen zur Pfarrkirche hinaufstieg, war die Stadt nicht mehr dieselbe wie noch vor zwei Tagen. Eine Stille lag über den Häusern, die nichts mit der feierlichen Andacht zu tun hatte, die dem Ereignis der Geburt Jesu gebührte. Es war eine Stille, die wie ein angehaltener Atem war, gedämpft, traurig, furchtsam und doch kurz davor, endlich wieder Luft in die Lungen strömen zu lassen.

Die Kaiserlichen waren tatsächlich fort, aber sie hatten der Stadt ein Andenken hinterlassen. Niemand hatte bisher Zeit gefunden, die Reste der Feuer zu beseitigen, die sie nach dem Angriff auf ihren General tagelang in Gang gehalten hatten. Alles, was brennbar gewesen war in den Häusern, lag nun zu Aschehaufen verkohlt auf den Gassen, wehte in Flocken durch die Luft wie Schnee und setzte sich in Haar und Kleidung. Möbel, Haustüren, Dielen, Treppen – alles, was aus Holz war, hatten sie aus den Häusern gerissen und in ihren Wachtfeuern verbrannt.

Georg und Frau Ursula mussten um die Überreste herumgehen, teilweise sogar durch die Asche hindurchstapfen, um zur Kirche zu kommen. Als sie auf dem Kirchplatz ankamen, blieben sie einen Augenblick an der Mauer stehen und schauten auf die Stadt hinunter. Im Dunkeln sah man die Rauchschwaden nicht mehr, die von den unter den Trümmern immer noch schwelenden Bränden an der Stadtmauer aufstiegen, aber ihr Geruch lag schwer in der Nase. Marburg besaß keine Stadttore mehr. Trümmer und weite Lücken in den Mauern war alles, was geblieben

war, und die Stadt lag offen wie ein Buch vor jedem, der hinein-
wollte.

Aber was sollte man auch stehlen wollen? Alle Güter, die die
Plünderung überlebt hatten, lagen nun verkohlt auf den Straßen.

»Lasst uns hineingehen«, sagte Frau Ursula und Georg folgte
ihr mit einem schweren Herzen in die Kirche.

Einen kurzen Augenblick lang blieb er in der Tür stehen und
sah sich um. Die Kirchenbänke waren verschont worden und
es tat gut, wenigstens hier alles beim Alten vorzufinden. Er sah
Magdalena bei Frau Pistorius und ihren Töchtern, der Repperschmidtin und deren Kindern sitzen, atmete tief durch und stieg
auf die Empore. Bei den Professoren saß Johann Heinrich Tonsor und nickte Georg zu. Auf der anderen Seite sah Georg Herrn
Pistorius auf der großen Empore sitzen. Nicht weit von ihm entdeckte er Philipp und seinen Vater in der Empore der Ratsherren.

Ja, auch Ratsherr Cramer war hier. Am Tag, nachdem General
Melander von Holzappel bei dem Beschuss des Hauses am Grün
schwer verletzt worden war und das Kommando hatte abgeben
müssen, hatten die gefangenen Ratsherren kapituliert und den
Akkord unterschrieben – auf zwölftausend Reichstaler und zusätzlich zweitausendfünfhundert Taler dafür, dass die Glocken
der Kirchen nicht abgenommen und eingeschmolzen wurden.
Daraufhin waren sie freigelassen worden – jedenfalls größtenteils. Vier von ihnen waren als Geiseln mit einem Teil der Armee
nach Süden verschleppt worden. Aber Philipps Vater war Gott
sei Dank nicht dabei, sondern saß hier in der Kirchenbank, den
Rücken krumm nach vorn gebeugt, den Kopf gesenkt, als gebe es
auf den Dielen etwas Interessantes zu sehen. Frau Cramerin und
die junge Sophia konnte Georg unten im Kirchenschiff allerdings
nirgendwo ausmachen.

Dafür saß Tonsors Frau mit geradem Rücken weit vorne in
ihrer Bank, eine gestärkte weiße Haube auf dem Kopf. Gerade
beugte sie sich zu ihrer ältesten Tochter hinunter und flüsterte
ihr etwas zu.

Langsam schob sich Georg in seine Bank und schaute über die Menschen hinweg nach vorn auf den Altar mit seinem blauen Sternenhimmel hinter dem Kreuz. Wieder einmal überkam ihn bei diesem Anblick eine große Ruhe. Hinter dem Leid stand die Hoffnung, nach wie vor. All die Menschen, die sich hier versammelten, hatten die Gewalt überlebt. Sie besaßen nicht mehr viel, sie hatten Schlimmes durchmachen müssen, aber sie lebten, genauso wie er selbst.

Genau wie ihr Heiland. Er war gegeißelt und geschlagen worden und schließlich qualvoll am Kreuz gestorben, war vorher in einem armseligen Stall geboren worden, nicht in einem Königspalast – und doch hatten bei seiner Geburt die Engel gesungen und nach seinem Tod war er auferstanden und lebte und regierte in Ewigkeit. Georg fühlte, wie sich in ihm ein klein wenig Weihnachtsfreude zu regen begann, trotz allem.

Links über ihm begannen die Blasebälge zu keuchen, als der Kalkant sie zu treten begann, und dann griff der Organist in die Tasten. Ein strahlender Klang hallte durch die Kirche, jubelte um die Pfeiler und sang von Gottes Größe. Georgs Herz sang leise und zaghaft mit. Als die Orgel verklang und der letzte Akkord noch einen Augenblick in der Luft zu schweben schien, atmete Georg unwillkürlich tief ein und aus. Jetzt war er bereit, trotz allem vor Gott zu treten und seinem Wort zu lauschen, das Superintendent Herdenius heute auslegen würde. Gerade stieg er auf die Kanzel.

Einen Chor oder gar eine Kantate würde es heute nicht geben. Wann hätte Georg mit den wenigen Schülern und Studenten, die noch in der Stadt waren, etwas einüben sollen? Es hätte auch sowieso nicht recht gepasst. So, wie es war, war es gut – ein schlichter Gottesdienst, in dem das Wort Gottes im Mittelpunkt stand und in dem die Weihnachtslieder, die die Gemeinde selbst sang, neben dem Orgelvorspiel das einzige musikalische Element waren. Weihnachten bedeutete schließlich gerade, dass nicht die Pracht und der Reichtum das Entscheidende waren, sondern die Liebe Gottes – zu den Menschen seines Wohlgefallens.

Jemand pochte lautstark an die Haustür, mit ganzer Faust, sodass es dumpf bis in die Stube hinaufschallte. Georg fuhr von seinem Buch hoch, einem der wenigen, die die Plünderung und das Feuer überlebt hatten. Frau Ursula krampfte die Hände um die Näharbeit, mit der sie sich beschäftigte. Es war der erste Weihnachtsfeiertag, aber niemandem war nach Festlichkeit und Freude zumute.

Noch einmal hieb der unbekannte Besucher ungeduldig gegen das Holz. Kein Marburger würde so anklopfen, das war Soldatenart. Was wollten sie von ihnen? Es gab doch nichts mehr zu holen! Georg schluckte und stand dann auf. »Ich gehe.«

»Seid vorsichtig«, sagte Frau Ursula.

Während er durch die Stube ging, fragte er sich, wie er das anstellen sollte. Wenn er die Tür öffnete, war sie offen. Wenn er sie nicht öffnete, würde jemand, der ihnen Böses wollte, sie so oder so einschlagen. Aufhalten konnte er niemanden.

Gerade, als er die Tür erreichte, hämmerte die Faust von draußen wieder dagegen. Georg atmete noch einmal tief durch, schob den Riegel zurück und zog die Tür auf.

Es war nur ein einzelner Soldat, der davorstand, den Arm noch erhoben, um noch einmal gegen die Tür zu schlagen. Die Feder an seinem tief ins Gesicht gezogenen Hut war zerrupft und sah armselig aus, sein Mantel bestand nur noch aus Fetzen und die ganze Gestalt verströmte einen unangenehmen Geruch nach Schweiß, Schmutz, Urin und etwas Süßlichem, vermutlich Blut. In der linken Hand hielt er einen Degen und im Hintergrund sah Georg zwei weitere Söldner in ähnlich abgerissenem Zustand, die offenbar auf ihren Kameraden warteten.

»Ah, gut, dass ich gleich Euch treffe«, sagte der Mann.

Erst nach einem kurzen Moment der Überraschung erkannte Georg die Stimme. »Rob!«, sagte er. »Ihr lebt also!«

»Natürlich ich lebe! Was denkt Ihr?« Rob nahm mit der sowieso schon erhobenen Rechten den Hut ab und schwenkte ihn vor Georg, sodass sein breites Grinsen sichtbar wurde. »Ich überlebte diesen ganzen verdammten Krieg, da werde ich anfangen mit sterben doch nicht jetzt!«

Sein grauer Bart war struppig und unter seinen Augen saßen deutlich sichtbare Schatten der Erschöpfung. »Ihr habt auch überlebt die Plünderung. Noch gefochten, nachdem wir zum Schloss sind?«

Georg nickte nur.

»Euer Mädchen beschützt, ja?«

»Dazu brauchte sie mich nicht.«

Rob lachte. »Ja, was man hört, sie ist ein Tierchen mit einen Stachel.« Er hob die linke Hand und ließ den Degen gekonnt einen kurzen Moment durch die Luft wirbeln, bevor er ihn knapp unter dem Korb auffing, sodass der Griff nach oben zeigte. »Hier, damit du auch einen guten Stachel hast. Habe ich erbeutet im Kampf, auf dem Weg zum Schloss hoch. Aber ich brauche ihn nicht. Da – dann du kannst das alte schartige Ding wegwerfen.« Damit hielt er Georg die Waffe entgegen.

Georg zögerte und starrte auf den wippenden, glänzenden Korb vor ihm. »Ihr wollt ihn mir schenken?«

»Wenn ich wollte verkaufen, ich hätte schon einen Preis gesagt. Ist Weihnachten immerhin. Nun nehmt schon, sonst überlege ich noch anders.«

»Ich … Danke!« Georgs Finger schlossen sich um den drahtumwickelten Griff und es fühlte sich überraschend gut an, die Waffe in der Hand zu halten. Sie war leichter als seine alte Klinge und sie glänzte tatsächlich wie neu, sodass ein Vergleich kaum möglich war.

»Pflegt die Klinge gut, besser als die alte! Gut möglich, dass Ihr sie noch braucht. Der Krieg ist nicht vorbei, auch wenn die Kaiserlichen aufgeben mussten. Ha, wir lassen sie auflaufen, sie kamen nicht an uns ran! Na ja, hat sicher auch geholfen, dass die Landgräfin Entsatz hergeschickt hat. Der Wrangel war schon auf den Weg.«

»Und jetzt?«, fragte Georg und ließ den Degen sinken.

»Was und jetzt?«

»Wie geht es weiter? Was glaubt Ihr, was Landgraf Georg nun tun wird?«

Rob hob ausladend die Schultern und beide Arme. »Weiß ich's? Ich bin Soldat. Ich kämpfe für Geld. Mir ist gleich, wer tut was warum. Ich marschiere und hungere und warte immer, dass etwas passiert. Und hoffe, dass ich mein Sold kriege. Und manchmal, ganz selten, ich kämpfe und töte und mache Beute. Das ist mein Leben. Alles andere lasse ich die Herrn da oben tun. Und die Damen natürlich, schließlich kämpfe ich gerade für eine Frau.« Er grinste wieder.

»Und ...« Georg zögerte kurz, dann sprach er doch weiter, leise und zögerlich. »Und das reicht Euch? Habt Ihr kein Ziel für Euer Leben, keine Wünsche mehr?«

Das Lächeln auf Robs Gesicht verblasste. »Ich hatte welche. Früher. Der Krieg hat sie in mir ... zerstört, zerschlagen. Ich bin geplündert wie diese Stadt. Vielleicht finde ich etwas wieder, irgendwann, wenn Friede ist. Vielleicht, wenn ich nach Hause komme in mein *Alba*. Schottland. Vielleicht. Aber ich weiß nicht, ob ich kann noch ein Bauer sein. Ich bin zu viele Jahre in Krieg. Ich lebe vom Krieg, immer in Bewegung. Auf einer Stelle wohnen, Rinder hüten, Boden aufhacken – ich weiß nicht, ob ich das kann noch. Ich weiß nicht, ob ich Frieden kann.«

Georg nickte langsam. Er sprach nicht aus, was er dachte: dass jemand, der so viel getötet und geplündert hatte, wohl wirklich nicht mehr dazu taugte, Dinge zu erschaffen und Lebendes zu umsorgen. Er musste selbst innerlich abgestorben sein von all dem. Konnte jemand wie Rob noch lieben? Wenn er auf seinen Kriegszügen wie alle anderen Frauen vergewaltigt hatte, konnte er dann noch zärtlich sein und rücksichtsvoll und eine Frau lieben, wie sie es verdiente? Konnte eine Frau ihn lieben, obwohl sie wusste, was er getan hatte?

Er hätte es gern gewusst, aber danach zu fragen war natürlich undenkbar.

»Jetzt bin ich jedenfalls noch hier erst mal, halte die Stadt.« Rob klopfte sich selbst auf die Schulter dabei, so als wäre es tatsächlich er allein, der für Marburg verantwortlich war.

»Zieht ihr wieder her?«, fragte Georg.

Rob schüttelte den Kopf. »Wir sind in leere Häuser einquartiert, oben in die Nähe vom Schloss. Gibt jetzt einige davon.«

Georg nickte wieder. Trotz aller fast schon freundschaftlichen Gefühle für Rob war er froh darüber, dass er und seine Kumpane nicht wieder ins Chemlin'sche Haus einziehen würden.

Die beiden Männer, die sich auf der anderen Gassenseite an die Hauswand gelehnt hatten, rührten sich. »Was ist jetzt, Rob? Gehen wir saufen oder willst du hier weiter mit Grünschnäbeln schäkern?«

»Komme schon!«, rief Rob über die Schulter, dann grinste er Georg noch einmal an und stülpte den Hut auf seine struppigen Haare. »Man sieht sich. Und vergesst nicht das Üben – und das Einölen!«

»Ja«, sagte Georg. »Und noch mal vielen Dank!«

Rob drehte sich um und stapfte zu seinen Kumpanen hinüber. Georg schaute den dreien nach, während sie die Gasse hinaufstiegen – laute Worte, lautes Gelächter und große Gesten begleiteten sie ebenso wie der abgestandene Geruch ihrer schmutzigen Kleider. Sie taten, als seien sie die Herren der Welt, und waren doch nur arme, abgerissene Wesen, menschliche Waffen für die eigentlichen Herrscher. Ihnen war kaum etwas geblieben – keine Würde, keine Perspektive und keine Hoffnung.

Georg schauderte, sowohl vor Kälte als auch vor der Trostlosigkeit seiner Gedanken, und schloss die Tür. Dann betrachtete er im Dämmerlicht des Flures den Degen in seiner Hand, dessen blanke Klinge kleine Lichtreflexe in seine Augen warf, wenn er sie bewegte. Er würde ihn in seiner Kammer aufbewahren, in seiner leeren Truhe, aber nicht benutzen. Seit der Zeit der Plünderung betete er täglich zu Gott, dass er niemals wieder eine Waffe würde gebrauchen müssen, um sich und seine Freunde zu verteidigen.

32. Kapitel

1648

Es waren eher feine Eisnadeln als Schneeflocken, die vom Himmel fielen und in Böen durch die Stadt wehten. Sie stachen schmerzhaft auf der Haut und Georg zog das löchrige Tuch höher, das er sich unter dem Hut um Kopf, Kinn und Hals gewickelt hatte. Der Januar neigte sich dem Ende zu. Ein Monat war seit dem Abzug der Kaiserlichen vergangen und langsam, ganz langsam begann das Leben in der Stadt wieder in Gang zu kommen. Gemeinsam versuchte man die Normalität wieder aufzurichten, soweit das eben ging.

Vor dem Haus mit dem blauen Fachwerk blieb Georg einen Augenblick stehen und zögerte. Sollte er vielleicht Herrn Cramer seine Aufwartung machen? Oder doch lieber einfach wieder den direkten Weg in Philipps Kammer nehmen?

Die Entscheidung wurde ihm abgenommen. Knarrend öffnete sich die behelfsmäßig aus alten Holzresten zusammengenagelte Tür und Ratsherr Wilhelm Cramer selbst stand darin. Sein Bart war lang gewachsen und ungepflegt und unter seinen Augen lagen tiefe Schatten, die früher nicht dort gewesen waren.

»Kammann«, sagte er statt einer Begrüßung. »Was steht Ihr hier so lauernd herum? Hofft Ihr, bei uns irgendetwas zu bekommen? Eure alte Stelle womöglich? Das solltet Ihr ganz schnell wieder vergessen. Ich habe kein Geld, um Euch zu bezahlen. Wir verhungern vermutlich eher als Ihr. Ihr könnt immer noch zu Euren Eltern aufs Land zurückgehen, wo die Nahrung im Garten wächst.«

Georg schüttelte den Kopf. »Auf dem Land ist es nicht besser als hier, Herr Advokat. Die durchziehenden Heere lassen nichts von dem übrig, was im Garten wächst. Bevor ich nach Marburg ging, haben wir mehr Brennnesseln und Eichelbrot gegessen als richtiges Gemüse. So viel echtes Brot aus Mehl wie hier in den letzten Jahren gab es dort nie. Und nein, ich hatte nicht um Arbeit bitten wollen, sondern wollte Seinen Sohn besuchen, wenn es der Herr Advokat gestattet.«

»Wir empfangen keinen Besuch. Ich brauche keine Fremden im Haus, die sich das Elend anschauen, zu dem unsere Familie verkommen ist. Ich wünsche Euch einen guten Tag.« Damit trat er zurück und schloss die Tür. Georg blieb davor stehen und versuchte, Enttäuschung, Entsetzen und Mitleid herunterzuschlucken.

Über ihm zischte etwas. Als er hochschaute, sah er Philipps dunkelblonden Schopf aus dem Fenster schauen. »Komm hinten rauf!«, rief er leise und verschwand wieder.

Zögerlich machte Georg einen Schritt auf den Gang zwischen den Häusern zu. Sollte er wirklich, obwohl der Ratsherr ihm so deutlich die Tür gewiesen hatte, von hinten das Haus betreten? Andererseits konnte er auch nicht einfach gehen, nachdem Philipp ihn eingeladen hatte … Erst langsam, dann immer entschlossener ging Georg die paar Schritte durch den Gang und stieg die Treppe über dem Schuppen hinauf.

Philipp stand schon in der Tür und zog ihn in seine Kammer. »Denk dir bloß nicht zu viel bei dem, was mein Vater sagt.«

Georg nahm seinen Hut ab und wickelte sich das Tuch vom Gesicht. Einen Augenblick zögerte er, dann legte er beides einfach auf den Boden. Die Kammer hatte sich komplett verändert seit dem letzten Mal, als er hier gewesen war. Alle Möbel waren verschwunden, bis auf eine Matratze auf dem Boden. Die Flugblätter, die Philipp darüber aufgehängt hatte, waren auch nicht mehr da, genausowenig die Degen, die an der Wand über dem Tisch gehangen hatten. Der Dielenboden hatte seinen gepflegten Glanz verloren und war stattdessen voller Flecken und tiefer Kratzer. Es war kalt, wenn auch nicht so eisig wie draußen.

»Einen Sitzplatz kann ich dir nicht mehr anbieten«, bemerkte Philipp. Er lehnte in seinen Mantel gewickelt neben dem Fenster an der Wand und schaute durch die grünen, mit Eisblumen überzogenen Butzenscheiben, als wären sie aus klarem Glas, das den Ausblick auf den Hof erlaubte.

»Nein«, sagte Georg, nur, um überhaupt etwas zu sagen.

»Wie gesagt: Nimm meinen Vater nicht allzu ernst. Er ist schwermütiger denn je. Wen wundert's. Wenn man jetzt nicht schwermütig wird, wann dann?«

»Wie geht es deiner Mutter?«

Jetzt erst löste Philipp seinen Blick vom Fenster und schaute Georg an. »Sehr viel besser. Sie fängt sogar schon langsam an, das Haus zu putzen. Geht ja auch gut, jetzt, wo es so schön leer ist.« Der Sarkasmus war nicht zu überhören.

»Und Sophia?«, fragte Georg.

Philipp hob die Schultern. »Ich weiß nicht, was in ihr vorgeht. Sie spricht wieder – wenig, doch immerhin schweigt sie nicht mehr die Wand an. Aber natürlich redet sie nicht darüber. Und natürlich fragen wir auch nicht danach.«

»Natürlich«, murmelte Georg bedrückt. »Verstehen, wie es für sie ist, könnt ihr sowieso nicht. Das kann wahrscheinlich höchstens eine Frau, der das Gleiche passiert ist. Vielleicht nicht mal die. Vielleicht ist Gewalt immer anders, für jeden. Gleich ist nur das Gefühl der Hilflosigkeit und der Angst und der Verlassenheit. Man kann es nicht erklären oder die Gefühle durch Reden wegnehmen. Ihr könnt sie nur lieben und für sie beten. Hauptsache, ihr zeigt ihr jetzt, dass ihr bei ihr seid, dass sie jetzt nicht allein ist …«

Philipp hob die Augenbrauen. »Das lernt man aber nicht im Studium!«

»Was?«, fragte Georg und ließ die Hand sinken. Unwillkürlich hatte er sich die Kehle gerieben, während er in seine Erinnerungen abgetaucht war.

»Du hast selbst so was erlebt, oder?«

»Ja«, sagte Georg. »Bevor ich hierherkam. Marodeure.« Er schüttelte den Kopf. »Es ist lange her. Bald sieben Jahre. Ich denke nicht mehr darüber nach.«

»Aber vergessen hast du nichts davon.«

»Nein. Ich glaube nicht, dass ich das jemals vergessen werde.« Er zögerte einen Augenblick, dann redete er langsam weiter, tastete sich, während er sprach, durch den neuen Gedanken hindurch. »Aber das muss ich auch nicht. Es ist ein Teil von mir. Es hat mich geprägt und verändert, es hat mich ängstlicher gemacht, aber auch gleichzeitig mutiger. Es hat mich hierhergebracht und das ist gut. Es hat … es hat Narben hinterlassen, aber auch ganz neue Kräfte in mir freigesetzt, glaube ich. Das Schlechte und Schreckliche, das uns zustößt, ist schrecklich und schlecht, daran gibt es auch nichts schönzureden, aber das, was sich daraus entwickelt, muss es nicht sein. Gott will das Beste für uns, trotz allem. Es ist wie bei dem Altar in der Pfarrkirche – hinter dem leidenden Heiland liegt der leuchtend blaue Himmel. Hinter dem Schrecken liegt die Hoffnung, immer wieder. Und solange das so ist, leben wir und können ihm vertrauen.«

»Danke für die Predigt, Herr Pfarrer«, sagte Philipp rau und schaute wieder auf das Fenster. »Aber ich sehe keine Hoffnung. Dieser Krieg ist die Hölle auf Erden und ich glaube langsam nicht mehr, dass er jemals aufhören wird. Ich weiß nicht, ob uns Gott nicht längst verlassen hat, nachdem wir es nicht mal schaffen, uns nicht gegenseitig umzubringen. Von Feindesliebe ganz zu schweigen …« Er stieß die Luft aus, die daraufhin einen Wimpernschlag lang in einer kleinen Wolke vor ihm zu sehen war, und schüttelte den Kopf. »Und ich höre mich schon an wie mein Vater.«

Einen Augenblick schwiegen sie beide. Dann sagte Georg vorsichtig: »Philipp?«

»Was?«

»Geht es dir denn wie deinem Vater?«

Philipp drehte sich wieder zu ihm. »Was meinst du damit?«

»Hast du wirklich allen Mut verloren? Alle Hoffnung, alle Träume und Wünsche für die Zukunft?«

Philipp lächelte kurz, ein bitteres, trauriges, wütendes Lächeln. »Meine Zukunft, meinst du? Ich wollte immer Jurist werden. Den Menschen zu ihrem Recht verhelfen, das Land wieder aufbauen helfen, die Welt im Kleinen ein wenig besser und gerechter machen. Und jetzt hat mich die Wirklichkeit eingeholt und ich muss mir eingestehen, dass das nichts als ein hohler Traum war. Die Menschen brauchen mich nicht und das Recht ist doch nur etwas, was jeder, der ein bisschen Macht hat, nach seinem Gutdünken verbiegen und verdrehen kann. Es ist doch sinnlos, dafür zu sorgen, dass jemand, der beim Pferdekauf übers Ohr gehauen wurde, seine paar Münzen zurückbekommt, wenn er kurz darauf von einer Horde marodierender Soldaten erstochen wird. Oder dass alle Steuern bezahlt werden, wenn die gesamte Stadtkasse von der nächsten vorbeikommenden Armee eingesackt wird.«

Georg atmete tief durch. »Das stimmt, du hast vollkommen recht. Es ist sinnlos. Aber nur, wenn du vom Ergebnis ausgehst, nicht vom Menschen. Der Mann, dem du gegen den Rosstäuscher beigestanden hast, hat danach für die kurze Zeit, die er noch lebt, einen Funken vom Glauben an die Gerechtigkeit wiedergewonnen. Und die Steuern, die gezahlt wurden, sind nicht einfach nur Geld, sie sind die Hoffnung auf Stabilität, sie sind das, was den Menschen in der Stadt hilft, nicht vor Angst gar nichts mehr zu tun, sondern so gut zu leben, wie sie es eben können, bis die nächste Armee vorbeikommt. Findest du wirklich, dass das nichts wert ist?«

Philipp schaute Georg lange an. Dann trat tatsächlich doch noch ein wirkliches Lächeln auf sein Gesicht, ein zaghaftes zwar nur, aber es war da. »Du bist wirklich merkwürdig, Georg Nicolaus Kammann.«

Georg lächelte zurück und schwieg. Er war gerne merkwürdig, solange das solche Früchte trug.

Aber nur allzu schnell zogen wieder Wolken über Philipps

Miene. »Es ändert nur leider nicht viel. Auch wenn du vielleicht recht hast und die Juristerei auch in diesen Zeiten nicht sinnlos ist – ich werde kein Richter oder Advokat mehr werden. Hier gibt es in absehbarer Zeit keine Vorlesungen und fortgehen kann ich nicht. Wir haben alles verloren, mein Vater kann mich nicht mit einem Heller unterstützen. Und außerdem kann ich meine Familie jetzt sowieso nicht allein lassen.«

»Das lasse ich gelten. Das andere nicht. Ich bin schließlich auch ohne Geld hierhergekommen. Gut, meine Patin hat mir das Schulgeld gezahlt, aber sonst hatte ich nichts. Und ich bin irgendwie durchgekommen. Man kommt mit wenig aus, wenn man etwas nur unbedingt will.«

Philipp schaute zu Boden und spielte mit einer aufgelösten Webkante seines Mantels. »Mag sein. Aber wie gesagt: Ich kann meine Eltern jetzt nicht im Stich lassen.«

Es war eine sanfte, aber willensstarke Frauenstimme, die sie beide erschreckt zur Tür herumfahren ließ: »Doch, Philipp, das kannst du.«

Seine Mutter stand dort mit einem Putzlappen in der Hand, mager und blass, aber als sie ein paar Schritte in die Kammer trat, sah Georg in ihren Augen und in ihrem Lächeln den gleichen Mut und die gleiche Ruhe, die auch in ihrer Stimme zu hören gewesen waren.

»Er hat recht, weißt du. Du wirst gebraucht. Und so gern wir dich bei uns behalten würden, noch lieber möchten dein Vater und ich, dass du deinen Traum erfüllst, dass du etwas aus deinem Leben machst, egal, was dieser Krieg uns angetan hat. Wir brauchen dich – aber nicht, damit du uns Holz hackst, sondern damit du uns Hoffnung auf die Zukunft gibst. Wenn wir wissen können, dass du trotz allem deinen Weg machst, können wir hier weiterkämpfen und wissen wenigstens, wofür.«

Philipp schwieg und schaute wieder auf die Scheiben.

»Versprich mir, dass du wenigstens darüber nachdenkst!«

Langsam, als sei es ein Kraftakt, nickte Philipp und Frau Cramerin lächelte. »Und jetzt lasst mich diese Kammer putzen. Sie hat es wirklich nötig, so, wie die Kerle hier gehaust haben.«

Georg hob das Tuch und seinen schäbigen Hut vom Boden auf, legte Philipp kurz die Hand auf den Arm und ging dann an ihm vorbei zur Hoftreppe. In der Tür nickte er Philipps Mutter höflich zu. »Lebt wohl, Frau Cramerin.«

Sie lächelte ihm zu. »Ihr seid ein guter Mensch, Georg Kammann. Vergesst auch Ihr Eure Ziele nicht!«

Weil er nicht recht wusste, was er darauf antworten sollte, lächelte er noch einmal und stieg dann die Treppe hinunter. Ihre Worte hatten ein Gefühl der Verwirrtheit in ihm zurückgelassen, das ihm nicht gefiel. Er wickelte sich das Tuch wieder um den Kopf, zog den Hut tief in die Stirn und machte sich auf den Heimweg.

Seine Ziele – welche waren das eigentlich? So lange war das Studium sein Ziel gewesen … und jetzt war es nicht leicht, ein neues zu finden. Oder sollte er das alte wieder aufgreifen?

Aber es blieb dabei, dass er niemals ein Prediger wie Feuerborn oder Hanneken werden würde, und auch kein Professor wie Tonsor. Was sollte es also bringen, dass er las und lernte und sich in der Heiligen Schrift auskannte, wenn er das nicht weitergeben, wenn er die Menschen durch seine Worte nicht verändern konnte?

Nur – was sollte sonst aus ihm werden? Ein Dorflehrer, wie sein Vater? Ein ewiger Hilfslehrer, ein Schreiber oder der Privatpräzeptor einer adligen Kinderschar? War das ein Ziel, für das es sich lohnte, jeden Tag aufzustehen?

Auf einmal fühlte sich Georg genauso verloren wie die Schneeflocken, die vereinzelt durch die Luft taumelten und von denen niemand vorhersagen konnte, wo sie landen würden.

☙

Der Chemlin'sche Flur war wie eine dunkle, warme Höhle, als Georg hineintrat und die Tür hinter sich zudrückte. Mit steifen

Fingern nahm er den Hut und das Tuch vom Kopf und schüttelte den feinen Schnee ab, der sich in den Ecken und Falten gesammelt hatte. Dann befreite er auch seinen Mantel von den letzten Schneeresten und hängte ihn an den Haken. An der Stubentür zögerte er kurz und wandte sich dann der Treppe hinunter zur Druckerei zu. Niemand war dort. In der momentanen Situation gab es kaum etwas zu drucken, jeder in der Stadt war mit sich selbst beschäftigt. Aber der Raum war immer noch der Ort, an dem Georg sich Kaspar am nächsten fühlte, und gerade jetzt war die Sehnsucht nach seinem Freund wie ein ziehender Schmerz in seinem Inneren. Kaspar hätte ihm dieses Gefühl des Verlorenseins nehmen können.

Gerade, als er einen Fuß auf die oberste Stufe setzte, ging die Stubentür auf. Georg lag schon ein Gruß auf der Zunge, aber es war nicht Frau Ursula, die heraustrat und die Tür sorgfältig wieder schloss, sondern ein ihm unbekannter Mann. Wer mochte das sein? Ein Kunde? Aber was hatte der in der Stube zu suchen? Der Mann war höchstens Mitte vierzig und von eher kleiner Statur. Sein braunes Haar trug er kurz geschnitten, ein Kinnbart zierte sein Gesicht und das Lächeln, das sich nun darauf ausbreitete, legte die Haut um seine wachen Augen in eingetragene Falten. »Ihr müsst Georg Kammann sein. Frau Chemlinin sprach mit Wärme von Euch. Mein Name ist Kaspar Vulpius, Druckermeister aus Gießen.«

Er brauchte nicht zu sagen, warum er hier war, es war auch so wie ein Schlag in die Magengrube. Trotzdem ergriff Georg die ihm entgegengestreckte Hand, eine warme, trockene Hand mit einem festen Druck.

»Ich weiß, dass Ihr dem seligen Herrn Chemlin sehr nahestandet«, sagte Vulpius leise und sein Gesicht wurde wieder ernst, auch wenn die Lachfältchen weiter deutlich sichtbar blieben. »Und ich kann mir annähernd vorstellen, wie unpassend und schrecklich Ihr den Gedanken an einen anderen Mann in diesem Haus und in dieser Druckerei finden werdet. Ich weiß, wie es ihr damit geht.« Er warf mit einer Falte in der Stirn einen Blick auf die Tür hinter sich. »Aber so ist es nun einmal in unserem Handwerk – sie braucht einen Drucker, ich brauche eine Druckerei. Ich werde zunächst als Faktor die Druckerei leiten und nach dem Ende des Trauerjahres im Sommer oder im Herbst um Ursula Chemlinins Hand anhalten.«

Und sie würde sie ihm nicht verwehren, wenn er die Arbeit gut machte. Er hatte recht – so war es nun einmal. Mit einem Mal wurde Georg bewusst, dass das auch für Vulpius nicht ganz leicht sein dürfte. In Kürze würde er eine ihm fremde, deutlich ältere Frau heiraten. Wie es ihm wohl damit ging? Und ob er selbst womöglich einmal in die gleiche Situation kommen würde? Wenn er um Magdalenas Hand anhielte und ihr Vormund ablehnte … aber darüber wollte er eigentlich gar nicht nachdenken. »Wann fangt Ihr an?«, fragte er stattdessen lieber.

»Sobald ich in Gießen alles geregelt habe. Länger als zwei Wochen sollte das nicht dauern. Werdet Ihr dann noch hier sein? Ich meine, es gibt ja nicht mehr viel zu tun in dieser Stadt für jemanden wie Euch, eher für Zimmerleute und Schreiner.«

Georg holte Luft und öffnete den Mund, um die Frage zu bejahen, aber dann fiel ihm die Frage der Cramerin nach seinen Zielen wieder ein und er zögerte. »Ich weiß es nicht«, sagte er schließlich.

»So oder so hoffe ich, dass Ihr mich nicht als einen gefühllosen Eindringling seht. Ich werde den seligen Verstorbenen nur in der Druckerei ersetzen, nicht als Ursula Chemlins Ehemann oder Herr dieses Hauses. Auch nicht nach der Hochzeit. Und noch eins: Ich denke zwar, dass wir beide uns gut verstehen könnten, aber wir müssen keine Freunde werden, wenn Ihr das nicht wollt. Oder auch wenn ich es nicht will.«

Georg versuchte ein Lächeln. »Ihr seid ja sehr direkt.«

Vulpius zog die Stirn besorgt in Falten. »Zu direkt?«

»Nein«, sagte Georg und das war die Wahrheit. »Ich mag das. Ihr seid ehrlich, das finde ich gut.« Er zögerte kurz, dann fügte er leise hinzu: »Kaspar Chemlin hätte das auch zu schätzen gewusst.«

Jetzt war das Lächeln wieder da und brachte das Gesicht des Mannes zum Leuchten. »Danke. Es ehrt mich, dass Ihr das sagt. Und es gibt mir Hoffnung für die kommende Zeit. Ich werde mit deutlich leichterem Herzen zurückreiten, als ich hergekommen bin.« Er nickte Georg noch einmal zu und ging zur Haustür hinüber. »Lebt wohl fürs Erste!«

»Ich wünsche Euch eine gute Reise – und eine gute Rückreise hierher in zwei Wochen!«

Vulpius öffnete die Tür, hob noch einmal grüßend die Hand und war verschwunden. Georg zögerte einen Augenblick, dann machte er drei entschlossene Schritte und klopfte an die Stubentür.

»Ja«, vernahm er Frau Ursulas Stimme und trat ein.

Sie saß am Fenster, auf einem der einfachen Stühle, die immer noch nach frischem Holz dufteten. Nur das Nötigste hatte Frau Ursula zunächst neu anfertigen lassen. Auf dem zweiten Stuhl, der ihr gegenüberstand, hatte sicher bis vor Kurzem Kaspar Vulpius gesessen. Ihre Unterarme stützten sich auf den Oberschenkeln ab, ihre Hände umklammerten die Knie und knüllten den braunen Rock zusammen. Als sie den Kopf hob und Georg entgegensah, kam sie ihm wie ein verlorenes Kind vor. Es war das erste Mal, dass er Frau Ursula anders als stark und selbstsicher erlebte – weder im Angesicht der plündernden Soldaten noch des Todes ihres Mannes oder ihres Sohnes hatte sie so verletzlich gewirkt. Fast erschrocken trat er zu ihr.

»Habt Ihr ihn gesehen?«, fragte sie mit rauer Stimme, so leise, dass er sie kaum verstand.

Georg konnte nur nicken.

»Ich kann nicht anders. Er kam und machte sein Angebot und ich muss dankbar sein. Allein schaffe ich es nicht, die Druckerei wieder hochzuziehen, und es geht auch nicht für ewig, dass ich Witwe bleibe. Aber …« Sie schluckte so heftig, dass er die Bewegung an ihrer Kehle sah, und wandte den Kopf zum Fenster.

Er schwieg mit ihr. Sie musste es nicht aussprechen, er wusste auch so, was sie sagen wollte: Sie vermisste ihren Mann, mit dem sie ihr Leben geteilt und dem sie dreizehn Kinder geboren hatte, auch wenn die meisten davon nicht überlebt hatten, und jetzt sollte auf einmal ein anderer seinen Platz einnehmen.

Schließlich sagte sie mit extrem flacher Stimme, ohne die Augen vom Fenster zu nehmen: »Und dann heißt er auch noch Kaspar … Wie soll ich ihn je mit diesem Namen anreden?«

Georg setzte sich auf den Stuhl und schaute sie an. »Ich habe ein paar Worte mit ihm gewechselt auf dem Flur. Ich glaube, er ist ein guter Mann, Frau Ursula. Ehrlich, freundlich und er scheint nicht mehr von Euch zu erwarten, als Ihr ihm geben könnt.«

Sie sah wieder zu ihm. »Nun, wir werden in der nächsten Zeit herausfinden, was für ein Mensch Kaspar Vulpius ist. Aber er ist eben nicht *mein* Kaspar. Er ist nicht so, wie Kaspar es war.«

»Ich denke fast, das ist auch gut so«, sagte Georg und wählte jedes Wort bewusst. »Er ist Kaspar so unähnlich, dass Ihr ihn nicht mit ihm vergleichen könnt. Seht es doch als Möglichkeit, etwas Neues beginnen zu lassen. Vielleicht ist Kaspar Vulpius das beste Heilmittel gegen den Verlust, das Gott sich für Euch und für dieses ganze Haus ausdenken konnte. Er hat Lachfältchen um die Augen – wahrscheinlich ist er ein fröhlicher Mensch. Und mehr Lachen können wir alle vertragen, glaube ich.«

Frau Ursula atmete tief ein und stieß die Luft mit einem kräftigen Stoß wieder aus. Dabei richtete sie den Oberkörper auf und streckte den Rücken. »Ihr habt recht, Georg. Ich sollte lernen, ihn als Geschenk Gottes anzusehen, nicht als notwendiges Übel und Eindringling in meine Trauer um meinen Mann. Er war wirklich freundlich und verständnisvoll. Ich kann mir einfach nur nicht vorstellen …« Wieder verlor sich der Satz im Nichts.

Georg schaute ihr fest in die Augen. »Ihr werdet ihn ja nicht in zwei Wochen heiraten, sondern frühestens im Sommer. Bis dahin ist er nur der neue Faktor und Ihr habt genug Zeit, um Euch an ihn zu gewöhnen und ihn kennenzulernen. Ich glaube, dass er Euch guttun wird. Und …« Er zögerte, aber dann sagte er es doch, langsam und leise: »Und ich glaube, dass Kaspar ihn gemocht hätte.«

Ein vorsichtiges Lächeln zeigte sich auf Frau Ursulas Gesicht. »Seht Ihr, darum bin ich froh, dass Ihr letztes Jahr nach Kaspars Tod nicht ausgezogen seid. Ein neuer Anfang … Ja, vielleicht ist es das wirklich. Wir könnten alle einen Neuanfang gebrauchen.« Ein Teil ihres alten Elans schien zurückzukehren, als sie aufstand, und Georg folgte ihr zur Tür.

»Wir haben übrigens bald auch einen neuen Lehrling«, sagte sie. »Karl Jünger aus der Wettergasse. War auf dem Pädagogium, aber das Studieren sei doch nichts für ihn, schon gar nicht jetzt, sagt er. Auch ein Neuanfänger also.« Auf dem Treppenabsatz blieb sie stehen und drehte sich halb zu Georg um. »Und was wollt Ihr tun?«

Er schluckte hart. Da war sie schon wieder, diese Frage. »Ich weiß es nicht.«

»Ihr könnt in diesem Haus bleiben, solange Ihr wollt, Georg, das wisst Ihr hoffentlich. Aber Ihr solltet darüber nachdenken, wohin Euer Lebensweg Euch führt. Wohin Gott Euch führen will.«

»Ja …«, sagte Georg und dachte an Karl Jünger. Irgendwie fühlte er sich diesem Jungen weit unterlegen, der schon im Pädagogium gemerkt hatte, dass sein Weg ein anderer war. Wie stand es dagegen um ihn? Er war ein gescheiterter Student, der nun, mit zweiundzwanzig Jahren, im Grunde längst zu alt war, um eine Lehre und damit etwas Neues anzufangen, und der nicht einmal wusste, was er eigentlich wollte.

☙

Der nächste Tag war deutlich milder. Als Georg am Nachmittag aus dem Pädagogium trat, segelten statt kleiner Eisnadeln friedliche Schneeflocken auf Marburg nieder und der Wind hatte sich gelegt. Es war immer noch Winter, aber längst nicht mehr so kalt, dass man sich beeilen musste, wieder ins Haus zu kommen. Und Georg hatte das Gefühl, ersticken zu müssen, wenn er jetzt schon in die Druckerei zurückginge. Also zog er seinen Mantel vor der Brust zusammen und den Hut tiefer ins Gesicht und lief ziellos durch die Stadt.

Gerade hatte Tonsor ihm eröffnet, dass das Pädagogium nun bald gänzlich schließen würde. Es gab nur noch eine Handvoll Schüler, von denen etliche schon angekündigt hatten, dass sie ebenfalls bald gehen würden. Das bedeutete, dass Georg bald wieder ohne Arbeit dastünde.

Dem lautstarken Treiben auf dem Marktplatz wich er aus. Er wollte niemandem begegnen und er wollte auch all die Menschen nicht sehen, die ihren Platz im Leben einnahmen und ausfüllten, so gut sie es eben vermochten, während er nicht einmal wusste, welcher Platz der Seine war. Stattdessen drückte er sich am Rand des Marktplatzes an den Ständen vorbei, ging weiter hangaufwärts und fand sich kurz darauf auf dem Kirchhof wieder.

Er blieb stehen und hob den Kopf, um zum krummen Turm der Pfarrkirche hinaufzuschauen. Schneeflocken fielen ihm sanft auf die Haut und schmolzen zu eisigen Wassertropfen. Er blinzelte sie sich aus den Augen und atmete tief die kalte Winterluft ein. Er hatte es nicht geplant, aber es fühlte sich richtig an, hier zu sein und nirgends sonst.

So vieles verband sich für ihn mit diesem Ort, mit dem Gotteshaus selbst und seiner direkten Umgebung. Er hatte hier geschlafen, in seinen ersten Wochen in Marburg. Wie lange war das her! Er war so voller Hoffnung gewesen damals, hatte für seinen Wunsch zu studieren durchgehalten und auch im Elend nicht den Mut verloren.

In der Kirche hatte ihm Kantor Schmidtborn einen Platz in seiner Scheune angeboten, in der Kirche hatte er Magdalena kennengelernt und immer wieder Mut geschöpft beim Blick auf den Altar und beim Singen.

Dann hatte er zweimal mit Magdalena hier an der Kirchhofmauer gestanden und auf eine Armee hinuntergeschaut. Er hatte
Angst gehabt, aber es hatte immer einen Grund gegeben, für den
es sich gelohnt hatte, weiterzumachen und nicht aufzugeben. Er
hatte gewusst, wohin er gehörte und was sein Ziel war. Warum
nur wollte ihm das jetzt nicht mehr gelingen?

Seine Hände waren steif vor Kälte. Georg ließ den Mantel los
und schob seine Finger unter die Achseln, um sie anzuwärmen,
während er an die Mauer herantrat und den Blick über Marburg
schweifen ließ. Nachdem der feine, kalte Schnee in den letzten
Tagen wie ein dünner Staubfilm auf den Dächern gelegen hatte, füllte sich jetzt alles mit dichterem Weiß. Der Rauch aus den
Schornsteinen stieg in der kalten Luft deutlich sichtbar auf. Die
Stadt, die Hügel dahinter und der Himmel – alles verschwand in
heller Farblosigkeit.

Hinter sich spürte Georg die Kirche wie eine freundliche, aber
auch ehrfurchtgebietende Präsenz. Es war ein merkwürdiges
Gefühl, das ihn überkam, wenn er an sie dachte. Er fühlte sich
traurig und sehnsüchtig und geborgen zugleich. Und klein und
unwürdig. Die Kirche war die ganze Zeit wie ein Geländer gewesen, an dem er sich festhalten konnte, es hatte ihm immer wieder
Trost und Mut gegeben, dort in Gottes Haus zu sein, zu singen
und den Predigten zu lauschen. Aber jetzt verband er mit ihr immer auch das Gefühl des Versagens.

»Georg!«

Er fuhr herum. Magdalena stieg die letzte Stufe der Wendelgasse hinauf und kam mit ihrem typischen, energisch vorwärts-
drängenden Gang auf ihn zu. Ihr Gesicht war gerötet. Georg fühlte sich, als zöge ein warmer Frühlingshauch durch sein Herz. Es
tat so gut, sie zu sehen!

»Ich habe dich schon auf dem Marktplatz gesehen«, sagte
sie atemlos, während sie die letzten Schritte auf ihn zumachte.
»Doch ich war auf der anderen Seite beim Rathaus, und ehe ich
mich durch all die Menschen gedrängelt hatte, warst du schon

den Schneidersberg hinauf verschwunden. Aber ich dachte mir schon, dass ich dich hier finden würde. Zum Schloss wolltest du ja sicher nicht.«

»Nein«, sagte Georg und genoss ihren Anblick: ihr Lächeln, ihre rot gefrorene Nase, ihr energisches Kinn – und den Blick, mit dem sie ihn ansah. In ihm war nichts von der Verbitterung und dem Hass zu sehen, die sie so lange beherrscht hatten, sondern er war ganz und gar auf ihn konzentriert.

»Was machst du hier oben?«, fragte sie.

Er zuckte mit den Achseln.

Sie wartete einen Atemzug lang, dann schüttelte sie den Kopf. »Na, du bist ja sehr gesprächig heute.«

Georg löste seinen Blick von ihrem Gesicht und schaute wieder auf die Dächer hinunter. »Ich wollte einfach nur raus. Weg.«

»Weg von was?«, fragte sie.

Wieder hob er die Schultern.

»Also, so geht das nicht«, sagte sie und drängte sich mit einem schnellen Schritt zwischen ihn und die Mauer. Er spürte ihren warmen Körper, ihre weichen Brüste, und stolperte zurück.

Sie grinste. »Na bitte, jetzt guckst du mich wenigstens wieder an. Also, was ist los?«

»Ach, ich weiß nicht«, sagte er hilflos. Er wollte sie nicht mit seinen Problemen belasten, sie hatte doch weiß Gott selbst genug zu tragen!

»Georg! Bitte sprich mit mir!« Sie betonte jedes Wort und schaute ihm dabei direkt in die Augen, die Stirn besorgt in Falten gelegt. »Du kannst nicht immer alles mit dir allein ausmachen und ich bin genauso für dich da, wie du die ganze Zeit für mich da warst. Etwas bedrückt dich, mehr als nur das, was uns alle beschäftigt. Ich mache mir Sorgen. Bitte sag mir, was du hast.«

Er holte tief Luft und atmete dann in einem Stoß wieder aus, sodass sich vor seinem Mund eine kleine Wolke bildete. Dann stieß er die Worte genauso hervor. »Ich bin eine jämmerliche Figur. Ich weiß nicht, wer ich bin und was ich mit meinem Leben anfangen soll, jetzt, wo ich kein Pfarrer mehr werden kann. Beim Kampf um die Stadt habe ich nichts geleistet, ich habe ständig vor irgendetwas Angst. Mein Studium habe ich abgebrochen und für eine Lehre bin ich längst zu alt. Ich kann eher schlecht als recht beim Wiederaufbau der Stadt helfen, weil ich zwei linke Hände habe. Frau Ursula füttert mich durch und jetzt kann ich nicht mal mehr meinen Lohn zu unserem Lebensunterhalt beisteuern, weil das Pädagogium endgültig schließt und mich Advokat Cramer mit Sicherheit nicht mehr einstellen wird. Ich bin wie ein unnützes Möbelstück, das zwar nicht mehr gebraucht wird, das aber niemand übers Herz bringt, wegzuwerfen. Und jetzt sag nicht, dass mich etliche Menschen mögen und lieben, das weiß ich, das ist aber nicht der Punkt. Ich habe Gott einmal versprochen, ihm in seiner Kirche zu dienen, aber das war nichts als Vermessenheit, ich kann ihm gar nichts bieten, was man dafür bräuchte. Ich bin in die Irre gelaufen und jetzt weiß ich einfach nicht, was ich als Nächstes tun soll.«

Magdalenas gerunzelte Brauen hatten sich während seines Wortschwalls angehoben. Jetzt schüttelte sie so energisch den Kopf, dass sich eine dicke Strähne aus ihrer Frisur löste. »Du meine Güte. Bist du wirklich so blind, Georg? Du bist kein Möbelstück, das niemand braucht. Du bist ein großartiges Werkzeug! Wenn du nicht gewesen wärest, was wäre dann aus mir geworden? Du hast mich nie aufgegeben, hast mich bearbeitet und mir jeden Tag ein Stückchen mehr gezeigt, dass das Leben weitergeht und schön ist, trotz allem. Ich habe dem Landgrafen noch nicht vergeben, ich weiß nicht, ob ich das jemals kann, aber ich kann mir inzwischen wenigstens vorstellen, dass ich es eines Tages vielleicht können werde. Und das liegt allein an dir.«

Georg schaute auf den niedergetretenen Schnee zu seinen Füßen und schwieg.

»Und das ist längst nicht alles«, fuhr Magdalena fort. »Ich war vorhin zuerst in der Druckerei und Frau Ursula hat mir erzählt, wie du ihr gestern Mut gemacht hast, als sie wegen dieses Druckers aus Gießen so bedrückt war. Und ich wette, es gibt noch mehr Geschichten dieser Art, die etliche Leute in dieser Stadt erzählen könnten, mit denen du zu tun hattest. Du hast eine Gabe, Georg, die nicht viele Menschen besitzen und die in diesen Zeiten tausendmal wichtiger ist als handwerkliches Geschick oder, ganz ehrlich: auch als feurig predigen zu können. Du kannst deinen Mitmenschen nämlich Mut geben, die Kraft, nicht aufzugeben, Hoffnung, Freude, Nächstenliebe, und daran fehlt es so vielen. Große Worte machen sowieso schon viel zu viele Männer in dieser Welt. Ich frage mich bereits seit einer Weile, wann du endlich wieder ernsthaft anfängst mit deinem Studium. Du bist nicht damals in eine falsche Richtung gelaufen, sondern du tust es jetzt gerade!«

Georg schaute auf. Sie trat einen Schritt auf ihn zu und fasste nach seiner Hand. Ihre eigenen Finger waren warm und rau von ihrer täglichen Arbeit und es tat gut, sie zu spüren, während sie weitersprach. »Weißt du, ich bin ja kein Theologe, aber ich lese in meiner Bibel wie jeder gute Evangelische. Und ja, unser Herr hat mächtige Worte gesagt – aber die meiste Zeit hat er sich doch um Arme und Kranke gekümmert, hat Sünder angesprochen und den Menschen Hoffnung gegeben. Denkst du nicht, dass das also auch zum Dienst eines Pfarrers gehört?«

»Doch«, sagte Georg erstaunt und fühlte, wie in ihm etwas aufbrach – wie die Eiskruste auf der Lahn, wenn der Frühling kam. Auf einmal konnte er ein Muster erkennen, etwas, das die ganze letzte Zeit da gewesen war, was er aber nicht hatte sehen können. Ja, er hatte immer wieder versucht, den Menschen zu helfen, die ihm am Herzen lagen. Und letztlich lagen ihm fast alle Menschen am Herzen. War es nicht tatsächlich das, was Jesus von denen forderte, die ihm nachfolgten: dass sie zuerst Gott und dann ihren Nächsten liebten wie sich selbst?

»Vielleicht hast du recht«, sagte er zögernd.

Magdalena schnaubte durch die Nase. »Nicht vielleicht, *natürlich* habe ich recht! Und wenn ich dich noch mal erwische, wie du dich selbst kleinmachst, dann … ich weiß gar nicht, was ich dann mache.«

Georg spürte, wie sich ein Lächeln auf sein Gesicht stahl. »Ich werde versuchen, es zu lassen.«

Sie lächelte zurück. »Das ist gut. Und versprich mir, dass du darüber nachdenkst, doch noch Pfarrer zu werden!«

Er nickte, erst langsam, dann immer heftiger.

»Das ist auch gut.« Immer noch hielt sie seine Hand. Jetzt zog sie ihn einen Schritt zu sich hin, drehte sich halb und kam dicht neben ihm zum Stehen, sodass er ihre Wärme durch den Mantel spüren konnte.

Eine ganze Weile standen sie so da und schauten auf Marburg hinunter, das hinter einem immer dichter werdenden Gestöber aus Schneeflocken zu verschwinden begann.

In Georgs Kopf wirbelten die Gedanken ganz ähnlich durcheinander. Konnte er denn wirklich Pfarrer werden, er, mit all seinen Zweifeln und Gedanken, die sich nicht immer so einfach einhegen ließen? Mit den Fragen, die keiner beantworten konnte und die er doch stellen musste? Mit diesem Schmerz im Herzen, weil er Gott nicht verstehen konnte? Seine Pfarrkinder würden selbst Zweifel haben und Ängste und Fragen. Und er könnte sie ihnen nicht nehmen. Aber – Georg blinzelte überrascht, als sich der Gedanke wie ein warmer Lufthauch in ihm ausbreitete – vielleicht war es gerade das, weshalb er für sie da sein konnte: weil er wusste, was sie quälte, weil er es selbst erlebte. Gerade weil er zweifelte und fragte, konnte er selbst im Glauben wachsen und anderen dabei helfen, das ebenfalls zu tun. Denn auch wenn er niemals Kaspars Glauben haben würde, der nichts infrage stellte, sondern glaubte, was er gelernt hatte – er glaubte doch fest und unerschütterlich, dass Gott in Jesus Christus auf die Welt gekommen war und sie durch seinen Tod erlöst hatte, und er vertraute diesem Gott trotz aller Fragen und Zweifel. Und das war etwas, was man getrost weitergeben konnte und musste an all die Menschen, die so viel Leid erlebt hatten und oftmals sicherlich das Vertrauen in ihren Herrn und Gott verloren hatten. Diese schlichte und doch so weltverändernde Botschaft war es, die er den Menschen als Pfarrer bringen sollte: dass Gott Leid erlitt, Mit-leid mit der leidenden und Leid verursachenden Welt.

Georg atmete tief durch. Nach wie vor fühlte er die Kirche hinter sich, aber nun war es, als ströme sie nur noch Hoffnung aus, Zukunft und so etwas wie Glück, als warte sie auf ihn und zeige ihm eine ganze Welt, die für ihn offenstand.

Die Stadt war inzwischen kaum noch zu erkennen, so dicht fiel der Schnee. In Magdalenas Haar hingen weiße Flocken wie Schmuckfedern. »Ich liebe dich«, sagte er, einfach, weil es stimmte.

Sie drehte sich zu ihm um und hob sich auf die Zehenspitzen. »Ich dich auch«, flüsterte sie, als ihre Gesichter sich ganz nahe waren, und dann trafen sich ihre Lippen und die Welt war endgültig verschwunden.

Nach einer ganzen Weile erst lösten sie sich voneinander. »Mir ist kalt«, sagte Magdalena.

Jetzt spürte Georg ebenfalls die Kälte, die sich in seinem ganzen Körper breitgemacht hatte. »Mir auch«, stellte er fest. »Gehen wir ins Warme.«

Ihre Hand ließ er erst los, als sie den Marktplatz erreichten.

Epilog

Die ersten Mückenschwärme tanzten um Georgs Kopf, als er seinen Mantelsack für einen Moment zwischen kleinen, weißen Blüten und frischgrünem Gras absetzte und sich umdrehte.

Marburg lag wie ein Schatzkästchen da. Das Schloss auf dem Berg, die Häuser, die sich unter ihm drängten, die großen Türme der Elisabethkirche außerhalb und der Pfarrkirche und der kleineren Kirchen innerhalb der Stadtmauer, alles lag wie zum Betrachten ausgebreitet zwischen den Nachbarhügeln, die in den unterschiedlichsten Frühlingsgrüntönen prangten und die Stadt einrahmten wie das Samtfutter einer Schmuckschatulle.

Von hier aus fielen die zerstörten Stadttore nicht mehr so sehr ins Gewicht. Und der Menschenstrom, der sich zum Markttag über die Weidenhäuser Brücke ergoss, war zwar deutlich kleiner geworden, aber nicht weniger lebhaft als zu besseren Zeiten.

Nur Studenten sah man keine mehr ein- oder ausreiten. Es war still geworden in der Universität, auch die Professoren hatten fast alle die Stadt verlassen.

Und nun ging also auch Georg Nicolaus Kammann fort. Er kam sich albern vor, aber den Knoten in seiner Kehle konnte er doch nicht wegschlucken. Es war nicht nur Magdalena, die er zurückließ, nicht nur Frau Ursula oder einer der anderen Menschen, die ihm in den vergangenen sechs Jahren ans Herz gewachsen waren. Es war die Stadt selbst, dieses Marburg mit seinen schwachen Mauern und engen, steilen Gassen, dieses Marburg mit seinen Widersprüchen, mit seiner alten Geschichte und seinen Traditionen. Es war dieses Marburg, das ihn aufgenommen hatte wie eine spröde Wirtin, die grobe Worte gebraucht, aber doch das Herz am rechten Fleck hat, und das ihm Träume geschenkt hatte, Liebe, Freundschaft, Wissen und einen Glauben, der ihn auch weiterhin tragen würde.

»Gott segne dich, du Stadt meiner Träume«, flüsterte er. »Leb wohl, bis wir uns wiedersehen.«

Denn zurückkommen würde er. Sobald er eine Stelle als Pfarrer oder auch nur als Lehrer hatte und sie versorgen konnte, würde er zurückkommen und um Magdalena Willichs Hand anhalten. Und bis dahin wartete Neues auf ihn, warteten andere Menschen, eine andere Stadt und neues Wissen.

»Georg! Die Kaufleute werden nicht ewig auf uns warten, wir dürfen uns auf keinen Fall verspäten, wenn wir nicht allein reisen wollen!«

Georg atmete noch einmal tief die kühle Morgenluft ein und ließ den Blick ein letztes Mal über die Stadt schweifen, dann nahm er seinen Mantelsack auf und drehte sich um. Philipp wartete neben dem dicken Stamm einer Eiche, die sicher schon etliche Hundert Jahre alt war. Der Weg führte durch den Wald und dies war die letzte Möglichkeit gewesen, einen Blick zurückzuwerfen. Von nun an ging es nur noch vorwärts und so sollte es auch sein.

Es war gut, Philipps Gesicht zu sehen und zu wissen, dass er nicht allein ging. Es war noch besser zu wissen, dass Gott mit ihm war, dass der Herr der Welt die Fäden seines Lebens in der Hand hatte und ihn nie verlassen würde, egal, wie das Abenteuer ausging, das Leben hieß. Er würde diesem seinem Gott in seiner Kirche dienen – aber nicht nur, weil er es ihm versprochen hatte damals, an diesem so lang vergangenen Tag, zerschlagen und mit schmerzenden Gliedern auf dem Boden der Scheune in Grünberg. Er würde Pfarrer werden, weil es seine Gabe war, Menschen zu trösten und ihnen Mut zu geben, ein Seelsorger für ihre vom Krieg zerschundenen und schmerzenden Seelen zu sein. Und bis es so weit war, würde er lernen, so viel sein Kopf aufnehmen konnte.

»Ich komme!«, rief er – und meinte damit wohl ebenso sehr seinen Freund wie die Stadt Jena und deren Universität, die auf ihn wartete. Eine neue Alma Mater. Ein neuer Anfang.

ENDE

Nachwort

Ein Roman über den Dreißigjährigen Krieg – und doch kommen weder Wallenstein noch Gustav II. Adolf von Schweden darin vor, keine Schlacht, kein Feldlager, kein Prager Fenstersturz und nichts von all den Dingen, an die wir heute denken, wenn wir den Begriff hören. Dieser Roman ist der Versuch, einen Ausschnitt abzubilden, ein Fenster in die Vergangenheit zu öffnen – so, wie die ganz normalen Menschen einer bestimmten Bevölkerungsgruppe diese schreckliche Zeit vermutlich wirklich erlebt haben. Die Hintergründe und das große Ganze, das wir im Rückblick erkennen, war für sie zum einen nicht ersichtlich, zum anderen aber auch völlig unerheblich, schließlich litten sie unter allen beteiligten Parteien gleichermaßen, so wie es Georgs Mutter ganz am Anfang des Romanes sagt: »Wenn sich unser gnädiger Landgraf Georg irgendwann nicht mehr mit seinen Vettern in Kassel streitet, fallen gewiss die Schweden über uns her, und wenn die nicht kommen, sind es die Kaiserlichen, die Bayern, die Sachsen oder die Franzosen. Wer auch immer davon mit wem oder gegen wen kämpft, für uns bleibt sich das doch gleich.« Für die meisten Menschen zählte einfach nur, möglichst normal zu leben und trotz allen Leides, trotz Gewalt, Hunger, Krankheit und Armut die eigenen Lebensziele nicht aus den Augen zu verlieren, wenigstens ein kleines Stückchen vom ganz persönlichen Glück festzuhalten.

Darum bietet Georgs fiktive Geschichte auch keine Informationen über den Ausbruch oder den Verlauf des Krieges – sollte jemand durch dieses Buch Interesse an der Zeit entwickelt haben und mehr darüber wissen wollen, empfehle ich Bücher wie Christoph Kampmanns »Europa und das Reich im Dreißigjährigen

Krieg. Geschichte eines europäischen Konflikts«, Peter Englunds »Verwüstung. Eine Geschichte des Dreißigjährigen Krieges«, aber auch Romane wie Tilman Röhrigs »In 300 Jahren vielleicht« oder Günther Benteles »Wolfsjahre«, die andere Facetten der Zeit bewegend und unterhaltsam abbilden.

In diesem Roman habe ich einen eher unbekannten Seitenstrang der Kriegsgeschichte verarbeitet, den sogenannten »Hessenkrieg«, den die beiden Linien des hessischen Landgrafenhauses um Oberhessen führten und der sie dazu brachte, auf verschiedenen Seiten zu kämpfen. Wie ging dieser Erbschaftsstreit am Ende aus? Er wurde entschieden, nicht lange, nachdem meine Geschichte endet, vielleicht sogar zur selben Zeit, als ich Georg aus Marburg wegziehen lasse – im April 1648 wurde nach längeren Verhandlungen ein Einigungsvertrag unterzeichnet, in dem Oberhessen unter beiden Linien aufgeteilt wurde. Amalie Elisabeth von Hessen-Kassel hatte dabei den besseren Stand und erhielt größere Teile, darunter auch Marburg. Die Universität wurde mit reformierter Prägung 1653 wiedereröffnet. Bereits drei Jahre zuvor hatte Georg II. von Hessen-Darmstadt in Gießen die dortige Universität wiederbelebt, die schon 1607 gegründet worden, dann aber in den Jahren seit 1624 nach Marburg umgezogen war. Beide Universitäten bestehen bis heute.

Ebenfalls 1648 fanden die schon seit Jahren geführten Friedensverhandlungen in Münster und Osnabrück endlich ihren Abschluss. Am 4. Juni dieses Jahres wurde die letzte reguläre Feldschlacht des Dreißigjährigen Krieges geschlagen: Der hessen-kasselische General Johann Geyso, derselbe, den wir im Roman bei der Eroberung Marburgs 1645 kennengelernt haben, siegte bei Wevelinghoven, einem Stadtteil von Grevenbroich im heutigen Nordrhein-Westfalen, über die kaiserlichen Truppen. Am 24. Oktober unterzeichnete man schließlich die Friedensverträge und im ganzen Heiligen Römischen Reich deutscher Nation wurden Dankgottesdienste abgehalten.

Erholt haben sich das verwüstete Land sowie die ausgehungerte und durch Tod und Krankheiten drastisch dezimierte Bevölkerung erst lange später von dieser Katastrophe.

Georg Nicolaus Kammann ist eine erfundene Figur, aber was er erlebt, ist zum größten Teil historische Realität. Sein Gewalterlebnis mit den plündernden Soldaten zu Beginn des Romans ist im Grunde nur eine angepasste Nacherzählung der wirklichen Erlebnisse eines Thüringer Pfarrers namens Johann Bonifacius Reuter. In dessen Lebenslauf, der seiner gedruckten Leichenpredigt beigegeben wurde, wird davon berichtet, und als ich diese Quelle las, begann Georgs Geschichte in mir zu entstehen. Die Ereignisse in Marburg in den Jahren 1645 bis 1647 und das Studentenleben habe ich so korrekt wiedergegeben wie möglich.

Magdalena Willich ist nur halbwegs erfunden: Christian Willich, der hessen-darmstädtische Kommandant, hat wirklich gelebt und ist nach seinem Abzug aus Marburg tatsächlich 70-jährig in Gießen geköpft worden. Er hinterließ, so heißt es in den Quellen, »drei kleine unmündige Kind« und seine Frau sei »noch mit einem schwanger gangen«. An anderer Stelle wird berichtet, er habe in zweiter Ehe gelebt und fünf Kinder hinterlassen – eines seiner Kinder muss, wenn man beide Quellen ernst nimmt, also bereits erwachsen gewesen sein. Bekannt ist mir über diese Kinder nichts, also habe ich mir die Freiheit genommen, das fünfte genannte Kind eine Tochter aus erster Ehe sein zu lassen.

Kaspar Chemlin dagegen hat wirklich gelebt, genauso wie seine Frau Ursula, geb. Wiederhold, die auch tatsächlich nach seinem Tod den Gießener Buchdrucker Kaspar Vulpius geheiratet hat – allerdings fand das einige Jahre früher statt. Ich habe mir erlaubt, Kaspar Chemlin vier zusätzliche Jahre zu schenken, um ihn die Ereignisse rund um die erste Eroberung Marburgs miterleben lassen zu können. Sein einziger ihn überlebender Sohn hieß im Übrigen eigentlich ebenfalls Kaspar – um meine Leser/innen nicht zu verwirren, habe ich ihn in Jakob umbenannt. Der kleine Johannes ist tatsächlich sehr jung verstorben, wenn auch einige Jahre früher und ohne dass wir wissen, wie alt er genau war. Bei Chemlins restlichen Kindern habe ich mir einige Freiheiten erlaubt, um der Übersicht willen wird man mir das wohl nicht übel nehmen – insgesamt hatte er 17 Kinder, von denen ihn sechs überlebten. Die auf ihren Vater gedruckte Leichenpredigt, die ich im Roman erwähnt habe, kann man heute noch lesen, darin enthalten ist auch das Gedicht des Schriftsetzers Reinhard Röder, des Schwagers seiner Frau, aus dem ich ein paar Zeilen zitiert habe.

Viele der weiteren auftretenden Personen haben ebenfalls wirklich gelebt, so zum Beispiel der Pädagogiarch und Professor Johann Heinrich Tonsor oder der Lehrer Johann Philipp Schmidtborn – ich war allerdings so frei, ihn zum Kantor zu machen, ohne zu wissen, ob er das tatsächlich war, und ihn ein Jahr später als in Wirklichkeit seine Pfarrstelle antreten und aus Marburg fortgehen zu lassen.

Das Haus in der Reitgasse 2 steht noch heute – ob Kaspar Chemlins Druckerei tatsächlich dort untergebracht war, ist Spekulation, aber sehr wahrscheinlich hat sein Nachfolger Salomon Schadewitz, nachdem Kaspar Vulpius und Ursula, verwitwete Chemlin, nach Gießen gewechselt waren, nach der Wiedereröffnung der Universität in diesem Haus gelebt und gearbeitet, darum habe ich es als Handlungsort gewählt.

Eine einzige gravierendere Änderung der Ereignisse habe ich um der Dramaturgie willen vorgenommen: Hans Christoph von Königsmarck kam mit seinen schwedischen Truppen erst im Jahr 1643 durch die Gegend um Grünberg – gerade 1641, als ich Georg den Vorfall mit den marodierenden Soldaten erleben lasse, war es dort in Wirklichkeit ausnahmsweise einmal verhältnismäßig ruhig.

Ansonsten habe ich mich bemüht, so nahe wie nur möglich an die historische Wirklichkeit heranzukommen – tatsächlich erreichen kann man sie nie, nicht einmal als Historiker, geschweige denn im Rahmen eines Romans wie diesem. Noch wichtiger war mir aber, eine Geschichte zu erzählen, eine Geschichte vom Durchhalten, von Hoffnung, Liebe, Freundschaft und von einem Glauben, der durchträgt. Wenn ein wenig davon ankommt, wenn Georg, Magdalena, Kaspar und die anderen einen winzigen Platz in den Herzen meiner Leser fänden, dann wäre ich überglücklich. In meinem Herzen haben sie längst Wurzeln geschlagen.

Weitere historische Romane von FRANCKE

Irma Joubert
Sehnsuchtsland
ISBN 978-3-86827-591-9
480 Seiten, gebunden
mit Schutzumschlag
auch als E-Book erhältlich

1905 aus St. Petersburg geflohen, findet die kleine Hildegard mit ihrer Familie auf dem Landgut der adligen Vorfahren in Königsberg ein neues Zuhause. Das aufgeweckte Mädchen steckt voller Energie und Wissensdurst, sehnt sich aber zutiefst nach Liebe und Anerkennung. Als sie dem Studenten Gustav aus Deutsch-Südwestafrika begegnet, beginnt sie zaghaft zu träumen – vom Sehnsuchtsland Afrika und von Gustav.

Doch dann bricht der Erste Weltkrieg aus und ihre Träume zerplatzen wie eine Seifenblase. Hildegard ahnt nicht, welch turbulente Zeiten ihr noch bevorstehen. Sie ahnt nicht, dass sie schon bald im Berlin der 20er-Jahre leben und nicht nur einen, sondern zwei Weltkriege wird meistern müssen. Vor allem aber ahnt sie nicht, welche Umwege das Leben sie noch führen wird, bevor sie endlich das findet, wonach sie sich am meisten sehnt: ein Zuhause.

Irma Joubert
Das Kind aus dem versteckten Dorf
ISBN 978-3-96362-001-0
479 Seiten, gebunden
mit Schutzumschlag
auch als E-Book erhältlich

Niederlande, 1943: Mentje de Vries ist 9 Jahre alt, als ihr Vater verhaftet wird, weil er Juden versteckt hat. Erst harrt sie allein auf dem väterlichen Bauernhof aus, doch als die Soldaten wiederkommen, weiß sie: Sie braucht Hilfe. Aber wem kann sie trauen?

Der Einzige, der ihr einfällt, ist der Anwalt, der die jüdische Familie bei ihnen versteckt hat. Er bringt Mentje im »Versteckten Dorf« unter, einer geheimen Ansammlung von Häusern im Wald, in der Juden unterstützt von Widerständlern den Krieg zu überleben hoffen. Mentje taucht ein in eine völlig fremde Welt, immer hoffend, dass ihr Vater wiederkommt. Als sie einem alliierten Soldaten das Leben rettet, ahnt sie nicht, dass dies für sie der Anfang eines wunderbaren Weges ist …

Irma Joubert
Warten auf den Wind
ISBN 978-3-96362-148-2
471 Seiten, gebunden
mit Schutzumschlag
auch als E-Book erhältlich

Südafrika, 1976: Das Leben von Katrien Neethling ist behütet und vorhersehbar – bis eine schreckliche Tragödie die Familie erschüttert. In dieser schwierigen Situation findet Katrien in ihrer Familie nicht den Halt, den sie braucht. Als aufmüpfiger Teenager eckt sie überall an und fühlt sich schließlich als Außenseiter. Als sie hört, dass in den Townships die Polizei auf schwarze Schulkinder schießt, wird ihr Urvertrauen in die Welt endgültig erschüttert. Plötzlich ist nichts mehr, wie es war ...

Erin Bartels
Wir hofften auf bessere Zeiten
ISBN 978-3-96362-120-8
416 Seiten, gebunden
mit Schutzumschlag
auch als E-Book erhältlich

Es ist eine seltsame Bitte, mit der ein alter Mann an die Reporterin Elizabeth Balsam herantritt: Sie soll einer Verwandten, von der sie noch nie gehört hat, eine alte Kamera und eine Schachtel Fotos überbringen. Elizabeth ist wenig begeistert. Doch dann wird ihr überraschend gekündigt und sie hat plötzlich jede Menge Zeit.

Im 150 Jahre alten Farmhaus ihrer Großtante Nora stößt Elizabeth auf eine Reihe rätselhafter Gegenstände. Welche dunklen Geheimnisse verbergen sich im Leben von Mary Balsam, ihrer Vorfahrin, die während des amerikanischen Bürgerkriegs allein auf dieser Farm zurechtkommen musste? Und warum will Nora ihr nichts über sich selbst und ihre mutige Entscheidung, in den 1960ern einen Schwarzen zu heiraten, erzählen? Je tiefer Elizabeth gräbt, desto bewusster wird ihr, welch ein Schatz in ihrer Familiengeschichte lauert – und dass die Entscheidungen ihrer Vorfahrinnen bis heute Auswirkungen haben …

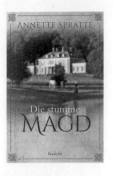

Annette Spratte
Die stumme Magd
ISBN 978-3-96362-124-6
318 Seiten, Paperback
auch als E-Book erhältlich

Yorkshire, 1710: Dem jungen Daniel Huntington wird eine Stelle als Stallmeister auf dem renommierten Gestüt des Baronets Brigham angeboten. Überwältigt von dieser einmaligen Chance willigt er ein und hat sich bald auf dem Anwesen eingelebt. Nur eines lässt ihm keine Ruhe: Unter der Dienerschaft befindet sich eine Magd, die niemals spricht und von allen gemieden wird. Fasziniert von ihrer Freundschaft zu einer Schimmelstute, die sonst niemanden an sich heranlässt, versucht Daniel herauszufinden, was es mit der jungen Frau auf sich hat. Die letzten Worte des alten Stallmeisters deuten auf ein grausiges Geheimnis hin …